Von Lisa Jackson sind bereits folgende Titel erschienen:

Der Skorpion
Der Zorn des Skorpions
Zwillingsbrut
Vipernbrut
Schneewolf
Raubtiere
Dunkle Bestie
Opfertier
Pain – Bitter sollst du büßen.
Danger
Shiver
Cry
Angels
Mercy
Desire
Guilty

Dark Silence
Deadline
Liar – Tödlicher Verrat
Sanft will ich dich töten
Deathkiss
Showdown – Ich bin dein Tod
Ewig sollst du schlafen
S – Spur der Angst
T – Tödliche Spur
Z – Zeichen der Rache
You will pay –
   Tödliche Botschaft
Paranoid
Revenge –
   Du bist niemals sicher

Gemeinsam mit Nancy Bush und Rosalind Noonan:
Greed – Tödliche Gier
Diabolic – Fatales Vergehen

Über die Autorin:
Lisa Jackson ist eine Nr.-1-*New York Times*- und eine *Spiegel*-Bestsellerautorin und hat bereits über 95 Romane geschrieben, unter anderem die Thriller-Reihen um Detectives Bentz & Montoya sowie Alvarez & Pescoli. Mit ihrer Schwester, *New York Times*- und *USA Today*-Bestsellerautorin Nancy Bush, hat sie mehrere Bücher gemeinsam verfasst, darunter (zusammen mit Rosalind Noonan) die Thriller *Greed – Tödliche Gier* und *Diabolic – Fatales Vergehen*. Ihre weltweite Gesamtauflage beträgt über 30 Millionen, und ihre Werke wurden in 20 Sprachen übersetzt. Mit ihrer Familie und ihren geliebten Hunden lebt Lisa Jackson im Pazifischen Nordwesten der USA. Mehr Infos finden Leser*innen online auf lisajackson.com und auf Facebook.

LISA JACKSON

Showdown

ICH BIN DEIN TOD

THRILLER

Aus dem amerikanischen Englisch
von Heike Holtsch

Die amerikanische Originalausgabe erschien 2016 unter dem Titel
»After She's Gone« bei Kensington Publishing Corp., New York.

Besuchen Sie uns im Internet:
www.knaur.de

Aus Verantwortung für die Umwelt hat sich die Verlagsgruppe
Droemer Knaur zu einer nachhaltigen Buchproduktion verpflichtet.
Der bewusste Umgang mit unseren Ressourcen, der Schutz unseres Klimas
und der Natur gehören zu unseren obersten Unternehmenszielen.
Gemeinsam mit unseren Partnern und Lieferanten setzen wir uns für eine
klimaneutrale Buchproduktion ein, die den Erwerb von Klimazertifikaten
zur Kompensation des CO_2-Ausstoßes einschließt.
Weitere Informationen finden Sie unter: www.klimaneutralerverlag.de

Eigenlizenz Dezember 2022
Knaur Taschenbuch
Copyright © 2016 by Lisa Jackson LLC
Published by Arrangement with KENSINGTON PUBLISHING CORP.,
119 West 40th Street, NEW YORK, NY 10018 USA
© 2021 der deutschsprachigen Ausgabe Knaur Verlag
Ein Imprint der Verlagsgruppe
Droemer Knaur GmbH & Co. KG, München
Alle Rechte vorbehalten. Das Werk darf – auch teilweise – nur
mit Genehmigung des Verlags wiedergegeben werden.
Redaktion: lüra – Klemt & Mues GbR, Wuppertal; Kristina Lake-Zapp
Covergestaltung: ZERO Werbeagentur, München
Coverabbildung: Laura Kate Bradley / arcangel und
Bruno Passigatti / shutterstock.com
Satz: Adobe InDesign im Verlag
Druck und Bindung: GGP Media GmbH, Pößneck
ISBN 978-3-426-52094-9

2 4 5 3 1

Prolog

Portland, Oregon
Januar

Er lag auf der Lauer.
Beobachtete alles ganz genau.
Achtete auf jedes Detail, das er in dieser regnerischen Nacht im schwachen Licht der Straßenlaternen erkennen konnte.
Die beiden Frauen rannten, wurden immer schneller. Er lächelte, als die erste im Lichtkegel erschien. Angst spiegelte sich in ihrem hübschen Gesicht. Es war geradezu verzerrt vor Panik.
Genau wie er es sich vorgestellt hatte.
Gut. Sehr gut sogar.
Die zweite Frau lief etwas langsamer. Immer wieder warf sie einen Blick über die Schulter, als fühle sie sich von etwas oder jemand Mörderischem verfolgt.
Genau so hatte er es sich gedacht.
Na, los doch. Lauft weiter.
Als hätten sie ihn gehört, rannten die beiden Frauen noch schneller.
Geradezu perfekt.
Er ballte die Fäuste. Vor Aufregung schnürte sich ihm die Kehle zu.
Nur noch ein paar Schritte.
Atemlos blieb die langsamere Frau stehen. Genau unter einer der Straßenlaternen. Sie presste eine Hand auf ihre Brust und rang nach Luft. Strömender Regen ergoss sich

vom nächtlichen Himmel. Das Haar klebte ihr in nassen Strähnen am Gesicht, und auch ihre weiße Jacke war vollkommen durchnässt. Abermals warf sie einen gehetzten Blick über die Schulter auf den verlassenen Gehsteig und die dunklen Schaufenster in diesem ausgestorbenen Teil der Stadt. Sie war ebenso hübsch wie die schnellere Frau. Beide waren exzellente Exemplare ihrer Art, deshalb hatte er sie für genau diesen Moment ausgesucht.

Adrenalin schoss ihm durch die Adern und ließ sein Herz rasen. In freudiger Erregung verzog er die Lippen zu einem Grinsen.

Gut. Wirklich gut.

Er durfte keinen Laut von sich geben. Aus dem Augenwinkel sah er, wie die erste Frau an ihm vorüberlief. Genau wie er gehofft hatte. Den Blick starr nach vorn gerichtet, konnte sie ihn nicht sehen. Aber sie spürte, dass er da war, dass er jede ihrer Bewegungen beobachtete, ihre Angst in allen Facetten sehen wollte. Wilde Entschlossenheit und schieres Entsetzen sprachen aus ihrem Gesicht, aus jedem ihrer keuchenden, flachen Atemzüge, aus jedem ihrer hastigen Schritte.

Dann war sie aus seinem Blickfeld verschwunden.

In die Dunkelheit am anderen Ende der Straße.

Er konzentrierte sich voll und ganz auf die zweite Frau, denn sie war es, um die es ihm eigentlich ging. Sie warf einen gehetzten Blick in seine Richtung, als spüre auch sie, dass er in der Nähe war. Als sei ihr bewusst, dass er in dem dichten Gebüsch hockte, wo ihm nichts entging.

Sein Herz setzte einen Schlag aus.

Sieh mich nicht an. Du darfst mich nicht ansehen. Sieh mich bloß nicht an.

Das Licht der Straßenlaternen spiegelte sich im regennassen Asphalt und ließ ihr Gesicht verschwommen erscheinen. Aber ihre Angst war deutlich erkennbar. Todesangst. Genau so musste es sein.

Du sollst sie spüren, diese Angst.

Du sollst dich verfolgt fühlen und den Horror erleben, weil du weißt, dass du sterben wirst.

Die Frau erstarrte, als habe sie plötzlich etwas gehört. Hastig wandte sie den Kopf und spähte in die Dunkelheit.

Na also! Endlich.

Er verspürte ein wahres Triumphgefühl.

So ist es gut. Weiter so. Weiter!

Panisch rannte sie weiter. Sie rutschte aus und verlor einen ihrer High Heels. Ohne stehen zu bleiben, streifte sie hastig den anderen Schuh ab und lief barfuß weiter, mit klatschenden Schritten auf dem nassen Asphalt.

Weiter so.

Er verlagerte das Gewicht, damit er sie besser sehen konnte. Nicht das kleinste Detail durfte ihm entgehen.

Perfekt.

Sie lief genau dorthin, wo er sie haben wollte.

In dem Moment löste sich eine dunkle Gestalt aus dem Schatten eines Hauseingangs und stellte sich der Frau in den Weg.

Mit einem entsetzten Schrei geriet sie ins Stolpern, wäre beinahe ausgerutscht. Aber sie fing sich wieder und setzte alles daran, zu entkommen.

Zu spät!

Sie sah in den Lauf einer Pistole.

Bamm! Bamm! Bamm!

Drei Schüsse hallten durch die verlassene Straße, die für einen kurzen Moment vom Mündungsfeuer der Waffe grell erleuchtet wurde.

Die Frau krümmte sich, brach zusammen und blieb auf

dem nassen Asphalt liegen. Blut lief ihr aus den Mundwinkeln. Auf ihrer weißen Jacke zeigte sich ein dunkler Fleck. *Perfekt*, dachte er voller Genugtuung.
Endlich. Jahrelang hatte er es geplant, und nun war es vollbracht.
Shondie Kent war tot.
Er wartete einen Moment lang und betrachtete ihren reglosen Körper. Musste sichergehen, dass sie sich nicht bewegte, nicht einmal zuckte.
Hervorragend.
Er zählte rückwärts, so, wie es ihn die jahrelange Erfahrung gelehrt hatte: *fünf, vier, drei, zwei, eins.* Keine Regung. Der leblose Körper lag auf dem regennassen, dampfenden Asphalt, während sich der dunkle Fleck auf der weißen Jacke ausbreitete.
»Schnitt!«, rief er und sprang von seinem Regiestuhl auf, nachdem die Kamera herangezoomt war. Dann stieß er einen tiefen Seufzer aus. So albern es war, er fühlte sich jetzt regelrecht befreit. Endlich hatten sie die Szene fehlerfrei im Kasten. Himmel! Was für eine Erleichterung. Zigmal hatten sie die Todesszene am Tag zuvor gedreht, aber er war einfach nicht zufrieden gewesen. Immer wieder hatte etwas nicht gestimmt, mal an den Bewegungsabläufen, mal an der Atmosphäre. Aber heute lief nach einigen gescheiterten Versuchen endlich alles wie am Schnürchen. Perfektes Timing bei Schauspielern und Crew, genau die richtige Stimmung, Hochspannung bis zum Schluss. »Wir haben es!«, rief er und fügte in gedämpftem Ton hinzu: »Gott sei Dank.« Diese Szene war schlichtweg die Hölle gewesen.
Kurz darauf war die Straße in Portland hell erleuchtet. Der Asphalt schimmerte noch feucht von den Sprinklern, die für einen Wolkenbruch im ohnehin regnerischen Norden gesorgt hatten. Nach der angespannten Stille herrschte

nun eine Kakofonie aus Stimmengewirr und allen möglichen Geräuschen. Kulissen wurden abgebaut und Fassaden aus dem Weg geschoben, damit die abgesperrte Straße wieder freigegeben werden konnte. Und sogleich wirkten Gehwege, Hauseingänge und Schaufenster weitaus weniger bedrohlich.

Sig Masters, der den Killer gespielt hatte, riss sich die Skimaske vom Kopf und steckte sich eine Zigarette an. Die Mitglieder der Crew zerstreuten sich langsam in verschiedene Richtungen – alle bis auf Lucinda Rinaldi, das Bodydouble von Allie Kramer, das noch immer reglos auf dem Asphalt lag.

Dean Arnette, seines Zeichens Regisseur von *Dead Heat*, hatte ein zufriedenes Lächeln auf den Lippen. Der Film wurde todsicher ein Blockbuster. Rasante Story, spritzige Dialoge, fesselnde Spannung bis zum Schluss. Und Allie Kramer, die Hauptdarstellerin, war der kommende Superstar. Ihre Leinwandpräsenz war atemberaubend und ihr Privatleben genau der richtige Stoff für die Klatschpresse. Sie hatte eine berühmte Mutter, eine schwierige Vergangenheit, ein intensives Liebesleben und gerade so viel vom Image eines Bad Girls, dass sie sich nicht die Mühe machte, etwas daran zu ändern. Eine Mischung, die ihre Fans bei Laune und die Zuschauer bei der Stange hielt. In den Internetforen war Allie Kramer absolut angesagt.

Auch das lief also perfekt.

Immer noch erleichtert, griff er in die Brusttasche seines Hemds und suchte nach der nicht vorhandenen Packung Zigaretten. Tag für Tag vermisste er das Rauchen aufs Neue, besonders nach dem Sex, nach dem Essen oder, so wie jetzt, nach einem gelungenen Take bei Dreharbeiten, die sich insgesamt schwierig gestaltet hatten.

»Da stimmt etwas nicht«, flüsterte seine Assistentin ihm zu.
»Unsinn. Die Szene war perfekt.«
»Ich weiß, aber ...«
»Aber was?«, gab Arnette genervt zurück. Beatrice Little fand doch immer ein Haar in der Suppe. Knapp dreißig, nicht einmal eins sechzig groß, brachte sie selbst mit durchnässter Kleidung kaum fünfzig Kilo auf die Waage. Sie schüttelte so heftig den Kopf, dass ihr Pferdeschwanz hin und her schwang.
»Mit Lucinda.«
Wenn er als Regisseur mit der Szene zufrieden war, konnte der Rest der Crew es ja wohl erst recht sein, dachte Arnette. Das galt auch für Little Bea, wie sie von fast allen genannt wurde. »Was stimmt denn nicht mit Lucinda?« Arnette warf einen Blick auf das Bodydouble, das noch immer reglos am Boden verharrte. »Sie war doch toll.«
»Ich weiß, aber ...«
»He!«, ertönte eine energische Frauenstimme. »Das war's. Wir sind hier fertig.« Sybil Jones, eine Co-Produzentin, ging auf Lucinda zu und klatschte in die Hände. Als sie keine Antwort erhielt, verdrehte sie unter ihrer Baseballkappe die ausdrucksvollen Augen und sagte zu Arnette: »Vielleicht solltest du ihr selbst Bescheid sagen, Dean. Mich beachtet sie mal wieder nicht.«
Lucinda, allenfalls ein B-Movie-Sternchen, arbeitete stets daran, sich ins Gespräch zu bringen. Sie wollte ganz nach oben, auch wenn sie in diesem Film nur als Stand-in eingesetzt wurde. Lucinda war bekannt dafür, dass sie sich auch in die kleinsten Nebenrollen furchtbar hineinsteigerte und nach dem Dreh nicht so schnell wieder herauskam.
»Du kannst aufstehen!«, rief Arnette und ging zu ihr hinüber. »Wir sind fertig, Lucy.«

Aber sie drehte nicht einmal den Kopf in seine Richtung. Arnette spürte ein leichtes Kribbeln auf der Haut. Lucinda zeigte keinerlei Reaktion, und das war ihm nun doch nicht ganz geheuer. Von Anfang an waren diese Dreharbeiten nervenaufreibend gewesen. Ständig hatten die Stars sich in den Haaren gelegen, dann die Rivalität zwischen den Kramer-Schwestern, und erst auf den letzten Drücker hatten sie es geschafft, diese Szene abzudrehen. »Du darfst dich ruhig wieder bewegen«, sagte Arnette und fügte lauter hinzu: »Du warst großartig, Lucinda. Wir haben die Szene im Kasten.«

Sie zuckte nicht einmal mit der Wimper und starrte weiter mit glasigen Augen gen Himmel, sogar dann noch, als eine der Absperrungen direkt neben ihr vorbeigeschoben wurde.

Arnette wurde flau im Magen.

Und dann fiel ihm auf, dass der dunkelrote Fleck auf ihrer Jacke deutlich größer war als durch den Farbbeutel überhaupt möglich.

Verflucht!

»Lucinda?« Er ging neben ihr in die Hocke. Mit beschleunigtem Herzschlag und wachsendem Unbehagen sah er ihr in die Augen. Ihr Blick war auf einen unbestimmten Punkt in der Ferne gerichtet. Was sollte das denn nun wieder?

»Es reicht, Lucinda«, sagte er und beugte sich dicht über sie, in der Hoffnung, ihren Atem zu spüren oder sie blinzeln zu sehen. Mittlerweile wünschte er sich geradezu, sie würde allen nur etwas vormachen.

Aber sie bewegte sich nicht. Kein bisschen.

Scheiße!

Er legte zwei Finger an ihren Hals, und als er keinen Puls spürte, zuckte er entsetzt zusammen.

Sybil und Beatrice waren ihm gefolgt und standen jetzt di-

rekt hinter ihm. Er drehte sich um und warf Sybil einen panischen Blick zu. »Hol den Sanitäter!«, wies er sie an. »Und zwar schnell!«
Sybil nickte nur. »Wir brauchen den Sanitäter!«, rief sie den anderen zu. »Sofort! Wo steckt Jimmy, verflucht noch mal?«
»O nein«, flüsterte Little Bea, während Dean Arnette sich wieder der reglosen Frau zuwandte. Er presste seine Finger fester auf ihren Hals, um vielleicht wenigstens einen schwachen Puls zu finden.
»O mein Gott!«, ertönte eine weibliche Stimme. Es war Holly Dennison, eine Set-Designerin. Sie schlug die Hand vor den Mund und lief mit entsetzt aufgerissenen Augen auf ihn zu. »O Gott!«
Er beachtete sie nicht weiter und drehte sich wieder zu dem Bodydouble um. Was zum Teufel war hier passiert? Unfälle bei anderen Dreharbeiten schossen ihm durch den Kopf, während sich um ihn herum hektisches Stimmengewirr ausbreitete. »Herrgott noch mal! Kann denn nicht endlich jemand einen Krankenwagen holen?«
»Ist schon unterwegs!«, rief der Produzent.
Das Mobiltelefon noch am Ohr, in der freien Hand seinen Erste-Hilfe-Koffer, näherte sich im Laufschritt der Sanitäter.
»Machen Sie Platz!«, schrie der junge Mann.
Dankbar stand Arnette auf und trat zur Seite. Bestimmt war es schon zu spät. Grelles Scheinwerferlicht leuchtete Lucinda Rinaldis hübsche Gesichtszüge perfekt aus. Offenbar war sie tot – genau wie Shondie Kent, die Rolle, die sie so überzeugend gespielt hatte.

Kapitel 1

Mercy Hospital
April

Es war ein endloser Albtraum.
Wie ein düsterer Nebel, der unter der Tür hindurchkroch und durch die Fensterrahmen zog, machte er sich überall im Klinikzimmer breit und legte sich auf Cassies Gemüt, schlich in ihr Unterbewusstsein, wenn sie verzweifelt versuchte einzuschlafen.

Sie konnte noch so viele Medikamente schlucken und noch so viel Willenskraft aufbieten, immer wieder schob sich das Kaleidoskop aus schmerzhaften Bildern vor ihr inneres Auge. Auch heute Nacht sah sie die Szene wieder in allen Einzelheiten vor sich: grelle Blitze am schwarzen Himmel. Krachender Donner. Strömender Regen.

Sie und Allie, ihre jüngere Schwester, rannten verzweifelt um ihr Leben.

Bamm!

Ein Schuss hallte durch die Nacht, und sie schreckte auf, starr vor Entsetzen über die Bilderflut und die Geräusche, die so echt erschienen, so verflucht real. »Nicht schon wieder«, flüsterte sie und stieß den Atem aus, den sie unbewusst angehalten hatte.

Benommen warf sie einen Blick auf die digitale Anzeige ihres Weckers: 3.00 Uhr. Wieder einmal. Jede verdammte Nacht. Zitternd, wie immer nach diesen Träumen, rollte sie sich aus dem Krankenhausbett und ging zum Fenster. Strömender Regen lief die Scheiben hinunter. Ihr Zimmer lag im vierten Stock eines Gebäudeflügels, der noch aus dem vorherigen Jahrhundert stammte. Sie spähte in die Dunkelheit. Sah hinunter auf den Parkplatz, der von hundert Jahre altem Rhododendron umgeben war. Am Fuß der Hügel entlang des Willamette River erstreckten sich die Millionen Lichter von Portland.

Lichtstreifen flimmerten über dem dunklen Fluss – die Scheinwerfer der Autos und Lastwagen, die über die Brücken aus Stahlbeton rasten. Sie verbanden den flach auslaufenden Osten der Stadt mit dem hügeligen Westen. Auf einem der Hügel gelegen, bot das Mercy Hospital eine spektakuläre Aussicht – wenn man ein Auge dafür hatte.

Cassie zeichnete die Spur eines Regentropfens nach und spürte die kühle Glasscheibe unter ihren Fingerspitzen. Allmählich, so wie jedes Mal, beruhigte sich ihr Herzschlag, und der Traum zog sich zurück in die verborgenen Winkel ihres Unterbewusstseins. »Lass mich in Ruhe«, flüsterte sie, als könne man mit Träumen sprechen. »Verschwinde endlich.« Sie war es leid, in dieser Klinik festzusitzen, geplagt von Albträumen, ausgelaugt von schlaflosen Nächten.

Wütend auf sich selbst, auf die gesamte Situation, legte sie sich ins Bett und zog sich die Decke bis unter das Kinn. Sie konnte ohnehin nicht wieder einschlafen, das wusste sie. Vielleicht sollte sie das Buch weiterlesen, das sie angefangen hatte, den Mysteryroman, der auf ihrem Nachttisch lag, neben einem Plastikbecher mit Wasser und einem Telefon, das aussah, als stünde es schon seit den 1980er-Jahren dort. Ihr Blick schweifte zum Fenster. In dem wässrigen Film auf der Scheibe spiegelte sich etwas – eine dunkle Gestalt, die sich im Lichtkegel der geöffneten Tür abzeichnete.

Cassie blieb fast das Herz stehen.

Hastig wandte sie den Kopf, in der Erwartung, dass es nur Einbildung war, ein Zusammenspiel von Licht und Schatten. Aber sie irrte sich. In der Tür stand eine hochgewachsene Frau in Schwesterntracht, die aussah wie aus den 1950er- oder 1960er-Jahren: spitze Haube, gestärkte weiße Schürze, helle Nylonstrümpfe, weiße Schuhe mit Kreppsohle und ein kleiner Ohrring, an dem ein rotes Kreuz baumelte. Mit einem altmodischen Klemmbrett in der Hand näherte sie sich Cassies Bett. Ein schwacher Geruch nach Zigarettenrauch und Parfüm umgab sie.
Was für eine gruselige Szene!
»Arbeiten Sie hier?«, fragte Cassie, noch immer nicht sicher, ob das Ganze vielleicht doch nur ein Traum war. Mit ihrer bleichen Haut und den tief liegenden Augen hatte die Krankenschwester etwas Geisterhaftes.
Und offenbar war sie nicht hier, um Cassie den Puls zu messen oder ihr Medikamente zu verabreichen. Die Frau starrte nur auf sie herunter.
»Wer sind Sie?«, fragte Cassie und tastete nach dem Klingelknopf. An der blütenweißen Tracht konnte sie kein Namensschild entdecken.
»Ihre Schwester lebt noch.«
»Was?«
»Ihre Schwester.« Die Stimme der Frau klang hohl, das Gesicht mit den tief liegenden Augen schien ausdruckslos. »Sie ist nicht tot.«
»Woher wollen Sie das wissen?« Es musste wohl doch ein Traum sein. Allie war nicht zum letzten Dreh von *Dead Heat* erschienen, und seitdem war sie verschwunden. »Haben Sie mit ihr gesprochen? Oder haben Sie sie gesehen?«
Schweigen.
»Wo ist sie?«, fragte Cassie. Als sie abermals keine Antwort erhielt, fügte sie mit Entschiedenheit hinzu: »Natür-

lich lebt sie noch.« Allie musste noch am Leben sein. Einen anderen Gedanken wollte Cassie nicht aufkommen lassen. Sie weigerte sich schlichtweg, sich den Zweifeln anzuschließen, die die Boulevardpresse bereits gestreut hatte und die von diesen schrecklichen Blogs und Fan-Websites aufgegriffen wurden. Immer wieder hatten sie es in den Medien durchgekaut: Allie Kramer, eine der vielversprechendsten Schauspielerinnen auf dem Weg zum Hollywoodstar, war verschwunden und möglicherweise längst tot. Von Entführung über Selbstmord bis hin zu Mord kursierten die wildesten Gerüchte. Aber das war nichts weiter als Klatsch. Niemand wusste, wo Allie Kramer steckte, am allerwenigsten Cassie, und das machte ihr gehörig zu schaffen. Allie war ein so liebes, feinfühliges Mädchen gewesen, bis das Scheusal in ihr zum Vorschein kam. Vor vielen Jahren, in einem der strengsten Winter, die Oregon je erlebt hatte, war ihre Welt aus den Angeln gehoben worden, und Allie hatte sich nie ganz davon erholt. Cassie selbst auch nicht. Wieder spürte sie die eisige Kälte, und ihre Finger krallten sich in die Decke.

Sie lebt noch, dachte sie und kehrte in die Realität zurück. Doch die Krankenschwester hatte das Zimmer bereits auf leisen Sohlen verlassen – vorausgesetzt, sie war überhaupt da gewesen.

Cassie spürte ein Kribbeln auf der Haut.

Dann meldete sich wieder die verhasste innere Stimme, die ihr Nacht für Nacht zu schaffen machte.

Du hast dir diese Krankenschwester nur eingebildet, Cassie. So läuft doch heute kein Mensch mehr herum. Sie sah aus wie aus einem dieser alten Schinken, die du dir dauernd ansiehst. So etwas passiert dir nicht zum ersten Mal. Wieder ein Blackout. Seit den schrecklichen Erlebnissen vor zehn Jahren kannst du Fantasie und Realität nicht

mehr auseinanderhalten. Manchmal weißt du nicht einmal, was du in den letzten Stunden getan hast. Du bist auf dem besten Weg, verrückt zu werden. Und wer weiß, wozu du in solchen Momenten fähig bist.
»Schluss damit!«, zischte Cassie und warf sogleich panisch einen Blick zur Tür. Ihr Zimmer lag direkt gegenüber dem Empfangsschalter, wo die Schwestern immer saßen. Die sollten nicht hören, wie sie wieder einmal Selbstgespräche führte oder, schlimmer noch, mit einer imaginären Krankenschwester sprach.
Du spinnst wirklich. Hier war niemand. Kein Gespenst und auch keine Krankenschwester. Also reiß dich zusammen.
Cassie gab sich alle Mühe, einen klaren Gedanken zu fassen. Dieses Mal war es anders gewesen, nicht so wie bei den Halluzinationen, die dazu geführt hatten, dass sie sich hier, in der Psychiatrie, befand. Oder hatte sie sich den Geruch nach Zigarettenrauch und Parfüm etwa auch nur eingebildet?
Cassie bekam Gänsehaut. Ein eisiger Schauer lief ihr den Rücken hinunter. Vielleicht wurde sie tatsächlich verrückt. Sie musste sich diese seltsame Erscheinung eingebildet haben. Oder es lag an Schuldgefühlen? Oder an den Medikamenten, mit denen sie hier vollgestopft wurde und die sie eigentlich hätten beruhigen und stabilisieren sollen? Aber nein, sie war nicht verrückt. Bloß weil die Zeitungen behaupteten …
»Miss Kramer?«
Hastig wandte sie den Kopf zur Tür. Nun kam tatsächlich eine Krankenschwester herein, in der üblichen hellblauen Montur. Cassie kannte sie. Es war Leslie Keller, die auf der Station arbeitete.
»Alles in Ordnung?«, fragte sie mit einem Blick auf den

Monitor neben dem Bett. Sie war groß und schlank, mit schwarz gelocktem Haar und dunkler Haut. Wie immer konzentrierte sie sich auf das Wesentliche. »Ich habe gehört, wie Sie mit jemandem gesprochen haben.« Schwester Keller ließ den Blick durchs Zimmer schweifen – wo natürlich niemand zu sehen war.
»Ich habe schlecht geträumt«, sagte Cassie.
»Schon wieder?« Kopfschüttelnd stieß die Schwester einen Seufzer aus. »Aber da ich schon einmal hier bin, können wir auch gleich Ihren Blutdruck messen.« Sie zog Cassie die Manschette über den Arm.
»Hat jemand angerufen?«, fragte Cassie. »Oder nach mir gefragt?«
Schwester Kellers gezupfte Augenbrauen schossen in die Höhe. Sie warf Cassie einen Blick zu, als halte sie eine solche Frage für einen Scherz. »Um drei Uhr nachts?«
»Nein, aber vorher vielleicht.«
Mit wippenden Locken schüttelte Schwester Keller den Kopf und runzelte dann die Stirn. »Ein wenig erhöht«, sagte sie mehr zu sich selbst und notierte Cassies Blutdruckwerte.
»Wahrscheinlich von dem Albtraum«, erklärte Cassie.
»Hm.«
Bevor sie darüber nachdenken konnte, fragte Cassie: »Hier trägt doch keiner mehr eine dieser altmodischen Schwesterntrachten? Mit weißer Haube und Schürze?«
»Du lieber Himmel! Am besten noch mit blau-rot gestreiftem Umhang?« Die Schwester bedachte Cassie mit einem verständnislosen Blick. »So etwas trug man in den Fünfzigerjahren. Warum?«
»Ach, nur so.«
»Zum Glück sind wir im einundzwanzigsten Jahrhundert angekommen, im Zeitalter der praktischen Kittel.«

Schwester Keller glich die Werte, die sie sich notiert hatte, mit dem Monitor ab. Cassie hätte sie gern wegen der altmodisch gekleideten Schwester befragt, aber mit Sicherheit hätte sie dadurch noch verwirrter gewirkt, als es ohnehin schon der Fall war. *Verwirrt.* Das war der Begriff, mit dem man sie hier betitelte.

Sie räusperte sich und gähnte demonstrativ. Es war besser, wenn sie sich nicht um Kopf und Kragen redete. Denn genau das war ihr Problem, genauer gesagt, eines von vielen. Sie war einfach zu direkt, stellte zu viele Fragen, sprach immer aus, was sie dachte. Die meisten Leute, insbesondere die Ärzte und das Pflegepersonal hier im Mercy Hospital, konnten mit einer solchen Offenheit nichts anfangen. Also hielt sie lieber den Mund. Vorerst zumindest.

»Brauchen Sie noch etwas?«, fragte Schwester Keller.

»Nein, ich glaube nicht. Alles ... bestens.«

Die Schwester schien wenig überzeugt, und Cassie hielt den Atem an, während aus dem Flur die gedämpften Stimmen des übrigen Pflegepersonals zu hören waren. »Okay, wenn doch noch etwas ist, melden Sie sich einfach.«

»Die Klingel habe ich ja in Reichweite«, sagte Cassie und hielt das Kabel mit dem elektronischen Schalter hoch, das an der Seite ihres Bettes befestigt war.

»Gut.« Mit einem unverbindlichen Lächeln wandte sich Schwester Keller zur Tür.

»Ach, Moment noch. Hier sind keine Kameras installiert, oder? Hier in diesem Zimmer?«

An den zusammengezogenen Augenbrauen der Krankenschwester erkannte Cassie, dass diese Frage ein Fehler gewesen war.

»Zur Überwachung der Patienten, meine ich.«

»Im Mercy Hospital wird das Recht auf Privatsphäre res-

pektiert. Von daher sind Privatzimmer genau das, was der Name sagt: privat.«
»Ah, gut. Ich hatte auch nichts anderes erwartet«, gab Cassie lächelnd zurück, obwohl ihr ganz und gar nicht nach Lächeln zumute war. Dann gähnte sie noch einmal demonstrativ.
»Stimmt etwas nicht?«
»Nein, nein. Hat mich nur interessiert.«
Schwester Keller kaufte ihr die Antwort nicht ab. Das war Cassie sofort klar.
Nach kurzem Zögern sagte die Krankenschwester mit kaum merklichem Kopfschütteln: »Versuchen Sie zu schlafen.« Damit verließ sie das Zimmer, und kurz darauf verhallten ihre Schritte.
Cassie stieß einen Seufzer aus. In der Klinik war sie so etwas wie eine Berühmtheit, obwohl eigentlich ihre Schwester die Berühmtere war. Wie Jahre zuvor ihre Mutter stand Allie in der Gunst des Publikums ganz oben und hatte Hollywood im Sturm erobert. Cassie selbst war das nie richtig gelungen. Hier, im Mercy Hospital, wusste allerdings fast jeder, wer Cassie war.
Nicht, dass ihr das wichtig gewesen wäre.
Manchmal hörte sie, wie das Klinikpersonal oder Leute, die sie nicht kannte und von denen sie nur hoffen konnte, sie gehörten zum Personal, über sie tuschelten. Ein paar Gesprächsfetzen hatte sie aufgeschnappt. Und dabei war es nicht in erster Linie um ihre physische oder psychische Verfassung gegangen, obwohl das eine wie auch das andere reichlich Stoff für die Klatschpresse geboten hätte. Aber seit Allie verschwunden und Cassie freiwillig in die Psychiatrie gegangen war, hatte es den Anschein, Cassie wäre so berühmt, besser gesagt berüchtigt, wie nie zuvor. Doch nach all den Jahren, in denen sie vergeblich versucht hatte,

im Filmgeschäft Fuß zu fassen, interessierte sie das nur noch herzlich wenig.

Erneut sah sie zum Fenster. Der Regen hatte aufgehört, nur noch einzelne Tropfen liefen an der Scheibe hinunter. Plötzlich wurde es in ihrem Zimmer heller. In der Fensterscheibe sah sie, dass die Tür einen Spaltbreit geöffnet wurde.

Erneut schlich jemand herein.

Und abermals blieb Cassie fast das Herz stehen.

Hastig wandte sie den Kopf zur Tür, die nun leise wieder geschlossen wurde. »Wer ist ...?« Voller Panik griff sie nach dem Klingelknopf. Doch dann hielt sie inne, als sie Steven Rinko erkannte.

Sie atmete auf. Rinko war ein ziemlich seltsamer Junge. Er war schon wesentlich länger hier als sie und besaß die Fähigkeit, sich unbemerkt überall hineinzuschleichen. Er war ein eher schweigsamer Teenager von ungefähr dreizehn Jahren mit dichtem Blondschopf und beginnender Akne, aber wenn er denn mal etwas sagte, hörte er sich eher an wie ein Genie als wie ein Fall für die Psychiatrie. Zu jedem Autofabrikat, das jemals in Amerika oder sonst irgendwo auf der Welt gebaut worden war, konnte er sämtliche Details herunterbeten, konnte Einzelheiten über Baseball-, Basketball- und Footballteams herunterleiern, ganz gleich, ob Collegemannschaft oder Profiliga, inklusive der Spielernamen und Ergebnisse. Meistens steckte er mit einer Gruppe Jugendlicher zusammen, deren Mitglieder ständig in Streit gerieten. Warum er in der Psychiatrie gelandet war, wusste Cassie nicht genau, und sie würde es wohl auch nie erfahren, denn sie hatte vor, sich am nächsten Tag selbst zu entlassen. Sie hatte die Nase voll von dieser Klinik. Und da sie aus freien Stücken hier war, konnte sie gehen, wann sie wollte.

Rinko schlängelte sich um das Bett herum, er bewegte sich wie immer lautlos wie ein Geist. »Sie war wirklich hier«, flüsterte er aufgeregt. Seine Stimme überschlug sich beinahe.
»Wer?«
»Ich habe sie auch gesehen.«
Cassie spürte ein Prickeln auf der Kopfhaut und hätte beinahe aufgeschrien, als er nach ihrer Hand griff und etwas Kaltes hineindrückte. Etwas Rotes. Einen Silberring mit einem kleinen Kreuz, der genauso aussah wie die Ohrringe, die die altmodisch gekleidete Krankenschwester getragen hatte.
»Woher hast du das?«
»Von der Krankenschwester«, antwortete er. Doch bevor sie weitere Fragen stellen konnte, schlich Rinko bereits auf leisen Sohlen aus dem Zimmer. Mit klopfendem Herzen schloss Cassie die Finger um das kleine rote Kreuz und spürte das kalte Metall in ihrer Hand. Es existierte. Das hieß, es war kein Traum gewesen, auch keine Halluzination infolge hoch dosierter Psychopharmaka. Die Realität war ihr nicht entglitten, trotz ihrer übermächtigen Angst, dass ihrer kleinen Schwester etwas Furchtbares zugestoßen war.
Allie, der Unschuldsengel.
Allie, das liebe Mädchen.
Allie, die Lügnerin.
Wie hatte dieses naive, schüchterne Mädchen zu einem so ichbezogenen Weibsstück werden können? Zu einer Egoistin, die gegen jeden ihre Ellbogen einsetzte, der ihr auf dem Weg zum Ruhm in die Quere kam? Zur Erzrivalin der eigenen Schwester?
Cassie holte tief Luft. Sie kämpfte gegen ihre Wut, Enttäuschung und Eifersucht an und hielt sich vor Augen, dass Allie verschwunden war, vielleicht sogar tot.

Alles lief schrecklich falsch. Einfach alles in ihrem Leben. Das kleine Stück Metall in ihrer Hand schnitt ihr ins Fleisch.
Cassie schloss die Augen und atmete langsam aus, um sich zu beruhigen. Sie war *nicht* dabei, den Verstand zu verlieren, sagte sie sich. Alles würde wieder gut werden. Aber dafür musste sie erst einmal aus dieser Klinik herauskommen.
Morgen. Dann wirst du das Mercy Hospital samt seiner Psychiatrie auf ewig hinter dir lassen. Du wirst dich auf die Suche nach Allie machen. Und du wirst sie finden.
»Wie soll ich das nur schaffen?«, flüsterte Cassie leise. Sie öffnete die Augen. Das sterile Krankenzimmer jagte ihr einen Schauer über den Rücken.
Sie war allein.
Aber bewegten sich die Vorhänge nicht ein wenig?
Das bildest du dir nur ein, Cassie. Du weißt doch: alles nur Einbildung.

Kapitel 2

Auf zwei Dinge konnte sie sich grundsätzlich verlassen, dachte Whitney Stone, als sie durch den morgendlichen Nieselregen fuhr. Zunächst einmal auf ihr gutes Aussehen. Das war ihr absolut bewusst. Und allen anderen auch. Mit ihren ebenmäßigen, herzförmigen Gesichtszügen, den großen Augen und dem dunklen Haar ähnelte sie Schneewittchen in dem alten Disney-Film. Ja, sie sah toll aus. Doch darüber hinaus war sie noch mit etwas weniger Offensichtlichem gesegnet, und zwar mit einem Verstand, auf den sie sich ebenfalls verlassen konnte. Sie war klüger, als man hätte vermuten können, weil sie nämlich nicht damit hausieren ging. Natürlich hielt man sie für clever, sogar für ziemlich raffiniert, und alle zollten ihr Respekt für das Engagement, das sie in ihrem Job an den Tag legte, für ihre Hartnäckigkeit und das Gespür für eine gute Story. Bei einem Sender, in dem traditionell Männer das Sagen hatten, war es ihr gelungen, ihre Duftmarke zu setzen. Zugegeben, dafür hatte sie die Wahrheit gelegentlich zurechtbiegen müssen. Sie war durch diverse Betten gehüpft und hatte die Gesetzgebung etwas großzügiger interpretiert, um das eine oder andere Telefonat aufzuzeichnen oder hier und da die Kamera laufen zu lassen. Anders wäre sie in diesem Haifischbecken, das sich Journalismus nannte, allerdings auch kaum so weit gekommen.
Aber Whitney hatte nicht nur überlebt und sich behauptet. Nein, sie hatte richtig Karriere gemacht. Hatte sich jedes Mal genau das Richtige einfallen lassen.

Aber diesmal ... Dieses Mal war es ein wenig komplizierter.
Sie musste sich eine besonders umsichtige Vorgehensweise zurechtlegen. Verflucht noch mal, sie wurde schließlich nicht jünger. Sie wollte endlich die nächste Stufe der Karriereleiter erklimmen, auf der nationalen Bühne Fuß fassen. Das Ticket dafür hatte sie schon so gut wie in der Tasche: Allie Kramer.
Der Gedanke zauberte ein Lächeln auf ihre Lippen, während sie ihren SUV auf dem Weg in die Stadt durch die Kurven des Terwilliger Boulevard in Richtung Freeway lenkte. Sie überholte einen Umzugswagen und drückte auf die Hupe, als er auf ihre Fahrbahn ausscherte. Daraufhin riss der Idiot am Steuer des anderen Fahrzeugs das Lenkrad herum und geriet bei der nächsten Kurve ins Schlingern. Hatte sie nicht auf den Hecktüren einen Aufkleber mit der Aufschrift *Fahrstil okay?* gesehen? Da konnte die Antwort doch nur lauten: Fahrstil beschissen. Hätte sie die Zeit gehabt, wäre sie langsamer gefahren, um ihn überholen zu lassen und diesen dämlichen Aufkleber mit der dazugehörigen Telefonnummer zu fotografieren.
Ein passender Anruf wäre für diesen Schwachkopf genau das Richtige gewesen.
Aber sie hatte keine Zeit für so etwas.
Dafür nicht, und für manches andere auch nicht.
Jetzt kamen der Willamette River und die Stadt in Sicht, die sich an den breiten Ufern entlangzog. Zwischen den Bäumen und den Hochhäusern tauchten die Brücken auf, die den Osten und Westen von Portland miteinander verbanden. Morgennebel umhüllte die Seilbahn, die vom Campus der Oregon Health and Science University an der South Waterfront zu den riesigen Klinikgebäuden in den westlichen Hügeln führte. Dort oben lag auch das Mercy

Hospital, in dem sich Cassie Kramer derzeit als Patientin aufhielt.
Abermals zeigte sich ein Lächeln auf Whitneys Lippen.
Cassie war also in der Psychiatrie gelandet.
Genau da gehörte sie auch hin.
Und in ihre nächste Story natürlich, als ein weiteres pikantes Detail.
Eigentlich gefiel es Whitney Stone in Portland. Derzeit war die Stadt ziemlich angesagt. Aber das ewige Regenwetter ging ihr allmählich auf die Nerven, ebenso wie die ständige Hin-und-Her-Fliegerei zwischen Portland und L. A.
Doch das wird sich auszahlen.
Schon sehr bald.
Bei dem Gedanken wurde ihr sogleich wärmer ums Herz. Sie setzte den Blinker und bahnte sich einen Weg zur nächsten Ausfahrt. Von dort aus war es nicht mehr weit bis zur Hawthorne Bridge, der stählernen Klappbrücke, unter der auch große Schiffe hindurchfahren konnten.
Whitney war spät dran. Sie hatte sich mit einer Quelle auf der Eastbank Esplanade verabredet, der Promenade für Fahrradfahrer und Fußgänger am Ostufer des Willamette River. Ihr Informant sollte Neuigkeiten über das Zerwürfnis zwischen der verschwundenen Allie Kramer und ihrer durchgedrehten Schwester liefern. Und über deren Mutter, Jenna Hughes, die mittlerweile völlig zurückgezogen lebte. Whitney versprach sich nicht allzu viel davon. Wahrscheinlich mündete das Ganze wieder einmal in eine Sackgasse. Aber sie musste jede Gelegenheit nutzen, um mehr über die Kramer-Schwestern und ihre berühmte Mutter zu erfahren.
Es war immerhin eine Chance, hielt sie sich vor Augen, als sie ihren SUV in eine der wenigen freien Parklücken manö-

vrierte. Sie raffte Handy und Mikro zusammen und wich beim Aussteigen einem vorbeirasenden Radfahrer aus.
Während sie auf ihre Quelle wartete, erledigte sie ein paar Telefongespräche, recherchierte ein wenig und ließ zwischendurch den Blick über die Silhouetten der Hochhäuser vor den bewaldeten Hügeln schweifen. Eine Stunde später wurde ihr klar, dass man sie versetzt hatte. Wieder einmal hatte sich eine vielversprechende Quelle als Blindgänger erwiesen.
Verärgert ging sie zu ihrem Wagen zurück und setzte sich ans Steuer. Koste es, was es wolle, sie musste diese Story unter Dach und Fach bringen, dachte sie, als sie den Motor startete. Vielleicht sollte sie dafür einfach etwas ... nun ja, kreativer werden. Und wie immer wäre sie sich nicht zu schade, der Wahrheit auf die Sprünge zu helfen und ein kleines Drama zu inszenieren.
In einem angemessenen Rahmen natürlich.
Es gab nämlich Grenzen, die selbst sie nicht überschreiten wollte. Schließlich hatte sie ihre Prinzipien. Aber sie hatte auch eine Story, die an den Mann gebracht werden sollte – und die sie einen großen Schritt weiter nach oben bringen würde.
Und das hatte sie weiß Gott verdient.
Das Leben war nicht immer fair zu ihr gewesen, aber dieses Mal wollte sie sich nicht wieder die Butter vom Brot nehmen lassen. Nicht, wenn sie so nah dran war.
Sie fuhr sich mit der Zunge über die Lippen und plante ihre nächsten Schritte.
Wie weit konnte sie gehen, um zu bekommen, was sie wollte?
Wieder verzogen sich ihre Lippen zu einem Lächeln.
Denn die Antwort lautete: ziemlich weit.

»Aber Sie sind noch nicht in der Verfassung, die Klinik zu verlassen«, eröffnete Dr. Sherling Cassie nach dem Frühstück. Eigentlich war sie ganz nett. Sie trug nie Make-up, ihr weißes Haar war stets ein wenig zerzaust, und ihre Wangen waren von Natur aus rosig. Obwohl sie bestimmt schon Mitte siebzig war, schien ihre Haut nahezu faltenlos zu sein. Schlank und durchtrainiert – Virginia Sherling war dem Tratsch des Pflegepersonals zufolge in jungen Jahren eine passable Skiläuferin gewesen. Sie wirkte sanftmütig und freundlich, doch hinter ihrem strahlend weißen Lächeln, der einfühlsamen Stimme und der zurückhaltenden Art verbarg sich ein eiserner Wille. Den hatte Cassie bereits zu spüren bekommen. Ein paarmal hatte sie die Psychiaterin herausgefordert, woraufhin deren Gesichtsfarbe noch rosiger und der leichte britische Akzent noch deutlicher wurden. Nun allerdings, als Dr. Sherling sah, dass Cassie ihre Sachen zusammenpackte, blieb die ältere Dame vollkommen ruhig. Äußerlich zumindest.

»Ich komme schon zurecht«, versicherte Cassie ihr.

»Haben Sie Ihrer Familie denn schon Bescheid gesagt? Also, Ihrer Mutter?«

Cassie hob den Kopf. »Haben Sie es ihr etwa erzählt?«, fragte sie und vergewisserte sich noch einmal, dass sie ihr Mobiltelefon samt Ladekabel in die Kosmetiktasche gepackt hatte. Im Seitenfach ihres Reisetrolleys steckten die Medikamente, die Dr. Sherling ihr verschrieben hatte, aber die brauchte sie jetzt nicht mehr. Sie zog die drei Packungen wieder heraus und warf sie nach einem Blick auf die Etiketten in den Mülleimer.

Die Ärztin verzog die Lippen zu einem schmalen Strich. »Die können Sie nicht einfach weglassen«, sagte sie. »Sie müssen langsam ausschleichen. Wirklich, Cassie, ich kann Ihnen nur ernsthaft raten, die Medikamente schrittweise abzusetzen.« Sie holte die Packungen aus dem Müll und steckte sie wieder in Cassies Trolley. »Das sind stark wirkende Präparate.«

»Eben deshalb.«

»Bitte! Seien Sie doch vernünftig!« Die Ärztin setzte einen ernsten Blick auf und rückte ihre Brille zurecht. »Sie wollen doch nicht auf einer Trage wieder eingeliefert werden.«

Cassie biss die Zähne aufeinander.

»Haben Sie Ihrer Mutter nun Bescheid gesagt oder nicht?«, erkundigte sich Dr. Sherling abermals.

Die Antwort lautete natürlich nein. Vermutlich war Dr. Sherling das längst klar, und sie ließ lediglich aus Prinzip nicht locker.

Doch dann fügte sie in mildem, fast schon verschwörerischem Tonfall hinzu: »Jenna macht sich bestimmt Sorgen.«

Für einen kurzen Moment hatte Cassie ihre Mutter vor Augen: Zierlich. Schwarzes Haar. Große grüne Augen. Jenna Hughes war eine Hollywood-Schönheit und jedem ein Begriff gewesen, lange bevor ihre Töchter in ihre Fußstapfen getreten waren. Lange bevor dieses Monster, dieser geistesgestörte Serienmörder, es darauf angelegt hatte, ihrer aller Leben zu zerstören. Cassie schauderte. Der Horror, den sie vor Jahren erlebt hatte, machte ihr nach wie vor zu schaffen. Er war die Quelle der Albträume, die sie wieder eingeholt hatten. Eine Zeit lang hatte sie es geschafft, sie in Schach zu halten. Aber dann war auf Allies Bodydouble geschossen worden, und Allie selbst war verschwunden. Daraufhin waren die Träume zurückgekehrt, schlimmer denn je.

»Sie sind freiwillig zu uns in die Klinik gekommen«, rief Dr. Sherling Cassie ins Gedächtnis, als hätte sie deren Gedanken gelesen.

Zugegeben, das stimmte. Aber sie hatte einfach nicht mehr weitergewusst.
»Ihnen ist doch bewusst, dass Sie noch einiges aufzuarbeiten haben.« Um ihren Worten Ausdruck zu verleihen, zog die Ärztin ihre ungeschminkten Augenbrauen hoch. »Albträume, Halluzinationen, Blackouts.«
»Ich bin auf dem Weg der Besserung«, gab Cassie zurück und musste augenblicklich an die altmodisch gekleidete Krankenschwester denken. Das war keine Halluzination gewesen. Der Ohrring war der Beweis dafür. Trotzdem erzählte sie nichts von der nächtlichen Besucherin. Sie würde den Mund halten, schon um Steven Rinko nicht in Schwierigkeiten zu bringen.
»Auf dem Weg der Besserung?«, wiederholte Dr. Sherling und bedachte Cassie mit einem zweifelnden Blick.
Cassie nickte. »Bei den Dreharbeiten wurde auf jemanden geschossen. Da war ich mit den Nerven ziemlich fertig. Das wissen Sie doch. Deshalb bin ich hierhergekommen. Freiwillig. Um mich wieder zu fangen.« Sie wich dem Blick der Psychiaterin nicht aus. »Der Killer hatte es auf Allie abgesehen, da bin ich mir nach wie vor sicher.«
»Es war ein Unfall.« Nicht zum ersten Mal versuchte Dr. Sherling, Cassie davon zu überzeugen. Aber daran konnte Cassie nicht glauben. Immerhin waren aufgrund dieses »Zwischenfalls« offizielle Ermittlungen eingeleitet worden. Der Schauspieler, der die Schüsse abgefeuert hatte, war noch geschockter gewesen als alle anderen. Also musste jemand die Waffe manipuliert haben. Wie konnte man da noch von einem Unfall sprechen? So etwas durfte an einem Filmset einfach nicht passieren. Dafür gab es Sicherheitsmaßnahmen.
Wie durch ein Wunder hatte Lucinda Rinaldi die Schüsse überlebt. Nachdem sie zwei Wochen im Koma gelegen

hatte, befand sie sich nun in einer Rehaklinik auf der anderen Seite des Flusses. Und während sie dort versuchte, wieder auf die Beine zu kommen, drohte sie der Produktionsfirma und allen anderen, die an *Dead Heat* beteiligt waren, mit einer Klage.

Ein Unfall! Das war doch lächerlich.

»Vielen Dank für alles.« Cassie ging zur Tür und verließ das Krankenzimmer. Dauerhaft. Und damit Punkt.

»Vergessen Sie nicht, Sie haben nächste Woche noch eine Sitzung!«, rief Dr. Sherling ihr hinterher.

Schon klar. Ohne sich noch einmal umzudrehen, ging Cassie zu den Aufzügen und fuhr hinunter ins Erdgeschoss. Hastig durchquerte sie die Eingangshalle mit den großen Fenstern, und als sie die Marmorstufen zum Taxistand hinuntereilte, war sie froh, den leichten Regen auf der Haut zu spüren. Der Taxifahrer beendete seine Zigarettenpause, legte sein Handy beiseite und verstaute Cassies Trolley im Kofferraum seines zerbeulten Wagens, der dringend gewaschen gehörte.

»Moment noch.« Auf der Rasenfläche vor der Klinik hatte Cassie Steven Rinko erspäht. Er warf Ringe mit ein paar anderen Jugendlichen.

»Die Uhr läuft schon!«, rief der Taxifahrer.

»Dauert nicht lange«, gab sie zurück und eilte über den nassen Rasen zu dem Teenie, der sich ein Badehandtuch über die Schultern gelegt hatte. »Du gehst«, stellte er fest und warf einen enttäuschten Blick auf das wartende Taxi.

»Ja, ich gehe.«

»Kommst du zurück?«

Im Leben nicht. »Weiß ich noch nicht. Deshalb musst du mir jetzt sagen, woher du den Ohrring hattest.«

»Von der Krankenschwester.«

»Die du letzte Nacht gesehen hast?«

»Ja«, sagte Rinko und nickte.
»Die mit dem blauen Kittel?«, fragte Cassie, um ihn auf die Probe zu stellen.
Rinko schüttelte den Kopf. »Nein, die mit der weißen Schürze.«
Cassie bekam weiche Knie. Rinko hatte sie also tatsächlich auch gesehen. »Weißt du, wie sie heißt? Arbeitet sie hier?«
»He, Hosenscheißer, du bist dran!«, rief einer der Jugendlichen Rinko zu.
»Halt die Klappe, Sackgesicht«, gab dieser zurück, dann sagte er an Cassie gerichtet: »Ich muss jetzt wieder zu den anderen.«
»Kennst du die Krankenschwester?«, drängte Cassie.
Kopfschüttelnd zuckte Rinko mit den Schultern. »Die kennt hier keiner.«
»Gehört sie zum Klinikpersonal?«
»He, Stinko-Rinko, willst du verlieren?«, rief ein Junge. Auch der Taxifahrer verlor allmählich die Geduld und drückte auf die Hupe.
»Ich verliere nie«, gab Rinko zurück und lief zu den anderen auf die Wiese.
»Steven! Hat die Krankenschwester hier gearbeitet?«
Wieder ertönte die Hupe. »Ich habe nicht den ganzen Tag Zeit!«, rief der Taxifahrer.
Cassie ging zum Taxi und stieg ein. Sie nannte dem Fahrer die Adresse, doch bevor sie die Wagentür zuzog, warf sie noch einen Blick auf das alte Backsteingebäude mit den großen Fenstern. Woher wusste die Krankenschwester in der altmodischen Tracht, dass Allie noch lebte?
Auf der Fahrt dachte sie an das Gespräch mit der Psychiaterin zurück. Ihre Mutter machte sich Sorgen, damit hatte Dr. Sherling recht. Große Sorgen sogar, wie Cassie wusste, ebenso wie Robert, ihr Vater. Cassie hatte lange mit ihm

gesprochen. Und genau deshalb würde sie alles daran setzen, ihre Schwester zu finden.

Sie bekam Kopfschmerzen, als sie an den Zerfall ihrer Familie dachte. Ihre Mutter und ihr Stiefvater, ein ehemaliger Sheriff, wohnten in Oregon. Ihr heiratsfreudiger Vater lebte nach wie vor in Los Angeles, mit Felicia, seiner neuesten Frau, einer Möchtegernschauspielerin, die natürlich zwanzig Jahre jünger war als er.

Aber was spielte das schon für eine Rolle?

Cassie schloss die Augen und versuchte, ihre Gedanken zu ordnen. Monatelang war sie sich vorgekommen wie ein Zombie. In der Klinik hatte man ihr vorgeschrieben, was sie wann und wo zu tun und wo sie wann zu sein hatte. Jetzt musste sie ihr Leben selbst in die Hand nehmen.

Zunächst einmal brauchte sie eine Unterkunft, für wie lange, wusste sie noch nicht. Ein Auto wäre ebenfalls nützlich. Und sie musste dringend ihr Handy aufladen.

Du solltest dir eine Strategie zurechtlegen, sagte sie sich, als das Taxi an den unerschütterlichen Joggern und Fahrradfahrern vorbei auf der kurvigen Straße die westlichen Hügel hinunterfuhr.

Ihre Ambitionen in Hollywood hatte sie aufgegeben, als ihre Schwester ihr buchstäblich die Schau gestohlen hatte. Auch ohne die vernichtenden Kritiken wäre ihr wohl bald klar geworden, dass die Schauspielerei nicht das Richtige für sie war. Sie hatte sich immer schwer damit getan, in eine Rolle hineinzufinden. Allie hingegen war ein Naturtalent. Das Schauspielen lag ihr einfach im Blut und ließ sie jegliche Schüchternheit vergessen. Die Ironie bestand einzig und allein darin, dass sie, Cassie, es gewesen war, die ihre kleine Schwester in die Glitzerwelt von Hollywood gelockt hatte. Sie war es gewesen, die sie überredet hatte, Falls Crossing nach der Highschool hinter sich zu lassen.

Also war sie gewissermaßen für alles verantwortlich.
Hör auf damit. Schuldgefühle und Selbstmitleid bringen dich nicht weiter.
Das Taxi hatte die Talsohle erreicht. In Portland war der Verkehr auf der Interstate 5 oft genauso dicht wie in Los Angeles, aber heute war nicht allzu viel los, und der Wagen gelangte zügig über die Marquam Bridge auf die Ostseite des Flusses.
Eine Viertelstunde später füllte Cassie bereits den Vertrag für einen Mietwagen aus, einen kleinen, weißen Nissan. Heute würde sie in einem Hotel übernachten. Morgen würde sie sich um eine dauerhafte Bleibe kümmern.
Und dann würde sie herausfinden, was mit ihrer Schwester geschehen war.

Kapitel 3

Das Hotelzimmer war spartanisch eingerichtet: zwei Betten mit identischen Nachttischen und Decken, ein paar Bilder, ein Fernseher, ein Tisch und ein Stuhl mit Sitzkissen. Im Badezimmer waren auf engstem Raum Duschwanne, Toilette und Waschbecken untergebracht, ein langer Spiegel hing außen neben der Tür. Aber fürs Erste würde diese »Luxussuite« reichen. Beim Anblick des Telefons auf dem Nachttisch dachte Cassie kurz daran, ihre Mutter anzurufen, dann schob sie den Anflug von Schuldgefühlen beiseite, als sie beschloss, es nicht zu tun. Sie würde sich erst bei ihr melden, wenn sie eine dauerhafte Unterkunft gefunden hatte. Andernfalls hätte sie einen Schwall mütterlicher Fürsorge über sich ergehen lassen müssen. Es war nicht so, dass Jenna ihr ein schlechtes Gewissen einredete, jedenfalls nicht immer. Aber Cassie fühlte sich bei ihrer Mutter und ihrem Stiefvater auf der Ranch oberhalb des Columbia River einfach nicht wohl. Für ihren Geschmack war es dort zu einsam, zu ländlich, viel zu kleinkariert. Außerdem rief dieser Ort Erinnerungen hervor, die sie lieber unter Verschluss hielt.

Ihr Handy hing erst seit knapp einer Viertelstunde am Ladekabel, aber mehr Zeit hatte sie nicht. Nachdem sie eine gefühlte Ewigkeit untätig in der Klinik verbracht hatte, kam es ihr ohnehin vor, als liefe ihr die Zeit davon. Sie musste jetzt unbedingt etwas tun.

Sobald sie in dem Nissan saß, googelte sie die Adresse des Rehabilitationszentrums, in dem sich Lucinda Rinaldi derzeit befand. Allies Bodydouble hatte mehrere Operationen über sich ergehen lassen müssen, unter anderem an der Wirbelsäule und an der Leber. Aber zum Glück war alles erfolgreich verlaufen.

Nachdem sich Cassie durch das rechteckige Straßenraster im Osten Portlands manövriert hatte, stand sie schließlich vor dem Meadow Brook Rehabilitation Center. Der lang gestreckten Form und bräunlichen Farbe nach zu urteilen stammte das Gebäude mit der breiten Fensterfront aus den 1950er- oder 1960er-Jahren. Der Eingangsbereich befand sich in einem Vorbau des schlicht gehaltenen Bauwerks. Auf einer Seite des holprigen Fußwegs war ein Parkplatz, auf der anderen Seite ein verwilderter Rosengarten.

Am Empfangsschalter saß eine kräftige Frau mit rauer Stimme und freundlichem Lächeln, die nach einem Blick auf ihren Computerbildschirm fragte: »Sind Sie eine Verwandte?«

»Eine Bekannte.«

»Aber Sie stehen nicht auf der Besucherliste.«

»Ich war eine Zeit lang nicht vor Ort.«

»Sie hat gerade Physiotherapie.«

»Dann warte ich«, sagte Cassie in selbstverständlichem Ton. Bevor die Rezeptionistin Einwände erheben konnte, klingelte das Telefon, und das Gespräch forderte ihre gesamte Aufmerksamkeit.

»Moment bitte, wer spricht dort?«, sagte sie in den Hörer. »Um welche Art von Notfall handelt es sich?« Mit gerunzelter Stirn tippte sie etwas in den Computer ein, und Cassie nutzte die Gelegenheit. Sie tat, als wollte sie in einem der abgewetzten Sessel vor den Fenstern Platz nehmen, doch sobald die Rezeptionistin ihr den Rücken zukehrte, huschte sie an ihr vorbei und folgte den Schildern zur Physiotherapie. Falls die Frau es überhaupt bemerkte und den

Sicherheitsdienst rief, konnte sie sich immer noch eine Ausrede einfallen lassen.

Cassie eilte durch die Gänge und landete in einem riesigen, grell beleuchteten Raum, der nach Schweiß, Kunststoff und Desinfektionsmitteln roch.

Auf zwei parallel verlaufende Geländer gestützt, machte Lucinda unter Anleitung eines Physiotherapeuten und einer Krankenschwester Gehübungen. Ihre ungekämmten Locken mit dem breiten Ansatz am Scheitel wurden von einem Haarband zurückgehalten, während sie sich schweißgebadet und mit hochrotem Kopf mühsam Zentimeter für Zentimeter vorwärtsarbeitete.

Als sie Cassie in dem großen Wandspiegel erkannte, geriet sie ins Stolpern. Hastig griff der Physiotherapeut nach ihrem Arm und stützte sie.

»Raus hier!«, zischte Lucinda aufgebracht.

»Hör mir doch erst einmal zu«, bat Cassie und näherte sich langsam, während Lucinda mithilfe des Therapeuten die Übung beendete und sich in den bereitstehenden Rollstuhl sinken ließ.

»Ich will nicht mit dir reden.«

»Aber warum denn nicht?« Perplex wollte sich Cassie an der Krankenschwester vorbeischieben, aber die verstellte ihr den Weg.

»Sie sollten lieber gehen«, sagte sie mit Bestimmtheit. Obwohl sie recht zierlich war, machte Louise-Marie, wie die Schwester laut ihres Namensschilds hieß, den Eindruck, als sei nicht mit ihr zu spaßen.

Doch Cassie blieb stehen und schenkte ihr keine Beachtung. »Ich wollte nur mal sehen, wie es dir geht und ob du Fortschritte machst«, sagte sie zu Lucinda.

Na klar doch, bedeutete Lucinda ihr mit einem Blick, dann legte sie los: »Weil deine dämliche Schwester bei den Dreharbeiten nicht aufgetaucht ist und ich als Ersatz herhalten musste, wäre ich fast gestorben!« Aufgebracht verzog sie das Gesicht. »Und das auch noch beim Dreh einer Szene, in der die Hauptfigur umgebracht wird. Was für eine Ironie des Schicksals! Wie kommt man nur auf so etwas?« Nach einem Blick in den Spiegel fügte sie hinzu: »Himmel, wo ist Laura Merrick, wenn man wirklich mal eine Maskenbildnerin braucht?«

»Aber es war ein Unfall.«

Lucinda bedachte Cassie mit einem weiteren finsteren Blick. »Es war ein Mordversuch! Aber der galt ganz bestimmt nicht mir! Jemand wollte Allie aus dem Weg räumen. Oder dich vielleicht.« Cassie wollte widersprechen, doch Lucinda war noch längst nicht fertig. »Und damit meine ich nicht Sig Masters, diesen Neandertaler. Der hat nur die Schüsse abgegeben. War zur falschen Zeit am falschen Ort, genau wie ich.« Sie zog sich das Haarband vom Kopf und wischte sich mit dem Ärmel ihres Sweatshirts den Schweiß von der Stirn. »Er hat mir einen Strauß Blumen geschickt. ›Sorry‹ stand auf der Karte.« Sie zog eine Grimasse und fügte hinzu: »Nicht zu glauben! Jemanden fast erschießen und dann denken, es wäre mit ein paar Blumen getan.«

Cassie schüttelte den Kopf. Sig Masters hatte sicher nichts mit der Sache zu tun. Das glaubten nicht einmal die Ermittler. Seine Akte war sauber, und abgesehen davon hätte er gar keinen Grund gehabt, Allie oder Lucinda etwas anzutun, und ihr schon gar nicht.

»Ich will doch nur meine Schwester finden«, beharrte Cassie.

Lucinda schnaubte verächtlich. »Ihr wart nicht gerade ein Herz und eine Seele. Angeblich hast du die Nebenrolle in *Dead Heat* nur bekommen, weil sie dir ein paar Krümel

hingeworfen hat. Weil sie dachte, das brächte Publicity oder so.«
»Ach.«
»Nun tu nicht so! Das weiß ja wohl jeder.« Lucinda zuckte abfällig mit den Schultern und wischte sich erneut den Schweiß von der Stirn. »Deine Schwester finden! Die ist doch bestimmt längst tot.« Abermals wollte Cassie etwas entgegnen, aber Lucinda fuhr unerbittlich fort: »Eigentlich dachte ich, du wüsstest von allen am besten, was mit ihr passiert ist.« Sie löste die Bremsen des Rollstuhls und bewegte sich auf Cassie zu, die noch immer von Louise-Marie in Schach gehalten wurde.
»Wie kommst du denn darauf?«
Lucinda lachte höhnisch. »Es ist allgemein bekannt, dass du neidisch auf ihren Erfolg warst. Dann wird aus Versehen auf mich geschossen, sie verschwindet spurlos, und du landest im Irrenhaus.« Lucinda rollte immer näher zu Cassie. »Kommt doch alles sehr gelegen.«
»Was willst du damit andeuten?«, fragte Cassie bestürzt. »Soll das heißen ... glaubst du etwa, ich wüsste, wo sie ist?«
»Wenn du dir diesen Schuh anziehen willst ...«, gab Lucinda giftig zurück und blieb mit dem Rollstuhl an einer der Matten hängen, die unter den Übungsgeräten lagen. »Herrgott noch mal!«, fluchte sie in altgewohnter Manier. Als sie das Hindernis umrundet hatte und auf die Tür zurollte, die ihr von Louise-Marie aufgehalten wurde, setzte sie ihre Tirade fort: »Was willst du von mir, Cassie?«
»Ich will wissen, wo Allie ist.«
»Obwohl sie dir deinen Mann ausgespannt hat? Das glaube ich dir nicht!« Cassie fühlte sich, als hätte sie einen Schlag ins Gesicht bekommen. Beim Gedanken an Trent, ihren Nochehemann, brach ihr der Schweiß aus. Sie hatte

ihn einst für ihre große Liebe gehalten, für ihren Seelenverwandten. Bis er sie hinterging. Sie musste an sich halten, um nicht die Fassung zu verlieren, denn sogleich hatte sie ihn wieder vor Augen: Trent, mit seinen markanten Gesichtszügen, den tief liegenden Augen und den fein geschwungenen Lippen, die er so gekonnt zu einem unwiderstehlichen, provokanten Lächeln verzog. Auf seine verwegene Art sah er unglaublich gut aus. Und sie in ihrer Naivität hatte ihn von ganzem Herzen geliebt.
Sie verdrängte das Bild und begegnete standhaft Lucindas hämischem Blick. »Mit Trent und mir war es ohnehin schon vorbei«, log sie.
»Trotzdem wundert es mich, dass die Cops dich im Zusammenhang mit Allies Verschwinden nicht genauer unter die Lupe nehmen. Das wäre doch naheliegend«, setzte Lucinda nach.
»Ich hatte damit nichts zu ...«
»Nein, nein, natürlich nicht«, fiel Lucinda ihr ins Wort und lachte verächtlich.
Cassie musste sich zusammenreißen, damit sich ihre Wut, ihre Enttäuschung und ihre Angst nicht plötzlich Bahn brachen.
»Weißt du was? Mir reicht es jetzt«, sagte Lucinda, als hätte sie Cassies Stimmungswechsel bemerkt und fürchtete einen Gefühlsausbruch. »Ich darf sowieso mit keinem reden, der etwas mit *Dead Heat* zu tun hat – Anweisung meines Anwalts. Können wir jetzt endlich?«, fügte sie ungehalten an Louise-Marie gerichtet hinzu und rollte hinaus auf den Gang.
»Aber hier geht es doch gar nicht um juristische Fragen!«, rief Cassie ihr hinterher, woraufhin Lucinda eine Vollbremsung machte und den Rollstuhl um hundertachtzig Grad drehte.

»Auf welchem Planeten lebst du eigentlich? Die Erde kann es nicht sein, und Amerika erst recht nicht. Da geht es nämlich *nur* um juristische Fragen.« Eine weitere Hundertachtzig-Grad-Drehung, dann rollte Lucinda hocherhobenen Hauptes davon.
Schachmatt.
Mit offenem Mund stand Cassie da. Sie war kurz davor, hinter Lucinda herzulaufen und auf Antworten zu bestehen, aber damit hätte sie lediglich riskiert, achtkantig aus Meadow Brook hinausgeworfen zu werden. Abgesehen davon wusste Lucinda vermutlich auch nicht mehr als sie.
Auf dem Weg zum Ausgang rannte sie beinahe eine Frau mit Rollator um und wurde mit den Worten: »Passen Sie gefälligst auf, wo Sie hinlaufen!«, zurechtgewiesen.
Umso eiliger hatte sie es, das Rehabilitationszentrum zu verlassen. Sie stieß die Tür auf, holte tief Luft und eilte hinaus auf den Parkplatz.
Lucindas Anschuldigungen hallten ihr noch in den Ohren. Es war etwas Wahres daran. Sie und Allie waren in den letzten Jahren durch eine Art Hassliebe miteinander verbunden gewesen. Wütend und verletzt über die Scheidung ihrer Eltern, hatte Cassie als rebellischer Teenager ihre Mutter bei jeder sich bietenden Gelegenheit herausgefordert. Von Kalifornien nach Oregon zu ziehen, hatte ihr gehörig zu schaffen gemacht. Sie hatte alles an Falls Crossing gehasst. Selbst ihr damaliger Freund Josh war ihr auf die Nerven gegangen, und Jenna, nach der Scheidung selbst kein leuchtendes Beispiel in puncto Beziehungen, war ganz und gar nicht einverstanden mit ihm gewesen.
Auch Allie hatte unter der Scheidung ihrer Eltern und dem Umzug in den Norden gelitten. Aber sie war introvertierter und in Cassies Augen zu jener Zeit ohnehin noch ein kleines Mädchen, das sich in erster Linie vor der Schule

drücken wollte. Erst auf der Highschool hatte sie sich auf die Hinterbeine gesetzt und bald alle anderen ausgestochen.

Cassie hatte es damals kaum glauben können. Die kleine, schüchterne Allie wurde nicht nur zu einer Musterschülerin, sondern gleichermaßen zu einer Sportskanone, die sogar ein Stipendium fürs College hätte bekommen können. Ihre Mutter war sehr stolz auf ihre jüngere Tochter, was Cassie, die gerade versuchte, in Hollywood Fuß zu fassen, furchtbar eifersüchtig machte. Noch heute spürte sie Ärger und Neid, wenn sie daran dachte, wie ihre Mutter damit angegeben hatte, an welche Colleges Allie hätte wechseln können.

All das war so absurd gewesen.

So falsch.

Cassie hatte sich in das Leben ihrer Schwester eingemischt, und das hatte sich als der größte Fehler erwiesen.

Hätte sie es nicht getan, wäre Allie vielleicht mit einem »ganz normalen« Leben zufrieden gewesen. Aber nein: Cassie hatte ihre jüngere Schwester ja überreden müssen, nach Hollywood zu kommen. Zunächst hatten sie sich recht gut verstanden, aber dann hatte es immer wieder Streit gegeben.

Verfluchter Mist, dachte Cassie seufzend, als sie wieder in den Mietwagen stieg. Die Empfangsdame mit der rauen Stimme stand auf dem Gehweg, rauchte eine Zigarette und sah skeptisch zu ihr hinüber. Cassie ignorierte sie und gab Vollgas.

Der Besuch bei Lucinda Rinaldi hatte sich als absoluter Reinfall erwiesen. Sie würde sich etwas Besseres einfallen lassen müssen.

Kapitel 4

Auf dem Weg zurück zum Hotel summte ihr Smartphone. Cassie warf einen Blick auf die Anruferkennung: ihre Mutter. Sie ließ die Mailbox anspringen und bog ab zu dem Starbucks, den sie auf dem Hinweg erspäht hatte. Am Drive-in-Schalter bestellte sie einen Caffè Latte und ein Himbeer-Scone und fuhr weiter zu ihrer Unterkunft.

In ihrem Zimmer stöpselte sie das Ladekabel ins Smartphone, schaltete den Fernseher ein und sprang unter die Dusche. Kurz darauf saß sie in sauberer Jeans und einem frischen Sweatshirt an dem kleinen Tisch, trank den Kaffee und aß das Scone, von dem sie natürlich nicht satt wurde. Später musste sie unbedingt etwas Anständiges essen, dachte sie und warf die Verpackung in den Papierkorb.

Und sie musste sich eine Strategie zurechtlegen, wenn sie ihre Schwester tatsächlich finden wollte. Es gab Dutzende von Vermisstenfällen. Menschen verschwanden von heute auf morgen und blieben wie vom Erdboden verschluckt. Aber nicht eine Sekunde lang glaubte Cassie, dass Allie zu diesen Fällen gehörte. Dafür schien das Timing viel zu perfekt. Es hatte fast den Anschein, als hätte Allie gewusst, dass an genau dem Tag am Set von *Dead Heat* etwas passieren und sie zur Zielscheibe werden würde.

War das zu weit hergeholt?

Möglicherweise.

Doch bei Allie war so einiges möglich. Auch die Inszenierung ihres eigenen Verschwindens?

Eine weitere von vielen unbeantworteten Fragen.

Cassie ließ sich aufs Bett sinken. Eigentlich hätte sie ihre Mutter zurückrufen sollen. Aber sie war noch nicht so weit, über all das mit Jenna zu sprechen, geschweige denn mit Shane Carter, ihrem Stiefvater. Mit dem hinterwäldlerischen Ex-Sheriff war sie nie richtig warm geworden. Und überhaupt, wie konnte man nur auf die Idee kommen, einen Polizisten zu heiraten?

Cassie war froh gewesen, als sie Falls Crossing endlich hinter sich lassen konnte. Mit fliegenden Fahnen war sie nach der Highschool zurück nach L.A. gegangen, wo Robert, ihr leiblicher Vater, lebte. Auch um seine Aufmerksamkeit hatte sie immer kämpfen müssen. Als Allie einige Jahre später nach Hollywood folgte, wollte er mit ihr und Cassie zu einem Dream-Team werden.

Wieder spürte Cassie die alte Eifersucht. Offenbar hatte sie ihre Gefühle noch immer nicht unter Kontrolle. Sie schloss die Augen und zwang sich, langsam ein- und auszuatmen. Es war noch nicht einmal vierundzwanzig Stunden her, dass sie die Klinik verlassen hatte. War es vielleicht doch ein Fehler, die Medikamente so plötzlich abzusetzen? Aber Dr. Sherling hatte sie ja zum Glück wieder in ihre Tasche gesteckt.

Cassie öffnete die Augen und starrte auf den Fernseher. Die Tatsache, dass sie die Tabletten noch hatte, bedeutete nicht, dass sie sie auch nehmen musste. Sie änderten ohnehin nichts, waren lediglich eine Krücke, wie das Gerät, an dem Lucinda Rinaldi wieder laufen lernte.

Der Gedanke an Lucinda brachte sie erneut auf Allie. Allie mit ihrem elfenhaften Gesicht und dem glänzenden, leicht gewellten Haar, das in der Sonne zwischen golden und rötlich changierte. Allie mit ihren kaum erkennbaren Sommersprossen und den strahlenden, ausdrucksvollen braunen Augen. Rein äußerlich ähnelte sie mehr ihrem Vater, aber was ihre Leinwandpräsenz betraf, kam sie ganz auf Jenna. Beide waren ungeheuer telegen. Eine weitere Ironie des Schicksals, dachte Cassie. Hatte man ihr doch, seit sie klein war, immer wieder erzählt, sie sei das Ebenbild von Jenna Hughes. Ihr Haar war etwas heller, aber sie hatte Jennas grüne Augen, die hohen Wangenknochen, die geschwungenen Augenbrauen und das spitze Kinn. Genutzt hatte es ihr allerdings nichts.

Die Kamera liebte Allie, wie es so schön hieß. Sie fing ihren inneren Funken ein. So war es nun einmal. Und Cassie? Sie hatte nicht mithalten können. Allie war in L. A. aufmarschiert und hatte mit ein wenig Unterstützung seitens ihres Vaters, eines ehemaligen Filmproduzenten, bei einem Werbespot mitgemacht. Kurz darauf hatte sie eine kleine Rolle in einer Vorabendserie ergattert. Diese Nebenrolle nutzte sie als Sprungbrett für größere Fernsehrollen, und ein Jahr später hatte sie den Vertrag für einen Kinofilm in der Tasche. Das Drehbuch war extra für sie geändert worden, um ihre Rolle auszuweiten. So einfach ging das also! Allie Kramer, nicht ihre ältere Schwester, trat in die Fußstapfen ihrer berühmten Mutter.

Eine Zeit lang hatte sich Cassie noch weiter abgestrampelt und sich anschließend auf das Schreiben von Drehbüchern verlegt. Überraschenderweise sollte sich die Vorhersage von Mrs Crosby, ihrer Englischlehrerin in Falls Crossing, bewahrheiten, die behauptet hatte, Cassie besitze Talent zum Schreiben.

Das war doch immerhin etwas.

Und nun? Würde Allies Verschwinden nicht ein verflucht gutes Drehbuch abgeben? Die Geschichte des naiven, jungen Mädchens, das Hollywood im Sturm eroberte und dann unter mysteriösen Umständen verschwand. Durchaus ausbaufähig, auch wenn es nicht ganz den Tatsachen entsprach. Von Naivität war Allie nämlich längst meilenweit entfernt. Und dass sie Hollywood im Sturm erobert hatte, war auch nur die halbe Wahrheit. Eigentlich hatte sie sich durch die Hintertür hineingeschlichen, die ihr Vater ihr geöffnet hatte. Aber sie war zu einem gewissen Ruhm gelangt. Und jetzt war sie den Schüssen eines Killers entkommen – und nach wie vor spurlos verschwunden. Allie war einfach unberechenbar.

Oder sie war tatsächlich tot.

Abermals versetzte der Gedanke Cassie in Angst und Schrecken. Doch sie mochte einfach nicht daran glauben. Nein. Allie war nicht tot. Ihre Schwester lebte noch. Sie durfte nicht tot sein. Cassie wollte ihr Drehbuch nicht mit dem Tod enden lassen.

Sie warf einen Blick in den Badezimmerspiegel. »Das ist doch verrückt«, murmelte sie. Jahrelang hatte sie nach einer Idee für ein neues Drehbuch gesucht. Allies Geschichte, erzählt von ihrer älteren Schwester, kam da natürlich ausgesprochen gelegen. Aber Kapital daraus zu schlagen, dass ihre Schwester möglicherweise in Schwierigkeiten steckte? Nein, das passte nicht zu ihr.

Allie war *nicht* tot, hoffte sie inständig, und genau das würde sie beweisen.

Mit einem weiteren Anflug von Schuldgefühlen, weil sie ihre Mutter immer noch nicht angerufen hatte, steckte sie das Smartphone in die Jackentasche. Es wurde Zeit, das Rätsel zu lösen.

Das Rätsel lösen? Ausgerechnet du?

»Schluss damit!«, sagte Cassie laut. Sie hängte das *Bitte-nicht-stören*-Schild an den Türknauf und vergewisserte sich, dass sie abgeschlossen hatte.

Der nächste Schritt würde sie zu dem Apartment führen, das Allie für die Dauer der Dreharbeiten von *Dead Heat* gemietet hatte. Die Ermittler hatten es zwar längst auf den Kopf gestellt, aber Cassie war seit dem letzten Besuch bei ihrer Schwester nicht mehr dort gewesen.

Vor ihrem inneren Auge sah sie diese letzte Begegnung vor sich. Allie war kleinlaut und verängstigt gewesen, aber gleichzeitig so wütend, dass sie ihre ältere Schwester angefunkelt und mit tränenerstickter Stimme hervorgestoßen hatte: »Es ist deine Schuld, Cassie. Es ist deine Schuld, wenn mir etwas passiert.« Dann hatte sie sich die Tränen von den langen Wimpern gewischt und Cassie den Rücken zugewandt, was bedeutete, dass sie deren Besuch für beendet hielt.

Trent balancierte einen Stapel Dachpfannen auf der Schulter. Als er das vertraute Rumpeln von Shorty O'Donnells Halbtonner hörte, drehte er sich um. Shorty hockte hinter dem Steuer des zwanzig Jahre alten, zerbeulten roten Chevys mit der etwas neueren, mittlerweile ebenso zerbeulten grünen Motorhaube und spähte durch die Windschutzscheibe.

Auch ohne einen Blick auf die Uhr wusste Trent, dass seine rechte Hand spät dran war.

Aber das war nichts Neues. Seiner Mutter zufolge war Shorty schon mit drei Wochen Verspätung auf die Welt gekommen, und offenbar rannte er der fehlenden Zeit immer noch hinterher. Seit Trent ihn kannte – mittlerweile schon seit über dreißig Jahren –, kam Shorty grundsätzlich zu spät. Warum hätte er ausgerechnet heute eine Ausnahme machen sollen?

Trent ging in die Scheune und legte den letzten Stapel Dachpfannen ab. Gerade als er wieder hinaustrat, wurde der leichte Nieselregen, der den ganzen Tag lang aus den dunklen Wolken gefallen war, zu dickeren Tropfen.

Shorty stellte seinen Pick-up ab und sprang auf die Kiesfläche vor den Gebäuden. »Tut mir leid wegen der Verspätung, aber diese dämlichen Kühe sind mir abgehauen«, erklärte er und spähte unter seiner Oregon-Ducks-Kappe hervor. »Muss endlich mal den Zaun reparieren.« Shorty war einen halben Kopf kleiner als Trent und auf der Ranch eine Art Mädchen für alles. Wenn er wollte, konnte er ein richtig hartgesottener Bursche sein. Er trug dasselbe Outfit wie immer: gelbe Regenjacke, Jeans, ramponierte Schuhe und die Kappe der Ducks, des Football- und Basketballteams der University of Oregon. Dabei war Trent sicher, dass Shorty nie einen Fuß auf deren Campus gesetzt hatte.
»Brauchst du Hilfe beim Abladen der Dachpfannen?«, fragte Shorty nun.
»Bin gerade fertig geworden.« Trent schlug die Heckklappe zu und vergewisserte sich, dass das Schloss eingerastet war.
»Dann mache ich am besten da drinnen weiter, oder?«, fragte Shorty und wies mit dem stoppeligen Kinn auf den Schuppen, in dem der alte John-Deer-Traktor auf ein Ersatzteil wartete, das im Lauf der Woche geliefert werden sollte, aber noch nicht eingetroffen war.
»Ja, mach nur«, sagte Trent mit einem finsteren Blick auf die verwitterte Scheune und den daran angeschlossenen Getreidesilo. Das Dach musste neu gedeckt werden, aber laut Wettervorhersage sollte der Regen drei Tage anhalten. Auf der schrägen Fläche herumzulaufen und die alten Pfannen abzudecken, war bei trockenem Wetter angebrachter – und sicherer. Trent hasste es, wenn das Wetter ihm einen Strich durch die Rechnung machte, ganz gleich, ob Mutter Natur oder Gottvater höchstpersönlich dafür verantwortlich war. Er ignorierte das Vibrieren seines

Handys in der Jackentasche. Garantiert wieder irgendwelche Journalisten, die ihn wegen Allie Kramers Verschwinden löchern wollten. Da er mit Allies Schwester verheiratet war, gingen ihm öfter neugierige Reporter auf die Nerven und stellten Fragen, die er lieber nicht beantworten wollte.

Trent pfiff nach seinem Hund. Der hatte es sich in der Scheune auf einer alten Pferdedecke bequem gemacht, die sonst von den Katzen beansprucht wurde.

»Hud! Bei Fuß!« Der Schäferhund, der als Welpe auf die Ranch gekommen war, sprang durch den Regen und zog es dann vor, sich auf die überdachte Veranda zu setzen. Er wedelte mit seinem buschigen Schwanz und schien darauf zu warten, dass die Haustür geöffnet wurde.

»Der mag den Regen auch nicht besonders«, bemerkte Shorty. »Sieht so aus, als wäre das Wetter in Kalifornien oder Arizona eher was für ihn.«

Trent zog das Scheunentor auf den leicht quietschenden Rollen zu.

»Könnte auch mal wieder geölt werden«, diagnostizierte Shorty und fügte auf Trents Nicken hinzu: »Ich glaube, im Schuppen steht eine Kanne Öl. Das kann ich heute noch erledigen.«

»Gute Idee.«

»Weißt du, was ich in der Stadt gehört habe?«, wechselte Shorty das Thema. »Über deine Frau?«

Trent gab sich alle Mühe, ein ausdrucksloses Gesicht aufzusetzen. »Ich habe keine Frau.«

»Ach, nicht mehr?«, fragte Shorty.

»Wir haben uns getrennt«, erklärte Trent, obwohl Shorty das längst wusste und nur Trents Geduld auf die Probe stellen wollte.

»Mit allen Formalitäten?«, hakte Shorty nach.

»Okay, ist ja gut. Was hast du gehört?«, fragte Trent genervt.
»Also, ich musste in der Stadt haltmachen, weil ich Draht brauchte, um den Zaun zu flicken. Da dachte ich, ich genehmige mir noch schnell einen, bevor ich weiterfahre. Im Keeper's gab es nur ein einziges Thema«, berichtete Shorty.
»Und das war Cassie?«, fragte Trent mit belegter Stimme. Mit Cassie Kramer hatte er nichts mehr zu tun, rief er sich einmal mehr ins Gedächtnis. Zweimal hatte er sich ernsthaft auf sie eingelassen. Das erste Mal, als sie sich näher kennengelernt hatten und sie eigentlich noch viel zu jung für ihn gewesen war. Das zweite Mal ein paar Jahre später, als er sich eingebildet hatte, er wolle sie unbedingt heiraten. Mit zusammengepressten Lippen dachte er daran, wie sie sich getrennt hatten. An all die Vorwürfe und das mangelnde Vertrauen. Auf beiden Seiten.
Bald wäre er geschieden. Und je weniger er von seiner künftigen Ex-Frau hörte, desto besser.
»Sie ist wohl raus aus der Klinik«, sagte Shorty so beiläufig, als würde er über das Wetter reden.
»Woher willst du das wissen?«
»Oh, hab ich halt gehört«, gab Shorty mit einem listigen Grinsen zurück und entblößte seine Zähne, die gelb waren von Kautabak und nicht mehr ganz vollzählig. »Anscheinend wollten die Ärzte sie noch nicht entlassen, aber sie ist einfach gegangen. Jemand von der Klinik hat Jenna angerufen. Die ist natürlich ausgeflippt. Sie hat ja auch schon genug um die Ohren, wegen der anderen Tochter.« Er spuckte Kautabaksaft auf den Kies, wischte sich mit dem Ärmel den Mund ab und fügte hinzu: »Merkwürdig, das Ganze. Wie kann jemand spurlos verschwinden, einfach so, noch dazu jemand, der so berühmt ist?«

»Weiß ich nicht.«
»Aber du kennst sie, oder? Ist immerhin deine Schwägerin.«
Ja. Er kannte Allie. Besser, als ihm lieb war. »Flüchtig.« Das war eine glatte Lüge, und vermutlich war auch Shorty das klar. Trent war das Thema ziemlich unangenehm, aber er verzog keine Miene. Er war den ganzen Tratsch längst gewohnt. Jenna Hughes war die berühmteste Einwohnerin von Falls Crossing, obwohl sie ihre Karriere schon vor Jahren beendet hatte. Als ihre Töchter nach Hollywood gingen und selbst Filme machten, war das natürlich in aller Munde gewesen, und seitdem behauptete man in Falls Crossing gern, die beiden stammten von hier. Dabei waren sie größtenteils in Kalifornien aufgewachsen. Doch das schien zweitrangig, denn Jenna Hughes' Töchter waren hier zur Highschool gegangen. Und das war Grund genug, Anspruch auf die beiden zu erheben.
»Wenn sie noch am Leben ist, müsste sie doch zumindest den Anstand haben, sich bei ihrer Familie zu melden?«
»Sollte man meinen«, gab Trent zurück, wobei er persönlich der Ansicht war, dass es mit Anstand bei Allie nicht weit her war.
Aber Shorty gab immer noch keine Ruhe. »Hast du nicht mal mit ihr …?«, deutete er an und drohte scherzhaft mit dem Zeigefinger.
»Was hab ich mit ihr?«
»Na, du weißt schon.«
»Weiß ich nicht!«
»Ich dachte, ihr hättet mal was miteinander gehabt. Als es mit Cassie nicht so gut lief.« Shortys hellblaue Augen blitzten. Wie immer schien es ihm richtig Spaß zu machen, Trent ein wenig zu piesacken.
»Da hast du falsch gedacht. Und jetzt kümmere dich lieber

darum, die Rollen zu ölen.« Mit diesen Worten ließ Trent Shorty stehen und ging zum Haus, woraufhin der Hund aufsprang und mit freudigem Schwanzwedeln über die Veranda zur Tür lief. »Wenn du fertig bist, komm rein!«, rief Trent mit einem Blick über die Schulter. »Dann spendiere ich dir ein Bier.«

Kapitel 5

Cassies Lunch bestand aus einem Becher wässrigem Kaffee und einem Big Mac. Schon für einen robusten Magen keine geeignete Kombination und für einen empfindlichen erst recht nicht, was sie auch prompt zu spüren bekam. Mit Krämpfen in der Magengegend fuhr sie zum Calista Complex, wo sich Allie für die Zeit der Dreharbeiten von *Dead Heat* eingemietet hatte.

Die drei fast hundert Jahre alten, komplett modernisierten Art-déco-Gebäude lagen im Pearl District, einem angesagten Szeneviertel am hügeligen Westufer des Willamette River. Hier einen Parkplatz zu finden war eine echte Herausforderung. Aber Cassie konnte ihren Mietwagen in Allies Parkbucht in der Tiefgarage abstellen, da die Spurensicherung Allies BMW nach wie vor nicht freigegeben hatte.

Cassie gehörte zum Kreis der Personen, die Allie vor ihrem Verschwinden zuletzt gesehen hatten. Ein neugieriger Nachbar hatte ihren Streit gehört und zu Protokoll gegeben. Eine Zeit lang hatten sich die Ermittler daraufhin für sie interessiert, vermutlich weil sie dachten, sie stecke mit ihrer Schwester unter einer Decke, oder, schlimmer noch, sie hätte etwas mit Allies Verschwinden zu tun.

Kann man ihnen nicht verdenken, dachte Cassie, als sie mit leichtem Unbehagen aus dem Nissan stieg. Das Parkhaus war ziemlich düster, und aus den Belüftungsrohren unter der niedrigen Decke tropfte Kondenswasser. Trotz der schwachen Beleuchtung zeichneten sich auf dem Boden überall Reifenspuren ab, weit und breit war niemand zu sehen. In den Ecken entdeckte Cassie Überwachungs-

kameras, aber die hatten Allie offenbar auch nichts genutzt. Zumindest hatten sie in der Nacht, in der sie verschwand, nichts Außergewöhnliches aufgezeichnet.
Cassie schob ihr Unbehagen beiseite und machte sich auf den Weg zu den Aufzügen. Sie steckte den Zweitschlüssel, den Allie ihr irgendwann einmal gegeben hatte, ins Schloss und drückte die Taste, um einen der beiden Fahrstühle in die Tiefgarage zu bestellen. Kurz darauf schoben sich die Türen mit einem leisen Zischen auseinander. Die Kabine war leer, und Cassie war froh, dass auf der Fahrt in die Penthouse-Etage niemand zustieg. Auch im Fahrstuhl war eine Kamera installiert, und unwillkürlich hielt Cassie den Kopf gesenkt. Als sich die Türen im achten Stockwerk wieder öffneten, spähte sie den Korridor entlang und fragte sich, ob zumindest auf der Aufzeichnung von Allies letzter Fahrt mit einem der beiden Aufzüge etwas Aufschlussreiches zu sehen war. Die Polizei hatte das Band beschlagnahmt.
Nach einem Blick über die Schulter schloss sie die Apartmenttür auf. Sie kam sich beinahe vor wie ein Einbrecher. Ein schwacher Hauch von Allies Parfüm wehte ihr entgegen und rief ihr den Abend, an dem sie ihre Schwester zum letzten Mal gesehen hatte, ins Gedächtnis. *Nein, nicht jetzt*, dachte sie. Sie schob die Erinnerung beiseite und tastete nach dem Lichtschalter, doch bevor sie darauf drücken konnte, erstarrte sie. Aus dem an den Flur angrenzenden Wohnbereich drang ein Geräusch. Zögernd machte sie einen Schritt nach vorn. »Allie?«
Im spärlichen Licht, das durch die heruntergelassenen Rollos fiel, zeichnete sich vor einem der Fenster die Silhouette eines Mannes ab.
»O Gott!«, schrie Cassie. Ihr blieb fast das Herz stehen.
»Weder Allie noch Gott«, kam es trocken zurück. Panisch

tastete Cassie die Wand ab. Endlich fand ihre Hand den Lichtschalter. Schlagartig war das topmoderne Apartment in gleißendes Licht getaucht.

»Was hast du denn hier zu suchen?«, rief sie fassungslos. Ihr Herz raste. Brandon McNary, Allies Partner in *Dead Heat*, stand mit Sonnenbrille, schwarzem T-Shirt und verwaschener, durchlöcherter Jeans vor der schicken Couchgarnitur und grinste sie dreist an. Nicht nur im Film, sondern auch privat hatte Allie eine heiße, äußerst öffentlichkeitswirksame Affäre mit ihm gehabt. Streitereien, Trennungen, Versöhnungen – all das war in den Klatschspalten breitgetreten worden und hatte die beiden zu einem der schillerndsten Paare Hollywoods gemacht.

»Hi, Cass«, begrüßte er sie lässig. Sein üblicher Dreitagebart musste eher fünf oder sechs Tage alt sein, was ihm einen intellektuellen Touch verlieh, dem er nicht einmal ansatzweise gerecht wurde. Anscheinend machte er neuerdings auf Johnny Depp. Eins achtzig groß, schlank und durchtrainiert nach stundenlangem Work-out im Fitnesscenter, hatte McNary das Image eines typischen Hollywoodstars. Mit seinem stets zerzausten dunklen Haar, den tief liegenden Augen, markanten Gesichtszügen und einem leicht zynischen Lächeln war er längst auf Hauptrollen abonniert.

Und er war ein Arschloch.

Das wusste Cassie nur allzu gut.

War sie doch in einem Anflug geistiger Umnachtung beinahe einmal seinem Charme erlegen. *Gott sei Dank nur beinahe.* »Also?«, fragte sie und wiederholte: »Was hast du hier zu suchen?«

»Wahrscheinlich dasselbe wie du«, gab McNary achselzuckend zurück. »Ich will herausfinden, was mit Allie passiert ist.«

»Und woher hast du einen Schlüssel?«, fragte Cassie und betrat den matt schimmernden Holzfußboden des Wohnbereichs.

McNary wies mit dem Kopf auf die Tür, die noch immer offen stand. »Ich wohne direkt gegenüber. Wir haben uns gegenseitig Schlüssel gegeben, damit jeder bei dem anderen nach dem Rechten sehen kann. Aber Ende des Monats ziehe ich aus. Der Film ist in trockenen Tüchern, und die nächste Rolle wartet schon. Abenteuerfilm, ziemlich viel Action. Mal was Neues.«

Wenn er sich einbildete, Cassie würde ihm dazu gratulieren, hatte er sich geschnitten, denn sie hatte nicht vor, auch nur mit einem Wort darauf einzugehen. So herrschte einen Moment lang Schweigen, bis McNary schließlich sagte: »Ich dachte, ich werfe einen letzten Blick hier rein.«

»Im Dunkeln?«

»Ich wollte gerade gehen. Hatte das Licht schon ausgemacht.«

»Die meisten Leute machen das Licht erst an der Tür aus. Ist sinnvoller, damit man nicht irgendwo gegen rennt.«

»Ich kenne mich hier auch im Dunkeln aus«, entgegnete McNary, die Lippen zu einem anzüglichen Grinsen verzogen. Er durchquerte den Wohnbereich und blieb so dicht vor Cassie stehen, dass sie sich gezwungen fühlte, einen Schritt zurückzuweichen. »Außerdem bin ich nicht wie die meisten Leute.«

»Nein, allerdings nicht«, gab Cassie in frostigem Tonfall zurück. Herrgott, er war so selbstgefällig, doch auch wenn sie es nur ungern zugab, war er ein guter Schauspieler, vermutlich sogar ein sehr guter. Bevor er Allie kennengelernt hatte, war sie selbst ein paarmal mit ihm ausgegangen. Rückblickend absolut idiotisch. Aber er hatte eine gewisse Ausstrahlung, und dafür waren Frauen empfänglich. Sie

jedenfalls war es damals gewesen. Mittlerweile hatte sie kapiert, was für ein Blender er war. »Du wolltest also nach Anhaltspunkten für Allies Verschwinden suchen?«
»Na ja, eigentlich …«, begann er angestrengt, »eigentlich wollte ich ihr nur irgendwie nahe sein, verstehst du? Wir hatten was miteinander.«
»Ich dachte, ihr hättet euch wieder getrennt.«
»Tja, mit Allie ist das so eine Sache«, stellte er achselzuckend fest. »Das brauche ich dir ja wohl nicht zu erklären. Mal nimmt sie ihr Schicksal in die Hand, und alles muss so laufen, wie sie es will, und dann wiederum ist sie wie ein kleines Mädchen, das jemanden braucht, der sie beschützt.«
»Jemanden wie dich?«
»Ganz genau.« Nach kurzem Zögern fügte er hinzu: »Aber manchmal war sie mir richtig fremd. Dann war sie nicht mehr die Allie, die ich kennengelernt hatte. Verstehst du, was ich meine?« Er sah Cassie durchdringend an.
Sie verstand sehr gut, was er meinte, aber das würde sie ihm gegenüber nicht zugeben. Allie hatte so viele Facetten! Der Bücherwurm. Die erfolgreiche Hollywood-Schauspielerin. Das unsichere kleine Mädchen. Und das gehässige Biest. Doch Cassie zog es vor, nicht weiter darauf einzugehen. Sie traute McNary nicht. Ganz gleich, was dieser Mann sagte oder tat, sein eigenes Interesse kam grundsätzlich an erster Stelle.
»Und?«, fragte sie und machte eine ausladende Geste, mit der sie den Wohnbereich umschloss. »Hast du beim Detektivspielen etwas entdeckt?«
Er schüttelte den Kopf.
Sie ließ den Blick schweifen. »Wer hat hier eigentlich aufgeräumt? Die Ermittler ja wohl kaum.«
»Deine Mutter wahrscheinlich«, antwortete er.

Und wieder dieser Anflug von schlechtem Gewissen, weil sie Jenna nicht zurückgerufen hatte. »Hast du mit ihr gesprochen?«

»Ist schon eine Weile her. Nachdem die Spurensicherung fertig war. Wahrscheinlich konnte Jenna es nicht ertragen. Die Unordnung, meine ich. Und, na ja ... alles andere auch nicht.«

»Aber von Allie hast du nichts gehört?«

Ruckartig hob er den Kopf und durchbohrte sie mit einem zornigen Blick. »Dann wäre ich ja wohl nicht hier.«

»Wer weiß.«

»Du kannst es einfach nicht lassen, oder?«, gab er kopfschüttelnd zurück.

»Was?«

»Alles Mögliche.« McNarys Tonfall wurde schärfer und ließ den Jähzorn durchscheinen, für den er bekannt war. In Sekundenbruchteilen spiegelte sich Wut in seinem allzu gut aussehenden Gesicht, und er ballte die Fäuste. Doch dann öffnete er sie wieder, hob die Hände und sagte: »Da gibt es nichts zu beschönigen: Du hast Probleme damit, jemandem zu vertrauen, Cassie.«

»Und du damit, dich zu beherrschen.«

Er wollte ihr widersprechen, überlegte es sich aber anders und starrte auf die Küchenzeile. »Gelegentlich«, räumte er nach einer Weile ein.

»Meistens.«

»Und du? Warum warst du eigentlich in der Klapsmühle?«, fragte er und korrigierte sich sogleich: »In der Klinik.«

»Weil es sein musste.«

McNary zog seine dichten Augenbrauen hoch. »Und dann haben die Ärzte dich einfach wieder entlassen?«

»Wie man sieht, bin ich draußen.«

»Noch!«, gab er mit gesenkter Stimme zurück und ging zur Tür.
»Was soll das heißen?«
Die Hand schon auf dem Türknauf, zögerte er einen Moment. Dann drehte er sich wieder um und kam Cassie abermals bedrohlich nahe. »Mir kannst du nichts vormachen. Du warst hier, kurz bevor ... bevor deiner Schwester irgendetwas passiert ist. Die Cops haben dich im Visier, Cass. Ich könnte mir vorstellen, dass das der eigentliche Grund ist, warum du in die Psychiatrie geflüchtet bist.«
»Ich hatte einen Nervenzusammenbruch.«
McNary musterte sie mit einem prüfenden Blick und wiederholte lakonisch: »Einen Nervenzusammenbruch.«
»Ja.« Als er nichts mehr entgegnete, fügte Cassie empört hinzu: »Was denn? Glaubst du etwa, ich hätte das nur inszeniert?«
Sein Blick wurde noch skeptischer.
»Aber das wäre doch total verrückt!«
»Ganz genau.« Innerhalb einer Sekunde setzte McNary eine entspannte Miene auf und nahm wieder seine lässige Haltung ein. »Ich muss jetzt los«, sagte er und ging zur Tür. »War nett, dich wiederzusehen, Cass«, fügte er ohne einen Funken von Emotionen hinzu und schenkte ihr sein bekanntes strahlendes Lächeln. »Immer wieder eine Freude.« Dann schloss er leise, aber fest die Tür.
Ein perfekt einstudierter Abgang.
Dieser Typ war wirklich ein Arschloch. Cassie schloss die Augen und zählte langsam bis zehn, um Brandon McNary aus ihren Gedanken zu verbannen. Er war der Letzte, über den sie sich jetzt den Kopf zerbrechen wollte.
Ja, sie hatte den Fehler gemacht, sich ein paarmal mit ihm zu treffen. Und ja, natürlich hatte sie sich zurückgewiesen gefühlt, als er Allie kennenlernte. Aber das war nichts wei-

ter als verletzte Eitelkeit und hatte mehr mit Allie zu tun als mit ihm. So unwiderstehlich fand sie ihn nun auch wieder nicht. Und um bei der Wahrheit zu bleiben: Sie hatte mit ihm angebändelt, als ihre Ehe mit Trent den Bach hinunterging. Aber auch das hatte mit Allie zu tun.
Allie. Immer wieder Allie.
Cassie starrte auf die Tür, durch die Brandon McNary vor wenigen Minuten hinausspaziert war, und fragte sich, was er über das Verschwinden seiner Film- und zeitweiligen Lebenspartnerin wusste. Vorausgesetzt, er wusste überhaupt etwas.
Wer weiß, vielleicht war es ja eine Entführung. Oder etwas noch Schlimmeres.
Cassie beschlich das Gefühl, dass sie sich etwas hatte vormachen lassen. Und das auch noch von Brandon McNary. Möglicherweise wusste er mehr, als er ihr gesagt hatte. Aber was? Abermals bekam sie Angst um ihre Schwester, allerdings wollte sie auch diesen Gedanken jetzt lieber nicht verfolgen.
»Reiß dich zusammen!«, ermahnte sie sich selbst, während sie an den modernen Möbeln in nüchternen Grautönen entlangging. Doch auch die aus bunten Klecksen bestehenden Kunstwerke an den Wänden und der Teppich mit dem farbenfrohen, geometrischen Muster unter dem gläsernen Couchtisch änderten nichts daran, dass ihre Stimmung sich verdüsterte.
»Ich weiß doch, wie sehr du mich hasst!«, hatte ihre Schwester ihr vorgeworfen, als sie das letzte Mal hier gewesen war. Mit nassen Haaren und im Bademantel war Allie gerade aus der Dusche gekommen. Ohne Make-up sah sie deutlich jünger aus. »Du hast mich schon immer gehasst!«
»Aber das stimmt nicht ...«

»Lüg mich nicht an!« Tränen waren ihr die Wangen hinuntergelaufen. »Von Anfang an hast du mich gehasst! Schon als wir noch klein waren und nach Oregon gezogen sind.«
»Das ist nicht wahr.«
»Tu doch nicht so! Ich habe es immer gespürt!«
»Wenn ich dich so sehr hassen würde, warum hätte ich dich dann überreden sollen, nach Hollywood zu kommen?«
Daraufhin hatte sich Allie die Tränen vom Gesicht gewischt. »Weil du dachtest, ich würde scheitern. Deshalb hast du mich hierhergelockt.« Mit Entschlossenheit in der Stimme hatte sie hinzugefügt: »Aber wie du siehst, hat das nicht funktioniert.«
»Nein, hat es nicht«, flüsterte Cassie nun und wünschte, sie könnte diese Szene umschreiben, um ihr eine andere Wendung zu geben. Dann würde sie ihrer Schwester klarmachen, dass sie sie liebte, trotz aller Rivalität, die seit dem Teenageralter zwischen ihnen bestand und die sich natürlich nicht abstreiten ließ. Plötzlich verspürte sie einen Kloß im Hals. Könnte sie doch alles noch einmal machen! Dann würde sie sich weniger mit sich selbst beschäftigen und ihren verdammten Stolz überwinden.

Mach dir nichts vor, Cassie. Allie hatte absolut recht. Du wolltest immer beweisen, dass du die Bessere von euch beiden bist.

Es kostete Cassie einige Anstrengung, die kritische Stimme in die Schranken zu weisen und ihre Aufmerksamkeit wieder auf Allies Apartment zu richten.
Allie hatte die Penthouse-Wohnung möbliert gemietet, weil sie nach Abschluss der Dreharbeiten ohnehin nicht in Portland bleiben wollte. Cassie zog die Rollos hoch, aber auch bei Tageslicht wirkte das Apartment steril und leblos. Das Schlafzimmer, ebenfalls in nüchternem Grau gehalten,

sah aus wie in einem Hotel der gehobenen Kategorie. Das Badezimmer und der begehbare Kleiderschrank waren leer. Alles war gereinigt worden, von Allies persönlichen Sachen befand sich nichts mehr dort. Die Spurensicherung oder Jenna hatten alles mitgenommen.

Hier war nichts zu finden.

Man kommt sich geradezu vor wie in einem Mausoleum.

Mit einem Kribbeln im Nacken ging Cassie zurück zur Eingangstür und hatte die Hand schon am Türknauf, als ihr Smartphone summte. Erschrocken zuckte sie zusammen und warf einen Blick auf das Display: schon wieder ihre Mutter.

Diesmal hatte sie eine Textnachricht geschickt: Ruf mich an.

»Ja doch«, murmelte Cassie vor sich hin. Sie trat vor die Tür, zog sie fest hinter sich zu und schloss ab. Im Korridor war niemand. Trotzdem warf Cassie unwillkürlich einen Blick über die Schulter. Es wartete auch niemand vor den beiden Aufzügen oder im weitläufigen Entrée, dessen Panoramafenster einen spektakulären Blick auf die Skyline von Portland boten.

Dennoch wurde Cassie das Gefühl nicht los, dass sie beobachtet wurde.

Das bildest du dir nur ein. Wieder einmal. Sie drückte auf die Taste für die Fahrstühle und zuckte zusammen, als sich die Türen auf einer Seite sofort öffneten. Der Fahrstuhl war leer. Aber jemand musste hinaufgefahren sein oder kurz vor ihr die Taste gedrückt haben.

Ohne Zwischenstopp glitt der Aufzug hinunter in die Tiefgarage. Cassie war froh darüber. Sie war absolut nicht in der Stimmung, auch nur ein Wort mit jemandem zu wechseln. Dennoch musste sie dringend ihre Mutter anrufen. Jenna machte sich Sorgen um sie, und vielleicht gab es ja etwas Neues von Allie, so unwahrscheinlich das auch sein mochte.

Als sie vor ihrem Mietwagen stand, zuckte Cassie abermals zusammen, diesmal wegen eines stechenden Schmerzes im Kopf, der sie nicht zum ersten Mal durchfuhr. Manchmal war er so schlimm, dass sie kaum noch etwas sehen und sich später an nichts mehr erinnern konnte. Mittlerweile kannte sie diese Symptome. Sie brauchte dringend einen abgedunkelten Raum und einen Kaffee oder eine Cola, irgendetwas Koffeinhaltiges.
Au! Vor Schmerz musste sie die Augen zukneifen. Hoffentlich schaffte sie es noch bis zum Hotel. »O nein«, stieß sie hervor, als die Ränder ihres Sichtfelds verschwammen und ihr Herz zu rasen begann. Sie stützte sich auf die Motorhaube und wartete, bis der Schmerz nachließ.
Er musste nachlassen!
Sie hatte zu viel um die Ohren, als dass sie sich davon beeinträchtigen lassen konnte.
»Bitte nicht«, flüsterte sie und holte tief Luft, während ihr gleichzeitig schwarz vor Augen wurde. »Nicht jetzt!«

Cherise Gotwell schlüpfte aus dem Bett und warf einen letzten Blick auf die glatte Haut des Mannes, der neben ihr auf dem Bauch lag. Wie hieß er noch? Ryan? Oder Riley? Irgendwas mit R jedenfalls.
Da war sie sich ziemlich sicher.
Sie hatte ihn im Vintner's House aufgelesen, einer Bar, in die Allie Kramer immer ging, wenn sie in Portland war. Und dieser Typ hatte sie attraktiv gefunden. (Das konnte man ja wohl auch erwarten.) Interessant. (Wen wundert's?) Und geistreich. (Na ja.) Als sie ihm dann auch noch erzählte, dass sie für Allie Kramer gearbeitet hatte, war er kaum noch zu halten gewesen.
Wie daneben war das denn?
Sie waren miteinander im Bett gelandet, und wahrschein-

lich hatte er sich die ganze Zeit über vorgestellt, sie wäre Allie. So etwas passierte ihr nicht zum ersten Mal. Und ja, es gab eine gewisse Ähnlichkeit. Aber hinterher war immer eine große Leere in ihr, genau wie jetzt. Sie raffte ihre Kleidung zusammen, schlich ins Wohnzimmer der Junggesellenbude und zog sich an. Sie hatte das Spielchen mitgemacht, und sah Ryan oder Riley, oder wie immer er hieß, nicht auch ein bisschen aus wie Brandon McNary, der ganz zufällig ihr neuer Chef war? Okay, dann waren sie also beide etwas daneben mit dieser Art von Kopfkino, wenn man es denn so nennen wollte.
Egal – auf dem Weg zum eigentlichen Ziel durfte man ruhig ein wenig Spaß haben.
Cherise war nämlich keineswegs gewillt, sich in die lange Liste von Brandons Eroberungen einzutragen. Nein, sie wollte ihn ganz, mit Haut und Haaren. Das Dumme war nur, dass Brandon scheinbar noch nicht über Allie hinweg war, dachte sie, während sie im Halbdunkel ihren Slip anzog und den BH zuhakte. Klar, vor dem Beginn der Dreharbeiten von *Dead Heat* hatten sie sich zum tausendsten Mal getrennt, aber das war Cherise schon damals komisch vorgekommen. Das Timing war einfach perfekt, um die Boulevardpresse auf Trab zu halten und wieder einmal auf den Titelseiten zu landen, sowohl bei den Tageszeitungen und Illustrierten als auch im Internet. Brandon war für jede Art von Publicity zu haben, und Allie war diesbezüglich um keinen Deut besser.
Abgesehen davon war Cherise natürlich nicht entgangen, wie die zwei sich angesehen hatten, wenn sie sich unbeobachtet fühlten. Ihre Blicke waren weder leidend noch schmachtend gewesen, sondern eher verschwörerisch, so als gäbe es irgendein Geheimnis, von dem nur die beiden etwas wussten, oder einen Witz, über den nur sie lachen konnten.

Oder hatte sie zu viel hineininterpretiert?

Schon seit Ewigkeiten war sie in Brandon verliebt. Sie musste sich sehr zusammenreißen, um sich nicht einfach von ihm flachlegen und um den Verstand vögeln zu lassen. Meine Güte, es gab nichts, was sie lieber getan hätte! Aber sie wollte mehr. Viel mehr. Und wie hieß es doch so schön: Gut Ding will Weile haben.

Nach dem Motto hatte sie immer gelebt. Schon als kleines Mädchen. Damals war sie die Hübsche gewesen. Diejenige, die wusste, was sie wollte, und beharrlich diesem Ziel entgegenstrebte. Und ihre Schwester? Die war immer sofort aufs Ganze gegangen. Immer volles Risiko.

Daran hatte sich bis heute nichts geändert.

Cherise zwängte sich in die hautenge Jeans und schlüpfte in ihr Sweatshirt. Es war nicht irgendein Sweatshirt. Es war eins aus Allies Fundus. Eins, das sie sich vorübergehend ausgeliehen hatte und bei dem die Leute bestimmt sofort die grandiose Szene vor Augen hatten, in der sich Allie genau dieses Sweatshirt aufreizend langsam über den Kopf zog, während sie rittlings auf dem Schoß ihres Filmpartners saß, auf einem Picknicktisch irgendwo in der Wildnis.

Unvergesslich, diese Szene!

Ryan oder Riley oder Randy war es jedenfalls sofort aufgefallen. Dieses Sweatshirt war definitiv ein Eisbrecher, und wahrscheinlich hätten die meisten Männer so einiges dafür gegeben, wenn Allie Kramer – oder eine Frau, die so aussah wie sie – auf ihrem Schoß gesessen und es sich über den Kopf gestreift hätte.

Ryan, oder wie immer der Typ hieß, war jedenfalls voll darauf abgefahren. Er war schon fast gekommen, bevor er überhaupt seine Jeans ausgezogen hatte.

Eine solche Macht über Männer zu haben war genau nach

Cherise' Geschmack. Oder glaubte Allie etwa, sie sei die Einzige, die diese Macht für sich in Anspruch nehmen konnte?

Aber hurra, hurra, hurra! Zum Glück war sie verschwunden, und wenn es nach Cherise ging, brauchte Allie auch gar nicht wiederaufzutauchen. Für sie zu arbeiten war die reinste Sklaverei gewesen. Ständig hatte Cherise Allies Launen und Wutanfälle über sich ergehen lassen müssen. Und dann diese ehrgeizigen Pläne und dämlichen Hirngespinste! Rund um die Uhr hatte sie auf Stand-by sein müssen. Okay, sie war einigermaßen gut bezahlt worden, aber bei vierundzwanzig Stunden am Tag, und das an sieben Tagen die Woche ... Nur, um die Assistentin der umwerfenden, unwiderstehlichen Allie Kramer zu sein ... Nein, danke! Nie wieder.

Beschwingt lief Cherise die Treppen hinunter und trat hinaus auf die Straße. Die nächtliche Stadt um sie herum pulsierte. Jetzt, da sie einen Teil ihres Frusts abgelassen hatte, hatte sie keine Lust, nach Hause zu gehen. Noch lange nicht!

Sie atmete tief die feuchte Nachtluft ein und dachte an die rosige Zukunft, die sie erwartete.

»Mrs Brandon McNary«, sprach sie wie so oft laut vor sich hin. Das klang doch gut. Hauptsache, Allie Kramer konnte ihr nicht mehr dazwischenfunken. Dann würden ihre Träume endlich wahr werden. »Mrs Brandon McNary«, wiederholte sie einmal mehr, ein wenig lauter diesmal, und sogleich durchfuhr sie ein wohliger Schauer.

Sie war zu allem, zu wirklich allem bereit, um sich Brandon zu angeln. Da konnte selbst Allie Kramer einpacken.

Szene 1

Sie trat hinaus auf den Balkon des gemieteten Apartments. Hier, in der zweiten Etage, war der Verkehrslärm deutlich zu hören, und man konnte die Fußgänger erkennen, die in die angesagten Restaurants und Läden des Stadtviertels eilten. Mit zusammengekniffenen Augen richtete sie den Blick auf die Hügel im Westen. Dann beugte sie sich über das Geländer und starrte hinunter auf die Straße. Die Straße, in der der Showdown von *Dead Heat* gedreht worden war. Die Straße, in der Lucinda Rinaldi beinahe erschossen worden wäre.
Ein »Unfall«, der nicht hätte passieren sollen.
Aus mehreren Gründen.
Sie spürte ein Prickeln auf der Haut, vor Aufregung und von dem Regen, der in dicken Tropfen vom Himmel fiel. Vor ihrem inneren Auge spulte sich die Szene in allen Einzelheiten ab: zwei rennende Frauen, das Klatschen ihrer Schritte auf dem nassen Asphalt, das verdunkelte Set, absolute Stille, der panische Gesichtsausdruck der Schauspielerin. Sie warf einen Blick über die Schulter, um sich zu vergewissern …
Stopp! Sie stieß sich vom Geländer ab, ging über die nassen Fliesen zurück ins Zimmer und schloss die Glastüren. Ihre Kleidung war vollkommen durchnässt. Wie lange hatte sie da draußen gestanden? Hatte jemand sie gesehen? Verflucht, das war wirklich leichtsinnig gewesen!
Du musst auf der Hut sein, rief sie sich auf dem Weg ins Badezimmer zur Ordnung. Während sie sich das triefnasse Haar und die feuchte Haut abtrocknete, warf sie einen

Blick in den Spiegel. Umwerfend, dachte sie mit einem Lächeln. Das hatte man ihr schon oft gesagt.
Sie wickelte sich ein Handtuch um den Kopf und ging ins Schlafzimmer. Dort ließ sie sich aufs Bett fallen und betrachtete das Foto, das sie neben dem Kopfende platziert hatte: Jenna, damals noch deutlich jünger, wie sie in L. A. über die Straße ging, an jeder Hand eine ihrer beiden Töchter. Die ältere drehte sich nach einem kleinen Hund um, und Jenna zerrte sie hinter sich her, während sie sich zu der jüngeren, die gerade etwas sagte, hinunterbeugte.
Es gab ihr einen Stich ins Herz.
Das Bild, aufgenommen von irgendeinem Paparazzo, sagte doch wohl alles.
Schwestern! Als ob sich Schwestern jemals füreinander interessierten. Als ob sie auf besondere Weise miteinander verbunden wären. Lächerlich! Sie wusste ganz genau, wie das mit Schwestern war.
Sie presste die Lippen aufeinander, und ihr Herz raste. Wut stieg in ihr auf und trübte ihre Stimmung. Wieder einmal. Sie konnte machen, was sie wollte, diesen tief sitzenden Ärger wurde sie nicht los. Die Saat, die schon vor Jahren in ihr aufgekeimt war, hatte längst ihr Gemüt überwuchert.
Sie fing an zu zittern. Ihr Blick fiel auf den roten Lippenstift, der auf dem Nachttisch lag. Es mochte verrückt sein, sich aus Zorn zu so etwas hinreißen zu lassen, aber sie zog die Kappe des Lippenstifts ab und beschmierte das Glas über dem Foto. Jennas ach-so-berühmtes Gesicht.
Das Bild fiel ihr aus der Hand.
Glas splitterte.
Die Bruchstellen legten sich wie Spinnweben über die drei Gesichter.
Allies Gesicht war kaum noch zu erkennen.
Auch in ihr zersplitterte etwas.

Noch immer zitternd, zog sie sich die Lippen nach, und mit einem der Glassplitter, den sie vom Boden aufgehoben hatte, die Linien in ihrer Hand. Quälend langsam. Als der erste Blutstropfen erschien, presste sie die Hand zusammen, bis das Blut auf den Boden tropfte. Ein weiterer Tropfen. Und noch einer. Sie ließ das Blut aufs Foto tropfen, bis die drei Personen darauf in einer roten Lache schwammen.
Ihre Kehle schnürte sich zusammen, als sie flüsterte: »Alles nur Show.«

Erst nach Anbruch der Dunkelheit war Cassie ins Hotel zurückgekehrt. Mit ihrem Smartphone hatte sie noch am Abend im Internet einen Flug nach L. A. gebucht und war gleich am nächsten Morgen zum Flughafen gefahren. Den Nissan hatte sie bei der Autovermietung abgegeben.
Nach der Sicherheitskontrolle suchte sie sich ein ruhiges Plätzchen in der Abflughalle und rief ihre Mutter an.
»Hallo«, meldete sich Jenna schon nach dem ersten Klingeln. Cassie zog sich der Magen zusammen, als ihr bewusst wurde, dass ihre Mutter voller Angst auf den Anruf einer ihrer Töchter gewartet hatte.
»Hi, Mom.«
»Cassie!« Jenna versagte beinahe die Stimme. »Ich habe mir solche Sorgen um dich gemacht!«
»Mir geht es gut, Mom.« Eine glatte Lüge. Cassie fühlte sich absolut elend, weil sie nicht längst zurückgerufen hatte.
»Dr. Sherling sagte, du hast die Klinik verlassen.«
»Stimmt.« Es hatte sich also schon herumgesprochen.
»Sie wollte mir darüber keine genauere Auskunft geben, wegen der Schweigepflicht, aber es klang, als sei sie damit ganz und gar nicht ganz einverstanden.«

»Ich weiß. Aber es geht mir gut, und ich fliege gleich nach L. A.« Cassie musste wieder an die Szene mit der altmodisch gekleideten Krankenschwester denken. Einbildung oder Realität?

Realität, verflucht noch mal! Rinko hat sie schließlich auch gesehen.

»Aber was willst du denn in Los Angeles? Hier ist doch dein Zuhause.«

»Hat Allie sich inzwischen gemeldet?«, wechselte Cassie das Thema und flehte im Stillen um ein Ja.

»Nein.« Die Sorge war Jenna deutlich anzuhören.

»Und die Polizei? Hat die schon neue Erkenntnisse?«

»Nicht, dass ich wüsste.«

»Kann Shane sich nicht irgendwie einschalten?«, fragte Cassie, während Fluggäste mit ihren Trolleys in Richtung der Abflugschalter eilten. »Immerhin war er mal Sheriff.«

»Seit er nicht mehr im Dienst ist, ist er auch nur ein normaler Bürger«, hielt Jenna dagegen.

»Kennt er denn niemanden, der ihm inoffiziell Genaueres sagen könnte?«

Nach kurzem Zögern antwortete Jenna: »Du weißt doch, wie er ist: immer schön an die Regeln halten.«

Vor ihrem inneren Auge sah Cassie ihren Stiefvater vor sich: groß, ziemlich kräftig, mit einem dichten schwarzen Schnäuzer und Augen, denen nichts entging. »Dann wird es vielleicht Zeit, sich über diese Regeln hinwegzusetzen.«

»Wahrscheinlich gibt es gar nichts Neues.«

»Hm«, sagte Cassie und machte sich ebenfalls auf den Weg zum Abflugschalter.

»Cassie«, fuhr ihre Mutter fort, »du und Allie, ihr seid mir das Wichtigste im Leben. Das weißt du doch, oder?«

Natürlich wusste sie das, aber im Moment war das Neben-

sache. »Mom, der Akku ist fast leer. Ich rufe dich später noch mal an.«
»Cassie ...«
»Bis bald.« Sie legte auf. Jetzt war nicht der richtige Zeitpunkt, um sich mit Jenna oder sonst jemandem zu befassen. Sie musste nach L. A. Allein. Und dort würde sie endlich ein paar Antworten bekommen.

Kapitel 6

Sie wurde verfolgt! Bis nach Kalifornien. Schon als Cassie in L. A. auf ihr Gepäck wartete, hatte sie das unbestimmte Gefühl gehabt, beobachtet zu werden. Am Taxistand war sie es auch nicht losgeworden.
Jemand hatte sie im Visier.
Lauerte irgendwo in der Menschenmenge.
Oder litt sie unter Verfolgungswahn?
Mach dich nicht verrückt!, ermahnte sie sich, als sie vor ihrem Apartment aus dem Taxi stieg. Weit und breit war niemand zu sehen. *Das bildest du dir nur ein.*
Sie blieb eine Weile stehen und sah dem Taxi hinterher, das sich wieder in den Verkehr einfädelte. Dann ging sie um das wuchtige, stuckverzierte Gebäude herum. Noch immer beunruhigt, eilte sie zwischen den ordentlich gestutzten Hecken den Fußweg entlang und ein paar gefliese Stufen hinauf. Von dort aus ging es durch einen kleinen Laubengang zu dem Apartment, das sie seit zwei Jahren gemietet hatte. Sie schloss die bodentiefen Fenstertüren auf, durch die sie in ihre Wohnung gelangte, und stieß einen Seufzer aus.
Auf den ersten Blick war alles noch genauso, wie sie es zurückgelassen hatte, abgesehen von einer dünnen Staubschicht auf dem Beistelltisch und den Regalen. Der Ficus vor den Fenstertüren war allerdings eingegangen und hatte seine Blätter überall rings um den Tontopf verstreut. Spinnweben zogen sich von den Ecken des Raums ins Badezimmer bis fast unter die Dusche, die stickige Luft war brütend heiß.

Eigentlich hatte Cassie erwartet, nach Hause zu kommen würde sie in irgendeiner Weise beruhigen, aber jetzt wäre sie am liebsten sofort wieder gegangen. Sonst strahlte die kleine Wohnung immer etwas Behagliches aus. In dem kalifornischen Herrenhaus mit den langen Fluren, den roten Dachziegeln und den schmiedeeisernen Treppengeländern hatte sie einst als Unterkunft für das Kindermädchen gedient. Für Cassie war die Wohnung eine Art Rückzugsort geworden, wenn der Trubel in L. A. ihr zu viel wurde oder sie von dem emotionalen Druck in ihrer Familie ganz einfach genug hatte. Doch nun war ihr alles andere als behaglich zumute. Mit den toten Insekten in den Ecken und den monatealten Illustrierten auf dem Beistelltisch kam ihr das Apartment furchtbar trostlos vor.

Als sie die Fenstertüren hinter sich schloss, musste sie an Trents letzten und ziemlich unerfreulichen Besuch denken. Wie ein Wahnsinniger hatte er von außen mit den Fäusten gegen die schweren Holzrahmen der Türen gehämmert, sodass Cassie schon fürchtete, er würde jeden Moment eine Scheibe einschlagen. Als hätte er ihre Gedanken gelesen, schwang er die Fäuste in Richtung der Glasscheiben, aber Cassie hielt drohend ihr Smartphone hoch, um ihm klarzumachen, dass sie die Neun-eins-eins wählen würde, falls er nicht innehielt. Die Cops hätten ihn garantiert sofort mitgenommen. Also hatte er mit blutenden Knöcheln und wütend funkelnden Augen die Zähne aufeinandergebissen und sie vernichtend angestarrt.

Unwillkürlich war sie einen Schritt zurückgewichen, das Telefon schon am Ohr, während Trent einen Fluch ausstieß, den sie durch die geschlossenen Fenstertüren natürlich nicht hatte hören können. Dann hatte er die Hände über dem Kopf zusammengeschlagen und war aufgebracht davongestapft.

Für immer.
»Soll er doch!«, sagte sie laut, wenn auch mit leicht zittriger Stimme. Sie hätte sich ohrfeigen können, weil ihr die Trennung von ihm immer noch zu schaffen machte. Aber die Entschuldigung, dass sie gerade erst aus der Klinik kam, ließ sie sich selbst nicht durchgehen. Was Trent betraf, war sie schon immer eine Idiotin gewesen. Wer sonst hätte sich von ein und demselben Mann nicht nur einmal, sondern gleich zweimal das Herz brechen lassen? Wer war schon so dämlich, sich einzubilden, beim zweiten Mal würde bestimmt alles anders? Weil er sie ewig lieben und niemals betrügen würde. Schon gar nicht mit der eigenen jüngeren und viel berühmteren Schwester.
»Unglaublich!«, murmelte Cassie mit einem Blick auf das gerahmte Foto, das umgedreht auf dem Tischchen neben den Fenstertüren lag: ihr Hochzeitsfoto.
Vielleicht sollte sie es einfach in den Müll werfen. Oder auch nicht, denn das hatte sie ja schon einmal getan – und es am nächsten Tag wieder herausgeholt.
Offiziell war sie immerhin noch mit ihm verheiratet.
Warum hatte sie die Scheidung nicht so durchgezogen, wie sie es Trent angedroht hatte? Sie schluckte. Plötzlich hatte sie einen Kloß im Hals, ihre Augen fingen an zu brennen. Wütend strich sie mit dem Handrücken über ihre Lider. Nein, sie würde Trent Kittle bestimmt keine weitere Träne nachweinen! Tränen hatte sie nämlich schon genug vergossen, und was genug war, war genug.
Cassie schüttelte die Erinnerung an ihren Nochehemann ab und lief in dem kleinen Apartment hin und her, das ihr ebenso leer vorkam, wie sie sich fühlte. Vollkommen verlassen. Sie hätte den Mietvertrag längst kündigen sollen, gleich zu Beginn der Dreharbeiten von *Dead Heat*.
Im Gegensatz zu Allie, die vorübergehend eine Wohnung

in Portland gemietet hatte, war Cassie jedes Mal von L. A. zum Dreh geflogen. Aber sie hatte ja auch weniger Drehtage gehabt. Und wenn sie doch einmal über Nacht hatte bleiben müssen, war sie bei ihrer Mutter und Shane Carter in Falls Crossing untergekommen oder hatte sich in der Nähe des Sets ein Hotelzimmer genommen.

Während ihres Klinikaufenthalts hatte sie ihre wenigen Habseligkeiten im Haus ihrer Mutter aufbewahrt, doch die würde sie bald abholen müssen. Zunächst aber musste sie sich Gedanken darüber machen, wo sie bleiben wollte, zumindest vorübergehend. Wollte sie weiterhin hier in L. A. wohnen, in diesem Apartment mit seinem Retrocharme? Oder wollte sie einen Neuanfang machen und vielleicht sogar ganz woandershin ziehen? Das hing natürlich auch davon ab, ob Allie wiederauftauchte oder nicht.

Zum gefühlt tausendsten Mal versuchte sie, ihre Schwester anzurufen, und zum gefühlt tausendsten Mal erhielt sie die Nachricht, die Mailbox sei voll. Also schrieb sie eine weitere Textnachricht: Melde dich! Aber wie all die Nachrichten zuvor würde sicher auch diese auf ihrem Display als gesendet, aber nicht als gelesen erscheinen.

Cassie ging in die Küche, wo ein Joghurtbecher, in dem noch ein Löffel steckte, vor sich hin schimmelte. Sie spülte Becher und Löffel ab und stellte beides in die Spülmaschine. Danach öffnete sie den Kühlschrank, in dem sich nur zwei Flaschen Chardonnay und ein Paket Butter befanden. Nicht gerade viel. Dann packte sie ein paar Sachen zusammen: Make-up, das Nötigste an Kleidung und ihren Laptop. Sie nahm auch die Post mit, verließ die Wohnung und schloss die Tür hinter sich. Wann sie wohl zurückkommen würde, um den Rest zu holen? Ihre Zukunft war ungewiss, und daran würde sich vorerst nichts ändern. Jedenfalls nicht, solange sie nicht wusste, wo ihre Schwester steckte.

Ihr Wagen, ein sieben Jahre alter Honda Accord, stand im Schatten der Palmen, wo sie ihn vor ihrer Abreise geparkt hatte. Mit hunderttausend Meilen auf dem Tacho und einem Riss im Bezug des Fahrersitzes war er tatsächlich alles andere als neu, aber das spielte keine Rolle. Was sehr wohl eine Rolle spielte, war die Frage, ob er anspringen würde. Doch der Motor ließ sich ohne Probleme beim ersten Versuch starten.

Immerhin etwas, das funktionierte.

Der Tank war sogar noch halb voll. Cassie schaltete die Scheibenwischanlage ein, und als sie auf die Hauptstraße abbog, flogen Staub, Insekten und Vogelkot von der Windschutzscheibe.

Wie immer in Los Angeles waren nicht nur die breiten Boulevards, sondern auch die Nebenstraßen verstopft, und die Sonne schien so grell, dass Cassie ihre Sonnenbrille aufsetzen musste. Bis zu Allies schicker Eigentumswohnung war es nicht weit, das supermoderne Gebäude lag ganz in der Nähe von Cassies Apartment.

Dort angekommen, fuhr sie in die Tiefgarage und setzte in eine der leeren Parkbuchten. *Nur für Hausbewohner* stand auf einem Schild darüber.

Mit dem Außenaufzug fuhr Cassie in die dritte Etage. Auch für dieses Apartment besaß sie einen Schlüssel. Allie hatte ihn ihr in friedlicheren Zeiten anvertraut, damit Cassie die Blumen gießen und nach der Post sehen konnte, wenn Allie zum Filmset reisen musste.

Cassie schloss die Tür auf, betrat die Wohnung und holte tief Luft. Es herrschte noch das Durcheinander, das die Ermittler von der Spurensicherung hinterlassen hatten. Schubladen und Schranktüren standen offen, die Möbel waren verrückt, sämtliche Oberflächen mit Fingerabdruckpulver bedeckt.

Abermals kam sich Cassie vor wie in einem Mausoleum.
Was versprichst du dir überhaupt davon, hierherzukommen? Glaubst du etwa, du findest hier etwas? Nachdem die Polizei mit ihren Experten schon alles auf den Kopf gestellt hat?
Die Wahrheit lautete schlicht und einfach: Sie war neugierig. Ja, natürlich suchte sie nach Hinweisen, die sie einer Erklärung für das Verschwinden ihrer Schwester näher brachten. Doch so makaber es schien: Wenn sie ganz ehrlich war, kam auch eine Spur simpler Neugierde hinzu, hatte sie doch nun die einmalige Gelegenheit, einen Blick hinter die Kulissen von Allies Leben werfen zu können, das so viel glamouröser war als ihr eigenes.
Cassie ging von einem Zimmer ins nächste. Niedrige Sofas standen im Wohnraum in wildem Durcheinander vor dem schmalen, gekachelten Kamin, dessen Gasflammen, wenn sie angeschaltet waren, durch die Glasbausteine oberhalb zu züngeln schienen. Das hatte Cassie noch bildlich vor Augen. Einmal hatte sie auf einem der Sofas davor gesessen und Allie in einem der wenigen Momente schwesterlicher Eintracht den Text für eine Rolle abgehört.
An manche Szenen erinnerte sie sich ganz genau, andere wiederum waren vollständig aus ihrem Gedächtnis getilgt. So wie der Abend, an dem Allie verschwand. Cassie wusste nur noch, dass sie sich gestritten hatten, aber alles, was dann folgte, war einfach gelöscht. Warum konnte sie sich nicht mehr daran erinnern, obwohl es doch gerade jetzt so wichtig gewesen wäre?
Ihr wurde das Herz schwer, als sie weiter durch die einzelnen Zimmer ging.
Zum ersten Mal fiel ihr auf, dass überall gerahmte Fotos von Allie hingen, kleinere Bilder neben- und übereinander, größere dominierten eine ganze Wand wie in der Essecke oder

über dem Kamin. Auch die Beistelltische und Regale waren übersät mit Fotos. Es schien geradezu, als hätte sich Allie damit selbst ein Denkmal setzen wollen, einen Schrein zur Huldigung von Narzissmus und Eitelkeit. Doch einige Stellen an den Wänden waren leer. Auffallend leer. Als wären dort Bilder abgenommen worden. Aber von wem? Von Allie selbst? Hatte sie nicht irgendwann erzählt, einige ihrer Lieblingsfotos sollten retuschiert und neu gerahmt werden? Daran erinnerte sich Cassie vage. Hm. Vielleicht hatte die Polizei ein paar der Bilder mitgenommen. Es war durchaus möglich, dass einer der Beamten ein Fan von Allie war und das eine oder andere Foto einfach hatte mitgehen lassen. Wie auch immer – die leeren Stellen an den Wänden verursachten Cassie zunehmend Unbehagen.

Sie betrat Allies Schlafzimmer, in dessen Tür ein goldener Stern graviert war, wie auf dem Walk of Fame in Hollywood. Hatte Allie diesbezüglich etwa doch Sinn für Humor?

Nein, ganz sicher nicht.

Das riesige, moderne Bett füllte einen Großteil des Raums aus. Die Matratze war abgezogen, die rosa Satinbettwäsche verschwunden. Cassie erinnerte sich daran, dass zuvor stapelweise Kissen auf dem Bett gelegen hatten. Jetzt waren sie nicht mehr dort, wahrscheinlich hatte die Polizei sie mitgenommen. Auch hier waren die Wände voll mit Allie-Bildern, und wieder fehlten einige. Oder bildete sie sich das nur ein?

Auf dem Nachttisch und auf einer Kommode standen Fotos von Allie und Brandon McNary. War Allie wirklich fertig mit ihrem Filmpartner? Die Beziehung der beiden war ein ewiges Hin und Her gewesen, und die Presse hatte alles gierig aufgesaugt. Sie, die Tochter von Jenna Hughes, und er, der Spross einer wohlhabenden Familie aus dem

Südwesten. Allie hatte behauptet, sie habe McNary ein für alle Mal den Laufpass gegeben, aber wenn Cassie sich die Fotos ansah, hatte sie ihre Zweifel daran.

Das Badezimmer lag direkt nebenan, doch dort war nichts zu finden: Es war nahezu vollständig leer geräumt. Das zweite Schlafzimmer hatte Allie als Ankleidezimmer genutzt. Vom Boden bis zur Decke stapelte sich ihre Kleidung, hing an Kleiderstangen oder lag in Schubladen, in den unteren Regalböden standen unzählige Schuhpaare. Vor dem großen Fenster mit Blick auf die Hügel von Hollywood befand sich ein Schminktisch mit zahlreichen Schubladen und ausklappbaren Spiegeln, die, mit Glühbirnen versehen, so ausgerichtet werden konnten, das man sich von allen Seiten betrachten konnte.

Cassie setzte sich auf Allies Hocker und versuchte, sich vorzustellen, wie es wäre, wenn sie mit ihr tauschen könnte. Einer der nach innen geklappten Spiegel reflektierte ihr Bild so oft, dass es klein und verschwommen und kaum noch zu erkennen war. Sie wandte gerade den Kopf ab, als sie in den Spiegeln eine Bewegung bemerkte.

Einen dunklen Schatten.

Hinter ihr.

Ihr Herz setzte einen Schlag lang aus. Vor lauter Schreck sprang sie auf und stieß mit der Hand ein Glas mit Make-up-Pinseln um.

Beinahe hätte sie aufgeschrien, doch als sie sich umdrehte, sah sie nichts weiter als einen grauen Vorhang, der auf dem Fußboden lag. Sonst nichts. Absolut nichts Bedrohliches. Nur ein harmloses Stück Stoff, das ihr, überspannt wie sie war, vorgekommen war wie eine dunkle Gestalt.

Reiß dich endlich zusammen!

Mit zitternden Händen sammelte sie die Pinsel ein, stellte sie in das Glas zurück und stand auf.

Plötzlich summte ihr Smartphone.
Mit rasendem Herzen warf sie einen Blick aufs Display, aber die Nummer, die dort angezeigt wurde, sagte ihr nichts. Sie wartete, bis sich die Mailbox einschaltete. Ohne auch nur eine einzige Antwort auf ihre Fragen gefunden zu haben, verließ sie Allies Wohnung und fuhr mit dem Aufzug hinunter in die Tiefgarage. Wenig später kündigte ein pingendes Geräusch an, dass ihr jemand auf die Mailbox gesprochen hatte.
Hinter den Scheibenwischern des Honda klemmte ein Zettel mit dem Hinweis, die Parkbuchten seien allein Hausbewohnern vorbehalten. Cassie zerknüllte das Stück Papier und stieg in ihren Wagen. Meine Güte, sie war kaum eine Stunde hier gewesen, und schon musste sich jemand aufspielen. Aber das hieß auch, dass die Parkplätze überwacht wurden. Die Kamera hing oben an einem der Pfeiler. Ein rotes Lämpchen zeigte, dass sie eingeschaltet war und alles aufzeichnete, was auf dieser Parkebene passierte.
»Sehr hilfreich«, murmelte Cassie vor sich hin. Plötzlich hatte sie das dringende Bedürfnis, diesen Ort schnellstmöglich zu verlassen. Ein Schauer lief ihr über den Rücken, als sie in die tief stehende Sonne blinzelte und ohne anzuhalten aus der Ausfahrt fuhr.

»Ich dachte, du wüsstest vielleicht, warum sie gleich nach ihrem Aufenthalt in der Klinik nach Los Angeles geflogen ist.« Die Besorgnis in Jennas Stimme war durch das drahtlose Telefon deutlich zu hören.
Trent war auf dem Weg in die Stadt, als Jenna anrief. Das Handy zwischen Schulter und Ohr geklemmt, saß er am Steuer und verspürte das altvertraute Kribbeln, das ihn immer dann überfiel, wenn von Cassie die Rede war. Eigentlich hatte er den Anruf gar nicht entgegennehmen wollen,

aber dann hatte er gesehen, dass Jenna Hughes am Apparat war, und einen Strafzettel riskiert. Cassie bedeutete grundsätzlich Ärger – wenn sie nicht gerade selbst Ärger hatte. Doch da auch er die Scheidung noch nicht vorangetrieben hatte, fühlte er sich nach wie vor für sie verantwortlich. Gewissermaßen jedenfalls.

»Ich habe nicht die leiseste Ahnung«, sagte er, während er eine Kurve schnitt und sich fragte, warum sich seine künftige Ex-Frau in den Flieger gesetzt hatte, nachdem sie gerade aus der Psychiatrie gekommen war. Die Scheibenwischer wehrten den strömenden Regen ab, der aus den dunklen Wolken fiel, die Reifen rollten summend über den nassen Asphalt. Trent nahm all das kaum war. Er war ganz in Gedanken an Cassie versunken.

»Ich dachte, sie hätte dir vielleicht etwas erzählt.«

Trents Finger schlossen sich fester um das Lenkrad, als er vom Highway abbog und seinen alten Pick-up in einen der Randbezirke von Falls Crossing steuerte. »Das tut sie schon lange nicht mehr.«

»Hast du sie denn nicht in der Klinik besucht?«, fragte Jenna, obwohl sie sich die Antwort wahrscheinlich denken konnte.

»Cass wollte nicht, dass ich sie besuche. Hat mich nicht in ihre Nähe gelassen. Ich bin wohl zur Persona non grata geworden.«

»Aber du bist doch ihr Mann.«

»Das zählt für Cassie anscheinend nicht mehr.« Trent hielt vor einem Stoppschild. Ein alter Cadillac mit den typischen Heckflossen rollte über die Kreuzung.

»Ich mache mir Sorgen um sie«, sagte Jenna.

»Ja, ich weiß.«

»Du etwa nicht?« Die Frage klang ein wenig vorwurfsvoll.

»Doch. Aber das ist ja nichts Neues«, konterte Trent und

hätte sich dafür sogleich in den Hintern treten können. Er fuhr in eine Parkbucht vor dem Postamt. »Ich habe nicht mehr mit Cassie gesprochen, seit sie und die gesamte Crew in Portland waren, um die letzte Szene für diesen Film zu drehen. Seit Allie verschwunden ist. Da hat Cassie mich angerufen und mir alle möglichen Vorhaltungen gemacht. Sie dachte, ich hätte was mit Allies Verschwinden zu tun. Ich habe mich sofort auf den Weg gemacht und sie von der Polizei abgeholt, nach dieser furchtbar langen Befragung. Aber das weißt du ja alles.«

Jenna schwieg. Dann sagte sie mit bebender Stimme: »Sie ... sie redet nicht mit mir. Ruft mich nicht einmal zurück. Aber ich dachte ... ich hatte gehofft, sie hätte sich bei dir gemeldet.«

»Leider nicht.«

Jenna schwieg abermals, und Trent konnte geradezu spüren, wie sehr seine berühmte Schwiegermutter sich zusammenreißen musste. »Ja, leider«, flüsterte sie schließlich.

Mehr aus Pflichtgefühl als aus echtem Interesse fragte Trent: »Gibt es etwas Neues von Allie?« Eigentlich wusste er, dass das nicht der Fall war. Hätte man Allie Kramer gefunden, ganz gleich ob tot oder lebendig, wäre das in sämtlichen Medien gewesen. Seit über drei Monaten war sie nun schon verschwunden. *Dead Heat* würde bestimmt bald in die Kinos kommen, und Allie Kramer war seit dem letzten Dreh, genauer gesagt dem Nachdreh, wie vom Erdboden verschluckt.

Mit erstickter Stimme antwortete Jenna: »Nein, immer noch nicht.«

»Verdammt.«

»Das kannst du wohl sagen«, stimmte Jenna ihm zu.

Trent kam sich total unsensibel vor. »Tut mir leid«, sagte er. Eine Plattitüde. Ehrlich gemeint, aber dennoch bloß eine Plattitüde. Nachdem Tage und Wochen vergangen waren, schien die Hoffnung, Allie Kramer lebend zu finden, zu schwinden, obwohl jetzt, kurz vor Filmstart, das allgemeine Interesse an ihrem Schicksal wieder angefacht schien. Aber auch das war für Trent nichts Neues. Als Cassies Nochehemann und Allies Schwager wusste er, was er von den Medien zu halten hatte. »Pass auf, wir machen es so: Ich rufe Cassie an. Vielleicht spricht sie ausnahmsweise doch mit mir und erzählt mir, was los ist. Dann melde ich mich bei dir.«

»Dafür wäre ich dir sehr dankbar, Trent.« Jenna klang erschöpft. »Bis bald.«

Trent starrte noch ein, zwei Sekunden lang aufs Display, dann drückte er die Kurzwahltaste für Cassies Nummer. Wenn er es schon anbot, konnte er es auch so schnell wie möglich hinter sich bringen.

»Geh ran!«, murmelte er, als er das Klingeln am anderen Ende der Leitung hörte und ihm bei dem Gedanken, mit Cassie sprechen zu müssen, ein wenig flau im Magen wurde. Er klappte die Sonnenblende herunter und betrachtete das Foto von ihr, das er dort befestigt hatte. Auf dem Bild hatte sie ein leicht ironisches Lächeln aufgesetzt, und mit ihren grünen Augen, den geschwungenen Brauen, dem spitzen Kinn und dem zerzausten Haar, das ihr auf einer Seite über die Schulter fiel, wirkte sie wie ein freches, kleines Mädchen. Süß und sexy.

Am anderen Ende der Leitung klingelte es immer noch.

Trent wartete mit zusammengebissenen Zähnen.

Er ließ es noch drei Mal klingeln, aber wie er sich schon gedacht hatte, nahm sie das Gespräch nicht an.

Kapitel 7

Cassie holte sich einen Iced Caffè Latte in einem Starbucks nicht weit vom La Cienega Boulevard und setzte sich damit unter einen der Sonnenschirme. Sie zog ihr Smartphone hervor und überprüfte es auf neue Nachrichten. Seit ihrer Abreise aus Portland waren vier Sprachnachrichten auf ihrer Mailbox eingegangen: eine von ihrer Mutter, eine von Whitney Stone, dieser Reporterin, die sie schon bis in die Klinik verfolgt hatte, eine von Holly Dennison, einer Set-Designerin, mit der sie zwar nicht befreundet, aber ganz gut bekannt war, und schließlich eine von Trent. Als Cassie die letzte Nachricht sah, biss sie sich auf die Unterlippe und hörte die Mailbox ab.
Ihre Mutter bat um einen Rückruf. Whitney wollte sich mit ihr treffen, und Hollys Nachricht lautete: »Hallo. Ich bin in L. A., und ich glaube, ich habe dich am Flughafen gesehen. Ruf mich an.«
Dann kam Trent. »Ich bin es.« Seine Stimme traf einen Nerv, den sie am liebsten hätte veröden lassen. »Jenna hat mich angerufen. Sie macht sich Sorgen und will wissen, was mit dir los ist. Sie sagte, du seist irgendwohin geflogen.« Pause. Cassie hielt den Atem an. »Wenn du das hörst, ruf mich an. Oder melde dich bei Jenna.« Wieder Pause. Und dann kam ein Satz, der ihr den Rest gab: »Pass auf dich auf, Cass.«
»Das interessiert dich doch einen Scheißdreck, ob ich auf mich aufpasse oder nicht«, murmelte Cassie vor sich hin und hatte augenblicklich wieder einen Kloß im Hals. Genau das war ihr Problem. Trent brauchte nur ein wenig

nett zu ihr zu sein, ganz gleich, ob ehrlich gemeint oder nicht, und schon hatte er sie wieder an der Angel.

Cassie löschte die Sprachnachrichten und sah sich die Textnachrichten an: wieder diese Reporterin, Whitney Stone, die sich mit ihr treffen wollte. Aber das kam überhaupt nicht infrage! Sie produzierte und moderierte eine dieser Enthüllungssendungen, *Justice: Stone Cold*, eine Mischung aus Hollywood-Tratsch und ungelösten Fällen. Es hieß, ein paar Folgen über das rätselhafte Verschwinden von Allie Kramer seien schon in der Mache. Das hatte Cassie gerade noch gefehlt! Also: *Löschen*. Die nächste Textnachricht war von ihrer Mutter, und wieder bat sie um einen Rückruf. *Löschen*. Und Holly hatte noch einmal getextet, was sie schon per Voicemail hinterlassen hatte: Da sie beide in L. A. waren, wollte sie sich mit Cassie treffen. Also: *noch nicht löschen*. Schließlich hatte Holly ebenfalls am Set von *Dead Heat* gearbeitet. Abgesehen davon kannten sie und Allie sich recht gut. Vielleicht wäre es gar nicht so dumm, sich mit ihr zu verabreden.

Cassie trank ihren Iced Caffè Latte und sah sich die Leute an, die in den Starbucks hinein- und mit Pappbechern wieder heraus eilten oder wie sie selbst an einem der Tische saßen, einen Laptop vor sich oder das Smartphone in der Hand. Manche sogar beides.

Es war schon später Nachmittag, und die Sonne stand bereits tief am nahezu wolkenlosen Himmel. Cassie überlegte, was sie tun sollte. Am besten ganz bald nach Portland zurückkehren, wenn auch nur vorübergehend, denn dort war Allie zum letzten Mal gesehen worden.

Von dir.

Laut der Polizei warst du die Letzte, die sie vor ihrem Verschwinden gesehen hat.

»Erzählen Sie mir von diesem Abend«, hatte Detective

Rhonda Nash gesagt, als sie in dem stickigen, kahlen Verhörraum saßen. Nash, in einem korrekten grauen Hosenanzug und gestärkter Bluse, war etwa Mitte vierzig, schätzte Cassie. Sie trug einen kurzen, stumpfen Fransenschnitt und hatte nicht ein einziges erkennbares Lachfältchen in ihrem ovalen Gesicht. Sie wirkte ziemlich durchtrainiert. Sicher ging sie regelmäßig ins Fitnessstudio. »Wie lief der Abend ab, an dem Sie Ihre Schwester zum letzten Mal gesehen haben?«, wollte sie wissen.
»Da gibt es nicht viel zu erzählen.«
»Worüber haben Sie gesprochen?«
»Über den Film«, antwortete Cassie. »Wir haben beide bei *Dead Heat* mitgespielt.«
»Aber sie hatte die Hauptrolle?«
Dunkle Augen hinter randlosen Brillengläsern musterten Cassie prüfend. Vermutlich wollte Detective Nash wissen, wie Cassie auf diese überflüssige Frage reagierte. »Ja«, antwortete sie knapp.
»Und Ihr Part war wie lang? Vier Sätze?« War da ein hämischer Unterton zu hören?
»Richtig«, bestätigte Cassie mit einem Kopfnicken und schaffte es irgendwie, die Fassung zu bewahren.
»Ihre Schwester ist mittlerweile ziemlich berühmt.«
Darauf sagte Cassie nichts.
»Sie haben also über den Film gesprochen«, fuhr Nash mit einem Blick auf ihre Notizen fort. »Worüber genau?«
»Wir haben uns beide ziemlich aufgeregt, als es hieß, die letzte Szene sollte noch einmal gedreht werden.«
»Warum?«
»Weil das Publikum bei der Probeaufführung nicht so begeistert war. Deshalb mussten alle, die einen Auftritt in der letzten Szene hatten oder sonst irgendwie daran mitarbeiteten, noch einmal nach Portland kommen.«

»Nein, ich wollte wissen, warum Sie sich darüber aufgeregt haben.«
»Ich hatte eine kleine Änderung vorgenommen, und Allie war nicht ganz damit einverstanden.«
»Sie haben eine Änderung vorgenommen?«
»Ich bin Drehbuchautorin. Und ich hatte eine Idee, die dem Regisseur gefiel.«
»Aber Ihre Schwester hat sich darüber aufgeregt?«
Und wie! »Sie war ziemlich erschöpft. Sie wollte sich eine Auszeit nehmen. Drehbücher lesen, die man ihr geschickt hatte, um sich richtig … ›zu positionieren‹. So hat sie es jedenfalls ausgedrückt.«
»Und Sie?«
»Ich wollte Drehbücher schreiben und unbedingt …« – falsche Wortwahl, ganz falsche Wortwahl! – »… und gern etwas ausprobieren, was mir schon eine Weile durch den Kopf ging.«
»Künftig wollen Sie also lieber schreiben als spielen?«
Mit der Frage hatte Cassie gerechnet. »Viele Schauspieler stehen irgendwann lieber hinter als vor der Kamera. Sie führen Regie, werden Produzenten oder schreiben Drehbücher.«
»Sie hatten als Schauspielerin keinen großen Erfolg, oder?«
»Das ist einer der Gründe«, räumte Cassie ein.
»Ganz im Gegensatz zu Ihrer Schwester.«
»Sieht so aus.«
»Seit ihrem Durchbruch in … Wie hieß der Film noch gleich?« Nash schnippte mit den Fingern, als hätte sie den Titel des Blockbusters vergessen, in dem Allie eine drogenabhängige, schwangere Prostituierte im Teenageralter gespielt hatte, die es dennoch schaffte, sich an den Haaren aus dem Dreck zu ziehen. Es war ein düsterer Film gewesen. Cassie hatte für die Hauptrolle vorgesprochen, war

aber mit Anfang zwanzig als »zu alt« abgelehnt worden. Allie war damals auch schon achtzehn, hatte es aber hinbekommen, die Kurzschlusshandlungen einer Fünfzehnjährigen überzeugend rüberzubringen.
»*Street Life*«, sagte Cassie schließlich.
»Ja, den meine ich«, bestätigte Nash und nickte. »Hatten Sie nicht auch für die Hauptrolle vorgesprochen?«
»Ja.«
»Aber Allie hat sie sich geschnappt.«
»Ja.«
»Hieß es nicht sogar, sie solle einen Oscar dafür bekommen?«
»Sie wurde nicht nominiert.«
»Aber alle fanden, sie hätte nominiert werden sollen.«
»Es war ihr Durchbruch«, räumte Cassie ein. Detective Nash machte sich Notizen, obwohl die Befragung ohnehin aufgezeichnet wurde.
»Es muss schwierig für Sie gewesen sein, dass Ihre kleine Schwester die Rolle bekam, nachdem man Sie abgelehnt hatte.«
»Sie war eben besser geeignet. Jünger.« Cassie klemmte ihre feuchten Hände unter die Oberschenkel und versuchte, ein unbeteiligtes Gesicht zu machen. Detective Nash hatte einen wunden Punkt getroffen. Jede junge Schauspielerin hätte sich die Finger nach einer Rolle wie die der Penelope Burke geleckt. Auch für Cassie wäre es ein Traum gewesen. Und eigentlich war Allie erst durch sie auf die Idee gekommen, selbst zum Casting zu gehen.
»Wenn ich es richtig sehe, hat Ihre Schwester Sie mehr als einmal aus dem Rennen geworfen«, bohrte Nash weiter und überflog ein paar Seiten aus der Akte. »Drei Mal, um genau zu sein, oder?«, fragte sie mit einem prüfenden Blick.

»Äh ... ja. Das kann hinkommen.«
»Sie wissen es nicht genau?« Nash ließ keinen Zweifel daran, dass sie ihr das nicht abkaufte. »Also, wenn mir das passiert wäre, könnte ich mich genau daran erinnern.«
»Es waren drei Rollen«, stellte Cassie klar, wobei sie sich zusammenreißen musste, um die Ruhe zu bewahren. Offenbar wollte Detective Nash sie aus der Reserve locken, ihr einen Anlass geben, aus der Haut zu fahren und etwas Unüberlegtes zu sagen.
»In der Wohnung Ihrer Schwester gab es Anzeichen eines Kampfes. Auf dem Fußboden wurden die Scherben eines Weinglases gefunden. Die Möbel standen nicht mehr am ursprünglichen Platz. Da Sie sie als Letzte gesehen haben, können Sie mir vielleicht mehr darüber erzählen.«
»Wir waren nicht ganz einer Meinung wegen der Änderungen im Drehbuch. Allie hat sich ziemlich aufgeregt, und dabei ist ihr das Weinglas hingefallen.«
»Es ging also nicht um etwas Persönliches?«
»Nein.« Das war weniger als die halbe Wahrheit. Und eigentlich hatte Cassie die Geschichte ausschmücken wollen, um alles auf eine Rivalität zwischen Schwestern herunterzuspielen. Doch dann hielt sie es für besser, ihre Antworten so knapp wie möglich vorzubringen, damit sie sich, falls nötig, später daran erinnerte.
Detective Nash hatte die Augenbrauen zusammengezogen, als würde ihr etwas Kopfzerbrechen bereiten. »Ihre Schwester und Ihr Mann sind einander nähergekommen?«
Das hatte Cassie total aus der Fassung gebracht. Ihre Finger krallten sich in die Sitzfläche des Stuhls, bis ihre verschwitzten Hände von dem Plastikbezug abrutschten. »Als wir getrennt lebten, haben Allie und Trent sich ein paarmal getroffen«, musste sie einräumen.
Trent hatte ihr damals versichert, alles sei rein platonisch

gewesen, weil beide sich Sorgen um Cassie gemacht hatten. Was für ein Schwachsinn! Aber darüber verlor sie bei der Befragung natürlich kein Wort. Sie hatte überhaupt nicht viel preisgegeben. Je persönlicher die Fragen wurden, desto knapper hatte sie geantwortet, insbesondere, als es um ihre Ehe oder das Verhältnis zu ihren Eltern ging. Detective Nash war sogar darauf zu sprechen gekommen, was sie und Allie hatten durchmachen müssen, als ihre Mutter von einem Stalker verfolgt wurde. Aber auch dazu hatte Cassie nicht viel gesagt.

Spätestens bei dieser Befragung war ihr klar geworden, dass man sie im Zusammenhang mit Allies Verschwinden als Verdächtige betrachtete. Sie hatte Allie als Letzte gesehen. Und sie hatte kein Alibi, hatte den Rest des Abends, an dem Allie sich scheinbar in Luft aufgelöst hatte, allein verbracht. Kein Wunder, dass die Polizei sie unter die Lupe nahm.

Sie trank gerade den letzten Schluck ihres Iced Caffè Latte, als sich ihr Smartphone erneut meldete. Eine weitere Nachricht von Holly Dennison: Bin in Santa Monica. Wie wäre es mit Drinks am Pier? Würde mich freuen.

Warum eigentlich nicht? Sie konnte sich auf einen Drink mit Holly treffen und anschließend nach Hause zurückfahren. Vorhin hatte sie den vagen Plan geschmiedet, das Apartment zu putzen, es zu kündigen und sich doch noch ein paar Tage in L. A. umzuhören, bevor sie sich wieder auf den Weg nach Norden machte. Vielleicht sollte sie nachts fahren, dann wäre nicht so viel los auf den Straßen. Bis San Francisco könnte sie den Pacific Highway nehmen und dann die Interstate 5. Bei der spektakulären Aussicht auf die kalifornische Küstenlandschaft und den Pazifik wäre die Fahrt sicher recht entspannt. Oder sie legte die gesamte Strecke auf dem Freeway zurück und wäre nach etwa sechzehn Stunden wieder in Portland.

Cassie stand auf und ging zu ihrem Wagen. Ihr war nicht ganz klar, was ein Treffen mit Holly bringen sollte.
Vielleicht bringt es gar nichts, aber schaden kann es auch nicht.
Bevor sie es sich noch einmal anders überlegen konnte, textete sie zurück: Alles klar. Wie wäre es im Sundowner? Kann in 20 min da sein. Noch Happy Hour.
Ehe sie den Wagen gestartet hatte, blinkte bereits Hollys Antwort auf: Komme!
Cassie warf einen Blick in den Rückspiegel und stellte fest, dass sie kein begeistertes Gesicht machte. Dennoch legte sie entschlossen den Rückwärtsgang ein und fuhr aus der Parklücke, auf die ein silberner Mercedes schon ungeduldig gewartet hatte. Beinahe hätte er ihren Wagen gerammt, und Cassie konnte sich gerade noch beherrschen, dem Fahrer nicht den Mittelfinger zu zeigen.
Hoffentlich hatten wenigstens die höheren Mächte, die für den Verkehr auf der Interstate 405 zuständig waren, ein Einsehen.
Sonst würde die Fahrt die reinste Hölle werden.

Kapitel 8

Den leeren Gläsern nach zu urteilen, war Holly bei ihrem zweiten oder dritten Drink, als Cassie im Sundowner ankam. Nur einen halben Block vom Strand entfernt, lag die Bar im Basement eines schicken Hotels in Santa Monica. Der After-Work-Betrieb hatte schon begonnen, und die Gäste drängten sich bei gedämpftem Licht zusammen, während das Stimmengewirr immer lauter wurde.

»Ich dachte schon, du hättest mich versetzt!«, rief Holly, als Cassie sich den Weg durch die eng stehenden Bistrotische zwischen dem verspiegelten Tresen und den Nischen an der Wand bahnte.

»Dann hätte ich dich doch angerufen oder dir eine Nachricht geschickt«, gab Cassie zurück und warf einen erstaunten Blick auf den Tisch. Vor der leeren Sitzbank stand ein kupferfarbener Krug mit einer Limonenspirale am Rand. Anscheinend war der Cocktail für sie gedacht.

»Ein Moscow Mule«, erklärte Holly. Sie leckte sich einen Rest Pfefferminz von den Lippen und winkte Cassie heran. Zierlich, das derzeit tiefschwarz gefärbte Haar fransig geschnitten, saß sie da mit ihrem perfektem Make-up: schimmerndes Lipgloss, makelloser Teint und leicht glitzernder Lidschatten. Sie hatte einen fast koboldhaften Charme und, wie sie selbst einmal eingestanden hatte, öfter in die Rolle von Tinkerbell schlüpfen müssen, als ihr lieb gewesen war. Begonnen hatte ihre Karriere nämlich in Disneyland, und nach einigen Jahren hatte sie auch ein paar andere kleine Rollen bekommen, die meisten davon in Werbespots. Aber irgendwann waren es immer weniger geworden, und sie hatte umsatteln müssen auf Set-Design. Darin war sie hervorragend und mittlerweile so weit aufgestiegen, dass man ihr die Verantwortung für das Set von *Dead Heat* übertragen hatte.

»Ist der Drink für mich?«, fragte Cassie und ließ sich auf die freie Sitzbank gleiten.

»Ja. Besteht hauptsächlich aus Wodka, Ginger Ale und ...« Hollys perfekt gezupfte Augenbrauen zogen sich zusammen, als sie kurz überlegte und sich dann mit der flachen Hand gegen die Stirn schlug. »Zitronensaft natürlich.« Sie nahm einen Schluck von ihrem eigenen Drink und fügte hinzu: »Ich dachte, so ein Highball täte dir ganz gut.«

»Hab ich schon mal probiert«, antwortete Cassie mit einem Blick auf Hollys Mojito. »Und du trinkst was anderes?«

»Wodka ist nicht mehr so mein Ding.« Holly schauderte demonstrativ. »Hab vor ein paar Jahren an Silvester mal zu viel davon genossen.« Sie verdrehte ihre ausdrucksvollen Augen. »Mann, war das ein Kater! Lieber Himmel, der dauerte echt ewig. Seitdem bin ich auf Gin umgestiegen oder ...« – sie hob ihr Glas – »auf Rum.«

Genau der war Holly anscheinend schon zu Kopf gestiegen, denn ihr Lächeln saß schief, und sie lallte ein wenig. »Also«, sagte sie nun mit einem fragenden Blick, »warum bist du hier?«

»Ich habe eine Wohnung in L. A.«

»Aber du wohnst schon seit einer ganzen Weile nicht mehr richtig hier. Seit du und Trent ... na ja, du weißt schon.« Holly zog die Schultern hoch und wackelte mit dem Kopf, als wüsste sie nicht, wie sie es ausdrücken sollte. »Seit ihr nicht mehr zusammen seid. Seitdem warst du jedenfalls kaum noch in L. A.«

»Ich hatte ziemlich viel um die Ohren.«
»Schon klar ...« Holly trank einen weiteren kräftigen Schluck von ihrem Mojito und warf einen Blick auf ihr Smartphone. Offenbar war eine Textnachricht eingegangen.
Cassie hatte ohnehin keine Lust, irgendwelche Erklärungen abzugeben, über die Sache mit Trent schon mal gar nicht, weder Holly Dennison noch sonst jemandem gegenüber.
Holly schien es nicht zu interessieren, dass Cassie das Thema unangenehm war, denn sie sagte: »Jedenfalls war ich ziemlich überrascht, als ich dich plötzlich am Flughafen gesehen habe. Ich wusste gar nicht, dass du schon aus der Klinik raus bist.«
»Ich bin auch erst gestern entlassen worden.« »Entlassen« traf es eigentlich nicht so ganz.
Holly wedelte mit der Hand, als wolle sie gar keine Erklärung hören. »Ich kam gerade aus Phoenix, von einem Besuch bei meiner Mutter. Nervig, dieser Flug. Ich stand noch am Gebäckband und wäre am liebsten ausgeflippt. Musste Ewigkeiten auf meine dämliche Reisetasche warten und wollte gerade meinem Freund etwas schreiben, da hab ich dich aus dem Augenwinkel durch das Gate kommen sehen. Ich habe gewinkt und gerufen. Die Leute dachten bestimmt, ich sei verrückt geworden, zumal du mich nicht bemerkt hast. Ohne meine Tasche konnte ich dir nicht hinterher. Ist die einzige Louis Vuitton, die ich wohl jemals besitzen werde.« Sie verzog das Gesicht. »Als ich sie dann endlich hatte und dir nachgelaufen bin, bist du gerade in ein Taxi gestiegen.« Sie fing den Blick der Kellnerin auf, die sich zwischen den Tischen hindurchschlängelte, und hielt zwei Finger hoch, um die nächste Runde zu bestellen.

»Für mich nicht. Ich habe den hier noch nicht mal geschafft«, sagte Cassie und fragte sich, ob sie wohl noch Medikamentenreste im Blut hatte. In dem Fall war es vielleicht nicht so klug, Alkohol zu trinken.
»Dann musst du wohl etwas mehr Gas geben«, sagte Holly grinsend.
Mittlerweile stand die Kellnerin, schlank und blond, mit weißer Bluse und schwarzem Rock, an ihrem Tisch. »Noch zwei?«, fragte sie.
»Nein, für mich nicht«, antwortete Cassie, was Holly mit einem verständnislosen Blick quittierte.
»Für mich noch einen von diesem hier.« Sie hob ihr Glas und schüttelte den Kopf, als die Kellnerin einen fragenden Blick in Cassies Richtung schickte. Dann wandte sie sich wieder Cassie zu. »Ich hab nur nicht verstanden, wie man freiwillig in die Klapse gehen kann.«
»Probleme. Stress.«
»Wegen der Sache mit Allie, ja, schon klar ...« Holly nickte unkontrolliert. »Oh ... vielleicht sollte ich lieber einen Gang runterschalten.« Sie zog die Hand von ihrem fast leeren Glas zurück und ließ sich gegen die gepolsterte Rückenlehne sinken. »Was glaubst du, ist mit ihr passiert?«
Cassie schüttelte den Kopf und starrte auf den kupferfarbenen Krug. »Weiß nicht. Aber es ist ganz schön bedrückend.« Sie schwieg, doch Holly plauderte munter weiter. »So dicke war ich mit Allie ja nicht, aber wenn du mich fragst, hatte sie ganz schön einen an der Schüssel. Oh, entschuldige! Kann verstehen, wenn du im Moment ein bisschen dünnhäutig bist.«
»Geht schon.«
Holly stützte die Ellbogen auf den Tisch und warf Cassie einen vielsagenden Blick zu. »Allie immer mit ihren Männern ...«, fuhr sie leicht verschliffen fort. »Von einem zum

nächsten. Obwohl ... ich trage ja auch nicht gerade einen Heiligenschein. Aber eigentlich ging es ihr doch gar nicht um Sex, oder?«
»Wie meinst du das?«
»Ich will ja nicht zu persönlich werden, aber hatte sie es nicht immer auf *deine* Typen abgesehen, sogar auf deinen Ehemann?« Bevor Cassie etwas darauf erwidern konnte, hob Holly abwehrend die Hände. »Ja, ja. Ich weiß. Trent ist tabu. Aber was ist mit Brandon McNary? Sie hat doch immer wieder behauptet, sie wäre über ihn hinweg. Das habe ich jedenfalls ständig von ihr gehört. Und am Set von *Dead Heat* haben sie kaum miteinander gesprochen.«
»Sie haben sich kurz vor Beginn der Dreharbeiten getrennt.«
»Ich weiß, aber trotzdem hatte ich das Gefühl ... vielleicht war es auch weibliche Intuition oder so was, jedenfalls dachte ich, sie sei noch immer in ihn verliebt.«
»In McNary? Nein ...«, wehrte Cassie spontan ab, aber dann fielen ihr die Fotos von Allie und Brandon wieder ein, die sie in Allies Wohnung gesehen hatte.
Die Kellnerin brachte Hollys nächsten Mojito, und Holly schnalzte mit der Zunge. »Doch, glaub mir, sie stand immer noch auf ihn.«
Cassie zuckte mit den Schultern und nippte an ihrem Moscow Mule, während sich das Lokal weiter füllte. Der Lärmpegel war mittlerweile so weit gestiegen, dass Holly fast schreien musste, damit Cassie überhaupt noch ein Wort verstehen konnte. Nachdem Holly auch mit ihrem vierten Drink fertig war, teilten sie sich die ungleiche Rechnung, dann standen sie auf und drängten zur Tür. Zwei Paare stürzten sich auf die frei werdende Sitznische und diskutierten darüber, wer länger in der Schlange gestanden hatte.

Draußen stand die Sonne tief am orange-rosa gestreiften Himmel. Ein frischer Wind wehte vom Pazifik herüber und ließ die hohen Palmen vor dem Eingang des Hotels rauschen. Als sie zwischen Rollerbladern, Joggern und Spaziergängern mit oder ohne Hund die Promenade von Santa Monica entlanggingen, wurde Cassie wieder bewusst, warum sie diesen Teil Kaliforniens stets so sehr geliebt hatte.

»Hast du schon mit den Leuten gesprochen, die am letzten Drehtag dabei waren?«, fragte Holly auf dem Weg zu dem Parkplatz, auf dem Cassie ihren Wagen abgestellt hatte.

»Ich habe zu kaum jemandem noch Kontakt.«

»Aber ein paar Leute siehst du doch bestimmt noch.«

Cassie war nicht klar, warum Holly das wissen wollte, doch dann erzählte sie: »Gestern habe ich mit Lucinda Rinaldi gesprochen. Ich habe sie in dem Rehazentrum besucht.«

»Und? Kommt sie wieder auf die Beine?«

»Weiß ich nicht. Sie hat noch große Mühe mit dem Laufen. Also wird es sicher noch eine Weile dauern.«

»Sie geht bestimmt vor Gericht.«

»Kann sein. Aber es war ja auch schlimm für sie.«

»Für uns alle«, sagte Holly. »Meine Güte, ich habe immer noch Albträume. Was muss Lucinda da erst durchmachen!« Sie rieb sich die Arme, als ließe allein der Gedanke sie frösteln.

Nachdem sie in eine Seitenstraße abgebogen waren, sagte Cassie: »Ich bin Brandon McNary begegnet. Unerwartet, in Allies Apartment in Portland. Er wohnt direkt gegenüber, hatte die Wohnung wohl ebenfalls wegen der Dreharbeiten gemietet.«

»Ach, er hat sie noch nicht aufgegeben?« Holly kramte in ihrer Handtasche und förderte ihr Handy zutage. Aber-

mals warf sie einen raschen Blick auf die Textnachrichten, bevor sie es wieder in der Tasche verschwinden ließ und stattdessen eine riesige Sonnenbrille hervorholte.
»Anscheinend nicht.«
»Wie praktisch.« Holly setzte sich die übergroße Brille auf. »Und mit Arnette hast du noch nicht geredet? Der hält sich mittlerweile für den Allergrößten. Gerade einmal für den Oscar nominiert, und schon hebt er total ab und bildet sich ein, er schwebe über den Dingen.«
Cassie schüttelte den Kopf. »Das letzte Mal habe ich ihn an dem Tag gesprochen, als am Set die Schüsse fielen.«
»Ach stimmt, du warst ja dabei«, erinnerte sich Holly.
Cassie nickte. »Eine meiner wenigen Szenen musste auch nachgedreht werden, deshalb war ich da. Ich habe abends noch mit ihm geredet, aber daran erinnere ich mich nur noch ganz verschwommen. Einen Tag später hat er mich angerufen, und er hat sich auch bei meiner Mutter gemeldet. Er wollte wissen, wo Allie ist, aber ...« Sie zuckte die Schultern und spürte die Wärme der untergehenden Sonne im Rücken. »Aber da war sie ja schon verschwunden.« Mit einem Seitenblick zu Holly fügte sie hinzu: »Er behauptete, er sei beunruhigt. Aber wer weiß, ob man das glauben kann.«
Holly schnaubte verächtlich. »Der Star seines Films ist wie vom Erdboden verschluckt, und er ist ›beunruhigt‹? Der Typ ist echt das Letzte. Da kannst du jeden fragen, der mal mit ihm zusammengearbeitet hat.«
»Hast du denn noch mal jemanden von *Dead Heat* gesehen?«
»Bis auf ein paar Ausnahmen nicht. Alle sind schon wieder mit irgendwelchen anderen Sachen beschäftigt. Little Bea ist im Moment gar nicht in den Staaten, sondern in London. Hat mir Laura Merrick erzählt. Sie macht mir ab und

zu die Haare oder das Make-up, deshalb sehe ich sie manchmal.« Holly warf Cassie einen Seitenblick zu, als diese den Schlüssel für ihren Honda hervorzog und auf den Knopf für die Entriegelung drückte. Die Scheinwerfer blinkten auf, ein leises Zirpen verkündete, dass die Türen offen waren. »Weißt du, was ich noch gehört habe?«, fuhr die Set-Designerin fort. »Sig Masters hat von seinem Anwalt den guten Rat bekommen, sich erst mal bedeckt zu halten. Weil er derjenige war, der geschossen hat. Da hätte er ganz schön Ärger kriegen können. Erst recht, wenn Lucinda nicht überlebt hätte, und die Gefahr bestand ja durchaus. Ich glaube, die Kugel ist ganz knapp an ihrem Herzen oder an der Aorta vorbeigegangen.«

Das hatte Cassie noch nicht gewusst. »Sig dachte doch, die Pistole sei eine Attrappe!«

Holly zuckte mit bedeutungsvollem Gesichtsausdruck die Achseln. »Wer weiß? Die Ermittlungen sind noch nicht abgeschlossen, und solange nicht geklärt ist, ob man ihm etwas vorwerfen kann und ob er vielleicht sogar vor Gericht muss, hält er jedenfalls den Mund.« Sie machte eine Geste, als würde sie ihre Lippen mit einem Reißverschluss verschließen.

»Damit ist er sicher gut beraten.«

»Weißt du, ich traue Lucinda zu, dass sie alle möglichen Leute verklagt, nur um an Geld zu kommen. Darauf hatte sie es immer schon abgesehen, deshalb ist sie ja überhaupt nach Hollywood gegangen. Sie wollte Kohle machen, und als das nicht so geklappt hat, wie sie dachte, hat sie sich an irgendwelche reichen Typen rangemacht. Und dann hat sie festgestellt, dass man Leute prima verklagen kann. Das hat sie schon ein paarmal gemacht. Viel ist da allerdings, glaube ich, nicht bei rumgekommen. Wenn, hält sie damit jedenfalls hinter dem Berg, und es ist ja nun auch nicht so,

dass sie plötzlich einen Ferrari in der Garage stehen hat. Aber in dieser Stadt sind sowieso alle total paranoid. Die Leute sind nur darauf aus, möglichst gut dazustehen«, lallte Holly.
»Willst du etwa noch fahren?«, fragte Cassie.
Als hätte sie die Frage nicht gehört, plapperte Holly weiter: »Übrigens, ich habe Cherise im Fitnesscenter getroffen, in dem Studio, in dem wir alle trainieren. Allie ist da auch immer hingegangen.«
Cherise Gotwell war lange Zeit Allies persönliche Assistentin gewesen.
»Und pass auf, was jetzt kommt!« Holly griff nach Cassies Arm und geriet auf ihren hohen Absätzen nun doch ein wenig ins Schwanken. Sie stützte sich auf Cassie, bis sie wieder gerade stand. »Sorry, war wohl der eine oder andere Drink zu viel, und bevor du noch mal fragst: Nein, ich will heute nicht mehr fahren. Mein Apartment ist nur ein paar Blocks vom Strand entfernt, und ich dachte, du kannst mich vielleicht nach Hause bringen.«
»Mach ich. Steig ein.«
Holly manövrierte sich um den Honda herum, öffnete die Tür und ließ sich auf den Beifahrersitz sinken. Kaum hatte sie sich angeschnallt, warf sie erneut einen Blick auf ihre Textnachrichten.
»Wer schreibt dir denn da dauernd?«, fragte Cassie und glitt hinters Lenkrad.
»Niemand Bestimmtes«, antwortete Holly. »Nur das übliche Hin-und-Her-Getexte.« Sie stieß einen Seufzer aus. »Ach, das ist nur die halbe Wahrheit. Ein paar Leute wissen, dass ich mich mit dir getroffen habe. Die sind jetzt natürlich neugierig und löchern mich mit Fragen, wie es dir geht, ob du was von Allie gehört hast und so weiter.«
In Cassie stieg Ärger auf. »*Wer* will das wissen?«

»Leute, die dich kennen.«
»Wer?«
»Cherise zum Beispiel.«
»Wer noch?«
»Die anderen kennst du nicht.«
»Na toll! Vielen Dank dafür, dass du Klatsch verbreitest, Holly!«
»He, das ist doch nicht böse gemeint.«
Cassie zog sich der Magen zusammen. »Die können mich doch selbst fragen, anstatt hinter meinem Rücken über mich zu tratschen. Besonders Cherise. Was soll der Mist?« Verärgert ließ sie den Motor an und klappte die Sonnenblende herunter.
Holly nickte schuldbewusst, doch kurz darauf berichtete sie: »Also, was ich noch erzählen wollte: Ich habe Cherise nach der Yogastunde getroffen, und da erwähnte sie ganz nebenbei, dass sie demnächst für Brandon McNary arbeitet. Einfach so. Als wäre nichts dabei.« Holly warf Cassie einen Blick zu, der besagte: Nicht zu glauben! »Was für eine blöde Schlampe!«, fügte sie laut hinzu, als Cassie etwas zu fest aufs Gas trat.
Cassie enthielt sich jeglichen Kommentars. Nachdem sie zurückgesetzt und sich Hollys Wegbeschreibung angehört hatte, die eine Entfernung von deutlich mehr als nur »ein paar Blocks« erahnen ließ, plauderte ihre Beifahrerin munter weiter und ließ sich ausführlich über Allies Entourage aus: von Cherise, ihrer Assistentin, dieser »blöden Schlampe«, bis zu Laura, der Maskenbildnerin und Hairstylistin, waren sich alle beim Hauen und Stechen um einen neuen Job gegenseitig in den Rücken gefallen. Und alle hatten Holly vermutlich nur deshalb angerufen, weil sie wissen wollten, ob es etwas Neues von den Kramer-Schwestern gab. Cassie musste sich zusammenreißen, um sich ihre

Verärgerung nicht anmerken zu lassen. »Jeder braucht nun einmal Arbeit«, sagte sie schließlich.

»Aber nicht bei diesen Arschlöchern, Schlampen und Drecksäcken«, gab Holly zurück und merkte gleich darauf selbstkritisch an: »Aber eigentlich bin ich ja auch nicht viel besser.«

Bald darauf wies sie mit ihrem manikürten Zeigefinger auf ein siebenstöckiges Gebäude, das hauptsächlich aus Glas und Stahl zu bestehen schien. »Da wohne ich. Du kannst hier reinfahren und vor dem Nebeneingang halten.« Cassie bog in die enge Zufahrt und umrundete einen riesigen Pflanzenkübel voller Lavendel, dessen Blüten die Türen ihres Wagens streiften. »Das war haarscharf, was?«, bemerkte Holly.

»Na und?«, gab Cassie zurück. »Du bist doch heil angekommen, oder etwa nicht?«

Holly nickte kichernd.

Cassie ließ den Motor laufen, während Holly nach dem Türgriff tastete und die Wagentür aufstieß. »Ach übrigens«, sagte sie mit einem Blick über die Schulter, »hast du eigentlich schon den Trailer gesehen? Von *Dead Heat*.«

»Ist der etwa schon raus?«, fragte Cassie. Der Gedanke, Allie auf der Leinwand zu sehen, jagte ihr einen Schauer über den Rücken. Vielleicht waren das die letzten Bilder von ihr. Aber nein, so etwas durfte sie nicht denken, und eigentlich konnte sie es sich auch nicht vorstellen.

Sie ist nicht tot.

Die Worte der altmodisch gekleideten Krankenschwester fielen ihr wieder ein, und sie nahm sich fest vor, daran zu glauben.

»Ist noch ganz frisch, der Trailer«, erklärte Holly und stieg etwas unbeholfen aus dem Wagen. »Hab gestern Abend

zufällig reingeswitcht, vor einer dieser Late-Night-Shows.«
»Und?«
»Nicht schlecht. Eigentlich sogar ziemlich gut.« Sie beugte sich noch einmal zu Cassie hinunter. »Aber irgendwie war es komisch, Allie im Fernsehen zu sehen. Sie wirkte so ... so strahlend, so lebendig.« Schlagartig schien Holly ein wenig nüchterner zu werden. »Ich wünschte, ich wüsste, was mit ihr passiert ist.«
Cassie nickte und fühlte sich noch bedrückter. »Das geht uns allen so.«
»Ich weiß.« Holly räusperte sich. »Danke fürs Fahren.«
»Keine Ursache.«
Holly schloss die Wagentür und machte sich leicht schwankend auf den Weg zum Nebeneingang.
Cassie wendete und versuchte, Allie aus ihren Gedanken zu vertreiben. Als sie sich wieder in den Verkehr auf der Hauptstraße einfädelte, war die Sonne untergegangen, Straßenlaternen beleuchteten die Stadt, in der sie sich einmal zu Hause gefühlt hatte – bevor sie nach Falls Crossing gezogen waren. Ausgerechnet nach Oregon. Und dort hatte sie irgendwann Trent kennengelernt.
»Nein, Schluss damit!«, ermahnte sie sich und warf einen Blick in den Rückspiegel. Hinter ihr waren so viele Scheinwerfer, dass sie nicht merken würde, wenn ihr jemand folgte. Auch das musste endlich aufhören. Warum sie am Flughafen das Gefühl gehabt hatte, beobachtet zu werden, hatte sich ja nun geklärt. Es war nur Holly gewesen, die sich hatte bemerkbar machen wollen, und von ihr drohte sicherlich keine Gefahr.
Vor ihrem Apartment angekommen, stellte sie den Wagen ab und atmete tief durch. Dann ging sie hinauf und füllte ein Glas mit Wasser aus dem Hahn. Unbedingt Wasserfla-

schen kaufen, machte sie sich eine geistige Notiz, bevor sie ihr Smartphone hervorholte und sich Trents Nachricht noch einmal anhörte. Seine tiefe Stimme ließ die Erinnerungen an glücklichere Zeiten wieder aufleben. Zeiten, bevor Allie sich an ihn herangemacht hatte. Das rief ihr wieder ins Gedächtnis, dass sie eigentlich nichts mehr mit ihm zu tun haben wollte. Bevor sie in Versuchung geriet, sich die Nachricht ein weiteres Mal anzuhören, drückte sie hastig auf Löschen.
»Wie dämlich«, murmelte sie vor sich hin und wusste nicht recht, ob sie damit Trent oder sich selbst meinte.
Wie konnte er es überhaupt wagen, sie anzurufen, bloß um ihr zu sagen, dass sie sich bei ihrer Mutter melden sollte?
Nun, bevor der Akku ihres Smartphones leer war, wurde es Zeit, auf die wohlbekannte Kurzwahl zu tippen.
Sie hatte Jenna lange genug warten lassen.

Kapitel 9

»Mir geht es gut«, versicherte Cassie ihrer Mutter zum wohl zehnten Mal während des Telefonats. Sie stand in der Küche ihres Apartments, an die Arbeitsplatte gelehnt, und starrte aus dem Fenster. Mittlerweile war es fast dunkel geworden, und die Umrisse der Bougainvillea, in der die Katze ihres Vermieters immer den Vögeln nachsetzte, waren kaum noch zu erkennen. Es war verständlich, dass Jenna sich Sorgen machte. Schließlich war Allie verschwunden, und sie, Cassie, hatte sich gestern selbst aus der Psychiatrie entlassen, nur um am nächsten Morgen den erstbesten Flug nach L. A. zu nehmen. Offenbar gab sich Jenna alle Mühe, nicht vor lauter Sorge komplett auszuflippen.

»Ich will mich nicht als Übermutter aufspielen, aber ich mache mir große Sorgen, Cass. Es gibt noch immer kein Lebenszeichen von Allie ...« Jenna versagte die Stimme, und Cassie sah deutlich vor sich, wie ihre Mutter gegen die Tränen kämpfte.

Sie wandte sich vom Fenster ab und schloss die Augen. »Ich weiß. Und das kann ich ja auch verstehen.« Sie fühlte sich schrecklich. Ihre Mutter, die einmal reich und berühmt gewesen war, hatte schon so viel im Leben verloren. Vor Jahren war Jennas Schwester Jill bei den Dreharbeiten zu *White Out* durch einen tragischen Unfall ums Leben gekommen. Cassies Vater, Robert Kramer, mit dem Jenna damals noch verheiratet gewesen war, hatte den Film produziert, aber nach dieser Tragödie war er natürlich nie in die Kinos gekommen. Jills Tod war ein furchtbarer Schlag für Jenna gewesen. Wenn sie jetzt auch noch Allie verlor, würde sie das mit Sicherheit zugrunde richten.

»Ich komme bald wieder zurück«, versuchte Cassie sie zu beruhigen.

»Ganz bestimmt?«

»Versprochen.«

»Wann denn?«

»In ein paar Tagen. Ich gebe dir Bescheid.«

Schweigen. Wahrscheinlich dachte Jenna an die vielen Male, als Cassie in ihrer Zeit als rebellischer Teenager ihr etwas vorgemacht und keins ihrer Versprechen gehalten hatte.

»Gut«, gab sich ihre Mutter schließlich zufrieden.

Nun sah Cassie vor sich, wie Jenna sich nachdenklich und bedrückt auf die Unterlippe biss, mit zusammengezogenen Brauen, Sorgenfalten auf der Stirn und traurigen grünen Augen. »Ich melde mich von unterwegs, bevor ich ankomme«, versicherte sie ihr.

»Bist du überhaupt sicher, dass dein Auto die lange Strecke schafft?«

»Klar«, gab Cassie viel zu schnell zurück. Wieder nur die halbe Wahrheit. Sie wusste selbst nicht, wie zuverlässig der Wagen sein würde. Aber diese Bedenken wollte sie Jenna gegenüber natürlich nicht äußern. »Es ist ein Honda, Mom. Die halten doch ewig. Darüber brauchst du dir nun wirklich keine Sorgen zu machen.«

»Okay. Immerhin etwas«, sagte Jenna mit einem verunglückten Lachen. »Dann also bis bald.«

»Ja, bis bald. Ach, und Mom?«

»Ja?«

»Vielleicht könntest du Trent demnächst aus dem Spiel lassen. Wir sind fertig miteinander.«

»Das sagst du so einfach, aber ...«

»Fang jetzt nicht wieder davon an, dass wir noch verheiratet sind. Darum kümmere ich mich schon selbst. Was ich mache, geht Trent nichts mehr an.«
»Verstanden.« Jenna schwieg für einen Moment und wechselte dann das Thema. »Wenn du wieder in Oregon bist, kannst du gern erst mal in das Apartment über der Garage ziehen, wenn du nicht in deinem alten Zimmer wohnen möchtest.«
»Ich bin ja keine siebzehn mehr.«
»Ich weiß. Darum geht es doch.«
Wieder herrschte einen Moment lang Schweigen, bis Cassie schließlich sagte: »Also, ich melde mich.«
»Ja, sicher. Hab dich lieb.«
»Ich dich auch«, gab Cassie automatisch zurück und legte auf. Sie stöpselte das Ladekabel in ihr Smartphone und versuchte, das schlechte Gewissen abzuschütteln, weil sie ihrer Mutter wieder und wieder Sorgen bereitete. Das war schon immer so gewesen, und sicher wäre Jenna bestürzt, wenn sie wüsste, wie sehr Cassie heute darunter litt.
Sie ging ins Badezimmer, streifte während der paar Schritte dorthin ihre Kleidung ab und ließ sie auf den Fußboden fallen. Dann stellte sie sich unter die Dusche und drehte den Hahn auf. Die alten Rohre quietschten und knackten leise, als ein feiner Sprühstrahl aus dem Duschkopf herausfloss. Im Nu war das winzige Badezimmer, das locker als Waschraum in einem Flugzeug hätte durchgehen können, total vernebelt. Während Cassie das heiße Wasser über ihren Körper strömen ließ, musste sie an das Plakat von *Dead Heat* denken. Allie in der Rolle der Hauptfigur Shondie Kent, die nicht fassen konnte, dass ihr Liebhaber, der von Brandon McNary gespielt wurde, sie umbringen lassen wollte. Auf dem Plakat starrte Allie alias Shondie ungläubig in einen zerbrochenen Spiegel, in dem zwischen

den Scherben ihr Lover zu sehen war. Allie und Brandon waren die perfekte Besetzung gewesen und hatten ihre ohnehin explosive Beziehung voll ausleben können, ganz gleich, ob die Kamera gerade lief oder nicht.

Durch die Änderung der letzten Szene sollte Shondie dann tatsächlich erschossen werden, und Cassie hatte den fatalen Fehler begangen, kurz vor dem letzten Dreh mit Allie darüber zu reden.

»Ist gerade nicht so günstig«, hatte Allie gesagt, als Cassie irgendwann abends vor ihrer Tür stand.

»Ich möchte die Änderungen mit dir besprechen«, hatte Cassie beharrt.

»Dafür ist es jetzt sowieso zu spät. Alle sind einverstanden, sogar Arnette«, hatte Allie schnippisch zurückgegeben.

»Alle, nur du nicht.«

»Wen interessiert es schon, was ich davon halte? Ich habe ja bloß die Hauptrolle. Und du kannst jetzt richtig stolz auf dich sein.« Allie nahm einen großen Schluck von dem Drink, den sie in der Hand hielt.

»Darum geht es doch gar nicht«, versuchte Cassie einzulenken.

»Worum denn sonst?«

»Das ist doch kein Wettbewerb!«

»Doch, ist es. War es schon immer.«

»Aber nur, weil du einen daraus machst.«

»Nein, Cassie, *du* bist diejenige, die hier einen Wettbewerb veranstaltet. Du bist neidisch, weil ich es bis ganz nach oben geschafft habe. Das kannst du nicht ertragen. Ich bin nämlich ein ...«

»Ein Star?«, führte Cassie den Satz zu Ende, den Allie in ungewohnter Bescheidenheit nicht vollendet hatte.

Allie zögerte kurz, bevor sie erklärte: »Berühmt bin ich ja

wohl auf jeden Fall.« Dann setzte sie hinzu: »Im Gegensatz zu dir. Du bist du doch nur ...« Wieder ließ sie den Rest unausgesprochen.
»Na, sag schon! Was bin ich?«, fragte Cassie nach.
Schweigen. Und dann: »Das weißt du selbst wohl am besten. Und jetzt lass mich in Ruhe und mach, dass du wegkommst!« Das klang schon wieder ganz nach Allie. »Du hast doch schon in der Schule nie etwas auf die Reihe gekriegt. Wir haben so gut wie nichts gemeinsam.«
Da konnte Cassie nur zustimmen. Allie mit ihrem fotografischen Gedächtnis hatte sich alles mit Leichtigkeit merken können, ganz gleich, ob es um den Satz des Pythagoras oder Blankverse von Shakespeare ging. Dabei hatte ihr die Schule nicht einmal Spaß gemacht. Cassie war zwar tougher gewesen, aber was ihr immer gefehlt hatte, war dieser brennende Ehrgeiz, der Allie dazu antrieb, in allem die Beste zu werden.
»Und jetzt willst du plötzlich Drehbücher schreiben?«, fuhr Allie fort. »So wie alle Versager, die es als Schauspieler nicht schaffen! Aber soll ich dir mal was sagen? Die meisten scheitern damit genauso. Also finde dich damit ab! Du bist ein Loser, Cassie. Das hat sogar dein Mann kapiert.«
Das war absolut unter der Gürtellinie. Aber Allie war noch längst nicht fertig.
»Trent und du, das war doch ein Witz!«
»Noch ist er mein Mann«, erwiderte Cassie fassungslos.
»Noch! Aber ich bin diejenige, mit der er ins Bett will.«
Cassie zog sich der Magen zusammen. »Darum geht es also. Das war schon immer das Wichtigste für dich. Dass die Männer dir zu Füßen liegen, egal, ob sie verheiratet sind oder nicht. Was, glaubst du wohl, sagt das über dich aus?«
»Frag dich lieber, was das über die Männer aussagt«, konterte Allie. »Oder über ihre Frauen«, setzte sie hinzu.

»Mit dir hat das natürlich gar nichts zu tun«, gab Cassie in gefährlich leisem Tonfall zurück. Allmählich wurde sie wirklich wütend. Mit zusammengekniffenen Augen fuhr sie fort: »Du kannst nie etwas für das, was passiert.«
»Komm bloß nicht auf die Idee, den Spieß einfach umzudrehen und mir die Schuld an allem zu geben. Obwohl – das konntest du immer schon gut. Anderen die Schuld zuschieben.«
»Was soll das denn heißen?«
»Frag doch mal Mom!«
»Lass Mom aus dem Spiel.« Damit waren sie also mal wieder beim Thema: ihre Mutter. Genauer gesagt: ihre schöne und erfolgreiche Mutter, auf die so viele ihrer Streitigkeiten hinausgelaufen waren. Dabei hatte sie das eigentlich gar nicht verdient. Jenna hatte ihre Töchter immer gleich behandelt und beide in gleichem Maße geliebt, ungeachtet dessen, wie verschieden sie waren.
»Manchmal kann ich mich nur dafür schämen, dass du meine Schwester bist!«, schrie Allie.
Am liebsten hätte Cassie ihr dafür eine Ohrfeige gegeben und ihr das arrogante Grinsen aus dem Gesicht gefegt. Wären sie noch Kinder gewesen, hätte sie das mit Sicherheit auch getan, denn als die Ältere war sie damals natürlich stärker gewesen. Doch sie riss sich zusammen und sagte lediglich hölzern: »Ich glaube, es ist besser, wenn ich jetzt gehe. Dabei wollte ich dir eigentlich nur erklären, warum ich die Änderung des Drehbuchs vorgeschlagen habe. Aber das scheint dich nicht zu interessieren. Also vergiss es einfach.«
»Du hast das Drehbuch doch nur geändert, damit du selbst besser dastehst. Weil du mich hasst. Du hast mich schon immer gehasst. Weil du total eifersüchtig bist und den Tag verflucht, an dem du mich gebeten, nein, angefleht hast,

nach L. A. zu kommen. Auch Dad hat sofort gemerkt, dass ich mehr draufhabe als du. Deshalb hat er sich auch nicht mehr für dich interessiert, sondern nur noch für mich. *Ich war nämlich seine Chance, als Produzent wieder ganz nach oben zu kommen.*« Nach kurzem Schweigen fügte Allie mit einem fast boshaften Lächeln hinzu: »Aber dann habe ich ihn fallen gelassen. So wie er es vorher mit uns gemacht hatte.«

Cassie rauschte das Blut in den Ohren, und ihre Stimme war nur noch ein Flüstern, als sie dagegenhielt: »Das ist doch Unsinn.« Dennoch war ihr klar, dass nicht alles, was Allie gesagt hatte, vollkommen aus der Luft gegriffen war. Ja, sie hatte Allie gebeten, nach L. A. zu kommen, und dann hatte sie es tatsächlich bald bereut. Aber im Laufe der Zeit hatte sie sich damit abgefunden, dass Allie die bessere Schauspielerin war, der eigentliche Star in der Familie. Sie wollte nicht, dass die Situation eskalierte, also versuchte sie, die Ruhe zu bewahren, so wie sie es in jahrelanger Therapie gelernt hatte. Sie starrte aus dem Fenster in den strömenden Regen und zählte in Gedanken bis zehn. »Ich gehe jetzt.«

»Na klar«, stichelte Allie weiter. »Einfach abhauen. So wie immer. Du bist so was von daneben!«

»Ich glaube, da stehen wir uns in nichts nach«, gab Cassie in mattem Tonfall zurück. »Für mich war es auch nicht immer ein Vergnügen, deine Schwester zu sein. Du bist nämlich eine echte Nervensäge, Allie.« Und dann sprach sie die Worte aus, die sie im Nachhinein so bitter bereute. »Manchmal denke ich, es wäre einfacher, wenn es dich gar nicht gäbe.«

Patsch! Allie hatte ihr daraufhin die schallende Ohrfeige verpasst, die Cassie eigentlich ihr geben wollte. Und sie hatte sie angeschrien: »Du miese Schlampe!«

Zunächst war Cassie geschockt zurückgewichen, aber dann hatte sie zurückgeschlagen, und Allie war zwischen dem Sofa und dem Beistelltisch auf dem Boden gelandet.
»Scheiße!«, hatte sie gebrüllt und sich wieder aufgerappelt. »Du bist ja echt total durchgeknallt!«
Cassies Wut war längst verflogen, aber diese Worte hallten ihr noch immer in den Ohren.
Sie war schließlich gegangen. Und alles danach waberte nur noch wie ein dichter Nebel.
Ihre nächste klare Erinnerung war, dass sie etliche Zeit später mit einer schlimmen Migräne aufgewacht war und überlegt hatte, gar nicht zum Set zu fahren.
Als sie schließlich doch zum Dreh erschien, hatte Cherise, Allies Assistentin, schon Little Bea angerufen und Allie entschuldigt – sie sei krank und könne nicht kommen. Daraufhin war Lucinda Rinaldi in Allies Kostüm geschlüpft und als Bodydouble eingesprungen – für diese letzte Szene, die sich als so schicksalhaft erweisen sollte.
An all das erinnerte sich Cassie noch genau. Aber die Stunden davor waren und blieben ein schwarzes Loch.
Und jetzt, unter der Dusche, mischten sich Cassies Tränen mit dem feinen Wasserstrahl. Sie holte tief Luft, schäumte sich die Haare ein und schrubbte ihre Haut so fest, als könnte sie all ihre Selbstvorwürfe und -zweifel auf diese Weise in den Ausguss spülen. Als sie den Wasserhahn schließlich zudrehte und aus der Duschkabine schlüpfte, stellte sie fest, dass sie gar kein Handtuch bereitgelegt hatte.
Tropfend lief sie zum Wandschrank im Flur und hinterließ eine Spur aus nassen Fußabdrücken. Nachdem sie sich in ein dickes Frotteebadetuch gewickelt hatte, ging sie zurück ins Badezimmer, wischte den beschlagenen Spiegel ab und betrachtete ihr Spiegelbild. Im selben Moment hörte

sie das Summen ihres Smartphones, das in der Küche am Ladekabel hing. Sie stieß sich vom Waschbecken ab und eilte hinüber, doch als sie nach dem Handy griff, hörte das Summen auf. Cassie warf einen Blick aufs Display, doch auf der Liste der eingegangenen Anrufe stand lediglich: Nummer unbekannt. Für einen Moment beschlich sie ein leichtes Unbehagen, doch dann sagte sie sich, dass sich vielleicht nur jemand verwählt hatte oder ihr per Telefonwerbung etwas hatte andrehen wollen. Wie auch immer – wenn es wichtig wäre, würde sich derjenige schon wieder melden.

Sie sah, dass sie einen weiteren Anruf verpasst hatte. Von Trent. Diesmal hatte er keine Nachricht hinterlassen, und mit Erstaunen musste sich Cassie eingestehen, dass sie einen Stich der Enttäuschung verspürte. Da war er nun: ein weiterer feiner Riss in ihrem ohnehin schon gebrochenen Herzen. »Das ist doch albern«, murmelte sie vor sich hin. Unwillkürlich fiel ihr Blick auf das gerahmte Foto, das immer noch mit der Glasfläche nach unten auf dem Beistelltisch im Wohnzimmer lag: sie und Trent nach ihrer Trauung. So verliebt. Cassie ging durch die offene Küche ins Wohnzimmer hinüber und drehte das Foto um. Das Glas war gesprungen. Ein Riss zog sich darüber, seit sie das Bild bei einem Streit mit Trent durch ihr damaliges Wohnzimmer geschleudert hatte. Manchmal konnte er sie einfach zur Weißglut treiben, und dass sie ihn bei ein paar Drinks mit ihrer Schwester erwischt hatte, war die Krönung gewesen. Er hatte ihr die Sache erklären wollen, aber sie wollte ihm nicht zuhören. Stattdessen hatte sie das Hochzeitsfoto quer durch den ganzen Raum nach ihm geworfen. Trent war gegangen, das Foto im Papierkorb gelandet. Am nächsten Tag hatte sie es wieder herausgeholt.

Als Cassie die Aufnahme jetzt betrachtete, dachte sie daran, wie glücklich sie damals gewesen waren. Sie in einem weißen Minikleid und Trent in Jeans, mit offenem Hemd und seinem leicht spöttischen Lächeln. Im Hintergrund flimmerten die Lichter von Las Vegas, und sie strahlte vor Freude auf ihre gemeinsame Zukunft – eine glückliche, sorglose Zukunft. Davon war sie in jenem Moment felsenfest überzeugt gewesen.

Und nun hielt sie dieses Foto in der Hand, das einzige, das sie von Trent noch hatte, und überlegte, ob sie es endgültig wegwerfen sollte. Aber sie tat es nicht. Konnte es nicht.

Im Moment hatte sie ganz andere Sorgen, dachte sie und ließ das Badetuch auf den Boden fallen. Sie musste Allie finden. Und dann würde sie dieser verwöhnten kleinen Prinzessin gehörig den Marsch blasen.

Kapitel 10

Sie spürte einen kalten Windhauch, als wäre ein Geist an ihr vorbeigeschlichen. Das war natürlich Unsinn, doch Jenna fröstelte immer noch, als sie den Dachboden betrat und das Licht anschaltete. Draußen wurde es schon dunkel. Shane war unten im Arbeitszimmer, und sie hatte sich unter dem Vorwand, dass sie nach ein paar Rezepten ihrer Großmutter suchen wollte, hierher zurückgezogen, um für einen Moment allein zu sein.
Hier oben war es ziemlich kalt. Das Dach war nicht isoliert, und man konnte die Nägel in den Sparren sehen. Eine der nackten Glühbirnen war kaputt, und die, die noch funktionierte, erhellte den großen Raum mit den Gauben und Dachluken nur spärlich. Fröstelnd zog Jenna die Ärmel ihres Sweatshirts weiter herunter und ließ den Blick wandern. Ringsum lagerten die Überbleibsel ihrer Vergangenheit, all das, wofür sie in ihrem Leben keinen Platz mehr hatte.
Kisten, ein alter Tisch, eine kaputte Lampe, Bilder und leere Rahmen standen in einer Ecke. Sie strich mit dem Finger über eine der staubigen Kisten, die Erinnerungen an ihre Schulzeit und an ihre Ehe mit Robert enthielten. Sie hatte sich nie dazu durchringen können, diese Dinge einfach wegzuwerfen. Neben der Kiste stand ein Karton, aus dem ein Sammelsurium an Elektrogeräten herausragte, deren Kabel ins Leere liefen. Auch verlorene Schätze, alte Schulhefte, Kleidungstücke, Bücher und Spielzeug ihrer Töchter hatten sich hier oben angesammelt.
Ein leises Scharren verriet Jenna, dass sie nicht allein auf

dem Dachboden war. Sie hob den Kopf, um nachzusehen, ob Fledermäuse an den Dachbalken hingen, und mied die dunklen Ecken, in denen sich Mäuse, Eichhörnchen oder sogar Waschbären gern ansiedelten.
Nicht gerade der angenehmste Ort, um wehmütigen Gedanken nachzuhängen. Dennoch wischte Jenna den Staub von dem alten Schaukelstuhl, der zwischen zwei Stapeln durchsichtiger Plastikboxen stand. Sie setzte sich und ließ sich hin- und herschwingen. In genau diesem Stuhl hatte sie mit ihren Töchtern gesessen, als diese noch Babys waren. Und nun machte sie sich solche Sorgen um sie. Tränen stiegen ihr in die Augen, als sie ein Bild von Allie entdeckte, das ein wenig verschwommen durch eine der transparenten Plastikboxen zu erkennen war. Auf dem Foto musste sie ungefähr acht gewesen sein und präsentierte ein unbeschwertes Lächeln mit einer großen Zahnlücke. Jenna beugte sich zu dem Stapel hinüber, zog die Box hervor und holte das Bild heraus. Damals, in der zweiten Schulklasse, war Allie ein eher introvertiertes Kind gewesen, das noch nicht ahnen konnte, zu welch einer Schönheit es heranwachsen würde.
»Ach, meine Kleine«, flüsterte Jenna leise, während Tränen in ihr aufstiegen und die Kälte ihr in die Glieder zog. »Wo bist du nur?«
Warum war alles so furchtbar schiefgelaufen? Hatte es nach der Scheidung angefangen? Als sie nach Oregon gezogen waren und von einem Wahnsinnigen verfolgt wurden, noch ehe sie sich richtig einleben konnten? Jenna hatte gedacht, Cassie habe mehr darunter gelitten, und sich ganz darauf konzentriert, ihr wieder auf die Beine zu helfen. Hatte sich Allie da schon vernachlässigt gefühlt? Cassie hatte überhaupt immer mehr im Mittelpunkt gestanden als Allie, so auch bei den Jungs. Als Teenager waren diese

ihr förmlich hinterhergelaufen, dabei hatte sich Cassie gar nicht für sie interessiert. Nun, vielleicht gerade deshalb. Allie dagegen, »der Bücherwurm«, hatte kaum Beachtung gefunden und wohl eher zu den »langweiligen« Mädchen gezählt. Allie war erst spät aus sich herausgekommen, und Jenna wusste, wie sehr sie ihre ältere Schwester beneidet hatte. In der Schule immer nur die kleine Schwester von Cassie Kramer zu sein hatte eine Missgunst in ihr hervorgerufen, die auch mit den Jahren nicht nachlassen wollte, nicht einmal, als sich das Blatt wendete und Allie als »neue Hollywood-Entdeckung« diejenige war, die im Mittelpunkt stand.

Unter dem Foto lag Allies Lieblingsstofftier, ein blauer Elefant, den sie als Kind überallhin mitgeschleppt hatte, sogar in die Schule. Lächelnd strich Jenna über den verblassten blauen Rüssel. Dem Elefanten fehlte mittlerweile ein Auge, und die Naht am Bauch war ein Stück aufgerissen.

Schritte auf der knarrenden Treppe verrieten ihr, dass Shane auf dem Weg zu ihr war.

»Jenna?«, rief er. »Bist du noch da oben?«

»Ich komme gleich«, antwortete sie und ließ den alten Schaukelstuhl samt ihren Erinnerungen wehmütig zurück. »Bitte!«, flüsterte sie und drehte sich unter der schwach leuchtenden Glühbirne noch einmal um. »Wo immer sie ist, lass ihr nichts passieren.«

Szene 2

*U*ngeduldig lag sie in ihrem abgedunkelten Zimmer auf dem Bett. Eigentlich hatte sie längst aufbrechen wollen, aber dann war ihr die Fernsehsendung wieder eingefallen.

Sie stellte das halb volle Glas Chardonnay auf den Nachttisch und griff nach der Fernbedienung. Die Wunde in ihrer Handfläche, dort, wo sie sich die Haut mit einem Glassplitter des zerbrochenen Bilderrahmens aufgeschlitzt hatte, war noch immer dunkelrot. Als sie den Fernseher einschaltete, hatte *Justice: Stone Cold* noch nicht angefangen. Für heute Abend war eine Vorschau auf die nächsten Folgen angekündigt, die einzig und allein Allie Kramers Verschwinden gewidmet werden sollten.

Aber noch liefen Werbespots. »Nun macht endlich«, sagte sie gereizt und starrte mit zusammengekniffenen Augen auf den Bildschirm.

Plötzlich kam eine Großaufnahme von Allie Kramers Gesicht – der Beginn des Trailers zu *Dead Heat*.

Sie spürte ein Kribbeln im Magen und einen Anflug von Vorfreude.

Von der Naheinstellung von Allie alias Shondie Kent zoomte die Kamera auf eins ihrer braunen Augen, in dessen Pupille sich das Licht brach. Der Lichtstrahl wurde größer, dann kamen mehrere Szenen in Überblendung und schließlich eine davon in der Totalen: zwei Frauen, die im strömenden Regen panisch durch die Straßen von Portland rannten.

Düstere Bilder.

Unheimliche Atmosphäre.
Gar nicht schlecht!
Bamm!
Das Krachen eines Schusses.
Die zweite Frau krümmte sich – Abblende und Cut.
Gebannt hatte sie die Sequenz verfolgt und war äußerst zufrieden. Keiner würde darauf kommen, wie es möglich gewesen war, die Pistole aus der Requisite gegen eine echte, scharfe auszutauschen, und wer das Opfer hatte sein sollen. Sie griff nach dem Weinglas und trank einen Schluck. Dass die eigentliche Zielperson davongekommen war, machte ihr zu schaffen. Das musste sie unbedingt korrigieren.
Jetzt kam eine Großaufnahme von Whitney Stones ernst blickendem hübschem Gesicht. In verschwörerischem Tonfall erklärte die Moderatorin, was die Zuschauer ihrer Sensationsdoku erwarten durften:
Die ganze Wahrheit.
Objektive Berichterstattung.
Hintergrundinformationen, auf die die Öffentlichkeit schließlich ein Recht hatte.
Und es kam noch besser: Whitney versprach Enthüllungen, die lückenlos Aufschluss darüber geben sollten, was wirklich mit Allie Kramer passiert war. Lebte die allseits bekannte Schauspielerin überhaupt noch, oder war sie längst tot? War sie entführt worden? Hielt man sie gefangen, um sie als Sexsklavin zu missbrauchen? Oder um Lösegeld zu erpressen? Oder wurde die amerikanische Öffentlichkeit hier durch einen clever inszenierten Schachzug, der nur der Publicity diente, von Galactic West Productions, der Produktionsfirma, hinters Licht geführt?
Zu viele Fragen, die noch unbeantwortet waren und denen Whitney Stone mit aller Entschlossenheit nachzugehen

versprach. In der kommenden »Mystery Week« auf dem Kabelsender, wo ihre Doku lief, würde sie in mehreren Folgen exklusiv für ihre Zuschauer die Wahrheit enthüllen. Was hätte auch mysteriöser sein können als die Ereignisse im Zusammenhang mit dem Verschwinden von »America's Darling« Allie Kramer?
America's Darling? Als wäre Allie die neue Shirley Temple oder Sandra Bullock oder Reese Witherspoon oder sonst einer der Publikumslieblinge, die gerade aktuell waren!
Bei dem Gedanken drehte sich ihr fast der Magen um.
Aber dass Whitney Stone sich da voll reinhängte, war Teil ihres Plans.
Mit ernstem, beinahe hypnotischem Blick sah Stone in die Kamera und rief den Zuschauern ins Gedächtnis, dass *Dead-Heat*-Star Allie Kramer nicht einfach nur verschwunden war. Nein, sie war exakt zehn Jahre nach den schrecklichen Ereignissen verschwunden, die ihr, ihrer Schwester Cassie und ihrer Mutter Jenna Hughes das Leben zur Hölle gemacht hatten.
Fotos der drei Frauen wurden eingeblendet.
Und Whitney Stone hatte weitere Fragen:
Lastete auf der berühmten Hollywood-Familie ein Fluch?
Trieb hier wieder einmal ein Wahnsinniger sein perfides Spiel?
Würden Jenna und ihre Töchter jemals zur Ruhe kommen und ein »ganz normales« Leben führen?
»Selbstverständlich nicht!«, konnte die Antwort darauf nur lauten.
Sie trank noch einen Schluck Wein und spürte, wie sie innerlich in Aufruhr geriet.
Kurze Ausschnitte aus Jennas Filmen wurden gezeigt. Für ein paar Sekunden wurde sie zu Anne Parks in *Resurrection*, zu Paris Knowlton in *Beneath the Shadows*, zu Faye

Tyler in *Bystander* und schließlich in einer längeren Sequenz zu dem naiven Teenager Katrina Petrova aus *Innocence Lost*, dem Film, der sie über Nacht zum Star gemacht hatte.

Dann Splitscreen: Jenna in Allies Alter auf der einen Seite und Allie Kramer selbst auf der anderen. Sowohl Mutter als auch Tochter waren im Teenageralter mit düsteren Filmen, in denen es um Sex und Erwachsenwerden ging, ganz nach oben katapultiert worden.

Der Vergleich drängte sich geradezu auf. Allie war zwar nicht das Ebenbild ihrer Mutter – sie glich äußerlich eher ihrem Vater –, aber die Ähnlichkeit mit Jenna Hughes war unverkennbar.

Whitney Stone, diese elende Schlampe, zog sämtliche Register. Das beherrschte sie wirklich perfekt. Mit der Aussicht auf Hintergrundstorys machte sie den Zuschauern den Mund wässrig. Und dabei schaffte sie es auch noch, sich selbst als den eigentlichen Star zu verkaufen, als die einzig wahre Verfechterin von Wahrheit und Objektivität. Whitney war allen anderen eben stets eine Nasenlänge voraus.

Sie schaltete den Fernseher aus und versuchte, sich zu beruhigen. Sie hatte Kopfschmerzen und überlegte, ob sie ein Stück an der Küste entlangfahren sollte, denn der Wein hatte offenbar nicht geholfen. Natürlich hätte sie noch mehr davon trinken können, aber dann würde sie die Kontrolle verlieren, und das durfte nicht passieren.

Sie zog sich um und ging nach draußen. Schon auf dem Weg zu ihrem Wagen wehte ihr eine frische Brise entgegen. Mit offenen Fenstern fuhr sie durch die fast leeren Straßen Richtung Westen. Es war ziemlich riskant, einfach so hier herumzufahren, wo jeder sie sehen konnte und an jeder Ampel und jeder Straßenecke Kameras hingen. Aber darauf konnte sie jetzt nichts geben, denn je näher sie dem Ozean kam, desto mehr ließ ihre Anspannung nach.

Durch die offenen Fenster wehte ihr der Wind durchs Haar, und eigentlich hätte sie sich nun frei fühlen müssen. Aber es gelang ihr nicht. Ob sie es sich nun eingestehen wollte oder nicht, sie war auf der Jagd, und abgesehen davon, dass es ein gutes Gefühl war, machte es ihr auch eine Höllenangst.

Nur wenige Autos fuhren an ihr vorüber oder kamen ihr entgegen, von daher bestand kaum die Gefahr, dass jemand sie erkannte. Als sie den Strand fast erreicht hatte und einen Blick aufs dunkle Meer warf, überlegte sie, ob sie ein Stück den Pacific Highway entlangfahren sollte, doch dann verwarf sie den Gedanken. Es war schon ziemlich spät.

Sie warf einen Blick in den Rückspiegel, und einmal mehr fiel ihr auf, wie ähnlich ihre Augen denen ihrer Mutter waren.

Doch nein, darüber würde sie sich jetzt keine Gedanken machen. Auch nicht über ihre Familie, die immer mehr auseinanderfiel.

Auch das war die Schuld dieser miesen Schlampe.

Kapitel 11

Sie hätte sich gar nicht erst mit Sig Masters treffen sollen, dachte Ineesha Sallinger. Der Mann war echt am Ende. Total fertig. Schlimmer noch, sie fürchtete, er würde jeden Moment durchdrehen. Je schneller sie von diesem Chaos in seinem Haus wegkam, desto besser.

»Du bist dafür verantwortlich!«, sagte er nun zum vierten – oder sogar schon zum fünften? – Mal. Wieso hatte sie sich nur breitschlagen lassen, sich um diese absurde Uhrzeit mit ihm zu treffen? Um fünf Uhr morgens! Um sechs Uhr wollte sie bei ihrem Fitnesstrainer sein, und dann hatte sie noch einen langen Tag vor sich.

Das Haus war die reinste Bruchbude. Es lag zwar in L. A. und war in diesem netten, altkalifornisch-spanischen Stil erbaut – immerhin etwas –, aber mit allenfalls achtzig Quadratmetern reichte es gerade mal für Sig und seine Hunde. Mit der Renovierung kam Sig anscheinend auch nicht in die Gänge. Überall standen Leitern und Farbeimer, und da, wo neue Wände hochgezogen werden sollten oder vorher welche gewesen waren, hing Plastikfolie. Total bizarr. Und erst einmal Sig selbst! Er rauchte die ganze Zeit Kette, ereiferte sich über alles Mögliche und war ein nervliches Wrack. Seit dem letzten Drehtag von *Dead Heat* schien er fünfzehn Kilo abgenommen zu haben. Natürlich war Ineesha grundsätzlich beeindruckt, wenn jemand so schnell so viel abnehmen konnte, aber bei Sig war das ein bisschen zu extrem.

»Ich bin dafür verantwortlich?«, wiederholte sie und wäre zwischen all den Farbeimern fast auf irgendetwas Felliges getreten, das sie sofort anknurrte. Herrgott! Der Köter war winzig, aber er spielte sich auf und schnappte nach ihr, als sei er der Leitwolf eines ganzen Rudels. »Wieso denn das?«

Sig hob das Fellknäuel vom Boden auf und tätschelte ihm den Kopf. Ein wahrhaft erheiternder Anblick: ein Typ von fast eins neunzig mit einem Chihuahua auf dem Arm oder welcher Rasse auch immer der kleine Kläffer angehören mochte.

»Du warst doch für die Requisiten zuständig. Deshalb bist du dafür verantwortlich! Die Cops denken nämlich, dass ich auf Lucinda geschossen habe. Das habe ich ja auch, aber anders, als ich dachte.« Sig zog hektisch an seiner Zigarette und setzte den Hund wieder ab, der sich hinter die Plastikfolie verzog und argwöhnisch hindurchspähte.

»Lucinda Rinaldi, ja?«, fragte Sig, als wäre Ineesha begriffsstutzig. »Die hat doch nichts Besseres zu tun, als mich zu verklagen. Und dich bestimmt gleich mit.«

»Dann ist es eben so.«

»Ich verstehe bis heute nicht, wie es überhaupt möglich war, diese dämliche Pistole zu manipulieren. Wie zum Teufel ist da plötzlich scharfe Munition reingekommen?«

»Weiß ich auch nicht.«

»Solltest du aber! Das ist nämlich dein Job, verflucht noch mal!«

»Was du nicht sagst.« All das führte zu nichts, dachte Ineesha. Das Ganze war reine Zeitverschwendung. »Jetzt pass mal auf, Sig: Ich kann es nicht ändern. Ich weiß nicht, wie so etwas passieren konnte. Und gegen Lucinda und ihre Anwälte kann ich auch nichts machen. Alles, was ich tun kann, ist, cool zu bleiben. Und ich kann dir nur raten, das auch zu versuchen.«

»Ich bin unschuldig!«, rief Sig Masters verzweifelt, wo-

raufhin aus dem hinteren Teil des Hauses ein so tiefkehliges Bellen zurückschallte, dass Ineesha vor lauter Schreck beinahe in einen offenen Farbeimer getreten wäre. Was immer dort hinten lauerte, ein Chihuahua war es jedenfalls nicht.
»Herr im Himmel! Woher nimmst du bloß diese Ruhe? Ich habe fast eine Frau erschossen! Scheiße. Scheiße. Und noch mal Scheiße!«
Wehte ihr zwischen den Farbdämpfen eine Alkoholfahne entgegen?, fragte sich Ineesha. Die Fahrt hierher hätte sie sich wirklich schenken können. Warum hatte sie nicht auf ihre Anwälte gehört und einfach die Füße stillgehalten?
Sie war nämlich alles andere als scharf darauf, dass die Cops jetzt auch noch in ihrem Leben herumschnüffelten. Es war zwar ewig her, dass sie sie wegen Drogenbesitzes drangekriegt hatten, aber diese alte Geschichte verfolgte sie noch immer. Warum konnten die Leute nicht endlich aufhören, ihr ständig ihre Jugendsünden unter die Nase zu reiben? Das Ganze war fünfzehn Jahre her. Also bitte!
Ihr Pulsschlag beschleunigte sich, und sie wollte nur noch ins Fitnessstudio. Wenn Work-out nicht half, konnte sie noch eine Stunde Yoga und vielleicht eine Meditation dranhängen, vorausgesetzt, ihr Personal Trainer – George der Große, wie sie ihn im Stillen nannte – würde sich nach dem ohnehin viel zu früh anberaumten Treffen noch mehr Zeit nehmen, um sie wieder ins Gleichgewicht zu bringen. Aber eins nach dem anderen. Erst mal musste sie dieser Todesfalle aus Farbdämpfen und einem im Hintergrund lauernden Kampfhund entkommen, genau wie diesem langen, abgemagerten Irren, der jeden Moment total durchzudrehen drohte. Weiß der Himmel, was er dann anrichten würde.

Ineesha ging einen Schritt zurück und stieß gegen eine Ausziehleiter. Verflucht! Das war ja nicht auszuhalten.
»Jetzt mach mal halblang, Sig! Es wird sich schon alles regeln.«
»Wie denn?«
»Weiß ich nicht. Irgendwie eben.«
»Woher willst du das dann wissen?«
»Also gut: keine Ahnung.«
»Meine Rede!« Nervös sah sich Sig nach einem Aschenbecher um, und als er keinen fand, drückte er die Zigarettenkippe mit fahrigen Bewegungen in einer Lackwanne aus.
»Was willst du überhaupt? Du hast doch einen Anwalt.«
»Ja, und der kostet mich jetzt schon ein Vermögen. Die sind doch alle Blutsauger!«
»Oder Retter in der Not.«
»Ich habe mir nichts zuschulden kommen lassen. Ich habe die Pistole aus dem Requisitenschrank genommen, den du vorher abgeschlossen hattest, und dann ... dann habe ich sie am Set abgefeuert. Und weißt du eigentlich, wie viele Albträume ich seitdem hatte? Lucinda hätte tot sein können! Um ein Haar hätte ich sie erschossen! Allie Kramer hatte verdammtes Glück, dass sie ausgerechnet an dem Tag nicht am Set war.«
»Stimmt. Allie hatte Glück«, pflichtete Ineesha ihm bei und verspürte ungeachtet ihrer zur Schau getragenen Ruhe einen Anflug von Beklemmung. Schließlich wurde ja nicht nur gegen Sig, sondern auch gegen sie ermittelt. Obwohl das natürlich hirnrissig war.
»Ich gebe dir jetzt mal einen freundschaftlichen Rat, Sig«, sagte sie und stelzte um einen offenen Farbeimer herum, an dessen Seite ein senfgelbes Rinnsal hinunterlief. »Du nimmst dir den besten Anwalt, den du kriegen kannst, und dann tust du genau das, was der dir sagt.«

Mit diesen Worten ließ sie Sig Masters in seinem Chaos aus eimerweise Farbe in abscheulichen Tönen und den albernen Möchtegernhunden zurück.

Quiiieeetsch!
Es klang, als würde jemand mit den Fingernägeln über eine Tafel kratzen. Ein Schauer lief Cassie über den Rücken. Sie setzte sich im Bett auf und versuchte, in der Dunkelheit etwas zu erkennen. Was war das? Woher kam dieses nervtötende Geräusch? Oder bildete sie es sich nur ein? Sie lauschte angestrengt. Etwas hatte sie geweckt, und sie hatte das ungute Gefühl, nicht allein zu sein.
Die Schlafzimmertür stand einen Spaltbreit offen und ließ blau schimmerndes Licht hinein.
Doch genau erkennen konnte sie nichts.
Quiiieeetsch!
Sie zuckte zusammen und unterdrückte einen Schrei.
Was in Gottes Namen war das?
Es schien von irgendwo in der Nähe zu kommen. Aber woher?
Mit klopfendem Herzen warf sie die Decke zurück und schwang die Beine aus dem Bett. Anschließend durchquerte sie mit nackten Füßen das Schlafzimmer und öffnete die Tür noch ein Stück weiter.
Im Flur war nichts zu sehen, doch als sie den Wohnraum betrat, spiegelte sich das bläuliche Licht von draußen in den Fenstertüren wie auf einer Wasseroberfläche. Plötzlich hörte sie leise Schritte und ein Knarzen wie von Holzbodendielen. Sie schienen vom Laubengang vor den Fenstertüren zu kommen. Cassies Mund wurde trocken. Eigentlich hätte sie um Hilfe schreien oder die Flucht ergreifen sollen, aber sie durchquerte den Wohnbereich, öffnete einen der beiden Flügel und spähte mit klopfendem Herzen hinaus.

Doch bis auf das bläuliche Licht war auch hier nichts zu sehen. Lautlos schlüpfte Cassie nach draußen und schlich langsam den Gang entlang.
Knaaarz!
Nun waren die Schritte hinter ihr. Hastig drehte Cassie sich um. Dort stand die altmodisch gekleidete Krankenschwester mit ihrer weißen Haube und den weißen Schuhen. »Sie lebt noch«, sagte sie mit gedämpfter, rauer Stimme. »Ihre Schwester lebt.«
Cassie wich zurück. Großer Gott!
Die Ohrringe mit den roten Kreuzen schienen zu leuchten. Wie Blut tropften sie am Hals der Schwester hinunter auf ihren weißen Kittel.
Zitternd wich Cassie zurück.
Ein Schrei hallte durch die Nacht, und als Cassie die Augen aufschlug, wurde ihr bewusst, dass es ihr eigener gewesen war. Schweißgebadet lag sie in ihrem Bett, kurz davor zu hyperventilieren. Ihr Blick wanderte zum Fenster und anschließend auf den Wecker, der auf ihrem Nachttisch stand. Es war frühmorgens, noch nicht einmal richtig hell draußen. Mit rasendem Herzen ließ sie den Blick über die schemenhaften Umrisse ihrer Schlafzimmermöbel gleiten und versuchte, sich zu beruhigen. Sie befand sich in ihrem Apartment in Los Angeles, alles war nur ein Traum gewesen, ein Albtraum.
Aber es hatte sich so echt angefühlt!
Sie atmete langsam aus, die Hände in die Bettdecke gekrallt, während sie sich zwang, ruhig zu bleiben und logisch zu denken.
Knaaarz!
Cassie fuhr zusammen. »O nein, nicht schon wieder!«, stieß sie keuchend hervor und setzte sich auf. Woher kam das Geräusch? Sie lauschte. Nichts.

Knaaarz! Quieieietsch!
Sie wirbelte herum und starrte zum Fenster, und dann sah sie es: Der Wind fuhr durch die Äste eines in der Nähe stehenden Baums, ein Zweig schrappte quietschend über die Scheibe.
Gott sei Dank!
Erleichtert ließ sie die Schultern sinken.
Es war nur der Baum vor ihrem Fenster.
Nichts weiter.
Nichts Schlimmes.
Bloß Äste und ein Zweig, die sich im Wind bewegten.
Aber warum war ihr plötzlich so kalt? Das lag wohl an der Klimaanlage, die immer noch lief. Von jeher war sie in diesem Haus ein Problem gewesen. Entweder war es zu warm oder zu kalt.
»Ich bin ein echtes Nervenbündel«, murmelte Cassie und ging in den Flur, um die Klimaanlage abzuschalten. Mittlerweile hellwach, tappte sie weiter in die Küche und öffnete den Kühlschrank.
Bamm!
Das Geräusch kam aus dem Wohnbereich.
»Wer ist da?«, rief sie angespannt und warf die Kühlschranktür zu. Jetzt war es in der Küche wieder so gut wie stockfinster.
Absolute Stille.
Aber da war jemand, das konnte sie spüren.
»Wer ist da?«
Stille.
Wie in dem Traum wurde ihr Mund trocken.
Sie tastete nach dem Messerblock auf der Arbeitsplatte und zog ein langes Messer heraus. Das Herz schlug ihr bis zum Hals, als sie sich langsam dem offenen Wohnbereich näherte.

Immer noch Stille.

Ohne das Geräusch der Klimaanlage hatte sie das Gefühl, ihren eigenen Herzschlag hören zu können. Ihr war klar, dass sich jemand in der Wohnung befand.

Ihre Finger schlossen sich so fest um das Messer, dass sie schmerzten. Bewegte sich da etwas in der Dunkelheit?

Sie wagte kaum noch zu atmen.

Wo war nur ihr Handy?

Sie musste den Notruf wählen.

Es hing am Ladekabel in ihrem Schlafzimmer, fiel ihr ein. Zu weit weg. Zu gefährlich. Der Eindringling würde wissen, dass sie ihn bemerkt hatte.

Panik stieg in ihr auf. Wer war das? Und was wollte er hier?

Los, Cassie, denk nach!

Du musst hier weg. Sofort!

Wenn sie doch bloß um die Ecke des Küchenblocks herumkäme, um durch die Fenstertüren flüchten zu können. Vorsichtig setzte sie einen Fuß vor den anderen, dann blieb sie abrupt stehen. O Gott, starrte ihr da etwa ein Augenpaar entgegen? Ein Augenpaar, in dem sich das wenige Licht spiegelte, das durch die Scheiben fiel? *Das bildest du dir bloß ein!*

Cassie verlor keine Zeit mehr. Sie musste hier raus, musste sich in Sicherheit bringen!

Adrenalin strömte durch ihre Adern, als sie die Fenstertüren aufriss, um hinauszustürmen, das Messer vor sich ausgestreckt. Den Knauf in der Hand, blieb sie wie erstarrt stehen. Die Tür war unverschlossen. Sie wusste genau, dass sie sie abgeschlossen hatte. Sie hatte sogar den Riegel vorgeschoben, bevor sie zu Bett gegangen war.

O nein! Nein! Nein! Nein!

Das Messer in beiden Händen, machte sie vorsichtig einen Schritt hinaus und sah nach rechts und links. Der Laubengang war leer. Kein Wahnsinniger, der sie umbringen wollte. Dann hatte sie sich in ihrer Verwirrung nach dem Albtraum also doch alles nur eingebildet.

Sie stand mit dem Messer vor ihrem Apartment und kam sich absolut idiotisch vor.

Auf einmal hörte sie neben sich ein Geräusch. Ein Zischen, nein, eher ein Fauchen, und plötzlich schoss etwas durch die Fenstertüren an ihr vorbei ins Freie.

Ihr Herz setzte einen Schlag aus, dann begriff sie.

Eine Katze? Die aus ihrer Küche kam und nun in der Dunkelheit verschwand?

Cassie hätte beinahe laut losgelacht. Das war wirklich grotesk! Wegen einer Katze – noch dazu einer Katze, die sie aus der Nachbarschaft kannte – hatte sie solch ein Theater veranstaltet!

Sie sank gegen den Türrahmen, legte den Kopf in den Nacken und sah hinauf zum Himmel, der sich im Osten bereits rosa färbte. Wie hatte sie sich nur so anstellen können? Doch wie war die Katze in ihre Wohnung gekommen? Und warum um alles in der Welt war die Tür nicht abgeschlossen gewesen?

Cassie bekam eine Gänsehaut.

Erneut geriet sie in Panik und untersuchte hastig die Fenstertüren. Es waren keine Einbruchsspuren zu sehen. Trotzdem. Sie hatte den Riegel vorgelegt, da war sie sich ganz sicher.

Wirklich? Deine Fantasie hat dir schon öfter einen Streich gespielt, oder?

Wahrscheinlich hat sie sich unbemerkt mit hineingeschlichen, als du nach Hause gekommen bist, und sich dann in einer dunklen Ecke versteckt, bis du aufgewacht bist, weil du das Geräusch von diesem Zweig am Fenster gehört hast ...

Wollte sie sich das tatsächlich einreden? Die Katze hatte sich nicht unbemerkt an ihr vorbei ins Apartment geschlichen.
Sie warf einen letzten nachdenklichen Blick auf die Tür und wollte sie gerade schließen, als sie in der Nähe einen Motor starten hörte. Ihr Mund wurde staubtrocken.
War das Zufall?
Oder hatte jemand sie beobachtet?
Ihr Mund wurde noch trockener, als sie das Auto am Haus vorbeifahren sah und die Scheinwerfer für einen Moment die Einfahrt erhellten.
War etwa jemand in ihrem Apartment gewesen?
Hatte sich die Katze hineingeschlichen, als wer auch immer sich Zutritt verschafft hatte?
Und wenn ja, wie war derjenige unbemerkt hinein- und wieder herausgekommen?
Ihre Gedanken rasten, als sie versuchte, eine Erklärung zu finden. Nervös schloss sie die Tür und schob den Riegel vor, anschließend überprüfte sie die Fenster. Alle waren fest geschlossen. Das Apartment hatte keine Hintertür, nur die Eingangstür mit den bodentiefen Fensterscheiben. Ihre Gedanken rasten. Hatte der Eindringling etwa einen Schlüssel gehabt?
Wer außer dir hat noch einen Schlüssel?
»Niemand«, sagte sie laut vor sich hin. »Oder ... Oh, verflucht!«
Sie hatte Allie einen Schlüssel gegeben, einige Monate nachdem sie hier eingezogen war. Allie hatte bei ihr übernachten wollen, als ihre eigene Wohnung neu gestrichen wurde, und Cassie hatte gedacht, das sei eine gute Gelegenheit, um sich einander wieder anzunähern. Dazu war es allerdings nie gekommen. Allie hatte nie hier geschlafen und es auch nicht für nötig gehalten, ihr den Schlüssel zurückzugeben.

Aber warum sollte Allie in Cassies Apartment eindringen?
War sie tatsächlich hier herumgeschlichen?
Nein, bestimmt nicht. Warum hätte sie das tun sollen?
Aber wenn jemand Allie in seiner Gewalt hatte, hieß das, dass dieser Jemand möglicherweise Zugriff auf Allies Sachen hatte.
Und damit auch auf den Zweitschlüssel zu Cassies Apartment.

Kapitel 12

Schlaflosigkeit war für Detective Rhonda Nash zu einem ständigen Begleiter geworden. Einem verhassten Begleiter. Abend für Abend gesellte er sich zur ihr und ließ sich einfach nicht abschütteln. Selbst wenn sie nach einem langen Arbeitstag noch im Fitnessstudio gewesen war, um sich bis zur völligen Erschöpfung auszupowern, lag sie bis in die frühen Morgenstunden wach.
Ihr Verstand ratterte weiter, ohne dass sie etwas dagegen tun konnte. Warme Milch, Schäfchen zählen, Tiefenatmung und Entspannungsübungen konnten ebenso wenig ausrichten, wie fluchend auf das Kopfkissen einzuprügeln. Der Schlaflosigkeit war einfach nicht beizukommen.
Die letzte Nacht war auch nicht besser gewesen als die Nächte der letzten drei Monate, dachte sie, während sie ihren Ford Focus in eine freie Parkbucht manövrierte und den Motor abstellte. In Gedanken schon bei der Planung eines weiteren arbeitsreichen Tages, schnappte sie sich ihren Laptop, verriegelte den Wagen und eilte durch das Treppenhaus die vier Etagen hinunter. Als sie aus dem überdachten Bereich des Parkhauses trat, zog sie sich automatisch die Kapuze über den Kopf, denn wie so oft in Oregon fiel der typische Nieselregen. Es war kurz vor sieben Uhr morgens, kaum hell, die Straßenlaternen brannten noch. Busse rumpelten durch die Einbahnstraßen, Fahrradfahrer sausten mit zischenden Reifen über den nassen Asphalt und fädelten sich zwischen den wenigen Autos ein, Lastwagen und Transporter rollten schon am Westufer des Willamette River entlang.

Nash ignorierte die rote Fußgängerampel, hastete über die Straße und durch eine der Eingangstüren des Justizgebäudes.

Auf dem Weg hinauf zum Morddezernat beobachtete sie, wie das Regenwasser von ihrer Jacke auf den Boden des Aufzugs tropfte. Eigentlich sollte sie sich einen stressfreieren Job suchen, dachte sie. Aber das brachte sie schlichtweg nicht fertig. Detective zu werden war schon immer ihr erklärtes Ziel gewesen. Jetzt, mit fast vierzig, hatte sie dieses Ziel erreicht. Sie war verheiratet mit einem Beruf, der sie nachts um den Schlaf brachte, sie bis in ihre Träume verfolgte und sie noch vor Tagesanbruch aus dem Bett scheuchte. Ihre Freundinnen hingegen brachten Beruf und Familie unter einen Hut und kümmerten sich um Ehemänner und Kinder, alles im Rahmen eines vorgegebenen Zeitplans, der durch Schulstunden und Arbeitszeiten bestimmt wurde.

Aber so ein Nine-to-five-Job wäre nichts für Nash, ebenso wenig wie die Rolle der treu sorgenden Ehefrau und Mutter. »Jeder so, wie er will«, brummte sie vor sich hin.

Abgesehen davon liebte sie ihren Job, vor allem in den frühen Morgenstunden, wenn der Trubel der Nacht vorüber war und man im Department noch seine Ruhe hatte, bevor der Betrieb aufs Neue losging. Das waren die Momente, in denen sie die Muße hatte, sich Dinge durch den Kopf gehen zu lassen und ihren Tagesablauf zu planen. Es war die Zeitspanne, bevor ihr Partner erschien und an den anderen Schreibtischen in dem Großraumbüro weitere Cops saßen, die telefonierten, Berichte schrieben oder Zeugenaussagen aufnahmen.

Nash ging es auf die Nerven, dass man hier tagsüber nie ungestört war. Sie hätte lieber ein eigenes Büro gehabt, mit vier Wänden, vielleicht sogar einem Fenster und vor allen

Dingen einer Tür, die man je nachdem, wie viel man zu tun und welche Laune man hatte, geöffnet oder geschlossen lassen konnte.

Als sie nun das Großraumbüro betrat, musste sie feststellen, dass sie an diesem Morgen nicht allein war. Ein paar Kollegen saßen schon an ihren Schreibtischen und erledigten Telefonate, lasen Akten oder gaben Daten in ihre Computer ein. Andere standen zusammen, unter ihnen eine Neue namens Trish Bellegarde, die sich alle Mühe gab, freundlich zu bleiben, als Kowalski ihr ein Gespräch aufzwingen wollte. Kowalski war ein erfahrener Detective, sozusagen »der alte Hase« in der Abteilung. Mit seinem weißen Bürstenhaarschnitt, den Hamsterbacken und einer Brille, die er ständig abnahm und putzte, war er kein schlechter Kerl, aber seine kumpelhafte Art konnte einem gehörig auf den Senkel gehen. Auch wenn das vielleicht ungerecht war: Nash mochte ihn nicht und freute sich schon auf den Tag, an dem er endlich in Pension gehen würde.

Nachdem sie ihren Mantel in den Spind gehängt und ihre Tasche in der Schreibtischschublade verstaut hatte, holte sie sich eine Kanne Kaffee aus der Kantine und schenkte sich direkt einen Pappbecher der lauwarmen Brühe ein. Na ja, besser als nichts. An ihrem Schreibtisch stellte sie fest, dass mindestens ein Dutzend E-Mails eingegangen waren, obwohl sie am Abend zuvor noch bis kurz nach sechs vor dem Bildschirm gesessen hatte. Während sie den Kaffee trank, scrollte sie mit der freien Hand durch die ungelesenen Mails und verschob Protokolle, Zeugenaussagen und Obduktionsberichte in die entsprechenden Ordner, bis sie bei einer persönlichen Anfrage von Whitney Stone landete.

Na toll!

Stone hatte sich als freie Reporterin hochgearbeitet und produzierte und moderierte mittlerweile eine eigene Sendung, eine Art investigative Realityshow, in der es um ungelöste Fälle ging. Nash hatte sich bloß ein paar Folgen angesehen und sofort gemerkt, dass Stone mehr Gerüchte als Fakten brachte. Und obwohl Stone aus dem Südwesten kam, aus Arizona oder Mexiko, lebte sie schon seit Jahren in Portland und betrachtete die mittlerweile als »cool« geltende Stadt offenbar als ihr Revier. Ständig spionierte sie herum, immer auf der Jagd nach pikanten Details für eine fette Story, die sie ausschlachten konnte.

Die Frau war so telegen, dass sie als Model hätte durchgehen können, womit sie der Berichterstattung über Verbrechen sozusagen ein Hochglanz-Image verpasste.

Jetzt hatte sie ihre Reißzähne in den Kramer-Fall geschlagen und wollte ein Interview mit Nash.

»Vergiss es«, entfuhr es Nash mürrisch. Leicht erstaunt nahm sie zur Kenntnis, dass Stone in ihrer Mail erwähnte, Cassie Kramer habe das Mercy Hospital mittlerweile verlassen.

Bislang war diese Information noch nicht zu Nash durchgedrungen. Merkwürdig. Immerhin war ihre jüngere Schwester, Allie Kramer, verschwunden, und Cassie Kramer galt offiziell als Person von besonderem polizeilichem Interesse. Der Tag fängt ja gut an!, dachte Nash grimmig. Noch nicht einmal acht Uhr, und sie war schon so genervt, dass sie nach der Packung mit Magentabletten greifen musste. Nachdem sie drei Tabletten geschluckt und prompt einen Geschmack nach Kreide im Mund hatte, rief sie im Mercy Hospital an und nahm Hürde um Hürde, die die unzugängliche Rezeptionistin in Form monoton vorgetragener Zitate aus den Klinikvorschriften aufstellte. Nash musste sich schwer zusammenreißen, aber sie gab sich gelassen und schaffte es, das Absperrband, das sich Privatsphäre nannte, zu durchtrennen und schließlich die gewünschte Information zu erhalten.

»Miss Kramer ist keine Patientin mehr in unserem Haus.«
Durch ein paar weitere Fragen, zunächst an die Taxizentrale und dann an die Autovermietung, zu der sich Cassie mit einem Taxi hatte bringen lassen, brachte Nash in Erfahrung, dass Allie Kramers Schwester vom verregneten Portland ins sonnige Los Angeles geflogen war.

Nash machte sich eine geistige Notiz und rief anschließend das LAPD an, das Police Department von Los Angeles.

Danach arbeitete sie sich weiter durch die Mails in ihrem Posteingangsordner. Nachdem sie alle in den entsprechenden Unterordnern abgelegt oder gelöscht hatte, hörte sie die Mailbox ihres Telefons ab. Zum Glück waren es nur wenige Anrufe. Auch hier hatte Whitney Stone eine Nachricht hinterlassen, mit ähnlichem Wortlaut wie zuvor in der Mail. Und sie war nicht die Einzige, denn zwei weitere Reporter hatten ihre Kontaktdaten hinterlassen, die Nash jedoch geflissentlich ignorierte. Wenn sie auch nur ein Mindestmaß an Professionalität besaßen, sollten sie die Regeln eigentlich kennen und wissen, dass sie sich an die Pressestelle wenden mussten.

Außerdem hätte Nash ohnehin keine Informationen gehabt, bereitete ihr der Kramer-Fall doch selbst mehr als genug Kopfzerbrechen. Das war der Hauptgrund, warum sie nicht schlafen konnte. Und das, obwohl noch gar nicht klar war, ob es überhaupt um Mord ging. Ein Filmstar war unter ungeklärten Umständen verschwunden und das Double am letzten Drehtag vor den Augen der versammelten Crew am Set in Portland niedergeschossen worden. Ein zufälliges Opfer? Oder hatte es jemand von vornherein auf Lucinda Rinaldi abgesehen? War es nicht viel wahrscheinlicher, dass Allie Kramer, die am letzten Drehtag nicht erschienen war, das eigentliche Opfer hätte sein sollen? Hatte sie gewusst, dass sie in Gefahr war? War sie deshalb von der Bildfläche verschwunden und hatte das Leben einer anderen Frau in Gefahr gebracht? Schwer vorstellbar. Aber wenn dem so war, warum war sie nicht längst wieder in Erscheinung getreten? Warum meldete sie sich nicht bei ihrer Familie und bei Freunden oder, wenn sie sich tatsächlich bedroht fühlte, bei der Polizei?

Nash dachte so angestrengt nach, dass sie kaum merkte, wie sie einen Kaffeebecher nach dem anderen leerte. Vielleicht hatte der potenzielle Mörder Allie Kramer in seine Gewalt gebracht oder sogar getötet, nachdem ihm sein Fauxpas aufgefallen war. Diese Möglichkeit bestand durchaus. Ein bisschen weit hergeholt, aber nicht vollkommen abwegig. Denn in einer Sache war sich Nash ziemlich sicher: Sig Masters, der die Schüsse abgegeben hatte, war nicht bewusst gewesen, was er da tat. Er hatte weder Lucinda Rinaldi noch sonst jemanden töten wollen. Als Nash ihn verhört hatte, war der Mann kurz vor einen Nervenzusammenbruch gewesen. Zutiefst erschüttert hatte er immer wieder den Kopf geschüttelt und geschworen, er sei fest davon ausgegangen, dass es sich bei der Pistole um eine Attrappe mit Platzpatronen gehandelt habe. Ineesha Sallinger, die für die Requisiten zuständig war, hatte Masters' Aussage bestätigt und zu Protokoll gegeben, sie habe den Schlüssel zum Requisitenschrank während des Drehs stets bei sich gehabt. Der Raum, in dem sich dieser Schrank befand, war zwar jedem zugänglich gewesen, der Schrank selbst jedoch die ganze Zeit über abgeschlossen. Sallinger hatte sich dafür

verbürgt, dass niemand die Waffe hatte austauschen können.
Aber offenbar hatte irgendwer genau das getan.
Die Pistole, die an diesem letzten Drehtag benutzt wurde, war offenbar identisch mit der Attrappe, aber sie war mit scharfer Munition geladen. Die einzigen Fingerabdrücke auf der Waffe stammten von Sig Masters. Von Ineesha Sallinger waren keine zu finden, weder auf dem Lauf noch am Abzug oder am Griff. Und genau das war das eigentlich Merkwürdige an der Sache. Normalerweise hätte man alle möglichen Fingerabdrücke darauf finden müssen, auf alle Fälle aber die der Requisiteurin und natürlich die des Schützen. Es schien, als sei die Pistole abgewischt worden, und zwar bevor Sig Masters sie aus dem Schrank genommen hatte. Allerdings hatte Sallinger erklärt, aufgrund des kalten, regnerischen Wetters habe sie an besagtem Tag Handschuhe getragen.
Und nach wie vor blieb die Frage: Wo war Allie Kramer? Oder ihre Leiche?
Im Willamette River versenkt? In den Hügeln auf der Westseite des Flusses vergraben? In einen Müllcontainer gestopft? Einbetoniert in einem Fundament? Oder verrottete sie irgendwo im Keller eines Hauses?
Wenn sie nicht doch jemand gefangen hielt, irgendein Irrer oder ein durchgeknallter Fan möglicherweise.
Nash kaute am Rand ihres Pappbechers und versuchte, all die losen Enden zu verknüpfen, aber sie fand keine Antworten auf ihre Fragen. Die Heizung lief auf vollen Touren und blies warme Luft in das Büro, während weitere Kollegen zum Dienst erschienen. Computertastaturen klapperten und Telefone klingelten, doch Nash bekam nichts davon mit.
»Immer schön wach bleiben!«, wurde sie von einer dröh-

nenden Stimme aus ihren Gedanken gerissen. Kowalski ging an ihrem Schreibtisch vorbei zu seinem Arbeitsplatz, der ihrem direkt gegenüberlag. Ein Glamourfoto aus den 1980ern von seiner Frau Marcia mit Federboa stand in einer Ecke auf seinem Schreibtisch, genau so ausgerichtet, dass sie, das Kinn auf ihre gefalteten Hände gestützt, Nash stets im Blick zu haben schien.

Idiot!, kommentierte Nash im Stillen Kowalskis dämliche Bemerkung und drehte sich zu ihrem Computer um.

Wenige Minuten später hörte sie ihren Partner, bevor sie ihn sehen konnte. Das Handy am Ohr, in der anderen Hand einen Pappbecher, marschierte Tyronne Thompson, im Morddezernat besser bekannt als »Double T.«, ins Büro. Er nickte Nash zu und ließ sich auf den Stuhl hinter seinem Schreibtisch sinken, der diagonal zu ihrem stand, dann nahm er prüfend einen Schluck aus seinem Becher, der, wie Nash wusste, mit einem fünffachen Espresso aus dem Coffeeshop an der Ecke gefüllt war. Double T. brauchte nämlich morgens diese »hohe Drehzahl«, wie er selbst es nannte, um »auf Touren« zu kommen.

Sein kahl geschorener dunkler Schädel glänzte im Licht der Deckenbeleuchtung, als er sich aus seiner Jacke schälte und diese über die Rückenlehne hängte. Gebaut wie ein Footballspieler, hatte Double T. eigentlich ein sonniges Gemüt, aber wenn ihm etwas die Laune verdarb, konnte er ganz schön ungemütlich werden. Glücklicherweise kam das jedoch nur äußerst selten vor. Jetzt ging er zu Nashs Schreibtisch hinüber und sagte: »Rate mal, wer aus der Klinik raus ist.«

»Warte ...« Nash tat so, als müsse sie ernsthaft überlegen. »Unsere berühmt-berüchtigte Schauspielerin vielleicht, die behauptet, sie wüsste nicht, was mit ihrer Schwester passiert ist?«

Double T. setzte ein breites Lächeln auf, seine dunklen Augen blitzten. »Du wusstest es schon, oder?«, fragte er mit gespielter Enttäuschung.

»Wie viele für unsere Ermittlungen relevanten Personen, die in einer Klinik waren, haben wir denn?«, gab Nash mit einem Kopfschütteln zurück und verzog den Mund zu einem schiefen Grinsen. »Aber da wir gerade beim Thema sind: Gleich nachdem Cassie Kramer aus der Klinik ausgecheckt hat, hat sie am Flughafen wieder eingecheckt und den nächstbesten Flieger nach L. A. genommen.«

»Das wird ja immer absurder«, sagte Double T. und lehnte sich an Nashs Schreibtisch.

»Wem sagst du das!«, gab Nash zurück.

»Aber jetzt raus mit der Wahrheit: Wer hat dir den Tipp gegeben?«

»Whitney Stone.« Als Double T. nicht reagierte, fügte sie hinzu: »*Justice: Stone Cold.*«

Das war ihm offenbar ein Begriff. »Ach die. Die hat uns gerade noch gefehlt.«

»Hm.«

»Was, glaubst du, hat unsere Ausreißerin da unten vor?«

»Gute Frage«, gab Nash achselzuckend zurück. »Cassie Kramer hat eine Wohnung in L. A., *hatte* sie zumindest. Vielleicht wollte sie einfach nach Hause und zur Abwechslung mal wieder etwas arbeiten.«

»Als Schauspielerin?«

»Nein, das wahrscheinlich nicht. Wenn der ganze Rummel um das Verschwinden ihrer Schwester ihr nicht eine Bomben-Publicity verschafft, bekommt sie, glaube ich, nicht gerade viele Angebote. Jedenfalls nicht für größere Rollen. Sie will sich jetzt als Autorin versuchen. Hat schon ein paar Drehbücher geschrieben.«

Double T. zog fragend die Augenbrauen hoch, doch Nash winkte sofort ab. »An den Mann gebracht hat sie noch keins. Jedenfalls nicht, dass ich wüsste.« Er nahm einen weiteren Schluck Espresso, dann fragte er: »Gibt es was Neues über die Schwester?«
»Nö.«
»Aber du hast doch bestimmt etwas Neues über sie ausgegraben?«
»Hast du etwas anderes von mir erwartet?«, fragte Nash grinsend. Sie öffnete einen Link auf ihrem Computer, drehte den Bildschirm zu Double T. herum und präsentierte ihm den Trailer zu *Dead Heat*.
»Sieh mal einer an«, sagte Double T., als die Schüsse verhallt waren. »Das passt ja wie die Faust aufs Auge.«
»Allerdings«, bestätigte Nash.
Die Möglichkeit, dass Allie Kramers Verschwinden eine gekonnte Inszenierung war, um das Interesse für den Film anzuheizen, hatten sie schon ein paarmal durchgespielt. Aber wenn tatsächlich die Produktionsfirma dahintersteckte, bewegte sie sich jenseits der Legalität, und das schien eher unwahrscheinlich. Es war zwar allgemein bekannt, dass sich die Produzenten im Namen der Publicity so einiges einfallen ließen, aber eine inszenierte Entführung war doch etwas weit hergeholt. Allie Kramers Fall als reine Vermisstensache zu behandeln, brachte sie allerdings auch nicht weiter.
»Ich habe schon Kontakt mit der Produktionsfirma aufgenommen«, teilte Nash ihrem Partner mit. »Vielleicht habe ich ja Glück und jemand ruft mich zurück.«
»Vielleicht habe ich ja auch Glück und muss nicht Schlange stehen, wenn ich uns jetzt erst mal ein paar Donuts hole.«
Diesen Vorschlag quittierte Nash mit einem Lächeln, das

allerdings verblasste, als sie sich wieder ihrem Bildschirm zuwandte.
Ihrer Ansicht nach waren die Chancen, Allie Kramer lebend zu finden, eher gering.
Und mit jedem Moment, der verstrich, wurden sie geringer.

Kapitel 13

Als Cassie einen Blick auf den Wecker warf, war es kurz vor zehn. Die Sonne schien in ihr Schlafzimmer.

Cassie streckte sich, legte den Kopf auf einen Ellbogen und versuchte, die Erinnerung an den Albtraum zu verscheuchen.

Nach einer Weile stand sie auf, holte ihren Laptop und suchte im Internet nach Ohrringen mit kleinen roten Kreuzen. Es gab massenhaft Fotos von Ohrringen, die so aussahen wie der, den Steven Rinko in der Klinik gefunden hatte. Den Beschreibungen nach waren sie kurz nach dem Ersten Weltkrieg hergestellt worden und weder besonders wertvoll noch selten gewesen, jedenfalls nicht in den 1950er-Jahren. Mittlerweile galten sie als Sammlerstücke, die zwar nicht teuer waren, aber nach mehr als einem halben Jahrhundert natürlich nicht mehr so einfach zu finden. Während Cassie im Schneidersitz auf dem ungemachten Bett saß und den Ohrring, den Rinko ihr in die Hand gedrückt hatte, mit den Abbildungen im Internet verglich, wurde ihr allmählich bewusst, dass er keinen Anhaltspunkt über die Frau liefern konnte, die ihn in der Klinik zu der altmodischen Schwesterntracht getragen hatte. Allerdings war er der einzige Beweis dafür, dass diese Person existierte und in Cassies Zimmer gewesen war. Dennoch würde Cassie wahrscheinlich kaum jemand glauben, dass sie die Krankenschwester tatsächlich gesehen hatte. Was im Übrigen auch für Steven Rinko galt. Nicht einmal seine Eltern hielten ihn für zurechnungsfähig, ganz zu schweigen von den Ärzten in der Klinik, die ihm eine Wahrnehmungsstörung mit gelegentlichen Halluzinationen attestiert hatten. Rinko selbst sah das allerdings ganz anders. Er behauptete, sein IQ sei so hoch, dass man ihn gar nicht messen könne, und deshalb würde er Dinge wahrnehmen, die andere Leute nicht bemerkten. Doch selbst Cassie war nicht hundertprozentig davon überzeugt.

Zum x-ten Mal betrachtete sie den Ohrring in ihrer Hand, dann stand sie auf, steckte ihn wieder in ihre Geldbörse und ging ins Badezimmer. Nachdem sie sich die Zähne geputzt, geduscht und angezogen hatte, drehte sie ihr nasses Haar zu einem Knoten, zog ihre Lippen nach und setzte die Sonnenbrille auf. Anschließend nahm sie ihre Tasche und ging hinaus in den sonnigen Vormittag.

Eine Schar kleiner Vögel hatte sich in der Bougainvillea zwischen Haus und Parkplatz niedergelassen und flatterte unbehelligt von der Katze zwitschernd hin und her. Cassies Wagen stand genau in der Sonne, und bevor sie den Motor startete, ließ sie als Erstes die Seitenfenster herunter.

Auf dem Weg zum Parkplatz hatte sie ihrem Vermieter, der im Haupttrakt des Hauses wohnte, Bescheid gesagt, dass das Schloss ihrer Wohnungstür ausgetauscht werden musste, selbstverständlich auf ihre Kosten. Doug Peterson, Rentner und Heimwerker, hatte versprochen, sich selbst darum zu kümmern.

Auf der Fahrt zum Postamt ihres Bezirks knurrte Cassie der Magen, und ihr fiel ein, dass sie am Abend zuvor, nachdem Holly ihr diesen Moscow Mule aufgenötigt hatte, ohne etwas zu essen ins Bett gegangen war.

Für heute hatte sie geplant, alle Bekannten von Allie anzurufen, mit denen sie nicht mehr gesprochen hatte, seit sie in die Klinik gegangen war. Sie glaubte zwar nicht, dass jemand etwas Neues wusste, was der Polizei entgangen war, aber bevor sie nicht mit allen gesprochen hatte, würde sie ohnehin keine Ruhe finden. Warum eigentlich nicht?, fragte sie sich. Weil sie ihre Schwester liebte, lautete die simple Antwort. Ungeachtet aller Rivalität, bedeutete Allie ihr sehr viel. So einfach war das.

Dass ihr Verschwinden sich bestens für ein Drehbuch eignete, war lediglich ein Nebeneffekt.

Nachdem Cassie ihre Post abgeholt und alles ins Altpapier geworfen hatte, was nicht wichtig oder nach einer Rechnung aussah, holte sie sich im nächsten Drive-in einen Becher Kaffee und ein Scone und fuhr weiter in einen nahe gelegenen Park. Sie stellte den Fahrersitz ein Stück nach hinten und machte es sich bequem für ihre Anrufe.

Zunächst versuchte sie es bei Little Bea, dann bei Dean Arnette und anschließend bei Cherise Gotwell. Keiner von ihnen war zu erreichen. »Na toll!«, murmelte Cassie und legte das Handy auf den Beifahrersitz. Immerhin hatte sie allen auf die Mailbox gesprochen und obendrein jedem eine Textnachricht geschickt.

Dann würde sie eben erst einmal ihren Kaffee trinken und das Scone essen, während sie überlegte, wen sie noch anrufen konnte. Auf dem Spielplatz, der zu dem Park gehörte, tobten ein kleiner Junge und ein kleines Mädchen, während die Nanny auf einer Bank saß und sich eine Zigarette ansteckte. Ein Jogger in T-Shirt und kurzer Hose lief auf dem Gehweg vor Cassies Wagen vorbei und kam wenig später hinter dem Springbrunnen gegenüber wieder in Sicht. Davor saß eine ältere Dame auf einer weiteren Bank und fütterte ein paar kleine Vögel, unter die sich eine Krähe gemischt hatte.

Plötzlich fiel Cassie noch jemand ein.

Laura, die Maskenbildnerin.

Und Hairstylistin.

Laura, die seit *Street Life* für Allies Make-up und Frisuren zuständig war.

Wahrscheinlich hatte Allie mit niemandem sonst so viel Zeit verbracht wie mit ihr.

Sofort wählte Cassie Lauras Nummer. Und diesmal hörte sie nach dem zweiten Klingeln keinen Anrufbeantworter, sondern *O Wunder!* eine menschliche Stimme.

»Ja, hier Laura.«

»Hallo, hier ist Cassie.«

Schweigen.

»Cassie Kramer.«

Kurze Pause. »Ach ja ...«

Nicht gerade ermutigend, und da Cassie nicht sofort mit der Tür ins Haus fallen wollte, begann sie mit etwas Unverfänglichem. »Ich bin für ein paar Tage in der Stadt und dachte, vielleicht hast du einen Termin für mich. Meine Haare müssten dringend geschnitten werden.«

»Einen Termin? Von jetzt auf gleich?«

»Äh, ja. Wenn sich das irgendwie machen lässt.«

»Also, eigentlich bin ich total ausgebucht.«

»Würde gar nicht lange dauern, ohne waschen und so weiter.«

»So auf die Schnelle?« Laura musste lachen. Doch ehe Cassie etwas sagen konnte, fragte Laura: »Du bist in L. A.? Bist du denn nicht mehr in ...« Sie überließ es Cassie, sich den Rest zusammenzureimen.

In der Klapsmühle? »Ich bin gerade erst angekommen und bleibe nicht lange«, erklärte Cassie betont unbefangen. »Ich weiß, es ist ziemlich kurzfristig, aber Allie hat dich in den höchsten Tönen gelobt. Da dachte ich, ich rufe einfach mal an.«

»Hast du etwas von ihr gehört?«

»Nein, ich ... wir wissen überhaupt nichts.«
Ein tiefer Seufzer. »Also, ich bin echt auf Ewigkeiten ausgebucht. Und dann bin ich auch noch ständig an irgendwelchen Sets. Ich würde dir ja gern helfen, aber bei den Mädels in meinem Salon ist auch alles dicht.«
Cassie ließ sich ihre Enttäuschung nicht anhören. »Eigentlich würde ich gern mit dir über Allie sprechen.«
»Aber du sagtest doch, du hast nichts von ihr gehört.«
»Habe ich auch nicht. Ich dachte bloß, du wüsstest vielleicht etwas.«
»Tut mir leid, ich weiß auch nicht, wo sie abgeblieben ist. Komisch, das Ganze.« Nach einer weiteren Pause fügte Laura hinzu: »Also, Cassie, ich muss jetzt weiterarbeiten. Aber vielleicht machen wir es einfach so, dass ich dir eine Nachricht schicke, wenn bei einem meiner Mädels jemand absagt. Die sind auch alle richtig fit im Haareschneiden. Irgendwie kriegen wir das schon hin. Bist du noch ein paar Tage hier?«
»Eigentlich wollte ich morgen früh wieder zurückfliegen.«
»Das wird knapp«, sagte Laura. »Aber ich melde mich, wenn sich etwas ergibt.« Damit legte sie auf.
Enttäuscht starrte Cassie auf ihr Smartphone. Aber was hatte sie erwartet? Laura war nicht nur Allies Stylistin, sondern hatte viele Promis unter ihren Kunden. Da bestand wohl kaum die Chance, allein mit ihr zu sprechen. Und wie sie gerade gesagt hatte, wusste sie ohnehin nichts.
Während Cassie telefoniert hatte, war eine Textnachricht eingegangen, von einer unbekannten Nummer.
santafe07
Was hatte das zu bedeuten?
Wer sind Sie? Was heißt das?, schrieb Cassie zurück.
Bevor ihr der Gedanke kam, dass sich jemand nur beim

Eingeben der Nummer vertippt haben könnte, hatte sie schon auf Senden gedrückt.

Vielleicht war die Nachricht ja doch an sie gerichtet. Aber was sollte sie mit Santa Fe in New Mexico zu tun haben? Und was hatte es mit 07 auf sich? War im Jahr 2007 etwas von Bedeutung geschehen? Oder ging es überhaupt nicht um eine Jahreszahl? Hatte Allie in dem Jahr einen Film gemacht, der vielleicht zum Teil in Santa Fe gedreht wurde? Nein, das konnte nicht sein. Ihre Karriere hatte später angefangen.

Dann kam Cassie die Idee, dass sie die Nummer einfach anrufen konnte.

Doch es meldete sich niemand. Stattdessen kam eine automatische Ansage: »Sie sind verbunden mit der Mailbox von Dr. Virginia Sherling. Hinterlassen Sie bitte Ihren Namen, Ihre Telefonnummer und eine kurze Nachricht. Ich rufe Sie zurück.«

Dr. Sherling? Die Psychiaterin aus dem Mercy Hospital? Welchen Grund hatte sie, eine so kryptische Nachricht zu senden? Da konnte etwas nicht stimmen. Doch auf keinen Fall wollte Cassie auf die Mailbox sprechen und Gefahr laufen, dass die Ärztin sie zurückrufen und ihr nahelegen würde, in die Klinik zurückzukehren.

Sofort nach dem Piepton legte sie wieder auf.

Während sie ihren Kaffee trank, sah sie, wie der kleine Junge auf dem Spielplatz das kleine Mädchen in den Springbrunnen schubste. Die Kleine schrie wie am Spieß, sodass die Nanny, offenbar gerade damit beschäftigt, Nachrichten zu texten, ihr Handy beiseitelegen musste. Nachdem sie ihre Schützlinge, die inzwischen beide ohrenbetäubend kreischten, von dem Springbrunnen weggezerrt hatte, verließen die drei den Spielplatz. Nun war weit und breit niemand mehr zu sehen.

Das Smartphone in der Hand, stieg Cassie aus ihrem Wagen und ging hinüber zu einem der Papierkörbe, um den leeren Pappbecher zu entsorgen. Erst als sie sich umdrehte und wieder zu ihrem Auto zurückgehen wollte, fiel ihr der SUV auf, der ein Stück weiter in einer der Parkbuchten stand, ein Toyota in Silbermetallic mit getönten Scheiben. Die vorderen Seitenfenster waren heruntergelassen, auf dem Fahrersitz saß eine Frau mit Sonnenbrille. Von dem Mann auf dem Beifahrersitz war bis auf einen behaarten Arm, der mit einer Zigarette zwischen den Fingern lässig aus dem Fenster baumelte, so gut wie nichts zu erkennen. Nur dass er ebenfalls eine Sonnenbrille trug.
Cassie hatte das Gefühl, dass die beiden sie beobachteten. Sogleich bekam sie eine Gänsehaut.
Hör auf damit! Hast du es nicht gerade genauso gemacht? Das ist eine öffentliche Parkanlage, und da beobachtet man nun einmal die anderen Leute.
Dennoch beschlich Cassie ein ungutes Gefühl, als sie sich ihrem Honda näherte.
Plötzlich öffnete die Frau die Wagentür und stieg aus.
Sie war schlank. Attraktiv. Das volle, dunkle Haar fransig geschnitten. Ihr Gesicht hinter der großen Sonnenbrille war kaum zu erkennen, aber sie kam Cassie vage bekannt vor. Die Frau winkte und ging zielstrebig auf den Honda zu. »Cassie?« Ein paar Zentimeter kleiner als Cassie, stand sie schließlich vor ihr und hätte ihren Namen gar nicht mehr zu nennen brauchen, denn mittlerweile hatte Cassie sie erkannt: Whitney Stone.
Mit einem strahlenden Zahnpastareklame-Lächeln streckte die Journalistin die Hand aus, und Cassie entging nicht, dass ihr die Mundwinkel ein wenig nach unten rutschten, als sie diese Geste geflissentlich ignorierte. »Ich bin die Produzentin und Moderatorin von *Justice: Stone Cold*«,

erklärte Whitney, obwohl Cassie das längst wusste, und ließ die ausgestreckte Hand sinken.

Was sie von ihr wollte, konnte Cassie sich ebenfalls denken: Informationen über Allie. Sie selbst war lediglich interessant, weil sie Allie Kramers Schwester war und natürlich die Tochter von Jenna Hughes. Aber selbst Jenna war seit Allies Verschwinden nur noch eine Randnotiz in der eigentlichen Story.

Der Mann auf dem Beifahrersitz schnippte die Zigarette aus dem Fenster, stieg ebenfalls aus dem SUV und trat die Kippe aus. Ein muskelbepackter Schlägertyp in Jeans und schwarzem T-Shirt.

»Haben Sie einen Moment Zeit?«, fragte Whitney, während der Muskelprotz breitbeinig auf sie zukam, mit einer Schulterkamera, die für ihn nichts zu wiegen schien.

»Nein«, lautete Cassies knappe Antwort.

Aber so leicht ließ sich Whitney Stone nicht abwimmeln. »Sie haben Ihre Schwester als Letzte gesehen, bevor sie verschwand. Deshalb würden wir gern ein Statement von Ihnen senden.«

»Kein Interesse.«

»Sie wollen doch bestimmt auch wissen, was mit Ihrer Schwester passiert ist«, setzte Whitney nach.

»Trotzdem: kein Interesse«, wiederholte Cassie und machte Anstalten, in ihren Wagen zu steigen. Das rote Licht an der Kamera verriet, dass sie gefilmt wurde.

»Aber die Öffentlichkeit hat ein Recht darauf zu erfahren, was ...«, begann Whitney erneut.

»Was denn?«, schnitt Cassie ihr das Wort ab. »Was mit Allie passiert ist? Dazu kann ich nichts sagen.« Der Kameramann kam näher. Wahrscheinlich filmte er sie gerade in Großeinstellung. »Lassen Sie das!«, blaffte Cassie. Was machte Whitney Stone überhaupt in L. A.?, fragte sie sich.

Normalerweise war doch eher Portland ihr Revier. Dann wurde ihr auf einmal einiges klar. »Woher wissen Sie, dass ich hier bin?«, fragte sie. Whitney antwortete nicht. »Sind Sie mir etwa gefolgt? Bis nach Kalifornien?«

»Ich habe Ihnen auf die Mailbox gesprochen«, sagte Whitney.

»Ich weiß«, gab Cassie zurück.

»Haben Sie Angst davor, mit mir zu sprechen, Miss Kramer?«

»Warum sollte ich?«

»Oder möchten Sie lieber Mrs Kittle genannt werden? Sie sind doch noch mit Trent Kittle verheiratet?«

»Mein Mann ist kein Thema!«

»Also ist er noch Ihr Mann?« Whitney ließ nicht locker.

»Das geht Sie nichts an.«

»Gerüchten zufolge hatte er eine Affäre mit Ihrer Schwester. Ist das der Grund für Ihre Trennung?«

»Die beiden hatten keine Affäre!«

»Aber er wurde vor dem Apartment Ihrer Schwester gesehen. Allein. Nachdem Allie und Brandon McNary sich getrennt hatten.« Huschte da ein mailiziöses Lächeln über Whitneys Lippen?

»Wie ich schon sagte: Das geht Sie nichts an.«

»Ihre Ehe geht wegen Ihrer Schwester in die Brüche, und dann verschwindet sie spurlos.«

»Herrgott noch mal, jetzt lassen Sie mich endlich durch!«, Cassie versuchte, sich an Whitney vorbeizuschieben.

»Dann stimmt es also nicht, dass Ihre jüngere Schwester Ihnen den Mann ausgespannt hat?«, bohrte Whitney unbeirrt weiter.

»Nein!« Dieses eine Wort wäre Cassie fast im Hals stecken geblieben, denn Whitney Stone sprach ihre schlimmsten Befürchtungen aus. War es wirklich möglich, dass Trent, genau wie ganz Amerika, Allie Kramers Charme erlegen war? Der Stachel saß tief in ihrem Fleisch, und sie stand kurz davor, die Beherrschung zu verlieren. Das war schon immer ihr Problem gewesen. »Ich habe Sie gewarnt. Lassen Sie das!«

»Was soll ich lassen?«, provozierte Whitney sie weiter.

Lass dich nicht aus der Reserve locken. Darauf wartet sie doch bloß. Aber den Gefallen wirst du ihr NICHT tun. Sie will nur wieder einen Skandal heraufbeschwören. Und dann wird sie dir jedes Wort im Mund verdrehen. Sie wird alles so darstellen, als hättest du etwas mit Allies Verschwinden zu tun, als hättest du sie womöglich aus Eifersucht getötet. Sie wird das Interview zurechtschneiden und alles gegen dich verwenden. Gegen Allie. Und gegen Trent.

»Ich versuche nur zu helfen«, sagte Whitney in harmlosem Tonfall.

Lächerlich! Es geht dir einzig und allein um Einschaltquoten. Und um deine Karriere, du verfluchtes Miststück.

Cassie schaltete die Kamera ihres Smartphones ein. »Dann macht es Ihnen sicher nichts aus, wenn ich Sie ebenfalls filme.« Sie drehte das Smartphone herum und hielt es hoch.

»Warum tun Sie das?«, wollte Whitney wissen.

»Ich stelle lediglich eine objektive Berichterstattung sicher«, gab Cassie zurück und machte einen Schwenk auf den aufdringlichen Kameramann. Dann schwenkte sie zurück auf Whitney. »Ich habe Ihnen gesagt, Sie sollen die Kamera ausmachen, aber Sie haben sich nicht daran gehalten. Ich habe Ihnen auch gesagt, dass ich nichts über das Verschwinden meiner Schwester weiß, trotzdem haben Sie mich weiter bedrängt. Deshalb noch einmal: Es gibt nichts, was ich Ihnen erzählen könnte.«

Für einen Moment wirkte Whitney Stone konsterniert,

doch dann siegte die Reporterin in ihr, und sie spulte professionell eine ganz andere Sorte Text ab. »Ihre Schwester verschwand unter ungeklärten Umständen, Miss Kramer. Das muss Ihnen und Ihrer Familie doch furchtbar zu schaffen machen.«

»Fragen zu meiner Schwester richten Sie bitte an die Polizei in Portland. Detective Nash ist für den Fall zuständig. Und wir beide sind jetzt hier fertig.« Das Smartphone immer noch auf die Reporterin gerichtet, ging sie um sie herum und öffnete die Wagentür.

»Sie haben vor Jahren schon Entsetzliches erlebt, als Ihre Mutter von einem Stalker verfolgt wurde«, startete Whitney einen erneuten Versuch.

»Wagen Sie es nicht, auch noch davon anzufangen!«

»Aber es ist Teil Ihrer Biografie, genau wie es Teil der Biografie Ihrer Schwester, Allie Kramer, ist. Und selbstverständlich auch Teil der Biografie Ihrer Mutter, Jenna Hughes. Die Öffentlichkeit würde gern erfahren, wie es danach weiterging. Deshalb werde ich eine Reportage über die Ereignisse von vor zehn Jahren senden.«

»Bitte, tun Sie das nicht!« Cassie spürte, wie ihr die Knie weich wurden. »Es gibt keinen Grund, all das wieder aufzuwärmen«, bat sie Whitney Stone eindringlich, obwohl sie wusste, dass es nichts nützen würde, und stützte sich an der offenen Wagentür ab. Sogleich hatte sie wieder die schrecklichen Bilder von damals vor Augen, als ein blutrünstiger Wahnsinniger ihre Familie in Angst und Schrecken versetzt hatte.

Selbst Whitney schien auf einmal so betroffen, dass sie unwillkürlich einen Schritt zurückwich. »Die Reportage wird diese Woche gesendet. Ich dachte nur, Sie würden vielleicht etwas dazu sagen wollen, was ich noch einfügen kann.«

»Fahren Sie zur Hölle!«, gab Cassie in gefährlich leisem Ton zurück.
»Warten Sie!« Whitney Stone schien ehrlich irritiert, was sie jedoch hinter einem jovialen Tonfall verbarg. »Okay. Ich habe verstanden. Sie wollen nicht mit der Presse reden, aber ich will Ihnen wirklich helfen. Denken Sie doch mal an die Publicity, die das für den Film bringen würde, der bald in die Kinos kommt.«
Cassie ließ sich auf den Fahrersitz sinken. »Es gibt nichts zu sagen.« Mit bebenden Fingern zog sie die Tür zu und ließ den Motor an.
Whitney beugte sich zum offenen Wagenfenster. »Ich dachte, Sie wollten vielleicht Ihren Teil der Geschichte erzählen. Eigentlich hätte ich es besser gefunden, Sie in Ihrer Wohnung zu interviewen, aber Sie kamen gerade aus dem Haus.«
»Sie wissen, wo ich wohne?«
»Selbstverständlich.«
Cassie ging sämtliche Stationen durch, die sie an diesem Vormittag angesteuert hatte. »Sie sind mir zum Postamt und zum Drive-in gefolgt und dann hierher in diesen Park?« Sie schnappte nach Luft, legte den Rückwärtsgang ein, lehnte sich aus dem Fenster und rief dem Kameramann zu: »Ich kann Ihnen nur raten, aus dem Weg zu gehen!«
Damit setzte sie zurück und wäre dem Kameramann ohne Rücksicht auf Verluste um ein Haar über die Füße gefahren. In letzter Sekunde sprang er zur Seite. »Schwachkopf«, zischte sie, wendete und trat das Gaspedal durch.

Kapitel 14

»Ähm ... es gibt wohl immer noch nichts Neues? Von Allie Kramer, meine ich.« Erwartungsvoll sah das rothaarige junge Mädchen mit der sommersprossigen Stupsnase Trent über die uralte Kasse hinweg an. Dann entblößte sie ihre Zahnspange, lächelte breit und reichte Trent die Tüte Nägel, die Quittung und das Wechselgeld.
»Nicht, das ich wüsste.« Trent stand auf den Holzbohlen vor der Ladentheke von Barts Eisenwarenladen. Seit über hundert Jahren lag der Laden hier an der Hauptstraße und war in Falls Crossing so etwas wie eine Institution. Das Labyrinth aus deckenhohen Regalen mit den verstaubten Rollleitern davor war vollgestopft mit Kisten, die alles enthielten, was das letzte Jahrhundert an Eisenwaren zu bieten hatte. Manche der Artikel waren wahrscheinlich älter als die weißhaarigen Männer, die sich nach wie vor im Keller auf eine Runde Dame oder Poker trafen und sich in der Hitze des alten Holzofens die damit verbundenen Beschimpfungen an den Kopf warfen.
»Dann wissen Sie also nicht, wie es ihr geht? Sie ist ja ziemlich berühmt in der Gegend.«
Das allerdings wusste Trent nur zu gut.
»Ich meine, sie ist ein richtiger Star. Und sie kommt von hier! Stellen Sie sich das mal vor! Aus Falls Crossing.« Das junge Mädchen stieß einen Seufzer aus. »In diesem Kaff ist sonst absolut *nichts* los, aber Allie Kramer ist hier aufgewachsen, und sie ist sogar auf dieselbe Schule gegangen wie ich. Harrington Highschool. Kennen Sie die? Wahrscheinlich habe ich sogar an einem Pult gesessen, an dem

sie vorher ihren Platz hatte! Ich habe ein Bild von ihr in einem alten Jahrbuch gefunden. Das ist echt Wahnsinn!«
Das Mädchen überschlug sich fast vor lauter Schwärmerei, was Trent umso lächerlicher erschien, da es Allie Kramer nicht einmal persönlich kannte. Denn Allie Kramer war *nicht* genauso wie die Rollen, die sie in irgendwelchen Filmen spielte.
»Ist ja toll«, sagte er nur und steckte das Wechselgeld ein.
»Aber ehrlich, ich weiß nicht, wo sie ist.«
»Ich dachte, also ... ich meine, ich habe von allen möglichen Leuten gehört, Sie sind ...« Sie legte die Stirn in Falten, als sei ihr gerade erst der Gedanke gekommen, dass sie möglicherweise einer Fehlinformation aufgesessen war. »Sie sind doch, also, Sie waren doch mit Allies Schwester verheiratet, mit Casey.«
»Cassie.«
Das Mädchen nickte eifrig. »Ja, Cassie. Hat sie nicht ebenfalls in ein paar Filmen mitgespielt? Allerdings habe ich mir noch keinen davon angeschaut.«
Da war sie sicher nicht die Einzige, dachte Trent.
»Letztens habe ich Whitney Stone im Fernsehen gesehen. Whitney hat in einer ihrer Sendungen über Allie Kramers Verschwinden berichtet, aber ...« – sie zuckte mit ihren zarten Schultern – »neu war das nicht. Und Sie wissen wirklich nicht, was mit Allie passiert ist?« Enttäuschung überschattete ihre großen Augen.
Wie oft musste er es eigentlich noch sagen?, fragte sich Trent und verstaute das Portemonnaie in der Gesäßtasche seiner Jeans. »Nein, das weiß ich wirklich nicht«, bestätigte er dann und rang sich mit zusammengebissenen Zähnen ein Lächeln ab. Das Mädchen an der Kasse wollte ihm ja nichts Böses. Sie war neugierig, nichts weiter. Trotzdem war er es leid, ständig mit Fragen belästigt zu werden, über

Allies Verschwinden, seine Nochehefrau, deren mentale Verfassung und diesen ganzen dämlichen Zirkus um die beiden. Herrgott noch mal, sogar irgendwelche Reporter hatten ihm auf den Anrufbeantworter gesprochen! Er hatte natürlich keinen von ihnen zurückgerufen. Aber das Ganze nervte ihn immer mehr.
Es war das reinste Minenfeld. Ganz gleich, wohin er trat, wurde er aufs Neue mit Fragen bombardiert.
Das Schlimmste war, dass er sofort den Impuls verspürt hatte, Cassie ausfindig zu machen. Am liebsten wäre er in den erstbesten Flieger nach L. A. gestiegen oder die ganze Nacht und den nächsten halben Tag durchgefahren, um zu ihr zu kommen. Um ehrlich zu sein, liebäugelte er noch immer mit diesem Gedanken. Aber nein, das würde er nicht tun.
Er nahm die kleine Tüte mit Dachnägeln und Sturmklammern und verließ Barts Eisenwarenladen. »Es reicht mir, und zwar gründlich!«, brummte er, als die Tür hinter ihm zufiel.
Die Luft draußen war feucht, es würde wieder Regen geben. Schaumkronen schwammen auf dem aufgewühlten Wasser des Columbia River, und die Straßen von Falls Crossing waren noch nass vom letzten Wolkenbruch kurz zuvor. Trent stellte den Kragen seiner Jacke hoch, um sich gegen den Wind zu wappnen, und ging zu seinem Pick-up, wo Hud auf ihn wartete. Den Kopf durch das offene Seitenfenster gestreckt, sprang er auf dem Fahrersitz herum und bellte vor Freude, als er Trent erspähte.
»Ja, ich bin auch froh, dich zu sehen«, sagte Trent und öffnete die Wagentür. Schwanzwedelnd sprang Hud auf den Beifahrersitz.
Trent hatte ihn nur für zehn Minuten allein gelassen, aber der Schäferhund führte sich auf, als hätten sie sich jahrelang nicht gesehen.

»Platz, mein Junge«, befahl Trent und kraulte ihn hinter den Ohren. »Lass uns nach Hause fahren.« Kaum hatte er die Worte ausgesprochen, hallten sie ihm in den Ohren wider. Er hielt für einen Moment inne, bevor er den Motor startete, und dachte daran, wie Cassie sie ihm zugeflüstert hatte.

Sie waren gerade frisch verheiratet gewesen und hatten ein Restaurant in Malibu besucht. Hatten an einem der Tische auf der Terrasse gesessen und den Sonnenuntergang über dem Pazifik beobachtet. Cassie hatte eine ihrer Sandalen abgestreift und unter dem Tisch ihren nackten Fuß an seinen Beinen hinaufgleiten lassen. Sofort hatte er einen Ständer bekommen und ihr einen warnenden Blick zugeworfen. Aber Cassie setzte nur ein vielsagendes Lächeln auf und flüsterte ihm mit heiserer Stimme zu: »Ich liebe dich, Trent Kittle. Lass uns nach Hause fahren, dann zeige ich dir, wie sehr.«

Ohne auf die Rechnung zu warten, hatte er ein paar Scheine auf den Tisch gelegt, großzügiges Trinkgeld inbegriffen. Dann hatte er ihre Hand genommen, und sie hatten sich einen Weg zwischen den anderen Tischen auf der Terrasse hindurch gebahnt. Ohne auf die Geschwindigkeitsbegrenzungen zu achten, war Trent mit Vollgas nach Hause gefahren. Als sie vor dem Apartment ankamen, fing Cassie schon damit an, sich auszuziehen, bevor er überhaupt den Wagen eingeparkt hatte, und zerrte ihn lachend durch den Garten hinter sich her. Auf dem Weg ins Schlafzimmer riss auch er sich die Kleidung vom Leib. Und dann hatte er sie an sich gezogen, ganz sanft, und sie so leidenschaftlich geküsst wie keine andere Frau zuvor. In dem Apartment herrschte eine unglaubliche Hitze, mindestens dreißig Grad, ohne Klimaanlage, nur mit Ventilator. Aber das merkten sie nicht, als sie sich eng umschlungen zwischen den Laken wälzten und sich bis zum Morgengrauen liebten.

Noch jetzt spannten sich Trents Muskeln an, wenn er daran zurückdachte und er Cassie wieder vor sich sah, damals im Dämmerlicht, mit schweißnassem Haar, wie sie stoßweise atmete, die Augen halb geschlossen. Und wieder bekam er eine Erektion.

Genervt riss er sich von den Gedanken an seine Nochehefrau los und rammte den Schlüssel ins Zündschloss.

Er startete den Motor, setzte aus der Parkbucht mit den verblassten Markierungen zurück und schaltete in den Vorwärtsgang. Er trat zu fest aufs Gaspedal, und der Ford holperte vorwärts, aber Trent nahm den Fuß erst vom Gas, als er den Pick-up durch das Zentrum von Falls Crossing lenkte, der kleinen Stadt in Oregon, die er immer seine Heimat genannt hatte, bis auf das kurze Intermezzo in L. A. Es war nicht viel los auf den Straßen, nur wenige Fußgänger huschten unter den Markisen der Läden und Büros hindurch, um von dem Regen verschont zu bleiben, der inzwischen aus den dunklen Wolken fiel. Trent schaltete den Scheibenwischer ein und hielt an der nächsten Kreuzung vor einer roten Ampel an. Er schaltete in den Leerlauf und griff nach seinem Handy, um einen Blick auf die Anrufliste zu werfen.

Niemand hatte ihn angerufen. Er versuchte sich einzureden, dass er nicht enttäuscht war, weil Cassie ihn nicht zurückgerufen hatte. Eigentlich hatte er auch gar nicht damit gerechnet, aber insgeheim hatte er doch darauf gehofft. Es wäre schön gewesen, ihre Stimme zu hören und sich zu vergewissern, dass es ihr gut ging. Seufzend legte er das Handy zurück aufs Armaturenbrett und wartete, bis die Ampel auf Grün schaltete. Dann fuhr er aus der Stadt hinaus.

Cassie war noch immer seine Frau, rein rechtlich gesehen zumindest, und er fühlte sich nach wie vor für sie verantwortlich. Ganz gleich, wie oft er sich ins Gedächtnis rief, dass sie ihn sitzen gelassen hatte und nicht bereit gewesen war, sich anzuhören, was er ihr erklären wollte, sondern ihn bloß ein »dämliches Arschloch« genannt hatte und ausgezogen war.

Jedes Mal, wenn er nach ihrem letzten Streit bei ihr anrief, ging sie entweder nicht ans Telefon oder sie legte sofort wieder auf. Selbst nach dem Vorfall bei den Dreharbeiten zu *Dead Heat* und dem Verschwinden ihrer Schwester war das nicht anders gewesen.

Als Trent nun die Stadt hinter sich ließ und durch das Weideland fuhr, sagte er sich, dass es wohl besser wäre, Cassie in Ruhe zu lassen. Schließlich hatte sie mehr als deutlich gemacht, dass sie nichts mehr mit ihm zu tun haben wollte. Seine Kieferpartie spannte sich an, als er daran dachte, wie ihm angesichts der Nachricht, beim letzten Dreh von *Dead Heat* sei eine Schauspielerin niedergeschossen worden, der Schreck in die Glieder gefahren war. Er war fast ausgeflippt vor Angst um Cassie, bis er erfahren hatte, dass es sich bei dem Opfer weder um seine Frau noch um seine Schwägerin handelte. Doch kurz darauf hieß es dann, Allie sei spurlos verschwunden.

Er hatte weiter versucht, Cassie zu erreichen, aber sie hatte nicht auf seine Anrufe und Textnachrichten reagiert. Da war ihm bewusst geworden, dass es so nicht weitergehen konnte. Er musste persönlich mit ihr sprechen, ihr in die Augen sehen, um endlich ein paar Antworten zu bekommen. Also war er zu ihrem Hotel in Portland gefahren, aber auch das hatte sich als vergebliches Unterfangen entpuppt. An der Rezeption war er sofort abgewimmelt worden, weil Cassie hatte verlauten lassen, sie wolle von

niemandem gestört werden, nicht einmal von ihrem Mann.
Doch damit wollte sich Trent nicht abspeisen lassen. Er bestand darauf, mit seiner Frau zu sprechen, und veranstaltete einen ziemlichen Aufstand, der dahin gehend eskalierte, dass der Rezeptionist ihm androhte, den Sicherheitsdienst zu rufen. Zähneknirschend hatte Trent schließlich aufgegeben und noch eine Weile draußen im Regen gestanden. Wütend hatte er zu den erleuchteten Fenstern hinaufgestarrt und irgendwann sogar gedacht, er habe Cassie auf dem Balkon in einer der oberen Etagen gesehen. Mit zusammengekniffenen Augen versuchte er, sie auszumachen, und musste sich dann auch noch von einer Horde Teenagern anrempeln lassen. »Hast du Tomaten auf den Augen, Mann?«, hatte einer der Jungen im Vorbeigehen gerufen und damit Trents Aufmerksamkeit einen Moment lang auf sich gezogen. Als er anschließend wieder zu den Balkonen hinaufgeschaut hatte, war niemand mehr zu sehen gewesen.
Daraufhin war er gegangen. Aber die Situation hatte ihm keine Ruhe gelassen, erst recht nicht, als zwei Tage später bekannt wurde, dass Allie verschwunden war. Und es sollte noch schlimmer kommen, denn Cassie war die Letzte, die sie gesehen hatte, weshalb sie von Stund an als Person von besonderem polizeilichem Interesse galt. Kurz darauf machten Gerüchte die Runde, sie sei aus eigener Initiative ins Mercy Hospital gegangen. Auch dort hatte er natürlich angerufen und war wieder einmal mit der Begründung, ihre Privatsphäre müsse gewahrt werden, zurückgewiesen worden. Sie ließ einfach nicht zu, dass er in irgendeiner Form Kontakt zu ihr aufnahm.
Nachdem er mit allen möglichen Leuten telefoniert hatte, unter anderem mit dem Verwaltungspersonal der Klinik

und mit Cassies Mutter, deren Versuche, sie zu erreichen, ebenso erfolglos geblieben waren wie seine, war er noch einmal nach Portland gefahren. Auf der baumbestandenen Zufahrtstraße zur Klinik hatte er sich fest vorgenommen, diesmal kein Nein zu akzeptieren.
Dementsprechend zielstrebig marschierte er durch die Eingangshalle und verlangte mit Bestimmtheit einen Besucherausweis. Die Rezeptionistin, eine untersetzte Person mit strähnigem schwarz gefärbtem Haar, grauem Ansatz und Doppelkinn, sah ihn über ihre randlose Brille hinweg kalt lächelnd an und verweigerte ihm abermals den Zutritt zu Cassie. Auch der Hinweis »Ich bin aber ihr Ehemann« erwies sich nicht gerade als Trumpfkarte.
Er war eine Persona non grata. Das wurde ihm unmissverständlich klargemacht.
Ihm blieb nichts anderes übrig, als darum zu bitten, man möge Cassie wenigstens ausrichten, dass er hier sei. Genervt setzte er sich in die Eingangshalle und blätterte lustlos in ein paar nicht mehr aktuellen Illustrierten mit Rezepten für sommerliche Salate und Reisetipps für Strandurlaube, während winterlicher Regen an den hohen Fensterscheiben hinunterströmte.
Als er beim gefühlt fünfzigsten Artikel über irgendwelche Diäten war, kam ein Junge im Teenageralter mit blondem Haar und unreiner Haut auf ihn zu.
Trent hob den Kopf und sah den Jungen, der eine Kakihose und ein langärmeliges Yankee-T-Shirt trug, fragend an.
»Sie sagt, Sie sollen gehen«, verkündete der Teenie geradeheraus.
»Wie bitte?«, fragte Trent und ließ die Illustrierte sinken.
»Wer sagt, ich soll gehen?«
»Sie wollen doch zu Cassie«, sagte der Junge, und es klang

nicht nach einer Frage. »Sie will nicht mit Ihnen sprechen und sagt, Sie sollen gehen.«
»Und wer bist du?«
»Steven. Steven L. Rinko«, antwortete der Teenager und fügte hinzu: »Das L. steht für Leon. So hieß mein Großvater. Ist aber längst tot.«
»Tut mir leid.«
Ungerührt sah der Junge Trent an. »Wieso? Kannten Sie ihn?«
»Nein, aller Wahrscheinlichkeit nach nicht.«
»Dann kann es Ihnen auch nicht leidtun.«
»Stimmt. Aber das sagt man eben in solchen Fällen.«
»Es ist aber gelogen, weil es einem gar nicht leidtun kann.«
Da die Unterhaltung auf dieser Ebene zu nichts führte, fragte Trent: »Und Cassie? Du sollst mir also von Cassie Kramer ausrichten, sie will mich nicht sehen?«
»Das sagte ich doch schon. Sie sollen gehen«, wiederholte Rinko ebenso verständnis- wie ausdruckslos.
»Pass mal auf, Steven ...«
»Steven L. Rinko. Das L. steht für Leon. So hieß mein Großvater. Ist längst tot.«
»Ich weiß, aber dann sag ihr, also sag Cassie, ich gehe nirgendwohin, weil ich nämlich ...«
»Ist das Ihr Pick-up da draußen?« Rinko war zum Fenster gegangen und sah hinaus auf den Parkplatz, wo bis auf Trents Pick-up nur wenige Autos standen. »Sechsundachtziger Ford F-150, Halbtonner?«
»Stimmt exakt.«
Rinko warf ihm einen empörten Blick über die Schulter zu. »Selbstverständlich.« Dann redete er weiter. »Hoher Verbrauch. Zu wenig PS. Lackschäden schwierig auszubessern. Die meisten Halter sind dennoch zufrieden.«
»Die meisten Halter?«

»Ja.«
Wer war dieser Junge?
Noch ehe Trent danach fragen konnte, verabschiedete sich Rinko mit einem knappen Kopfnicken und verschwand durch eine Seitentür, über der stand: *Kein Zutritt*. Trent wollte ihm folgen, doch die Tür war verschlossen, und er fiel erneut in Ungnade, weil er an der Klinke rüttelte, was den wachsamen Augen der Rezeptionistin aufgrund des Geräuschpegels nicht entging. Mit missbilligend geschürzten Lippen schüttelte sie den Kopf.
Daraufhin hatte Trent das Gebäude verlassen.
Und wieder war er dumm genug gewesen, sich nicht sofort auf den Heimweg zu machen. Stattdessen war er noch eine Weile in seinem Pick-up sitzen geblieben und hatte abermals auf Fenster und Balkone gestarrt, weil er Cassie dort irgendwo vermutete, nur hatte es sich diesmal nicht um ein Hotel gehandelt, sondern um eine Klinik.
Aber sie hatte ihn nicht sehen wollen.
Was er nun endgültig kapierte, weshalb er schließlich resigniert den Motor angelassen hatte. Während er über die kurvenreiche Zufahrtstraße zurück zur Hauptstraße fuhr, nahm er sich vor, auf dem schnellsten Weg zu seinem Anwalt zu fahren und sofort die Scheidungspapiere zu unterschreiben. Seine Frau wollte nichts mehr mit ihm zu tun haben. Und er konnte diesen Schmerz und diesen Kummer einfach nicht länger ertragen.
Als er die Marquam Bridge überquerte, ertappte er sich jedoch dabei, dass er sich in den Verkehr Richtung Osten einfädelte. Es wird nichts so heiß gegessen wie gekocht, dachte er, und die Scheidungspapiere konnten noch warten. Stattdessen würde er auf direktem Weg nach Hause fahren und den Abend mit seinem guten alten Freund Jack Daniels verbringen.

Das hatte er dann auch getan. Und zwar viel zu ausgiebig. Am nächsten Tag war er mit einem furchtbaren Kater aufgewacht und hatte beschlossen, Cassie nie wieder zu kontaktieren. Immerhin war er nun zumindest halbwegs davon überzeugt, dass sie nicht die Richtige für ihn war. Vielleicht war sie das für niemanden. Schon immer war das Zusammenleben mit ihr anstrengend gewesen. Es war einfach nicht ihre Art, mit irgendetwas hinter dem Berg zu halten. Genau das hatte ihm anfangs so an ihr gefallen: ihre Scharfzüngigkeit und ihr Sinn für Humor. Mit Cassie war das Leben nie das übliche Einerlei gewesen, und Trent war das zupassgekommen, denn er gehörte auch nicht zu denen, die stets nach dem gleichen Trott lebten. Jede Straße hatte ein paar Schlaglöcher, lautete seine Devise. Das machte die Reise doch erst richtig interessant. Und so hatte er geglaubt, in Cassie Kramer eine Seelenverwandte gefunden zu haben. Doch offenbar hatte er sich geirrt.

Als er sie zum ersten Mal gesehen hatte, stand sie am Straßenrand und versuchte, einen Reifen zu wechseln.

Sofort hatte er sich zu ihr hingezogen gefühlt, und verflucht noch mal, wenn er ehrlich war, hatte sich bis heute nichts daran geändert. Er war kaum ein Jahr wieder zu Hause gewesen, nach einem Gastspiel bei der Army. Als er die Frau am Straßenrand sah, fuhr er mit seinem Pick-up rechts ran, schaltete die Warnblinkanlage ein und fragte, ob er ihr behilflich sein könne. Erst als sie sich umdrehte, merkte er, wen er vor sich hatte. Die Ähnlichkeit mit ihrer berühmten Mutter war frappierend, und Trent war hingerissen, hatte er doch als Teenager für Jenna Hughes geschwärmt. Himmel, wer hatte das nicht? Alle Jungs im Teenageralter, die er kannte, waren in sie verknallt gewesen.

Doch an jenem Tag, im strömenden Regen, hatte er noch

etwas anderes in Cassie gesehen, etwas Echtes, Zartes. Dieses Mädchen mit den berühmten Eltern, das seine Kindheit in Hollywood verbracht und vor Jahren hier in Oregon einen Albtraum erlebt hatte, war mehr als nur der feuchte Traum eines Schuljungen.

Ohne Make-up stand sie am Straßenrand, das Haar klebte ihr am Kopf, Jacke und Jeans waren bereits vollkommen durchnässt. Dennoch lag Entschlossenheit in ihren Gesichtszügen, und als Trent seine Hilfe anbot, lehnte sie die zunächst sogar ab. Aber so leicht ließ sich ein Trent Kittle nicht abwimmeln.

»Ich habe das passende Werkzeug im Wagen«, erklärte er. »Und ich weiß, wie so etwas geht.«

Sie zögerte und musterte ihn prüfend. Doch dann ging sie ein Stück zur Seite und überließ es ihm, den Reifen zu wechseln, sich davon zu überzeugen, dass das Ersatzrad genug Luft hatte, und den platten Reifen in den Kofferraum zu legen.

Als er sich von ihr verabschiedete, war ihr Misstrauen verflogen, und sie standen sich ein wenig unbeholfen gegenüber, im strömenden Regen von Oregon. Sie war noch so jung gewesen, und doch lag schon etwas Wissendes in ihren Augen, die denen von Jenna Hughes so sehr ähnelten. Trent hatte einen Tropfen Schlamm auf ihrer Wange entdeckt und ihn behutsam fortgestrichen. Und sie war nicht zurückgewichen, obwohl er seinen Daumen ein wenig zu lange auf ihrer Wange hatte ruhen lassen.

Ruhig war sie seinem Blick begegnet. Dann hatte sie sich auf die Zehenspitzen gestellt und mit den Lippen ganz leicht seine unrasierte Wange berührt. »Danke!«, sagte sie mit heiserer Stimme. »Ehrlich.«

Bevor er etwas erwidern konnte, war sie in ihren Wagen gestiegen und davongefahren, ohne sich ein einziges Mal

umzudrehen. Und Trent hatte noch eine Weile dagestanden und ihr hinterhergesehen.
Ja, er hatte sich sofort in sie verliebt.
Und nun, Jahre später, fiel es ihm ungeheuer schwer, sie loszulassen.
Das bezeugte schon der Ehering, den er noch immer trug.

Cassie war so angespannt, dass sie sich geradezu am Lenkrad festklammerte. Sie wollte diese Whitney Stone nie wiedersehen! All das Geschwafel, sie wolle ihr bei der Suche nach Allie helfen, war doch nichts weiter als eine Masche, um eine Insider-Quelle anzuzapfen und an Informationen zu kommen.
Cassie hatte nach dieser Begegnung immer noch Herzklopfen. Sie konnte nur hoffen, dass sie nicht einen Fehler gemacht hatte. Whitney verfügte über alle möglichen Kontakte, und wer weiß, vielleicht hätte sie ihr tatsächlich helfen können, Allie zu finden. Dann wäre ihr eigenes impulsives Handeln natürlich vollkommen fehl am Platz gewesen.
»Ach was!«, sagte sie laut. Stone war schlicht und einfach eine Opportunistin.
Die nächste Ampel schaltete auf Rot, weil ein paar Fußgänger die Straße überqueren wollten. Nervös trommelte Cassie mit den Fingern aufs Lenkrad.
Eine Hupe gellte.
Sie trat aufs Gaspedal und fuhr mit quietschenden Reifen an, nachdem jemand hinter ihr sie in die Realität zurückgeholt hatte. Eine Blondine mit Pferdeschwanz in einer Corvette, wie ein Blick in den Rückspiegel verriet. Jetzt überholte sie und bedachte Cassie mit einem bösen Blick und einer obszönen Geste.
»Sehr freundlich«, entfuhr es Cassie. Die nächste Ampel

schaffte sie gerade noch bei Gelb und nahm mit einem Grinsen zur Kenntnis, dass ein schwarzer SUV auch noch drübergerast war. Falls ein Cop in der Nähe war, würde der Fahrer wohl ordentlich dafür blechen müssen. Sie fuhr weiter in Richtung der Interstate 110 und reihte sich in den Verkehr auf dem Freeway ein.

Nachdem sie Stone stehen gelassen und deren Gorilla fast über den Haufen gefahren hatte, war ihr die Idee gekommen, nach Burbank zu Galactic West Productions zu fahren. GW, wie die Produktionsfirma unter Eingeweihten genannt wurde, gehörte David Arnette, und auch Little Bea arbeitete dort. Da bislang niemand auf Cassies Anrufe und Textnachrichten reagiert hatte, fand sie, es sei vielleicht effektiver, persönlich dort aufzutauchen.

Und was versprichst du dir davon?

»Schluss damit!«, sagte sie zu ihrer ständig zweifelnden inneren Stimme. Wochenlang hatte sie untätig in der Klinik gesessen und sich vor allem und jedem versteckt, während ihre Schwester … Tja, was? Genau das war das Problem. Ihre einzigen Anhaltspunkte waren die altmodisch gekleidete Krankenschwester und dieser ominöse Ohrring.

Cassie fuhr auf die Interstate 5 und warf einen Blick in den Rückspiegel. Kein Toyota in Silbermetallic. Whitney Stone hatte also aufgegeben. Vorerst zumindest. Irgendwo hinter ihr fuhr der schwarze SUV, der über die rote Ampel geschossen war, aber er war so weit entfernt, dass es wohl nichts zu bedeuten hatte.

Sie nahm die Ausfahrt in Burbank, und nachdem sie ein paarmal abgebogen war, rollte sie auf das leicht bedrohlich wirkende Bürogebäude unter den hohen Palmen zu, in dem sich die Produktionsfirma befand.

Ein weißer Mercedes am Straßenrand setzte gerade zurück, und Cassie manövrierte ihren Honda in die Lücke.

Zwei Minuten später hatte sie die dritte Etage des Gebäudes erreicht, stieß die rahmenlosen Glastüren auf und betrat den Empfangsbereich von GW. Dort allerdings wurde ihr von einer blonden Rezeptionistin, die kaum einen Meter fünfzig groß und keinen Tag älter als zwanzig war, der Zugang zum Mitarbeiterbereich verwehrt. Makellos glatte Haut, jugendliche Naivität und ein strahlendes Lächeln konnten nicht darüber hinwegtäuschen, dass man nicht so leicht an ihr vorbeikam. Offenbar betrachtete sie die Geschäftsräume von Galactic West Productions als geweihte Erde, die zu betreten – abgesehen von Gottvater höchstselbst in Gestalt von Dean Arnette – nur einem erlesenen Kreis an Auserwählten vorbehalten war.
Selbst als Cassie den Joker »Aber ich bin die Schwester von Allie Kramer« einsetzte, brachte sie das nicht weiter.
»Wenn Sie nicht angemeldet sind, kann ich leider nichts machen«, ließ das Mädchen sie ohne eine Spur von Bedauern in den himmelblauen Augen wissen. »Sie müssen einen Termin vereinbaren, wenn überhaupt kurzfristig einer zu kriegen ist. Mr Arnette ist nämlich immer sehr beschäftigt.«
Als Cassie sagte, es sei auch in Ordnung, wenn sie mit seiner Assistentin Beatrice Little oder der Produzentin Sybil Jones sprechen könne, stieß sie auf den gleichen Widerstand und dasselbe kieferorthopädisch korrigierte Lächeln.
»Die sind außer Haus. Aber auch wenn sie hier wären, müssten Sie erst einen Termin vereinbaren. Sie können mir Ihre Telefonnummer geben. Dann richte ich ihnen aus, dass sie Sie anrufen sollen.«
Cassie wurde klar, dass sie vorerst nichts machen konnte, abgesehen davon, den massiven Empfangsschalter der Rezeptionistin umzuwerfen. Was sie sich letztendlich doch lieber verkniff, denn sie war alles andere als erpicht darauf,

Bekanntschaft mit dem Sicherheitsdienst zu machen oder in Handschellen nach draußen eskortiert zu werden. Darüber hätte sich Whitney Stone bestimmt vor Begeisterung die Hände gerieben und sofort die Skandalmaschinerie in Gang gesetzt. Und bei Rhonda Nash wäre sie wahrscheinlich nicht mehr nur eine Person von besonderem polizeilichem Interesse, sondern zur Hauptverdächtigen Nummer eins aufgestiegen.

Ziemlich verärgert hinterließ Cassie ihren Namen und ihre Telefonnummer, obwohl sie sich das hätte schenken können. Dean Arnette, Little Bea, Sybil Jones und weiß der Henker wer noch hatten doch längst ihre Kontaktdaten. Aber das spielte keine Rolle. Cassie wusste ebenso gut wie die Rezeptionistin mit den großen himmelblauen Augen, dass keiner sich bei ihr melden würde. Es hatte sich ja auch keiner die Mühe gemacht, sie zurückzurufen.

Mein Gott, war das nervig!

Dabei sollte man doch meinen, die Produktionsfirma würde alle Hebel in Bewegung setzen, um die Hauptdarstellerin ihres neuen Blockbusters zu finden. Und dazu gehörte auch, mit deren Schwester zu sprechen. Es sei denn, alle, die mit GW zu tun hatten, hielten Cassie für total durchgeknallt. Diesen Eindruck hatte die Polizei ja offenbar auch gehabt.

Cassie verließ das Gebäude und ging zurück zu ihrem Wagen, hinter dessen Scheibenwischern zu allem Überfluss ein Strafzettel klemmte.

Sie warf den Zettel in den Rinnstein und machte einen verbotenen U-Turn.

Warum auch nicht?

Schlimmer konnte es ohnehin nicht mehr kommen.

Oder doch?

Kapitel 15

Trents Nackenmuskeln verspannten sich augenblicklich, als er über die letzte Anhöhe fuhr und sah, dass Shane Carters Jeep neben seiner Garage parkte. Der ehemalige Gesetzeshüter stand an den Zaun gelehnt da und sah den Zuchtstuten beim Grasen zu. Ganz offensichtlich wartete er. Auf Trent. Um schlechte Nachrichten zu verkünden?

Cassie! O nein, bloß das nicht!

Er hätte weiter versuchen sollen, sie anzurufen. Oder ihr nach L. A. hinterherfliegen müssen. Trents Herz raste wie wild. Was immer Carter zu ihm führte, es war mit Sicherheit nichts Gutes. Soweit sich Trent erinnerte, hatte Shane Carter noch nie einen Fuß auf den Boden seiner Ranch gesetzt, es sei denn, es gab irgendwelche Probleme.

Verstörende Bilder von Cassie liefen vor Trents innerem Auge ab: Flugzeugabsturz, Autounfall, geschlossene Psychiatrie, Cassie in den Klauen eines wahnsinnigen Mörders oder – nein, das durfte nun wirklich nicht sein – auf einer Bahre im Leichenschauhaus.

In Trents wilden Teenagerjahren war Carter einmal auf die Ranch gekommen, um ihn zu verhaften. Später hatte sich Trent dann für Cassie interessiert. Da hatte Carter wieder vor seiner Tür gestanden, diesmal, um ihn aufzufordern, auf seine labile Stieftochter achtzugeben. Als Trent und Cassie verkündeten, sie hätten geheiratet, fuhr Carter abermals hinaus zur Ranch und bedachte Trent mit einem Blick, als wollte er ihn auf der Stelle abknallen. Jenna war auch dabei gewesen und hatte den Eindruck gemacht, jeden Moment an der Seite ihres Mannes zusammenzubrechen. Cassie war sehr wütend geworden, hatte ihren Entschluss, Trent zu heiraten, verteidigt und schimpfend verlangt, die anderen sollten sich gefälligst aus ihrem Leben heraushalten.

Trent und Carter waren also nicht gerade Fans voneinander.

Mit Schwung fuhr Trent vor die Garage, riss den Schlüssel aus dem Zündschloss und schwang die Füße aus dem Wagen, bevor der Motor überhaupt ganz aus war.

»Hi!«, rief er, während Hud hinter ihm aus dem Pick-up sprang.

Carter, mit schwarzem Stetson und langem Mantel, machte einen Schritt auf ihn zu.

»Was ist los?«, fragte Trent, so angespannt, dass sein Kiefer schmerzte. »Ist etwas mit Cassie? Geht es ihr gut?«

»Hab nichts Gegenteiliges gehört«, gab Carter zurück.

Trent atmete erleichtert aus.

Hud lief schwanzwedelnd auf Carter zu und ließ sich von ihm hinter den Ohren kraulen, als seien die beiden alte Freunde.

»Was ist mit Allie?«

Kopfschütteln. »Nichts gehört.«

»Was gibt es dann?«

»Jenna. Das Ganze macht sie fertig.« Carter richtete sich wieder auf, und der Hund trollte sich auf die Veranda, wo seine Wasserschüssel stand.

Der ehemalige Sheriff hatte ein paar zusätzliche Falten auf der Stirn bekommen, seit Trent ihn das letzte Mal gesehen hatte, auch die Krähenfüße um seine Augen schienen tiefer geworden zu sein. Ein unausgesprochener Vorwurf spiegelte sich in seinem Blick, als er Trent in die Augen sah, so als wolle er fragen: Musstest du dich unbedingt auch noch mit Jennas jüngerer Tochter einlassen? Aber er sagte nichts. Und Trent verkniff sich jegliche Erklärungen zum Thema Allie.

»Schön, dich zu sehen«, sagte Carter schnörkellos und reichte Trent die Hand.

Trent schüttelte sie und antwortete: »Ganz meinerseits.« Höflich, aber nicht ganz ehrlich.

»Ich wollte nur fragen, ob du etwas von Cassie gehört hast. Aber anscheinend hast du das nicht.«

»Ich habe versucht, sie anzurufen. Und eine Nachricht hinterlassen.«

»Aber sie hat dich noch nicht zurückgerufen?«

Trent schüttelte den Kopf und musterte seinen Stiefschwiegervater einen Augenblick lang, dann stellte er sich neben ihn an den Zaun und starrte auf die Wiese mit den grasenden Pferden. Die kleine Herde bestand aus sieben Stuten: zwei Braune, zwei Füchse, ein Schecke und ein Kiger Mustang, alle mit dicken Bäuchen, denn es dauerte nicht mehr lange, bis die Fohlen zur Welt kommen würden.

»Hat Cassie sich auch nicht bei Jenna gemeldet?«, erkundigte sich Trent und fragte sich einmal mehr, warum nicht. Steckte Cassie in Schwierigkeiten? Aber Carter hatte gesagt, er habe nichts dergleichen gehört.

»Doch, hat sie. Gestern Abend. Aus L. A.«

Na immerhin, doch umso weniger verstand Trent, was Carter dann hierher verschlug.

»Jenna wollte, dass ich es dir sofort erzähle. Damit du dir keine Sorgen machst. Falls du immer noch nichts von Cassie gehört hast.«

»Danke.« Aber das war sicher noch nicht alles. Trent spürte es geradezu, so wie die Gewissheit, dass es vor Einbruch der Dunkelheit noch Regen geben würde.

»Sie kommt bald zurück. In ein paar Tagen wahrscheinlich.«

Das war es also. Deshalb war Carter hier. Als Nächstes kam dann wohl die Warnung, Trent solle sich von ihr fernhalten. So, wie er Shane Carter kannte, würde er es nicht direkt aussprechen, sondern in Sorge um die Familie verpacken. Aber auch auf diese Weise würde er Trent unmissverständlich klarmachen, dass er Cassie in Ruhe lassen sollte. Vermutlich mit der Begründung, sie sei ohnehin schon angeschlagen.

Doch wie auch immer, vorerst war Shane Carter hier offenbar fertig. »Jenna lässt dir ihren Dank ausrichten. Sie ist heute mit der Theatergruppe beschäftigt, aber sie ruft dich später mal an. Und sobald wir etwas Neues hören, lassen wir es dich wissen.« Er wies mit dem Kopf auf die kleine Stutenherde. »Gute Pferde«, sagte er, klopfte mit der Faust auf einen der Zaunpfähle und ging zurück zu seinem Jeep.

Kaum zu glauben! Jetzt, da seine Ehe so gut wie am Ende war, wurde er von der Familie seiner Frau annähernd so behandelt, wie es sich gehörte. *Das durfte doch nicht wahr sein!*

Während Trent Carters Jeep hinterhersah, wuchs sein Zorn darüber, dass Cassie nicht einmal auf seine Anrufe reagiert hatte. In ein paar Tagen würde sie angeblich nach Oregon zurückkommen, doch Trent hatte nicht vor, darauf zu warten.

Shorty konnte auf der Ranch nach dem Rechten sehen und sich um die Tiere kümmern. Trent beschloss, seine rechte Hand sofort anzurufen und dann umgehend den nächsten Flug nach L. A. zu buchen.

Noch auf dem Weg zum Haus zog er sein Handy aus der Tasche und wählte Shortys Nummer.

Schluss mit dieser Warterei auf irgendwelche Rückrufe oder Textnachrichten.
Er wollte endlich mit seiner Frau sprechen, und zwar von Angesicht zu Angesicht.
Ob ihr das nun passte oder nicht.

Der ganze Tag war bislang ein Reinfall gewesen.
Nach dem unerfreulichen Besuch bei GW war Cassie an den Straßenrand gefahren und hatte weiter versucht, alle möglichen Leute anzurufen, die Allie kannten. Aber nur ein Einziger war drangegangen: Sig Masters, der Unglücksrabe, der die Schüsse auf Lucinda abgegeben hatte. Sich mit Cassie zu treffen, sei absolut nicht möglich, sagte er, und schon am Telefon klang er völlig paranoid.
»Um Himmels willen, Cassie, ich darf nicht darüber reden!« Cassie hörte das Klicken eines Feuerzeugs und hektisches Inhalieren. »Ich darf mit überhaupt niemandem reden. Nicht ein einziges Wort. Das hat mir mein Anwalt geraten. Nicht mit Freunden, und erst recht nicht mit den Leuten, die mit *Dead Heat* zu tun hatten. Auch nicht mit der Polizei oder ... ach, Scheiße, ganz einfach mit niemandem. Ich wollte nicht auf Lucinda Rinaldi schießen, und ich habe sie auch nicht für Allie gehalten. Ich bin doch kein Killer! Ich kannte Allie ja kaum. Es macht mich echt fertig, ständig belagert zu werden. Ich kriege bestimmt nirgendwo mehr einen Vertrag ... Andauernd sind die von der Presse hinter mir her. Echt, das Ganze ist so ein verfluchter Mist! Also, lass mich bitte in Ruhe.« Und damit legte er auf.
Cassie starrte perplex auf das Handy in ihrer Hand. Sie dachte kurz daran, Sig Masters noch einmal anzurufen, aber das würde ihr auch nicht weiterhelfen. Also fuhr sie zurück zu ihrem Apartment, zog sich Shorts und ein fri-

sches T-Shirt an und holte die Post aus dem Briefkasten. Dann machte sie sich auf den Weg zu einem Fast-Food-Restaurant und kaufte sich einen Eistee. Anschließend fuhr sie weiter zu dem Fitnesscenter, in dem Ineesha Sallinger trainierte. Sie wusste, dass die Requisiteurin ein Fitness-Junkie war und jeden Tag etwa zwei Stunden mit Work-out verbrachte, meistens direkt nach der Arbeit. Also parkte Cassie ihren Honda ein Stück vom Fitnesscenter entfernt und behielt den Eingang im Auge. Dann machte sie es sich auf dem Fahrersitz bequem und sah den kleinen Stapel Post durch.

Das meiste waren Rechnungen, doch es war auch ein auffälligerer Umschlag dabei. Er war handschriftlich an sie adressiert, und nachdem sie ihn geöffnet hatte, zog sie eine Einladung zur Premierenfeier von *Dead Heat* heraus. Die gesamte Crew und einige Vertreter der Medien würden dabei sein. Stattfinden sollte das Event in Portland im Hotel Danvers, wo einige Szenen gedreht worden waren. Gastgeber war Dean Arnette beziehungsweise die Galactic West Productions. Die Feier fand am kommenden Wochenende statt, eine UAWG-Karte lag bei.

Cassie versuchte, per Telefon zuzusagen, aber das funktionierte nicht. Also würde sie wohl erst auf der Feier die Gelegenheit haben, mit Arnette zu sprechen. Und auch dann nur, wenn sie ihn irgendwie allein abfangen konnte.

Eine merkwürdige Vorstellung, dass die Premierenfeier abgehalten wurde, obwohl die Hauptdarstellerin des Films noch immer verschwunden war. Cassie warf die Einladung auf den Beifahrersitz und nahm den Eingang des Fitnessstudios ins Visier.

Zwei endlose Stunden später wurde sie für ihre Geduld belohnt, als Ineeshas alter Karmann Ghia in die Einfahrt bog und Ineesha kurz darauf mit einer Sporttasche unter dem Arm aus dem knallroten Cabriolet stieg. Sie gab die Wagenschlüssel einem Parkplatzwächter und verschwand durch die Eingangstür.

Cassie überlegte, wie sie weiter vorgehen sollte. Wäre es besser zu warten, bis Ineesha wieder herauskam, oder sollte sie sie bei ihrem Work-out stören? Sie entschied sich für Letzteres.

Sie wartete auf einen günstigen Moment und schloss sich unauffällig drei Frauen an, die das Fitnessstudio betraten, während zwei Paare sich an ihnen vorbei hinausdrängten. Glücklicherweise saß nur ein Typ an der Rezeption, der aussah, als wäre er noch keine achtzehn, und der wurde auch noch abgelenkt, weil jemand Probleme mit dem Schlüssel für den Spind hatte, sodass Cassie sich unbemerkt vorbeischieben konnte. Abgesehen davon kannte sie sich hier bestens aus, denn früher war sie selbst einmal Mitglied gewesen.

Hastig ging sie durch den Pool- und Wellnessbereich, dann durch die Umkleide und den breiten Gang mit den verglasten Wänden, der zu zwei kleineren Räumen führte. In einem davon standen Spinning Bikes in Reih und Glied, auf denen sich ein paar Leute abstrampelten, der andere war ausgelegt mit Yogamatten, auf denen die Teilnehmer gerade versuchten, ihre Körper in die Form eines Dreiecks zu bringen, um die Pose des Hundes einzunehmen.

Ineesha war in keinem der beiden Räume zu sehen, und das war Cassie ganz recht so. Sie konnte nur hoffen, dass die Requisiteurin nicht ausgerechnet jetzt eine Stunde bei ihrem Personal Trainer hatte. Nein, sie musste Ineesha unbedingt allein sprechen.

Cassie durchquerte einen offenen Bereich voller Fitnessgeräte, eine wahre Folterkammer, in der muskelbepackte Typen Gewichte stemmten und ein Grüppchen Frauen im

Hintergrund den mittlerweile obligatorischen Pilateskurs absolvierte.

Cassie ließ den Blick durch die Reihen der Fitnessgeräte schweifen und erspähte schließlich ihr Zielobjekt: Ineesha Sallinger bei einer schweißtreibenden Übung an einem Crosstrainer. Na also.

Cassie ging zu ihr, lehnte sich an den benachbarten Crosstrainer und begrüßte Ineesha mit einem möglichst lässigen »Hi«.

Mit aufeinandergepressten Lippen und argwöhnisch zusammengekniffenen Augen sah Ineesha sie an und sagte schließlich laut und deutlich: »Ich werde kein Wort mit dir reden.« In jedem Ohr einen Stöpsel, der durch ein dünnes, weißes Kabel mit ihrem ebenfalls weißen Smartphone verbunden war, das Haar zu einem Pferdeschwanz gebunden und in farblich exakt auf ihr T-Shirt abgestimmten Leggins, bewegte Ineesha weiter Arme und Beine und stieß ergänzend hervor: »Es gibt sowieso nichts, was ich dir erzählen könnte. Wie bist du überhaupt hier reingekommen? Das ist ein privater Fitness-Club.«

Ein privater Fitness-Club, zu dem auch sie und Allie einmal gehört hatten, dachte Cassie. »Ich war hier mal Mitglied«, sagte sie dann.

»›War mal‹ reicht ja wohl nicht. Geh mir nicht auf die Nerven, sonst lasse ich dich rauswerfen!«, gab Ineesha zurück und starrte weiter auf den Monitor vor ihrer Nase, der einen steilen Hügel zeigte. Mit verzerrtem Gesichtsausdruck drückte sie sich die Stöpsel tiefer in die Ohren. »Das meine ich ernst«, fügte sie noch hinzu. »Wenn du nicht abhaust, rufe ich den Sicherheitsdienst.«

»Ich wollte dich nur nach dieser Pistole aus der Requisite fragen.«

»Danach fragen mich alle. Und ich selbst mich auch.« Anstatt noch lauter zu werden, zog Ineesha den Stöpsel aus einem Ohr.

»Irgendwie muss die doch ausgetauscht worden sein«, beharrte Cassie.

Ineesha warf Cassie einen Blick zu, der besagte: Jetzt mach mal halblang, Sherlock.

»Und du warst verantwortlich für ...«

»Den Requisitenschrank. Ja, ich weiß.« Nach einer Weile fügte sie hinzu: »Und wie ich das weiß! Aber ich habe auch keine Ahnung, wie das passieren konnte. Warum kapierst du das nicht? Ich habe mich genau an die Vorschriften gehalten. Der Schrank war abgeschlossen. Das habe ich überprüft. Zwei Mal sogar. So wie immer.«

Schwang da ein Funken Unsicherheit in ihrer Stimme mit?

»Wer noch außer dir hat einen Schlüssel?«

»Zu dem Schrank? Niemand. Es sei denn, ich gebe ihn einer der Assistentinnen. Habe ich an dem Tag aber nicht getan.«

»Und was ist mit dem Schlüssel zu dem Raum?«

»Den haben mehrere Leute vom Set und die Produzenten«, antwortete Ineesha und unterbrach sich erneut. »Aber warum erzähle ich dir das eigentlich alles?« Ihr Blick war wieder starr auf den Monitor gerichtet. »Mein Anwalt hat gesagt, ohne sein Einverständnis soll ich mit niemandem darüber reden. Also, das Gespräch ist beendet! Sonst hole ich wirklich den Sicherheitsdienst, Cassie. Und jetzt lass mich endlich in Ruhe.«

»Was ist mit Sig?«

»Masters? Dieser Vollidiot! Was soll schon mit dem sein? Glaubst du etwa, er hat die Waffe ausgetauscht? Nein, so blöd ist nicht mal der. Außerdem ist er viel zu dämlich dazu.« Ineesha verdrehte die sorgfältig geschminkten Au-

gen. »Der Typ ist dumm wie Brot.« Sie schnaubte verächtlich. »Also, Cassie: Was willst du wirklich von mir?«
»Ich versuche nur herauszufinden, was mit meiner Schwester passiert ist.«
»Ach, hör doch auf! Als ob es dich interessierte, was mit Allie ist.« Mit spöttischem Grinsen fügte sie hinzu: »Soweit ich weiß, war sie doch hinter deinem Mann her.«
»Nicht, dass ich wüsste.«
»Kann mir auch egal sein.«
»Bitte, Ineesha, was denkst du über das Ganze?«
»Wie oft soll ich es denn noch sagen? Ich weiß es nicht!« Die Requisiteurin zog ihre Wasserflasche aus dem Flaschenhalter und trank einen großen Schluck, während sie weiter die Beine bewegte. »Deine Schwester ist an dem Tag gar nicht erst aufgetaucht. Hast du dich nie gefragt, warum nicht? Vielleicht weil sie wusste, dass etwas passieren würde?«
Cassie sagte nichts darauf. Natürlich hatte sie sich diese Frage längst gestellt.
»Das nehme ich mal als Ja«, schlussfolgerte Ineesha und stellte die Wasserflasche zurück in die Halterung, während die Landschaft auf ihrem Monitor flacher wurde. »So, und jetzt ist die Fragestunde vorbei. Ich habe sowieso schon mehr gesagt, als ich wollte.« Damit stellte Ineesha den Crosstrainer ab, nahm ihre Wasserflasche und stolzierte hinüber in den offenen Bereich, wo sie die von Trainern und Mitarbeitern umringte Theke ansteuerte.
Cassie blieb frustriert zurück, aber da sie keinen weiteren Ärger heraufbeschwören wollte, schob sie sich schließlich zwischen Trainingsgeräten und schwitzenden Menschen hindurch Richtung Ausgang. Und wieder einmal hatte sie nichts erreicht.
Das Einzige, was der Besuch im Fitnesscenter gebracht

hatte, war die Erkenntnis, dass Ineesha ganz schön zickig sein konnte. Selbst wenn sie irgendetwas wusste, würde sie bestimmt nicht einknicken und es ihr, Cassie, auf die Nase binden. Von daher hatte es absolut keinen Sinn, sie noch weiter zu bedrängen.
Aber irgendjemand musste doch etwas wissen! Und diesen Jemand musste Cassie finden.
Nachdem sie das Fitnesscenter verlassen hatte, fuhr sie zu ihrem Apartment, stellte den Wagen neben der Bougainvilleahecke ab und holte sich bei Doug Peterson den Satz Schlüssel für das neue Türschloss. Der Schlüssel war noch ein wenig schwergängig, aber nach ein paar Versuchen schaffte sie es, die Tür zu öffnen. Gerade als sie die Fischtacos auspacken wollte, die sie sich mitgebracht hatte, summte ihr Smartphone.
Cassie legte Handtasche, Post und Tacos auf den Küchentresen und überprüfte die eingegangenen Textnachrichten. Die erste war von Brandon McNary.

> Bin in L. A. Habe gehört, du bist auch in der Stadt, um Allie zu finden. Dachte, wir könnten mit vereinten Kräften nach ihr suchen. Lass uns bei einem Drink alles besprechen.

»Von wegen«, murmelte Cassie. War es nicht eigenartig, dass Brandon ausgerechnet jetzt nach Kalifornien zurückgekommen war? Nein, eigentlich nicht. Schließlich wohnte und arbeitete er hier. Dennoch fand sie es beunruhigend, dass er ihr erst in Portland über den Weg gelaufen war und sich jetzt in L. A. mit ihr treffen wollte.
Sich mit Brandon abzugeben, schien keine gute Idee zu sein. Sosehr Cassie auch daran gelegen war, Allie aufzuspüren – sie hatte nicht das Gefühl, dass er ihr dabei eine

große Hilfe sein konnte. Sie löschte seine Nachricht, aber im nächsten Augenblick dachte sie noch einmal über sein Angebot nach. Vielleicht konnte McNary ihr ja doch helfen. Immerhin hatte er engen Kontakt zu Allie gehabt. Aber das Thema hatten sie in Wahrheit schon durch. »Vergiss es einfach«, sagte sie nach einem Moment der Unschlüssigkeit zu sich selbst und öffnete die nächste Nachricht. Sie war von Laura Merrick, der Maskenbildnerin und Stylistin.

>   Ein Termin wurde gecancelt. Melde dich.

Na so was! Nach all dem Theater von wegen ausgebucht bis in alle Ewigkeit nun das? Wie auch immer, Cassie rief sie sofort an.
Beim dritten Klingeln meldete sich Laura. »Nicht zu glauben«, legte sie sofort los, und der Ärger war ihr deutlich anzuhören. »Diese Frau ... also, eine Kundin von einer meiner Stylistinnen, macht einen Aufstand, weil es angeblich ach so dringend ist, und dann sagt sie einen Tag vorher ab!« Lauras Stimme klang verächtlich. Einer Maskenbildnerin, die mit Filmstars arbeitete, sagte man nicht einfach ab, und einer ihrer Stylistinnen auch nicht. »Tut mir leid ... Was sagtest du, du brauchst nur einen Haarschnitt und bist morgen Vormittag noch in der Stadt, oder?«
»Ich will morgen zurückfahren.«
»Schaffst du es, um neun hier zu sein? Ich kann kaum in Worte fassen, wie sauer ich bin.«
Bevor Laura die nächste Tirade loslassen konnte, hakte Cassie hastig ein. »Ja, ich bin um neun Uhr da.«
Nachdem Laura die Adresse heruntergerasselt hatte, legten sie auf.
Cassie überlegte, wie lange sie in Portland bleiben und was

sie mitnehmen wollte, und beschloss dann, schon einmal ihre Sachen zu packen. Dauerhaft in Oregon zu bleiben hatte sie allerdings nicht vor.

Ihr Leben spielte sich jetzt hier in Kalifornien ab.

Aber stimmte das überhaupt?

Als Drehbuchautorin konnte sie von überall aus arbeiten. Dank Mobiltelefonen und Internet musste sie nicht in L. A. wohnen, um dem Filmbusiness nahe zu sein. Vielleicht sollte sie das Apartment noch ein paar Wochen behalten, im Idealfall, bis Allie wieder aufgetaucht war. Danach würde sie ihrem Leben eine neue Richtung geben. Das hoffte sie zumindest.

Cassie stellte ihren halb gepackten Trolley neben die Tür und legte die Tacos für ein paar Sekunden in die Mikrowelle. Dann ließ sie sich auf einen der Hocker vor dem Küchentresen sinken.

Als sie den ersten Taco aufrollte, summte ihr Mobiltelefon erneut. Cassie warf einen Blick aufs Display: ihr Vater. Na großartig. Offenbar war es auch zu ihm durchgedrungen, dass sie die Klinik verlassen hatte und in Kalifornien war. Vielleicht sollte sie den Anruf einfach ignorieren. Was für eine *schreckliche* Tochter sie doch war, dachte sie und nahm das Gespräch an.

»Cassie!«, donnerte ihr Vater sogleich los. »Du bist in L. A. und hältst es nicht für nötig, anzurufen oder mir zu schreiben!«

»Ich bin noch nicht dazu gekommen.«

»Wann wolltest du mich denn wissen lassen, dass du in der Stadt bist?«

»Bald«, gab Cassie zurück. *Vielleicht.*

»Wie geht es dir überhaupt? Willst du vorbeikommen? Oder darf ich dich zum Essen einladen? Heute Abend habe ich zwar noch ziemlich viel zu tun, muss mich mit

wichtigen Interessenten treffen, aber wie wäre es mit nächster Woche?«
»Ich fahre morgen wieder zurück.«
»Aber du bist doch noch gar nicht lange hier, oder? Sagte deine Mutter zumindest. Sie hat mich angerufen und erzählt, dass du die Klinik verlassen hast und hierhergeflogen bist.«
»Ich will herausfinden, was mit Allie passiert ist.« Danach, ob ihr Vater etwas von seiner jüngeren Tochter gehört hätte, brauchte sie ihn gar nicht erst zu fragen, denn das hätte er mit Sicherheit als Erstes erzählt.
»Ich weiß«, sagte er ruhig, und echte Sorge schwang in seiner Stimme mit.
Cassie sah ihn vor sich: das einst dichte Haar, das sich allmählich lichtete, den beginnenden Bauchansatz, die gebräunte Haut mit den Sommersprossen vom vielen Golfspielen. Sie wusste, dass er Allie und sie liebte. Aber sie wusste auch, dass er nicht davor zurückschrecken würde, seine Töchter gewinnbringend im Filmbusiness zu platzieren.
»Eigentlich wollte ich auch eher erfahren, wie es dir geht«, sagte ihr Vater.
»Alles in Ordnung«, log Cassie. Gar nichts war in Ordnung. Warum hatte sie nicht so viel Vertrauen zu ihrem Vater, dass sie ihm einfach sagte, wie beschissen es ihr ging?
»Hör mal«, begann sie stattdessen, einer plötzlichen Eingebung folgend, »hast du eine Ahnung, ob Allie jemals in New Mexico gewesen ist? In Santa Fe? 2007 vielleicht?«
»New Mexico? Nein ... Obwohl ... Warte mal ... Hat sie sich da nicht mal behandeln lassen?«
»Sich behandeln lassen? In New Mexico, obwohl sie in L. A. wohnt? Warum sollte sie das tun?«
»Privatsphäre.«

Cassie spitzte die Ohren. »Inwiefern?« War Allie vielleicht schwanger gewesen? Und hatte es vor allen anderen verbergen wollen?

»Die eine oder andere Verschönerung«, mutmaßte ihr Vater.

»Allie? An ihr ist doch von Natur aus alles perfekt«, gab Cassie ungläubig zurück. Und für Schönheitsoperationen ist sie noch zu jung, fügte sie in Gedanken hinzu. Nein, ihr Vater irrte sich bestimmt. Das passte nicht zusammen.

»Ich weiß ja auch gar nicht, ob es überhaupt stimmt«, gab ihr Vater zu. »Vielleicht war es auch in Phoenix. Und 2007 kommt auch nicht hin. Wenn, dann war es vor etwa einem Jahr.«

Diese vagen Informationen brachten Cassie nicht weiter.

»Hatte sie denn irgendeine Verbindung zu Santa Fe? Irgendwelche Freunde oder etwas Geschäftliches vielleicht?«, hakte sie nach.

»Tut mir leid, Liebes. Nicht, dass ich wüsste. Deine Schwester hat mich allerdings längst nicht in alles eingeweiht. Obwohl sie mittlerweile in der Öffentlichkeit steht, ist sie doch ziemlich verschlossen.«

Allerdings, dachte Cassie und fragte sich einmal mehr, was es mit dieser kryptischen Textnachricht auf sich hatte. Warum war sie ausgerechnet von ihrer Psychiaterin gekommen? Sie musste die Ärztin wohl doch anrufen und danach fragen.

»Warum willst du denn nach Oregon zurückkehren?«, wollte ihr Vater wissen. »Deiner Mutter zuliebe?«

»Nein.«

»Ah, dann wegen Trent.«

»Nein«, widersprach Cassie hastig. Ein wenig zu hastig.

»Trent ist Geschichte.«

»Tatsächlich?«

Sie holte tief Luft. »Ich muss da nur etwas erledigen.«
»Okay. Dann Schluss mit dem Verhör. Was immer du in Oregon zu tun hast – wahrscheinlich ist es gut, wenn du in der Nähe deiner Mutter bist.« Das klang nicht ganz überzeugt, aber immerhin war das Thema Trent vom Tisch. »Jetzt, da Allie verschwunden ist, braucht deine Mutter dich bestimmt mehr denn je.«
Und da waren sie wieder, die Schuldgefühle. Cassie lehnte sich auf dem Hocker zurück und warf einen Blick auf ihren Trolley. »Ich muss Schluss machen, Dad. Ich habe noch nicht alles gepackt. Nächstes Mal rufe ich dich sofort an, wenn ich hier bin. Versprochen.«
»Und melde dich, sobald es etwas Neues über deine Schwester gibt.«
»Na klar.«
»Also dann.« Es entstand eine Pause, als wolle er noch etwas sagen und fände nicht die richtigen Worte. »Bis bald, Cass«, fügte er dann hinzu. »Pass auf dich auf!«
»Du auch auf dich, Dad.« Plötzlich fühlte sich Cassies Hals an wie zugeschnürt, sodass sie sich räuspern musste, nachdem sie aufgelegt hatte. Sie dachte zurück an die Zeit, als sie noch eine glückliche Familie und sie und Allie die beiden »kleinen Mädchen« ihres Vaters gewesen waren. So hatte er sie immer genannt. »Meine kleinen Mädchen.« Bis er sich eine Frau gesucht hatte, die jünger war als ihre Mutter.
Wehmütig starrte Cassie auf das Handy, das sie immer noch in der Hand hielt, aber wie immer widerstand sie dem Impuls, ihn zurückzurufen. Jetzt war nicht der richtige Zeitpunkt, Erinnerungen und Wunschträumen nachzuhängen. All das war vorbei und vergangen.

Kapitel 16

Holly Dennison zahlte ihre Rechnung und nahm ihre Kreditkarte vom Barkeeper des Pinwheel entgegen, einem Hotspot in der Nähe des Venice Beach. Sie trank den Rest ihres Daiquiris, fuhr sich mit der Zunge über die Lippen und glitt vom Barhocker. Trotz des festen Bodens unter ihren Füßen geriet sie ins Schwanken und verfluchte die Absätze ihrer High Heels. Auf diesen Dingern war es kaum möglich, einigermaßen gerade zu gehen, und schon gar nicht um zwei oder drei Uhr morgens. Oder war es etwa schon vier?

Sie war extra allein in diese Bar gegangen, weil sie gehört hatte, dies sei eines der Lieblingslokale von Luca Valerio, dem italienischen Herzensbrecher, der sich gerade in L. A. aufhielt, um seinen neuesten Film zu promoten. Deshalb hatte sie ausnahmsweise darauf verzichtet, eine ihrer Freundinnen mitzunehmen. Sie hatte sich vorgestellt, dass sie ihm wie zufällig über den Weg laufen und ihn in ein Gespräch verwickeln würde. Alles Weitere würde sich schon irgendwie ergeben. Holly war nämlich schon seit Jahren in Luca Valerio verknallt. Aber natürlich war er an diesem Abend gar nicht erschienen.

Stundenlang hatte sie auf ihn gewartet und sich dabei durch sämtliche rumhaltigen Getränke auf der Karte getrunken, bis sie davon ausgehen konnte, dass Luca nicht mehr auftauchen würde und sie wohl einer Fehlinformation aufgesessen war. Daraufhin hatte sie versucht, mit anderen Gästen anzubändeln, aber wie sich herausstellte, warteten die alle auf ihre Freundinnen. Da hatte sie lieber den Rückzug angetreten, obwohl ein echt süßer Typ ihr den Vorschlag machte, sie könnten sich später noch treffen. Nein, danke, hatte Holly gedacht. Anderen Frauen die Männer auszuspannen ging gar nicht. Natürlich passierte das schon mal, aber eigentlich nur, wenn irgendein Kerl, mit dem sie sich einließ, ihr nicht erzählte, dass er verheiratet war. Und das, obwohl sie jedes Mal danach fragte. Aber was sollte sie machen? Ein Mann, der keine Skrupel hatte, seine Frau zu betrügen, hatte logischerweise auch kein Problem damit, deswegen zu lügen.

Holly beschloss, den Heimweg anzutreten. Sie war müde. Und sie konnte ohnehin nur noch ein paar Stunden schlafen, weil sie um halb sieben aufstehen musste. Na ja, vielleicht reichte auch sieben. Ihre Schwester Barbara wollte ihre kleine Nichte vorbeibringen, die den ganzen Tag bei ihr bleiben sollte. Darauf freute Holly sich schon. Sie selbst fühlte sich noch nicht bereit für Kinder. Wie denn auch? Sie hatte ja nicht einmal einen Freund. Aber in ihre dreijährige Nichte war sie vernarrt, und sie fand es jedes Mal super, wenn Barbara sich die Haare färben ließ, zum Arzt musste oder sonst etwas zu erledigen hatte und die kleine Adele bei ihr ablieferte, damit sie, Holly, auf sie aufpasste. Wenn es nach ihr ging, hätte das ruhig noch öfter vorkommen können. Aber manchmal war Barbara eine echte Zicke. Wie gut, dass ihr Schwachkopf von Ehemann ständig mit Golf, Poker oder seiner Arbeit beschäftigt war, und zwar in genau der Reihenfolge. Frank sah nicht ein, dass auch er mal an der Reihe war, auf seine Tochter aufzupassen, und war froh, dass Holly immer bereit war, als Babysitter einzuspringen. Dabei wusste er gar nicht, was ihm entging. Aber darüber brauchte man sich wohl nicht zu wundern. Hollys Schwager war und blieb eben ein selbstsüchtiger Egomane. Und das war genau genommen noch geschönt.

Der Weg zum Ausgang der Bar erwies sich als eine Herausforderung. Himmel, war denn tatsächlich so viel Rum in den Drinks gewesen? Draußen wehte ein kühler Wind vom Pazifik, der das Rauschen der Wellen übertönte, genau wie die Autos, die um diese Uhrzeit nur spärlich unterwegs waren. Holly fragte sich, ob Marlie Babcock sie absichtlich auf diese Jagd nach dem Phantom namens Luca Valerio geschickt hatte. So hinterhältig, wie Marlie war, konnte man ihr das durchaus zutrauen. Holly hätte ihr einfach nicht glauben dürfen, bloß weil Marlie, die genau wie Holly Set-Designerin war, bei irgendeinem von Lucas Filmen mitgearbeitet hatte.

Ganz toll!, dachte Holly, noch immer leicht schwankend. Vielleicht sollte sie lieber nicht mehr fahren, denn was ihren Alkoholspiegel betraf, war sie bestimmt ein bisschen *over the top*. Aber sich ein Taxi zu nehmen und das geleaste BMW-Cabrio auf dem Parkplatz stehen zu lassen, passte ihr gar nicht. Wenn Barbara das am nächsten Morgen mitbekäme, waren Holly ein tadelnder Blick und die Einschränkung ihrer Rolle als Babysitter jetzt schon sicher. Bis zu ihrem Apartment waren es ja auch nur ein paar Blocks, nicht mal eine Meile, und wenn sie erst hinter dem Steuer saß, würde sie sich sicher zusammenreißen können.

Ganz bestimmt sogar.

Als Holly den Parkplatz erreichte, glaubte sie, ihr Handy klingeln zu hören. Um diese Zeit? Das konnten nur schlechte Nachrichten sein. Sie brauchte eine Weile, bis sie das iPhone aus der Handtasche gekramt hatte und einen Blick aufs Display werfen konnte. Keine Anrufe. Dann hatte sie sich wohl geirrt. Allerdings waren zwei Textnachrichten eingegangen, beide von ihrer Schwester, die das Babysitten für den nächsten Tag canceln musste, weil Ade-

le fast vierzig Grad Fieber hatte. »Meine arme Kleine«, entfuhr es Holly enttäuscht. Andererseits bedeutete das, dass sie ausschlafen konnte. Als sie das Handy wieder in ihre Handtasche steckte, kam es ihr so vor, als nehme sie aus dem Augenwinkel eine Bewegung wahr, einen Schatten, der nicht dorthin gehörte.
Sie wandte den Kopf und kniff die Augen zusammen. Und tatsächlich, da war etwas. Ein dunkler Schemen zwischen den parkenden Autos. Holly bekam eine Gänsehaut, ihr Herz begann zu rasen. Es hämmerte geradezu in ihrer Brust. Doch dann beruhigte sie sich damit, dass es wahrscheinlich nur jemand war, der auch zu viel getrunken hatte und nun auf dem Parkplatz hockte, weil keine Toilette in Reichweite war. Wäre ja nicht das erste Mal, dass man hier so etwas sah. Ihr selbst war es auch schon passiert.
Sie drehte sich um, ging weiter auf ihren Wagen zu und drückte auf den Funkschlüssel in ihrer Handtasche, um die Schlösser zu entriegeln. Im nächsten Moment geriet sie auf ihren hohen Absätzen ins Stolpern und sah aus dem Augenwinkel, dass der dunkle Schatten sich bewegte. Vermutlich zog sich der Betrunkene den Reißverschluss hoch. Zumindest hoffte sie, dass er ihn hochzog und nicht herunter. Sie legte die Hand auf den Türgriff.
»Holly?«
Eine Frauenstimme?
Hastig drehte sich Holly um und sah, dass es sich bei dem vermeintlichen Betrunkenen tatsächlich um eine Frau handelte, und sie war ganz bestimmt nicht hier, um sich zwischen den parkenden Autos zu erleichtern. Stattdessen ging sie zielstrebig auf Holly zu. »Du bist doch Holly Dennison.«

»Hm.« Irgendwie kam Holly die Stimme bekannt vor. Ein mulmiges Gefühl stieg in ihr auf, auch wenn sie selbst nicht sagen konnte, warum.

»Dachte ich mir«, sagte die Frau und kam näher, aber ihr Gesicht war wegen der spärlichen Parkplatzbeleuchtung noch immer nicht zu erkennen.

Diese Stimme ... Holly wusste, dass sie sie schon öfter gehört hatte, dennoch konnte sie sie einfach nicht einordnen. Jetzt war die Frau nur noch wenige Schritte entfernt. Blinzelnd versuchte Holly, sie zu erkennen, und unterdrückte das unbestimmte Angstgefühl, das sie vor einer Bedrohung zu warnen schien. »Ich weiß gar nicht, wer Sie ...«

Ein Motorrad mit röhrendem Auspuff raste an dem Parkplatz vorüber.

Holly zuckte zusammen und blickte instinktiv zur Straße. Und genau in diesem Bruchteil einer Sekunde holte die Frau aus.

Bamm!

Mit voller Wucht traf sie Holly und fegte sie von den Beinen. Holly taumelte gegen ihren Wagen und stieß sich den Kopf an der Fahrertür. Dann sank sie zu Boden.

Schmerz durchzuckte ihren Körper.

Verdammt! Was hatte das denn zu bedeuten?

Hollys Handtasche fiel zu Boden, das Smartphone rutschte heraus, das Display leuchtete auf.

Nein! Das konnte doch wohl nicht wahr sein! Diese Fremde, diese *Frau* hatte sie angegriffen. Holly fing an zu schreien.

Eine behandschuhte Hand legte sich auf ihren Mund – eine kräftige, behandschuhte Hand – und erstickte jeden Laut. Die Angreiferin drückte sie zu Boden und kniete sich auf sie.

Un-fass-bar!

Jetzt hatte Holly richtig Angst.
Sie wehrte sich, so gut sie konnte, aber angetrunken, wie sie war, konnte sie nicht viel ausrichten. Kratzend, beißend und um sich schlagend versuchte sie, die Frau abzuwehren, aber ihre Fäuste trafen ins Leere.
Hilfe! Warum hilft mir denn niemand? Ganz sicher waren hier noch andere Leute unterwegs, und irgendjemand musste doch mitbekommen, dass ihr Gewalt angetan wurde. Aber ihr Schreien wurde erstickt durch den Lederhandschuh und war nicht mehr als ein gedämpftes Murmeln.
»Miese Schlampe!«, knurrte die Frau und packte Holly mit der freien Hand an den Haaren, so fest, dass sie ihr fast ein ganzes Büschel ausriss.
Warum?
Plötzlich verlagerte die Angreiferin ihr Gewicht und knallte Hollys Kopf mit voller Wucht auf den Asphalt.
Krach!
Quälender Schmerz breitete sich in Hollys Kopf aus.
So unerträglich, dass er hinter ihren Augen zu explodieren schien und sie kaum noch etwas sehen konnte.
Die Haut platzte auf, Blut strömte aus der Wunde, mischte sich mit Asphaltstücken, die in ihren Haaren klebten.
Nein. Nein! Panisch versuchte sie, die Angreiferin von sich zu stoßen, aber wieder trafen ihre Arme und Beine ins Leere. Sie wurde schwächer, konnte ihre Bewegungen nicht mehr koordinieren, während dieses gnadenlose, widerliche Miststück immer noch auf ihr hockte. Wer zum Teufel war das? Und was passierte hier gerade?
Hilfe!
Hollys Gedanken waren nur noch Bruchstücke, schmerzhaft zerfetzt in ihrem nachlassenden Bewusstsein.

Wer immer die Frau war, sie wollte sie töten. Hier, auf diesem Parkplatz.
Tränen liefen Holly übers Gesicht, als ihr diese Tatsache bewusst wurde.
Nimm meine Tasche, mein iPhone, mein Geld und meinetwegen auch das Auto ... aber bitte ... bitte, lass mich am Leben ...
Ihr Blickfeld wurde verschwommen. In ihrem Kopf hämmerte ein dröhnender Schmerz. Panik durchströmte sie. Warum geschah das mit ihr? *Warum?* Sie richtete den Blick zum Himmel.
Aufhören! Hilfe! Jemand muss mir doch helfen!
Wieder wurde ihr Kopf auf den Boden geschlagen.
Schockwellen von Schmerz durchströmten sie.
Verzweifelt versuchte Holly, bei Bewusstsein zu bleiben. Ihre Bewegungen würden immer schwächer. Die Angreiferin beugte sich zu ihr herunter, und im schwachen Licht der Parkplatzlaternen und des noch immer leuchtenden Displays ihres Smartphones glaubte Holly, das Gesicht, das nun so nah vor ihr war, zu erkennen.
Das konnte doch nicht sein!
Allie?
Allie Kramer?
O nein. Nein, nein. Diese Wahnsinnige konnte doch nicht Allie Kramer sein. Und warum wirkten ihre Gesichtszüge so seltsam verzerrt?
Nein, das war nicht möglich. Allie war einiges und sicher nicht besonders nett, aber eine Mörderin, nein, das war sie bestimmt nicht. Oder doch?
»Allie?«, wollte Holly fragen, aber sie schaffte es nur noch, den Namen stumm mit den Lippen zu formen.
In dem Augenblick erfüllte ein anderer schrecklicher Gedanke Hollys schwindendes Bewusstsein.

Cassie!

Mit allerletzter Kraft versuchte sie, sich aufzurichten, aber sie war zu schwach.

Plötzlich ließ die Frau sie los und zog etwas aus der Jackentasche.

Eine Pistole?

Warum? Nein! Schon spürte sie den Lauf der Waffe auf ihrem Brustkorb.

»Nein!«, wollte sie rufen, aber es gelang ihr nicht. Die Frau drückte ab, dann stand sie auf, und um Holly herum wurde es dunkel.

In einem letzten verzweifelten Moment sagte sich Holly, all das sei nur ein Traum. Ein furchtbarer Albtraum, der sich mit den schrecklichen Bildern des letzten Drehtags von *Dead Heat* mischte. Ihre Lider flatterten, der Duft von Parfüm stieg in ihre Nase. Sie kannte den Duft.

Und dann fühlte sie sich plötzlich ganz leicht, als würde ihre Seele davonschweben.

Dankbar ließ sie sich von der Dunkelheit umhüllen und von der Stille, die ihren letzten Gedanken begleitete. Diese Frau hatte sie tatsächlich getötet.

Und sie wusste nicht einmal, warum.

Mitch Stevens hatte einen solchen Druck auf der Blase, dass er es kaum noch aushalten konnte. Aus dem Pinwheel war er rausgeflogen, und alle anderen Bars machten jetzt auch langsam dicht. Also bestand wohl nicht die Chance, noch zur Toilette zu gehen. Was für ein Mist! Bis nach Hause würde er es bestimmt nicht schaffen.

Aber hier, auf dem Parkplatz, war es ziemlich dunkel, und zwischen den vereinzelten Autos gab es überall düstere Ecken, weil das Licht der Straßenlaternen nicht so weit reichte. Kein Parkplatzwächter, keine Kamera in der Nähe, da konnte er sich mit Sicherheit unbemerkt erleichtern, am besten zwischen dem schicken Jaguar und dem Chevy. Also Reißverschluss auf und Richtung Löwenzahn am Rand der asphaltierten Fläche zielen.

Was für eine Erleichterung! Jetzt musste er sich nur noch überlegen, wo er irgendwo auf einen Absacker einkehren sollte. Im Pinwheel natürlich nicht. Leider. Dieser Loser hinter der Theke war ihm schon den ganzen Abend lang auf den Sack gegangen. Von wegen Mädels belästigen! Das hatte Mitch Stevens weiß Gott nicht nötig! Trotzdem war er aus dem Laden geflogen. Nicht einmal mehr das Klo hatte er benutzen dürfen.

»He, du Loser«, hörte er jetzt von der Straße eine männliche Stimme. »Das hier ist verflucht noch mal keine Latrine.«

Verpiss dich, dachte Mitch. Trotzdem beeilte er sich, fertig zu werden. Schnell den Schwanz wieder einpacken, einen Blick über die Schulter werfen, und nichts wie weg hier. Der Spinner war schon weitergejoggt, zu irgendeinem Van, der auf der anderen Straßenseite parkte. »Idiot«, knurrte Mitch und stieß einen Seufzer aus, als die Scheinwerfer des Wagens aufblinkten. Bestimmt so ein spießiger Familienvater.

Nachdem er sich vergewissert hatte, dass sein Reißverschluss richtig zu war, beschloss er, so schnell wie möglich vom Parkplatz zu verschwinden, ehe womöglich der nächste Klugscheißer erschien, der ihn zum Thema Urinieren in der Öffentlichkeit belehren oder, schlimmer noch, verhaften wollte. Darauf bedacht, nicht in die Pfütze zu treten, die er selbst hinterlassen hatte, schob er sich um den Chevy herum und trat dabei gegen etwas Weiches.

Verwundert richtete er den Blick auf den Boden.

Und verspürte sogleich erneuten Druck auf der Blase.

Da lag eine Frau auf dem Asphalt, mit dem Gesicht nach oben.
»He!«, sprach Mitch sie an und wich erschrocken einen Schritt zurück, dann beugte er sich vor und kniff die Augen zusammen, um sie sich genauer anzusehen.
Irgendetwas stimmte nicht mit ihr.

Kapitel 17

Detective Jonas Hayes sah auf die Leiche hinunter.
Und das um kurz nach vier Uhr morgens.
In all den Dienstjahren beim LAPD hatte er schon eine Menge erlebt, aber der Anblick, der sich ihm hier bot, war wirklich schrecklich.
Drei Streifenwagen blockierten die Einfahrt zum Parkplatz und ließen mit ihren grellen blau-rot blinkenden Lichtern die Szenerie noch gespenstischer erscheinen. Ansonsten war es so ruhig wie immer in diesem Teil der Stadt: eine schwache Brise, die den Geruch des Ozeans herüberwehte, ein paar Wolken am dämmrigen Himmel, sanftes Licht der Straßenlaternen und kaum Verkehr auf den Straßen. Der Gerichtsmediziner war schon unterwegs, die Kriminaltechniker suchten den Parkplatz bereits nach eventuellen Spuren ab und machten Fotos. Selbst zu dieser unchristlichen Uhrzeit hatten sich ein paar Schaulustige versammelt, überwiegend Nachtschwärmer, die man aus den Bars hinausgekehrt hatte. Angetrunken mutmaßten sie im Flüsterton, was hier passiert war, so wie sie es bei CSI, *Law & Order,* oder, wenn sie eher den älteren Semestern angehörten, bei *Mord ist ihr Hobby* gelernt hatten.
Ohne sie weiter zu beachten, inspizierte Hayes den Tatort.
In der Handtasche neben der Toten war ein Führerschein auf den Namen Holly Dennison gefunden worden. Aber noch stand die Identität des Opfers nicht zweifelsfrei fest, denn die Frau, die mit einer Schusswunde in der Brust auf

dem Parkplatz lag, trug eine Maske mit den grotesk verzerrten Gesichtszügen von Allie Kramer. Wenn es sich tatsächlich um Holly Dennison handelte, hatte sie für Galactic West Productions gearbeitet und zur Crew von *Dead Heat* gehört, dem letzten Film, den Allie Kramer vor ihrem Verschwinden gedreht hatte.

Hayes war an den Ermittlungen im Fall ihres Verschwindens beteiligt. Deshalb hatte er das Gesicht sofort erkannt, obwohl es so verzerrt erschien und die Augen ausgestochen waren – vielleicht, damit das Opfer vor seinem Tod noch etwas sehen konnte. Oder hatte Holly die Maske schon getragen, bevor jemand auf sie losgegangen war? Möglicherweise war sie ihr erst post mortem aufgesetzt worden.

Aber warum?

Und von wem?

»Wer hat sie gefunden?«, fragte Hayes einen der Deputies, die die Einfahrt blockierten.

»Ein Typ namens Mitch Stevens. Er kam aus dem Pinwheel, einem Lokal hier in der Nähe. Laut Aussage des Barkeepers hatten sie ihn da rausgeworfen. Er ging auf den Parkplatz, weil er pinkeln musste, und ist anschließend buchstäblich über die Leiche gestolpert.« Der Deputy wies mit dem Kopf auf ein kleines Grüppchen neben einem Camaro mit Rennstreifen. Zwei seiner Kollegen sprachen mit einem etwa Zwanzigjährigen, der aussah, als wünschte er sich ans Ende der Welt.

»Ist Stevens schon mal mit dem Gesetz in Konflikt gekommen?«

»Nein. Der ist blitzsauber«, antwortete der Beamte. »Ein paar Strafzettel wegen Falschparkens, sonst nichts. Macht ihm offenbar gehörig zu schaffen, dass er fast über die Leiche gefallen ist. Der will nur noch weg.«

Hayes nickte. »Erst, wenn ich mit ihm gesprochen habe.«
»Notiert.«
»Aber geben Sie ihm ein paar Minuten, damit er sich wieder fangen kann.«
»Verstanden.« Mit einem Blick auf die Tote fügte der Deputy hinzu: »Wer würde einen solchen Aufwand betreiben?«
»Genau das müssen wir herausfinden.« Hayes ging neben der Leiche in die Hocke und wartete, bis einer der Kriminaltechniker Fotos aus verschiedenen Blickrichtungen gemacht hatte.
Im Blitzlicht der Kamera war der rote Fleck auf dem T-Shirt der Toten noch deutlicher zu erkennen. Er sah aus wie eine dicke Rosenblüte. Der Baumwollstoff war blutdurchtränkt, Blut rann den Brustkorb hinunter und sammelte sich in einer Lache auf dem Asphalt. Hatte die Frau ihren Mörder gekannt? Oder war es ein Fremder gewesen? Und was hatte diese Maske zu bedeuten?
Sie bestand aus einem laminierten Foto in Gesichtsgröße, war genau am Haaransatz entlang ausgeschnitten und mit etwas befestigt, das aussah wie ein dünnes Gummiband. Einige Haarsträhnen des Opfers waren ringsherum drapiert, offenbar, um das Ganze echter aussehen zu lassen. So etwas erforderte ein gewisses Maß an Planung, aber keinen allzu großen Aufwand. Das Bild hätte sich jeder aus dem Internet herunterladen und dann verzerren können, vielleicht mit einer App oder irgendeiner Software. Dann brauchte man es nur noch auszudrucken, zu laminieren und zurechtzuschneiden. Das Gummiband konnte man in einem Handarbeitsgeschäft, Heimwerkerladen oder jedem x-beliebigen Supermarkt kaufen. Nein, diese Maske war nicht gerade ein ausgefeiltes Kunstwerk, sondern eher etwas, was Kinder in der Grundschule fabri-

zierten. Dagegen sahen die Werke, die Hayes' Tochter Maren in der dritten Klasse angefertigt hatte und die immer noch mit Magneten am Kühlschrank befestigt waren, eindeutig besser aus.

Verflucht seltsam, das Ganze.

Hayes streifte ein Paar Einweghandschuhe über und hob behutsam den Kopf der Toten an, ohne die Lage ihres Körpers zu verändern. Er löste die Haarsträhnen, die an dem Gummiband klebten, und zog ihr vorsichtig die verzerrte Fratze vom Gesicht.

Anschließend drehte er die Maske um.

Auf der Rückseite stand etwas geschrieben, ein einziges Wort in unregelmäßigen blutroten Buchstaben: *Schwester*.

Ein eindeutiger Hinweis, dem er nachgehen musste. Dass der aufstrebende Star eine weniger erfolgreiche Schwester hatte, war allgemein bekannt. Sie war die ältere Tochter von Jenna Hughes. Das hatte Hayes in der Akte vermerkt, denn sie war die Letzte, die Allie Kramer vor ihrem Verschwinden gesehen hatte. Jetzt konnte er nur hoffen, dass Cassie Kramer ein wenig Licht in dieses Dunkel bringen würde.

Jonas Hayes erhob sich und gab die Maske einem der Kriminaltechniker. Dann ging er zu Mitch Stevens hinüber, der sofort ein Stück zu schrumpfen schien, als er den Detective auf sich zukommen sah. Auch das kannte Hayes schon. Afroamerikaner, über eins achtzig groß und ehemaliger Runningback der UNLV, hatte Hayes zwar seit seinen Footballzeiten an der University of Nevada, Las Vegas, ein paar Kilo zugelegt, aber er war immer noch eine mehr als imposante Erscheinung. Und manchmal nutzte er das zu seinem Vorteil.

»Ich bin Detective Hayes«, stellte er sich dem jungen

Mann vor, der einen Kopf kleiner war als er und ein zaghaftes Lächeln zustande brachte. »Erzählen Sie mir einfach, was passiert ist.«

»Nichts«, antwortete Stevens. »Also, ich war mit mir selbst beschäftigt, genauer gesagt, mit meinem Reißverschluss, weil ich pinkeln musste. Und verdammt, als ich fertig war, hab ich sie entdeckt.« Er warf einen unsicheren Blick auf die Tote.

»War jemand bei Ihnen?«

»Nein. Scheiße, Mann. Ich war ganz allein.« Der junge Mann zitterte. »Das habe ich dem anderen Cop schon alles erzählt. Ich wollte nur ... also, ich musste dringend pinkeln. Und dann das.« Er zuckte mit den Schultern, fischte eine Packung Zigaretten aus der Jackentasche und steckte sich eine an. »Das ist doch total schräg«, sagte er und zog an seiner Camel, als sei Nikotin seine letzte Rettung. Dann stieß er eine Rauchwolke aus und murmelte, wie um sich selbst zu bestätigen: »Richtig, richtig schräg.«

Irgendwann in den Morgenstunden war Cassie eingeschlafen, nachdem sie vor lauter Frust sogar mit dem Gedanken gespielt hatte, Brandon McNary doch noch anzurufen. Zum Glück hatte sie diesem Wunsch widerstanden.
Bis jetzt zumindest.
Am Abend zuvor war sie erst spät in ihr Apartment zurückgekehrt. Obwohl ihre Augen brannten vor Müdigkeit, hatte sie zunächst nicht einschlafen können und immer wieder an die beunruhigenden Ereignisse der Nacht zuvor denken müssen, an den Albtraum, die schwarze Katze in ihrem Apartment und das ungute Gefühl, dass jemand hier gewesen war.

Jetzt ging es ihr ein wenig besser. Drei halb gepackte Koffer lagen auf dem Bett, aber die würde sie erst später holen. Vorerst wollte sie nur den handlichen Trolley mitnehmen. Doch zunächst hatte sie den Termin in Laura Merricks Salon, und obwohl ihr eine der Mitarbeiterinnen die Haare schneiden würde, hoffte Cassie, Laura selbst zu erwischen. Vielleicht hatte die Stylistin ja doch etwas Hilfreiches zu erzählen.

Als Cassie ihr Apartment verließ, erwartete sie ein weiterer sonniger Tag in L. A., doch auf dem Weg zu ihrem kleinen Honda blieb sie wie angewurzelt stehen. Denn da war noch jemand, der sie erwartete: An der Fahrerseite ihres Wagens lehnte Trent Kittle, sexy wie eh und je in seinem schwarzen T-Shirt, den Cowboystiefeln und der verwaschenen Jeans. Cassie starrte ihn mit offenem Mund an. Als er sie sah, verzog er die Mundwinkel zu dem schiefen Grinsen, das sie einst so verführerisch gefunden hatte. Und es kam noch schlimmer: Auf dem Dach ihres Hondas nahm die schwarze Katze, die sie in Angst und Schrecken versetzt hatte, gerade ein Sonnenbad. Als Cassie sich wieder in Bewegung setzte, sprang sie allerdings schleunigst hinunter auf die Motorhaube und verschwand von dort aus mit einem Satz im Gebüsch.

»Was machst du hier?«, fragte Cassie wenig begeistert und ging auf Trent zu. Den Trolley zog sie auf klappernden Rollen hinter sich her.

»Ich warte.«

»Worauf?«

»Auf dich.« Eine von Trents dunklen Augenbrauen wanderte in die Höhe, als liege die Antwort doch wohl auf der Hand.

»Da bin ich«, sagte Cassie und schlug nach einer Biene, die

ihr um den Kopf schwirrte. »Ich dachte, du bist in Oregon, auf deiner Ranch oder was weiß ich, wo.« Genervt funkelte sie Trent an. Bei allem, was sie ohnehin schon um die Ohren hatte, hatte ihr Mann – stopp, Korrektur: ihr künftiger Ex-Mann – ihr gerade noch gefehlt!
»War ich auch. Bis gestern. Bin am Abend mit dem Flieger gekommen.«
»Und dann?«
Trent wies mit dem Kopf auf einen Ford Explorer, der neben der Garage ihres Vermieters stand. »Hab ein paar Stunden in dem Mietwagen da verbracht.«
»Du hast im Auto geschlafen?«, fragte Cassie und blieb dicht vor Trent stehen. »Du hättest doch klopfen können.«
»Hm.« Er nickte. »Und du hättest mir aufgemacht? Nachdem du schon auf meine Anrufe und Nachrichten nicht reagiert hast?« Er richtete sich zu seiner vollen Größe auf und warf einen Schatten quer über die Hecke. »Aber so, dachte ich, musst du wohl mit mir reden.«
»Ich muss gar nichts, auch nicht mit dir reden.«
»Nicht mal, wenn ich uns einen Kaffee spendiere?«
»Spar dir deine Charme-Offensive!«
»Du bist also immer noch sauer.«
»Allerdings. Und wie! Aber ich habe jetzt keine Zeit, das mit dir auszudiskutieren. Um neun habe ich eine Verabredung.«
»Mit jemandem, den ich kenne?«, fragte Trent mit einem Blick auf den Trolley.
»Mit einer Stylistin. Laura. Ich bringe nur schon den Trolley ins Auto, weil ich heute zurückfahren will …« Herrgott noch mal! Was ging ihn das überhaupt an?
»Wohin zurück?«
»Spielt das eine Rolle?«

Trent zuckte die Achseln. »Vielleicht nicht.«
Cassie warf einen Blick auf die Uhr. »Was willst du mir denn nun sagen?«
»Ich will, dass wir unsere Probleme klären.«
»Wie bitte?«, fragte sie ungläubig. »Nein, warte!« Sie winkte ab. »Nach so etwas steht mir im Moment ganz und gar nicht der Sinn.«
»Aber ich bin extra deinetwegen hierhergeflogen!«
»Ach, hör doch auf!« Das reichte wirklich. Cassie zerrte den Trolley zu ihrem Wagen. Sie hatte keine Ahnung, was für ein Spiel Trent nun wieder spielte, aber sie hatte keine Zeit dafür, nicht jetzt und später auch nicht. »Lass mich einfach in Ruhe!«
»Das hast du schon ein paarmal gesagt«, gab Trent aufreizend ungerührt zurück.
»Ich muss jetzt wirklich los.« Sie entriegelte den Wagen, stellte den Trolley auf den Rücksitz und öffnete die Fahrertür.
»Kommst du nachher noch mal zurück?«
»Eigentlich wollte ich gleich danach weiter ...«
»Bitte, Cass ...«
Sie überlegte einen kurzen Augenblick. *Ich bin extra deinetwegen hierhergeflogen.* »Also gut, Trent, ich erledige ein paar Dinge, dann komme ich noch einmal her.«
Wieder schoss eine dunkle Augenbraue in die Höhe, als habe Trent daran so seine Zweifel.
»Du traust mir wohl nicht?«, fragte Cassie und stieg ein.
»Das ist wohl eher umgekehrt der Fall. Du traust mir nicht.«
»Dazu habe ich auch allen Grund.« Sie zog die Tür zu.
»Du hast mir nie die Gelegenheit gegeben, dir alles zu erklären.«
Cassie ließ das Fenster herunter und sagte: »Pass mal auf,

Trent. Ich weiß nicht, warum ich überhaupt noch mit dir rede. Du hattest deine Chance, und ich werde mich nicht mehr auf diese Spielchen einlassen.«

»Cassie«, sagte er mit so sanfter Stimme, dass es sie gehörig aus der Fassung brachte.

»Nein. Fang erst gar nicht so an!« Ein wahrer Ansturm von Gefühlen drohte sie zu übermannen, und sie wusste, dass sie damit nicht umgehen konnte. Hastig ließ sie den Motor an und fuhr das Fenster hoch. Als es fast geschlossen war, ließ sie den elektrischen Fensterheber los und sagte durch den schmalen Spalt: »Also gut, ich komme noch mal wieder. Nach meinem Termin bei der Stylistin.«

»Dann warte ich auf dich.« Für den Bruchteil einer Sekunde zog Cassie in Erwägung, den Besuch in Lauras Salon abzusagen und ihre Probleme mit Trent ein für alle Mal zu klären, doch dann überlegte sie es sich anders. Sie hatte die Chance, mit der Person zu sprechen, die möglicherweise am vertrautesten mit Allie gewesen war, und diese Gelegenheit wollte sie sich auf keinen Fall entgehen lassen, um ihre Eheprobleme mit Trent durchzukauen. Jedenfalls nicht jetzt. Obwohl sie sich schon im selben Moment hätte in den Hintern treten können, zog sie ihren Schlüsselbund hervor und nahm einen der neuen Wohnungsschlüssel ab. »Dann warte drinnen. In ungefähr zwei Stunden bin ich zurück, spätestens in drei.« Sie gab Trent den Schlüssel. »Wenn du Kaffee willst: Zwei Blocks weiter südlich ist ein Starbucks. Ich muss jetzt los.«

Ohne seine Antwort abzuwarten, gab sie Gas. Als sie in den Rückspiegel sah, stand Trent immer noch da, die langen Beine gespreizt, und schaute ihr hinterher.

Er war so attraktiv, dass sie sich zwingen musste, ihren

Blick von ihm loszureißen. Das war schon immer so gewesen. Er war ungeheuer sexy und merkte es offenbar gar nicht. Und genau das machte ihn umso attraktiver. Cassie stieß einen Seufzer aus. Sie hatte sich eingeredet, endgültig über ihn hinweg zu sein. Aber wie es schien, war sie da nicht ganz ehrlich gewesen.

Kapitel 18

Um drei Minuten nach neun betrat Cassie Lauras Salon.
Der Laden im Erdgeschoss eines Gebäudes mit viel Stuck und Glas lag in einer teuren Gegend nur ein paar Blocks vom Rodeo Drive entfernt. Hinter einer lang gezogenen schwarzen Theke stand eine Empfangsdame mit platinblondem, perfekt gegeltem Haar, die so cool war, dass sie sich nicht einmal ein Lächeln abringen konnte. Sie verkündete, was Cassie schon befürchtet hatte: »Nein, Miss Merrick ist heute nicht hier. Aber wie ich sehe, haben Sie einen Termin bei Verna.«
Ein Haarschnitt war eigentlich nicht das, was Cassie brauchte.
Sie wollte unbedingt mit Laura sprechen.
»Aber Laura ... also, Miss Merrick kommt doch heute bestimmt noch, oder? Ich meine, mich zu erinnern, dass sie so etwas angedeutet hat.«
Cassies Frage wurde mit einem gelangweilten Blick und einer hochgezogenen Augenbraue quittiert. »Mir gegenüber hat sie nichts dergleichen erwähnt. Und meinen Kolleginnen gegenüber auch nicht.« Nach kurzer Rücksprache mit einer der besagten Kolleginnen öffnete die Empfangsdame eine Mattglastür und führte Cassie durch einen gefliesten Gang mit Wandleuchten, die ein dezentes Licht verbreiteten. Aus unsichtbaren Lautsprechern ertönten asiatisch angehauchte, sanfte Klänge, während durch die halb geöffnete Flügeltür des Kosmetikbereichs der Duft nach Lavendel und Eukalyptus herüberwehte.

Nach einer Biegung am Ende des Gangs erreichten sie den hell erleuchteten Bereich der Hairstylistinnen. An einer langen Wand reihten sich einzelne Nischen, die durch halbhohe Trennwände voneinander abgeteilt waren, jede mit Friseurstuhl, Waschbecken, Spiegel und einem Schränkchen für die benötigten Utensilien.

Vernas Kabine war die letzte in der Reihe von insgesamt acht Nischen. »Laura sagte, ich soll mich um Sie kümmern«, begrüßte sie Cassie. Diese ließ sich in den Stuhl sinken, löste das Haargummi von ihrem Pferdeschwanz und schüttelte den Kopf, bis ihr das offene Haar über die Schultern fiel.

Verna, die groß und schlank war, mit asymmetrischem Haarschnitt in verschiedenen Braun- und Blondtönen, Nasenpiercing und einem Sleeve-Tattoo, beäugte prüfend Cassies Haar. »Nur schneiden?«, fragte sie. Ihre Blicke trafen sich im Spiegel, und Verna zuckte merklich zusammen. »Moment mal ... Sie sind doch die Schwester von Allie Kramer, oder? Das hätte mir eigentlich sofort auffallen müssen. Sie sehen Ihrer Mom total ähnlich.«

»Das habe ich schon öfter gehört.«

»He, sorry ... tut mir echt leid. Das mit Ihrer Schwester, meine ich.« Kopfschüttelnd griff Verna nach einem Kamm. »Ich vermute, niemand weiß etwas über ...?« Offenbar nicht sicher, ob sie überhaupt danach fragen durfte, ließ sie den Rest des Satzes offen.

»Nein, niemand«, antwortete Cassie, die nicht vorhatte, ins Detail zu gehen, zumal sie Verna gar nicht kannte.

»Tja ...« Die Stylistin war schon dabei, Cassies Haar einer genaueren Prüfung zu unterziehen, indem sie hineingriff und einzelne Strähnen anhob. Eine Assistentin erschien und fragte Cassie, ob sie etwas trinken wolle. Von Kräutertee über Kaffee bis hin zu Gurkenwasser sei alles verfügbar.

Cassie lehnte dankend ab. Eigentlich war sie ja nur hier, um an Informationen zu kommen. Doch wie es schien, sollte sich wohl auch dieses Vorhaben als Flop erweisen.
»Also, ich glaube, ein paar rötliche Strähnchen wären ziemlich cool«, schlug Verna vor. »Nichts Übertriebenes, sondern eher dezent. Dunkles Burgunderrot oder Kastanienbraun mit ein paar Highlights würden das Ganze ein bisschen auffrischen. Würde Ihnen gut stehen. Liegt auch voll im Trend.«
»Nur schneiden, bitte.« Herrgott, es ging doch gar nicht um ihre Haare.
»Okay«, gab sich Verna mit einem Lächeln geschlagen und fing abermals Cassies Blick im Spiegel auf. »Sie haben das Kommando.«
Allmählich wurde diese Aktion zu einer absoluten Zeitverschwendung. Bei ihrem eigentlichen Anliegen konnte Verna Cassie nicht weiterhelfen. Wie denn auch?
Am Ende hatte Cassies lediglich kürzere Haare und deutlich weniger Geld im Portemonnaie, aber was den Verbleib ihrer Schwester anging, hatte sie immer noch nichts Neues erfahren.
Einmal mehr war sie in einer Sackgasse gelandet, dachte sie, als sie eine Weile später den Salon verließ und ihre Sonnenbrille aufsetzte. Hatte sie wirklich geglaubt, hier etwas erreichen zu können? Sie hatte doch nicht die leiseste Ahnung, wie man bei der Suche nach einer Vermissten überhaupt vorgehen musste. Wahrscheinlich wäre es tatsächlich besser, das Ganze der Polizei zu überlassen. Das waren immerhin Profis, die wussten, was sie taten.
Und warum bist du in deren Augen dann eine Person von besonderem Interesse?
Als Cassie schon fast vor ihrem Honda stand, bog ein BMW auf den Parkplatz ein und fuhr rasant auf einen der

reservierten Plätze. Die Fahrertür flog auf, und Laura Merricks blonder Haarschopf, der ihr Gesicht und eine riesige Sonnenbrille umrahmte, erschien.

»Oh, meine Güte, Cassie! Ich habe gehofft, dass ich dich noch erwische!«, rief sie atemlos. »Hast du es schon gehört?«

»Was gehört?«, fragte Cassie und geriet sogleich in Panik. *Allie! O nein, bitte nicht. War ihr doch etwas passiert?*

»Von Holly Dennison.«

»Holly? Was denn? Vor zwei Tagen habe ich mich noch mit ihr getroffen.«

Kurzes Schweigen. »Wann genau?«

»Vorgestern Abend.«

»Nicht gestern Abend?«

Cassie schüttelte den Kopf. »Warum?«

Laura holte tief Luft. »Sie ist tot.«

»Tot?« Cassie durchfuhr ein eisiger Schauer. *Ausgerechnet Holly, die vor lauter Lebensfreude nur so übersprudelte?* »O nein!«

»Doch. Glaub mir, ich hab es gerade erfahren.« Laura schüttelte fassungslos den Kopf.

»Das kann doch nicht sein!« Aber Lauras Gesichtsausdruck nach gab es keinen Zweifel. Cassie spürte, wie ihr jegliche Farbe aus dem Gesicht wich.

»Sie wurde heute Morgen tot aufgefunden. Vor einer Bar, irgendwo in ... in der Nähe vom Venice Beach, glaube ich. Wo genau, weiß ich nicht. Ist ja eigentlich auch egal.« Laura strich sich durchs Haar. »Ich brauche jetzt erst mal eine Zigarette.« Fragend sah sie Cassie an.

»Ich habe keine dabei«, erklärte diese.

»Nicht?«

»Ich rauche doch nicht.«

»Ach ja, stimmt. Dann frage ich mal Verna oder Alana.«

Als Laura sah, dass einige Passanten stehen geblieben waren, um etwas von der Unterhaltung aufzuschnappen, zog sie Cassie ein Stück beiseite. »Wir sollten hier nicht so ein Spektakel veranstalten.« Sie zerrte Cassie durch die Tür und durchquerte mit ihr den ganzen Salon. Nachdem sie kurz bei Verna angehalten und sich eine Zigarette geschnorrt hatte, führte sie Cassie durch das Warenlager zu einem Pausenraum mit Sitzecke und einem Minikühlschrank. Von dort gelangten sie hinaus auf einen kleinen Hinterhof.

Unter einem Sonnenschirm stand ein weißer Tisch, um den mehrere Plastikstühle gruppiert waren. Der Aschenbecher quoll bereits über, auf der Tischplatte lag Kaugummipapier. Nachdem Laura den Aschenbecher in eine der Mülltonnen geleert hatte, steckte sie sich die Gauloise von Verna an. Sie zog kräftig daran, legte den Kopf in den Nacken und blies den Rauch aus. »Schon besser«, sagte sie seufzend.

Noch immer ziemlich verstört, fragte Cassie: »Woher weißt du das von Holly?«

»Aus dem Internet.« Laura schlang einen Arm um die Taille und hielt die Zigarette auf Augenhöhe. »Sie wurde heute Morgen gefunden. Kannst du selbst nachlesen.« Sie nahm einen weiteren tiefen Zug, und während Cassie auf ihrem Smartphone bereits Hollys Namen bei Google eintippte, fügte sie hinzu: »Little Bea hat mich auch schon deshalb angerufen.«

»Ich dachte, die ist außer Landes.«

Laura schüttelte den Kopf. »Wie kommst du denn darauf?«

»Hat Holly mir erzählt.«

»Kann ich mir nicht vorstellen. Sie hatte noch vor zwei Tagen einen Termin bei mir.« Laura ließ sich auf einen der

Stühle sinken, nachdem sie kurz mit der Hand darüber gewischt hatte. Der Sonnenschirm warf einen Schatten auf ihr Gesicht, und Cassie musste an eins der alten Filmplakate von Jenna denken, das früher in ihrem Zimmer hing und auf dem das Gesicht auch halb im Schatten lag.
»Holly sagte, du hättest ihr erzählt, Little Bea sei in London.« Cassie sah wieder auf ihr Smartphone und wartete darauf, dass sich eine Internetseite mit Informationen über Holly aufbaute.
»Little Bea und Cherise waren tatsächlich in London. Aber die sind schon seit einer Woche wieder zurück.« Laura verdrehte die Augen. »Typisch Holly, hat mal wieder nur die Hälfte mitbekommen.« Erst in dem Moment schien ihr bewusst zu werden, dass Holly nicht mehr lebte. »Hast du im Internet etwas gefunden?«, fragte sie hastig.
Auf dem Smartphone war nun ein Foto von Holly zu sehen, und sogleich fühlte sich Cassies Mund an wie ausgetrocknet. Sie scrollte herunter und las die Schlagzeile: *Set-Designerin tot aufgefunden.* Mit klopfendem Herzen überflog sie die Details. Ein junger Mann, der aus einer Bar nicht weit vom Venice Beach gekommen war, hatte auf einem Parkplatz eine Tote gefunden, die als Holly Marie Dennison identifiziert wurde. Es wurden einige Filme genannt, bei denen Holly mitgearbeitet hatte, der letzte davon *Dead Heat*. Bezüglich der Todesumstände war noch nichts Genaueres bekannt, aber die Polizei ermittelte in Richtung Mord. Etwaige Zeugen, die möglicherweise wichtige Informationen liefern konnten, waren aufgerufen, sich umgehend bei der Polizei zu melden.
Nun sank auch Cassie auf einen der Plastikstühle. Holly mit ihrem spontanen Lächeln und dem neuen Fransenhaarschnitt, wie sie im Sundowner einen Mojito nach dem anderen kippte – all das hatte Cassie lebhaft vor Augen.

Eine unendliche Traurigkeit überkam sie. »Das ist nicht zu glauben«, sagte sie. Mehr brachte sie nicht heraus.
Mittlerweile ein wenig gefasster, betrachtete Laura ihre Zigarette, dann drückte sie sie mit grimmiger Miene aus. »Sie hat ... Sie hatte eine Schwester, die auch in L. A. wohnt, vermutlich ihre nächste Verwandte. Und jetzt steht ihr Name überall, weil sich ja heutzutage jede Nachricht in Sekundenschnelle verbreitet.« Sie stieß einen Seufzer aus und sah Cassie an. »Ich wollte dich nicht damit überrumpeln. Aber ich dachte, du würdest es bestimmt wissen wollen. Und da du heute hier einen Termin hattest ...«
»Natürlich will ich das wissen. Also, wollte.« Cassie war noch immer total geschockt. »Mein Gott. Ich kann es einfach nicht glauben.«
»Ich bin froh, dass ich dich noch erwischt habe«, sagte Laura. »Aber in ...« – sie warf einen Blick auf die Zeitanzeige ihres Smartphones – »nein, eigentlich schon *vor* fünf Minuten hatte ich den nächsten Termin.«
»Es ging mir gar nicht in erster Linie um den Haarschnitt«, sagte Cassie. »Ich wollte mit dir reden.«
»Worüber?«, fragte Laura stirnrunzelnd. »Über Allie?«
»Ja.«
»Ich habe keine Ahnung, was mit ihr passiert ist, Cassie. Das habe ich schon der Polizei gesagt.«
»Das ist mir klar. Aber du warst nicht nur Allies Stylistin, sondern auch ihre Freundin. Ihr hattet fast jeden Tag mehrere Stunden lang miteinander zu tun, auch bei den Dreharbeiten von *Dead Heat*. Ich dachte, wenn überhaupt jemand weiß, wie es gerade bei ihr aussah, dann du. Vielleicht hast du ja wenigstens eine Vermutung, warum sie nicht zum letzten Dreh erschienen ist.«
»Ich habe nicht die leiseste Ahnung. Natürlich haben wir uns über alles Mögliche unterhalten, aber eigentlich nur

über Alltägliches. Wir haben keine tiefsinnigen Gespräche geführt, wenn du das meinst.«

»Aber jeder erzählt seiner Friseurin etwas. Ist doch auch ganz klar, wenn man so viel Zeit miteinander verbringt«, ließ Cassie nicht locker. Als Laura nichts darauf erwiderte, fügte sie hinzu: »Natürlich bist du nicht ihre Therapeutin, aber vielleicht doch so etwas wie eine Vertraute. So abwegig finde ich das gar nicht. Du weißt doch bestimmt, mit wem sie sich getroffen hat. Mit wem sie ausgegangen ist.«

»Außer Brandon, meinst du?« Laura zuckte mit den Schultern. »Soweit ich im Bilde bin, war er der Letzte, mit dem sie sich näher eingelassen hat. Und am Set war das manchmal echt komisch.«

Auch das war nichts Neues. Davon hatte Cassie sich selbst überzeugen können. »Aber was hat sie bewegt, bevor sie verschwunden ist? Wirkte sie bedrückt? Oder gab es etwas, was ihr zu schaffen machte? Ist dir nichts aufgefallen, was sie dazu gebracht haben könnte, zu verschwinden? Hat sie vielleicht Angst vor etwas oder jemandem gehabt?«

»Ich weiß nicht, was genau du von mir hören willst, Cassie. Wenn ich etwas über Allies Verschwinden wüsste, hätte ich es doch längst der Polizei erzählt oder dir oder Jenna.«

»Meiner Mutter?«, fragte Cassie ziemlich überrascht.

»Mütter machen sich doch immer sofort Sorgen. Natürlich hätte ich mich bei ihr gemeldet, wenn ich irgendeine Ahnung hätte.« Laura rutschte unruhig auf ihrem Stuhl hin und her, als würde ihr die Unterhaltung allmählich zu viel.

»Ich wusste gar nicht, dass du Kontakt zu ihr hast.«

»Habe ich auch nicht. Allie hat uns am Set miteinander bekannt gemacht.« Aha. Offenbar waren Cassies Schwester und Laura so gute Freundinnen, dass Allie ihr sogar ihre Mutter vorgestellt hatte.

»Du bist dir also sicher, dass Allie dir nichts Wichtiges aus ihrem Leben erzählt hat?«, versuchte Cassie es erneut.

Abermals sah Laura auf die Zeitanzeige ihres Displays. Nach kurzem Zögern erwiderte sie schließlich: »Ich weiß nicht viel mehr als du ...« Dann richtete sie den Blick durch ihre dunklen Brillengläser auf Cassie und fügte mit gesenkter, beinahe flüsternder Stimme hinzu: »Aber *was* ich weiß, wird dir bestimmt nicht gefallen.«

»Warum nicht?«

»Weil es dabei um dich geht, Cassie.« Laura wandte den Kopf ab. »Sie ... Allie war eifersüchtig auf dich.«

»Auf mich?« Das schien so absurd, dass Cassie laut auflachte. »Na klar!«

»Ich wusste, dass du mir nicht glauben würdest.«

»Allie war die Erfolgreiche von uns beiden. In jeder Hinsicht.«

»War sie das?«, fragte Laura mit ernstem Gesicht.

»Natürlich! Sie konnte sich ihre Rollen aussuchen.«

Laura stieß einen Seufzer aus. »Darum ging es gar nicht.«

»Worum denn sonst? Warum sollte sie auf mich eifersüchtig sein?« Das war wirklich lächerlich. Allie war in der Familie immer die Kleine gewesen. Cassie und Jenna hatten sie stets beschützt, jede auf ihre Art. Selbst Robert, ihr Vater, hatte sie geradezu verhätschelt, allerdings nur dann, wenn er mal in Erscheinung trat. Allie hatte in der Schule geglänzt, und später, als sie Schauspielerin wurde, hatte sie Cassie bei jedem Casting aus dem Rennen geworfen.

»Zwischen euch beiden gab es doch immer eine Art Konkurrenzkampf, oder etwa nicht?«

»Aus dem sie als Gewinnerin hervorgegangen ist. Grundsätzlich.«

»Das hängt davon ab, worum es geht und von welcher Warte aus man es betrachtet«, gab Laura zu bedenken. Das klang fast schon philosophisch. Für einen Moment schien Laura in Gedanken versunken, ehe sie hinzufügte: »So ist das wohl in allen Familien. In meiner war es auch so.«

»Du hast Geschwister?«, fragte Cassie.

»Nicht mehr«, antwortete Laura. »Ich hatte eine Schwester, aber ... sie ist vor ein paar Jahren gestorben. Bei einem Autounfall.« Mit einem Seufzer ergänzte sie: »Seitdem habe ich immer irgendwie Schuldgefühle.«

»Das tut mir sehr leid.«

»Muss es nicht«, gab Laura nachdenklich zurück. »Ist schon sehr lange her. Aber an die Rivalität kann ich mich noch erinnern.« Sie richtete den Blick wieder auf Cassie. »Angenehm ist so etwas nie.«

»Nein, aber Allie und ich ...«

»Ich glaube, Allie wollte immer alles, was du hattest.«

»Aber ich hatte doch gar nichts ...« Cassie versagte die Stimme. *Trent.* Allie war nicht verheiratet. Hatte nie eine richtige Beziehung gehabt. Den einen oder anderen Freund hatte es kurzfristig gegeben, aber nichts Dauerhaftes, schon gar nicht, nachdem sie nach Hollywood gegangen war. Niemand hatte den Rest seines Lebens mit ihr verbringen wollen.

»Das ist doch lächerlich«, tat Cassie Lauras Gedankengang ab.

Laura stand auf. »Du hast mich gefragt, und ich habe dir eine Antwort gegeben. Wenn du mir nicht glaubst, frag doch mal Cherise. Sie war diejenige, die Allie am besten kannte. Sie hat ihre Termine gemacht und wusste, mit wem Allie Kontakt hatte und was sie tat.«

»Ich habe sie schon angerufen, aber sie hat sich nicht ge-

meldet. Vermutlich will sie nicht mit mir reden. Holly sagte, sie arbeitet jetzt für Brandon McNary.«
»Kann sein. Das habe ich auch gehört. Ich glaube, Little Bea hat es mir erzählt. Also, ich muss jetzt an die Arbeit.« Laura erhob sich. »Ich kann mir selbst nicht erklären, was mit Allie los ist.«
Da bist du nicht die Einzige, dachte Cassie und stand ebenfalls auf.
Sie folgte Laura durch den Salon und ging weiter zu ihrem Wagen. Als sie den Motor angelassen hatte, saß sie noch eine Weile da, ohne loszufahren, und dachte an Holly. Ermordet. Wer hatte ihr das angetan? Cassie wusste nicht allzu viel über die Set-Designerin, nur dass sie eine Schwester hatte und eine Nichte, die sie vergötterte, außerdem einen Schwager, den sie nicht leiden konnte. Sie war immer auf der Suche nach Mr Right gewesen, hatte ihn zwar nie gefunden, aber auch nie die Hoffnung aufgegeben.
Es war doch seltsam und ganz bestimmt mehr als nur ein Zufall, dass drei Menschen, die mit *Dead Heat* zu tun gehabt hatten, Schreckliches widerfahren war: Allie war verschwunden, Lucinda angeschossen worden, und Holly, die lebenslustige Holly, war jetzt tot.
Seltsam, dachte Cassie. Nein, das war untertrieben. Es war geradezu unheimlich. Und furchtbar traurig, dachte Cassie, als sie endlich losfuhr, zurück zu ihrem Apartment.
Und zu Trent, rief sie sich ins Gedächtnis.
Trent, der ihr Leben nicht einfacher machte.
Ganz im Gegenteil, er hatte sie ziemlich aus der Fassung gebracht.
Irgendwie musste sie ihm – und vor allen Dingen sich selbst – endgültig klarmachen, dass es zwischen ihnen aus war. Am besten sollte sie gleich ihren Anwalt anrufen und ihn bitten, die Scheidungsunterlagen aus der Schublade zu

holen, damit sie sie unterschreiben konnte. Was brachte es denn noch, einer Ehe nachzuhängen, die ohnehin am Ende war, zerstört durch einen Seitensprung?

Durch einen Seitensprung mit ihrer jüngeren Schwester, um genau zu sein. Mit ihrer jüngeren, schöneren und viel berühmteren Schwester.

Etwas Klischeehafteres konnte es kaum geben! Manchmal kam sich Cassie vor wie in einer Seifenoper.

Der Schmerz saß immer noch tief.

Aber irgendwann würde sie darüber hinwegkommen.

Cassie gab Gas und schaltete in den nächsthöheren Gang. Mit grimmigem Blick sah sie durch die staubige Windschutzscheibe in das blendende Sonnenlicht. Es war eine Menge los auf den Straßen, und sie kam nur langsam vorwärts. Vor ihr schlich ein wahres Ungetüm dahin, einer dieser uralten zweifarbigen Chevrolets aus dem letzten Jahrtausend, aufpoliert, sodass er in der Sonne glänzte, aber der Fahrer hätte ruhig etwas schneller fahren können. Genervt warf Cassie einen Blick in den Seitenspiegel und wollte an ihm vorbeiziehen, doch in dem Moment summte ihr Smartphone. Sie griff in ihre Handtasche, fischte das Handy heraus und sah Cherise' Namen auf dem Display. Obwohl es sie einen Strafzettel kosten konnte, drückte sie auf »Anruf annehmen«.

»Cassie?«, legte Cherise sofort los. »O mein Gott! Ich habe gerade das von Holly gehört. Das ist ja furchtbar!« Allies ehemalige Set-Assistentin klang genauso bestürzt, wie Cassie sich fühlte.

»Ja, es ist schrecklich. Ich wollte auch ...«

»Laura hat mich gerade angerufen und mir erzählt, dass du versucht hast, mich zu erreichen«, wurde Cassie von Cherise unterbrochen. »Du musst nicht denken, dass ich dir aus dem Weg gehe, weil ich jetzt für Brandon arbeite. Es ist

nur ... Ach, das ist alles so furchtbar! Ich kann es gar nicht glauben.«
»Ich auch nicht.«
»Es ist, als würde ein Fluch auf diesem Film lasten. Wer weiß, was noch alles passiert!«
Cassie schauderte. Nein, das wollte sie sich lieber nicht vorstellen.
»Pass auf, wenn du mit mir sprechen willst, also ... ich hätte gleich Zeit, so in einer halben Stunde, wenn auch nicht sehr lange. Laura sagte, du willst herausfinden, was mit Allie passiert ist. Ganz ehrlich: Ich habe keine Ahnung. Und bitte, bitte, mach mir keine Vorwürfe, weil ich jetzt für Brandon arbeite. Ich weiß, du bist nicht gerade ein Fan von ihm, aber jetzt, da Allie verschwunden ist, muss ich zusehen, dass ich irgendwie über die Runden komme, und ...«
»Cherise«, bremste Cassie den Redeschwall, »sag mir einfach, wo wir uns treffen können.« Sie erklärte Cherise, dass sie auf dem Weg zu ihrem Apartment war, und Cherise schlug den Starbucks in der Nähe vor.
»Super, dann bis gleich.« Für den Bruchteil einer Sekunde zog Cassie in Erwägung, Trent anzurufen und ihm zu sagen, dass sie noch eine Weile brauchen würde, aber sofort verwarf sie diesen Gedanken wieder.
»Vergiss es«, brummte sie vor sich hin und überholte bei der nächsten Gelegenheit den rot-weißen Chevy aus den Fünfzigern.
Als Cassie den Starbucks betrat, war Cherise noch nicht dort. Cassie stellte sich in die Schlange und suchte mit den Augen schon mal nach einem freien Tisch. Wenige Minuten später sah sie, wie Allies frühere Assistentin mit dem Handy am Ohr ihr champagnerfarbenes Mercedes-Cabriolet auf den Parkplatz manövrierte. Die engen Parkbuch-

ten waren allesamt besetzt, und Cherise musste einen Moment warten, bis eine frei wurde, die sie einem anderen Fahrer streitig machen konnte. Er kam aus der entgegengesetzten Richtung und hatte den Blinker schon gesetzt, aber das ignorierte Cherise einfach.
Das braune Haar zu einem lockeren Pferdeschwanz gebunden, in Shorts und einem langen T-Shirt, das ihr über die Schultern rutschte, stieg Cherise aus ihrem Wagen. Das Handy am Ohr, ignorierte sie das Geschimpfe des anderen Fahrers und eilte auf den Eingang des Coffeeshops zu.
Als sie die Tür aufstieß, war Cassie gerade an der Reihe. Cherise warf einen hastigen Blick durch den Starbucks und schob sich an vier Leuten in der Warteschlange vorbei.
»Bring mir einen Triple Shot Americano mit, ja?« Ehe Cassie etwas sagen konnte, fügte sie hinzu: »Ich suche uns schon mal einen Tisch. Lieber Himmel, der Laden ist ja wieder mal brechend voll. Ah, da wird was frei.« Ohne die verärgerten Gesichter in der Warteschlange zu beachten, steuerte sie auf den anvisierten Tisch zu, von dem sich ein paar Teenager in Army-Westen und Shorts erhoben, die obligatorischen Kappen zurechtrückten und sich ihre Skateboards unter die Arme klemmten.
Während Cassie die Bestellung aufgab, nahm Cherise den Platz in Beschlag, indem sie Handy und Schlüssel auf einen der hohen Stühle legte, mit der Hand die Krümel vom Tisch fegte und anschließend die Kaffeepfützen mit Servietten von der Zubehörstation aufwischte. »Ignorante, gepamperte Kids! Warum sind die nicht in der Schule?«, murmelte sie vor sich hin, als Cassie am Tisch erschien, und nahm ihr einen der beiden Kaffeebecher aus der Hand. Anschließend zog sie ihr Portemonnaie aus der Handtasche und legte ein paar Dollarscheine auf den Tisch.
Cassie winkte ab. »Nächstes Mal zahlst du.«

»Bist du sicher?«, vergewisserte sich Cherise, und ehe Cassie auch nur nicken konnte, steckte sie die Scheine wieder ein. »Dann vielen Dank.« Sie öffnete den Deckel ihres Bechers, blies über den heißen Kaffee und leerte drei Tütchen Zucker hinein. »Ich muss die ganze Zeit an Holly denken«, sagte sie im Flüsterton. »Wer um alles auf der Welt tut so etwas? Ausgerechnet Holly! Sie war so nett. Ich begreife das einfach nicht.« Sie rührte in ihrem Kaffee und starrte in den Becher, als würde sich dort eine Antwort manifestieren. »Warum nur?«

»Wenn ich das wüsste«, sagte Cassie ratlos.

Eine aufgedonnerte Frau mit missbilligend heruntergezogenen Mundwinkeln, die hinter Cassie in der Schlange gestanden hatte, stöckelte auf Keilabsätzen an ihrem Tisch vorbei. »Einfach vordrängeln!«, zischte sie Cherise empört zu, was diese ebenfalls geflissentlich ignorierte.

Die beiden Frauen nippten an ihren Getränken und redeten noch eine Weile über Holly Dennison, doch gerade als Cassie das Thema Allie zur Sprache bringen wollte, fragte Cherise: »Du kommst doch auch am Wochenende zur Premierenfeier nach Portland? Wird ein richtig großes Ereignis, nur für geladene Gäste. Dean macht das immer vor dem offiziellen Start seiner Filme.«

»Muss ich mir noch überlegen. Aber ich denke schon.« Möglicherweise war das ihre einzige Chance, mit Arnette und Little Bea zu sprechen.

»Ich gehe auch hin. Zu blöd, dass Allie nicht dabei ist.« Mit einem versonnenen Lächeln fügte Cherise hinzu: »Aber wer weiß. Vielleicht taucht sie da ja plötzlich auf.«

»Ich wollte ohnehin mit dir über sie sprechen«, hakte Cassie ein. »Du hast sie Tag für Tag am Set gesehen, kanntest ihre Termine. Ist dir irgendetwas Ungewöhnliches aufgefallen?«

Cherise nippte an ihrem heißen Kaffee und fing an zu lachen. »Bei Allie gab es doch immer irgendetwas Ungewöhnliches. Jeden Tag was Neues.« Ihr Gesicht wurde ernst. »Aber du hast recht. In den beiden Tagen vor ihrem Verschwinden war sie nicht wie sonst. Sie wirkte irgendwie verändert.«
»Wie meinst du das?«
»Sie war so ... überempfindlich. Gereizt, könnte man sagen. Ich habe der Polizei nichts davon erzählt, weil ich dachte, das hätte nichts zu bedeuten.« Cherise setzte ein schwaches Lächeln auf.
»Warum war sie denn so gereizt?«
»Das weiß ich auch nicht. Vielleicht wegen des Films. Oder wegen Brandon. Die beiden waren doch wie Feuer und Wasser. Immer dieses Hin und Her. Aber sie fehlt ihm, das habe ich schon gemerkt.« Cherise wandte den Blick ab und steckte die Nase wieder in ihren Becher.
Cassie bezweifelte, dass Brandon McNary sich für irgendjemanden außer sich selbst interessierte, es sei denn, derjenige konnte sich als nützlich für seine eigenen Interessen erweisen.
»Ja, ja, ich weiß. Er ist ein Egomane«, sagte Cherise, die Cassies Gesichtsausdruck richtig gedeutet hatte. »Ich fühle mich wie eine Verräterin, weil ich jetzt für ihn arbeite, aber ich komme wirklich gut mit ihm zurecht. Und mittlerweile sehe ich manches auch aus seiner Sicht.« Sie starrte aus dem Fenster und fügte hinzu: »Weißt du, für deine Schwester zu arbeiten war nicht gerade einfach.«
»Kann ich mir vorstellen.« Brandon McNary war eindeutig ein Egozentriker, und Allie war das weibliche Gegenstück. »Hast du eine Ahnung, ob sie jemals in Santa Fe gewesen ist oder zu jemandem Kontakt hatte, der dort wohnt?«

»Santa Fe?«
»Im Jahr 2007 zum Beispiel?«
»Damals habe ich noch nicht für sie gearbeitet.«
»Aber es kann doch sein, dass sie mal etwas erwähnt hat.«
Cherise überlegte einen Moment lang angestrengt. Dann schüttelte sie zögernd den Kopf. »Ich weiß nichts davon. Trotzdem kann es natürlich sein, dass sie mal da war. 2007 war sie noch ein Teenager, müsste deine Mutter das nicht wissen?« Sie trank den letzten Schluck Kaffee und zerdrückte den Becher. »Ich kann mich jedenfalls nicht erinnern, dass sie jemals Santa Fe erwähnt hat, aber sie hat mir natürlich nicht alles erzählt.« Cherise' Smartphone spielte eine Melodie, und sie nahm den Anruf entgegen. Gleich darauf wandte sie den Kopf ab und führte ein ziemlich einseitiges Gespräch, bei dem sie selbst ausnahmsweise kaum etwas sagte. Dann drehte sie sich wieder zu Cassie um. »Tut mir leid. Die Pflicht ruft.«
»Brandon?«
»Hm.« Cherise war aufgestanden und schon dabei, die leeren Zuckertütchen und den zerdrückten Becher einzusammeln. »Ich muss wieder los.«
»Er ist in L. A.?«, wollte Cassie wissen.
»Ist gestern Abend mit dem letzten Flieger gekommen.«
Das passte zusammen, dachte Cassie.
Cherise stieß einen Seufzer aus und verdrehte die Augen. »Für ihn zu arbeiten ist auch nicht leicht. Aber der einzige Job, den ich ansonsten angeboten bekommen habe, war bei Whitney Stone, und da hätte ich weniger verdient. Sie macht gerade eine mehrteilige Reportage für irgendeinen Kabelsender und wollte mich über Allie ausfragen. Nicht nur über das, was jetzt passiert ist, sondern auch über damals, als ihr gerade nach Oregon gezogen wart und deine Mutter von diesem verrückten Stalker verfolgt wurde.«

Cassie durchfuhr ein kalter Schauer. »Danach hat sie dich gefragt?«

Cherise nickte. »Das muss man sich mal vorstellen! Meiner Meinung nach zeigt sie ziemlich viel Interesse an dem Irren von damals.« Cherise zuckte verständnislos mit den Schultern.

Cassie hatte plötzlich das Gefühl, ihre Stimmbänder seien eingerostet. Sie brachte keinen Ton heraus, aber das war auch gar nicht nötig, denn Cherise redete ohne Pause weiter. »Dieses ganze Theater um *Dead Heat* hat wohl das Interesse an deiner Mutter wieder geweckt. Whitney wollte wissen, ob ich etwas dazu sagen kann, irgendwelche exklusiven Enthüllungen machen kann, weil Allie mir vielleicht etwas erzählt haben könnte. Sie klang ungemein wichtig und tat so, als hätte sie das ganze übrige Material schon zusammen. Für die Mystery Week. Ich fand das irgendwie übertrieben, aber es ist ja nichts Neues, tragische Vorfälle zu nutzen, um Quote zu machen.« Cherise warf einen Blick auf die Zeitanzeige ihres Smartphones. »Also, wenn mir noch etwas einfällt, melde ich mich«, versprach sie mit einem Blick über die Schulter, während sie bereits zur Tür strebte. Ganz offensichtlich hatte sie es eilig. Durch die große Fensterscheibe des Coffeeshops sah Cassie, wie sie im Laufschritt zu ihrem Wagen hastete und ebenso rasant davonfuhr, wie sie gekommen war.

Plötzlich beschlich Cassie das Gefühl, dass das Treffen für Cherise nur eine Pflichtübung gewesen war, die sie so schnell wie möglich hatte hinter sich bringen wollen. Und obwohl Allies ehemalige Assistentin munter drauflosgeplappert hatte, wusste Cassie nicht, ob sie ihr trauen konnte und ob Cherise ihr wirklich alles erzählt hatte, was sie wusste.

Sie trank den Rest des mittlerweile kalten Kaffees und rief

sich noch einmal ins Gedächtnis, was Cherise gesagt hatte: *»Aber es ist ja nichts Neues, tragische Vorfälle zu nutzen, um Quote zu machen.«*
Oder um einen Film zu promoten, *Dead Heat* zum Beispiel.
War es tatsächlich möglich, dass zumindest einige der seltsamen Vorkommnisse nichts weiter waren als Publicity für diesen Film? Cassie war so in ihre Gedanken versunken, dass sie zusammenzuckte, als sich jemand neben ihr räusperte. Sie hob den Kopf. Ein Typ von etwa Mitte zwanzig stand dort, einen Kaffeebecher in der einen, ein iPad in der anderen Hand. Er hatte wohl ein Auge auf ihren Tisch geworfen. Hastig nahm sie den leeren Becher und ging zur Tür. Mittlerweile war es schon nach zwölf Uhr, und sie fragte sich, ob Trent noch in ihrem Apartment war. Sie verspürte einen Anflug von banger Erwartung und hielt sich sogleich vor, wie idiotisch das war.
Wieder einmal.
Aber war es nicht immer so gewesen, wenn es um ihren Nochehemann ging? Es musste sich wohl um eine Charakterschwäche ihrerseits handeln. Eine von so vielen.

Kapitel 19

Trent saß in Cassies Apartment, und allmählich beschlich ihn das Gefühl, dass sie ihn versetzt hatte. Oder ihm zeigen wollte, wie sehr er sich hier zum Narren machte.

Bevor er ihre Wohnung betreten hatte, war er zu einem Deli sechs Blocks von hier entfernt gefahren und hatte sich einen Kaffee und ein Frühstück gegönnt. Anschließend hatte er den Leihwagen zurückgebracht und sich ein Taxi zu Cassies Apartment genommen, wo er feststellen musste, dass sie noch nicht zurück war. Drei halb gepackte Koffer lagen auf dem Bett in dem kleinen Schlafzimmer, und sowohl die Einbauschränke als auch das Badezimmer waren so gut wie leer. Der Kühlschrank enthielt ohnehin nicht viel mehr als die Glühbirne, die die gähnende Leere beleuchtete.

Wie es aussah, wollte Cassie ihre Zelte in L. A. abbrechen und war hergekommen, um ihre Sachen zu holen. Und um Detektiv zu spielen. Genau das war es, worüber sich Trent Gedanken machte. Sie wollte ihre Schwester finden, was durchaus verständlich war. Allerdings bezweifelte er, dass eine gescheiterte Schauspielerin, die neuerdings Drehbuchautorin werden wollte und gerade erst aus der Psychiatrie kam, diesbezüglich mehr zustande bringen würde als die Polizei mit ihren geschulten Ermittlern und der modernen Technologie. Abgesehen davon, waren Cassie und Allie eigentlich immer durch eine Hass-Liebe miteinander verbunden gewesen, wobei die Betonung in letzter Zeit mehr auf Hass gelegen hatte.

Und er war der Grund dafür.

Verflucht! Nicht zum ersten Mal hatte er für Spannungen in Cassies Leben gesorgt.

Und jetzt saß er hier in ihrem Apartment und wartete auf sie. Sein Blick fiel auf ein gerahmtes Foto, das umgedreht auf dem Beistelltisch lag, als wolle sie es nicht mehr anschauen. Als er das Bild aufstellte, bemerkte er, dass es sich um ihr gemeinsames Hochzeitsfoto aus Las Vegas handelte, das einzige Andenken an ihre Ehe, das sie aufbewahrt hatte. Das Glas war zersplittert, aber immerhin lag es nicht im Mülleimer.

Er wollte sich gerade wieder aufs Sofa setzen, als er sah, dass Cassie durch den Laubengang kam. Trent öffnete die Fenstertüren und ging ihr entgegen.

»Du bist noch hier«, war alles, was sie zur Begrüßung hervorbrachte.

»Ja, ich freue mich auch, dich zu sehen«, gab er zurück.

Sie bedachte ihn mit einem finsteren Blick. Offenbar war sie nicht in der Stimmung für Scherze. Als sie das Apartment betrat und das Foto sah, blieb sie zögernd stehen. Dann drehte sie es wieder um und ging geradewegs ins Schlafzimmer, wo sie ihre restlichen Sachen auf die offenen Koffer verteilte und sich anschließend am Reißverschluss des ersten Koffers zu schaffen machte. Sie würde doch gleich alles mitnehmen. Wer wusste schon, welche Zukunftspläne sie letztendlich schmiedete und ob sie in nächster Zeit überhaupt noch einmal nach L. A. zurückkommen würde.

»Vielleicht könntest du dich ein bisschen nützlich machen und mir helfen, das Gepäck zum Wagen zu bringen?«, fragte sie, ohne ihn eines Blickes zu würdigen.

»Ich finde, du bist ein wenig hektisch«, stellte Trent fest.

Jetzt sah sie ihn doch an.

Mit hochgezogenen Augenbrauen.

»Ich hab viel zu tun ... außerdem war der Tag bis jetzt ziemlich schlimm.« Sie hielt inne. In ihrem Gesicht spiegelte sich nicht mehr Ärger, sondern Trauer. »O Gott, du weißt es ja noch gar nicht«, sagte sie.
»Was weiß ich noch nicht?«
»Holly Dennison ist tot«, stieß Cassie hervor und biss sich auf die Unterlippe. »Ermordet.«
»*Was?*«, fragte Trent und glaubte, sich verhört zu haben.
»Die Set-Designerin von *Dead Heat*.«
»Ich weiß, wer sie ist. Du hast doch früher mit ihr zusammengearbeitet.« Trent war geschockt. »Ermordet?« Diese Neuigkeit trug nicht gerade dazu bei, ihm das ungute Gefühl zu nehmen, das ihn in den letzten Tagen beschlichen hatte. Ganz im Gegenteil, es wurde sogar noch stärker.
»Wann ist das passiert?«
»Gestern Abend vermutlich. Ich habe es heute Morgen erfahren, von Laura Merrick.« Cassie erzählte ihm das Wenige, das sie wusste.
»Meine Güte, Cassie.«
»Vorgestern Abend habe ich sie noch gesehen, und ...« Ihr versagte die Stimme. Sie räusperte sich, Tränen stiegen ihr in die Augen.
»Das gefällt mir ganz und gar nicht.«
»Mir auch nicht. Aber ich muss zurück nach Oregon. Obwohl die Polizei bestimmt auch mit mir sprechen will. Aber das können sie auch in Portland. Ich habe schließlich nichts damit zu tun.«
»Ich komme mit«, sagte Trent.
»Nein, tust du nicht«, gab Cassie zurück und starrte ihn an, als hätte er den Verstand verloren.
»Ich habe den Leihwagen schon abgegeben und bin mit dem Taxi zurückgekommen. Ich kann also mit dir nach Oregon fahren.«

»Wie bitte? Warum denn das? Hast du etwa gedacht, du könntest hierbleiben? Bei mir?« Empört sah Cassie ihn an.
»Ich bin deinetwegen hierhergeflogen, Cass. Das habe ich dir doch gesagt.«
Schweigend sahen sie sich an. Trent konnte geradezu spüren, wie Cassie nach einer Formulierung suchte, um ihn abermals abzuweisen. Aber dann stieß sie nur einen Seufzer aus und sagte: »Na gut. Dann machen wir uns jetzt auf den Weg.«
Hastig packte sie ihre restlichen Sachen, die sie gemeinsam in ihrem Wagen verstauten. Cassie schloss die Wohnungstür ab, während Trent es sich auf dem Beifahrersitz bequem machte. Zehn Minuten später rollten sie bereits über den Freeway Richtung Norden.

Cassie fragte sich schon bald, wieso sie zugestimmt hatte, dass Trent mit ihr nach Oregon fuhr. Das war mit Sicherheit ein Fehler gewesen. Sie hatte einfach nicht nachgedacht und viel zu voreilig gehandelt. Jetzt saß sie mit Trent in ihrem Honda und umklammerte das Lenkrad so fest, als könnte der Wagen sich sonst selbstständig machen. Angespannt fuhr sie über die Interstate 5 Richtung Norden. Los Angeles hatten sie bereits hinter sich gelassen, und der Verkehr war nicht mehr so dicht. Der Motor schnurrte leise, die Räder summten auf dem Asphalt, an den Fenstern huschte die Landschaft Südkaliforniens vorüber. Trent so nahe bei sich zu haben, fast Schulter an Schulter, und seinen vertrauten Geruch einzuatmen, bereitete Cassie ziemliches Unbehagen.
Es war ein Fehler. Definitiv.
»Wenn ich es richtig sehe, haben wir fünfzehn Stunden Fahrt vor uns«, durchbrach er mit einem Seitenblick die Stille. Sofort schlug Cassies Herz schneller. Was albern

war. Nahezu idiotisch. »Es sei denn, du fährst mit Bleifuß«, redete Trent weiter. »Dann brauchen wir natürlich nicht so lange. Und müssen umso schneller eine Lösung finden.«

»Wegen Holly und Allie, meinst du?«

»Du weißt genau, was ich meine.« Er richtete den Blick wieder auf die Windschutzscheibe.

Cassie schnürte sich der Brustkorb zusammen. Sie war nicht bereit für solch ein Gespräch. Noch dazu ohne eine Möglichkeit, Abstand zu schaffen. »Eigentlich habe ich nicht vor, auf dieser Fahrt über uns zu reden.«

»Eine bessere Gelegenheit gibt es doch gar nicht«, hielt er dagegen. »Keine Ablenkung. Keine Möglichkeit, sich davor zu drücken. Nur wir beide, meilenweit.«

»Klingt wie der Text eines geschmacklosen Countrysongs.«

Trent lächelte kaum merklich. »Haben wir den nicht selbst geschrieben?«

Cassie zuckte zusammen. Damit hatte er recht. Aber der Gedanke, ihre gesamte Geschichte auszubreiten, hier bei der Hitze in ihrem Auto, machte ihr ein wenig Angst. Es waren zu viele Gefühle im Spiel, zu viele Differenzen. »Ich halte das für keine gute Idee.«

»Hast du eine bessere?«

»Noch nicht.«

»Na also.« Das klang äußerst bestimmt. »Ich bin diesen Eiertanz nämlich gehörig leid. Noch verheiratet, aber nicht mehr so richtig. Meine Frau geht mir bei jeder Gelegenheit aus dem Weg und findet es normal, mir einfach die Scheidungspapiere zu präsentieren. Es wird höchste Zeit, das zu klären.« Trent hatte sich ihr wieder zugewandt. »Entweder wir bleiben verheiratet und tun alles, um wieder zueinanderzufinden. Das volle Programm. Wenn es sein muss, so-

gar mit Eheberatung. Oder wir werfen das Handtuch. Aber wir werden eine Entscheidung treffen. Wir beide.«
»Vielleicht sollte ich dabei lieber nicht hinter dem Steuer sitzen.«
»Dann würden wir nie darüber sprechen.«
Punkt für ihn. Niemals hätte sich Cassie darauf eingelassen, bei einem Abendessen, beim Kaffee oder bei ein paar Drinks eine solche Unterhaltung zu führen. Seine Textnachrichten, E-Mails und Anrufe hätte sie weiterhin ignoriert. Und dennoch, das hier konnte richtig unangenehm werden. Wenn sie an all die Stunden dachte, die sie vor sich hatten, schnürte sich ihr Magen zusammen.
»Nein.«
»Cass ...«
»Jetzt pass mal auf! Ich bin einfach noch nicht bereit dazu.« Sie warf ihm einen ungehaltenen Blick zu. »Wir fahren erst mal nach Oregon.«
»Du willst dich nur wieder davor drücken.«
»Ja, verflucht noch mal! Genau das will ich.« Sie seufzte.
»Du musst nichts sagen, du musst mir nur zuhören«, beharrte Trent. »Ich erzähle dir jetzt nämlich, was wirklich zwischen Allie und mir gewesen ist. Und du wirst nicht in die Leitplanken rasen und uns beide umbringen oder sonst irgendeinen Unsinn veranstalten. Du fährst einfach weiter und hörst dir alles ganz ruhig an.«
»Nur damit du es weißt, Trent: Wenn ich nicht darüber reden will, kann ich einfach rechts ranfahren und dich raussetzen«, warnte sie ihren Nochehemann.
»Kannst du. Aber ich will doch hoffen, dass es nicht so weit kommt.«
Cassie sah ihn kurz von der Seite an, sein markantes Profil. Er hatte etwas ungemein Männliches, auf das sie vom ersten Moment an geflogen war, und einmal mehr verfluchte

sie sich im Stillen dafür, dass sie sich damals in ihn verliebt hatte.

Trent begann: »Also, um es gleich vorwegzunehmen, und das kannst du mir wirklich glauben: Ich habe dich nie betrogen.«

Das ist doch bestimmt gelogen!, dachte Cassie, aber sie sprach es nicht aus. Stattdessen schluckte sie die Worte hinunter und spürte, wie diese ihr im Hals stecken blieben.

»Ich muss zugeben, ich habe kurz daran gedacht«, fuhr Trent fort. »Schließlich waren wir getrennt, und du hast mehr als einmal klargestellt, dass du dich scheiden lassen willst.«

»Wegen Allie«, rief Cassie ihm mit tonloser Stimme ins Gedächtnis.

»*Bevor* du dachtest, ich hätte etwas mit ihr.«

Na also! Dieses Gespräch war sinnlos. Absolut sinnlos. Cassie presste die Lippen aufeinander und merkte, dass sie dem grünen Kombi vor ihnen gefährlich nahe kam. Sie ging vom Gas und warf einen Blick in den Rückspiegel. Ein schwarzer Kleinwagen scherte aus, um ihren Honda und den Kombi zu überholen.

»Das entspricht ja wohl nicht ganz der Wahrheit«, sagte sie. »Allie hat behauptet ...«

»Allie hat gelogen. Das weißt du. Wenn sie etwas will, interessiert es sie nicht, ob sie jemanden verletzt. Ja, sie ist attraktiv. Und ja, sie hat sich an mich rangemacht.«

Cassie spürte, wie etwas in ihr zerbrach, obwohl ihr alles, was Trent erzählte, in groben Zügen längst klar gewesen war.

Trent sah aus dem Seitenfenster. »Und noch mal: Ja, ich habe tatsächlich mit dem Gedanken gespielt, darauf einzugehen. Sie hat mir Avancen gemacht, und meine Frau wollte mich nicht mehr. Warum also nicht?« Sein Tonfall klang

bitter. »Aber so weit ist es nie gekommen, weil mir klar wurde, warum ich sie überhaupt attraktiv fand. Warum ich mich zu ihr hingezogen fühlte.«
»Weil du genauso bist wie alle anderen Männer.«
»Du kommst wirklich nicht von allein darauf, oder?« Wieder spürte sie seinen Blick und gleich danach ein Kribbeln auf der Haut. Mit schweißnassen Händen umklammerte sie das Lenkrad.
»Du wirst es mir sicher gleich sagen.«
»Ja, verdammt noch mal: Sie hat mich an dich erinnert, Cass. Weil sie dir ähnlich sieht, sich ähnlich anhört ...«
»Aber ich wollte ...« Cassie biss sich auf die Unterlippe.
»Erzähl mir doch nichts! Du hast dich schließlich schon mal von mir getrennt, bevor du nach L. A. gegangen bist. Ich dachte, du musst deinen Traum ausleben, zu dir selbst finden oder einfach eine Zeit lang allem entfliehen. Du warst noch so jung, deshalb hatte ich das Gefühl, es wäre das Beste, dir keine Steine in den Weg zu legen.«
Cassie schluckte. Sie musste daran denken, dass das Einzige, was ihren Entschluss, Oregon zu verlassen, damals ins Wanken gebracht hatte, ihre Beziehung zu Trent gewesen war. Ihre Mutter, ihren Stiefvater und ihre Schwester zurückzulassen war nicht annähernd so schwierig gewesen, wie Trent Lebewohl zu sagen. Das hatte sie wirklich zweifeln lassen, und sie wusste noch genau, wie sehr sie mit ihrer Entscheidung gerungen hatte.
»Es ist mir schwergefallen«, räumte sie nun ein und spürte wieder diesen tief sitzenden Schmerz. »Es war schwer für mich, dich zurückzulassen. Aber ... ich habe es trotzdem getan.« Cassie sah keine Veranlassung, um den heißen Brei herumzureden. »Ja«, sagte sie, »du hast recht. Und dann bist du zu mir nach L. A. gekommen.«
»Stimmt. Ich wollte dich nämlich nicht verlieren. Deshalb

dachte ich, vielleicht geben wir uns einfach eine zweite Chance.«
Sie wusste noch, wie es sich angefühlt hatte, wieder mit ihm zusammen zu sein. Dort weiterzumachen, wo sie aufgehört hatten, sich in den Strudel von Gefühlen hineinziehen zu lassen. Und dann waren sie einfach nach Las Vegas geflogen und hatten geheiratet. Es war so aufregend gewesen! Wie sehr sie ihn geliebt hatte! Was sie empfunden hatte, wenn er sie berührte, wenn sie seine Lippen auf ihrer Haut spürte und er mit der Zunge ihren Hals entlangfuhr ...
Wieder musste sie den Fuß vom Gas nehmen, weil sie unwillkürlich schneller gefahren war.
»Du warst mit Leib und Seele dabei.«
Das konnte sie nicht abstreiten. Die ersten Monate ihrer Ehe waren die reine Glückseligkeit gewesen. Bis Allie dem Mann, der ihre Schwester geheiratet hatte und der vom Cowboy zum Stuntman geworden war, schöne Augen machte. Kaum waren sie verheiratet, hatte Allie versucht, einen Keil zwischen sie zu treiben und Cassie einzureden, Trent sei ein Frauenheld. Nicht nur bei ihr, auch bei anderen hätte er schon zu landen versucht.
Sie hatte sogar behauptet, Trent hätte ihr nachgestellt und sie küssen wollen und »weiß der Himmel, was sonst noch«. All das hatte sie natürlich nur geschickt angedeutet, unter dem Vorwand, sie wolle Cassie warnen. Anfangs hatte Cassie ihr diese Geschichte nicht abgenommen, aber mit der Zeit hatten sich dann doch Zweifel in ihr geregt.
War sie tatsächlich so blind gewesen? Hatte sie Allie deshalb geglaubt, weil es ihr zu schwierig erschienen war, eine echte Beziehung zu Trent aufzubauen? Oder ging es darum, dass sie aus ihrer Ehe ebenso ausbrechen wollte wie aus dem Leben in Oregon?

»Ich weiß nicht mehr, was ich noch glauben soll«, sagte sie nun.
»Vielleicht solltest du dich einfach auf dein Gefühl verlassen.« Trent sah sie an, und für einen Moment fing sie seinen Blick auf.
»Aber vielleicht wird dir nicht gefallen, was dabei herauskommt.«
»Das Risiko werde ich wohl eingehen müssen.«
Als er nichts weiter sagte, hakte sie nach: »War das alles? Alles, was du mir erzählen wolltest?«
»Fürs Erste.« Trent lehnte sich auf dem Beifahrersitz zurück. »Wir haben ja noch eine ziemlich lange Strecke vor uns.« Damit versank er in Schweigen.
Was Cassie eine Menge Zeit zum Nachdenken gab.
Sie schaltete das Radio ein, doch sie waren schon fast außer Reichweite des Senders, den sie in L. A. immer hörte. Vor ihnen lagen noch vierhundert Meilen. Und eine ungewisse Zukunft.

Detective Rhonda Nash hielt ebenso wenig von Intuition oder Bauchgefühl wie von Arbeitshypothesen. Als Polizistin verließ sie sich lieber auf harte, nüchterne Fakten, und das galt mittlerweile gleichermaßen für ihr Privatleben. Vermutlich erklärte es auch, warum sie mit ihren fast vierzig Jahren noch nicht verheiratet war, obwohl es durchaus die eine oder andere feste Beziehung gegeben hatte.
Wenn sie in einem Fall ermittelte und ein kleines Stückchen des Puzzles das Gesamtbild ein wenig deutlicher erscheinen ließ, spürte sie jedes Mal den Anflug eines Hochgefühls, den leichten Schuss Adrenalin, der sie zu neuen Höchstleistungen antrieb. So war es auch diesmal, im Fall des Verschwindens von Allie Kramer.

Nash war von Jonas Hayes kontaktiert worden, dem zuständigen Ermittler in Los Angeles. Auf einem Parkplatz nicht weit von einem Club am Venice Beach hatte man die Leiche einer Frau gefunden, die als Holly Dennison identifiziert wurde. Sie hatte als Set-Designerin mit Allie Kramer und Lucinda Rinaldi beim Dreh von *Dead Heat* zusammengearbeitet, und sie trug eine Maske mit dem verzerrten Gesicht von Allie Kramer, als man sie tot auffand.

Die Tatortfotos waren alles andere als ein angenehmer Anblick. Die erste Serie zeigte sie noch mit Maske. Die zweite Serie zeigte ihr Gesicht, mit aschfahler Haut und leblosen Augen. Eine dritte Serie bestand aus Nahaufnahmen der Maske, Seiten- und Rückansicht inklusive sowie der Botschaft auf der Innenseite, die aus nur einem Wort bestand: *Schwester*.

Alles in allem mehr als bizarr.

Die Todesursache stand noch nicht offiziell fest, doch Nash ging davon aus, dass der Schuss in den Oberkörper tödlich gewesen war.

Warum hatte das Opfer diese Maske getragen? Welche Verbindung, abgesehen von der offensichtlichen zu dem Film, gab es zwischen Holly Dennison und Allie Kramer? Tief in Gedanken versunken, eilte Nash aus dem Polizeirevier und spürte den kalten Aprilregen auf ihrem Gesicht. Vier Uhr nachmittags, das hieß, die Rushhour hatte schon begonnen. Autos, Lastwagen, Vans, Busse und Fahrräder verstopften Portlands Straßen und schleppten sich von einer roten Ampel zur nächsten oder versuchten, das Zentrum zu umfahren.

Nash zog die Kapuze ihres Mantels über den Kopf und versuchte, sich eine Vorstellung von Holly Dennison zu machen. Wie passte die Tote aus L. A. mit der grotesken

Maske in den Fall Allie Kramer? Auf den ersten Blick schien die Verbindung naheliegend: Mit der ominösen Botschaft – wenn es sich denn tatsächlich um eine Botschaft handelte – machte der Mörder aufmerksam auf Allie Kramers Schwester.
Und wer war deren Schwester?
Cassie Kramer.
Wer hatte sich am Vorabend ihres Verschwindens mit Allie gestritten?
Cassie Kramer.
Wer hatte sich betrogen gefühlt, weil ihre Schwester mit ihrem Nochehemann angebändelt hatte?
Cassie Kramer.
Und wer war genau zur Tatzeit in L. A. gewesen?
Cassie Kramer.
Warum aber hätte Cassie Kramer einen so eindeutigen Hinweis hinterlassen sollen, vorausgesetzt, sie hatte Holly Dennison tatsächlich auf dem Gewissen? Einen Hinweis, der sie zur Verdächtigen machte? Nun, sie kam gerade aus der Psychiatrie des Mercy Hospital, das war allgemein bekannt. Und sie geriet schnell aus der Fassung. Aber konnte man ihr deshalb einen Mord zutrauen? Oder ihr die Verantwortung für das Verschwinden ihrer Schwester zuschieben? War Allie Kramer vielleicht längst tot, so wie Holly? Aber warum war Hollys Leiche gefunden worden, und von Allie gab es keine Spur?
All das passte nicht zusammen.
Es gab noch immer zu viele Ungereimtheiten.
Ein weiterer Grund, nach L. A. zu fliegen und sich selbst ein Bild zu machen.
Aus dem Augenwinkel sah Nash, dass Double T. mit Baseballkappe und in Regenjacke sie einholte.
»Habe ich richtig gehört?«, fragte er, als sie um die nächste

Ecke bogen. »Du fliegst noch heute Abend nach Kalifornien?«
»In drei Stunden, wenn ich es bei der Rushhour rechtzeitig zum Flughafen schaffe.«
»Ich könnte eine Blaulicht-Eskorte anfordern. Dann schaffst du es bestimmt.«
»Sehr witzig!« Nash warf einen Blick auf die Uhr und sagte sich, dass noch genug Zeit war. »Weißt du eigentlich, dass Allie Kramer angeblich in L. A. gesehen wurde?«
Double T. nickte. »Und das nicht zum ersten Mal.« Seit dem Verschwinden der bekannten Schauspielerin waren auf den Polizeirevieren in der Stadt der Engel und Portland sowie in einigen anderen Orten zahlreiche Hinweise auf die Vermisste eingegangen. »Im Moment ist Allie Kramer bekannter als Elvis. Und sie wird garantiert noch öfter gesehen. Hatten wir nicht letzte Woche einen Anruf aus Alaska? Und aus dieser Kleinstadt in der Nähe von Birmingham? Meine Güte, es hat sogar jemand aus Molalla angerufen, das ist hier in Oregon.« Regen tropfte vom Schirm seiner Kappe.
»Du hast recht«, pflichtete Nash ihm bei. »Jedes Mal, wenn wir diesen Hinweisen nachgehen, stellt sich heraus, dass es sich um eine Verwechslung handelt. Einmal haben wir sogar eine Zweiundachtzigjährige angetroffen. Die Leute sehen nun einmal nur das, was sie sehen wollen.«
Double T. nahm die Kappe ab und schüttelte sie, dass die Tropfen flogen. Dann fuhr er sich mit der Hand über den kahlen, mokkabraunen Schädel, setzte die Kappe wieder auf und fragte: »Du fliegst also nach L. A., weil eine Frau ermordet wurde, die mit *Dead Heat* zu tun hatte. Ist Kalifornien nicht ein bisschen weit entfernt von unserem Zuständigkeitsbereich?«
Nash blieb vor einer roten Fußgängerampel stehen. »Alles schon geklärt«, teilte sie ihrem Partner mit.

Als die Ampel endlich grün wurde, überquerte Double T. an Nashs Seite die Straße und lief neben ihr her zum Parkhaus.

»Du bist ganz schön schnell bei der Sache«, bemerkte er.

»Denen von weiter oben passt es nicht, wenn der Fall Allie Kramer weiter die Presse beherrscht«, erklärte Nash. »Zu viel Druck. Was ist mit ihr passiert? Warum wurde noch niemand wegen der Schüsse auf Lucinda Rinaldi verhaftet? Und so weiter. Die brauchen Antworten für die Öffentlichkeit. Die Medien entfachen einen regelrechten Hype um diesen Fall. Da kommen die Oberen allmählich ins Schwitzen.«

»Bist du denn sicher, dass zwischen der Toten in Los Angeles und dem, was hier passiert ist, eine Verbindung besteht?«, fragte Double T., als sie die Treppe zur oberen Parkebene hinaufgingen.

»Hm. Wäre nicht ausgerechnet jetzt diese Tote gefunden worden, hätte ich fast an einen aus dem Ruder gelaufenen Publicity-Coup geglaubt.«

»Die Tote wurde in L. A. gefunden, nicht hier.«

»Hinter dem Mord muss noch mehr stecken.« Der Regen prasselte seitlich durch die Fensteröffnungen des Treppenhauses und hinterließ Pfützen auf den Treppenabsätzen. Aber Nash fiel das gar nicht auf. »Hast du die Fotos gesehen?«

»Habe ich.«

»Auch wenn er nicht in unseren Zuständigkeitsbereich fällt«, sagte Nash und musste wieder an die bizarre Maske denken, »steht der Mord an Holly Dennison in Zusammenhang mit unserem Fall, und zwar definitiv. Ich weiß nur noch nicht, wie.«

»Und ich dachte schon, du wolltest nur mal ein paar Margaritas unter kalifornischen Palmen trinken.«

»Ich hebe mir meine Bonusmeilen lieber für irgendeine Insel auf. Am besten eine mit sengender Sonne, weißem Sandstrand, einer leichten Brise und heißen Boys am Pool.«

Double T. musste grinsen. »Ich halte hier jedenfalls die Stellung, während du weg bist.«

»Tu das. Es wird ohnehin nicht lange dauern. Versprochen. Morgen Abend bin ich wahrscheinlich schon zurück.« Sie waren an Nashs Ford Focus angekommen, der zwischen einem Monstertruck und einem ebenso riesigen SUV stand, die sich ungeachtet der Schilder mit der Aufschrift *Nur für Kleinwagen* in die engen Parkbuchten gezwängt hatten. »Können die nicht lesen?«, fragte Nash genervt und drückte auf die Fernbedienung, um ihren Wagen zu entriegeln, dann zwängte sie sich auf der Fahrerseite an dem Monstertruck vorbei.

»Verpass ihnen doch einen Strafzettel.«

»Gute Idee, aber das sollen lieber die Kollegen von der Streife machen.«

Double T. schickte ihr ein Grinsen hinterher und machte sich auf den Weg zu seinem eigenen Wagen.

Da Nash nicht durch den engen Türspalt passte, musste sie durch die Heckklappe einsteigen. Auf jeden dieser Idioten fluchend, die Parkhäuser und den ganzen Planeten heimsuchten, kletterte sie über die Rückbank auf den Fahrersitz. Bevor sie den Motor anließ, warf sie einen prüfenden Blick aus den Fenstern, um nicht mit den Seitenspiegeln an den beiden anderen Fahrzeugen entlangzuschrammen. Langsam setzte sie aus der Lücke, und als sie es geschafft hatte, holte sie tief Luft und fuhr hinunter auf die untere Ebene. Sie würde sich beim Thai noch etwas zu essen besorgen und dann so schnell wie möglich weiter zum Flughafen fahren. Hoffentlich erwischte sie ihren Flug, bei dem

vielen Verkehr und bei dem Regen würde es sicher eng werden. Ein Abstecher nach Hause war nicht mehr drin, aber das war auch nicht nötig, denn im Kofferraum lag stets eine kleine Reisetasche für alle Fälle bereit.
Und nun war ein solcher Fall eingetreten.

Kapitel 20

In der Nähe von Redding hielten sie an einer Raststätte, um den Tank und ihre leeren Mägen zu füllen. Im Restaurant setzten sie sich in einer Nische am Fenster einander gegenüber und betrachteten die Scheinwerferlichter, die auf dem Freeway vorüberhuschten und die nächtliche Dunkelheit erhellten. Außer ihnen saßen nur wenige andere Gäste an den Tischen. Eine Kellnerin von etwa Mitte fünfzig mit müden Augen nahm die Bestellungen auf und verschwand gleich darauf durch eine Doppelschwingtür.
»Alles klar mit dir?«, fragte Trent mit fast schon zärtlicher Stimme.
»Alles okay.« Das war natürlich nur die halbe Wahrheit. Denn Cassie fragte sich, ob jemals wieder alles okay sein würde. Sie setzte ein missglücktes Lächeln auf und zuckte mit den Schultern. »So okay, wie man es in Anbetracht der widrigen Umstände erwarten kann«, sagte sie leise.
Mit einem Blick aus seinen braunen Augen, die fast golden schimmerten, signalisierte Trent, dass er verstand, was sie meinte.
Sie schwiegen, bis die Kellnerin ihre Getränke gebracht hatte.
In der Hoffnung, dass ein Schuss Koffein sie wach halten würde, hatte Cassie eine Cola bestellt. Trent trank ein alkoholfreies Bier direkt aus der Flasche.
»Das nächste Stück fahre ich«, sagte er, woraufhin Cassie zustimmend nickte. Das Schweigen, das auf der Fahrt recht angenehm gewesen war, hatte nun etwas Unbehagliches, und Cassie war froh, als die Kellnerin Trents

Cheeseburger und ihr Club Sandwich servierte. Einige Minuten aßen sie wortlos, dann ergriff Cassie schließlich die Initiative und fragte: »War Allie irgendwie seltsam gelaunt?«
»Wie meinst du das?«
»Bevor sie verschwand, war sie da anders als sonst?«
Abermals trafen sich ihre Blicke, und was Trent anging, so machte er kein freundliches Gesicht. »Woher soll ich das wissen? Hast du mir nicht zugehört? Wir hatten nichts miteinander. Ich habe keine Ahnung, was in ihrem Kopf vorging.« Er trank einen großen Schluck Bier und fügte hinzu: »Du kannst es wohl nicht lassen.«
»Nicht, wenn es um meine Schwester geht.«
»Oder um ein Drehbuch.«
Einen Moment lang war Cassie irritiert. »Du hast in meinen Sachen herumgeschnüffelt? Warst du etwa an meinem Computer?«
»An welchem Computer?«
Die Frage war berechtigt. Den Laptop hatte sie vormittags bei sich gehabt.
»Es lagen ein paar Notizen in deiner Wohnung. Die habe ich gelesen«, erklärte Trent.
Dann wusste er also, dass sie ein Drehbuch über Allie schreiben wollte. Na und? Das würden ohnehin bald noch mehr Leute erfahren. Vor allem Allie selbst, hoffte Cassie. Wieder überkam sie für einen Moment die Sorge, Allie könnte für immer verschwunden sein. Aber sie schob ihre Angst beiseite, pickte an ihrem Sandwich herum und kam zum Thema zurück. »Kannst du dir vorstellen, warum Allie mal nach Santa Fe gereist sein könnte? Kennt sie da jemanden? Einen Schönheitschirurgen vielleicht? Es müsste im Jahr 2007 gewesen sein.«
Trent sah sie schweigend an. Dann schüttelte er den Kopf

und biss in seinen Cheeseburger. »Darüber weiß ich nichts.«

»Ich habe nämlich eine merkwürdige Textnachricht bekommen. Aus Portland, von der Handynummer meiner Psychiaterin, aber ich weiß nicht, ob sie diejenige war, die den Text geschickt hat.« Cassie kramte in ihrer Handtasche und holte das Smartphone heraus. Sie scrollte bis zu der kryptischen Nachricht und schob das Handy über den Tisch, damit Trent einen Blick darauf werfen konnte.

»Also, Cassie, ich weiß nicht, was ich noch tun soll, um es dir klarzumachen: So gut kenne ich Allie nicht. Für mich ist sie in erster Linie meine Schwägerin, weil ich mit dir verheiratet bin.« Er tippte aufs Display und fügte hinzu: »Das hier sagt mir überhaupt nichts.«

Es klang so eindringlich, dass Cassie ihm glaubte. Damit war sie also wieder auf Anfang. Trotzdem hakte sie noch einmal nach. »Ganz sicher?«

»Herrgott, Cassie! Ich kenne deine verfluchte Schwester längst nicht so gut, wie du denkst. Ich habe nicht mit ihr geschlafen.«

Ein Mann an einem der anderen Tische, der gerade ein riesiges Stück Frikadelle auf die Gabel schaufelte, drehte sich zu ihnen um. Trent senkte die Stimme. »Es reicht jetzt, Cassie!«, sagte er mit Bestimmtheit. »Du musst dich dazu durchringen, mir zu vertrauen.«

»Das hab ich ja versucht.«

»Dann versuch es noch einmal.« Trent warf erneut einen finsteren Blick auf die Textnachricht und hatte offensichtlich Mühe, seinen Ärger im Zaum zu halten. »Die Nachricht kam also von deiner Ärztin?«

Cassie nickte.

Trent schob das Smartphone von sich und machte sich

wieder über den Cheeseburger her. »Könnte es sein, dass sie dir die Nachricht aus Versehen geschickt hat?«
»Schon möglich.« Daran hatte Cassie selbst schon gedacht. »Vielleicht hat sie auch ihre Enkel mit dem Handy spielen lassen, und ... obwohl, nein, das kann ich mir nicht vorstellen.« Virginia Sherling machte nicht den Eindruck, als würde sie mit wichtigen Gegenständen nachlässig umgehen, und Cassie wusste nicht einmal, ob sie überhaupt verheiratet war, geschweige denn, ob sie Enkel hatte.
»Hast du sie denn mal angerufen und danach gefragt?«
»Angerufen ja. Aber ich habe keine Nachricht hinterlassen.« Cassie runzelte die Stirn. »Ich war doch ihre Patientin, in der *Psychiatrie*. Da wollte ich nicht etwas auf die Mailbox sprechen, was sie falsch auslegen könnte, weil sie sich keinen Reim darauf machen kann.«
»Weil sie denken könnte, du würdest ... du würdest dir das nur einbilden? Eine imaginäre Textnachricht sozusagen? Aber die müsste sich doch auch auf ihrem Handy befinden.«
»Die Situation mit meiner Ärztin ist ein bisschen heikel. Dr. Sherling wollte mich eigentlich noch nicht entlassen. Sie fand, ich solle noch eine Weile im Mercy Hospital bleiben.« Cassie schob den Teller mit den Resten ihres Sandwiches beiseite. »Deshalb dachte ich, ich lasse die Sache erst mal auf sich beruhen. Außerdem kam mir in der Klinik so manches seltsam vor.«
»Was meinst du damit?«
Cassie zögerte.
»Cass? Wenn ich dir helfen soll, dann musst du Vertrauen zu mir haben.«
Natürlich hätte sie ihm noch mehr erzählen können, aber sie hatte ihn schließlich nicht um Hilfe gebeten. Dennoch war er hier. Ihretwegen. Sie zögerte noch einen Moment,

doch dann gab sie sich einen Ruck und erzählte ihm von der altmodisch gekleideten Krankenschwester, die behauptet hatte, ihre Schwester sei noch am Leben. Was Cassie allerdings für sich behielt, war der Grund, warum sie überhaupt in die Klinik gegangen war. Sie wollte mit Trent nicht über ihre Halluzinationen und Blackouts sprechen. Im Moment jedenfalls nicht.

Trent hörte zu, ohne sie zu unterbrechen, und aß weiter. Als er fertig war, schob auch er seinen Teller beiseite.

»Du glaubst also, diese Krankenschwester war wirklich da«, sagte er schließlich.

»Rinko hat sie auch gesehen.«

»Rinko?«, wiederholte Trent mit fragendem Blick. »Der Jugendliche mit den Statistiken über Autos?«

»Und über Sport«, sagte Cassie und kramte abermals in ihrer Handtasche. »Du weißt, wer er ist?«

»Er ist mir begegnet. Als ich in der Klinik war und zu dir wollte. Er sagte, du wolltest nicht mit mir sprechen.«

»Wollte ich auch nicht«, erwiderte sie. Aber bevor ihre Unterhaltung wieder auf die persönliche Ebene abrutschte, blieb sie lieber beim Thema Rinko. »Der Junge hat in mancher Hinsicht geniale Fähigkeiten«, erklärte sie. »Aber er hat auch große Probleme, sonst wäre er ja nicht auf unbestimmte Zeit im Mercy Hospital. Wie seine Probleme genau aussehen, weiß ich nicht. Ich weiß nur, dass er einfach alles über Baseball- oder Footballmannschaften herunterbeten kann: Er kennt jeden einzelnen Spieler mit Trikotnummer, Punkten und so weiter, egal, ob aus dem neunzehnten, zwanzigsten oder einundzwanzigsten Jahrhundert. Darin ist er einfach unschlagbar.« Mittlerweile hatte Cassie den Ohrring in ihrer Tasche gefunden und legte ihn auf den Tisch.

»Was ist das?«, fragte Trent.

»Ein Ohrring. Den hat diese Krankenschwester verloren, als sie in meinem Zimmer war oder ›erschien‹ oder wie immer man es nennen soll. Geister oder Albträume hinterlassen allerdings keine Spuren.«

Trent nahm den Ohrring in die Hand und sah ihn sich genauer an.

Cassie hielt für einen Moment den Atem an. Würde er ihr glauben? Oder würde er ihr unterstellen, sie hätte sich eine Verschwörungstheorie zurechtgelegt? Sie erzählte von ihrer Recherche im Internet, und Trent hörte ihr aufmerksam zu. Dabei drehte er den Ohrring nachdenklich in der Hand, und ihm war anzusehen, wie sein Verstand arbeitete.

»Den solltest du auf jeden Fall gut aufheben«, sagte er schließlich und bestellte die Rechnung. »Keine Sorge, du schuldest mir nichts«, sagte er, als Cassie protestierte, und reichte der gelangweilt dreinblickenden Kellnerin seine Kreditkarte.

Also gab Cassie ihren Widerstand auf, und als Trent erneut anbot, den nächsten Teil der Strecke zu fahren, reichte sie ihm den Wagenschlüssel. Trotz der Cola fühlte sie sich erschöpft. Offenbar forderten die vergangenen Nächte, in denen sie kaum geschlafen hatte, nun ihren Tribut. Sie hatte gedacht, die Tatsache, dass sie stundenlang so nah neben Trent sitzen musste, würde sie wach halten. Aber mit jeder Meile, die sie in Kalifornien zurückgelegt hatten, hatte ihre Ruhelosigkeit nachgelassen.

Jetzt holte sie die Decke hervor, die unter ihrem Trolley auf dem Rücksitz lag, wickelte sich darin ein und machte es sich auf dem Beifahrersitz bequem. Den Kopf ans Fenster gelehnt, fielen ihr fast die Augen zu, während sie Trent im Licht der vorbeiziehenden Scheinwerfer betrachtete. Vertraute sie ihm?

Nein. Jedenfalls noch nicht voll und ganz.
War sie noch wütend auf ihn?
Ja. Aber nicht mehr so sehr wie zuvor. Natürlich spielten dabei auch ihre Gefühle eine Rolle, aber sie konnte ihre Meinung durchaus ändern.
Es wird sich zeigen, dachte sie. Und während Trent souverän den Honda steuerte, konstant ein wenig oberhalb der erlaubten Geschwindigkeit, driftete Cassie irgendwo kurz vor oder hinter der Grenze zu Oregon in den Schlaf.
Verschwommen bekam sie mit, dass sie noch einmal an einer Tankstelle hielten, doch ihre Lider waren so schwer, dass sie sogleich wieder die Augen schloss und den Kopf auf die andere Seite drehte, bevor der Schlaf sie endgültig übermannte.
Erst als sie über eine holprige Straße fuhren, wurde Cassie wieder wach. »Wo sind wir?«, fragte sie und gähnte. Sie streckte ihre Arme und spähte durch die Windschutzscheibe. Im Licht der Scheinwerfer konnte sie Schlaglöcher und zu beiden Seiten Zaunpfähle erkennen. Es fiel ein leichter Nieselregen, die Scheibenwischer bewegten sich in gleichbleibendem Takt.
»Zu Hause.«
»Zu Hause?«
»Bei mir.«
Jetzt war Cassie hellwach und versuchte, draußen etwas mehr zu erkennen. Sie waren in Oregon. Auf Trents Ranch? »Nein.«
Trent warf ihr einen Seitenblick zu. »Wo denn sonst?«
»Hier kann ich nicht bleiben!« Das Licht der Scheinwerfer fiel auf ein Gebäude, das von einer Veranda umgeben war.
»Wer hat denn gesagt, dass du hierbleiben sollst?«
Verblüfft starrte Cassie Trent an.
»Es ist dein Auto, aber ich wohne nun mal hier.« Wie es

schien, amüsierte ihn ihre Verwirrung. »Und ich habe dich doch gar nicht gefragt, ob du hier noch ein paar Stunden schlafen möchtest.«
»Oh. Richtig.« *Natürlich!*
»Aber wenn du willst, kannst du selbstverständlich gern bleiben.«
»Nein, danke!«
Trent parkte den Wagen vor der Garage, stellte den Motor aus und gab Cassie den Schlüssel. »Wenn du lieber zu Jenna fahren willst, solltest du sie vielleicht vorher anrufen.«
»Wie spät ist es denn?«
»Vier Uhr dreißig.«
Zähneknirschend dachte Cassie darüber nach. Eigentlich hatte sie geplant, sich ein Hotelzimmer in der Nähe zu nehmen und richtig auszuschlafen. Erst dann wollte sie bei ihrer Mutter vorbeischauen und sich um eine vorübergehende Bleibe kümmern, in einem Hotel oder Apartmenthaus vielleicht, möglichst in der Nähe von Portland, bis sie entschieden hatte, wie es in ihrem Leben weitergehen sollte. Falls Crossing lag sechzig Meilen von Portland entfernt, doch dank WLAN, Internet und Mobiltelefonen war das kein Problem für ihre Arbeit. Um zu recherchieren und Informationen zu erhalten, brauchte sie nur ihren Laptop aufzuklappen. Kontakte konnte sie per LiveChat, Textnachricht oder E-Mail pflegen, was mittlerweile fast ebenso effektiv war wie persönliche Gespräche.
Trent stieg aus, und ein kalter, feuchter Wind wehte in den Wagen. Der Gedanke, jetzt noch eine Weile bei Regenwetter durch die Dunkelheit zu fahren, kam ihr alles andere als attraktiv vor.
»Vielleicht sollte ich ein paar Stunden hierbleiben und dann zu einer angebrachteren Uhrzeit bei Mom und Shane vorbeischauen.«

»Deine Entscheidung.«

Cassie wollte nur noch in irgendein Bett sinken. Ohne lästige Fragen. Ohne reden zu müssen. Einfach nur schlafen.

»Hast du ein Sofa?«

»Sogar mehr als eins. Brauchst du etwas von deinem Gepäck?« Trent hatte sich über die Rückbank gebeugt.

»Ja. Den kleinen Trolley. Danke.« Noch ein wenig benommen steckte Cassie den Schlüssel ein. Sie strich sich das Haar aus dem Gesicht, nahm ihre Handtasche und öffnete die Wagentür auf der Beifahrerseite. Als sie ausstieg, trat sie direkt in eine Pfütze. »Musstest du unbedingt in diesem See parken?«, fragte sie gereizt.

»Willkommen in Oregon«, gab Trent zurück, und sie hätte schwören können, dass er sich ein Grinsen verkniff.

»Ich habe noch die Flip-Flops an.«

»Ist ja nicht so, als hättest du nicht auch mal in dieser Gegend gewohnt.«

Cassie gab einen erstickten Laut von sich und wandte den Kopf ab, weil ihr der kalte Wind ins Gesicht schlug. Feiner Nieselregen legte sich auf ihre nackten Arme und Beine.

»Seit wann bist du denn so zimperlich?« Trent nahm den Trolley vom Rücksitz und warf die Tür zu, während Cassie vorsichtig einen Fuß vor den anderen setzte, um über die Gehwegplatten einigermaßen trockenen Fußes zum Haus zu kommen. Aus dem Augenwinkel sah sie eine Bewegung, einen schwarzen Schatten, der in Windeseile auf sie zukam. »Was ist ...«

Ein Hund zeichnete sich in der Dunkelheit ab. Er rannte durch die Pfützen und sprang an ihr hoch. Nasse Pfoten hinterließen Schlammspuren an ihren Beinen. Cassie holte tief Luft.

»Hud, aus!«, befahl Trent, und sogleich ließ das schwanzwedelnde, freudig jaulende, durchnässte Etwas von Cassie ab. »Tut mir leid«, sagte Trent an Cassie gerichtet.

»Das ... das ist ...« Der Schäferhund wackelte noch immer mit dem Hinterteil und sah erwartungsvoll zu Cassie auf, bis sie sich hinunterbeugte und ihm den nassen Kopf tätschelte. »Ist ja nicht deine Schuld.«

»Das kriegen wir schon wieder sauber«, sagte Trent entschuldigend.

»Ach, kein Problem.«

»Tut mir wirklich leid, Hud ist ein Entfesselungskünstler. Da wäre selbst Houdini beeindruckt gewesen. Vermutlich hat Shorty, der hier nach dem Rechten sieht, wenn ich nicht zu Hause bin, die Seitentür der Veranda offen gelassen«, erklärte Trent. »Bei Fuß!« Er pfiff nach dem Hund und ging ihr voraus die beiden Stufen zu der überdachten Veranda hinauf. Auf einer Seite befand sich eine Tür, von der aus man schnell zur Garage gelangte. Sie stand tatsächlich einen Spaltbreit offen. Die Tür auf der anderen Seite führte direkt in die geräumige Küche. Cassie folgte Trent und wartete, bis er den Hund abgetrocknet und seine Wasserschüssel aufgefüllt hatte.

»Hier entlang«, sagte er schließlich und führte Cassie durch den kleinen Flur zwischen Treppe und Eingangstür zu einer Abstellkammer. Aus einem der oberen Regalfächer nahm er einen zusammengerollten Schlafsack und ein Kopfkissen. »Mit Bettdecken und solchen Sachen bin ich nicht gut bestückt. Ich habe mich ja erst vor Kurzem wieder hier niedergelassen.«

»Kein Problem.«

»Willst du nicht doch lieber oben schlafen?«

»Hast du denn ein Gästezimmer?«

Ein leichtes Lächeln breitete sich auf Trents Lippen aus. »Die oberen Zimmer sind noch nicht alle möbliert. Aber ich dachte, da wir noch verheiratet sind, würdest du neben mir in meinem Bett schlafen.«

Cassie bemerkte den amüsierten Ausdruck in seinen Augen.

»Ein andermal vielleicht«, sagte sie und konnte kaum glauben, dass es klang, als würden sie miteinander flirten.

»Ganz wie du willst.«

Es fehlte tatsächlich nicht viel, und sie hätte sich darauf eingelassen. Es war so lange her, dass sie das letzte Mal neben ihm gelegen hatte, seinen ruhigen Atemzügen gelauscht und seinen Arm an ihrer Taille gespürt hatte ... Nur zu gern hätte sie sich an ihn geschmiegt und seine nackte Haut gespürt. Deshalb war sie kurz davor, diesem Bedürfnis nachzugeben und sein Angebot anzunehmen.

»Du kannst es dir ja überlegen«, sagte Trent und ging mit Schlafsack und Kopfkissen voraus in ein kleines Wohnzimmer neben der vorderen Eingangstür.

»Du hast zwei Möglichkeiten«, erklärte er. »Dieses Sofa ist lang genug, dass du dich ausstrecken kannst, und der Sessel in der Ecke lässt sich zu einem Einzelbett ausklappen.«

»Lohnt sich kaum, den Sessel auszuklappen. So lange bleibe ich ja gar nicht.«

Trent legte Schlafsack und Kopfkissen auf das Ledersofa, dann hockte er sich vor den Ofen und entzündete mit einem Stück Zeitungspapier die Holzscheite, die auf dem Rost bereitlagen. Als Zeitungspapier und Holz richtig brannten, wies er mit dem Daumen über die Schulter auf den hinteren Bereich des Hauses. »Das Badezimmer ist um die Ecke. Da findest du auch Handtücher und alles, was du sonst noch brauchst.«

»Danke.«

Das Feuer hinter der Glastür des Ofens tauchte den Raum in behagliches Licht, und als Trent sich umdrehte, trafen

sich ihre Blicke. Sofort hatte Cassie ein ähnliches Bild vor Augen: sie beide in einer einsamen Berghütte, Trent hatte ein Feuer in dem steinernen Kamin entzündet, und sie hatten vor den wärmenden Flammen gelegen und sich geliebt. Cassie schluckte schwer, und als hätte Trent den gleichen Gedanken gehabt, räusperte er sich und stand auf.
Cassie war kurz davor, damit herauszuplatzen, wie leid es ihr tat, dass sie sich so weit voneinander entfernt hatten, doch bevor sie etwas sagen konnte, wandte sich Trent zur Tür. »Ich gehe noch mal kurz nach draußen und sehe nach, ob mit dem Silo und den Tieren alles in Ordnung ist. Dauert nur ein paar Minuten.«
Er pfiff nach dem Hund und verließ das Wohnzimmer.
Cassie ging zum Fenster und starrte auf den Regen, der an der Scheibe hinunterlief. Sie musste an eine andere Nacht denken, eine andere verregnete Nacht, die noch nicht lange zurücklag und in der sie durch das Fenster ihres Zimmers in der Klinik gestarrt hatte.
Es kam ihr vor, als wäre seitdem eine Ewigkeit vergangen. Und nun war sie hier. Allein mit Trent. Und ihrer gescheiterten Ehe.
Ihre Schwester war immer noch verschwunden. Eine gute Bekannte war angeschossen, eine weitere ermordet worden. Aber Cassie war viel zu müde, um einen Zusammenhang zwischen all dem zu erkennen. Sie öffnete den Reißverschluss ihres Trolleys und legte ihren Schlafanzug aufs Sofa. Dann holte sie den Kulturbeutel hervor und nahm ihre Zahnbürste heraus, die nicht in dem Fach steckte, das sie sonst dafür benutzte. Auch ihr E-Reader war nicht dort, wohin sie ihn gepackt hatte. Wahrscheinlich hatte sie ihn in der Eile in einem anderen der zahlreichen Fächer verstaut. Sie zog den Reißverschluss des Laptopfachs auf. Neben dem schmalen Notebook steckte ein Stück Pappe.

Die Oberfläche fühlte sich glatt an, eine Art Schnur war daran befestigt.
»Was ist das denn?«, entfuhr es ihr, als sie die laminierte Pappe herauszog, um sie sich anzusehen. Das verzerrte Gesicht ihrer Schwester starrte ihr entgegen. »O Gott!« Ihr Herz setzte für einen Schlag aus.
Das Foto war grotesk. Allies Augen waren ausgestochen und ihre Gesichtszüge total deformiert. Aber man konnte erkennen, dass es sich um ihre Schwester handelte. Sollte das eine Maske darstellen?
Nein! Nein! Nein! Cassie schnappte nach Luft und ließ die Pappe fallen, als hätte sie sich die Finger daran verbrannt. Als sie auf den Boden fiel, sah sie, dass auf der Rückseite etwas geschrieben stand. Es war nur ein einziges Wort in krakeligen roten Buchstaben.
Schwester.
Geschockt wich Cassie zurück. Ihre Gedanken überschlugen sich. Wie war dieses schreckliche Ding in ihren Trolley gelangt? Wer hatte es dort hineingesteckt? Und warum? Ihr Atem ging keuchend, ihr Puls hämmerte hinter den Schläfen. Jemand musste in ihrem Apartment gewesen sein. An dem Abend, an dem sie die Katze darin entdeckt hatte. Jemand hatte diese Maske in das Laptopfach ihres Trolleys gesteckt. Cassie wurde schwarz vor Augen. Sie stützte sich an der Wand ab. Mit aller Kraft zwang sie sich, sich zu beruhigen. Sollte das eine Warnung sein? Oder eine Drohung? Wer würde etwas so Herzloses, etwas so Grausames tun?
Die Eingangstür wurde geöffnet, und Cassie zuckte vor Schreck zusammen. Trent kam zurück ins Haus, gefolgt von seinem Hund. Als er das kleine Wohnzimmer betrat, stand Cassie noch wie angewurzelt da, mit rasendem Herzen, die Hände vors Gesicht geschlagen.

»Cass?«, fragte Trent in besorgtem Tonfall. »Ist alles in Ordnung? Ich dachte, du schläfst schon.«
Sie rannte zu ihm und warf sich schluchzend in seine Arme.
»Ist ja gut.«
Sie kniff die Augen zusammen, um die Tränen zurückzuhalten, und klammerte sich an ihn. Atmete seinen vertrauten männlichen Duft ein und spürte seinen warmen Atem auf ihrem Haar.
»Was ist denn?«, fragte er. Sie schüttelte nur den Kopf, aber er musste wohl einen Blick über ihre Schulter geworfen und die Maske auf dem Boden entdeckt haben, denn er erstarrte und zog scharf die Luft ein. »Was zum Teufel ist denn *das*?«

Kapitel 21

Den Rest der Nacht verbrachte Cassie in Trents Bett. Nun war sie also doch wieder in die Falle getappt, dachte sie, aber zugleich wunderte sie sich darüber, dass er nicht versucht hatte, sie anzufassen, abgesehen davon, sie in seinen Armen zu halten. Sie hatte sich nicht einmal ausgezogen und keinen weiteren Gedanken an die eingetrockneten Spuren von Huds freudiger Begrüßung verschwendet. Es war ihr schwergefallen, in seiner Nähe einzuschlafen, doch am Ende hatte es geklappt, und als sie die Augen das nächste Mal aufschlug und einen Blick auf die Uhr auf dem Nachttisch warf, war es schon kurz vor zehn. Trent lag nicht mehr an ihrer Seite, das Laken neben ihr fühlte sich kalt an.

Sogleich hatte sie das entstellte Foto, diese Maske oder was immer es auch sein sollte, wieder vor Augen. Sie musste sich zwingen, das Bild zu verdrängen. »Eins nach dem anderen«, sagte sie sich und schob die warme Bettdecke beiseite.

Sie lief die Treppe hinunter und machte sich im Badezimmer frisch. Als sie anschließend das Wohnzimmer betrat, hob Hud den Kopf und klopfte mit dem Schwanz auf den Boden. Der Hund lag auf einem Läufer vor dem Ofen, in dem noch immer ein kleines Feuer brannte.

»Sieh dir mal an, was du angerichtet hast«, sagte Cassie scherzhaft und zeigte auf die Schlammspuren an ihrer kurzen Hose. Woraufhin Hud aufstand und sich erst einmal streckte. Cassie ließ den Blick durch das behagliche Zimmer schweifen. Ihr Trolley stand nun neben dem Sofa, aber der Reißverschluss war noch offen. Der Schlafsack war nirgends zu sehen, und auch die entsetzliche Maske war verschwunden.

Sie fand den Weg in die Küche, indem sie dem Duft nach frischem Kaffee und gebratenem Speck folgte. Trent saß bereits am Küchentisch, das nasse Haar ordentlich gekämmt, die markanten Wangen glatt rasiert und wie eh und je in verwaschener Jeans und mit einem offenen Flanellhemd über einem schwarzen T-Shirt.

Vor ihm auf dem Tisch stand ein Kaffeebecher. Daneben lagen Cassies Smartphone, der Ohrring mit dem roten Kreuz und diese grässliche Maske. Allies geisterhaftes Gesicht starrte ihr entgegen, aus leeren Augenhöhlen, durch die die zerkratzte Tischplatte schien.

»Morgen«, sagte Trent ein wenig geistesabwesend und hob den Kopf, als Cassie, gefolgt von Hud, die Küche betrat.

»Was macht dieses schreckliche Ding hier?«, fragte Cassie und zeigte auf die Maske.

»Wir sollten sie zur Polizei bringen.« Trent stand auf und schob seinen Stuhl zurück. »Kaffee?«

Cassie drehte sich fast der Magen um. Sie schüttelte den Kopf. »Lieber erst ein bisschen Wasser.«

Trent nahm ein Glas aus einem der Schränke voll zusammengewürfeltem Geschirr und füllte es mit Wasser aus dem Hahn.

»Und was hast du mit meinem Telefon vor?«, fragte Cassie und trank einen Schluck Wasser.

»Wir müssen der Sache auf den Grund gehen.« Trent schenkte sich einen weiteren Kaffee aus der Kanne ein, die auf der Warmhalteplatte der Kaffeemaschine stand. Er nahm einen Becher für Cassie von einem Regalbrett, goss Kaffee hinein und stellte beide Becher auf den Holztisch. »Und wir müssen das der Polizei melden.« Er wies mit dem Kopf auf die Maske. »Was glaubst du, wie sie in deinen Trolley gekommen ist?«

Cassie schob das Wasserglas zur Seite und nahm den angeschlagenen Kaffeebecher. Sie erzählte ihm, dass jemand in ihrem Apartment gewesen sein musste, um die Maske im Laptopfach ihres Trolleys zu deponieren, als sie nicht zu Hause gewesen war. Wobei sich vermutlich die Katze der Nachbarn in die Wohnung geschlichen hatte.

»Es kann natürlich schon vorher passiert sein. Bevor ich in der Klinik war, bin ich wegen der Dreharbeiten von *Dead Heat* öfter zwischen Portland und L. A. hin- und hergeflogen«, erklärte sie weiter. »Da habe ich meine Koffer und den Trolley nie richtig ausgepackt. Und ich habe auch nicht jedes Mal alle Fächer kontrolliert, bevor ich Kleidung oder ein paar persönliche Sachen eingepackt habe. Es könnte also durchaus in dieser Zeit jemand in meinem Apartment gewesen sein, ohne dass ich es bemerkt habe. Aber jetzt sag endlich, was machst du mit meinem Handy?«

»Dich ausspionieren natürlich.«

Cassie wusste, dass das nur ein Scherz war, um die Stimmung ein wenig aufzuheitern. In Erwartung einer schlüssigeren Erklärung sah sie Trent fragend an.

»Ich finde, du solltest deine Ärztin noch mal anrufen und sie fragen, ob sie dir diese Nachricht geschickt hat.«

Cassie trank einen Schluck von ihrem Kaffee. Trent hatte recht. Natürlich. Und ehe sie ihre Meinung wieder ändern konnte, rief sie die Nummer auf, von der die Textnachricht gesendet worden war, und tippte auf Anrufen. Nach dem zweiten Klingeln sprang die Mailbox an. Cassie riss sich zusammen und hinterließ eine einfache Nachricht: »Dr. Sherling, hier ist Cassie Kramer. Würden Sie mich bitte zurückrufen?« Sie nannte ihre Telefonnummer und legte auf. »Mission erfüllt.«

»Erst wenn du tatsächlich mit ihr gesprochen hast. Und danach haben wir auch noch eine Menge zu tun.« Trent ging zum Herd und öffnete die Tür des Backofens. Sogleich duftete es noch intensiver nach Speck und frischem Brot. Cassie knurrte der Magen.
»Lass uns erst mal frühstücken«, schlug Trent vor.
Und dieses Mal sah Cassie keinen Grund, ihm zu widersprechen.

Rhonda Nash stand im Wohnzimmer von Cassie Kramers Apartment in L. A. und machte eine kurze Bestandsaufnahme: Offensichtlich hatte Cassie Kramer es bei ihrer Abreise eilig gehabt. In den Einbauschränken im Schlafzimmer waren nur noch wenige Kleidungsstücke. Auf dem Bett lagen ein paar Sweatshirts. Der Mülleimer war fast leer, aber nicht ausgeschüttet worden. Die wenige Post, das meiste davon Werbung, lag auf dem Beistelltisch. Das Bett war nicht gemacht. Es sah so aus, als hätte Cassie Kramer einen Anruf erhalten und daraufhin die Stadt schnellstmöglich verlassen. Nash wollte zwar nicht so weit gehen, ihren Kurztrip nach Kalifornien als Schuss in den Ofen zu verbuchen, dennoch hatte sie das Gefühl, zu spät zu kommen.
Das Apartment war nicht aufgeräumt, was zu dem passte, was der Vermieter gesagt hatte: Cassie Kramer war nur kurz hier gewesen und hatte L. A. gleich wieder verlassen. Offenbar war sie lediglich hergekommen, um verschiedene Leute wegen ihrer Schwester zu befragen. Sie war mit Holly Dennison gesehen worden, und zwar zwei Tage, bevor die Set-Designerin ermordet worden war. Zufall?
»Sie ist nach Oregon zurückgekehrt«, hatte Doug Peterson, der Vermieter, Nash mitgeteilt. »Wie lange sie dort bleibt, weiß ich nicht, aber ich soll in ihrem Apartment nach dem Rechten sehen.« Peterson war um die siebzig,

hatte schütteres weißes Haar und einen leichten Bauchansatz. Er besaß eine große Wohnung im Hauptkomplex des Gebäudes und das kleine Apartment, das er an Cassie Kramer vermietet hatte.

Jetzt stand Peterson vor den Fenstertüren, eine schwarze Katze auf dem Arm, die er streichelte, während er Nash und Hayes im Auge behielt. Das Apartment selbst betrat er nicht, schien lediglich die offene Tür zu bewachen. Nash merkte, dass es ihm lieber gewesen wäre, wenn sie endlich verschwanden, aber er traute sich wohl nicht recht, sich mit der Polizei anzulegen.

»Sie ist eine angenehme Mieterin«, teilte er den Detectives mit. »Respektiert das Eigentum anderer Leute. Zahlt pünktlich ihre Miete. Auch wenn sie gar nicht in der Stadt ist.«

Jaja, Cassie Kramer ist wirklich toll, dachte Nash verdrossen. Aber sie verkniff sich eine Bemerkung und sagte nur: »Gut zu wissen.«

Holly Dennisons Leiche hatte sie sich schon angesehen, ebenso wie die Maske, die die Tote getragen hatte. Sie hatte auch mit den Leuten von der Spurensicherung gesprochen und mit den Deputies, die den Tatort gesichert hatten.

Jetzt schaute sie sich noch einmal in dem Apartment um und überlegte, dass es wohl das Beste wäre, Allie Kramers Schwester ein weiteres Mal vorzuladen und ein Gespräch von Angesicht zu Angesicht mit ihr zu führen.

Was hoffentlich in Oregon stattfinden würde, vorausgesetzt, das war tatsächlich Cassie Kramers derzeitiger Aufenthaltsort.

»Davon weiß ich wirklich nichts«, erklärte Virginia Sherling am Telefon. »Ich habe Ihnen keine Textnachricht geschickt. So etwas mache ich nie.« Die Ärztin klang verständnislos.

»Könnte jemand anderes die Nachricht gesendet haben?«, fragte Cassie. Geschützt vor dem Nieselregen stand sie auf der Veranda von Trents Wohnhaus. Es war ein trüber Tag mit stahlgrauen, tief hängenden Wolken, die über die umzäunten Felder und Wiesen zogen, auf denen Vieh und Pferde grasten. Ein kalter Wind fegte unter der Überdachung der Veranda her und zerzauste Cassies Haar.

»Ich habe mein Telefon immer bei mir, oder es liegt in meinem Büro oder zu Hause. Ich wüsste also nicht, wie das möglich sein sollte.« Ihr Tonfall änderte sich. »Wie kommen Sie zurecht, Cassie?« Ob sie davon ausging, dass Cassie sich diese Nachricht nur ausgedacht hatte?

»Gut, danke.«

»Schön zu hören.« Und wieder hatte Cassie das Gefühl, dass die Ärztin ihr das nicht abnahm. »Dennoch würde ich eine weitere Sitzung für angebracht halten, denn da Sie die Klinik vorzeitig verlassen haben, wüsste ich gern, wie sich Ihr Leben nun gestaltet«, fügte Dr. Sherling prompt hinzu.

»Im Moment kann ich es zeitlich leider nicht einrichten, aber vielen Dank«, entgegnete Cassie. »Ich melde mich wieder.« Sie legte auf, bevor Dr. Sherling noch etwas hinzufügen konnte.

»War die Nachricht von ihr?«, fragte Trent, als Cassie wieder in die Küche kam.

»Nein.«

»Ich habe eine Theorie«, sagte er zögernd und zog die Augenbrauen zusammen, wie er es immer tat, wenn er über etwas nachdachte.

»Aha ...«, gab Cassie erwartungsvoll zurück.

»Dieser Junge, der sich so viel merken kann ... Rinko, oder? Könnte es nicht sein, dass er das Handy deiner Ärztin genommen hat, um dir diese Nachricht zu senden? Junge Leute sind ziemlich geschickt in solchen Dingen.«

»Aber was soll das? Santa Fe?«
»Du hast doch gesagt, er weiß alles über Sport und Autos. Er wusste auch alles über meinen Pick-up. Den hatte er auf dem Parkplatz gesehen und sich prompt gedacht, dass er mir gehört.«
»Das passt zu Rinko«, bestätigte Cassie. »Er ist unglaublich.«
»Also, vielleicht ist mit Santa Fe gar nicht die Stadt gemeint, sondern ein Auto, ein SUV. Und 07 ist die Bezeichnung des Modells. Vielleicht geht es um einen Hyundai Santa Fe, Baujahr 2007.«
»Das erscheint mir ziemlich weit hergeholt«, überlegte Cassie, doch wenn sie sich vor Augen hielt, wie sie Rinko in der Klinik erlebt hatte, war es durchaus möglich. Er hatte jedes Auto auf dem Parkplatz registriert und sofort die dazugehörigen Daten abgespult. Selbst wenn jemand von der Belegschaft einen neuen Wagen oder den eines Familienmitglieds fuhr, war ihm das nicht entgangen. Mit seinem fotografischen Gedächtnis konnte er sich mit Sicherheit an jedes Auto erinnern, das jemals auf dem von Bäumen umrandeten Parkplatz des Mercy Hospital gestanden hatte.
»Aber es könnte durchaus sein«, sagte Cassie deshalb und fügte hinzu: »Trotzdem kann ich nichts damit anfangen. Ein SUV von einem koreanischen Hersteller, was hat das zu bedeuten?«
»Irgendetwas muss es mit diesem Fahrzeug auf sich haben«, sagte Trent. »Ich vermute, es stand nicht regelmäßig auf dem Parkplatz. Sonst hätte er diese Nachricht nicht geschickt. Ich könnte mir vorstellen, die Krankenschwester, von der du erzählt hast, hat es gefahren.« Trent stellte seinen Kaffeebecher neben die Spüle, wo sich schon einige Teller stapelten. »Vielleicht sollten wir Rinko einfach danach fragen.«

Der Gedanke, zum Mercy Hospital zu fahren, bereitete Cassie ziemliches Unbehagen. Sie wollte nicht, dass jemand sie dort erkannte und Dr. Sherling Bericht erstattete.

»Na los!«, sagte Trent aufmunternd und nahm seine Jacke von der Stuhllehne. »Machen wir unsere Runde. Zuerst fahren wir zu Jenna, damit sie sieht, dass es dir gut geht, und anschließend statten wir Rinko einen Besuch ab. Vielleicht kann er uns mehr über den Santa Fe erzählen.«

»Wenn es überhaupt um einen Wagen geht.«

»Das werden wir dann sehen.«

Trent war, bevor er Cassie kennengelernt hatte, beim militärischen Nachrichtendienst gewesen. Deshalb sagte er jetzt: »Wenn es sein muss, kann ich auch einen alten Kollegen anrufen. Er betreibt mittlerweile ein Büro für private Ermittlungen. Der hat alle technischen Möglichkeiten und einen guten Draht zur Polizei.«

»Erzähl das bloß nicht meinem Stiefvater. Der setzt doch immer auf offizielle Kanäle.«

»Da muss ich Carter sogar zustimmen. Aber nur, solange die offiziellen Kanäle nicht verstopft sind. Wenn wir mit Rinko gesprochen haben, sollten wir auf jeden Fall beim Polizeirevier vorbeifahren und Nash die Überraschung zeigen, die du in deinem Trolley gefunden hast.«

Sogleich verschwand Cassies gute Laune wieder. »Nash denkt doch, ich hätte etwas mit Allies Verschwinden zu tun.«

»Vielleicht wird diese Maske sie eines Besseren belehren.«

»Wahrscheinlich glaubt sie eher, ich hätte auch *damit* etwas zu tun.«

»Aber es könnte sein, dass sich noch andere Fingerabdrücke darauf befinden.«

»Hoffentlich. Aber ... wir sollten Mom lieber nichts da-

von erzählen. Dann würde sie nämlich komplett ausflippen.«
»Sie wird es ohnehin bald erfahren.«
»Trotzdem ist es keine gute Idee.«
»Dann lass mich wenigstens mit deinem Stiefvater darüber reden.«
»Er ist nicht gerade ein Fan von dir.«
»Ich weiß, aber wir sollten ihn informieren. Als ehemaliger Sheriff hat er immer noch gute Verbindungen zur Polizei. Und er kann besser beurteilen, wie viel man deiner Mutter zumuten kann.«
Cassie zögerte, aber sie wusste, dass sie ihrem Stiefvater trauen konnte. Im Gegensatz zu Detective Nash hielt er sie nämlich nicht für eine Verdächtige.
»Einverstanden«, sagte sie, und als Trent ihr lächelnd zuzwinkerte, ergänzte sie hastig: »Aber lass es uns bei Detective Nash so kurz wie möglich machen. Und gib mir wenigstens noch Zeit zu duschen. In einer Viertelstunde bin ich so weit.«
»Na also«, sagte Trent, und ohne darüber nachzudenken, fügte er hinzu: »Das ist mein Mädchen.«
Seine Worte klangen Cassie noch eine Weile in den Ohren. Doch auch wenn sie sich bei ihm sicher fühlte, sein Mädchen war sie ganz bestimmt nicht.
Aber seine Frau, die war sie noch immer.

Der Schwangerschaftstest war negativ.
Schon wieder.
Jenna Hughes saß auf dem Badewannenrand und sagte sich, dass sich der irrwitzige Wunsch, noch ein Baby zu bekommen, nun wohl ein für alle Mal erledigt hatte. Vielleicht wollte der Allmächtige ihr auf diesem Weg mitteilen, dass sie zu alt dafür war und froh sein sollte, bereits gesun-

de Kinder zu haben. Ihre beiden Mädchen waren längst erwachsen und bereiteten ihr im Moment wahrhaftig genug Sorgen. Kein günstiger Zeitpunkt, um noch ein Kind zu bekommen.

Dennoch fiel es ihr nicht leicht, sich damit abzufinden.

Obwohl sie die vierzig schon um einige Jahre überschritten hatte, ihr Haar grauer und die Fältchen um ihre Augen herum tiefer wurden, hätte sie gern ein gemeinsames Kind mit Shane gehabt. Er selbst hatte keine leiblichen Kinder. Mit seiner ersten Frau hatte er keine bekommen wollen, und bis zu ihrem Tod war das wohl auch immer ein Problem gewesen. Als er dann Jenna heiratete, hatte er ihre beiden Töchter gewissermaßen mit übernommen und irgendwann sogar seine Meinung über eigene Kinder geändert. Aber er war nie so enttäuscht gewesen wie Jenna, weil sie nicht schwanger wurde.

Es sollte wohl nicht sein.

Und auch sie würde damit zurechtkommen.

Sie dachte an die Zeit, als ihre Töchter noch klein waren. Und sie dachte an all die Fehler, die sie gemacht hatte, an ihre Irrtümer, von denen der größte wohl gewesen war, darauf zu hoffen, dass sie nicht in ihre Fußstapfen treten und nach Hollywood gehen würden.

Sie warf den Schwangerschaftstest in den Mülleimer und sagte sich noch einmal: Schluss damit! Dann sah sie auf die Uhr und durchquerte das Schlafzimmer, das sie mit Shane teilte. Cassie hatte angerufen und wollte gleich vorbeikommen.

Als Jenna den Hund wie verrückt bellen hörte, eilte sie die Treppe des alten Hauses hinunter. Es war das Hauptgebäude der Ranch, die sie gekauft hatte, als sie mit Cassie und Allie von Kalifornien nach Oregon umgesiedelt war. Später war Shane dann zu ihnen gezogen.

Als sie die Tür aufriss und gefolgt von dem bellenden Hund hinauslief, kam Cassies Honda ihr auf den letzten Metern der Zufahrt entgegen.

»Gott sei Dank!«, stieß sie seufzend hervor. Vor lauter Eile hatte sie sich nicht einmal die Zeit genommen, sich ihren Regenmantel zu schnappen.

»Cassie!«, rief sie und war kurz davor, in Tränen auszubrechen.

»Mom! Du wirst ja ganz nass.«

Jenna riss ihre Tochter in ihre Arme und hatte Mühe, nicht aufzuschluchzen. »Ich habe mir solche Sorgen gemacht!«

»Aber mir geht es gut.«

»Wunderbar«, sagte Jenna und wünschte, sie könnte es glauben.

»Wir werden Allie schon finden, Mom«, versuchte Cassie, ihre Mutter zu beruhigen.

»Ja, natürlich«, flüsterte Jenna mit erstickter Stimme, auch wenn sie nicht wusste, wie sie das anstellen sollten. Bislang hatte ja nicht einmal die Polizei etwas ausrichten können.

Jenna ließ Cassie los und gab den Kampf gegen die Tränen auf. Erst in dem Moment sah sie, dass Trent Kittle auf dem Beifahrersitz von Cassies Honda gesessen hatte und nun ausstieg. Sie war nicht begeistert darüber gewesen, dass Cassie ihn geheiratet hatte. Doch jetzt war sie zum ersten froh darüber, dass er an Cassies Seite war, denn offenbar unterstützte er sie.

»Lasst uns ins Haus gehen. Du ziehst doch wieder hier ein, oder? In dein altes Zimmer vielleicht.«

Cassie und Trent sahen sich über das Dach des Wagens hinweg an.

»Ach, was für eine dumme Frage«, sagte Jenna hastig. Natürlich, du wohnst sicher lieber bei Trent. Schließlich seid ihr ja verheiratet.«

Nun war es Cassie, die unbehaglich dreinblickte. Sie richtete ihre Aufmerksamkeit auf Paris, die Hündin, und tätschelte ihr den Kopf. Ja, sie war noch mit Trent verheiratet, das zumindest stimmte. Aber würden sie jemals wieder richtig zusammenleben? Die letzte Information, die ihre Mutter hatte, war die, dass Cassie ihre Ehe als in die Brüche gegangen betrachtete. Doch vielleicht wäre die Scheidung ja bald vom Tisch, und sie rauften sich wieder zusammen. Dennoch wunderte sie sich, dass Jenna dieser Vorstellung plötzlich etwas abgewinnen konnte.

Trent, einige Jahre älter als Cassie, war ein ziemlich harter Kerl gewesen, als er nach den fünf Jahren bei der Army nach Falls Crossing zurückkehrte. Nicht der richtige Mann für Cassie. Das hatte Jenna damals zumindest gedacht. Als Cassie nach Hollywood gegangen und er ihr gefolgt war, hatte sich Jennas Abneigung etwas gelegt. Zumal sie geheiratet hatten. Und inzwischen schien Jenna dankbar zu sein, dass es jemanden gab, dem ihre Tochter etwas bedeutete und der zu ihr stand.

Nachdem Cassie den Hund ausgiebig begrüßt hatte, folgten sie und Trent Jenna ins Haus. Cassie ließ ihre Handtasche auf den Boden fallen und sank auf das Sofa, das sie schon als Teenager gern in Beschlag genommen hatte. Der Hund, noch nass vom Regen, sprang hinterher und legte sich schwanzwedelnd neben sie. Trent setzte sich in den Ledersessel und Jenna in den Schaukelstuhl vor dem Fenster. Dort hatte sie in der letzten Zeit oft gesessen und darauf gewartet, etwas von ihrer verschwundenen Tochter zu hören. Das Feuer im Kamin war fast heruntergebrannt, die glühenden Scheite verströmten einen angenehmen Geruch.

»Whitney Stone hat angerufen«, erzählte Jenna und schaltete angesichts des düsteren Wetters die Tischlampe ein.

»Und in der letzten Zeit haben sich auch noch andere Reporter oder Paparazzi gemeldet.«
Cassie verzog das Gesicht. »Whitney Stone ist mir sogar bis nach Kalifornien gefolgt.«
»Das überrascht mich nicht. Sie ist ziemlich ... zielstrebig.«
»Aufdringlich«, korrigierte Cassie und erzählte, wie die Reporterin sie bis in den Park verfolgt hatte. »Am Ende hätte ich beinahe diesen Halbaffen von Kameramann umgefahren. Du liebe Güte! Was denkt diese Frau sich eigentlich?«
»Sie denkt wahrscheinlich an ihre Karriere. An die Gier nach Sensationen. Liefert den Zuschauern pikante Details aus dem Privatleben von Prominenten. Deshalb habe ich all dem auch den Rücken gekehrt.«
»Und was hast du nun davon?«, rutschte es Cassie heraus, doch sie bereute ihre Worte sofort. »Tut mir leid.«
»Ich habe Shane«, rief Jenna ihr ins Gedächtnis. »Aber was Whitney Stone betrifft, ist das Problem nicht nur, dass sie aus den neuesten Ereignissen eine Sendung machen will. Sie plant ein Special über damals, als wir von dem Stalker verfolgt wurden.«
Cassie schüttelte bestürzt den Kopf.
»Keiner von uns möchte all das noch einmal durchleben. Ich wollte es dir nur sagen, für den Fall, dass du nicht selbst schon davon gehört hast.«
»Das hat sie mir auch erzählt«, bestätigte Cassie.
»Tut mir leid«, sagte Jenna betroffen.
Trent stand auf, ging zum Kamin und legte ein Holzscheit nach. Sofort begann das trockene Holz zu knistern, fing Feuer und tauchte das Wohnzimmer in warmes Licht.
»Ich muss dir etwas zeigen«, sagte Cassie zögerlich.
Jenna bemerkte, wie sich Trents Hand fester um den

Schürhaken schloss. Er warf Cassie einen warnenden Blick zu, den diese ignorierte. Stattdessen wühlte sie in ihrer Handtasche.

»Was denn?«, fragte Jenna und beugte sich zu Cassie hinüber. Ihre Tochter zog eine kleine Plastiktüte aus der Tasche und reichte sie Jenna. Darin befand sich ein silberner Ohrring, an dem ein rotes Kreuz baumelte.

»Hast du den schon einmal gesehen?«, fragte Cassie.

»Nein ...« Jenna betrachtete das Schmuckstück für eine Weile und gab es Cassie zurück. »Das heißt, warte mal ... vielleicht doch. Aber das muss schon Jahre her sein. Ich habe mal bei einer Seifenoper mitgespielt, in meiner Anfangszeit. *North Wing* hieß die Serie. Es gab nur zwei Staffeln, dann wurde sie abgesetzt. Ich hatte eine kleine Nebenrolle, um einen Fuß in die Tür zu bekommen. Meine Figur, Norma Allen, hatte kaum Text. Sie war Krankenschwester und stand eigentlich nur im Hintergrund.«

»Spielte die Serie in den Fünfzigern?«, fragte Trent.

»In den Sechzigern oder Siebzigern. Sie war damals schon ein wenig retro und kam auch nicht besonders gut an.«

Cassie wich die Farbe aus dem Gesicht.

»Was ist denn?«, fragte Jenna.

»Der Ohrring stammt aus der Klinik. Erst dachte ich, ich hätte geträumt und mir die Krankenschwester nur eingebildet.«

»Wovon sprichst du?«

Cassie erzählte von dem Besuch der altmodisch gekleideten Krankenschwester in ihrem Zimmer.

»Was?« Jenna lief ein eisiger Schauer über den Rücken.

»Sie muss den Ohrring dort verloren haben.« Cassie schluckte schwer. »Irgendwoher wusste sie, dass es Allie gut geht.«

»Wann war das?«, wollte Jenna wissen.
»In der Nacht, bevor ich die Klinik verlassen habe.«
»Und du hast mir nichts davon erzählt ...«
»Ich war mir nicht sicher, ob ich mir nicht alles nur eingebildet hatte. Bis auf das hier.« Sie zeigte auf den Ohrring.
Jenna fehlten die Worte. Das klang ziemlich seltsam. Aber ... wusste diese Krankenschwester vielleicht, wo Allie war? Oder handelte es sich lediglich um einen grausamen Scherz?
»Bist du damit schon bei der Polizei gewesen?«, fragte Jenna.
»Noch nicht«, warf Trent ein.
»Detective Nash hält mich sowieso für verrückt. Oder für Schlimmeres.«
»Was soll das heißen?«, fragte Jenna wachsam. »Da ist doch noch etwas!«
»Nein.«
»Cassie?« Jenna ließ sich nicht beirren. Sie hatte es schon immer gemerkt, wenn eine ihrer Töchter ihr etwas vormachen wollte. »Sag mir, was los ist.«
»Ist Shane auch hier?«, fragte Cassie ruhig und warf Trent einen Blick zu.
»Er kommt gleich nach Hause. Ich habe ihm eine Nachricht aufs Handy geschickt, gleich nachdem du angerufen hattest. Aber nun sag mir doch einfach, was los ist.« Plötzlich stockte sie erschrocken. »Weißt du etwas über Allie?«, brachte sie nur noch im Flüsterton heraus, weil Angst ihr die Kehle zuschnürte. »O Gott! Nein!«
»Nein, nein ... Keine Ahnung, was mit Allie ist. Wirklich nicht. Aber ...« Erneut sah Cassie zu Trent hinüber, doch in dem Moment ertönte draußen das Motorengeräusch von Shanes Pick-up. Der Hund hob den Kopf, sprang vom Sofa und lief jaulend zur Tür.

»Es gibt etwas, das wir euch beiden zeigen wollen«, erklärte Trent. »Ich hole es aus dem Wagen.« Er verließ das Wohnzimmer und folgte dem Spaniel zur Tür.
»Was denn?«, fragte Jenna noch einmal, und ihr Herz begann zu rasen.
Cassies Gesicht wurde noch ernster, und sie brachte die nächsten Worte kaum über die Lippen. »Eine Maske, Mom. Eine Maske von Allie, die in meinem Trolley deponiert wurde. Ich glaube, jemand ist in mein Apartment eingebrochen und hat sie dort hineingesteckt, um mir Angst einzujagen.« Ohne den Blick abzuwenden, fügte sie hinzu: »Was ihm auch gelungen ist.«
»Du lieber Himmel! Wovon redest du?«
Cassie stand auf und ging zum Fenster. Jenna drehte sich auf dem Schaukelstuhl um und spähte ebenfalls hinaus. In gebückter Haltung gegen den Regen kamen Shane und Trent aufs Haus zu, während der Hund um sie herumsprang. Trent hielt einen Plastikbeutel in der Hand. Sie hörte die Schritte der beiden auf dem Holzboden der Veranda, dann wurde die Tür geöffnet, und die Männer und der Hund kamen ins Wohnzimmer.
Entgegen ihrer sonstigen Gewohnheit nahm Jenna die nassen Abdrücke auf dem Holzboden gar nicht wahr. »Zeig mir, was das ist«, sagte sie zu Trent, während sie von dem Schaukelstuhl aufsprang und das Wohnzimmer durchquerte, den Blick starr auf den Plastikbeutel gerichtet.
»Am besten sehen wir es uns drüben an«, schlug sie Trent vor und ging nach nebenan ins Esszimmer.
Eilig versammelten sie sich um den großen Tisch. Trent öffnete den Reißverschluss des Plastikbeutels und nahm die Maske heraus.
»O mein Gott!« Jenna schlug die Hände vor den Mund und wich zurück, während sie auf das grotesk verzerrte

Gesicht ihrer jüngeren Tochter starrte. Sie spürte kaum, dass Shane ihr einen Arm um die Schultern legte. »Was hat das zu bedeuten?«, flüsterte sie.

»Und das hat man bei dir deponiert?«, fragte Shane an Cassie gerichtet.

Cassie nickte nur.

Jenna begann zu zittern und merkte, wie bittere Galle in ihrer Kehle aufstieg. Sie rannte aus dem Esszimmer und schaffte es gerade noch bis zur Gästetoilette, ehe sie sich übergeben musste.

Sie spürte eine ganz neue Dimension der Angst. Würde auch Cassie etwas zustoßen? War diese Maske eine Warnung?

Für ein paar Sekunden verharrte sie reglos über der Toilettenschüssel, bevor sie die Spülung betätigte. Dann wankte sie auf unsicheren Beinen zum Waschbecken und spülte sich den Mund aus. Sie zitterte jetzt nicht mehr, aber die Angst hatte nicht nachgelassen. Als sie sich das Gesicht mit kaltem Wasser wusch, hörte sie die Dielenböden knarren. Aufs Waschbecken gestützt, richtete sie sich auf und sah im Spiegel, dass Shane hinter ihr stand.

Ihre Blicke trafen sich im Spiegel. »Wir kriegen ihn«, versicherte er ihr. »Wir kriegen diesen Drecksack.«

»Versprichst du mir das?«

Seine starke Arme gaben ihr Halt, und Jenna atmete tief den Geruch nach dem feuchten Leder seiner Jacke ein, der sich mit dem seines Aftershaves und einem herberen, männlichen Duft mischte. So vertraut. Beruhigend. Und schützend. All das ließ ihr Herz noch immer höher schlagen. Aber an diesem Tag war alles anders, und es gab nichts, was sie hätte beruhigen können.

Der Regen prasselte gegen das kleine Fenster. Im Spiegel sah Jenna ihr ungeschminktes Gesicht: abgespannt und ha-

ger, die Stirn in sorgenvolle Falten gelegt, die Lippen aufeinandergepresst.
Sie durfte nicht zusammenbrechen.
»Ich will, dass Cassie Personenschutz bekommt, rund um die Uhr«, flüsterte sie. »Am besten wäre es, wenn sie eine Weile zu uns ziehen würde. Wir schaffen einen größeren Hund an, einen Wachhund, eine anständige Alarmanlage, und ...« Sie brach ab. Jahre zuvor hatte all das auch nichts genützt.
»Ich kümmere mich darum«, sagte Shane.
Wie denn?, fragte sich Jenna und wusste, dass seine Worte in erster Linie seinen guten Willen zeigten. Aber die Angst konnte ihr niemand nehmen, denn sie saß tief.
Jenna kniff die Augen zusammen, um die Tränen zu vertreiben, dann straffte sie die Schultern. Sie würde nicht zusammenbrechen. Jedenfalls nicht jetzt.
»Alles wird gut«, sagte Shane und gab ihr einen Kuss auf das leicht zerzauste Haar.

Kapitel 22

Die Digitalanzeige am Armaturenbrett des Honda zeigte kurz nach fünfzehn Uhr, als Cassie und Trent über die Marquam Bridge Richtung Mercy Hospital fuhren. Sie waren den Rest des Vormittags bei Jenna und Shane geblieben, und Cassie hatte die Ereignisse der letzten Tage zusammengefasst und berichtet, wohin ihre Bemühungen als Amateurdetektivin geführt hatten.
Jenna war ein ziemliches Nervenbündel gewesen, was Cassie ihr nicht verdenken konnte. Bei Kaffee und einem verspäteten Mittagessen hatten Jenna, Cassie, Trent und Shane dann einen groben Plan zur weiteren Vorgehensweise entworfen: Während Cassie und Trent zum Mercy Hospital fuhren, wollte Shane Detective Nash anrufen und ankündigen, dass sie spätestens am nächsten Tag zum Polizeirevier kommen würden.
Als sie nun die steile Kurvenstraße zwischen Fichten und Ahornbäumen hinter sich ließen und das Klinikgebäude in Sicht kam, umklammerte Cassie das Lenkrad fester, weil sie spürte, dass sie Herzklopfen bekam. »Ich hoffe, du liegst richtig mit deiner Vermutung«, sagte sie zu Trent, der bereits Shorty angerufen hatte, damit er während seiner Abwesenheit auf der Ranch nach dem Rechten sah.
Cassie war nach wie vor nicht wohl bei dem Gedanken, die Klinik wieder zu betreten. Schließlich hatte sie sie ohne die Zustimmung ihrer Ärztin verlassen und rechnete nicht mit einem allzu freundlichen Empfang.
Was sich sogleich bewahrheiten sollte, als sie an der Rezeption nach Steven Rinko fragte.

»Miss Kramer«, sagte Constance, die wichtigtuerische Rezeptionistin, »gerade Sie sollten doch die Vorschriften unserer Klinik kennen. Unsere Patienten legen großen Wert auf ihre Privatsphäre, und wir sorgen dafür, dass sie gewahrt wird.« Ihr stechender Blick bohrte sich durch die randlose Brille geradewegs in Trent, der neben Cassie stand und die Eingangshalle im Auge behielt.
»Wenn Sie ihn trotzdem bitte fragen könnten … Ich bin sicher, Steven Rinko hat nichts dagegen, mit mir zu sprechen«, sagte Cassie.
»Seine Familie hat jegliche Besuche untersagt«, erklärte Constance mit Bestimmtheit.
»Wir würden auch warten, bis Sie die Erlaubnis eingeholt haben«, schlug Cassie vor.
Die Rezeptionistin lächelte frostig. »Ich muss erst mit seiner Ärztin sprechen, dann sehen wir weiter. Aber Dr. Sherling ist leider außer Haus. Das heißt, Sie müssen sich wohl auf eine längere Wartezeit gefasst machen, und selbst dann kann ich Ihnen nichts versprechen …« Sie straffte ihre schmalen Schultern. »Aber Sie können ihr natürlich gern eine Nachricht hinterlassen und derweil spazieren oder shoppen gehen.« Allmählich platzte Cassie der Kragen. »Wir möchten einfach nur mit ihm reden. Bitte fragen Sie ihn, ob er etwas dagegen einzuwenden hat!«
»Bedaure.« Constance faltete ihre sorgfältig manikürten Hände. »Wenn Sie weiter insistieren, Miss Kramer, sehe ich mich gezwungen, den Sicherheitsdienst zu rufen.«
Aus dem Augenwinkel bemerkte Cassie, wie Trent sich abwandte und den Blick durch die Eingangshalle schweifen ließ. Ein älteres Ehepaar stand neben einem Broschürenständer am Eingang, vermutlich Angehörige, die zu Besuch kamen; eine schlaksige Gestalt mit dunklem Kapu-

zenpulli schlenderte an den großen Fensterscheiben entlang.
»Weil ich mit Steven Rinko sprechen will?«, fauchte Cassie, an die herablassende Rezeptionistin gewandt. Auf einmal spürte sie Trents Hand auf ihrer Schulter.
»Wir kommen gerne noch mal wieder«, hörte sie ihn in gelassenem Tonfall sagen.
»Nein«, widersprach sie. »Ich will jetzt mit Steven Rinko sprechen, ich ...«
»Vielen Dank und bis später.« Trent legte Cassie den Arm um die Schultern und schob sie zum Ausgang, dann führte er sie die Stufen zum Parkplatz hinunter zu ihrem Wagen. Am liebsten hätte Cassie ihm eine Ohrfeige gegeben.
»Kannst du mir mal sagen, was das soll?«, fragte sie empört.
»Steig ein und lass den Motor laufen!«
Widerwillig tat Cassie, was er verlangte, und wartete, bis er auf dem Beifahrersitz saß. »Schreibst du mir jetzt etwa vor, was ich zu tun habe? Was soll das, Trent?«
Anstelle einer Antwort ließ Trent das Seitenfenster herunter. Im offenen Fenster erschien Steven Rinkos Gesicht. Abgeschirmt von einem SUV auf der anderen Seite, hockte er neben dem Wagen, ohne dass man ihn von der Klinik aus sehen konnte.
Cassie zuckte zusammen, denn mit der Kapuze, unter der nasse Haare hervorschauten, hatte sie ihn auf den ersten Blick gar nicht erkannt. »Woher wusstest du das?«
»Er hat den Daumen gehoben, als er an der Rezeption vorbeiging«, sagte Trent und drehte sich zu Rinko um. »Du hast Cassie von Dr. Sherlings Handy aus eine Nachricht geschickt, stimmt's?«
»Klar«, gab Rinko lässig zurück.
»Warum hast du denn nicht dazugeschrieben, dass sie von

dir ist?«, wollte Cassie wissen, doch Trent hob die Hand, um sie zu unterbrechen.

»Die Nachricht bezog sich auf einen Hyundai Santa Fe, oder? Einen SUV«, fragte er.

Rinko antwortete mit einem knappen Nicken. »Die meisten Kunden sind zufrieden. Einige Reklamationen wegen Tankanzeige und Sonnenblenden. Insgesamt verkauft sich das Fahrzeug gut.«

Cassie hatte Mühe, sich ihre Verwunderung nicht anmerken zu lassen.

»Bei dem 2007er Hyundai Santa Fe handelt es sich um einen SUV«, fuhr Rinko fort.

»Ja«, sagte Cassie und fügte etwas ruhiger hinzu: »Das wissen wir. Aber warum hast du mir diese Information geschickt?«

»Die Krankenschwester hat ihn gefahren.« Rinko mit seinen triefnassen Haaren sah Cassie an, als sei sie begriffsstutzig.

»Die Krankenschwester, die in meinem Zimmer war?«, hakte Cassie nach. »Mit den weißen Schuhen und der altmodischen Tracht? Die den Ohrring verloren hat?«

»Sie fuhr einen Hyundai Santa Fe, Baujahr 2007, und hat hier geparkt.« Nun sah Rinko Trent an. »Ich habe gesehen, wie sie ausgestiegen ist.«

Das hatte er die ganze Zeit über gewusst? Und nichts gesagt? Cassie konnte es nicht glauben. Der laufende Motor erwärmte den Innenraum des Hondas, und allmählich beschlugen die Scheiben.

Trent fragte: »Welche Farbe hatte der SUV?«

»Arktisweiß. Innenausstattung beige. Automatikgetriebe.« Rinko leierte die Details herunter, als würde er sie aus einer Gebrauchtwagenanzeige ablesen. »Sechs Zylinder. Aluminiumfelgen.«

»Ist dir sonst noch etwas daran aufgefallen, vielleicht das Nummernschild?«, fragte Trent.
Rinko nickte. »Kennzeichen aus Oregon. Rodeoreiter.«
»Auf dem Nummernschild?«, hakte Trent nach.
Rinko antwortete nicht. Auf einmal wirkte er vollkommen abwesend. Soweit Cassie wusste, gab es in Oregon keine Nummernschilder mit solch einem Motiv. Die Abbildungen auf den Kennzeichen hatten sich zwar im Laufe der Jahre mehrmals geändert, aber ein Rodeoreiter war nie dabei gewesen.
»Hast du dir auch das Kennzeichen gemerkt?«, fragte Trent.
Aber Steven, mittlerweile pitschnass, zuckte nur mit den Schultern. Zitternd vor Kälte und mit blauen Lippen hockte er im Regen.
»War sonst noch etwas Besonderes an dem SUV? Ein kaputtes Rücklicht, zerbrochene Scheiben, Beulen oder Kratzer?«, versuchte Cassie es erneut. Sie beugte sich an Trent vorbei zum Fenster. »Oder vielleicht ein Aufkleber auf der Stoßstange?«
»›Schaff deinen Fernseher ab.‹«
»Das stand auf dem Hyundai?«, fragte Trent verblüfft.
Rinko dachte angestrengt nach und wischte sich mit dem Handrücken einen Regentropfen von der Nasenspitze. »Eine Karte von Oregon mit einem grünen Herz in der Mitte.«
Das Motiv hatte Cassie schon einmal gesehen: weißer Hintergrund und die schwarzen Umrisse des Staates Oregon rings um ein grünes Herz. Trent warf Cassie einen Blick zu. »Das grenzt die Suche ein«, sagte er.
»Die Krankenschwester mit dem Hyundai, ist sie noch mal hier gewesen?«, fragte Cassie.
Rinko schüttelte den Kopf. »Sie war nur einmal hier, bei dir.«

»Ganz sicher?«

Rinko machte sich nicht die Mühe zu antworten. Natürlich nicht. Wenn Steven Rinko etwas sagte, dann war das Fakt. Seiner Überzeugung nach zumindest.

Es hatte keinen Sinn, ihn noch weiter auszufragen, zumal der arme Junge mittlerweile vollkommen durchgefroren war. »Vielen Dank«, sagte Cassie. »Geh schnell wieder hinein und wärm dich auf. Zieh deine nassen Sachen aus und lass dir einen heißen Kakao bringen.«

Rinko lächelte zaghaft. »Mit Marshmallows.«

»Na klar. Ach, Steven, wie bist du überhaupt an Dr. Sherlings Handy gekommen?«

»Ich habe Schlüssel zu allen Räumen. Für alle Schlösser. Für alle Türen. Und für alle Schränke.«

»Woher denn das?«

Nach kurzem Zögern antwortete er: »Elmo ist manchmal etwas unaufmerksam.«

Elmo war der Hausmeister, und Cassie hatte ihn gelegentlich mit Steven Schach spielen sehen. Einige Male hatte er sogar gewonnen. Doch wer weiß, vielleicht hatte Rinko ihn absichtlich gewinnen lassen. Das hätte Cassie ihm durchaus zugetraut.

Bevor Cassie den Gang einlegte, stellte sie Rinko eine letzte Frage: »Warum hast du mir all das nicht schon längst erzählt?«

Er bedachte sie mit einem verständnislosen Blick. »Du hast mich doch nie danach gefragt.«

Dann richtete er sich vorsichtig ein Stück weit auf, schlich an den Büschen entlang und sprintete über die Rasenfläche.

»Woher wusstest du, dass er hier draußen war?«, fragte Cassie.

»Ich habe gesehen, wie er sich durch dieselbe Tür hinausgeschlichen hat, durch die er hereinkam, als ich das letzte Mal hier war. Sie liegt hinter einer Ecke neben der Rezeption und wird vermutlich nicht von Kameras oder Spiegeln erfasst. Ich schätze, dafür hat er ebenfalls einen Schlüssel, sodass er ein und aus gehen kann, wann immer er will. Er ist clever, und offenbar kann er sich überall frei bewegen, ohne gesehen zu werden.«

»Wie ein Geist«, bestätigte Cassie. Sie setzte zurück und fuhr vom Parkplatz der Klinik.

»Warum ist er eigentlich hier?«

»Er verliert wohl manchmal den Sinn für die Realität und wird dann sehr aggressiv. Seine Familie hat viel Geld. Soweit ich weiß, ist ein Flügel der Klinik nach seinem Großvater benannt.« Nachdenklich fügte sie hinzu: »Aber was auch immer mit ihm passiert ist, ich glaube, es war ziemlich schlimm.«

»Shane Carter will mich sprechen?«, fragte Rhonda Nash in ihr Mobiltelefon. Sie ließ die Schlüssel auf den Schreibtisch in ihrem Arbeitszimmer fallen und warf einen Blick auf die Uhr: 20.37. Das Haus wirkte verlassen. Und es war kalt. Es erinnerte eher an ein Mausoleum als ein trautes Heim. Aber es gehörte ihr. Jede Fliese aus Carrara-Marmor, jede blank polierte Bodendiele aus Tropenholz, jeder Glasziegel im Pool und jeder der fünf – wirklich fünf! – Sportwagen in der Garage. Die letzte Parkbucht war für den Wagen reserviert, den sie wirklich fuhr: ihren geliebten Ford Focus. Alles andere hatte ihr ihre Stiefmutter vermacht, die eine leidenschaftliche Sammlerin von Luxusgütern gewesen war. Und dank Edwina Maria Philips Rolland Nash war alles in Rhondas Besitz übergegangen.

Und alles bis auf ein paar Flaschen im Weinkeller und den besagten Ford Focus stand zum Verkauf.

Großer Gott! Rhonda Nash hasste dieses Haus.

»Ja«, bestätigte Double T. am anderen Ende der Leitung. »Und nicht nur Carter. Auch Cassie Kramer und ihr Mann bitten um eine Audienz bei dir.«

»Warum?«

»Keine Ahnung. Ich nehme an, das werden wir noch erfahren.«

»Das schätze ich auch. Um wie viel Uhr?«

»Um vier. Morgen Nachmittag.«

»Das kriege ich hin. Da habe ich vorher sogar noch Zeit, mir ein paar Gedanken zu machen.«

Allmählich kamen die Dinge also doch ins Rollen, dachte sie zufrieden. Und nicht nur auf dieser Bühne, denn zuvor hatte ihre Maklerin angerufen und ihr mitgeteilt, sie habe einen Interessenten für das Haus. Nash ging hinunter in den klimatisierten Weinkeller und nahm eine Flasche aus Edwinas Vorräten. Einen Pinot Grigio. Der war sicher gut. Wie gut genau und vor allen Dingen wie teuer, wusste sie nicht, von solchen Dingen hatte sie keine Ahnung. Sie nahm die Flasche mit nach oben, schenkte sich ein Glas ein und legte sich damit in die Badewanne.

Nur selten gestattete sich Nash einen dieser ruhigen Momente, in denen sie an das Kind dachte, das sie verloren hatte. An ihre neugeborene Tochter mit dem weichen, lockigen Haar und den blauen Augen. Wenn sie sich darauf konzentrierte, spürte sie noch immer ihren Duft und ihre weiche Haut. Tränen stiegen ihr in die Augen, und um sie zu verdrängen, richtete sie den Blick auf die bodenlangen Panaromafenster vor der Badewanne.

Den spektakulären Ausblick auf Portland würde sie vermissen. Der Rest konnte ihr gestohlen bleiben.

Kapitel 23

»Wissen Sie eigentlich, wie spät es ist?«, fragte Dr. Sherling mit verschlafener Stimme.
Cassie hatte sich spontan dazu entschlossen, die Ärztin anzurufen, und eigentlich gar nicht erwartet, dass sie ans Telefon gehen würde. Sie warf einen Blick auf die digitale Uhr von Trents DVD-Recorder: 22.47.
»Doch, doch, das weiß ich«, versicherte ihr Cassie. »Tut mir leid.«
»Schon gut«, antwortete Dr. Sherling unwillig. »Jetzt bin ich ohnehin wach. Halbwegs zumindest. Aber ich habe morgen früh um sechs Uhr die erste Sitzung.« Sie gähnte. »Ich vermute, Sie rufen wegen der Fernsehreportage an, wegen des Doku-Dramas, oder wie man so etwas nennt. Also, mein Ratschlag lautet: Sie sollten es sich nicht ansehen. Wenn Sie wollen, können wir aber gern einen Termin vereinbaren und darüber sprechen. Am besten rufen Sie morgen mein Büro an.«
»Welches Doku-Drama?«
»Im Rahmen irgendeiner Reihe über ungelöste Verbrechen, glaube ich. Aber noch einmal: Schauen Sie es sich lieber nicht an. Ich habe die Vorschau gesehen, und da geht es nicht nur um das Verschwinden Ihrer Schwester, sondern auch um die Ereignisse vor Jahren.«
Sofort bekam Cassie Herzrasen. »Ich rufe nicht deswegen an«, sagte sie schnell und erzählte dann, dass sie in der Klinik gewesen war, weil sie mit Steven Rinko hatte sprechen wollen, und die Rezeptionistin sie eiskalt abgewimmelt hatte.

»Ja, Constance neigt dazu, ihr Territorium zu verteidigen«, musste Dr. Sherling zugeben.
»Sie war richtig unverschämt. Und ziemlich von oben herab.«
»Tatsächlich? Das kann ich mir gar nicht vorstellen.«
»Glauben Sie mir! Tre… Mein Mann hat mich begleitet. Er wird es Ihnen bestätigen.«
»Sie sind also wieder mit ihm zusammen?«
Cassie ließ die Frage unbeantwortet. »Eigentlich rufe ich an, weil ich vergessen habe, nach den Aufnahmen der Überwachungskamera in meinem Zimmer zu fragen.«
»Es gibt keine.«
»Aber da war doch eine Kamera installiert, das habe ich mit eigenen Augen gesehen.«
»Die war nicht eingeschaltet. Neue Gesetzgebung. Aufzeichnungen sind untersagt.«
Cassie sackte in sich zusammen. Die Aufzeichnungen einer Überwachungskamera hätten beweisen können, dass diese Krankenschwester tatsächlich in ihrem Zimmer gewesen war.
»Ich dachte, ich hätte unter Beobachtung gestanden.«
»Unsinn.« Das klang ebenso bestimmt, wie Dr. Sherling wohl auch den Besuch der mysteriösen Schwester als Paranoia oder Halluzination abgetan hätte. »Das Pflegepersonal hat Sie im Auge behalten, das ist alles. Dafür braucht man keine Kameras. Jedenfalls nicht in den Zimmern der Patienten. Auf den Fluren ist das natürlich etwas anderes.«
»Wenn die Pfleger oder Ärzte mir falsche Medikamente gegeben oder etwas vergessen hätten, dann gäbe es darüber also keine Aufzeichnungen?«
»Keine Kameraaufzeichnungen zumindest.« Dr. Sherling stieß einen vernehmbaren Seufzer aus. »Hören Sie, Cassie unser gesamtes Pflegepersonal wird gründlich überprüft,

und zwar nicht nur bei der Einstellung. Aber wegen solcher Belanglosigkeiten rufen Sie mich doch nicht spätabends an?«

Konnte Dr. Sherling sich denn nicht denken, in welcher Notlage sich Cassie derzeit befand, auch wenn sie die Klinik freiwillig verlassen hatte? »Ich weiß, es klingt ziemlich weit hergeholt, aber ich muss ein paar Nachforschungen anstellen.«

»Worüber?«

»Zum Beispiel darüber, welche Schwesterntracht das Pflegepersonal früher trug«, erklärte Cassie beharrlich. »Nicht die Kittel, die heute alle anhaben. Ich meine diese altmodische Tracht mit weißer Haube, weißen Schuhen und weißer Schürze. Manchmal auch mit rot-blauem Umhang.«

Nach einem langen Moment des Schweigens fragte Dr. Sherling zögernd: »Warum fragen Sie danach?«

Ihr die Wahrheit zu erzählen wäre sicher nicht hilfreich, dachte Cassie und antwortete ausweichend: »Nur aus Interesse.«

»Aber so etwas fragt man doch nicht nur aus Interesse.«

»Ich glaube, ich habe nachts einmal jemanden in einer solchen Schwesterntracht gesehen.«

Erneut langes Schweigen. »Ich finde, darüber sollten wir in einer Sitzung sprechen. In meinem Büro. Falls Sie wieder Halluzinationen haben, dann ...«

»Ich habe keine Halluzinationen. Die Krankenschwester war da. In meinem Zimmer. Sie trug eine altmodische Schwesterntracht. Sie hat sogar einen Ohrring verloren.«

»Einen Ohrring?«

»Ja, mit einem roten Kreuz.«

»Und Sie wissen, dass er ihr gehörte?«

Damit hatte Dr. Sherling sie kalt erwischt. War es möglich,

dass jemand anderes den Ohrring in ihrem Zimmer verloren hatte?
»Viele der Krankenschwestern tragen Ohrringe«, gab Dr. Sherling zu bedenken.
Cassie fragte sich, ob sie den Ohrring vielleicht bei einer anderen Pflegekraft gesehen und dann in einen Traum projiziert hatte. Aber nein, das konnte nicht sein. Steven Rinko hatte die Krankenschwester auch gesehen. Er wusste sogar, was für ein Auto sie gefahren hatte und … Aber er litt selbst an Wahnvorstellungen oder Halluzinationen und konnte Realität und Imagination manchmal nicht voneinander unterscheiden.
Cassie wurde der Mund trocken. »Also, Cassie«, sagte Dr. Sherling in beruhigendem Tonfall, als Cassie nicht reagierte. »Ich schlage vor, Sie rufen mich morgen im Büro an. Ich werde meine Mitarbeiter davon in Kenntnis setzen, dass ich gern nach meinen anderen Terminen eine Sitzung mit Ihnen vereinbaren würde. Ich halte es wirklich für das Beste, wenn wir uns noch einmal in Ruhe unterhalten. Auch über Ihre Behandlung. Wenn nicht hier in der Klinik, dann vielleicht ambulant.«
Mittlerweile war Cassies Mund wie ausgedörrt. Die Zweifel, die zu ihren stetigen Begleitern geworden waren, regten sich erneut. Plötzlich hörte sie sich sagen: »Einverstanden.«
»Schön. Dann sehen wir uns also morgen. Gute Nacht, Cassie.« Damit legte Dr. Sherling auf.
Cassie saß mit dem Telefon in der Hand da und starrte aus dem Fenster. Das Feuer im Ofen war fast heruntergebrannt. Der Hund hatte sich auf dem Läufer davor zusammengerollt, und Trent … Ja, wo steckte eigentlich Trent? Cassie hörte in der oberen Etage das Knarren der Dielenböden, und ihr fiel ein, dass er in sein Arbeitszimmer gegangen war, um Rechnungen abzuheften.

Am liebsten hätte sie ihm sofort von dem Telefongespräch mit Dr. Sherling erzählt, aber sie hielt es für sinnvoller, nicht alles bei ihm abzuladen. Dennoch: Was für eine verfahrene Situation!

Cassie merkte, dass sie Kopfschmerzen bekam. Sie griff nach der Fernbedienung für Trents Flachbildfernseher und schaltete ihn ein. In der elektronischen Programmzeitschrift scrollte sie herunter, bis sie den Kabelsender gefunden hatte, der die Reportagen über ungeklärte Verbrechen brachte. In wenigen Minuten sollte *Justice: Stone Cold* anfangen. Der Titel der heutigen Sendung lautete: *Horror im eisigen Winter*. Die Kurzbeschreibung las sich tatsächlich wie ein Horrorfilm: *Whitney Stone rollt die Ereignisse wieder auf, die sich vor Jahren in einer Kleinstadt in Oregon abspielten. Nur knapp konnten die Schauspielerin Jenna Hughes und ihre Töchter einem irrsinnigen Mörder entkommen.*

Cassies Beine fingen an zu zittern. Die Reportage über die damaligen Ereignisse lief ihm Rahmen einer Doku-Reihe über Serienmörder. Laut elektronischer Programmzeitschrift dauerten die einzelnen Folgen jeweils eine Stunde und wurden nacheinander ausgestrahlt, in der sogenannten Mystery Week, vierundzwanzig Stunden am Tag, eine ganze Woche lang. Die Folge über die Ereignisse vor zehn Jahren sollte in dieser Woche alle zwölf Stunden wiederholt werden.

Wie eine Endlosschleife.

Cassie stöhnte. Wieder hatte sie alles vor Augen, wie damals in jenem kalten Winter in Oregon, als sie gedacht hatte, ihr Schicksal sei besiegelt und das ihrer Mutter gleich dazu.

Mit leerem Blick starrte sie auf den Bildschirm. Die Fernbedienung fiel ihr aus der Hand. Die Sendung begann mit einer Nahaufnahme von Whitneys Gesicht: Perfekt geschminkt, das schwarze Haar ebenso perfekt frisiert, sah sie mit ihren braunen Augen eindringlich in die Kamera. Die anschließende Großaufnahme zeigte, dass sie seriös gekleidet war, ganz in Schwarz, genau abgestimmt auf den dunklen Hintergrund.

»Wie wir alle wissen, ist Allie Kramer nach wie vor verschwunden. Es gibt keinerlei Hinweise auf ihren Aufenthaltsort und ihre körperliche Verfassung. Die Polizei ermittelt. Unklar ist, ob die berühmte Schauspielerin überhaupt noch lebt. Es steht zu befürchten, dass sie längst tot ist und ihre Leiche niemals gefunden wird.«

Cassie schnürte sich der Hals zu.

Aber Whitney war noch nicht fertig. »In *Justice: Stone Cold* untersuchen wir Miss Kramers Verschwinden und die rätselhaften Ereignisse im Zusammenhang mit den Dreharbeiten zu *Dead Heat*, ihrem letzten Film. Wir von *Justice: Stone Cold* setzen alles daran, der Wahrheit auf die Spur zu kommen. Wir führen ein exklusives Interview mit Cassie Kramer, die ebenfalls Schauspielerin ist, aber stets im Schatten ihrer erfolgreichen Schwester steht. Das Verhältnis der beiden Schwestern ist als problematisch zu bezeichnen. Gerüchten zufolge bestand sogar eine Dreiecksbeziehung mit Cassie Kramers Ehemann Trent Kittle, was zusätzliche Fragen aufwirft.«

Zu Cassies Entsetzen lief eine Bilderfolge von Allie, Trent und ihr selbst über den Bildschirm. »Wer ist dieser Mann?«, war Whitneys Stimme aus dem Off zu hören, während eine Großaufnahme von Trent gezeigt wurde: Unrasiert, mit offenem Hemd, in Jeans und Cowboystiefeln, lehnte er an einer Westernkulisse, einen Fuß gegen die verwitterte Holzwand eines Saloons gestemmt. Cassie kannte das Bild aus ihrer gemeinsamen Zeit in Hollywood. Trent hatte sich mit dem Foto als Stuntman beworben.

»Als wären die Ereignisse nicht schon tragisch genug, haben wir es darüber hinaus offenbar mit einer skandalträchtigen Affäre zu tun«, fuhr Whitney gnadenlos fort, »denn zur selben Zeit war Allie Kramer mit dem Co-Star von *Dead Heat*, Brandon McNary, liiert.« Das Foto von Trent wurde ausgeblendet, stattdessen erschien eine Nahaufnahme von McNary mit seinem aufreizenden Grinsen. »Welche Rolle spielt dieser Mann bei dem noch immer ungelösten Rätsel? Auch auf diese Frage werden wir in der nächsten Folge von *Justice: Stone Cold* eine Antwort finden. Die heutige Folge ist allerdings einem ganz anderen Aspekt von Allie Kramers Lebensgeschichte gewidmet. Wir senden einen Rückblick auf das unfassbare Geschehen, das sich in ihrer Jugend abspielte. Schauplatz der Ereignisse war eine Kleinstadt in Oregon, wo ihre Mutter, die bekannte Schauspielerin Jenna Hughes, sich mit ihren beiden Töchtern niedergelassen hatte, um dem Starrummel von Hollywood – ja, und man kann wohl auch sagen, den dortigen Gefahren – zu entkommen.«

Angespannt umklammerte Cassie die Fernbedienung.

Ausschalten!, warnte sie ihr gesunder Menschenverstand. *Tue dir das nicht an! Schalte den Fernseher aus.*

Doch sie starrte weiter auf den Bildschirm.

Unterbrochen von Werbespots, wurde in miserabel gespielten Sequenzen das Geschehen nachgestellt, das Cassie seit ihrer Teenagerzeit belastete, mit unbekannten Schauspielerinnen in den Rollen ihrer Mutter und ihrer Schwester – und in ihrer eigenen. Auch der Wahnsinnige, der sie verfolgt hatte, wurde dargestellt. Dazwischen gab es Einspieler mit Ausschnitten aus dem Bildmaterial von damals. In einem war zu sehen, wie Jenna ihre beiden Töchter ins Haus brachte. Allie, zerzaust und vollkommen verängstigt, klammerte sich an ihre Mutter, während Cassie einen wütenden Blick auf den Kameramann warf, der, auch nachdem die Haustür geschlossen war, weiter gnadenlos draufhielt. Die Kamera machte einen Schwenk über das gesamte Anwesen und zurück zur Veranda. Dann zoomte sie auf eins der Fenster, hinter dem Allie stand und hinausstarrte. Als Nächstes erschien ein Foto von Allie, auf dem sie fast schon im Erwachsenenalter war. Das Fenster, durch das sie starrte, war ein anderes, aber ihre Augen hatten noch den gleichen unschuldigen Ausdruck wie zuvor. Das Filmplakat von *Wait Until Christmas* hatte längst Kultstatus erreicht, nachdem der Film zu Allies Durchbruch beigetragen hatte.

Cassie lief ein kalter Schauer über den Rücken, als das Foto von der vorherigen Aufnahme überblendet wurde und Allie wieder als kleines Mädchen auf dem Bildschirm erschien. Doch selbst in diesem zarten Alter hatte sie schon eine besondere Präsenz. Die Szene wurde ausgeblendet, da Jenna im Hintergrund ins Bild kam und ihre Tochter vom Fenster wegzerrte.

»Cass?« Trents Stimme riss sie zurück in die Gegenwart. Einen Moment lang verfolgte er die Bilderflut. »Was tust du da? Warum siehst du dir das an?« Er nahm ihr die Fernbedienung aus der Hand und schaltete den Fernseher aus. Dann sah er Cassie durchdringend an.

»Ich will wissen, was Whitney in ihrer Sendung bringt«, rechtfertigte sich Cassie.

»Und?«

»War wohl keine gute Idee.«

Trent ließ die Fernbedienung aufs Sofa fallen. »Ist alles klar mit dir?«

Cassie nickte, wenn auch nicht ganz überzeugend.

Trent schwieg, und für eine Weile waren nur das Prasseln

des Feuers und das leise Schnarchen des Hundes zu hören.
Dann sagte Trent: »Lass uns schlafen gehen.«
»Kann ich noch mal hier übernachten?«, fragte Cassie mit einem Blick auf das Sofa.
»Wenn du dir nicht weiter Trash-TV ansiehst.«
»Schon klar, Daddy!«
»Du kannst aber auch oben schlafen.«
»Bei dir?«
»Natürlich bei mir.« Er lächelte sie herausfordernd an, und Cassie fragte sich, was darauf wohl folgen würde. In der Nacht zuvor hatte sie auch mit ihm in einem Bett geschlafen, und es war nichts passiert, abgesehen davon, dass sie sich so sicher und geborgen gefühlt hatte wie seit Monaten nicht mehr.
Nun aber hatte er dieses gewisse Funkeln in den Augen, das sogleich auf sie übersprang. Mit ihm Sex zu haben war nicht das, was ihr Kopfzerbrechen bereitete, wohl aber der seelische Aufruhr, der darauf garantiert folgen würde.
Schließlich war es ihr schon mehr als einmal so gegangen.
»Wahrscheinlich ist es besser, wenn ich hier unten schlafe.«
Sein vielsagendes Lächeln wurde breiter, als wüsste er genau, was sie gerade dachte. »Dann mach es dir bequem.« Er holte den Schlafsack und das Kopfkissen aus der Abstellkammer, ließ beides aufs Sofa fallen und lehnte sich an den Türrahmen. »Hud wird dir Gesellschaft leisten. Und wenn du es dir anders überlegst, weißt du ja, wo du mich findest.«
Er drehte sich um und ging den Flur entlang, um die Eingangstür abzuschließen. Dann hörte Cassie ihn auf der Treppe, und jeder seiner Schritte hallte ihr in den Ohren wider und ließ ihr Herz schneller schlagen. Sollte sie ihren Widerstand aufgeben? Ihm nach oben folgen und alles abhaken, was sie während ihrer Ehe verletzt hatte?

Ihr seid immer noch verheiratet.
Unentschlossen warf sie einen Blick auf das Ledersofa, den Schlafsack und das Kopfkissen. Sie lauschte dem Regen, der unablässig gegen das Fenster trommelte, und sagte sich, wie albern es war, so stur zu sein. Eine Nacht mit Trent bedeutete noch keine neue Verpflichtung. Seinen Körper neben sich spüren zu wollen war nichts Anrüchiges und auch kein Zeichen von Schwäche. Schließlich ging es nicht um eine Schlacht, aus der nur einer als Sieger hervorgehen konnte.
Es ging um Geborgenheit.
Und diesmal natürlich auch um Sex.
Cassie sah zu Hud hinüber, der leise vor sich hin schnarchte. Er schien ihren Blick zu spüren, denn ohne die Augen zu öffnen, wedelte er mit dem Schwanz. »Nicht, dass ich deine Gesellschaft nicht zu schätzen wüsste, Kumpel, aber jetzt muss ich wohl doch darauf verzichten«, sagte sie und machte sich auf den Weg hinauf zu ihrem Mann.
Sie hatte gerade die dritte Treppenstufe erreicht, als das Summen ihres Handys eine Textnachricht ankündigte. Sie blieb stehen und warf einen Blick aufs Display, das »Brandon McNary« und einen niedrigen Akkustand anzeigte. Sie wusste weder, wann sie das Smartphone zum letzten Mal geladen hatte, noch, ob sie das Ladekabel bei ihrer Abreise aus L. A. überhaupt eingepackt hatte.

Bist du in Portland?

Vielleicht sollte sie nicht darauf antworten. Doch noch während sie überlegte, kam schon die nächste Nachricht.

Muss dich sprechen. Dringend. Info über AK.

Cassies Herz begann zu rasen. Informationen über Allie? Um diese Zeit? So ein Unsinn! Aber immerhin war Allie bis kurz vor ihrem Verschwinden mit McNary liiert gewesen, und vielleicht wusste er tatsächlich etwas Neues.
Deshalb antwortete sie ihm schließlich: Morgen früh, Kaffee?

> McNary: Jetzt. Ist wichtig.
> Cassie: Bin in Falls Crossing. Bei Trent.
> McNary: Komm allein!
> Cassie: Warum?
> McNary: Wenn du Info willst, 23.30 bei Orson's.
> Cassie: Sorry, kein Interesse an kryptischen Nachrichten.
> McNary: Brauche deine Hilfe.
> Cassie: Glaube ich nicht.
> McNary: Sie hatte recht. Du interessierst dich nicht für sie.
> Cassie: Natürlich interessiere ich mich für sie.
> McNary: Beweis es.
> Cassie: Muss ich nicht.

Sie wartete auf die Retourkutsche, aber es kam keine. Aufgewühlt verharrte Cassie auf der dritten Treppenstufe, unschlüssig, ob sie zu Trent hinaufgehen sollte oder nicht. Nein, sie würde McNarys ominöse Textnachrichten ohnehin nicht aus dem Kopf bekommen.
Was sollte das Ganze?
Noch dazu mitten in der Nacht?
Immerhin war McNary bereit, mit ihr zu sprechen, im Gegensatz zu Little Bea oder Dean Arnette und allen anderen, die mit *Dead Heat* zu tun hatten.
Sie warf einen Blick auf die restlichen Stufen und die dunk-

le obere Etage. Was, wenn McNary wirklich wichtige Informationen hatte? Wenn Allie tatsächlich ihre Hilfe brauchte? Und wenn es einen triftigen Grund dafür gab, dass sie allein erscheinen sollte? Ihr war klar, dass ihre Reaktion spontan und alles andere als durchdacht war, aber sie war schon dabei, eine weitere Nachricht zu tippen. *O.k. Wenn das ein Scherz ist, kannst du dich auf was gefasst machen!*

Für einen Augenblick zog Cassie in Erwägung, Trent Bescheid zu sagen, aber sie wusste genau, wie er darauf reagieren würde. So wie wahrscheinlich jeder, der halbwegs bei Verstand war.

Er würde etwas sagen, wie: »Du fährst auf keinen Fall allein dorthin.«

Oder: »Am besten überlässt du das der Polizei.«

Oder: »Hört sich nach Ärger an. Der Kerl spinnt doch! Und wenn er sich auf den Kopf stellt, ich komme mit.«

Cassie sank der Mut. Wenn sie Trent mitnähme, würde sie sich vermutlich um einiges besser und ganz bestimmt um ein Vielfaches sicherer fühlen. Obwohl es ihr gar nicht so sehr um ihre Sicherheit ging. Mit einem selbstgefälligen Lackaffen wie McNary würde sie wohl fertigwerden. Außerdem war das Orson's keine finstere Spelunke, sondern ein angesagtes Lokal in Portland.

Sie drückte auf Senden, ging die drei Stufen wieder hinunter und schnappte sich Handtasche, Schlüssel und Jacke. Dann schloss sie die Haustür auf und trat hinaus in die regnerische Nacht. Hoffentlich war Trent schon eingeschlafen und hatte Huds leises Bellen nicht gehört oder das Klicken des Schlosses, als sie die Tür hinter sich zuzog.

Was tust du hier eigentlich?
Hoffentlich geht das nicht nach hinten los!

Cassie ignorierte ihre innere Stimme. Sie schaltete die Taschenlampe ihres Smartphones ein und lief über die Gehwegplatten zu der mit Kieselsteinen bedeckten Fläche vor der Garage. Das diffuse Licht der Außenbeleuchtung mischte sich mit dem bläulichen Lichtschein der Handy-Taschenlampe und ließ die Umrisse der Gebäude umso größer erscheinen.

»Stell dich nicht so an!«, sagte sie im Flüsterton zu sich selbst und stieg lautlos in ihren Wagen. Bevor sie es sich anders überlegen konnte, startete sie den Motor und legte den Rückwärtsgang ein. Als sie auf die Einfahrt zurollte, warf sie einen Blick hinauf zu Trents dunklem Schlafzimmerfenster und glaubte, ihn dort oben stehen zu sehen.

Im selben Moment spürte sie ein Pochen hinter den Schläfen, und ihr wurde schwarz vor Augen. Sie kämpfte dagegen an, doch trotz der Kälte waren ihre Hände plötzlich schweißnass.

»Nein«, flehte sie. »Nicht jetzt!«

Einen weiteren Filmriss konnte sie nicht riskieren. Sie dachte an Trent, daran, wie sie sich davongestohlen hatte. Von Portland aus würde sie ihm eine Textnachricht schicken. Aber da musste sie erst mal hinkommen! Cassie trat aufs Gaspedal und schaltete die Scheinwerfer und Scheibenwischer ein. Was Trent von dieser Aktion hielt, spielte keine Rolle. Sie brauchte ihm keine Rechenschaft abzulegen. Nein, sie konnte tun, was sie für richtig hielt.

Mit zusammengebissenen Zähnen versuchte sie, die Kopfschmerzen zu ignorieren. Vielleicht kamen sie von ihrem schlechten Gewissen und davon, dass sie das Gefühl hatte, Trent zu hintergehen. Aber womöglich bekam sie nun endlich die Chance, ihre Schwester zu finden.

Kapitel 24

Fluchend stand Trent am Fenster und sah den Rücklichtern von Cassies Honda hinterher. Er hatte gehofft, sie würde zu ihm ins Bett kommen. Er hatte gehofft, sie würden miteinander schlafen. Er hatte gehofft, sie würden nicht nur die ganze Nacht zusammen verbringen, sondern ihr ganzes Leben.

Aber da hatte er wohl zu viel erwartet.

Er rannte die Treppe hinunter und schnappte sich gerade seine Schlüssel, als er das Piepen seines Handys hörte. Eine Nachricht von Cassie?

Trent warf einen Blick aufs Display und runzelte die Stirn. Die Nachricht kam von Carter.

Bin in Kontakt mit Lt Sparks von der OSP. Larry Sparks war Lieutenant der Oregon State Police. Am Vormittag hatte Trent seinem Stiefschwiegervater von seiner Vermutung erzählt, dass die Nachricht, die Cassie bekommen hatte, einen Hyundai Santa Fe, Baujahr 2007 betreffen könnte. Und als sich später dank Steven Rinko die Vermutung bestätigte, hatte er Carter über weitere Details zu dem Wagen informiert. Gottlob hatte Carter die Quelle, aus der die Information kam, nicht infrage gestellt und zugesichert, er werde Sparks einschalten, natürlich nicht, ohne Detective Nash ebenfalls auf dem Laufenden zu halten. Weder Trent noch Carter hatten ein Problem damit, das Police Department von Portland zu informieren. Trent war sogar der Ansicht, je mehr Leute nach Allie suchten, die dafür ausgebildet waren, desto besser.

Er las den Rest der Nachricht.

9 Fahrzeuge im 3-Staaten-Umkreis: 07 Hyundai Santa Fe, Arktisweiß, Innenausstattung beige, etc. Keine Nummernschilder mit Rodeoreiter.

Letzteres war keine Überraschung. Aber neun Fahrzeuge in Oregon und den Grenzbereichen zu den Staaten Washington und Kalifornien waren immerhin etwas. Trent ging in die Küche, und Hud heftete sich an seine Fersen. »Diesmal leider nicht, mein Junge«, sagte er, als er seinen Hut und seine Jacke von einem Haken neben der Tür nahm. »Du musst die Stellung halten.« Er setzte sich den Hut auf den Kopf, zog die Jacke an und schlug den Kragen hoch. Kaum hatte er das Haus verlassen, peitschte ihm der Regen entgegen. Mit gebeugtem Kopf rannte er zu seinem Pick-up. Als er hinter dem Steuer saß und den Motor angelassen hatte, tippte er die Kurzwahl für Cassies Nummer.
»Geh ran!«, murmelte er vor sich hin, während er auf das Klingeln lauschte. Einmal, zweimal, dreimal. »Melde dich endlich!« Das Handy zwischen Ohr und Schulter geklemmt, wendete Trent den Wagen. Dann trat er das Gaspedal durch und raste die Zufahrt zur Landstraße hinunter. Cassies Mailbox schaltete sich ein. Verflucht! Trent hinterließ eine kurze Nachricht. »Ich habe gesehen, wie du weggefahren bist. Was ist los? Melde dich!« Er legte auf und warf das Handy auf den Beifahrersitz.
Warum zum Teufel hatte Cassie ihm nicht gesagt, wohin sie wollte?
Weil er es nicht wissen sollte. So lautete die einfache Antwort.
»Scheiß drauf!«, stieß Trent mit knirschenden Zähnen hervor. Nach einem kurzen Seitenblick in beide Richtungen bog er mit überhöhter Geschwindigkeit auf die Landstraße ab, wobei der Wagen ein wenig ins Schleudern geriet.

Das Handy auf dem Beifahrersitz klingelte. Es war Carter. Trent griff nach dem Telefon und dachte kurz daran zu fragen, ob Jenna etwas von Cassie gehört hatte. Aber das würde ihm Carter sicher von selbst erzählen. Er wollte Cassies Mutter und Stiefvater nicht zusätzlich beunruhigen. Noch nicht.
»Kittle«, meldete er sich.
»Hast du meine Nachricht schon gelesen?«, fragte Carter mit seiner tiefen Stimme. Er klang ernst.
»Ja, ich habe sie gerade bekommen.«
»Sparks hat sieben weitere Fahrzeuge aufgespürt, die in Oregon angemeldet sind. Aber das Problem ist, es gab hier nie Nummernschilder mit einem Rodeoreiter. In Wyoming ja. In Oregon nicht.«
Das wäre ja auch zu einfach gewesen, dachte Trent, während er durch die Windschutzscheibe spähte und die Reifen auf der nassen Fahrbahn surrten.
»Also ist die Information entweder falsch, oder ihr habt sie falsch verstanden.«
»Der Junge sprach von einem Rodeoreiter. Ich habe es selbst gehört.« Trent stieß einen Seufzer aus.
»Vielleicht meinte er die Halterung des Nummernschilds. Nicht das Nummernschild selbst, sondern eine Verzierung da, wo es befestigt ist?«
»Kann sein. Er klang jedenfalls so, als sei er sich ziemlich sicher.« *Allerdings ist Rinko Patient in der Psychiatrie*, fügte Trent im Stillen hinzu.
»Auf Halterungen von Nummernschildern kann alles Mögliche abgebildet sein. Das Logo des Händlers oder einer Sportmannschaft zum Beispiel. Man kann sie auch individuell gestalten lassen.«
Nach einer bestimmten Verzierung für Nummernschilder zu suchen erschien Trent wie die Suche nach der Nadel im Heuhaufen.

Aber es blieb ihnen wohl nichts anderes übrig.
»Danke für die Info«, sagte er. Dann legte er auf und stellte die Scheibenwischer auf die höchste Stufe. Anschließend tippte er noch einmal die Kurzwahl für die Handynummer seiner Frau ein.
Natürlich meldete sie sich immer noch nicht.
Trent verzog das Gesicht und richtete den Blick auf die dunkle, regennasse Landstraße.
Was zum Teufel hatte sie vor?

Szene 3

Sie ging an den Wänden ihres Zimmers entlang und rieb sich geistesabwesend die Narben an ihren Handgelenken. Der Raum war gerade einmal zwanzig Quadratmeter groß und wurde fast vollständig von ihrem enormen Schminktisch mit den ausklappbaren, beleuchteten Spiegeln eingenommen. Eine der Wände hatte ein Fenster, an den anderen drei hingen Filmplakate von Jenna Hughes oder Allie Kramer, so dicht neben- und übereinander, dass kaum Zwischenraum blieb. Auf einigen Plakaten waren im Hintergrund die Nebendarsteller zu sehen, manchmal auch der Darsteller der männlichen Hauptrolle, aber jedes Poster zeigte Jenna oder ihre berühmte Tochter in Nahaufnahme.
Ihr schnürte sich der Magen zu, als sie die Bilder betrachtete, dennoch sah sie ganz genau hin, fuhr mit dem Blick die Gesichtszüge der beiden Frauen nach: die sinnlich geschwungenen Lippen, die ausdrucksvollen Augen, die fein geschwungenen Nasen. Allie wirkte mädchenhafter als ihre Mutter, dennoch war die Ähnlichkeit unverkennbar.
Bittere Galle stieg in ihr auf, trotzdem ging sie immer wieder an den Wänden entlang und blieb vor jedem einzelnen der Plakate stehen.
Sie fühlte sich ruhelos.
Gereizt.
Angespannt.
Es war wieder so weit. Das wusste sie genau. Sie würde es nicht schaffen, noch länger gegen die Dämonen anzukämpfen. Und sie wollte es auch nicht.

Dieses Mal musste es Jenna sein.
Speziell für diesen Abend.
Sechs weitere Male ging sie im Kreis an den Postern vorbei. Und jedes Mal stach ihr das Bild von Jenna als Zoey Trammel in die Augen, ganz so, als verfolge Jenna sie mit ihrem Blick.
»Du sollst es sein, Zoey«, sagte sie zu Jennas Abbild unter dem breitkrempigen Hut. Mit dem Hauch eines Lächelns auf den Lippen schien es über die Schulter hinweg auf sie hinabzublicken.
Vorsichtig, um die anderen Plakate nicht zu beschädigen, löste sie das Poster von der Wand und legte es auf die Fensterbank. Sie richtete es so aus, dass sie es von ihrem Schminktisch aus genau sehen konnte, setzte sich auf den Stuhl davor und zog die Schublade auf, in der sie ihre Schminkutensilien aufbewahrte. Tuben, Lippenstifte und Gläser mit Schraubverschlüssen standen in Reih und Glied, und sie suchte heraus, was sie für ihre Verwandlung brauchte: korallenroter Lippenstift, rauchig grauer Lidschatten, fast schwarzer Eyeliner mit einem grünlichen Schimmer, rostrotes Rouge und eine leichte Grundierung.
Dann machte sie sich ans Werk. Sie setzte die kleinen Bürsten, Pinsel, Schwämmchen und Wattebäusche ein, arbeitete hoch konzentriert, beugte sich näher an den Spiegel heran und lehnte sich wieder zurück. Dabei behielt sie das Poster von Jenna als Zoey aus dem Augenwinkel im Blick.
Sie war noch jung.
Die Zeit hatte noch keine Spuren hinterlassen.
Aber mit fortschreitendem Alter wäre das unvermeidlich. Verdrossen kräuselte sie die Lippen und betrachtete die ersten hässlichen Fältchen, die sich irgendwann nur noch mit Botox verbergen lassen würden.

Doch daran wollte sie jetzt nicht denken. Das würde sie nur Zeit kosten.
Zeit, in der sie Zoey spielen konnte. Mehr noch, sie konnte zu Zoey werden. Auch sie hatte dieses herzförmige Gesicht. Sie brauchte sich nur eine rothaarige Perücke aufzusetzen. So wie Jenna es damals getan hatte.
Jenna!
Ihr Herz begann zu rasen und peitschte das Blut schneller durch ihre Adern.
Mit zitternden Händen fuhr sie fort, genau das Make-up aufzutragen, das Jenna auf dem Poster trug: einen Ton dunkler unter den hohen Wangenknochen, Eyeliner und Lidschatten bis in die Augenwinkel, die Lippen in feiner Linie nachgezogen.
Jenna Hughes, die auf dem Höhepunkt ihres Ruhms Hollywood den Rücken gekehrt hatte. Aus Feigheit! Sie hatte einfach alles aufgegeben. Und wofür? Um Mutter zu sein? Das war doch ein Witz! Und zwar ein verdammt schlechter.
Ihre Hände zitterten stärker. Sie schloss die Augen und zählte bis zehn.
Verlier jetzt nicht die Fassung!
Langsam stieß sie den Atem aus und setzte ihre Arbeit fort. Sie zwang sich, die Linien mit ruhiger Hand nachzuziehen und die Farben präzise aufzutragen, mit der Hingabe eines Malers, der ein Meisterwerk vollendet und dabei immer wieder sein Modell betrachtet. Ein Blick in den Spiegel bestätigte ihr, dass sie die warmen Farbtöne exakt getroffen hatte. Mit dem richtigen Zusammenspiel von Helligkeit und Schatten konnte sie tatsächlich zu Zoey werden. Nicht zu Jenna. Aber um als Zoey Trammel durchzugehen, würde es reichen. Nur noch ein wenig mehr Lippenstift ... Ihre Finger bebten.

Mittlerweile zitterte sie am ganzen Körper, so heftig, dass ihre Zähne aufeinanderschlugen.
Nein! Jetzt nur nicht alles verderben.
Doch da war es schon geschehen. Mit einem einzigen Pinselstrich hatte sie das Kunstwerk zerstört. Der Lippenstift war verschmiert und ließ sie aussehen wie den Joker aus den Batman-Filmen.
»Verdammt!« Sie griff nach den Papiertaschentüchern, um die rote Farbe abzuwischen.
Nein, nein! Das hätte nicht passieren dürfen.
Sie musste sich beherrschen, um ihre rasende Wut unter Kontrolle zu bringen. »Reiß dich zusammen!«, schrie sie ihr Spiegelbild an und stieß gleich darauf hervor: »O mein Gott!« Das Bild, das ihr aus dem Spiegel entgegenstarrte, hatte *nicht die geringste* Ähnlichkeit mit Zoey Trammel. Die Frau im Spiegel mit den verschmierten Lippen wirkte einfach nur grotesk, wie eine Karikatur der schönen Zoey Trammel und der umwerfenden Schauspielerin, die sie verkörpert hatte.
»Sieh dich doch an, du lächerliche Fälschung!«, zischte sie dem verzerrten Gesicht entgegen. Sie beugte sich näher zu der Fratze im Spiegel, die Finger um die Kante ihres Schminktischs gekrallt. »Was bildest du dir ein, du dämliche Schlampe?« Speicheltröpfchen sprühten an den Spiegel, liefen daran herunter und hinterließen eine schmierige Spur auf dem Abbild ihres wutverzerrten Gesichts.
Sie schnappte nach Luft.
Holte aus und fegte Gläser, Tuben und Pinsel vom Schminktisch. Außer sich vor Wut zerrte sie an ihren Haaren, während sie schluchzend schrie: »Warum tust du das? Wie kannst du so etwas nur tun?« Bebend vergrub sie ihr tränenüberströmtes Gesicht in den Händen. Das Make-up war jetzt völlig ruiniert. Aber das würde sie wieder hinbe-

kommen. Sie konnte es reparieren. Doch zuerst einmal musste sie sich beruhigen.

Zögerlich holte sie Luft und hob den Kopf. Dann streckte sie ihrem Spiegelbild drohend den Zeigefinger entgegen.

»Du darfst nicht die Kontrolle verlieren!«

Sie wischte die Tränen fort, richtete sich auf und straffte die Schultern. Die Frau, die ihr aus dem Spiegel entgegenstarrte, tat dasselbe. Als hätte diese Irre mit dem orangerot verschmierten Mund und den schwarzen Wimperntuscherinnsalen auf den Wangen auch nur eine Spur von Rückgrat.

Beachte sie nicht weiter. Sie kann dir nichts anhaben.

Allmählich gelang es ihr, die Fassung zurückzugewinnen. Neue Kraft durchströmte sie. Verzweiflung und Selbstmitleid wichen aufkommendem Zorn über ihr Unvermögen, sich zu beweisen – zu beweisen, dass sie ebenso gut war wie Jenna Hughes. Sogar noch besser. Jünger. Stärker. Schöner.

Abermals betrachtete sie das Gesicht im Spiegel. Es kam ihr vor, als wolle es sie verhöhnen. Ihr klarmachen, dass Jenna Hughes nicht zu übertreffen war.

Mechanisch zog sie die Schublade auf und wühlte zwischen Cremes, Pinseln und Lidschatten, bis sie den Make-up-Spachtel gefunden hatte. Er war nicht scharf, aber er würde seinen Zweck erfüllen.

Mit einem letzten Blick auf ihr Spiegelbild schob sie den Stuhl zurück und ging die paar Schritte zur Fensterbank. Bevor der Zorn nachlassen konnte, stach sie auf das Poster ein, bis Zoey Trammels – Jenna Hughes' – Augen nur noch leere Höhlen waren, der Mund eine klaffende Wunde.

Dann legte sie den Spachtel zurück in die Schublade, hob Puderdosen, Lidschatten, Pinsel und Bürsten vom Boden auf und kehrte die Scherben zusammen. Als in der Schub-

lade alles wieder ordentlich arrangiert war, trat sie ans Fenster und spähte durch die Scheibe auf den riesigen HOLLYWOOD-Schriftzug.
Ein Lächeln trat auf ihre Lippen.
Die berühmten Buchstaben inmitten der Hügel. Sie leuchteten in der Dunkelheit, als würden sie ihr den Weg weisen. Ihr zeigen, was sie als Nächstes zu tun hatte.

Kapitel 25

Sie kam zu spät. Viel zu spät. Cassie versuchte, die wirren Gedanken und den nebulösen Schleier, der sich über sie zu senken drohte, abzustreifen, als sie mit über einer Stunde Verspätung in der Bar ankam. Sie hatte Brandon eine Textnachricht geschickt, dass sie es nicht rechtzeitig schaffen würde, doch er hatte nicht geantwortet.
Was keine Überraschung war.
Das Gute an ihrer Verspätung war allerdings, dass das Orson's um diese Zeit bereits fast leer war.
Umso besser.
Bei schummeriger Beleuchtung und leiser Jazzmusik aus dezent verborgenen Boxen saßen nur noch ein paar vereinzelte Nachtschwärmer an der Bar und an den Tischen. Vermutlich hatte McNary ganz bewusst dieses Lokal gewählt, dachte Cassie, denn es gab nur wenig Stammkundschaft, was die Gefahr verringerte, erkannt zu werden. Aber wahrscheinlich lauerten nach all dem Wirbel um *Dead Heat* überall irgendwelche Möchtegernpaparazzi. In Portland war es zwar nicht so schlimm wie in L. A., aber das würde sich bestimmt bald ändern. Spätestens wenn bekannt wurde, dass die Premierenfeier von *Dead Heat* hier stattfinden sollte, am kommenden Wochenende, in der Stadt der Rosen. Mittlerweile hatte doch jeder ein Smartphone oder ein iPad, womit man Fotos machen konnte, die dann sofort im Internet verbreitet oder an die Boulevardpresse verkauft wurden.
Das Merkwürdige war nur, dass McNary auch diese Art von Publicity normalerweise nicht scheute. Gerade jetzt,

so kurz vor dem Kinostart von *Dead Heat*, sah es ihm gar nicht ähnlich, darauf zu verzichten.
Dafür musste es einen triftigen Grund geben.
Als Cassie das Lokal betrat, sah sie sich kurz um, aber niemand schien Notiz von ihr zu nehmen. Ihr Haar war zurückgebunden und unter der Kapuze versteckt. Angesichts der kalten, regnerischen Nacht trug sie einen Schal, den sie sich bis über das Kinn hochgezogen hatte. Nur auf die dunkle Sonnenbrille hatte sie verzichtet. Die hätte so spät am Abend nur unnötige Aufmerksamkeit erregt.
Während sie sich zwischen den Tischen zu einer der Nischen hindurchschob, sprang zum Glück niemand auf, um sich ihr in den Weg zu stellen und ein Foto zu machen. Cassie bestellte ein Glas Wein und verspürte noch immer einen leichten Kopfschmerz. Rasch schrieb sie Trent eine Nachricht. Der Akkustand war jetzt noch niedriger, weshalb sie sich kurz fassen musste.

> Bin in Portland. McNary hat Info über Allie. Bald zurück.

Cassie wartete. Fünf Minuten. Zehn Minuten. Fünfzehn Minuten. Immer wieder sah sie auf die Uhr und nippte zwischendurch an ihrem Merlot. Mittlerweile war es richtig spät. Warum erschien McNary nicht? Sie wich den Blicken der anderen Gäste aus und stellte mit wachsendem Ärger fest, dass McNary sie anscheinend versetzt hatte. Wie hatte sie auch so dämlich sein können, sich von jemandem wie ihm zu einem nächtlichen Treffen überreden zu lassen! Sie hätte lieber bei Trent bleiben sollen.
Sie wollte gerade aufstehen und gehen, als die Tür aufschwang und McNary zielstrebig auf ihre Nische zukam.
Der Geruch nach Regen und Zigarettenrauch umwehte

ihn, und wie sie trug er eine Kapuzenjacke. Mit seinem Vier- oder Fünftagebart und einer getönten Brille war er kaum zu erkennen. Man hätte ihn eher für einen zugedröhnten Junkie halten können als für einen Hollywoodstar, der Millionen kassierte. »Wurde aber auch Zeit«, sagte Cassie zur Begrüßung.
»Tut mir leid.«
»Muss es nicht. Zahl einfach meinen Drink«, gab sie mit einem Blick auf ihr Weinglas zurück. Sofort zückte er seine Brieftasche und legte ein paar Dollarscheine auf den Tisch. Er schien ein wenig irritiert, aber offenbar wollte er jegliche Aufmerksamkeit der anderen Gäste vermeiden. Er griff nach Cassies Hand, und ehe sie protestieren konnte, raunte er ihr zu: »Mach jetzt bloß keinen Aufstand.« Dann zog er sie hinter sich her durch einen kurzen Flur zum Hintereingang des Lokals. Vor der Tür standen ein paar Gäste geschützt vor dem strömenden Regen unter einem Vordach und rauchten.
»Wo willst du hin?«, wollte Cassie wissen. Sie traute McNary nicht, und sie hatte absolut keine Lust, ihm mitten in der Nacht durch die dunklen Straßen von Portland zu folgen.
»Zu meinem Wagen.«
Mit vehementem Kopfschütteln blieb Cassie stehen. »Das kannst du vergessen.«
»Ich will nicht, dass wir gesehen werden.«
»In dem Lokal hat mich doch niemand erkannt.«
Er warf ihr einen Blick zu, der zu besagen schien: *Dich natürlich nicht. Du bist ja auch bloß die Tochter von Jenna Hughes und die Schwester von Allie Kramer. Aber ich bin berühmt. Mich kennt jeder.*
Ihr Ärger flammte wieder auf, und sie musste sich zusammenreißen, um nicht eine passende Bemerkung zu ma-

chen. »Ich habe keine Lust auf diesen Blödsinn! Ich will nur meine Schwester finden«, sagte sie stattdessen.
»Keine Sorge.«
»Natürlich nicht, worüber sollte ich mir auch Sorgen machen?«, gab sie bissig zurück.
»Nun krieg dich wieder ein.« Abermals griff McNary nach ihrer Hand, und Cassie ließ sich widerstrebend mitziehen. Es waren noch einige andere Passanten unterwegs, und auf den Straßen herrschte reger Verkehr.
»Also, wo steckt Allie?«
»Keine Ahnung.«
»Moment mal. Du hast doch geschrieben, du hättest ...«
»Ich habe sie gesehen«, gab er zurück. Es war so kalt, dass sie seinen Atem in der Dunkelheit sehen konnte.
»Gesehen? Wo?«, fragte Cassie aufgeregt, während sie um die nächste Ecke bogen. McNary griff in die Jackentasche und zog einen elektronischen Schlüssel heraus. Ein älterer SUV, der ein Stück weiter auf der anderen Straßenseite parkte, piepte und blinkte auf. McNary zerrte Cassie hinter sich her und überquerte mit ihr im Laufschritt die Straße.
»Ich dachte, du fährst einen Porsche.«
»Einen Lamborghini.«
»Hm. Danach sieht der da aber nicht aus«, bemerkte Cassie.
»Stimmt«, gab McNary mit einem Seitenblick zurück. »Mein Wagen steht in L.A. Ich wollte nicht, dass man mich hier sofort erkennt.«
Cassie warf einen skeptischen Blick auf den Chevy Tahoe.
»Stell dich nicht so an. Steig ein!« McNary hielt ihr die Beifahrertür auf, aber Cassie zögerte.
»Was ist denn?«
»Meine Schwester ist verschwunden. Sie war mit dir zu-

sammen. Es ist mitten in der Nacht. Und jemand hat Holly umgebracht.«

»Ach, Scheiße! Das weiß ich doch alles.« Er drückte ihr den Wagenschlüssel in die Hand. »Hier! Nimm den. Vielleicht kannst du dann endlich mal aufhören mit deiner Paranoia!«

Cassies Finger schlossen sich um das kühle Metall, während McNary den Wagen umrundete und auf der Fahrerseite einstieg. Immerhin konnte er auf diese Weise nicht einfach mit ihr wegfahren. Unwillig setzte sie sich auf den Beifahrersitz und zog die Wagentür zu.

Kaum saßen sie drinnen, beschlugen die Scheiben des Tahoe.

»Also, was weißt du über Allie?«, wollte Cassie wissen.

McNary streckte die Hand aus. »Gib mir noch mal kurz den Schlüssel.«

»Nein.«

»Der Wagen hat elektrische Scheibenheber«, erklärte er seufzend. »Ich will nur das Fenster ein wenig öffnen und eine rauchen.«

»Vergiss es.«

»Meinst du das ernst?«

»Ich habe noch nie gehört, dass jemand an Nikotinentzug gestorben ist. Also, Brandon, wann hast du Allie gesehen und wo?«

»Vor zwei Tagen. In Oregon City.« Das alte Städtchen lag auf der Ostseite des Willamette River, südlich von Portland, in der Nähe der Wasserfälle. Cassie konnte sich nicht erinnern, dass Allie den Ort jemals erwähnt hatte. »Was sollte sie da wollen?«

»Weiß ich nicht.«

»Und was wolltest du da?«

»Ich hatte gehört, dass es oberhalb der Wasserfälle eine

kleine Brauerei gibt. Also bin ich auf ein Bier dorthin gefahren.«

»Und da hast du sie zufällig gesehen?« Cassie tat nicht einmal so, als würde sie ihm das abnehmen.

»Natürlich nicht in der Brauerei. Ich saß in einer der Nischen am Fenster, und als ich hinaussah, habe ich sie den Weg entlanggehen sehen, der oberhalb der Wasserfälle vorbeiführt. Am frühen Abend, es wurde schon dunkel.«

»Bist du dir sicher?«

»Ja, verflucht!« Empört, weil Cassie ihm nicht glaubte, hob er eine Hand. »Du weißt, von welchem Ort ich rede, oder?«

»Ja, ja, ich war schon mal dort«, antwortete Cassie und musste einen Moment lang sacken lassen, was McNary ihr erzählt hatte. »Als Teenager.« Sie erinnerte sich daran, wie sie sich einmal im Sommer abends hinausgeschlichen und mit ein paar Freunden getroffen hatte. Sie waren nach Oregon City gefahren und am Willamette River entlangspaziert. Die Wasserfälle lagen ein Stück weiter flussaufwärts, hinter einer alten Papiermühle. Sie waren hinaufgeklettert und auf den Felsen herumgelaufen. Es kam Cassie fast vor, als hätte sie wieder den Geruch des sprühenden Wassers in der Nase und das Tosen der Wassermassen in den Ohren, die über die riesigen Felsblöcke und Klippen in den Fluss stürzten.

»Und dann hast du mit ihr gesprochen?«, fragte sie ungläubig.

»Dafür war sie zu weit weg. Wie ich schon sagte: Ich saß drinnen. Aber ich bin sofort raus und ihr hinterhergerannt.«

»Und?«

»Sie war schon verschwunden.«

»Du konntest sie nicht einholen? Du hast sie also nicht aus der Nähe gesehen?«

Mit finsterem Blick starrte McNary in die Dunkelheit. »Es war Allie.«

Das kaufte Cassie ihm nicht ab. »Alle möglichen Leute behaupten, sie hätten Allie gesehen. Hier in Portland oder in L. A. oder sonst wo. Mom hat mir erzählt, dass sie ständig Anrufe bekommt. Ich habe auch schon ein paarmal gedacht, ich hätte sie gesehen. Aber immer nur von Weitem.« Resigniert fügte sie hinzu: »Wahrscheinlich sieht man das, was man sehen möchte. Eine Sinnestäuschung oder so was. Oder glaubst du etwa, meine wie vom Erdboden verschluckte Schwester macht einfach so einen Spaziergang in Oregon City? Das ergibt doch überhaupt keinen Sinn.«

McNary lehnte sich auf dem Fahrersitz zurück. »Keine Ahnung. Ergibt bei der Sache überhaupt etwas einen Sinn?«

Cassie starrte durchs Seitenfenster hinaus auf den Gehsteig, wo ein Mann und eine Frau in Jeans und dicken Jacken Arm in Arm im spärlichen Licht vorbeigingen. Plötzlich packte McNary blitzschnell ihre Hand und nahm ihr den Wagenschlüssel ab.

»He, was soll das?« Mit rasendem Herzen tastete sie nach dem Türgriff.

McNary rammte den Schlüssel ins Zündschloss und drehte ihn herum. Ohne den Motor zu starten, ließ er das Fenster auf der Fahrerseite einen Spaltbreit herunter. Er öffnete das Handschuhfach, um nach seinen Zigaretten zu kramen. Eine durchsichtige Plastiktüte fiel heraus und landete vor Cassies Füßen.

Cassie hob sie auf. »Was ist denn das?« Sie schüttelte die Tüte und erkannte Make-up, falsche Augenwimpern und prothetisches Zubehör, das Maskenbildner benutzten, um das Aussehen von Schauspielern zu verändern.

McNary zögerte für einen Moment, dann sagte er mit einem etwas verlegenen Grinsen: »Manchmal bleibe ich lieber inkognito.«

»Und dafür brauchst du falsche Augenwimpern?«

»Damit erkennt mich garantiert niemand.«

»Du verkleidest dich als Frau?«

Achselzuckend verstaute er die Plastiktüte wieder im Handschuhfach, holte die Schachtel heraus und schlug die Klappe zu. »Ich muss dringend eine rauchen.«

»Tu, was du nicht lassen kannst«, sagte Cassie. Allmählich wurde sie ungeduldig. »Ich bin extra nach Portland gefahren, weil du mit mir reden wolltest. Mitten in der Nacht. Und alles, was dabei herauskommt, ist, dass du glaubst, du hättest Allie gesehen – von Weitem. Das hättest du lieber Whitney Stone erzählen sollen. Die hätte es aufgebauscht und eine Riesenstory daraus gemacht.«

»Jaja, ich weiß. Die ist mir auch schon auf den Wecker gegangen«, brummte McNary. »Genau wie tausend andere Reporter.« Er blies den Rauch aus dem Fenster. »Aber da ist noch etwas.«

»Okay, ich höre«, sagte Cassie, auch wenn sie nicht mehr glaubte, dass er noch etwas Interessantes zu bieten hatte.

Ein Sportwagen bog um die Ecke und raste mit lauter Musik und dröhnenden Bässen an ihnen vorbei.

»Sieh dir mal diese Textnachricht an«, sagte McNary. Er zog sein Smartphone aus der Jackentasche und reichte es Cassie.

»Von Allie?« Das konnte sie nicht glauben. Trotzdem warf sie einen Blick aufs Display.

»Ja«, antwortete McNary und zog an seiner Zigarette. »Ich glaube schon.«

Die Nachricht lautete: Bin okay.

»Das ist doch gar nicht Allies Telefonnummer«, sagte Cassie.

»Die Nummer gehört niemandem. Ich habe schon versucht anzurufen. Wahrscheinlich hat sie eine andere SIM-Karte benutzt oder ein Wegwerf-Handy mit Prepaidkarte. Lässt sich jedenfalls nicht zurückverfolgen.«

»Von dir vielleicht nicht. Aber die Polizei könnte das bestimmt. Trotzdem: Was soll das heißen? ›Bin okay.‹ Das hätte doch jeder schreiben können.«

»Sie wollte mich wissen lassen, dass es ihr gut geht.« Er klang nicht sonderlich überzeugt.

»Warum sollte Allie eine Textnachricht schicken? Sie hätte doch anrufen oder dir zumindest schreiben können, wo sie ist. Wenn sie in der Lage ist, eine Nachricht zu senden, warum meldet sie sich nicht endlich bei den Menschen, die vor Sorge um sie schier verrückt werden?« Allmählich platzte Cassie der Kragen.

»Keine Ahnung.«

»Bist du damit zur Polizei gegangen?«

McNary warf ihr einen weiteren vielsagenden Blick zu und blies eine Rauchwolke durch den Fensterspalt. »Die würden mich doch auslachen.« In sarkastischem Tonfall fügte er hinzu: »So wie du jetzt.«

»Ich bin weit davon entfernt, dich auszulachen, McNary. Mir ist nur immer noch nicht klar, warum du mich so spätabends kontaktiert hast.«

»Dann sieh dir doch mal die Uhrzeit der Nachricht an. Ich habe sie erst heute Abend bekommen. Ich hatte mir diese dämliche Sendung von Whitney Stone angesehen. Als der Abspann läuft, macht es plötzlich *Ping!*, und da kommt diese Nachricht. Ich bin fast ausgeflippt! Kannst du das nicht verstehen? Ich bin davon ausgegangen, dass du dir diese bescheuerte Sendung auch ansiehst und noch wach bist. Deshalb habe ich dir sofort geschrieben.« Er sah Cassie fragend an. »Was hättest du denn an meiner Stelle getan?«

»Ich weiß nicht, ob ich gleich davon ausgegangen wäre, dass diese Nachricht tatsächlich von Allie kommt. Wie gesagt, die hätte doch jeder schicken können. Kann auch sein, dass sie gar nicht für dich bestimmt war. Oder dass jemand dir einen Streich spielen wollte.«

»Auch dann könnte sie von Allie sein. Vielleicht war sie diejenige, die sich einen Scherz erlauben wollte.«

»Niemals!«

»Du weißt doch, wie sie war ... ist. Sie steht auf solche Psychospielchen. Und was du gerade gesagt hast, nehme ich dir nicht ab. Wenn du diese Nachricht bekommen hättest, hättest du auch gedacht, sie ist von ihr.«

Das sah Cassie zwar ein wenig anders, aber sie sagte nichts.

»Vielleicht habe ich überreagiert«, räumte McNary ein. »Darauf kannst du mich dann gern verklagen.« Er nahm einen letzten Zug von seiner Zigarette und schnippte die Kippe aus dem Fenster.

»Ich finde, du solltest die Nachricht der Polizei zeigen.«

»Ach, ich denke, du bist der Meinung, die Nachricht ist gar nicht von Allie?«, sagte er mit einem spöttischen Unterton, und einmal mehr wurde Cassie bewusst, warum sie ihn nicht mochte. Er war arrogant und aalglatt.

»Wer auch immer dir die Nachricht geschrieben hat, du solltest auf jeden Fall damit zur Polizei gehen.« Sie überlegte kurz, ob sie ihm von der Maske erzählen sollte, die sie in ihrem Trolley gefunden hatte, doch dann entschied sie sich dagegen. Es war ja nicht so, als würden McNary und sie gemeinsam nach Allie suchen. Da spielte es auch

keine Rolle, was er ihr erzählt hatte. Sie schuldete ihm nichts.
»All das hättest du mir doch auch am Telefon sagen können.«
»Ich dachte, es ist besser, wenn du dir die Nachricht selbst ansiehst.«
Cassie hatte schon die Hand am Türgriff und wollte aussteigen, doch dann spürte sie seine Hand auf ihrer Schulter.
»Ich fahre dich zu deinem Auto«, bot er an.
»Das steht gleich hier um die Ecke. Außerdem brauche ich frische Luft.« Sie öffnete die Tür und schwang die Füße auf den nassen Asphalt.
»Ach, Cassie«, fügte Brandon hinzu, als sie sich aufrichtete. »Noch etwas. Sei nicht sauer auf Cherise. Ich weiß, es passt dir nicht, dass sie jetzt für mich arbeitet. Aber sie kann nichts dafür, dass Allie ...« Er ließ den Rest des Satzes unvollendet und startete den Motor.
»Dass Allie ...?«, hakte Cassie nach.
»Spielt keine Rolle«, stieß er zwischen den Zähnen hervor und legte den Gang ein. »Wie so vieles.«
Noch ehe Cassie die Tür zugeschlagen hatte, trat er aufs Gaspedal und fuhr mit quietschenden Reifen an, haarscharf vorbei an dem Wagen, der vor ihm stand.
Was für eine Zeitverschwendung! Alles, was sie erfahren hatte, war, dass *irgendjemand* McNary eine Nachricht getextet hatte. Wenn er sie sich nicht sogar selbst geschickt hatte. Auch das war ihm zuzutrauen, so publicitysüchtig, wie er war. Er würde jede Gelegenheit nutzen, um in den Medien aufzutauchen. Hauptsache, es passte zu seinem Image. Und so gern, wie er den Bad Boy abgab, käme es ihm sicher recht gelegen, sein Gesicht im Zusammenhang mit Allies Verschwinden noch öfter auf den Titelseiten der Boulevardblätter zu sehen, als es ohnehin schon der Fall

war. »Schlechte Publicity gibt es nicht«, hatte Cassie ihn einmal zu Allie sagen hören.
Cassie hatte ihren Wagen in der Nähe eines Krankenhauses geparkt, nicht weit entfernt vom Orson's. Schnellen Schrittes ging sie über die jetzt fast leeren Gehsteige und überquerte die Straße, ohne zu warten, bis die Ampel grün wurde. Kurz überlegte sie, Trent anzurufen, aber von dem Treffen mit McNary wollte sie ihm lieber später in Ruhe erzählen. Kurz bevor sie in die Straße einbog, in der ihr Wagen stand, hörte sie Schritte. Jemand war hinter ihr. Sogleich beschleunigte ihr Puls. Sie drehte sich um, aber es war niemand zu sehen.
Cassie hastete weiter. Wieder hörte sie Schritte, ebenfalls schneller. Sie fing an zu laufen. Der Regen schlug ihr ins Gesicht, ihre Schuhe waren völlig durchnässt, aber sie achtete nicht darauf und rannte weiter. Endlich kam das Krankenhaus in Sicht. Wenn sie wirklich von jemandem verfolgt wurde, wäre sie dort in Sicherheit. Jetzt sah sie schon das rot leuchtende Schild der Notaufnahme. Gott sei Dank!
Die Schritte hinter ihr schienen näher zu kommen.
O mein Gott!
Cassie geriet in Panik. Atemlos drehte sie sich abermals um.
Nichts zu sehen.
Bildete sie sich das etwa nur ein?
Wer lief da verflucht noch mal hinter ihr her?
Schneller. Gleich bist du in Sicherheit. Das Krankenhaus ist nicht mehr weit entfernt.
»He!«, hörte sie plötzlich eine tiefe Stimme.
Sie wirbelte herum, dann blieb sie wie angewurzelt stehen. Nichts. Das Herz schlug ihr bis zum Hals. Sie wollte sich gerade wieder in Bewegung setzen, als sich kräftige Hände

auf ihre Schultern legten. Cassie schrie auf und stolperte –
direkt in die Arme eines schwarz gekleideten Riesen.
»Vorsicht, junge Dame!«, sagte er. Seine Augen in dem regennassen, dunklen Gesicht waren beinahe schwarz. In Cassie stieg Panik auf.
»Was ist denn los mit Ihnen?«, fragte der Mann, ein Afroamerikaner, offenbar besorgt. »Sind Sie in Schwierigkeiten, Miss?« Erst in dem Moment bemerkte Cassie seinen weißen Priesterkragen.
»Oh ... nein ... nein, eigentlich nicht.« Sie warf einen Blick die verlassene Straße hinunter. Niemand war zu sehen. Absolut niemand, nicht einmal ein Jogger. Cassie schluckte ihre Angst hinunter und räusperte sich. »Ich komme schon zurecht«, versicherte sie, wenn auch mit leicht zitternder Stimme.
Zögernd ließ der Mann sie los. »Sind Sie sicher? Sie sehen nämlich aus, als wäre Ihnen ein Geist begegnet.«
»Es ... es geht schon. Wirklich. Es ist alles in Ordnung.«
Er musterte sie eindringlich.
Cassie wollte ihren Weg gerade fortsetzen, als er sie stirnrunzelnd fragte: »Warten Sie mal ... Sind Sie nicht die Schauspielerin, die vermisst wird? Allie ...« Er schnippte mit den Fingern. »Ach, wie war noch mal ihr Nachname?«
Cassie drehte sich ohne ein weiteres Wort um, ging auf das hell erleuchtete Krankenhaus zu und konnte förmlich spüren, wie er ihr hinterhersah. Zum Glück war er harmlos. Ein Mann Gottes.
Ihre Panik war also vollkommen unbegründet gewesen. *Wieder einmal. Du fängst offenbar tatsächlich wieder an zu halluzinieren.*
Ihr Honda stand an genau der Stelle, die sie in Erinnerung hatte, ein Stück hinter der Notaufnahme. Sie drückte auf den elektronischen Schlüssel. Erleichtert hörte sie das leise

Piepen und sah, wie die Scheinwerfer kurz aufblinkten. Endlich. Ein wenig außer Atem warf sie einen Blick durch die Seitenfenster: keine dunkle Gestalt auf dem Rücksitz, die ihr auflauerte. Sie öffnete die Fahrertür und setzte sich hinters Steuer.

Auf dem Weg zum Freeway spiegelten sich ihre Scheinwerfer in den Schaufenstern der Geschäfte und Lokale. Vor einem Coffeeshop, der längst geschlossen hatte, glaubte sie einen Moment lang, Allie zu sehen. Oder eine Frau, die aussah wie Allie. Aber sie stand im Schatten der Türnische und war im Halbdunkel nicht genau zu erkennen. Wahrscheinlich nur Einbildung, dachte Cassie. Vielleicht, weil sie den ganzen Abend lang über Allie gesprochen oder an sie gedacht hatte.

Kurz darauf hielt sie an einer roten Ampel und warf einen Blick in den Rückspiegel. War diese Frau tatsächlich Allie? »Schluss damit!«, ermahnte sich Cassie laut, aber irgendetwas war ihr nicht geheuer.

Plötzlich bewegte sich die Frau und trat aus dem Schatten des Eingangs hinaus in den strömenden Regen.

»Allie!«, formte Cassie den Namen ihrer Schwester tonlos mit den Lippen. Sie ließ das Fenster herunter und streckte den Kopf hinaus. »Allie!«, schrie sie.

Doch dann schaltete die Ampel auf Grün. Hinter ihr näherte sich mit hoher Geschwindigkeit ein Van, der ihr mit aufblendenden Scheinwerfern bedeutete, endlich loszufahren. Die Augen zusammengekniffen gegen das grelle Licht, gab sie Gas. Als sie wieder in den Rückspiegel schaute, sah sie einen Bus, der vor dem Coffeeshop anhielt. Als er weiterfuhr, war die Frau verschwunden. An der nächsten Kreuzung machte Cassie einen unerlaubten U-Turn, um sich an den Bus zu hängen.

Sofort blitzte über ihr eine Kamera auf.

Verflucht!

Sie würde einen Strafzettel kassieren, so viel war klar. Aber was machte das schon? Nichts, denn möglicherweise war sie Allie auf der Spur.

Sie raste am leeren Eingang des Coffeeshops vorbei und überholte kurz darauf in einem waghalsigen Manöver den Bus, doch darin saßen nur vier Passagiere – keine Allie.

Ernüchtert fuhr Cassie weiter. Allie oder wer immer die Frau war, die vor dem Coffeeshop gestanden hatte, war fort.

Kapitel 26

Platsch. Platsch. Platsch.

Brandi Potts' neue Laufschuhe drückten ein bisschen an den Zehen und waren bereits halb durchnässt, doch sie lief weiter durch die verregneten Straßen der menschenleeren Stadt. Es war später, als sie beabsichtigt hatte, schon weit nach Mitternacht. Normalerweise hätte sie Angst gehabt. Aber sie konnte jederzeit lossprinten, und sie hatte ja die kleine Dose Pfefferspray bei sich. Mit Musik von ihrem iPhone im Ohr hatte sie ihren Rhythmus gefunden und fühlte sich unschlagbar. So wie immer, wenn die Endorphine freigesetzt wurden. Und zu dieser nächtlichen Stunde, mit nur noch wenigen Meilen vor sich, entfalteten sie definitiv ihre ganze Wirkung.

Sie bog um die nächste Ecke, überquerte eine Straße und legte, passend zu einem schnelleren Song von Katie Perry, noch einen Zahn zu. Der Regen strömte ihr ins Gesicht, aber sie verspürte ein wahres Hochgefühl, angespornt durch die Aussicht auf eine heiße Dusche und ein gutes Buch in ihrem warmen Bett. Beim nächsten Wettkampf würde sie ihre persönliche Bestzeit übertreffen.

Ganz bestimmt.

Der nächste Marathon stand nämlich kurz bevor. Na ja, Halbmarathon, aber immerhin. Über dreizehn Meilen waren schließlich auch kein Pappenstiel. Selbst wenn ihr Ach-ich-weiß-nicht-recht-Lebensabschnittsgefährte Jeff immer behauptete, das sei Kinderkram. Was für ein blöder Affe! Ein Laufband-Lackaffe. Das hatte sie ihm sogar ins

Gesicht gesagt. Und sich hinter seinem Rücken noch deutlicher ausgedrückt. Allmählich sollte sie ihn abschießen, dachte Brandi. Aber erst, wenn sie einen ganzen Marathon geschafft hatte. *Dann gebe ich dir den Laufpass, Jeffrey-Boy!*
Power-Walking, Sprinten und natürlich Joggen, all das hatte sie für den kommenden Wettkampf trainiert, so wie heute Nacht. Obwohl es vielleicht keine gute Idee gewesen war, sich ausgerechnet diese Strecke auszusuchen. Ganz in der Nähe war das entsetzliche Unglück am Set von *Dead Heat* passiert. Brandi wich einem Radfahrer aus, der wie ein Verrückter mit zischenden Reifen an ihr vorbeisauste und sie fast umgefahren hätte. »Dämlicher Vollidiot!«, rief sie ihm hinterher. Doch er nahm keine Notiz von ihr und raste einfach weiter. Kochend vor Wut bog sie in die Straße ein, in der die letzte Szene von *Dead Heat* gedreht worden war. Hier in der Nähe war der schreckliche Zwischenfall passiert. Wenn sie nur daran dachte, wurde ihr flau im Magen. Sie war als Statistin dabei gewesen. Sie hatte gesehen, wie Lucinda Rinaldi zu Boden gegangen war. Und sie hatte sofort geahnt, dass da etwas nicht stimmte.
Während Brandi weitertrabte, schweiften ihre Gedanken zurück zu jenem schicksalhaften Dreh. Die Polizei hatte Sig Masters ziemlich schnell als Verdächtigen ausgeschlossen. Er hatte zwar die Schüsse abgegeben, aber ihm war ganz offensichtlich nicht bewusst gewesen, dass die Waffe ausgetauscht oder manipuliert wurde. Konnte das sein?, fragte sich Brandi. Sie mochte Masters nicht besonders. Er war eine totale Nervensäge. Und er war Schauspieler, was bedeutete, dass er den Cops durchaus etwas vorgemacht haben könnte. Doch warum hätte er auf Lucinda Rinaldi schießen sollen?

Was war das Motiv? Tja, das Motiv.
Die letzte Szene von *Dead Heat* war zigmal geändert worden. Wie sollte man denn da noch wissen, wem die Schüsse ursprünglich gegolten hatten? Lucinda Rinaldi war zwar eine dämliche Kuh, aber vielleicht war sie nur zufällig in die Schusslinie geraten, und zwar wortwörtlich. Zur falschen Zeit am falschen Ort, ebenfalls wortwörtlich. Eigentlich hatte die Figur, die von Cassie Kramer gespielt wurde, die zweite Frau sein sollen. Doch dann war die Szene umgeschrieben worden, und Allie Kramer war hinter der anderen Frau hergelaufen. Vielleicht hatte Sig Masters Cassie oder Allie erschießen wollen. Die beiden Schwestern waren ja auch echt unerträglich. Und dafür gab es mehrere Gründe. Cassie konnte man wohl kaum als Schauspielerin bezeichnen. Außerdem hatte sie eine Schraube locker. Und jetzt hielt sie sich auch noch für eine Drehbuchautorin. Ausgerechnet Cassie! Und erst einmal Allie, diese Egomanin. Die hielt sich anscheinend für den Mittelpunkt des Universums. Ständig machte sie auf großen Star, als müsste sie es allen beweisen. Musste sie wahrscheinlich auch, am meisten sich selbst.
Ohne an Geschwindigkeit zu verlieren, spuckte Brandi auf die Straße. Die Kramer-Schwestern waren ihr suspekt. Sie konnte sie einfach nicht leiden. Wer war bloß auf die Schnapsidee gekommen, beide für denselben Film zu besetzen? War doch klar, dass das nicht gut ging. Brandi hatte es von Anfang an gewusst. Was hatte sich Karen Stenowick nur dabei gedacht, die Schwestern zu casten? Das sollte wohl mehr Publicity bringen. Angeblich hatte Dean Arnette sogar Jenna Hughes zu einem Comeback überreden wollen. Sie hätte die durchgeknallte Tante der Hauptrolle spielen sollen. Aber Jenna, die im Übrigen genauso

daneben war wie ihre Töchter, hatte abgelehnt, woraufhin die Rolle gestrichen worden war.

Wie auch immer, bis jetzt war alles, was mit *Dead Heat* zu tun hatte, zum totalen Desaster geworden, besonders für Lucinda Rinaldi.

Na ja, bald war das sowieso alles Filmschnee von gestern, dachte Brandi und lief in stetem Tempo weiter.

Platsch. Platsch. Platsch.

Jetzt erreichte sie die Stelle, an der der Zwischenfall passiert war. Die Dreharbeiten bei echtem Regenwetter hatte sie spannend gefunden, wobei natürlich zusätzliche Sprinkler eingesetzt worden waren und Blitz und Donner aus der Retorte kamen. Aber der für Portland typische Nieselregen hatte definitiv zu der düsteren Atmosphäre beigetragen.

Nun schien die gesamte Gegend wie ausgestorben. Trotzdem hatte Brandi das eigenartige Gefühl, dass sie beobachtet wurde. Hastig warf sie einen Blick über die Schulter, aber es war niemand zu sehen. Vermutlich lag es nur daran, dass genau hier etwas so Schreckliches passiert war. Dennoch. Irgendetwas stimmte hier nicht.

Etwas Böses lauerte zwischen den dunklen Häuserfronten mit den Ladenzeilen. Das spürte sie genau.

Etwas, was ihr Gänsehaut verursachte.

Ohne stehen zu bleiben, stellte sie die Musik leiser und lauschte. Nichts Ungewöhnliches. Außer ihren eigenen Atemzügen hörte sie nur den Regen, der auf den Asphalt prasselte und mit einem gurgelnden Geräusch von den Dachrinnen in die Fallrohre strömte. Und noch etwas. Waren das Schritte? Schnelle Schritte? Rannte da jemand? Wachsam schweifte Brandis Blick in alle Richtungen.

Die Straße war menschenleer.

Brandi legte noch einen Zahn zu und hörte, wie ihre durchnässten Schuhe auf den Gehsteig klatschten. Nur noch etwas mehr als eine Meile. Dann wäre sie zu Hause und würde die Tür hinter sich verriegeln, sich die nassen Klamotten vom Leib reißen und unter die Dusche springen.
Vielleicht würde sie sich sogar ein Glas Wein genehmigen. Oder auch zwei. Nur um ihre überspannten Nerven zu beruhigen.
Reiß dich zusammen! Lauf weiter! Oder willst du Jeff, diesem Klugscheißer, etwa nicht zeigen, was du draufhast?
Abermals hörte sie hinter sich Schritte, aber sie beschloss, diesen lächerlichen Anflug von Verfolgungswahn zu ignorieren. Wer hätte es denn auch mit ihr aufnehmen können?, dachte sie und ärgerte sich über ihre Panik.
Vielleicht war es bloß jemand, der ebenfalls trainierte.
Zu jeder Tages- und Nachtzeit machten die Leute die unmöglichsten Sachen, unter anderem joggen. Und wenn der Jogger hinter ihr nicht eine Machete oder eine Pistole bei sich hatte, war es sein gutes Recht, um diese Zeit hier zu laufen.
Ja, sie war wohl ein wenig überspannt.
Ein bisschen zu dünnhäutig.
Wieder warf sie einen Blick über die Schulter.
Wieder war niemand zu sehen.
Keine Menschenseele weit und breit.
Brandi wischte sich den Regen aus den Augen und wünschte sich, sie hätte eine andere Strecke genommen. Sie zog den Stöpsel aus dem Ohr, um besser hören zu können, aber außer dem Prasseln des Regens, ihrem Atem und ihren eigenen Schritten konnte sie kein Geräusch ausmachen.

»Du spinnst allmählich«, murmelte sie und hatte Mühe, den nassen Stöpsel wieder ins Ohr zu bekommen.

In dem Moment sah sie etwas in einem halben Block Entfernung, einen Schatten, der dort nicht hingehörte. Eine Bewegung.

Ihr blieb fast das Herz stehen.

Dort ist niemand.

Erneut der Wechsel von schwachem Licht und Schatten. Lauerte da jemand hinter der Ecke des Gebäudes? Brandi blinzelte in den Regen. War das ein anderer Jogger? Nein, das war einfach nur eine Frau. Eine Nachtschwärmerin. Die vielleicht noch eine Runde mit ihrem Hund drehte oder draußen eine Zigarette rauchte oder was auch immer. Nichts, wovor man Angst haben musste. Brandi atmete erleichtert auf und trabte weiter. Als sie nur noch wenige Meter von der Frau entfernt war, riss sie erschrocken die Augen auf. *Allmächtiger!* War das nicht ... *Moment mal!* Nein, das konnte nicht sein. Brandi blinzelte, doch das, was sie sah, änderte sich nicht. Die Frau, die mitten in der Nacht hier draußen herumlief, war Cassie Kramer!

Die Regentropfen in Brandis Augenwimpern ließen ihren Blick verschwimmen. Nein, doch nicht. Es war nicht Cassie. Die Frau sah aus wie Allie Kramer. Ja, das war Allie, und zwar höchstpersönlich.

Brandi winkte ihr zu, um zu signalisieren, dass sie sie erkannt hatte. Keine Reaktion.

Nein, es war auch nicht Allie ... Nur eine Frau, die den Kramer-Schwestern ähnlich sah. Da hatte ihr die Fantasie in Verbindung mit dem Adrenalinstoß wohl einen Streich gespielt, dachte Brandi. Bei dieser Dunkelheit und dem strömenden Regen konnte man ja auch kaum etwas erkennen.

Die Frau setzte sich in Bewegung und kam nun direkt auf sie zu. Das Licht einer Straßenlaterne fiel auf ihr Gesicht. Brandi blieb fast das Herz stehen.

Irgendetwas stimmte nicht mit Allies Gesicht. Oder mit Cassies Gesicht. Oder wessen Gesicht auch immer. Es sah aus, als würde das Gesicht der Frau zerfließen. Panik stieg in Brandi auf. Eilig wechselte sie die Straßenseite, zog den Reißverschluss ihrer Jackentasche auf und tastete fieberhaft nach dem Pfefferspray, bis ihre Finger den Metallzylinder umschlossen. Gut! Ohne langsamer zu werden, zog sie das Spray heraus, doch es entglitt ihren nassen Händen und fiel laut klappernd auf die Straße.

»Nein! Verflucht!«

Brandi rannte weiter. Sie hatte keine Zeit, stehen zu bleiben und sich nach der Spraydose zu bücken.

Dein Handy. Du hast noch dein Handy. Hol es aus der Jackentasche und tipp Jeffs Nummer ein oder die Neun-eins-eins!

Die Frau verließ den Gehsteig und schickte sich an, ebenfalls die Straßenseite zu wechseln. Brandi durfte nicht langsamer werden oder riskieren, das Handy fallen zu lassen.

Angespornt von ihrer Angst, beschleunigte sie ihre Schritte und rannte an der Frau vorbei. Aus dem Augenwinkel sah sie wie in Zeitlupe, dass die Frau mit dem verzerrten Gesicht eine halbe Drehung machte, den Arm hob und eine Pistole auf sie richtete.

Lieber Himmel! Nicht!
Was sollte das? Nein!

Brandi sprintete weiter, mit stechenden Atemzügen und schmerzenden Beinen. Sie lief zwischen zwei parkenden Autos hindurch. Wenn sie es bis zu der Kreuzung schaffte …

Bamm!
Ihr Körper zuckte.
Ihre Beine gaben nach.
Sie stürzte auf die Straße. Ihre Hände schrammten über den harten Asphalt, ihr Kopf schlug mit lautem Krachen auf. Brennender Schmerz durchzuckte ihr Gesicht. Alles um sie herum schien auf dem Kopf zu stehen. Rings herum wurde alles dunkel, nur das Licht der Laternen sah sie noch über sich.
Brandi versuchte aufzustehen, aber ihre Beine bewegten sich nicht.
In ihr war alles kalt, so furchtbar kalt, und zugleich brennend heiß. Sie fühlte etwas Warmes, Klebriges. Blut. Ihr Blut? Sie fragte sich, ob jemand kommen und ihr helfen würde. Ob sie überleben würde. Auf genau dieser Straße hatte Lucinda Rinaldi gelegen.
Hilfe!, dachte Brandi verzweifelt und versuchte zu schreien.
Schritte kamen näher.
Die Schritte ihrer Mörderin.
Nein! Das durfte nicht sein!
Mit aller Kraft streckte sie den Arm aus. Ihre Finger umschlossen die kalte Metallstange einer Parkuhr. Mit letzter Kraft versuchte Brandi, sich daran hochzuziehen, aber sie war zu schwach.
»O Gott«, keuchte sie und schmeckte salziges Blut auf ihren Lippen.
Dann stand die Mörderin vor ihr. Die Frau, die sich aus dem Schatten der Dunkelheit gelöst und sie angegriffen hatte.
Allie Kramer mit verzerrtem Gesicht. Nein. Jetzt, aus der Nähe, sah Brandi, dass das deformierte Gesicht mit den leeren Augenhöhlen nicht Allie Kramer gehörte. Stattdes-

sen blickte sie in die verzerrten Gesichtszüge von Jenna Hughes.
Was zum Teufel ...?
Das Gesicht verschwamm vor Brandis Augen. Kurz bevor sie das Bewusstsein verlor, war ihr, als würde ihr Kopf angehoben und etwas Glattes, Kaltes auf ihr Gesicht gelegt. Dann war nichts mehr um sie herum als gnädige, dunkle Stille.

Szene 4

Sie steckte die Pistole in die Jackentasche und rannte davon. Hoffentlich hatte sie niemand gesehen. Adrenalin schoss durch ihren Körper und ließ sie schneller laufen. Von einem Balkon aus sah eine Frau zu ihr herunter. Hastig bog sie in eine Seitenstraße ein. Ohne die Maske war es möglich, dass jemand sie erkannte. Dann könnte man sie identifizieren. Das durfte auf keinen Fall passieren.
Die Luft war feucht, strömender Regen fiel vom Himmel. Ihre Beine schmerzten, und jeder Atemzug brannte in ihren Lungen, aber sie rannte weiter. Sie musste weg von hier. Möglichst weit weg.
Nicht nachlassen!
Wenigstens noch einen Block.
Und dann noch einen.
Sie schaffte es kaum noch zu atmen.
Hinter der nächsten Ecke wurde sie langsamer. Begierig sog sie die Luft ein. Sie spürte, wie der Schweiß auf ihrer Kopfhaut prickelte und ihr den Rücken hinunterlief. Doch nun war sie weit genug entfernt vom Ort des Geschehens. So weit, dass sie keinen Verdacht mehr erregen würde.
Hoffte sie zumindest. Inständig.
Aber je mehr Entfernung, desto besser. So schnell, wie ihre Beine es erlaubten, ging sie weiter. Zwei Blocks. Um eine weitere Ecke. Sie näherte sich dem Stadtzentrum von Portland am Ufer des Willamette River. Dort waren mehr Leute unterwegs. Leute, die die Nacht zum Tag machten. Das Licht der Straßenlaternen brach sich im strömenden Regen

und verbreitete einen diffusen Schimmer. Mit gesenktem Kopf ging sie weiter. Niemand schien Notiz von ihr zu nehmen.

Sie war schon fast in der Straße, in der sie ihren Wagen geparkt hatte, als sie am Vintner's House vorbeikam, einer kleinen, gemütlichen Bar, in der Allie bekanntermaßen verkehrt hatte. Gedämpftes Licht. Schummerige Nischen. Gasbetriebenes Kaminfeuer. Keine Fernsehbildschirme. Dezente Musik.

Ihre Lippen kräuselten sich zu einem Lächeln.

Ja, in dem Lokal war sie schon oft gewesen. Stundenlang hatte sie dort gesessen. Hier kannte sie sich aus. Sie überprüfte ihr Spiegelbild in einem der Schaufenster. Ihr Gesicht war blass, aber an ihrer Jacke war kein Blutspritzer zu sehen. Sie fuhr sich mit den Fingern durchs Haar und setzte ihren coolen Gesichtsausdruck auf. Die Fassade, die den meisten Leuten vertraut war. Und einmal mehr gelang es ihr, die rasende Wut, die dahinter lauerte, zu verbergen. Zu gegebener Zeit würde sie sie freilassen. Aber erst dann, wenn die Umstände es erforderten.

Zufrieden betrat sie die Bar und dachte daran, was sie getan hatte. Wieder hatte sie alle hinters Licht geführt. Sie spürte förmlich, was sie damit heraufbeschworen hatte.

Sie ließ den Blick über die wenigen Tische schweifen, an denen etwas zu essen serviert wurde. Alles im grünen Bereich. Dann setzte sie sich an die Bar und bestellte genüsslich ein Glas von dem Wein, den Allie bevorzugte. Aus dem Augenwinkel sah sie, dass der Barkeeper ihr einen zweiten Blick schenkte. Das konnte ihr nur recht sein.

Starrten sie noch mehr Leute an, denen sie bekannt vorkam?

Aber sicher. Das taten sie. Fotos konnten sie keine von ihr machen, denn Vintner's House gehörte zu den wenigen

Lokalen, in denen Smartphones verboten waren. Der Privatsphäre wegen waren nicht einmal Überwachungskameras installiert. Behauptete das Management zumindest. Natürlich gab es immer wieder Idioten, die sich nicht an die Regeln hielten und dennoch ihre Handys zückten, wenn sie glaubten, irgendeine Berühmtheit zu erkennen. Sollten sie doch! Es war schließlich kein Verbrechen, ein Glas Wein zu trinken. Genau das tat sie hier. In aller Öffentlichkeit.

Abgesehen davon, dachte sie und konnte sich für den Gedanken geradezu erwärmen, hatte es einen gewissen Reiz, mit der Gefahr zu spielen.

Diesen Reiz hatte sie schon immer verspürt.

Kapitel 27

Obwohl sie sich die dicke, weiche Bettdecke bis über die Ohren gezogen hatte, hörte Rhonda Nash das Klingeln ihres Handys. Seufzend schlug sie die Decke zurück und spürte sogleich den kalten Wind, der durch das einen Spaltbreit geöffnete Fenster neben ihrem Bett hereinwehte. Es regnete immer noch in Strömen, in der Ferne heulten Sirenen. Ein Blick auf den Wecker offenbarte die unliebsame Wahrheit: noch nicht einmal vier Uhr. Wer auch immer um diese Zeit anrief, hatte sicher keine guten Neuigkeiten. Im Halbschlaf tastete sie nach ihrem Smartphone und stieß es dabei vom Nachttisch.
»Verflucht!« Nash beugte sich aus dem Bett und sah auf das leuchtende Display. Es war Double T. Wer sonst? Sie fischte das Handy vom Fußboden, nahm den Anruf an und meldete sich gähnend.
»Wir haben noch eine.«
»Was meinst du?«
»Noch eine Tote mit Maske.«
Nash setzte sich im Bett auf. »Mit einer Maske von Allie Kramer?« Auf einmal hellwach, schaltete sie die Nachttischlampe an und sprang aus dem Bett. Mit der freien Hand streifte sie das Nachthemd ab und ging mit großen Schritten Richtung Bad.
»Nein. Diesmal mit einer Maske von Jenna Hughes.«
»Von der Mutter?«, fragte Nash erstaunt.
»Genau.«
Nashs Verstand schaltete in den nächsten Gang. »Wieder verzerrt? Und laminiert? Wie beim ersten Mal?«

»Allerdings.«

»Identität des Opfers schon festgestellt?«

»Jawohl, Ma'am. Der Mörder war so freundlich, den Ausweis des Opfers in dessen Jackentasche zu lassen.«

»Super.« Bibbernd vor Kälte schnappte sich Nash die Kleidung, die sie am Tag zuvor getragen und abends auf die Sitzbank vor dem Badezimmer gelegt hatte.

»Brandi Potts. Neunundzwanzig. Ledig. Wohnhaft im Pearl District. Hab ein paar Uniformierte zu ihrer Adresse geschickt.«

»Gut.« Nash tippte auf das Lautsprecher-Symbol und legte das Smartphone auf die Kosmetikkonsole des Wandschranks. »Todesursache?«

»Dazu kann man erst Genaueres sagen, wenn der Gerichtsmediziner ...«

»Ja, ja, ich weiß«, unterbrach Nash ihn genervt und schlüpfte in ihre Hose. »Aber gibt es irgendetwas Auffälliges?«

»Abgesehen von einer Schusswunde im Oberkörper?«

»Sehr witzig«, fauchte Nash humorlos.

»Sieht so aus, als wäre ihr in den Rücken geschossen worden. War aber kein glatter Durchschuss. Die Kugel muss noch in ihrem Körper stecken.«

Nash zog sich die Hose über die Hüften. »Augenzeugen?«

»Zwei. Wir suchen nach weiteren. Die Deputies sind schon beim Klinkenputzen.«

»Wer hat die Polizei gerufen?«

»Ein Türsteher aus einem Club in der Nähe. War auf dem Weg zu seinem Wagen.«

Nash zog den Reißverschluss hoch und schlüpfte in ihren BH. »Koordinaten?«

»Jetzt halt dich fest: Die Schüsse fielen in der Straße, in der Lucinda Rinaldi niedergeschossen wurde.«

»Was?« Nash durchfuhr ein kalter Schauer. Sie hielt für einen Moment inne, bevor sie nach ihrem Pullover griff. »Da, wo der Film gedreht wurde?«

»Nicht genau an der Stelle. Etwa eineinhalb Blocks weiter die Straße hinunter.«

Nashs Gedanken überschlugen sich fast. »Hatte das Opfer etwas mit *Dead Heat* zu tun?«

»Wissen wir noch nicht. Wir arbeiten dran.«

»Heilige Scheiße!« Nash zog ihren Pulli über und zupfte sich die Haare zurecht.

»Du sprichst mir aus der Seele.«

Nachdem Double T. ihr Straße und Hausnummer genannt hatte, sagte Nash: »Bin in fünfzehn Minuten vor Ort, vielleicht schon eher.« Sie bückte sich nach ihren Stiefeln, stieg hinein und zog die Reißverschlüsse hoch.

»Um diese Uhrzeit dürftest du wohl kaum im Verkehr stecken bleiben.«

Nash nahm ihre Dienstwaffe aus dem Schrank, schob sie ins Schulterholster und warf sich die Jacke über. »Bin schon unterwegs.« Sie beendete das Gespräch und steckte das Smartphone in die Jackentasche.

Ein weiterer Mord. Dieses Mal in Portland. Und das Opfer trug eine Maske von Jenna Hughes. Was hatte das nur zu bedeuten?

Die Absätze ihrer Stiefel hallten auf den Marmorstufen in Edwinas Haus wider, als Nash im Laufschritt hinuntereilte. Aus dem Garderobenschrank in der Eingangshalle schnappte sie sich einen Regenmantel und lief dann zur Garage. Mittlerweile war ihr Verstand so hellwach, als hätte sie einen Espresso intravenös verabreicht bekommen. Ohne anzuhalten, schlug sie mit der flachen Hand auf den Schalter für das Garagentor und anschließend auf den für das Doppeltor am Ende der Einfahrt.

Ehe die Tore sich wieder geschlossen hatten, fuhr sie schon unter Missachtung der erlaubten Höchstgeschwindigkeit die abschüssige Straße hinunter, die durch die Hügel im Westen von Portland führte. Es herrschte noch kein Verkehr, hier und da leuchtete das Augenpaar eines Waschbären im Lichtkegel der Scheinwerfer auf.

Kurz darauf hatte Nash die penibel gestutzten Hecken und Sträucher der benachbarten Anwesen hinter sich gelassen und näherte sich den Apartmenthäusern und beleuchteten Straßen im Zentrum der Stadt. Angesichts des strömenden Regens leisteten die Scheibenwischer Schwerstarbeit. Nash fuhr am Ufer des Willamette River entlang, wo ungeachtet der frühen Uhrzeit bereits einige Fußgänger unterwegs waren und der Straßenverkehr stetig zunahm.

Als Nash sich der Straße näherte, die Double T. ihr genannt hatte, sah sie schon von Weitem drei Streifenwagen mit Blaulicht, die die Kreuzung blockierten. Zwei weitere sperrten die Straße aus der anderen Richtung ab. Ein Stück weiter stand der Übertragungswagen eines Nachrichtensenders halb auf dem Bordstein. Na gut. Vielleicht konnten die Medien wenigstens dieses Mal etwas Hilfreiches beitragen. Nash ignorierte die Halteverbotsschilder vor einer Ladezone und zwängte ihren Ford Focus in eine winzige Lücke. Sie stieg aus, zog sich die Kapuze über den Kopf und näherte sich im Laufschritt der Absperrung. Der junge Deputy, den man dorthin abkommandiert hatte, ging streng nach Lehrbuch vor, und zwar Seite für Seite und Absatz für Absatz, doch Nash hielt ihm ihren Dienstausweis vor die Nase und kletterte über das Absperrband.

In Regenjacke und mit der üblichen Baseballkappe hockte Double T. neben der Toten, die mit dem Oberkörper auf dem Gehsteig und den Beinen vor einer Parkuhr lag.

»Guten Morgen«, sagte Nash, woraufhin Double T. den Kopf hob und sich zu ihr umdrehte.
»Brandi Potts. Von hinten erschossen.«
Nash beugte sich ein Stück zur ihr hinunter. Die Tote war mindestens eins siebzig groß, schlank und durchtrainiert. Sie trug eng anliegende graue Joggingkleidung mit Reflektorstreifen und mehrere Ringe an den Fingern, aber keinen Ehering. Das lange Haar war zu einem Pferdeschwanz gebunden, und da es nass war, wirkte das kräftige Rot dunkler, als es im trockenen Zustand der Fall gewesen wäre.
»War sie so spät noch joggen? Oder gehörte sie zu denen, die schon in aller Frühe eine Runde laufen?«, fragte sie Double T. Dafür musste man doch vollkommen wahnsinnig sein. Oder einen sehr strengen Trainingsplan haben.
»Sieht so aus«, erwiderte ihr Partner.
»Und sie war allein?«
»Scheint so, aber das überprüfen wir noch. Wie gesagt, ein paar Kollegen sind schon auf dem Weg zu ihrem Apartment, um festzustellen, ob dort jemand auf sie wartet. Ich dachte, wir beide sehen uns da später auch einmal um.«
Nash starrte auf das leblose Gesicht hinunter. Ein hübsches Gesicht. Und wie immer, wenn einem so jungen Menschen gewaltsam das Leben genommen wurde, überkam sie ein Gefühl der Hoffnungslosigkeit. In solchen Momenten fragte sie sich, was es mit der menschlichen Psyche auf sich hatte. Warum waren Menschen zu so etwas fähig? Ihr Blick schweifte von Brandi Potts' Gesicht zu ihrem Oberkörper und der dickflüssigen, dunklen Lache, die sich darunter gesammelt hatte.
Double T. sagte: »Schau mal, das haben wir bei der Suche nach der Patronenhülse gefunden.« Er zeigte Nash eine kleine Spraydose, die im Licht der Straßenlaternen schwach schimmerte.

»Tränengas?«
»Pfefferspray.«
»Gehörte das ihr?«, fragte Nash und wies mit dem Kopf auf die Tote.
»Das können wir erst anhand der Fingerabdrücke sagen. Vielleicht nicht mal dann. Wir warten noch auf die Leute von der Spurensicherung.« Double T. warf einen Blick die Straße hinunter. »Wo bleiben die überhaupt? Die sollten längst hier sein.«
»Und die Gerichtsmedizinerin?«
»Ist schon unterwegs.« Mit einem Blick auf die Tote fügte Double T. hinzu: »Sie ist noch nicht lange tot. Ihr Körper ist noch warm. Das passt auch zu den Zeugenaussagen.«
Vor Kurzem hatte diese Frau also noch gelebt. Bis jemand beschlossen hatte, das zu ändern. Den Gedanken konnte Nash nur schwer ertragen. »Ich will mit jedem Zeugen reden. Behalte sie alle noch hier.« Sie warf einen weiteren Blick auf die Tote, auf die blauen Lippen, die wächserne Haut. »Und wo ist die Maske?«
»In meinem Wagen. Die Kollegen, die als Erste hier ankamen, waren so geistesgegenwärtig, Fotos zu machen, bevor sie ihr das Ding abnahmen. Sie wollten feststellen, ob sie eventuell Erste Hilfe leisten konnten, deshalb musste die Maske runter. Aber die Frau war schon tot.«
»Darüber werden die Kriminaltechniker sicher nicht begeistert sein.«
Double T. zuckte die Achseln und ging zu seinem Jeep. Nash folgte ihm, vorbei an den Schaulustigen, die sich hinter der Absperrung drängten. Es wurden immer mehr. Wie Aasgeier mit Kapuzen und Schirmen reckten sie die Hälse, um einen Blick auf die Tote werfen zu können.
»Wir brauchen ein Foto von den Leuten, die hier herumstehen«, sagte Nash.

Bald würde sich die Story auch in den Medien verbreiten. Ein Reporter mit Kameramann sprach schon mit dem Lehrbuch-Polizisten und versuchte offenbar, ihn auszuquetschen. Bei einem Blick auf die umliegenden Gebäude stellte Nash fest, dass in immer mehr Wohnungen Licht anging. Allmählich erwachte die Stadt zum Leben. Ein weiterer Übertragungswagen kam angefahren und schob sich in eine freie Parklücke.

»Scheint ja eine richtig große Veranstaltung zu werden.«

»Wie immer. Das kennen wir doch.« Unbeeindruckt von der wachsenden Menschenmenge entriegelte Double T. seinen Jeep und reichte Nash eine Klarsichthülle, die auf dem Beifahrersitz gelegen hatte.

Durch den transparenten Kunststoff warf Nash einen Blick auf das verzerrte Foto, diesmal von Jenna Hughes. Auch an dieser Maske war ein Gummiband befestigt, und die ausgestochenen Augen ließen das deformierte Gesicht noch schauderhafter erscheinen.

»Lieber Himmel«, entfuhr es Nash leise, als sie die Hülle mit der Maske umdrehte. Abermals stand in roten Buchstaben ein einziges Wort auf der Rückseite geschrieben: *Mutter.*

Wessen Mutter damit gemeint war, lag auf der Hand.

»Also«, fasste Nash zusammen, »Jenna Hughes ist die Mutter von Cassie und Allie Kramer. Allie ist verschwunden. Aber Cassie hält sich hier im Umkreis auf.«

»Ja«, bestätigte Double T. mit einem knappen Kopfnicken.

Mit zusammengekniffenen Augen betrachtete Nash die Rückseite der Maske. »Fragst du dich das Gleiche wie ich?«

»Hm.«

»Ob der Mörder Fingerabdrücke hinterlassen hat?«

»Das werden wir feststellen.«

»Hat Jenna Hughes noch mehr Kinder?«
»Nicht, dass ich wüsste.«
»Was ist mit anderen Familienmitgliedern? Vielleicht ist jemand nicht gut auf sie oder die Töchter zu sprechen.«
»Dazu ist mir nichts bekannt.«
»Das müssen wir unbedingt noch mal überprüfen.«
Double T. nickte erneut, und wie so oft fielen dabei Tropfen vom Schirm seiner Baseballkappe. In dem Moment fuhr der Wagen der Gerichtsmedizinerin vor. Kaum eine Sekunde später kam der Van der Spurensicherung hinterher. »Showtime«, sagte Nash und gab ihrem Partner die Plastikhülle zurück.
»Dann sprechen wir beide jetzt mit den Zeugen.«
Double T. legte die eingetütete Maske wieder in den Jeep. Er verriegelte den Wagen und wies mit dem Kopf auf eine stämmige Frau um die fünfzig. Leichenblass, in Skijacke, Jeans und Stiefeln, hatte sie einen riesigen Regenschirm aufgespannt, obwohl sie unter dem Dachvorsprung eines Gebäudes stand.
»Scheint nicht von hier zu sein«, bemerkte Nash mit einem Blick auf die Zeugin.
»Peggy Gates. Ist gerade erst von Phoenix hierhergezogen.«
»Ziemliche Entfernung.«
»Kann man wohl sagen. Sie wurde vor Kurzem geschieden und wohnt vorübergehend bei ihrer Schwester. Apartment 806-B im Jamison-Building«, erklärte Double T. und wies auf einen mindestens fünfzehn Stockwerke hohen Wohnkomplex. »Sie hat gesagt, sie konnte nicht schlafen und ist auf den Balkon gegangen. Eigentlich hat sie zum Fluss hinübergesehen. Ich glaube, von der Wohnung aus hat man einen guten Ausblick auf beide Brücken, die Marquam und die Hawthorne Bridge. Jedenfalls hat sie unten auf der

Straße etwas gehört. Den Angriff selbst hat sie nicht mitbekommen. Aber sie hat eine junge Frau beobachtet, die in Richtung Fluss rannte. Durch die Seitenstraße da vorn.«
»Ist sie absolut sicher, dass es eine Frau war?«, fragte Nash und richtete den Blick auf die Seitenstraße.
»Nein. Sie sagt, es könnte auch ein schmächtiger Mann mit langen, dunklen Haaren gewesen sein. Aber den Bewegungen nach hatte sie eher den Eindruck, dass es sich um eine Frau handelte. Eine Frau, die offenbar Hilfe brauchte. Sie ist runtergerannt, aber sie kam zu spät.«
»Und sie hat nicht sofort die Neun-eins-eins gewählt?«
»Sie hatte ihr Handy in der Wohnung liegen lassen und musste erst wieder rauflaufen. Sie hatte gerade den Notruf gewählt, als auch schon die Streifenwagen eintrafen.«
»Weil der Türsteher die Notrufzentrale angerufen hatte?«
»Genau.«
»Das ist vermutlich der Typ neben ihr.«
»Stimmt.«
Neben Peggy Gates stand ein Afroamerikaner, deutlich über eins achtzig groß, mit kahl rasiertem Schädel und Ohrringen, die im Licht der Straßenlaternen glitzerten. Trotz des Regens trug er über Jeans und schwarzem T-Shirt nur eine leichte Jacke. Die muskulösen Arme über dem kräftigen Brustkorb gefaltet, sah er aus wie die dunkelhäutige Version von Meister Proper.
»Conrad Jones«, sagte Double T. »Türsteher vom The Ring, drei Blocks von hier entfernt Richtung Osten.«
»Dann sollte ich wohl mal mit den beiden reden.«
Während Nash auf die Zeugen zuging, nahm sie ihre Kapuze ab. Ein eiskalter Regentropfen lief ihr den Nacken hinunter und ließ sie schaudern vor Kälte. Abermals ging ihr die Maske durch den Kopf und das Wort *Mutter* auf der Rückseite. Eigentlich war dieser Hinweis auf Allie

oder Cassie Kramer doch viel zu offensichtlich. Allmählich hatte sie das Gefühl, jemand wolle seine Spielchen mit ihr treiben. Und dazu war Nash ganz und gar nicht aufgelegt.

»Ich bin hier.«
Cassie erstarrte, als sie Trents Stimme aus dem Wohnzimmer hörte.
Sie hatte sich leise durch die Eingangstür ins Haus geschlichen und gehofft, er würde schlafen. Es war spät. Sehr spät. Aber wie es schien, war er wach geblieben und hatte auf sie gewartet.
Zwischenzeitlich hatte Cassie jegliches Zeitgefühl verloren. Wieder einmal. Schlimmer noch, sie wusste nicht einmal mehr, wo sie gewesen war. Sie erinnerte sich noch daran, dass sie gedacht hatte, sie hätte Allie gesehen. Und dann? Nichts. Sie wusste nicht mehr, wie sie aus der Stadt hinausgekommen war. Plötzlich hatte sie sich auf der Interstate 84 Richtung Osten wiedergefunden. Dann hatte sie gewendet und war zu Trents Ranch gefahren, aber auch die Erinnerung daran war verschwommen.
Als sie die Tür hinter sich schloss, hörte sie aus dem Wohnzimmer ein kurzes Bellen und gleich darauf Huds Pfoten auf dem Holzfußboden. Dann stand der Hund schwanzwedelnd im Türrahmen und begrüßte sie mit freudigem Winseln. »Ziemlich spät, ich weiß«, sagte sie und strich über das weiche Fell an seinem Kopf. »Ja, du bist ein feiner Kerl.«
Nass bis auf die Knochen, betrat sie das Wohnzimmer, wo Trent im Dunkeln auf dem Sofa saß. Nicht einmal der Fernseher war eingeschaltet, nur die verglimmenden Holzscheite im Ofen verbreiteten einen spärlichen Lichtschimmer.

»Du bist noch wach?«
»Ja.« Das klang ziemlich sauer.
»Du brauchtest doch nicht auf mich zu ...«
»Ach nein?«, gab er ungehalten zurück, ohne sich zu ihr umzudrehen. »Obwohl um dich herum Leute verschwinden, angeschossen oder umgebracht werden?«
»Richtig, aber ...«
»Aber was? Ich hätte also nicht zu warten brauchen, bis du nach Hause kommst und mir vielleicht mal erzählst, was los ist?« Er sprang auf, und für einen Moment spiegelte sich der Schein des erlöschenden Feuers in seinen Augen. »Herrgott! Ich bin deinetwegen nicht nur aufgeblieben, ich bin dir sogar hinterhergefahren und habe versucht, dich einzuholen.«
Cassie fühlte sich jämmerlich.
»Was hätte ich sonst machen sollen?«, fuhr Trent fort. »Du hast ja nicht auf meine Anrufe reagiert. Und als du mir irgendwann geschrieben hast, dass du bald nach Hause kommst, bin ich wieder zurückgefahren.« Erschöpft rieb er sich den Nacken und warf einen demonstrativen Blick auf die digitale Zeitanzeige des Fernsehers. »Das war vor Stunden!«
»Ich weiß.«
»Wo bist du denn so lange gewesen?«
»Ich bin herumgefahren und habe nachgedacht«, antwortete Cassie ausweichend und ging auf ihn zu. Was hätte sie auch sagen sollen? Alles andere hätte noch viel mehr nach einer Lüge oder einer lahmen Ausrede geklungen. Wie hätte sie ihm erklären können, was sie in den letzten Stunden gemacht hatte?
»Mitten in der Nacht fährst du also herum und denkst nach? Um diese Zeit sind schon Leute umgebracht worden! Hast du dir das nicht klargemacht?«

»Das war in L. A. Hier in Portland ist Lucinda ...«
»Was denn? Glücklich davongekommen?«, fiel er ihr ins Wort. Er stand nun dicht vor ihr, mit sorgenvollem Gesicht. »So kann man es natürlich auch sehen. Was hast du dir nur dabei gedacht?«
»Ich konnte dich nicht anrufen. Der Akku war fast leer.«
»Fast!«
»Ich wollte nicht, dass er ganz leer ist. Falls es einen Notfall gibt.«
»Du verstehst es einfach nicht, oder?«, sagte er und fasste sie an den Schultern. Mit seinen warmen, kräftigen Händen. »Das Ganze *ist* ein verdammter Notfall. Und du steckst mittendrin.«
Cassie wollte etwas dagegenhalten, aber dann besann sie sich eines Besseren. »Du hast ja recht. Ich hätte dich anrufen sollen.«
Sie konnte ihm ansehen, dass er mit widerstreitenden Gefühlen kämpfte. Er ließ die Hände sinken und trat einen Schritt zurück. »Warum zum Teufel musstest du dich mit Brandon McNary treffen? Ich dachte, du kannst diesen Schwachkopf nicht ausstehen.«
»Kann ich auch nicht.«
»Also, warum? Welche Informationen hatte er, die so wichtig waren, dass du mitten in der Nacht losgerast bist?«
Cassie durchquerte das Wohnzimmer, um Abstand zwischen Trent und sich zu bringen. Sie stellte sich vor die Glastür des Ofens und spürte die Wärme an ihrem Rücken und ihren Beinen. »Er dachte, er hätte Allie gesehen, in Oregon City. Aber natürlich nur von Weitem, weshalb er nicht mit ihr sprechen konnte. Er ist hinter ihr hergelaufen, aber sie ist verschwunden.« Cassie schnippte mit den Fingern. »Schwupp! Einfach so.«
»Was für eine Überraschung«, stellte Trent sarkastisch fest.

»Ja, aber dann hat er eine Textnachricht bekommen. Und er glaubt, sie kam von ihr. Das lässt sich aber nicht rückverfolgen. Wurde wahrscheinlich von einem Prepaidhandy geschickt.«

Trent sah sie so durchdringend an, dass sie unruhig von einem Bein aufs andere trat.

»Die Nachricht lautete nur: ›Bin okay.‹«

»Hm. So eine Nachricht könnte doch jeder schicken.«

»Er ist aber davon überzeugt, dass sie von Allie kam.«

»Da will ihn bloß jemand hochnehmen«, sagte Trent. Er setzte sich auf die Armlehne des Sofas, wodurch er Cassie so nahe kam, dass er sie hätte berühren können. Aber er tat es nicht.

»Genau das habe ich ihm auch gesagt.«

»Oder er will dich hochnehmen.«

»Kann auch sein.«

»Er könnte sich die Nachricht selbst geschickt haben, von einem Prepaidhandy, das er sich extra dafür gekauft hat. Man muss kein Genie sein, um das eigene Handy zu Hause zu lassen und zehn Meilen irgendwohin zu fahren, nach Oregon City zum Beispiel. Von da aus hätte er an seine eigene Nummer texten können. Wenn niemand ihn oder sein Auto dort gesehen hat, kann man ihm auch nichts nachweisen.«

Cassie dachte sofort an den alten Chevy Tahoe, den Brandon gefahren hatte. Absolut nicht sein Stil.

»Er hätte auch jemanden dazu bringen können, die Nachricht zu schicken und das Handy anschließend in den Fluss zu werfen, am besten bei den Wasserfällen. Die Tatsache, dass er diese Textnachricht bekommen hat, heißt noch lange nicht, dass sie von Allie kam.«

»Ich weiß. Das habe ich ihm auch gesagt.«

»Findest du es nicht eigenartig, dass er dich aus dem Haus

gelockt hat und dass du allein zu dem Treffpunkt kommen solltest? Warum ist er nicht einfach zur Polizei gegangen? Warum hat er sich an dich gewandt?«

»Weil er weiß, dass ich Allie finden will.«

»Das wollen die Cops auch.« Mit zusammengekniffenen Augen fügte Trent hinzu: »Das Ganze gefällt mir nicht.«

»Aber Trent, ich darf doch nichts unversucht lassen. Und der Polizei kann ich mit so etwas nicht kommen. Detective Nash denkt sowieso, ich hätte etwas mit Allies Verschwinden zu tun.« Cassie schloss die Augen. Plötzlich merkte sie, wie erschöpft sie war – und wie wütend. »Nichts von all dem ergibt irgendeinen Sinn.« Sie wollte sich nur noch hinlegen und nicht mehr darüber nachdenken. Und stundenlang schlafen, am liebsten gleich ein paar Tage.

»He«, sagte Trent und nahm ihre Hand. »Du bist ja total durchgefroren.«

»Geht schon.« Trotz der Wärme des Ofens war ihr kalt, aber das wollte sie nicht zugeben. »Ich bin nur ein bisschen nass.«

»Ziemlich nass.« Er lächelte auf diese Trent-typische Art, mit der er sie immer wieder für sich einnehmen konnte und die sie so tief berührte. Es war nicht das Lächeln eines Hollywoodstars, es war echt.

Er nahm die Decke vom Sofa und legte sie ihr über die Schultern. Diese liebevolle Geste brach ihr fast das Herz.

»Du solltest nach oben gehen und dich unter die heiße Dusche stellen.«

»Klingt wunderbar.«

»Ach, Moment noch.« Trent nahm erneut ihre Hand und verschränkte seine Finger mit ihren.

»Ja?« Cassie gab sich alle Mühe, seine Berührung auszublenden, aber es wollte ihr nicht recht gelingen.

»Ich muss dir noch etwas erzählen. Dein Freund ... Rinko?«
»Ja, Steven Rinko.« Im Stillen fluchte sie über ihre heisere Stimme.
»Du hattest recht. Wenn es um Autos geht, ist der Junge wahrhaftig ein Genie. Carter hat die Informationen, die Rinko uns über den Santa Fe gegeben hat, an einen Typen von der Oregon State Police weitergeleitet, mit dem er mal zusammengearbeitet hat.«
»Larry Sparks.« Cassie brachte die Kraft auf, ihre Hand von Trents zu lösen und ihr wild klopfendes Herz ein wenig zu beruhigen.
»Ja, genau. Dieser Sparks hat ein paar Drähte glühen lassen und die Zulassungen sämtlicher Santa Fes, Baujahr 2007, im näheren und weiteren Umkreis überprüft, auf die Rinkos Beschreibung passen könnte.«
»Und?«
»Er hat mehrere Treffer gelandet. Nur zu diesem Rodeoreiter, von dem Rinko erzählt hat, konnte er nichts finden. Aber Carter arbeitet daran. Das heißt, es kann noch eine Weile dauern, aber es besteht die Möglichkeit, dass wir die Person aufspüren, die in deinem Zimmer in der Klinik war. Dann war es auch offiziell keine Erscheinung, sondern jemand aus Fleisch und Blut und im Besitz eines Führerscheins.«
»Gott sei Dank!« Dann konnte sie sich endlich sicher sein, dass sie sich die altmodisch gekleidete Krankenschwester nicht nur eingebildet hatte.
»Noch sind wir diesbezüglich nicht sicher«, sagte Trent und ließ den Blick für eine Weile auf ihr ruhen.
Das stimmte. Die Tatsache, dass es mehrere Santa Fes gab, die Rinkos Beschreibung entsprachen, hatte noch nicht allzu viel zu bedeuten. Aber es war immerhin etwas. Viel-

leicht würde sich diese mysteriöse Geschichte doch noch klären.
Als hätte Trent ihre Gedanken gelesen, fügte er hinzu: »Wir werden der Sache auf den Grund gehen, Cass.«
»Bevor oder nachdem ich wieder in der Klinik lande?«
»Schwarzmalerin!«
»Tja ...«
»Mach dir nicht so viele Gedanken darüber.«
Sie hätte beinahe laut aufgelacht. »Kunststück!«
»Vertrau mir einfach.«
Wie lange war es her, dass sie genau das bedingungslos gekonnt hatte?
»Dann bist du also bereit, all das mit mir durchzustehen?«, fragte sie und musste daran denken, dass er gesagt hatte, er wolle keine Scheidung, sondern sich wieder mit ihr zusammenraufen. »Obwohl ich einfach weggefahren bin, ohne dir zu sagen, wohin, hältst du immer noch zu mir?«
»Ja. So einfach wirst du mich nicht los. Trotzdem bin ich nach wie vor der Meinung, dass dies eine Angelegenheit für die Polizei ist.«
»Wenn es doch so einfach wäre.«
»Das ist es.« Als Cassie nichts darauf sagte, fügte Trent hinzu: »Davon bin ich überzeugt.« Abermals begegneten sich ihre Blicke. Sogleich schlug ihr Herz schneller. Sie schluckte schwer. Ihre Gedanken schweiften ab und schlugen einen gefährlich sinnlichen Pfad ein. Sie dachte an die Nächte, die sie mit ihm verbracht hatte, an das Gefühl, seine Haut auf ihrer zu spüren. Seinen heißen Atem, wenn er ihren Nacken mit Küssen bedeckte. Wenn sie auf dem Bauch lag und seine Brusthaare an ihrem Rücken spürte und tiefer, wenn er mit den Lippen die Konturen ihres Körpers nachfuhr.

Ihr Mund wurde trocken, als diese Bilder vor ihrem inneren Auge erschienen.
Sie dachte daran, wie sich seine Finger mit ihren verschränkten, wie seine feuchten Lippen ihre Schultern streiften, wenn er mit den Knien begierig ihre Schenkel auseinanderdrückte. All das hatte sie so deutlich in Erinnerung, dass sie fast spüren konnte, wie es sich anfühlte, wenn er in sie eindrang. Wie sehr sie sich danach sehnte! Sie fuhr sich mit der Zunge über die Lippen, und während sich tiefe Sehnsucht in ihr breitmachte, wurde ihr bewusst, dass sie in diesem Moment nichts anderes wollte, als genau das wieder zu erleben.
Meine Güte!
Er stand ihr noch immer gegenüber, und ihm war anzusehen, dass er die gleichen Gedanken hatte wie sie.
Hitze durchströmte sie und schlich ihren Hals hinauf. Warum nur spürte sie alles immer so überdeutlich, so ungefiltert, wenn sie in seiner Nähe war?
Fahrig strich er sich übers Kinn und die unrasierten Wangen, als hätte auch er Mühe, sich auf das zu konzentrieren, worüber sie gerade sprachen. Dann sagte er: »Weißt du, Cass, das Ganze ist ziemlich gefährlich, und ich ...«
»Halt einfach den Mund und küss mich«, fiel sie ihm atemlos ins Wort, unfähig, die Spannung zwischen ihnen noch eine Sekunde länger zu ertragen. Und ehe er etwas sagen konnte, schlang sie die Arme um seinen Nacken, zog seinen Kopf zu sich herunter und küsste ihn leidenschaftlich. Warm und feucht fand seine Zunge die ihre, begierig erwiderte er ihren Kuss. Er schlang die kräftigen Arme um sie und presste sie an sich, während sie sich über die Armlehne des Sofas auf die weichen Kissen sinken ließen. Ein Teil von ihr registrierte, dass sie vielleicht einen riesigen Fehler machte, doch in diesem Moment, in den frühen, noch

dunklen Morgenstunden, wollte sie nichts weiter, als seine rauen, warmen Hände auf ihrer Haut zu spüren, sich von seinem Geruch, seinem Geschmack davontragen zu lassen, von der Aussicht, ihn stundenlang zu lieben.

Ja, sie näherte sich bedrohlich nahe einem emotionalen Abgrund, und mit jedem weiteren Schritt lief sie Gefahr, hineinzustürzen. Aber im Moment kümmerte sie das herzlich wenig.

Kapitel 28

Cassie schlief wie ein Stein.
Nachdem Trent und sie sich bis zum Morgen geliebt hatten, hatte sie sich in seinen Armen unter den Decken vergraben und war sofort in tiefen Schlaf gesunken. Als sie aufwachte, war es schon fast elf Uhr. Trent lag nicht mehr neben ihr, und sogleich holte die Realität sie wieder ein.
Heute musste sie sich auf dem Polizeirevier in Portland Detective Nash stellen und wer weiß wem sonst noch. Nash hatte es auf sie abgesehen, das Gefühl hatte Cassie schon lange. Und dann gab es in L. A. diesen Detective Jonas Hayes. Der war sicherlich auch noch mit den Ermittlungen befasst. Mit ihm hatte Cassie bereits einige Male gesprochen, aber immer nur kurz, weshalb er bestimmt noch Fragen hatte. Vielleicht kam er sogar extra aus L. A. hergeflogen, um bei der Befragung dabei zu sein, besser gesagt, bei dem Verhör. Oder er ließ sich per Videokonferenz dazuschalten.
All dem sah Cassie nicht gerade mit Begeisterung entgegen. Sie starrte an die Decke, als würde sich dort eine Möglichkeit auftun, dem Unvermeidlichen aus dem Weg zu gehen.
Schon beim Gedanken an das, was ihr bevorstand, schnürte sich ihr der Magen zu.
Als sie sich auf die Seite drehte, sah sie sich plötzlich Hud gegenüber, der seine Schnauze auf die Matratze gelegt hatte. »Meine Güte, Hud! Musst du mich so erschrecken?«
Seine feuchte Nase war nur Zentimeter von ihrem Gesicht entfernt, und seine braunen Augen blickten erwartungs-

voll, während er nicht nur mit dem Schwanz, sondern mit dem ganzen Hinterteil wedelte.
»Ja, ich weiß. Zeit aufzustehen und dem Ungemach ins Auge zu sehen.«
Nachdem sie geduscht hatte, zog sie sich an und ging hinunter in die Küche. Hud lief aufgeregt vor ihr her.
Eine Kanne Kaffee stand auf der Warmhalteplatte der Kaffeemaschine. Cassie schenkte sich einen Becher ein und durchforstete den Kühlschrank, doch der war so gut wie leer. Keine Milch. Also musste sie den Kaffee wohl schwarz trinken, dachte sie und warf einen Blick auf den Zettel, der unter den Salz- und Pfefferstreuern auf dem Tisch steckte.

Wollte dich nicht wecken.
Bin draußen auf der Ranch und fahre dann in die Stadt.
Frühstück im Backofen.
Bald zurück.
T.

Keine Zuneigungsbekundungen. Kein *Ich liebe dich* oder *War eine tolle Nacht*, nicht einmal ein *Kuss, bis später*.
»Was hast du denn erwartet?«, fragte sich Cassie laut, während sie zu der alten Spüle vor dem Fenster ging. Den warmen Kaffeebecher in beiden Händen, schaute sie hinaus auf das Weideland auf dieser Seite von Trents Ranch. Der Regen hatte aufgehört, dennoch war es ein trüber Tag mit grauen Wolken am Himmel. Der Boden war vollkommen durchgeweicht, und das Gras lag von der Feuchtigkeit platt am Boden. Die Azaleen und Rhododendren neben dem Pumpenhaus zitterten im Wind.
Cassies Wagen stand dort, wo sie ihn geparkt hatte, der

Platz daneben, auf dem Trents Pick-up gestanden hatte, war leer.

Sie verspürte einen Anflug von Enttäuschung, doch sie sagte sich sofort, wie albern das war. Noch vor ein paar Tagen hatte sie sich von ihm scheiden lassen wollen, und nun schien ihr dieser Gedanke vollkommen absurd.

Nachdenklich trank sie einen Schluck Kaffee. War sie etwa dabei, sich erneut auf eine emotionale Achterbahnfahrt zu begeben?

Doch bevor Cassie länger darüber nachdenken konnte, meldete sich ihr knurrender Magen. Sie nahm den heißen Teller mit Toast und Schinken aus dem Ofen und stellte ihn auf den Küchentisch.

Ausgehungert machte sie sich über das Frühstück her und ließ nur ein Stück Schinken für Hud übrig. Kaum hatte er es verschlungen, wartete er hoffnungsfroh darauf, dass noch mehr für ihn abfiel. »Tut mir leid, Junge. Das war's«, sagte Cassie und schluckte den letzten Bissen Toast hinunter. In dem Moment hörte sie den Motor von Trents Wagen und das Knirschen der Reifen auf dem Kies. »Ah, da kommt dein Herrchen.« Sie stellte den leeren Teller in die Spüle, in der sich schon eine Pfanne zum Einweichen befand, und warf einen Blick aus dem Fenster. Im Eilschritt ging Trent auf die Veranda zu.

Als Cassie seine Schritte auf den Holzbohlen hörte, schlug ihr Herz schneller. Hud stieß ein freudiges Winseln aus, raste zum Hintereingang und blieb davor stehen, als könne er die schwere Holztür mit einem hypnotischen Blick dazu bewegen, sich zu öffnen. Mit angespanntem Gesichtsausdruck kam Trent herein.

»Na, Cowboy«, begrüßte Cassie ihn. Erst in dem Moment fiel ihr auf, wie ernst er wirkte. »Was ist los?«

»Kennst du eine Brandi Potts?«

Der Name kam Cassie vage bekannt vor, aber sie wusste nicht, wo sie ihn einordnen sollte. Zögernd schüttelte sie den Kopf und sagte: »Vielleicht habe ich schon mal von ihr gehört ...«
»Sie war Statistin bei *Dead Heat* ...«
»Kann sein. Warum?«
»Hast du noch keine Nachrichten gehört?«
»Nein ... Ich bin gerade erst aufgestanden. Was ist denn passiert?«
»Sie wurde letzte Nacht ermordet.«
»Was?« Cassie schnappte nach Luft.
»Erschossen. In der Straße, in der die letzte Szene von *Dead Heat* gedreht wurde. Ungefähr einen Block von der Stelle entfernt, an der Lucinda Rinaldi niedergeschossen wurde. Es läuft schon den ganzen Morgen in den Nachrichten.«
»Wie schrecklich!« Cassie konnte es nicht glauben. Sie *wollte* es nicht glauben.
»Das ist die zweite Tote, die mit diesem Film zu tun hatte. Wenn man davon ausgeht, dass jemand tatsächlich Lucinda Rinaldi umbringen wollte, schon die dritte.« Trent starrte Cassie an und sprach den nächsten Gedanken nicht aus. *Wenn Allie auch tot ist, sogar die vierte.*
Cassies Beine wurden schwach, und sie musste sich gegen die Küchentheke lehnen. »Ich verstehe das nicht. Warum? Das ist ja entsetzlich!« Sie hatte Brandi Potts nicht gekannt, hatte nicht einmal ein Bild von ihr vor Augen, dennoch fühlte sie eine tiefe, alles überschattende Trauer. »Wie ist das passiert?«, fragte sie, während Trent sich auf einen der Küchenstühle setzte.
»Genauere Informationen gibt es noch nicht. Ich habe es im Radio gehört. Und ich habe sofort Carter angerufen. Er hat nachgeforscht, dann hat er zurückgerufen. Scheinbar

war sie spätnachts noch joggen, genauer gesagt, in den frühen Morgenstunden. Und dann wurde sie auf dieser Straße angegriffen – und offenbar erschossen.«

»Am ehemaligen Set von *Dead Heat*«, flüsterte Cassie mit weit aufgerissenen Augen und setzte sich Trent gegenüber an den Küchentisch.

»Ja, genau dort.«

»Was hat das verflucht noch mal zu bedeuten?«

Cassie erwartete keine Antwort auf diese Frage, dennoch sagte Trent: »Wenn ich das bloß wüsste! Glaubst du, McNary steckt dahinter? Er war doch gestern Nacht in der Stadt.«

»Das stimmt. Trotzdem ... ich weiß nicht. Klar, der Typ ist ein Spinner. Aber ein Mörder? Das kann ich mir nicht vorstellen.« Sie überlegte einen kurzen Augenblick, dann führte sie den Gedankengang weiter. »*Ich* war gestern Nacht auch in der Stadt. Jetzt sag bloß nicht, weil ich so spät nach Hause gekommen bin, denkst du ...«

»Natürlich nicht.« Über den Küchentisch hinweg sah Trent sie eindringlich an. »Aber andere Leute könnten auf diesen Gedanken kommen. Die Cops zum Beispiel.«

Cassie erschrak. Er hatte recht. Für einen Moment überlegte sie, ob sie ihn bitten sollte, der Polizei zu sagen, sie sei die ganze Nacht über bei ihm gewesen, aber dann verwarf sie den Gedanken. Nein, das konnte sie nicht von ihm verlangen. Stattdessen versuchte sie, den genauen Ablauf der gestrigen Nacht zu rekonstruieren, aber die Lücken in ihrer Erinnerung wollten sich einfach nicht schließen. Doch einiges war ihr immerhin im Gedächtnis geblieben.

»Letzte Nacht hatte ich das Gefühl, verfolgt zu werden. Nach dem Treffen mit McNary habe ich ständig Schritte hinter mir gehört.«

»Und dann?«, fragte Trent angespannt.

»Nichts. Ich habe mich immer wieder umgesehen, aber hinter mir war niemand. Und dann bin ich einem großen, kräftigen Typen in die Arme gelaufen, einem Geistlichen, glaube ich. Jedenfalls trug er einen Priesterkragen. Und später ... Ich weiß, es klingt bestimmt verrückt, aber später dachte ich, ich hätte Allie gesehen.«
Trent erstarrte. »Du bist deiner Schwester begegnet?«
»Dachte ich zumindest. Sie stand in einem Hauseingang, vor einem Coffeeshop. Als würde sie auf den Bus warten, der kurz darauf tatsächlich kam.«
»Aber sicher bist du dir nicht?«
»Natürlich nicht. Es war ja dunkel, und ich war sowieso schon ziemlich fertig mit den Nerven.« Cassie erzählte, wie sie gewendet und den Bus überholt hatte. »Ich dachte, vielleicht war es tatsächlich Allie und vielleicht ist sie in diesen Bus gestiegen. Ich habe gewendet und bin an dem Bus vorbeigefahren, aber es saßen nur vier Fahrgäste darin. Sie war nicht dabei. Auch keine Frau, mit der man sie hätte verwechseln können.«
»Warum hast du mir das nicht schon letzte Nacht erzählt?«
»Weil ich erschöpft und ziemlich durcheinander war. Und du hast dich so aufgeregt. Und dann ... ja dann ... na ja, das weißt du doch selbst ...«
»Dann hast du mich geküsst, und wir sind im Bett gelandet.« Sein ungerührter Tonfall verunsicherte Cassie.
»Als ich heute Morgen aufgewacht bin, warst du nicht mehr da. Wann hätte ich dir also davon erzählen sollen?« Sie konnte den Anflug von Ärger in ihrer Stimme nicht unterdrücken. Dachte Trent vielleicht doch, sie hätte etwas mit den Geschehnissen der letzten Nacht zu tun?
»Du bist also diesem Bus hinterhergefahren. Aber doch nicht bis zur letzten Haltestelle? Oder wolltest du den Busfahrer nach dieser Frau fragen?«

Eigentlich ja. Aber von da an schien alles verschwommen. »Das weiß ich nicht mehr.«
»Du *weißt* es nicht mehr?« Trent sah sie verständnislos an. Cassie spürte, wie sie rot wurde. Wie sollte sie ihm das bloß erklären? »Ja, so ist es. Ich weiß es nicht mehr.« Sie stieß einen langen Seufzer aus. »Ich hatte wohl eine Art Blackout.«
»Was meinst du damit? ›Eine Art Blackout‹?«
»Ich weiß, das ist nicht einfach zu verstehen. Aber so etwas ist mir schon mal passiert.« Trent sah sie so durchdringend an, dass sie seinem Blick nicht länger standhalten konnte. Sie schob den Stuhl zurück, stellte sich vor die Spüle und starrte aus dem Fenster. »Das ist einer der Gründe, warum ich ins Mercy Hospital gegangen bin.« Es fiel ihr nicht leicht, darüber zu sprechen, zumal sie es kaum vor sich selbst hatte zugeben wollen. »Weißt du noch, wie es früher manchmal war?«, fragte sie leise und stützte sich auf den Rand der Spüle. »In der Zeit, als wir zusammengelebt haben, war ich doch manchmal ... na ja, etwas seltsam.«
Trent nickte zögernd.
»Wie sagtest du immer? Irgendwie abwesend, hast du es genannt.«
Trent schien noch angespannter, und für einen Moment wandte er den Blick ab. »Ja, das habe ich dir gelegentlich vorgeworfen. Ich hatte das Gefühl, du seist desinteressiert und wolltest Konfrontationen aus dem Weg gehen.«
»Stimmt, genau das meine ich.« Manchmal hatte sie gar nicht mehr nachvollziehen können, worum es eigentlich ging und worüber sie in Streit geraten waren. »Dann war ich wohl tatsächlich irgendwie geistesabwesend. Ich weiß nicht, wie ich es sonst beschreiben soll. Ich habe nur noch funktioniert, aber ich wusste hinterher gar nicht mehr, was genau

ich überhaupt getan hatte. Anscheinend hat das etwas mit Stressfaktoren zu tun. Und gestern Abend ist mir das wieder passiert. Ich weiß noch, dass ich hinter diesem Bus hergefahren bin, aber dann lief alles automatisch. Ich kann mich nicht mehr an andere Autos erinnern, auch nicht daran, wie ich auf den Freeway gelangt bin. Ich weiß nicht mal mehr, wie ich aus Portland hinausgekommen bin.«
»Weiß jemand von diesen Blackouts?«
Cassie schüttelte den Kopf. »Nur meine Ärztin.«
»Und deine Mutter?«
»Nein. Obwohl es nach den schrecklichen Ereignissen vor zehn Jahren anfing. Aber ich glaube, Jenna hat nichts davon mitbekommen. Und ich habe es ihr natürlich nicht auf die Nase gebunden. Sie machte sich schon genug Sorgen um mich und um Allie. Außerdem hatte sie selbst einiges durchgemacht. Das musste sie auch erst mal verkraften. Carter war zwar da, und er hat getan, was er konnte, aber ich wäre niemals auf den Gedanken gekommen, den beiden davon zu erzählen.«
»Hast du deshalb Falls Crossing verlassen und bist nach Kalifornien geflüchtet?«
»Ja, bei der erstbesten Gelegenheit.«
»Obwohl wir uns damals gerade erst kennengelernt hatten ...« Trent rieb sich das stoppelige Kinn und sah Cassie nachdenklich an.
»Ich hielt es hier einfach nicht mehr aus. Ich musste immer wieder an diesen Horrorwinter denken. Und wir waren ja noch nicht so lange zusammen. Als ich dich dann in L. A. wiedersah, wollte ich dir eigentlich aus dem Weg gehen. Ich dachte, es wäre nicht gerade schlau, wenn ich mich noch einmal mit dir einlasse. Aber ...« Cassie lächelte wehmütig. »Für mich bist du wohl einfach unwiderstehlich.«

Trent schnaubte ungläubig. »Dann hast du aber eine merkwürdige Art, das zu zeigen.«
»Jemandem nicht widerstehen zu können, kann ganz schön gefährlich sein.«
»Ich weiß«, gestand Trent ein. »O ja, das kenne ich.«
»Und natürlich dachte ich, wenn ich weggehe, würde es mir leichter fallen, das Trauma zu überwinden und diese Blackouts hinter mir zu lassen. Aber da habe ich mich wohl geirrt. Wie so oft in meinem Leben. Die Blackouts haben mich bis nach L. A. begleitet.«
Trent stand auf und schob seinen Stuhl zurück. »Das klingt nicht gut, Cass.«
»Glaubst du vielleicht, das weiß ich nicht?«
Er ging zu ihr und legte ihr einen Arm um die Schultern. »Und jetzt hat einer dieser Blackouts eine neue Tragweite angenommen, weil Brandi Potts gestern Nacht in Portland ermordet wurde und du dich nicht erinnern kannst, was du zum fraglichen Zeitpunkt gemacht hast.«
»Das heißt, du glaubst mir nicht«, flüsterte Cassie entsetzt.
»Doch, ich glaube dir«, erklärte Trent mit Nachdruck. »Ich schon. Aber ich sollte in dieser Hinsicht nicht deine größte Sorge sein.«
Cassie schüttelte den Kopf und spürte, wie erneut Ärger in ihr aufstieg. »Bei der Polizei werden sie denken, ich hätte etwas mit dem Tod dieser bedauernswerten Frau zu tun, oder? Dabei kannte ich Brandi Potts überhaupt nicht. Warum in aller Welt hätte ich sie töten sollen?«
»Cass, ich meine ja nur ...«
»Ich habe dich verstanden, Trent«, gab Cassie in bitterem Tonfall zurück. »Du willst mir klarmachen, in welcher Lage ich mich befinde. Was die Cops denken werden und welche Schlüsse die Situation nahelegt. Wahrscheinlich nehmen sie auch an, ich hätte Allie irgendwo versteckt.

Ihre Leiche in irgendeinen Schrank gestopft, hier bei dir womöglich. Vielleicht sollten wir lieber mal nachsehen!«
»Vergiss nicht, dass ich auf deiner Seite stehe.«
»Tatsächlich?«, gab Cassie zurück. »Ich glaube, ich brauche frische Luft.« Ohne eine weitere Erklärung verließ sie die Küche und ging die Verandastufen hinunter.
Hud schob sich hastig durch die Tür und zog fröhlich bellend Kreise durch den Garten. Doch selbst der muntere Schäferhund konnte Cassie nicht aufheitern. Nichts vermochte ihren inneren Aufruhr zu lindern. Sie ging zur Pferdekoppel hinüber und ließ sich den kalten Wind ins Gesicht wehen, während ihre Füße im nassen Gras versanken. Über den Zaun gelehnt, schloss sie die Augen. Wie sollte sie dieses Trauma jemals überwinden?
Wahrscheinlich gar nicht.
Die Hintertür ging erneut auf, dann knirschten Trents Schritte auf dem Kies.
In Gedanken ging Cassie noch einmal alles durch. Konnte es sein, dass doch jemand von ihren Blackouts wusste? Jemand, der dieses Wissen vielleicht zu seinem Vorteil nutzte? Aber wie sollte das möglich sein? Natürlich gab es Leute, denen ihre mentale Verfassung bekannt war. Das war schließlich in den Klinikakten dokumentiert. In den Akten der Klinik, in der sie eine sonderbare Begegnung mit einer Krankenschwester in altmodischer Tracht gehabt hatte. Die ihr mitgeteilt hatte, Allie sei noch am Leben.
Cassie schüttelte den Kopf. War das nicht viel zu weit hergeholt? Andererseits war es durchaus möglich, dass ein Zusammenhang bestand. Es war ja kein Geheimnis, dass sie psychische Probleme hatte. Sie hatte es zwar nicht an die große Glocke gehängt, dass sie ins Mercy Hospital gegangen war, aber irgendwie hatte die Presse Wind davon bekommen und eine Story daraus gemacht, im Zusam-

menhang mit Allies rätselhaftem Verschwinden. Wochenlang hatte immer wieder etwas darüber in den Zeitungen gestanden.

Wenn also jemand wusste, dass sie Gedächtnislücken hatte, wäre es ein Leichtes, sie zum Sündenbock zu machen. Wer könnte sich ihre Schwäche zunutze machen? Es müsste jemand aus ihrem Umfeld sein. Jemand, den sie kannte. Jemand, der sie beobachtete und auf eine passende Gelegenheit lauerte. Jemand, der ihr näher war, als sie dachte.

Bei dem Gedanken lief Cassie ein kalter Schauer über den Rücken.

Steigerte sie sich da in etwas hinein? Wie auch immer, für das Gespräch mit Detective Nash musste sie sich jedenfalls zusammenreißen.

»He.«

Plötzlich spürte sie Trents Hand auf ihrer Schulter. Aus dem Augenwinkel sah sie seinen besorgten Gesichtsausdruck und die dunklen Ringe unter seinen Augen. Auch er hatte unter dieser vertrackten Situation zu leiden.

»Ich wollte dich nicht aus der Fassung bringen«, sagte er. »Ich wollte nur, dass du gewappnet bist. Verstehst du, was ich meine? Du musst damit rechnen, dass man dir unangenehme Fragen stellt.«

Cassie widerstand dem Bedürfnis, sich an ihn zu lehnen. »Es wird nicht bei einem Verhör bleiben, oder? Die Cops wollen mich bestimmt festnehmen.«

»Nein, keine Sorge, das glaube ich nicht.« Trent schüttelte den Kopf. »Carter übrigens auch nicht.«

Verwundert starrte Cassie ihn an. »Du hast mit Carter über mich gesprochen?« Jahrelang hatten ihr Mann und ihr Stiefvater einen Bogen umeinander gemacht, und nun hatten sie sich plötzlich miteinander verschworen? Auf

einmal waren sie Verbündete? Redeten hinter ihrem Rücken über sie?
»Nein. Aber wenn er die Befürchtung hätte, dass die Cops dich verhaften wollen, hätte er dir bestimmt geraten, dir einen Anwalt zu nehmen.«
»Ich weiß nicht, wie ich es noch sagen soll, aber ich bin unschuldig. Ich brauche keinen Anwalt!«
Trent entgegnete nichts darauf. Die Stille zwischen ihnen dehnte sich aus, nur das Rascheln der Blätter im Wind war zu hören. Der Griff von Trents Hand auf Cassies Schulter wurde ein wenig fester, als er schließlich sagte: »Wir stehen das zusammen durch.«
»Tatsächlich?« Cassies Tonfall klang noch immer bitter. Dabei wusste sie, dass er ihr nur Mut machen wollte.
»Ach komm, Cassie. Das weißt du doch.« Er nahm sie in die Arme und drehte sie zu sich herum. Dann gab er ihr einen Kuss auf die Stirn.
Und wieder brach er ihr damit fast das Herz.
»Kommst du nun mit mir ins Haus, oder willst du weiter hier draußen stehen und irgendwann erfrieren?«
»Ich komme gleich rein. Nur noch einen Moment. Ich muss ein paar frische Sachen aus meinem Gepäck holen. Oh, und ich brauche das Ladekabel für mein Smartphone. Wenn ich es überhaupt eingepackt habe.«
»Wenn nicht, habe ich bestimmt noch ein passendes.«
»Gut.«
Gemeinsam gingen sie zu Cassies Wagen. Das Smartphone lag auf dem Beifahrersitz. »Der Akku ist bestimmt leer«, sagte Cassie und öffnete die Wagentür. »Wahrscheinlich habe ich jetzt eine Million Nachrichten von Whitney Stone, die mir Informationen für die nächsten Folgen dieser Doku-Serie entlocken will.«
»Das sind nun einmal die Schattenseiten, wenn man be-

rühmt ist«, sagte Trent und hob abwehrend die Hände, als Cassie ihn mit einem vernichtenden Blick strafte. »Ich wollte die Situation nur ein bisschen auflockern.«

»Das hat wohl seine Wirkung verfehlt.« Doch Cassie sagte dies mit einem Lächeln, und schon schien der eisige Wind, der vom Columbia River herüberwehte, nicht mehr ganz so frostig zu sein. Als sie das Smartphone vom Beifahrersitz nahm, sah sie, dass der Akku noch zwei Prozent Ladung hatte. Das Display zeigte vier Textnachrichten. Wie erwartet, waren drei von Whitney Stone. Die vierte kam von einer Nummer, die Cassie nicht im Adressbuch ihres Handys gespeichert hatte. Trotzdem erkannte sie sie sofort, und fast wäre ihr das Smartphone aus der Hand gefallen. Es war die Ziffernfolge, die Brandon McNary ihr in der Nacht auf seinem Telefon gezeigt hatte. Cassie bekam augenblicklich eine Gänsehaut, als sie sah, wie die Nachricht lautete:

Hilf mir.

Kapitel 29

Trent warf einen Blick auf die Textnachricht und riss Cassie das Telefon aus der Hand, als er ihr entsetztes Gesicht sah. »Fall bloß nicht darauf rein!«, warnte er sie. »Diese Nachricht ist nicht von Allie.«

»Woher willst du das wissen?« Cassie war leichenblass, ihre Hände zitterten. Die Augen weit aufgerissen, machte sie den Eindruck, als würde sie jeden Moment neben ihrem Wagen zusammenbrechen.

Sie wollte Trent das Handy wieder abnehmen, aber er gab es ihr nicht. »Lass mich doch wenigstens antworten!«

»An diese Nummer?«, fragte er und zögerte.

»Ja, natürlich. Ich will wissen, von wem die Nachricht kommt.«

Abermals sah Trent aufs Display. »›Hilf mir‹«, las er laut vor. »Jetzt überleg doch mal, Cassie. Klingt das etwa nach deiner Schwester? Du müsstest es eigentlich besser wissen. Hat Allie dich jemals um Hilfe gebeten?«

»Diesmal ist es etwas anderes.«

»Das wissen wir doch gar nicht.«

Cassie rieb sich die Arme, als sei sie durchgefroren bis auf die Knochen. »Wie meinst du das?«

»Ich will nicht, dass du dich darauf einlässt.«

»Das muss ich doch wohl selbst entscheiden.«

»Na dann!« Widerstrebend reichte Trent ihr das Telefon, und während die Akkuanzeige auf Rot schaltete, tippte Cassie hastig ein: Wer ist da?

»Das reicht«, sagte Trent. »Wir laden das Ding erst mal auf, dann schauen wir, was passiert. Und heute Nachmittag gibst du Detective Nash dieses Telefon. Vielleicht kann die Polizei ja die Nummer zurückverfolgen. Die haben schließlich alle technischen Möglichkeiten und Spezialisten für so etwas.«

Cassie nickte. »Einverstanden. Aber erst, nachdem wir eine Antwort bekommen haben.«

»Wann auch immer. Wir können das Telefon auch direkt zu Carter bringen, wenn dir das lieber ist. Schließlich hat er noch seine Kontakte.«

»Aber was, wenn die Nachricht wirklich von Allie stammt?«

»*Irgendjemand* hat dir geschrieben. Und ich wette mein bestes Pferd, den Grauschimmel da drüben, dass dieser Jemand nicht Allie war, sondern jemand, der dich reinlegen will.«

»Aber warum?«

»Gute Frage. Herrgott, ich weiß es auch nicht.« Trent verschränkte ihre eiskalten Finger mit seinen. »Doch das werden wir herausfinden.« Er sah sie aufmunternd an. »Am besten fangen wir bei Brandon McNary an. Er hat doch auch eine Nachricht bekommen. Und die war genauso kryptisch. Was soll das Ganze? Gestern Abend ging es ihr laut der vermeintlichen Nachricht an ihn noch gut und jetzt auf einmal nicht mehr? Jetzt braucht sie plötzlich Hilfe? *Deine* Hilfe? Findest du etwa, das ergibt einen Sinn?«

Cassie antwortete nicht darauf.

»Natürlich ergibt es überhaupt keinen Sinn«, gab Trent die Antwort auf seine eigene Frage. »Also los.« Er ging zurück zum Haus und zog Cassie mit sich. Hud preschte an ihnen vorbei und sprang die Verandastufen hinauf.

»Aber alles andere passt auch nicht zusammen.«

»Gut beobachtet.« Genau das war das Problem. Nichts an

Allie Kramers mysteriösem Verschwinden, den Morden an den beiden Frauen und den ominösen Textnachrichten passte auch nur irgendwie zusammen. Jedenfalls nicht, soweit Trent es beurteilen konnte.
Als sie die Veranda betraten, sagte Cassie: »Wir bringen das Telefon nicht zu Carter, Trent.«
»Warum nicht?«
»Weil Jenna sich dann wieder aufregen würde. Ich gebe es heute Nachmittag der Polizei.«
Trents Blick wirkte eher skeptisch.
»Ich schwöre es«, versicherte Cassie und hob die Hand. Immerhin hatte sie sich mittlerweile beruhigt. »Und vielleicht bekommen wir vorher doch noch eine Antwort.«
»Vielleicht«, gab Trent zweifelnd zurück und öffnete die Tür zur Küche. Was ihn betraf, so hatte er das Gefühl, Kontakt mit dem Absender der Nachricht aufzunehmen, führe geradewegs in eine Falle.

Mit geschlossenen Augen lehnte sich Nash zurück und drehte den Kopf abwechselnd in beide Richtungen, bis es in ihrem Nacken knackte. Nach acht bis neun Stunden am Schreibtisch war sie so verspannt, dass sich ein hämmernder Kopfschmerz ankündigte.
Den ganzen Tag lang hatte sie Akten gelesen und Computerrecherche betrieben, und jetzt brannten ihre Augen. Was natürlich auch an mangelndem Schlaf lag. Nachdem sie mit Double T. in den frühen Morgenstunden die Tatortbesichtigung und die Befragung der beiden Hauptzeugen beendet hatte, war sie viel zu überdreht gewesen, um nach Hause zu fahren und sich noch ein paar Stunden hinzulegen. Also war sie direkt ins Department gefahren. Dort war es um die frühe Uhrzeit ziemlich ruhig gewesen. Nash hatte den Kriminaltechnikern und der Gerichtsme-

dizinerin Druck gemacht und wartete auf den Abgleich der Kugeln in den Körpern der beiden Mordopfer aus L. A. und Portland. Die Gerichtsmedizinerin hatte die Obduktion von Brandi Potts vorrangig behandelt und die Kugel bereits aus ihrem Körper herausgeholt. Auf die Information dagegen, ob sich auf der Maske Fingerabdrücke oder DNA-Spuren befanden, musste Nash noch warten.
Sie hatte die Zeit genutzt, sämtliche zur Verfügung stehenden Daten über die Morde an Holly Dennison und Brandi Potts abzugleichen.
Es gab viele Übereinstimmungen.
Aber auch viele Ungereimtheiten.
Also kein klar erkennbarer, direkter Zusammenhang.
Das begünstigte den Kopfschmerz nur noch. Nash griff nach einer Packung Schmerztabletten und spülte zwei davon mit ihrem kalten Kaffee hinunter. Nachdem sich die Nachricht von dem Mord in der letzten Nacht in sämtlichen Medien verbreitet hatte, stand das Telefon nicht mehr still, und die Anrufe wurden immer mehr. Reporter von fünf verschiedenen Sendern hatten Einzelheiten wissen wollen, und Nash hatte wieder einmal einen nach dem anderen an die Pressestelle verwiesen. Aber es waren auch ein paar Hinweise eingegangen. Und die üblichen Behauptungen, Allie Kramer sei gesehen worden.
Tja, Allie Kramer.
Ihr Verschwinden stand im Zentrum des Ganzen, da war Nash sich sicher. Sie wusste nur noch nicht, was das bedeutete. Doch bald würde sich die Gelegenheit bieten, der Sache ein wenig näher zu kommen. Und zwar morgen Abend. Auf der Premierenfeier von *Dead Heat*, zu der alle möglichen Leute geladen waren, die auf irgendeine Weise mit dem Film in Verbindung standen. Diesbezüglich hatte sich Nash ebenfalls kundig gemacht.

Zunächst war ihr nicht aufgefallen, dass es auch zwischen Brandi Potts und *Dead Heat* eine Verbindung gab, doch dann hatte Potts Lebensgefährte, Jeffrey Conger, bei der Befragung angegeben, dass sie als Statistin dabei gewesen war. An dem Tag, an dem Lucinda Rinaldi niedergeschossen wurde, war Brandi Potts ebenfalls am Set gewesen. Persönlichen Kontakt zu den Kramer-Schwestern hatte sie aber wohl nicht gehabt. Zumindest war Jeffrey Conger nichts dergleichen bekannt.

Conger selbst arbeitete als Börsenmakler, und die Nachricht hatte ihn kalt erwischt. Er war zutiefst schockiert gewesen und hatte Nash um kurz nach sieben im Department angerufen und sich erkundigt, ob es neue Informationen gebe und ob er noch irgendetwas zu den Ermittlungen beitragen könne. Nash hatte ihm am Telefon ein paar weitere Fragen gestellt, doch er war vollkommen fertig gewesen und kaum in der Lage, Antworten zu geben.

Brandi Potts hatte als Fondsmanagerin bei einer Bank in Portland gearbeitet. Sie stammte aus Seattle und war wegen Conger nach Portland gezogen. Seiner Aussage zufolge war sie aufgeschlossen und beliebt gewesen. Dass sie Feinde gehabt hatte, konnte er sich absolut nicht vorstellen. Sie hatten Heiratspläne geschmiedet, obwohl er ihr noch keinen offiziellen Antrag gemacht hatte. Aber er hatte schon eine Anzahlung auf den Verlobungsring geleistet, den sie ihm einmal im Schaufenster eines Juweliers gezeigt hatte. Den Heiratsantrag wollte er ihr demnächst bei einem Footballspiel der University of Washington in Seattle machen, wozu er bereits Brandis ehemalige Kommilitoninnen eingeladen hatte. Außerdem hatte er den Sender kontaktiert, der das Spiel übertragen würde, um auf dem Großbildschirm im Stadion erscheinen und sie um ihre Hand bitten zu dürfen. Als er das am Telefon erzählte, be-

gann er so hemmungslos zu schluchzen, dass Nash das Gespräch hatte abbrechen müssen.
Ja, Jeffrey Albright Conger war vollkommen fertig.
Oder ein exzellenter Schauspieler.
Ansonsten war die Verbindung zwischen Brandi Potts und *Dead Heat* ziemlich dünn. Sie war ja nur eine Statistin gewesen.
Trotzdem wurde Nash das Gefühl nicht los, dass ein Zusammenhang zwischen Brandis Tod, diesem Film und dessen Hauptdarstellerin bestand.
Die nach wie vor verschwunden war.
Nash fragte sich, inwiefern der Zeitpunkt ihres Verschwindens relevant war. Wenn sie es bei den beiden Morden mit ein und demselben Täter zu tun hatten, war Allie Kramer vielleicht das erste Mordopfer gewesen. Aber warum hatte man dann nicht ihre Leiche entdeckt? Wenn der Modus Operandi des Täters darin bestand, die Opfer am Tatort liegen zu lassen und ihnen diese grotesken Masken aufzusetzen, warum hätte er bei Allie Kramer eine Ausnahme machen sollen? Oder war sie ihm entkommen? Hatte sie gewusst, was passieren würde, und war deshalb nicht zum letzten Drehtag erschienen? Und wenn ja, wie hatte sie davon erfahren? Oder war sie selbst an den Verbrechen beteiligt? Aber auch dann bliebe nach wie vor die Frage, warum sie noch immer wie vom Erdboden verschluckt war.
Nash konnte es drehen und wenden, wie sie wollte, im Moment brachten all diese Überlegungen sie nicht weiter. Sie nahm sich vor, noch einmal zu überprüfen, welche Personen Zugang zu dem Requisitenschrank am Set der Dreharbeiten gehabt hatten. Sig Masters, der die Schüsse abgefeuert hatte, stand zwar nach wie vor auf der Verdächtigenliste, aber es gab keinen ersichtlichen Grund, warum er Lucinda Rinaldi oder eine der Kramer-Schwestern hätte

erschießen sollen. Wie Nash in Erfahrung gebracht hatte, hätten eigentlich beide Schwestern beim Dreh der letzten Szene dabei sein sollen, denn sie hatten die beiden Frauen gespielt, auf die der Killer im Film es abgesehen hatte.

Irgendetwas übersah sie bei all dem, da war sich Nash sicher.

Die offensichtlichste Verbindung war Cassie Kramer, also Allies Schwester beziehungsweise Jennas Tochter. Aber war das nicht zu einfach?

Der erste Mord war in L. A. passiert.

Der zweite in Portland.

Und jedes Mal hatte sich Cassie Kramer zum fraglichen Zeitpunkt in der jeweiligen Stadt aufgehalten.

Ziemlich auffällig.

Aber auch andere Leute, die mit *Dead Heat* zu tun gehabt hatten, waren an der Westküste hin- und hergeflogen.

Dass sie es mit zwei verschiedenen Tätern zu tun hatten, hielt Nash für eher unwahrscheinlich. Demnach konnte man also von Folgendem ausgehen: Wer auch immer für den Mord an Holly Dennison in Portland verantwortlich war, hatte einige Tage später in L. A. Brandi Potts erschossen.

Nash trommelte mit einem Bleistift auf ihren Notizblock und grübelte. Alle Spuren führten zu Cassie Kramer. Sie war während der Schüsse auf Lucinda Rinaldi am Filmset gewesen, hier in Portland. Sie hatte sich an dem Abend, bevor Holly Dennison ermordet wurde, in L. A. mit ihr getroffen. Jetzt war sie wieder in Oregon, und gestern Nacht war Brandi Potts erschossen worden.

Und dann stand auf den Rückseiten der Masken auch noch *Schwester* und *Mutter*.

Wer sonst hätte die Frauen, deren verzerrte Gesichter auf den Masken zu sehen waren, so bezeichnen sollen?

Jemand, der einen Grund hatte, die beiden Frauen zu töten, und der Cassie Kramer die Schuld in die Schuhe schieben wollte? Möglicherweise sollten die Masken von dem eigentlichen Motiv ablenken. Vielleicht waren sie einzig und allein dazu gedacht, die Polizei auf Trab zu halten und auf eine falsche Spur zu führen. Es konnte auch eine ganz andere Verbindung zwischen den beiden ermordeten Frauen geben. Einen Ex-Lover vielleicht. Peggy Gates, die Hauptzeugin, hatte ausgesagt, eine Frau oder ein nicht allzu großer Mann sei vom Tatort davongelaufen. Doch bei dieser Person, ganz gleich, ob Mann oder Frau, musste es sich nicht zwingend um den Täter handeln. Sie oder er konnte auch ein Zeuge gewesen sein und ganz andere Gründe gehabt haben, sich aus dem Staub zu machen.

Und diese Person musste nicht unbedingt Cassie Kramer sein. Wäre da nicht dieses Beweisstück, das per E-Mail vom Straßenverkehrsamt gekommen war. Nash richtete den Blick wieder auf ihren Computerbildschirm und sah sich das Foto der Verkehrskamera noch einmal an: eine Frau in einem Honda, die einen verbotenen U-Turn machte, nicht weit entfernt vom Tatort. Der Zeitstempel zeigte 1.14 Uhr, der Wagen war auf die Frau zugelassen, die hinter dem Steuer saß: Cassie Kramer.

Cassie hatte sich zum Zeitpunkt des Mordes also nicht nur im Umkreis von Portland aufgehalten, sie war vielmehr wenige Blocks vom Schauplatz des Verbrechens entfernt von einer Kamera erfasst worden.

Tja, da fiel es allmählich schwer zu glauben, dass Cassie Kramer, der man psychische Probleme attestiert hatte, nichts mit den Morden an Holly Dennison und Brandi Potts, dem versuchten Mord an Lucina Rinaldi und dem Verschwinden ihrer Schwester zu tun hatte.

Dennoch … irgendetwas passte nicht zusammen.

Genervt ließ Nash den Bleistift auf ihren Schreibtisch fallen. In dem Moment hörte sie, dass sich jemand näherte. Sie hob den Kopf und sah Double T. vor ihrem Schreibtisch stehen. In frischer Jeans, mit offenem Hemd und Jacke über dem Arm.
Irgendwann zwischen dem frühen Morgen und kurz nach Mittag hatte er es offenbar geschafft, seine Kleidung zu wechseln. In der rechten Hand hielt er eine Tüte, deren Logo zu entnehmen war, dass er außerdem einen Zwischenstopp in Nashs bevorzugtem Deli einen Block weiter eingelegt hatte. In der linken Hand balancierte er ein Papptablett, in dessen Vertiefungen zwei übergroße Becher steckten. »Ich dachte, du könntest mal etwas anderes gebrauchen als Schmerztabletten und miserablen Kaffee.«
»Damit liegst du absolut richtig.« Wie zur Bestätigung knurrte ihr Magen.
»Das höre ich doch gern.«
Nash zeigte auf die Tüte und fragte: »Was ist denn da drin?«
»Irgendwelche vegetarischen Spezialitäten. Und eine Cola light. Ich weiß, du lebst im Moment ziemlich asketisch und trinkst keine Softdrinks mit Zucker. Aber du solltest dir ruhig mal etwas gönnen. Also hau rein.«
»Danke, da sage ich natürlich nicht Nein.« Ein Energieschub kam Nash wirklich gelegen. Von all dem biologisch-dynamischen Zeug und dem geschmacklosen Kantinenessen hatte sie ohnehin allmählich die Nase voll. An einem Tag wie diesem ganz besonders.
Double T. stellte die Becher und die Tüte auf den Schreibtisch, setzte sich auf den Besucherstuhl und packte das Essen aus. Nach einem Vormittag mit bitterem Kaffee, zwei Schokoriegeln und Kopfschmerztabletten lief ihr das Wasser im Mund zusammen.

Schon beim ersten Bissen stellte sie fest: Das getoastete Sandwich mit geschmolzenem Käse, Zwiebeln, Tomaten, Avocado und Wasabi-Mayonnaise war genau das, was sie jetzt brauchte. Es mit einer Cola light hinunterzuspülen war auch nicht das Schlechteste. Kurz darauf erwachten ihre Lebensgeister wieder.
»Bist du weitergekommen?«, erkundigte sich Double T., der für sich selbst mit Käse überbackene Fleischbällchen mitgebracht hatte, und wies mit dem Kopf auf ihre Notizen.
»Nicht so richtig. Such dir aus, womit ich anfangen soll, es läuft immer auf das Gleiche hinaus«, sagte Nash und biss erneut herzhaft in ihr Sandwich. »Ich warte noch auf Nachricht von den Kriminaltechnikern wegen des Abgleichs der beiden Kugeln, aber ich wette, die passen zusammen. Die laminierte Maske wird auf Fingerabdrücke und DNA-Spuren untersucht. Sie überprüfen auch das Papier und das Gummiband. Und wie steht es bei dir?«
»Larry Sparks hat mich angerufen.« Als Double T. Nashs fragenden Blick sah, erklärte er: »Sparks ist Lieutenant bei der Oregon State Police. Und jetzt hör dir das an: Er hat die Zulassungen für einen 2007er Hyundai Santa Fe überprüft. Einen SUV.«
»Ja, und?«
»Als Gefallen für einen Freund.«
Nash sah immer noch keinen Zusammenhang, aber dem vielsagenden Grinsen von Double T. konnte sie entnehmen, dass diese Tatsache von Bedeutung war. »Und was geht uns das an?«
»Hm.« Double T. schaufelte einen weiteren Bissen der Fleischbällchen in sich hinein und spülte ihn mit einem ausgiebigen Schluck Cola hinunter. »Der besagte Freund ist Shane Carter.«

»Der Mann von Jenna Hughes?« Jetzt konnte Double T. sich ihrer ungeteilten Aufmerksamkeit sicher sein.

»Genau der. Sie suchen nach einem solchen Wagen. Und nun wird das Ganze ziemlich abstrus: Als Cassie Kramer in der Klinik war, ist einem anderen Patienten auf dem Parkplatz dieser Wagen aufgefallen. Na ja, der Junge, also der Patient, ist ein bisschen auffällig. Er kann sich alle möglichen Daten merken und interessiert sich besonders für Autos. Anscheinend kennt er jede Marke und jedes Modell. Jedenfalls behauptet Cassie Kramer, sie hätte Besuch von einer Frau bekommen, die sagte, ihre Schwester würde noch leben. Und diese Frau hat angeblich einen 2007er Hyundai Santa Fe gefahren. Behauptet der Junge.«

»Warte, warte! Noch mal langsam: Es gibt also eine Frau mit Informationen über Allie Kramer. Warum erfahren wir das erst jetzt?«

»Tja ... Die Frau soll eine altmodische Schwesterntracht getragen haben. Wie in den Fünfzigerjahren. Aber so etwas hat in der Klinik natürlich keiner an.«

»Natürlich nicht«, sagte Nash und vergaß für einen Moment, in ihr Sandwich zu beißen. »Was hältst du davon?«

»Laut Carter, mit dem ich nach dem Anruf von Larry Sparks sofort gesprochen habe, hat Cassie Kramer erst mal nichts davon erzählt, weil sie nicht wollte, dass man sie für verrückt hält.«

»Für noch verrückter, als sie ohnehin schon gilt?«

»So ungefähr. Carter sagte, sie will heute vorbeikommen. Sie hat nämlich auch eine Maske erhalten.«

»Was? So eine Maske wie die Opfer?«

»Ja. Mit dem Gesicht von Allie Kramer. Und genauso verzerrt.«

»Wie ist sie an diese Maske gekommen?«

»Anscheinend wurde sie in ihrem Gepäck deponiert. Cassie Kramer glaubt, jemand ist in ihr Apartment eingebrochen, in Kalifornien, weil plötzlich eine Katze aus der Nachbarschaft darin eingesperrt war.«

»Klingt ziemlich abgedreht. Hat sie Anzeige erstattet?«

»Nein, es wurde ja nichts gestohlen.«

Nash machte sich Notizen und dachte einen Moment lang nach. Konnte es sein, dass Cassie Kramer die Polizei von sich ablenken wollte? Andererseits hatten sie die Information über die Masken vor der Presse zurückgehalten. Nur die Kollegen, die in irgendeiner Weise mit dem Fall betraut waren, sowie die Augenzeugen, die in L. A. oder in Portland zuerst an den Tatorten gewesen waren, hatten die Masken gesehen. Und die hatten bis jetzt darüber geschwiegen. Wenn also nichts davon durchgesickert war, woher hätte Cassie Kramer von den Masken wissen sollen?

»Das bringt sie eindeutig mit dem Ganzen in Verbindung«, überlegte Nash laut.

»Oder macht sie zum Opfer.«

»Du meinst, sie erweckt den Anschein, Opfer zu sein.«

Nash spielte bewusst den Advocatus Diaboli. Eigentlich hatte sie ebenso ihre Zweifel daran wie Double T., aber sie wollte bestimmte Überlegungen nicht von vornherein außer Acht lassen, schon gar nicht aufgrund irgendeines Bauchgefühls.

»Glaubst du wirklich, sie hat etwas mit den Morden zu tun?«, fragte Double T. dennoch.

»Ich weiß es nicht.«

»Aber du bezweifelst das, genau wie ich?«

»Ich versuche nur, mir ein Gesamtbild zu machen«, erklärte Nash. Doch nach wie vor hatte sie das Gefühl, dass dieses Bild noch längst nicht vollständig war. »Sieh dir das hier mal an«, sagte sie und drehte den Bildschirm um, sodass Double T. einen Blick darauf werfen konnte. »Rate mal, wer gestern Abend in der Nähe des Tatorts bei einem verkehrswidrigen U-Turn erwischt wurde.«

Double T. pfiff durch die Zähne, als er Cassie Kramer hinter dem Steuer ihres Wagens erkannte. »Scheint, als wäre ihr Schicksal damit besiegelt. Jetzt brauchen wir nur noch die Mordwaffe. Am besten mit ihren Fingerabdrücken.«

»Oder ein Geständnis.« Nash widmete sich wieder ihrem Sandwich, aber sie kaute mechanisch, denn in Gedanken war sie schon bei dem bevorstehenden Gespräch mit Cassie Kramer. »Der Nachmittag verspricht, äußerst interessant zu werden.«

»Hoffentlich bringt sie keinen Anwalt mit.« Double T. knüllte das Einwickelpapier zusammen und warf es über den Schreibtisch in den Papierkorb. »Zwei-Punkte-Wurf«, sagte er mit einem breiten Grinsen. »Der Tag scheint noch richtig sonnig zu werden.«

»Ach ja?«

»Jetzt warten wir erst mal ab, was Cassie Kramer zu erzählen hat.« In dem Moment klingelte sein Telefon, und er stand auf.

»Ich bin mir nicht sicher, ob wir warten sollen, bis sie hierherkommt«, gab Nash zurück. Sie fragte sich, ob sie nicht sofort nach Falls Crossing fahren sollten, um mit Cassie Kramer zu sprechen. Cassie war psychisch nicht ganz auf der Höhe. Und wahrscheinlich war sie nicht scharf darauf, mit der Polizei zu reden. Doch wenn Shane Carter gesagt hatte, sie würde an diesem Nachmittag ins Department kommen, konnte man sich darauf verlassen. Nash hätte ihren Job darauf verwettet, dass der Ex-Sheriff Wort halten und dafür sorgen würde, dass seine Stieftochter hier auftauchte.

Sie trank den letzten Schluck Cola light, warf Becher und

Sandwich-Papier in den Abfallkorb und machte sich wieder an die Arbeit. Die Kopfschmerzen waren einigermaßen erträglich, bis Kowalski, der offenbar gerade eine geraucht hatte, an ihrem Schreibtisch vorbeikam und fragte:
»Wie geht es bei dem Fall voran?«
»Geht so.«
»Hab gehört, ihr habt noch eine Tote mit so 'ner Maske, die mit diesem Film zu tun hatte. Komische Sache.«
»Ja, sehr seltsam«, gab Nash zurück.
»Hat die Spurensicherung was gefunden?«
»Keine Ahnung«, antwortete Nash einsilbig.
»Fingerabdrücke vielleicht?«
»Hab noch keinen Bericht.«
»Na dann.« Endlich kapierte Kowalski, dass Nash keine Lust hatte, mit ihm über den Fall zu reden, und ging an seinen Schreibtisch, um den Computer einzuschalten.
Nashs Smartphone klingelte. Sie warf einen Blick aufs Display. Whitney Stone. Schon zum vierten Mal heute. Gab diese Frau denn niemals Ruhe?
Nash ließ die Mailbox anspringen. Ihr stand absolut nicht der Sinn danach, mit Whitney Stone zu sprechen.

Kapitel 30

Noch eine Maske? Entsetzt wich Cassie vor dem deformierten Gesicht ihrer Mutter zurück. »O Gott!«, flüsterte sie und klammerte sich an den Tisch des Verhörraums. An der Wand ihr gegenüber war eine Kamera installiert, und darunter befand sich die verspiegelte Fläche, hinter der sich, wie sie aus dem Fernsehen wusste, ein Raum befand, von dem aus Nashs Kollegen sie sehen konnten.
»Woher haben Sie die?«, fragte Cassie schließlich leise.
»Sie haben diese Maske also noch nie gesehen?«, lautete Nashs Gegenfrage.
»Nein.«
»Aber Sie haben auch so eine. Die haben Sie uns doch heute übergeben.«
»Ja«, antwortete Cassie und fragte sich, worauf die Ermittlerin hinauswollte.
»Genau so eine wie diese?« Nash zog ein Foto aus ihrer Mappe und schob es über den Tisch zu Cassie hinüber. »Das ist nur eine Kopie. Das Original liegt in L. A., bei Detective Hayes, der im Mordfall Holly Dennison ermittelt.« Die Kopie zeigte ebenfalls Allies verzerrte Gesichtszüge.
»Hayes«, sagte Cassie tonlos. »Mit dem habe ich in L. A. schon gesprochen.«
»Aber noch nicht ausführlich.«
»Stimmt.« Cassie nickte und starrte auf die entsetzliche Maske. »Woher haben Sie die?«, wiederholte sie ihre Frage.

»Ich dachte, das könnten Sie mir vielleicht sagen.«
»Nein!«
»Sind Sie sich sicher?«
Nash war so verdammt ruhig und gelassen, dachte Cassie und spürte unvermittelt eine klaustrophobische Enge in dem fensterlosen Raum.
»Natürlich bin ich mir sicher. Diese beiden Masken habe ich noch nie gesehen. Ich dachte ... also, ich bin davon ausgegangen, ich sei die Einzige, die eine bekommen hat.«
»Die beiden anderen wurden bei den Mordopfern gefunden.«
»Was?«
»Die ermordeten Frauen in L. A. und Portland trugen sie über dem Gesicht. Und in beiden Fällen haben Sie sich zur Tatzeit in der jeweiligen Stadt aufgehalten, Miss Kramer.«
»Großer Gott! Das verstehe ich nicht.« Was hatte das zu bedeuten? Und was versuchte Nash ihr da zu unterstellen?
»Wie gut kannten Sie Brandi Potts?«
»Überhaupt nicht.«
»Heißt das, Sie sind ihr nie begegnet, und Ihre Schwester hat den Namen auch nie erwähnt?«
»Ich ... ich weiß es nicht genau. Aber ich glaube nicht.«
»Sie glauben es nicht?« Nashs Blick war unerbittlich.
»Vielleicht war sie mal am Set. Jedenfalls kann ich mich nicht bewusst an sie erinnern.«
Nash schob ein weiteres Foto über den Tisch. Eine Frau mit rotem Haar und einem hübschen Gesicht war darauf zu sehen. »Das ist Brandi Potts.«
Cassie betrachtete das Bild und schüttelte den Kopf. »Kann sein, dass ich ihr schon mal begegnet bin. Aber ich erinnere mich nicht.«
Noch ein Foto wurde über den Tisch geschoben: dieselbe

Frau, aber diesmal mit starrem Blick und wächserner Haut. Ganz offensichtlich war sie tot.

»Meine Güte! Das ist schrecklich!« Cassie wurde schlecht. Sie musste den Blick abwenden.

Nash wartete einen Moment lang und schwieg. Dann sagte sie in einem Tonfall, als wären sie gute Freundinnen: »Jetzt erzählen Sie mir erst mal, wie Sie an die Maske gekommen sind.«

»Aber das habe ich doch schon gesagt.« Cassie hatte nicht vor, auf die Änderung der Taktik hereinzufallen. Rhonda Nash war nicht ihre Freundin. Trotzdem fasste sie noch einmal zusammen, wo sie die Maske gefunden hatte und wie sie ihrer Vermutung nach in ihr Gepäck gekommen war. Sie berichtete, wie sie die Katze entdeckt hatte und dass sie annahm, dass jemand in ihr Apartment eingedrungen war und das Tier versehentlich dort eingesperrt hatte. Nachdem Nash noch einige Fragen dazu gestellt hatte, kam sie auf die vergangene Nacht zu sprechen.

So zusammenhängend sie konnte, erzählte Cassie von ihrem Treffen mit Brandon McNary, von der Textnachricht, die er ihr gezeigt hatte, und dass sie anschließend auf dem Weg zu ihrem Wagen meinte, verfolgt zu werden. Von ihren Gedächtnislücken erwähnte sie nichts. Das hätte doch nur Anlass zu Spekulationen gegeben, die Cassie gar nicht erst aufkommen lassen wollte.

»Das ist alles?«, fragte Nash.

»Ja.« Cassie nickte bekräftigend und merkte, wie sie sich verspannte.

»Sonst ist nichts vorgefallen?«

Warum klang diese Frage, als wollte ihr Nash eine Falle stellen?

Wortlos schob die Ermittlerin die Maske auf dem Tisch beiseite und zog ein weiteres Foto aus ihrer Mappe. »Das hier sind doch Sie, oder?«, fragte sie. Cassie erstarrte. Das Foto zeigte sie am Steuer ihres Wagens, und es hatte einen Zeitstempel. Sie erinnerte sich an das Blitzlicht der Kamera bei ihrem unerlaubten U-Turn.

»Ja«, antwortete sie, und das Blut stockte ihr in den Adern.

»Wie ist es dazu gekommen?«, wollte Nash wissen.

»Auf der Fahrt nach Hause dachte ich, ich hätte meine Schwester gesehen«, erklärte Cassie und hatte Mühe, ruhig zu bleiben. »Aber dann kam ein Bus und versperrte mir den Blick. Ich dachte, sie sei in diesen Bus gestiegen, und habe gewendet, um hinterherzufahren.«

»Nachts, um ein Uhr vierzehn?«

»Ich weiß nicht mehr genau, wie spät es war. Aber das könnte hinkommen.«

Cassie konnte den Bus auf Nachfrage genauer beschreiben. Sie erinnerte sich an die Werbung für eine Immobilienfirma unter der hinteren Fensterscheibe.

Nash machte sich Notizen. »Sie sind also hinter dem Bus hergefahren«, fasste sie zusammen. »Befand sich Ihre Schwester unter den Fahrgästen?«

»Nein.«

»Was haben Sie daraufhin getan?«

Nun war es passiert. Es ging um die Zeitspanne, die Cassie nicht erklären konnte. Das schwarze Loch in ihrem Gedächtnis, von dem sie nicht wusste, wie sie es füllen sollte.

»Nichts«, antwortete sie hastig. *Jetzt nur nicht nervös werden. Bleib ruhig und konzentrier dich.* »Ich bin nach Hause gefahren.«

Cassie musste sich zusammenreißen, um nicht unruhig auf ihrem Stuhl hin und her zu rutschen. Sie wünschte sich, Trent wäre an ihrer Seite. Aber das war natürlich nicht erlaubt. Er hatte sie zum Department gefahren und wartete auf sie. Wahrscheinlich stellte einer von Nashs Kollegen ihm in diesem Moment auch eine Reihe Fragen, um herauszufinden, ob seine Antworten sich mit ihrer Aussage deckten.

Cassie klammerte sich mit beiden Händen an die Sitzfläche des Stuhls und versuchte, fokussiert zu bleiben.

»Ich muss Ihnen noch etwas zeigen«, sagte sie und holte ihr Smartphone aus der Jackentasche. »Ich hatte das Telefon gestern im Auto liegen lassen, und heute Morgen fand ich eine Nachricht.« Cassie öffnete die kryptische Textnachricht und reichte Detective Nash das Handy.

»›Hilf mir!‹«, las Nash laut vor.

»Ich weiß nicht, von wem diese Nachricht kommt. Die Nummer kenne ich nicht, aber von dieser Nummer wurde auch die Nachricht an Brandon McNary geschickt. Die war auch so kurz. ›Bin okay.‹ Er glaubt, sie kam von Allie. Und das dachte ich bei dieser Nachricht auch.« Sie deutete auf ihr Smartphone.

»Haben Sie darauf geantwortet?«, fragte Nash.

»Ja, aber es hat sich niemand gemeldet«, sagte Cassie.

»Und Sie glauben, die Nachricht ist von Ihrer Schwester?«

»Von wem denn sonst?«

»Von jemandem, der Ihnen einen Streich spielen will, zum Beispiel.«

»Das könnte natürlich sein. Aber ich dachte, es würde Sie interessieren.«

Nash nickte. »Kann ich das Handy vorerst hierbehalten?«

»Ja, natürlich.« Cassie gab das Smartphone nur ungern aus der Hand, aber sie hoffte, dass die Spezialisten die Nachricht zurückverfolgen konnten. Dazu brauchten sie lediglich eine Genehmigung und mussten sich mit der Telefongesellschaft in Verbindung setzen. Ob sie oder Nash darüber hinaus in ihrer Anrufliste, ihren Textnachrichten und ihren Apps herumstöberten, kümmerte sie im Moment nicht sonderlich. Sie hatte nichts zu verbergen, und sie wollte wissen, wer ihr diese Nachricht geschickt hatte.

»Detective Hayes möchte auch noch mit Ihnen sprechen«, sagte Nash schließlich.

»Schon wieder?« Cassie seufzte. Sie wollte nichts weiter, als diesen Verhörraum endlich verlassen. »Ist er hier?«

»Nein. Das machen wir per Telefonschalte. Hauptsächlich werde ich die Fragen stellen, wenn es Ihnen recht ist.«

»Kein Problem«, log Cassie. Aber sie fragte sich, was das nun wieder sollte.

Einmal mehr wünschte sie sich, Trent wäre bei ihr. Oder wenigstens Carter. Auf dem Weg zum Department hatte er Trent angerufen, damit er ihr Mut zusprach. Und er hatte Trent berichtet, er sei mit Larry Sparks auf dem Weg nach Molalla, um einer Spur zu folgen. Sparks habe einen Hyundai Santa Fe, Baujahr 2007, bis zu einem Fahrzeughändler zurückverfolgen können.

»Auf den Nummernschildhalterungen ist der Name des Händlers zu sehen und ...«

»Ein Rodeoreiter?«, war Cassie Trent ins Wort gefallen, verblüfft, weil Rinkos Angaben tatsächlich so präzise waren.

»Genau. Wegen des Molalla Buckeroo. Das ist eine Veranstaltung, die dort jedes Jahr stattfindet. Zugelassen ist der Wagen auf eine Belva Nelson. Sie wohnt mit ihrer Nichte und deren Mann auf einer kleinen Farm außerhalb des Ortes. Die Nichte heißt Sonja Watkins. Sagt dir einer dieser Namen etwas?«

»Nein«, hatte Cassie geantwortet. Keinen der Namen hatte sie jemals gehört.

»Aber jetzt kommt das Beste«, hatte Trent weitererzählt. »Belva Nelson ist mittlerweile in Rente, aber früher war sie Krankenschwester. In Portland.«

»Im Mercy Hospital?«, hatte Cassie aufgeregt gefragt.
»Keine Ahnung. Aber das finden Sparks und dein Stiefvater sicher auch noch heraus. Carter ruft wieder an, sobald er Näheres weiß.«
Nun, im Verhörraum, fragte sich Cassie, ob sie Nash davon hätte erzählen sollen. Oder ob sie längst von der Suche nach dem Hyundai Santa Fe wusste, weil Carter gesagt hatte, er wolle die Polizei nicht außen vor lassen.
Nash nickte den Kollegen hinter der verspiegelten Wand zu, und gleich darauf wurde ein Telefon gebracht und eingestöpselt. Nash tippte eine Nummer ein, wurde mit Detective Hayes in L. A. verbunden, dann ging das Verhör weiter.
Nash stellte eine Reihe Fragen, die Cassie längst beantwortet hatte, und Hayes warf nur die eine oder andere Zwischenfrage ein. Cassie musste alles noch einmal wiederholen. Ob sie Brandi Potts gekannt hatte. Ob Allie den Namen einmal erwähnt hatte. Ob sie, Cassie, ein Alibi für den Tatzeitpunkt hatte. Und so weiter. Cassie kam sich vor wie im falschen Film, besser gesagt, wie in einer Endlosschleife.
Was sollte diese Fragerei? Das führte doch zu nichts. Aber Detective Nash ließ nicht locker, während Hayes' körperlose Stimme zwischendurch aus dem Lautsprecher des Telefons schallte.
Nach einer Dreiviertelstunde riss Cassie der Geduldsfaden. »Ich weiß nicht, warum Sie mich das immer wieder fragen«, sagte sie. »Wenn ich sonst noch etwas wüsste, hätte ich Ihnen das doch schon längst erzählt.«
»Beruhigend, das zu wissen«, sagte Nash mit einem Lächeln, das ebenso unerbittlich war wie ihre Fragen.
»Ich möchte jetzt gehen«, verkündete Cassie und stand auf.

»Das würde ich Ihnen nicht unbedingt raten«, gab Nash ungerührt zurück.
»Ich gehe aber trotzdem«, beharrte Cassie. Sie rechnete damit, dass Nash sie zurückhalten würde, doch nichts dergleichen geschah.
»Wir werden Ihnen sicher noch ein paar Fragen stellen müssen«, sagte sie lediglich.
»Sicher«, wiederholte Cassie und fügte hinzu: »Sie haben meine Nummer. Ach, nein. Mein Telefon bleibt ja bei Ihnen!«
Nach diesen Worten öffnete sie die Tür und stürmte hinaus.

Sonja Watkins wirkte nicht gerade begeistert, als ein Vertreter des Gesetzes auf ihrer schmuddeligen Matte stand. Kaum eins sechzig groß, um die vierzig, mit rot gefärbten Strähnen im kastanienbraunen Haar, war sie so dünn, dass man sie auch mager nennen konnte. Sie hatte eine Lesebrille ins Haar geschoben und eine Zigarette zwischen den Fingern mit falschen Nägeln und spähte durch das löchrige Fliegengitter, während im Hintergrund der Fernseher plärrte.
Zwei Hunde von unbestimmbarer Rasse lagen auf der Veranda und behielten ein paar Hühner im Auge, die auf der spärlichen Grasfläche nach Körnern und Insekten suchten. Das Haus aus den 1940er-Jahren lag auf einem Stück Land, das von Zäunen und Büschen umgeben war. Ein Boot und vier Autos älterer Bauart, von denen zwei nicht mehr fahrtüchtig wirkten, standen auf der Schotterfläche vor einer verwitterten Scheune. Aber kein Hyundai Santa Fe.
Die benachbarten Farmen, die man von der Veranda aus sehen konnte, wirkten wesentlich gepflegter: frisch ge-

mähtes Gras, ordentlich gestrichene Gebäude, alles gut in Schuss. Aber nicht bei Sonja Watkins.

»Was wollen die Cops denn von meiner Tante?«, fragte diese, nachdem sie durch die Fliegengittertür einen skeptischen Blick auf Sparks' Dienstausweis geworfen hatte.

Sicher stand die Polizei hier nicht zum ersten Mal auf der Matte, mutmaßte Carter im Stillen.

Sparks verzog den Mund zur Andeutung eines Lächelns. Über eins achtzig groß, mit dunklem, lockigem Haar, in dem die ersten grauen Strähnen sichtbar wurden, und einem Teint, der stets aussah, als sei er gerade erst aus dem Urlaub gekommen, blickten seine Augen scharf und fokussiert. Wie immer ließ sich der Lieutenant der Oregon State Police nicht aus der Fassung bringen. Schließlich hatte er diese Prozedur schon zigmal erlebt.

»Ist Belva Nelson hier?«, fragte er. Er ließ die Hülle seines Dienstausweises zuklappen und steckte sie zurück in die Jackentasche.

»Wieso? Hat sie etwas ausgefressen?«, wollte Sonja Watkins wissen. Sie drehte sich halb um und rief über die Schulter: »Mick, stell endlich den Fernseher leiser!«

Einer der Hunde hob den Kopf und ließ ein kurzes Bellen hören, doch die Lautstärke des Fernsehers blieb unverändert.

»Wir würden gern mit Miss Nelson sprechen«, sagte Sparks mit Bestimmtheit.

»Miss Nelson ist aber nicht da.«

»Wo ist sie denn?«

»Keine Ahnung.« Sonja Watkins zuckte mit den mageren Schultern. »Die erzählt mir doch nicht jedes Mal, wo sie hinwill. Ist mir auch egal. Geht mich nichts an.« Sie zog an ihrer Zigarette und blies eine Rauchwolke durch den Mundwinkel.

»Aber sie ist die Halterin eines Hyundai Santa Fe, Baujahr 2007?«

»Na und?«

»Hat sie ihren Wohnsitz hier auf der Farm?«

»Warum wollen Sie das wissen? Kapieren Sie es endlich: Ich hab keine Ahnung, wo sie steckt. Hab sie seit ein paar Tagen nicht mehr gesehen.«

»Wann, schätzen Sie, kommt sie zurück?«, fragte Sparks höflich, aber ungerührt.

»Keine Ahnung. Hab sie schon ein paarmal angerufen. Meldet sich aber nicht. Scheiße, die kommt und geht, wann sie will. Was sie dann macht, weiß ich nicht. Manchmal ist sie erst nach mehreren Tagen wieder da.« Mürrisch zog Sonja Watkins die Mundwinkel herunter. »Aber das geht mich nichts an. Hauptsache, sie zahlt ihre Miete.«

»Also ist sie hier als wohnhaft gemeldet?«, wiederholte Carter Sparks' Frage.

Sonja Watkins musterte ihn gründlich und zog an ihrer Zigarette. Offenbar war ihr gerade aufgefallen, dass sie mehr gesagt hatte, als sie eigentlich wollte. »Sind Sie auch ein Bulle?«

»Ich war einer.«

»Irgendwo hab ich Sie schon mal gesehen. Sie sind doch der Sheriff, der vor ein paar Jahren diesen irren Mörder gejagt hat!«

»Genau der bin ich.«

»Du lieber Himmel, und das bei dieser Schweinekälte damals! Lief ja andauernd in den Nachrichten.« Für einen Moment in etwas zugänglicherer Stimmung, musterte sie nun auch Sparks genauer und fragte: »Sie hatten damals auch damit zu tun, oder? Hab alles darüber in der Zeitung gelesen. Schräge Sache, aber irgendwie spannend. Also, was wollen Sie denn eigentlich von meiner Tante?« Dann schien es ihr allmählich zu dämmern. »Hat das was mit Jenna Hughes und ihrer Tochter zu tun? Weil die noch nicht wiederaufgetaucht ist? Davon hab ich auch was in der Zeitung gelesen. Und Sie ...« Durch das löchrige Fliegengitter zeigte sie auf Carter. »Sie haben Jenna Hughes doch geheiratet. Heilige Scheiße, und jetzt interessieren Sie sich für meine Tante!«

»Könnten Sie uns die Telefonnummer Ihrer Tante geben oder eine Nummer, unter der sie zu erreichen ist?«, fragte Sparks.

Sonja zögerte für einen Moment, anscheinend nicht sicher, ob sie der Polizei behilflich sein sollte oder nicht. »Sie telefoniert nicht oft mit dem Handy. Also, ich meine, nicht so oft wie andere Leute. Nur, wenn sie jemanden anrufen will. Aber sie geht nicht immer ran, wenn man sie anruft. Hält nicht viel von solchen modernen Dingern, wenn Sie verstehen, was ich meine.« Sie zog wieder an ihrer Zigarette und beäugte die beiden. »Worum geht es eigentlich?«

»Ihre Tante war doch früher Krankenschwester«, sagte Carter.

Sonja Watkins nickte. »Vor Ewigkeiten. Belva ist schon lange im Ruhestand.«

»Hat sie jemals im Mercy Hospital gearbeitet?«

Sonja dachte einen Augenblick lang nach. »Weiß ich nicht. Aber sie war, glaube ich, in verschiedenen Krankenhäusern angestellt.«

»In Portland?«, fragte Sparks.

»Ja, da auch.« Sie nickte wieder. »In welchen Kliniken sie genau beschäftigt war, weiß ich nicht. Im Mercy? Könnte schon sein.«

»Wir würden sie gern sprechen«, betonte Carter noch einmal.

»Das haben Sie jetzt oft genug gesagt.«

»Vielleicht können Sie uns eine Telefonnummer von Freunden geben oder von sonst jemandem, der wissen könnte, wo sie sich aufhält.«

»Hm. Wir kennen nicht so viele Leute. Belva sowieso nicht. Ich gebe Ihnen die Handynummer, aber wie gesagt: Die wird Ihnen vermutlich nicht viel nutzen. Moment.« Sie verschwand im Inneren des Hauses und kam nach weniger als einer Minute ohne Zigarette, aber dafür mit einem Smartphone zurück. Sie scrollte auf dem Display herunter, bis sie die Nummer gefunden hatte, und hielt das Telefon vors Fliegengitter, damit sie die Nummer notieren konnten. »Wann haben Sie sie zum letzten Mal gesehen?«, fragte Sparks.

»Na, vor zwei Tagen! Da ist sie, glaube ich, so um zehn Uhr morgens weggefahren.«

»Also am Mittwoch?«, vergewisserte sich Sparks.

Sonja starrte ihn an, als wäre er schwer von Begriff. »Sag ich doch.«

Gelassen wie immer zog Sparks seine Karte aus der Jackentasche und reichte sie ihr. »Würden Sie Ihrer Tante bitte ausrichten, sie möge sich bei uns melden?«

»Klar«, antwortete Sonja. Sie öffnete das Fliegengitter einen Spaltbreit und nahm die Visitenkarte entgegen, doch Sparks rechnete nicht mit ihrem Anruf. Auch Carter hatte auf dem Weg zurück zum Wagen das unbestimmte Gefühl, dass Sonja Watkins ihn und Sparks lieber von hinten als von vorne sah und die Karte unverzüglich in den Müll werfen würde.

Szene 5

Allmählich fügte sich alles zusammen.
Das spürte sie ganz deutlich.
Sie streifte sich das lange Negligé aus der Ankleideszene von *Dead Heat* über. Es saß perfekt. Wie angegossen.
Das war auch kein Wunder, dachte sie, als sie sich in dem großen Spiegel betrachtete, den sie in die Ecke gestellt hatte. Dann richtete sie den Blick auf die Plakate an den Wänden.
Natürlich hatten einige Schaden genommen. Dafür hatte sie selbst gesorgt. Immer, wenn sie ihre Wut nicht länger zügeln konnte. Was in letzter Zeit öfter vorgekommen war. Weil der Film bald Premiere hatte? Oder war es nur folgerichtig, dass sich ihre Wut kontinuierlich steigerte? Früher hatte ihre Stimmung nicht so oft geschwankt. Eigentlich war sie doch ganz normal. Auch wenn die Ärzte etwas anderes behaupteten. Aber die irrten sich. Solange sie sich und ihre Wutausbrüche unter Kontrolle hatte, war alles in Ordnung, so, wie es sein sollte. Und wenn sie mit ihrer Widersacherin ein für alle Mal fertig war, würde sie endlich Ruhe finden – und die Anerkennung, die ihr gebührte. Dann würde sie das Leben führen, das ihr zustand.
Abermals betrachtete sie die Filmplakate. Auf einigen waren die Gesichter ein wenig deformiert. Das lag daran, dass manche der Plakate wellig oder zerknittert waren. Genau die, diese verzerrten Bilder, benutzte sie für die Masken. Denn hinter diesen Fassaden konnte sie verbergen, wer die Leute wirklich waren.
Schon bald würde all das ein Ende haben.

Doch es hatte sich ein neues Problem aufgetan. Ein Problem, das sie irritierte. Gerade als sie gedacht hatte, sie sei auf der sicheren Seite. Trotzdem brauchte sie sich keine Sorgen zu machen. Denn auch damit würde sie fertigwerden. So, wie sie mit allem in ihrem Leben fertiggeworden war.
Sie trat ein Stück näher an den Spiegel heran und betrachtete sich mit routiniertem Blick. War da eine neue Falte zwischen den Augen, wenn sie die Stirn runzelte? Dann hatte die Zeit also doch kleine Spuren hinterlassen. Aber ihre Brüste waren immer noch straff. Wenn auch nicht mehr ganz so fest wie früher. Und obwohl sie es sich ungern eingestehen wollte, war sie ein wenig kräftiger als die jugendliche Annie Melrose damals in dem Film. Doch ansonsten hatte sie keinen Grund zur Klage. Der Film war ja schon vor fünf Jahren gedreht worden. Ein paar Gramm mehr waren da durchaus normal. Außerdem konnte man daran etwas machen lassen. Bauchglättung. Bruststraffung. Was auch immer die Schönheitschirurgie zu bieten hatte. Aber damit ließ sie sich noch Zeit.
Der Gedanke an den bevorstehenden Abend erfüllte sie mit neuer Energie. Die Premierenfeier von *Dead Heat*. Sie musste sich beeilen, wenn sie dabei sein wollte.
Sie ging zum Fenster und betrachtete den Hollywood-Schriftzug. *Ihr* Stern hätte darunter aufgehen sollen. Aber wegen Jenna hatte er nicht so hell geleuchtet wie erwartet. »Dafür kann ich mich bei dir bedanken!«, zischte sie einem der Filmplakate zu. »Du selbstsüchtige Schlampe!«

Kapitel 31

Nash scrollte auf dem Bildschirm ihres Computers konzentriert durch ihre jüngsten Notizen. Vorhin hatte Lieutenant Sparks angerufen und sie über seine Fahrt nach Molalla in Kenntnis gesetzt, wo er mit einer Frau namens Sonja Watkins gesprochen hatte. Gemeinsam mit Carter hatte er versucht, eine gewisse Belva Nelson ausfindig zu machen. Sie war Watkins' Tante und hatte früher als Krankenschwester gearbeitet. Vermutlich war sie identisch mit der Person, die Cassie Kramer im Mercy Hospital einen »Besuch« abgestattet hatte. Nash hatte die ganze abstruse Geschichte zunächst gar nicht glauben wollen. Aber Larry Sparks genoss einen guten Ruf, und auch Carter hatte in seiner Zeit als Sheriff gute Arbeit geleistet. Also hatte Nash beschlossen, weitere Nachforschungen anzustellen.

Sie hatte Natalie Jenkins, eine Polizeianwärterin, dazu abkommandiert, alles zusammenzustellen, was sie unter dem Namen Belva Nelson finden konnte. Und zwar heute noch! Denn Nash wollte wissen, ob diese Frau existierte und ob sie tatsächlich als Krankenschwester gearbeitet hatte, vielleicht sogar im Mercy Hospital. Oder ob sich eine andere Verbindung zu Cassie Kramer ergab.

Und siehe da, Sparks und Carter hatten den richtigen Riecher gehabt. Belva Mae Watkins Nelson war verwitwet, ehemalige Krankenschwester und wohnte in der kleinen Ortschaft Molalla. Ihrem beruflichen Werdegang zufolge hatte sie in mehreren Kliniken im Großraum Portland gearbeitet, unter anderem kurzzeitig im Mercy Hospital, und zwar vor rund dreißig Jahren.

Daraufhin hatte Nash sogleich dort angerufen und Belva Nelsons komplette Akte angefordert. Zunächst hatte sie sich anhören müssen, dass die Trägerschaft der Klinik in den letzten Jahrzehnten mehrere Male gewechselt habe und sämtliche Dokumente des fraglichen Zeitraums im Archiv eingelagert seien. Wenn sie denn überhaupt noch vorhanden waren. Doch Nash, weit davon entfernt, derartige Entschuldigungen gelten zu lassen, hatte der Sekretärin erklärt, wenn das so wäre, könne sie sie gleich zu ihrem Vorgesetzten durchstellen oder mit der Klinikleitung verbinden. Daraufhin hatte diese versprochen, die Unterlagen bis zum nächsten Tag zusammenzustellen.

Mit einer Reihe neuer Fragen im Kopf stand Nash auf, schob ihren Stuhl zurück und ging zu Double T. hinüber, der auf seinen Computerbildschirm starrte und telefonierte. Doch offenbar hatte er sie aus dem Augenwinkel gesehen, denn er hob einen Finger, um zu signalisieren, dass es noch einen Moment dauerte.

»... genau, Tyronne mit Doppel-N und Thompson mit P. ... Ja, das kann ich einrichten. Auf Wiederhören.«

Er legte auf und drehte sich um. »Verwechslung beim Hals-Nasen-Ohren-Arzt. Scheinbar gibt es dort noch einen Tyronne Thompson«, erklärte er. »Aber der Name ist falsch geschrieben.«

»Das sieht der andere Tyronne Thompson, wie immer er sich schreibt, wahrscheinlich anders«, gab Nash zurück. »Und abgesehen davon, haben die denn nicht das Geburtsdatum?«

Double T. zuckte die Achseln. »Jedenfalls wollten sie dem anderen Typen meinen Termin geben. Der hat wohl auch Probleme mit den Nebenhöhlen. Muss am Wetter liegen.«

»Gut möglich.« Nash wies mit dem Kopf auf die Tür. »Bereit für einen kleinen Ausflug?«
»Nach?«
»Molalla. Dreißig oder vierzig Meilen östlich. Nicht mal eine Stunde Fahrt.«
»Dort bin ich als Kind schon mal gewesen. Da gibt es jedes Jahr ein großes Rodeospektakel.«
»Hab davon gehört«, sagte Nash. »Und da gibt es vielleicht auch eine Zeugin.« Sie setzte Double T. über alles in Kenntnis, was sie erfahren hatte. »Carter und Sparks sind heute auch schon dort gewesen. Aber ich würde gern selbst mit Belva Nelson sprechen, beziehungsweise mit Sonja Watkins, wenn Nelson noch nicht zurück ist. Nelson wohnt bei ihr und ihrem Mann Mick. Watkins ist Friseurin und ihr Mann arbeitslos.«
»Warum willst du mit ihr sprechen, wenn Sparks das schon erledigt hat?«, fragte Double T. mit einem Blick auf die Uhr. »Freitagnachmittag, kurz nach fünf. Da sind sämtliche Straßen total dicht.«
»Ist mir klar. Aber ich will mir ein Bild von dieser Sonja Watkins machen. Auch wenn wir Belva Nelson nicht antreffen.«
»Vielleicht haben wir sogar Glück und sie ist mittlerweile zurück.«
»Das wäre mal etwas ganz Neues.« Nash lachte schnaubend. »Sparks glaubt, diese Sonja verheimlicht etwas. Carter und er waren sich sicher, dass sie etwas zu verbergen hat, zum Beispiel, wo ihre Tante sich versteckt hält. Jedenfalls habe ich einen Durchsuchungsbeschluss für die Farm beantragt und eine Liste der Telefonate angefordert. Aber dafür muss ich dem Untersuchungsrichter mehr liefern. Deshalb sollten wir bei Sonja und ihrem Mann Mick noch mal auf den Busch klopfen.«

»Okay, ich komme mit.« Double T. griff nach seiner Jacke und seiner Dienstpistole. »Machen wir zur Abwechslung mal einen Ausflug aufs Land.«

»Vertrau auf Gott, mein Kind. Er wird dir helfen, die richtige Entscheidung zu treffen.« Das hatte der Priester zu ihr gesagt. Seine Worte waren so tröstlich gewesen! In dem Beichtstuhl der hundert Jahre alten Kirche hatte Belva Nelson sich sicher und geborgen gefühlt, und in dem Moment war ihr eine Last von den Schultern genommen worden. Die Last, an der sie rund dreißig Jahre lang getragen hatte. Der Priester schien noch recht jung zu sein. Aber das spielte keine Rolle. Seine Worte waren wie Balsam für ihre Seele. Ein paar Minuten lang war es ihr gelungen, sich selbst davon zu überzeugen, dass der Glaube ihr die nötige Kraft spendete. Auch als sie die Kirche mit den Bleiglasfenstern und dem hohen Turm, dessen Spitze bis in den Himmel hinauf zu ragen schien, wieder verlassen hatte, hielt sie an diesem Glauben fest. Sie hatte das Gefühl, Gott würde ihr den Weg weisen.
Und ihre Seele retten.
Ach, wenn sich das doch bewahrheiten würde!
Warum hatte sie das bloß getan?
Und vor allem, warum hatte sie nicht Stillschweigen über die Sache bewahrt, wie sie es versprochen hatte?
Schon als sie durch die Ausläufer der Cascade Mountains fuhr, zu der kleinen Hütte, die ihr Vater fast ein halbes Jahrhundert zuvor gebaut hatte, holten die Zweifel sie wieder ein. Die Kirche in Mount Angel mit ihrer Wärme und Geborgenheit lag kilometerweit hinter ihr. Nun war sie allein, auf einer abgelegenen Serpentinenstraße fernab der Zivilisation. Und gleichermaßen weit entfernt von der Gefahr, in die sie sich begeben hatte.

Langsam fuhr sie durch die dichter werdenden Wälder, während es zwischen den Bäumen immer nebliger wurde. Sie schaltete die Scheibenwischer ein, denn die Luft war feucht von den tief hängenden Wolken, Wassertropfen sammelten sich auf der Windschutzscheibe ihres Hyundais.
Der Nebel wurde bald darauf so dicht, dass sie Mühe hatte, noch etwas zu erkennen. Zuvor schon wäre sie fast einmal von der Straße abgekommen, als die Scheinwerfer eines Wagens sie für einen kurzen Augenblick im Rückspiegel geblendet hatten. Vor lauter Angst, der Fahrer würde sie bei dem Nebel nicht sehen und in ihren Santa Fe rasen, war sie für einen Moment in Panik geraten. Aber dann hatte der Wagen sie zügig überholt, und sie hatte mit Erleichterung seine Rücklichter vor sich gesehen und sich daran orientieren können, um nicht vom Weg abzukommen.
Doch nun war sie vollkommen allein auf der einsamen Straße. Niemand fuhr hinter ihr her, und niemand kam ihr entgegen. Das war Belva Nelson sehr recht. Im Moment zumindest.
Wie soll es weitergehen? Du kannst dich doch nicht ewig verstecken. Auf Dauer ist das nicht sicher. Warum gehst du nicht einfach zur Polizei? Natürlich wird das einigen Wirbel verursachen. Das lässt sich nun einmal nicht verhindern. Aber du musst mit dir selbst wieder ins Reine kommen, Belva. Um dich herum sterben Menschen. Es sterben Menschen, Belva!
Ihre Hände umklammerten das Lenkrad. Sie war sich nicht sicher, ob die Morde überhaupt mit dieser anderen Angelegenheit zu tun hatten. War das nicht doch zu abwegig? Aber sie konnte den Zeitpunkt nicht außer Acht lassen.

Es musste mehr als nur ein Zufall sein.
Und je klarer Belva Nelson das wurde, desto mehr wuchsen ihre Befürchtungen.
Deshalb war sie zur Beichte gegangen. Um Trost zu finden. Und Antworten.
»Vater im Himmel, steh mir bei«, flüsterte sie und bekreuzigte sich, während die Finger ihrer linken Hand sich noch fester um das Lenkrad legten. Ihr Blick schweifte zu dem Rosenkranz, der am Rückspiegel baumelte. Das kleine, silberne Kreuz schwang vor und zurück, während sie den Hyundai durch die scharfen Kurven manövrierte.
Alles hatte vor so langer Zeit angefangen.
Sie war noch jung gewesen, und in ihrer Naivität hatte sie versprochen, den Mund zu halten. Und das Geld zu nehmen, das ihr Mann und sie so dringend gebraucht hatten. Wegen der schwierigen Zeiten damals. Denn selbst wenn Jim Arbeit gefunden hatte, war nie sicher gewesen, wie lange er sie behalten würde. Sein Hang zum Whiskey hatte ihn so manche Arbeitsstelle gekostet und letzten Endes auch sein Leben. Doch sie hätte niemals auf ihn hören dürfen. Das Schweigegeld niemals annehmen sollen. Und vor allem hätte sie ihr Schweigen niemals brechen dürfen.
Das konnte ihr nur der leibhaftige Teufel in ihre allzu offenen Ohren geflüstert haben.
Deshalb hatte sie sich darauf eingelassen.
Und hatte ihre Seele verkauft.
Und dann auch noch damit geprahlt.
Möge der Allmächtige mir vergeben.
Sie bog in den kaum noch sichtbaren Waldweg ab und fuhr in den Fahrrinnen zwischen den hohen Büschen, Farnen und Tannen entlang. Zweige kratzten an den Seiten ihres

SUVs, Schlamm spritzte an die Scheiben, bis sie die Lichtung erreichte, auf der die Hütte ihres Vaters stand. Die Holzwände waren grau und verwittert, das Dach moosbewachsen und der Unterstand für den Wagen schon vor Jahren zusammengebrochen. Auf der abgesackten Veranda lagen ein paar Steine, die aus dem Schornstein gebrochen waren. Doch ansonsten schien die Hütte noch stabil. Sie war lediglich vernachlässigt.

Unvorstellbar, hier den Rest ihres Lebens zu verbringen, dachte Belva und sah, wie sich die Scheinwerfer ihres Hyundai matt in den fast blinden Fensterscheiben spiegelten.

Für einen Moment glaubte sie, hinter den Vorhängen, die ihre Mutter Jahrzehnte zuvor selbst genäht hatte, einen Schatten zu sehen. Angestrengt versuchte sie, etwas zu erkennen.

Plötzlich piepte ihr Handy. Belva zuckte zusammen. Das kleine Display leuchtete auf und zeigte an, dass Sonja ihr eine Textnachricht geschickt hatte.

> Cops waren hier. Suchen dich.

Entsetzt starrte Belva aufs Handy und versuchte, sich wieder zu beruhigen. Sie hatte das Telefon vor einiger Zeit gekauft, und da es ein Prepaidhandy war, so wie Sonjas auch, ließen sich die Nachrichten nicht zurückverfolgen. Aber konnte man sich da wirklich sicher sein? Sie hätte sich niemals weiter auf diese Sache einlassen dürfen! Sie hätte längst zur Polizei gehen sollen. Vielleicht war es sogar gut, wenn sie sie aufspürten. Werde das regeln, schrieb sie zurück.

Wie denn? Das Versprechen kannst du doch gar nicht halten, dachte Belva.

Doch Sonja antwortete mit Okay.
Sonja hielt sich an die Vereinbarung und kontaktierte sie so selten wie möglich. Nur wenn es unbedingt nötig war.
»Dann suchen sie mich also«, sagte Belva laut und stieg aus dem Wagen.
Großer Gott, war das ein kalter Abend! Die Luft war feucht. Wie Rauch waberte der Nebel zwischen den Bäumen hindurch. Als Belva vor der Tür stand, bekreuzigte sie sich erneut. Dann schloss sie auf.
Augenblicklich spürte sie, dass etwas anders war. Anders als sonst. Dass etwas nicht stimmte. Oder lag es nur an ihren überspannten Nerven? Zitternd tastete sie nach dem Lichtschalter. Sie drückte darauf, aber es tat sich nichts.
Kein Licht.
Der Raum war nahezu dunkel. Nur das Kaminfeuer war noch nicht ganz erloschen. Belva überlegte, ob irgendwo noch Glühbirnen lagen. Sonst musste sie im Dunkeln die alte Gaslampe auf dem verrußten Kaminsims anzünden. Vielleicht war sogar noch ein Rest Gas in der Lampe.
Mit Gänsehaut und weit aufgerissenen Augen tastete sie sich vorwärts.
Sssssss!
Jesus! Was war das?
Ein Zischen, wie von einer Schlange.
Belva blieb stehen. Das Herz schlug ihr bis zum Hals.
Sie lauschte angestrengt und spürte ein Kribbeln auf der Haut.
Aber es war nichts zu hören. Keine Schritte. Kein Scharren auf dem Holzboden. Keine Bewegung oder Atemzüge.

Belva überwand ihre Angst und machte einen Schritt vorwärts.

Sssssss!

Hastig drehte sie sich um.

Was war das? Woher kam dieses zischende Geräusch?

»Wer ist da?«, rief Belva. *Nein, nicht wer, sondern was?*, korrigierte sie sich im Stillen. Was lauerte ihr hier im Dunkeln auf?

Waren das in der Ecke neben dem Kamin nicht zwei rot glühende Augen? In denen sich das Glimmen des Kaminfeuers spiegelte? War es Luzifer selbst, der gekommen war, um sie zu holen? Abermals bekreuzigte sich Belva. In dem Moment flammte ein Lichtstrahl vor ihr auf.

Geblendet wich sie zurück und stieß mit dem Bein gegen die Kante des Beistelltisches.

»Verräterin«, ertönte eine gedämpfte Stimme. Dann wieder dieses Zischen.

Sssssss!

Die Gaslampe! Daher das zischende Geräusch!

»Wer sind Sie?«, rief Belva mit zusammengekniffenen Augen und wich weiter zurück.

»Wer wohl?«, schallte es gedämpft zurück.

»Das ... das weiß ich nicht ...«

Doch dann dämmerte es Belva. Auf einmal wusste sie, wem diese Stimme gehörte. Und die Erkenntnis traf sie wie ein Schlag.

Furcht, so finster wie die Nacht, erfüllte ihr Herz, als das grelle Licht auf eine Hand schwenkte, die sich ihr entgegenstreckte. Und auf ein Stück Papier, das diese Hand in den Fingern hielt. Nein, eigentlich war es kein Papier. Es war etwas anderes, und etwas stimmte nicht damit. Als Belvas Augen nicht mehr geblendet wurden, erkannte sie die Umrisse eines Gesichts. Die Gesichtszüge einer Frau. Aber so verzerrt, als würde die Haut von den Knochen fließen. Der Mund war aufgerissen zu einem grauenhaften, stummen Schrei.

Es waren die Gesichtszüge von Jenna Hughes.

Belva machte einen weiteren Schritt zurück und stolperte. Der Lichtstrahl schwenkte auf das Sofa. Darauf war ihre alte Schwesterntracht ausgebreitet. Als läge sie dort bereit, damit sie, so wie früher, ihren Dienst antreten konnte.

Allmächtiger!

Ihre schlimmsten Befürchtungen hatten sich bewahrheitet. Was dort in der Dunkelheit lauerte, war nicht der Fürst der Finsternis. Es war jemand, der sich mit ihm verbündet hatte.

»Nein!«, flüsterte Belva, als die Verbündete des Teufels sich näherte. »Herr, erbarme dich meiner.«

»Erbarmen!«, gab die harsche Stimme spöttisch zurück.

Dann hörte Belva ein leises Klicken.

Klang es so, wenn eine Waffe entsichert wurde? Belva wusste es nicht. Aber ihr blieb keine Zeit, es herauszufinden. Voller Panik drehte sie sich zur Tür um.

Bamm!

Ein Schuss hallte durch die kleine Hütte.

Belva krümmte sich zusammen. Schmerz zerriss ihren Rücken.

Sie schrie auf, vor Angst und Höllenqualen, und prallte gegen die Tür.

Mit ausgebreiteten Armen sank sie auf die Schwelle, und der Schlag ihres pochenden Herzens dröhnte ihr in den Ohren.

»Erbarmen!«, wiederholte die spöttische Stimme. »Davon halte ich nichts.«

Dunkelheit umfing Belva Nelsons Sinne.
Etwas – der Stoff eines Mantels? – streifte ihr Gesicht.
Ihre Qualen würden nun ein Ende finden.
Sie würde sterben. Niemand konnte sie retten. Sie nahm noch wahr, wie ihr etwas über das Gesicht gezogen wurde. Und wie ihre Seele sich verflüchtigte. Belva schickte ein letztes Gebet zum Himmel:
Heilige Maria, Mutter Gottes,
bitte für uns Sünder
jetzt und in der Stunde unseres Todes.

Kapitel 32

Nash trat aufs Gaspedal und ignorierte die erlaubte Höchstgeschwindigkeit.

Sie war sauer.

Die Fahrt nach Molalla am Tag zuvor hatte sich als Schuss in den Ofen erwiesen.

Sie und Double T. waren genauso widerwillig empfangen worden wie zuvor Sparks und Carter. Und sie hatten sich die gleichen Ausflüchte anhören müssen, als sie ebenso wie die beiden vor der durchlöcherten Fliegengittertür standen, während Sonja Watkins eine Zigarette qualmte. Um genau zu sein, waren es diesmal sogar drei gewesen, denn die Frau war ziemlich nervös geworden. Trotzdem hatte sie nicht verraten, wo sich ihre Tante aufhielt. Doch Nash hätte ihre Dienstmarke und ein Jahresgehalt darauf gesetzt, dass sie wusste, wo sie steckte.

Wieder einmal hatte sie das Gefühl, dass sie auf der Stelle traten.

Sie hatte den Obduktionsbericht von Holly Dennison ein weiteres Mal gelesen und dann den von Brandi Potts. Sie war sämtliche Zeugenaussagen noch einmal durchgegangen, außerdem die Aussagen der Leute, die den Opfern nahegestanden hatten. Den halben Samstag hatte sie damit zugebracht.

Und was war dabei herausgekommen?

Absolut nichts.

Nash wusste nur, dass die üblichen Verdächtigen wie verschmähte Liebhaber, eifersüchtige Freundinnen, habgierige Verwandte und so weiter in diesen zwei Mordfällen definitiv ausschieden. Und die einzige Verbindung, die es zwischen den beiden Opfern gab, war nach wie vor *Dead Heat*.

Doch die war für Nashs Geschmack viel zu offensichtlich. Als wollte jemand die Polizei ganz bewusst in eine Richtung stoßen. Aber in welche genau?

In die Richtung von Cassie Kramer?

Oder in die ihrer Schwester Allie?

Nash trommelte mit den Fingern aufs Lenkrad und fragte sich einmal mehr, wer eine solche Wut auf die Kramer-Schwestern haben könnte. Oder auf deren Mutter. Und was war eigentlich mit dem Vater, Jennas Ex-Mann? Nein, Robert Kramer hatte zwar ein ziemlich ausgeprägtes Ego, aber das Zeug zum Mörder hatte er bestimmt nicht.

Wer dann?

»Das ist die Preisfrage«, sagte Nash laut, als sie auf den Parkplatz des Mercy Hospital einbog. Trotz Backstein, Marmor und gläserner Eingangshalle hatte das Gebäude etwas Düsteres, Unheilverkündendes. Aber seit sie ihre kleine Tochter verloren hatte, konnte sie den Anblick von Kliniken ohnehin nur schwer ertragen.

Von der Rezeptionistin wurde sie mit der Herzlichkeit eines Eisbergs empfangen, doch als Nash ihr ihren Dienstausweis unter die Nase hielt, rückte sie Belva Nelsons Personalakte heraus. Schon auf dem Weg zu ihrem Wagen warf Nash einen Blick hinein, um sicherzugehen, dass sich die gewünschten Unterlagen darin befanden.

Anschließend legte sie zu Hause einen Zwischenstopp ein, zog sich um und fuhr zurück ins Department. Um neunzehn Uhr sollte Dean Arnettes Party anlässlich der Premiere des Films beginnen. Nash gehörte nicht zu den geladenen Gästen, aber sie hatte vor, sich erst einmal an der Hotelbar des Danvers einen Drink zu genehmigen und sich dann unter die geschlossene Gesellschaft zu mischen, zu der neben der Crew und den Schauspielern natürlich auch eine Menge Medienvertreter gehörten. Der Hotelmanager war der Bekannte eines Bekannten und hatte bereits mehr als einmal die Hilfe der Polizei in Anspruch genommen, da musste es ja wohl möglich sein, ihr Einlass zu verschaffen, damit sie sich einige der Hauptfiguren aus der Nähe ansehen konnte, zum Beispiel diesen aalglatten, schmierigen McNary.

Zurück im Büro, hängte Nash ihren Mantel in den Spind und setzte sich an ihren Schreibtisch, um Belva Nelsons Personalakte zu lesen. Besonders dick war die Akte nicht, doch das war kein Wunder, denn Nelson hatte nur fünf Jahre im Mercy Hospital gearbeitet, und zwar als Teilzeitkraft. Das war vor etwa dreißig Jahren gewesen. Damals hatte die Klinik noch St. Mary's geheißen. Belva war in der Neurologie, in der Chirurgie, in der Reha und auf der Entbindungsstation eingesetzt worden.

Aha, da haben wir es doch, die Neurologie, dachte Nash und verspürte ein leichtes Kribbeln. Vielleicht waren Cassie Kramers psychische Probleme ja erblich bedingt und Jenna oder Cassies Vater hatten sich ebenfalls dort behandeln lassen müssen. Oder Jenna war auf der Entbindungsstation gewesen.

Nash rechnete in Gedanken nach.

Soweit sie wusste, war Jenna Hughes nicht in Portland aufgewachsen. Aber was, wenn sie als junges Mädchen in Schwierigkeiten geraten war? Wenn sie im Teenageralter schwanger gewesen war, konnte es zeitlich hinkommen. Oder war das zu weit hergeholt? Vollkommen abwegig schien es jedenfalls nicht. Vor dreißig Jahren hatten schließlich noch andere Moralvorstellungen geherrscht als heute. Nash trommelte auf den Schreibtisch und starrte auf die

Informationen, die sie vor sich hatte. Dann wählte sie die Nummer der Verwaltung und ließ sich mit dem Geburtenregister verbinden. Wenn Jenna Hughes tatsächlich damals ein Kind bekommen hatte, musste das doch irgendwo vermerkt sein.

»Wer suchet, der findet«, murmelte sie vor sich hin.

Und zum ersten Mal in dieser langen Woche hatte sie ein Lächeln auf den Lippen.

»Was hat das denn nun wieder zu bedeuten?«, fragte Trent, als Cassie auf die Zufahrtsstraße zum Anwesen ihrer Mutter abbog. Sie waren schon auf dem Weg nach Portland zu Dean Arnettes Premierenfeier gewesen, als Jenna angerufen und darauf gedrängt hatte, dass sie vorher noch bei ihr vorbeikamen.

»Keine Ahnung«, antwortete Cassie, während sie den Honda vor dem Gebäude parkte, das einmal ihr Zuhause gewesen war und das sie zeitweilig so sehr gehasst hatte. Noch immer betrachtete sie das renovierte Wohnhaus der Ranch mit gemischten Gefühlen. »Aber es klang dringend. Jenna wollte sich auf keinen Fall mit einem Nein abspeisen lassen. Keine Chance.« Sie zog den Schlüssel aus dem Zündschloss und stieg mit wachsender Beklemmung aus dem Wagen.

Hinter einem der Fenster sah sie das sorgenvolle Gesicht ihrer Mutter, Sekunden später wurde die Eingangstür aufgerissen. Jenna nahm ihre Tochter so fest in ihre Arme, als fürchte sie, auch Cassie könne von heute auf morgen verschwinden.

»Hallo, Mom! Was ist denn los mit dir?«, fragte Cassie erstaunt.

Jenna war leichenblass und zitterte am ganzen Körper.

»Mom!«, wiederholte Cassie. Ohne sich aus der Umarmung ihrer Mutter zu lösen, drehte sie sich zu Trent um und warf ihm einen ratlosen Blick zu. Im nächsten Moment erschien Carter in der Eingangshalle, unrasiert und mit ernster Miene.

»Kommt erst mal herein«, sagte Cassies Stiefvater mit gedämpfter Stimme.

Cassie sank das Herz in die Hose, vor lauter Angst, dass sich nun bestätigte, was sie die ganze Zeit über befürchtet hatte. »O Gott! Ist Allie tatsächlich etwas zugestoßen?«

»Ach, Liebes, das weiß ich doch nicht«, sagte Jenna mit brüchiger Stimme.

Cassie löste sich von ihrer Mutter und fasste sie an den Armen. »Was ist hier los? Sag mir sofort, was passiert ist!«

»Es ist nichts passiert, aber ich muss dir etwas erzählen«, sagte Jenna und brachte ein schwaches Lächeln zustande.

Bei jeder anderen Gelegenheit hätte Cassie protestiert und ihrer Mutter klargemacht, dass sie ohnehin schon spät dran waren, aber sie kannte ihre Mutter gut genug, um zu wissen, dass es um etwas Ernstes ging. Also folgte sie Jenna und Shane in die Küche und war froh, als sie Trents Hand auf ihrem Arm spürte.

»Möchtet ihr einen Kaffee oder etwas anderes zu trinken?«, fragte Jenna, die sich nun etwas besser in der Gewalt hatte.

»Nein. Sag mir bitte endlich, was los ist«, drängte Cassie.

»Aber ich glaube, ich könnte einen Drink vertragen, etwas Starkes«, sagte Jenna mit einem Blick zu Shane Carter.

»Sollst du haben«, gab Carter zurück und holte eine Flasche Whiskey aus einem der Küchenschränke. Er füllte zwei Gläser mit Eis und schenkte in jedes zwei Fingerbreit ein. Dann warf er Trent einen fragenden Blick zu, doch der schüttelte den Kopf.

Ganz entgegen ihrer sonstigen Gewohnheit nahm Jenna,

die allenfalls gelegentlich ein oder zwei Gläser Wein zum Essen trank, einen großen Schluck Whiskey und holte tief Luft. »Es gibt etwas, was ich dir und Allie nie erzählt habe. Deinem Vater und Shane auch nicht«, begann sie.
Als sie Cassies verständnislosen Blick sah, nahm sie hastig einen weiteren Schluck und fuhr fort: »Ich habe noch eine Tochter. Sie ist älter als ihr. Vier Jahre älter als du, Cassie.«
»Wie bitte?« Cassie dachte, sie hätte sich verhört. »Noch eine Tochter? Soll das ein Scherz sein?« Sie konnte es nicht glauben. Aber als sie das ernste Gesicht ihrer Mutter sah, wusste sie, dass es stimmte.
»Nein, das ist kein Scherz.« Jenna starrte in ihr Glas und rang nach Worten. »Ich habe sie zur Adoption freigegeben.« Sie räusperte sich. »Ich war damals erst sechzehn. Und noch auf der Highschool, als es passierte.«
Starr vor Schock stand Cassie da und versuchte zu verarbeiten, was sie gerade gehört hatte.
»Ich hätte es dir, also euch allen erzählen müssen«, sagte Jenna.
»Moment mal. Wer ist sie?«, wollte Cassie wissen.
»Das weiß ich nicht. Ich wollte es auch gar nicht wissen«, antwortete Jenna. »Ihr Vater, mein damaliger Freund … Es war keine gute Beziehung.« Mit abwesendem Blick fügte sie hinzu: »Mein Gott, wir waren selbst fast noch Kinder. Ich war nicht lange mit ihm zusammen, nur ein paar Monate, und dann wurde ich schwanger. Damals war das noch nicht so wie heute. Wir hätten heiraten müssen. Zumindest, wenn es nach meiner Familie gegangen wäre. Aber dafür waren wir viel zu jung. Und es war nicht die große Liebe. Es wäre niemals gut gegangen. Er ist dann auch sofort abgehauen, zu einem Onkel in eine andere Stadt gezogen. Er wollte nichts mehr mit mir zu tun haben und mit dem Baby auch nicht. Da beschlossen

meine Eltern und ich, das Kind zur Adoption freizugeben, über einen Anwalt hier in Portland. Ich musste versprechen, dass ich niemals versuchen würde, meine Tochter oder die Familie, die sie adoptierte, ausfindig zu machen.« Jenna schloss die Augen. Als sie weitersprach, versagte ihr fast die Stimme. »Ich weiß nicht einmal ihren Namen.«

Cassie kam es vor, als hätte sich ihre Welt gerade auf den Kopf gestellt. Ihre Vergangenheit, die sie stets für in Stein gemeißelt gehalten hatte, schien auf einmal auf Treibsand gebaut zu sein. Sie hatte eine Halbschwester. Eine Halbschwester, die vier Jahre älter war als sie. Und die sie nicht kannte. Ein düsterer Schatten legte sich über ihr Gemüt, als sie sich klarzumachen versuchte, was das bedeutete.

»Warum erzählst du mir das ausgerechnet jetzt?«, fragte sie ihre Mutter.

»Weil ich das Baby im St. Mary's Hospital bekommen habe.« Abermals musste Jenna sich räuspern, bevor sie in der Lage war weiterzusprechen. »Das St. Mary's heißt heute Mercy Hospital.«

»Wie bitte?«, flüsterte Cassie.

»Als du dort hingegangen bist, musste ich immer wieder daran denken«, sagte Jenna. Eine Träne rollte über ihre Wange. »Ich wollte es dir da schon erzählen, aber Allie war verschwunden, und ich durfte dich nicht auch noch mit dieser anderen Geschichte belasten.« Sie straffte den Rücken und wischte sich die Träne ab. »Mein Gott, ich habe so viele Fehler gemacht! Ich habe mich so sehr geschämt damals. Dann lernte ich deinen Vater kennen und habe Filme gedreht. Es schien nie der richtige Zeitpunkt, um reinen Tisch zu machen, außerdem hatte ich Angst, dass die Öffentlichkeit davon erfahren würde. Doch der wichtigste Grund, die Sache für mich zu behalten, war der, dass ich nicht wusste, was ihr denken würdet, wenn ich euch erzählte, dass ich mein erstes Kind einfach abgegeben habe.«

Shane legte die Arme um Jenna. »Beruhige dich, Liebling. Ist ja gut. Du hast es richtig gemacht.«

»Wer weiß?« Schuldgefühle spiegelten sich in Jennas Augen.

»Nichts ist gut!«, stieß Cassie hervor. »Alles, was ich über dich zu wissen glaubte, basiert auf einer Lüge, Mom!«

Im selben Moment wurde ihr die gesamte Tragweite der Situation bewusst. Ein eisiger Schauer lief ihr über den Rücken.

Die Masken. Schwester. Mutter.

»Glaubst du, *sie* war es? Hat sie Holly umgebracht? Und Brandi Potts?«, fragte sie geschockt.

Jenna nickte. Tränen liefen ihr die Wangen hinunter. »Ich weiß es natürlich nicht. Und ich bete zu Gott, dass es nicht so ist, aber ...« Sie sprach nicht weiter, und Cassie fürchtete, sie würde jeden Moment zusammenbrechen. »Vielleicht hat meine Tochter herausgefunden, wer ihre Mutter ist. Vielleicht ist sie psychisch labil, und ...«

»Und eine Mörderin«, brachte Cassie den Satz mit matter Stimme zu Ende. »O Gott! Glaubst du, sie hat auch Allie entführt? Oder sie sogar ...«

»Moment mal! So weit sind wir noch lange nicht«, fiel Trent ihr ins Wort. »All das ist reine Spekulation«, sagte er mit einem Blick zu Carter und Jenna.

»Ja«, stimmte Carter ihm zu und drückte seine Frau ein wenig fester. »Aber trotzdem sollte die Polizei es erfahren und der Sache nachgehen. Ich habe schon mit Detective Nash vom Portland PD gesprochen. Sie war ohnehin auf der gleichen Spur, wenn auch aus einer anderen Richtung. Jenna hat ihr alle Informationen gegeben, die sie hatte. Das

Geburtsdatum, den Namen des Anwalts und so weiter. Den Namen der Klinik kannte Nash bereits. Sie hatte die Personalakte von Belva Nelson angefordert, die dort eine Zeit lang als Krankenschwester gearbeitet hat.«

»Aber warum ist sie in mein Zimmer gekommen?«, fragte Cassie erstaunt. »Und woher soll sie gewusst haben, dass es Allie gut geht?«

»Keine Ahnung«, sagte Jenna tonlos.

»Hat jemand mittlerweile mit dieser Belva Nelson gesprochen?«, wollte Cassie wissen. Neue Hoffnung keimte in ihr auf. »Vielleicht weiß sie wirklich, wo Allie ist.«

Jenna schüttelte den Kopf, und Carter erklärte: »Wir konnten Belva Nelson noch nicht ausfindig machen. Sie wird seit Tagen vermisst.«

»Vermisst?«, fragte Trent. »Das heißt, ihr habt sie gestern in Molalla nicht angetroffen?«

Carter nickte.

»Deshalb wollte ich es dir erzählen«, sagte Jenna zu Cassie. »Bevor du es von der Polizei erfährst.«

Ihre Mutter so verzweifelt zu sehen, brach Cassie fast das Herz. Sie hatten in all den Jahren immer wieder Probleme miteinander gehabt, aber ihre Mutter hatte an einer schweren Last getragen, was vielleicht einiges erklärte.

»Die Polizei muss Belva Nelson unbedingt finden«, überlegte Cassie laut. »Sie hat mir doch gesagt, dass meine Schwester noch lebt.«

»Bist du sicher, dass sie damit wirklich Allie meinte?«, fragte Jenna.

Erst jetzt kam Cassie der Gedanke, dass Belva Nelson womöglich von ihrer Halbschwester gesprochen hatte. Sie sah zu ihrer Mutter hinüber, und ihr wurde bewusst, dass diese dasselbe dachte.

Für einen Augenblick tat sich vor Cassie ein dunkler Abgrund auf, doch dann zwang sie sich, sich zusammenzureißen.

»Sie hat bestimmt Allie gemeint, Mom«, sagte sie. »Warum hätte sie mir etwas über jemanden erzählen sollen, den ich überhaupt nicht kenne?«

»Oh, Liebes, es tut mir so furchtbar leid«, sagte Jenna und stellte ihr Glas auf den Küchentresen. »Ich hoffe inständig, dass meine Tochter ein glückliches Leben führt, mit einem Mann, der sie liebt, und mit Kindern. Und dass sie nichts mit all dem zu tun hat.« Sie straffte die Schultern und fügte hinzu: »Schon der Gedanke, sie könnte in die Morde verwickelt sein, kommt mir vor wie ein Verrat.«

»Trent hat recht«, erwiderte Cassie und griff nach der Hand ihres Mannes. »Noch wissen wir nichts.«

Jenna brachte ein schwaches Lächeln zustande. »Ich wollte euch nicht den Abend verderben. Aber ich musste es dir endlich erzählen.«

»Möchtest du, dass ich hierbleibe, Mom?«, fragte Cassie.

»Nein, nein. Ihr müsst zu dieser Premierenfeier. Und ihr seid ohnehin schon spät dran.«

Kapitel 33

Double T. auf dem Beifahrersitz, raste Nash mit Vollgas die steilen Serpentinen hinauf, als wäre der Teufel hinter ihr her.

Ihr Partner, für gewöhnlich alles andere als schreckhaft, klammerte sich an den Haltegriff der Tür und schien auf dem Beifahrersitz merklich zusammenzuschrumpfen. Was Nash herzlich wenig kümmerte. Sie wollte Belva Nelson in der Hütte oben im Wald abfangen. Und da war Eile das Gebot der Stunde.

Dank der sorgfältigen Recherche von Polizeianwärterin Jenkins in den Archiven der Stadt- und Countyverwaltung hatte Nash erfahren, dass auf den Namen von Belva Nelsons Vater ein Grundstück in den Ausläufern der Cascade Mountains registriert war. Sofort hatte sie Double T. informiert und sich gemeinsam mit ihm noch einmal auf den Weg zu Sonja Watkins gemacht, um sie mit der Information zu konfrontieren. Watkins hatte sich erst einmal dumm gestellt, doch als Nash ihr und ihrem Mann mit einer Haftstrafe wegen Behinderung polizeilicher Ermittlungen drohte, hatte sie endlich den Mund aufgemacht. Widerwillig hatte sie erzählt, dass sich ihre Tante, nachdem sie von dem Mord an Holly Dennison erfahren hatte, dort oben in einer Hütte versteckt hielt, da sie fürchte, »irgendwie in die Sache verstrickt zu sein«.

Das war mit Sicherheit noch nicht alles, zumal Sonja Watkins nicht bereit war zu erklären, was genau eine Krankenschwester mit der Traumfabrik Hollywood zu tun hatte und warum sie um ihr Leben fürchtete, aber aus Sonja Watkins war nichts mehr herauszuholen.

»He, fahr auf Ankommen, nicht auf Sieg!«, riss Double T. sie aus ihren Gedanken. »Sie wird uns schon nicht weglaufen.«

»Das können wir nicht wissen«, gab Nash zurück. »Vielleicht ist sie schon davongehoppelt wie die Wildkaninchen da oben.«

»Dafür hat sie sich eindeutig die passende Umgebung ausgesucht«, bemerkte Double T., als die Wälder zunehmend dichter wurden. »Hier kommt man sich vor wie am Ende der Welt.«

Nash musste lächeln. Draußen war es stockfinster, und es wehte ein scharfer Wind, der die Äste der Bäume im Scheinwerferlicht auf und nieder schwanken ließ wie bei einem bizarren Tanz. Außer ihrem Ford Focus fuhr kein anderes Auto auf der Straße, bei der man nie wissen konnte, ob sie hinter der nächsten Kurve überhaupt noch asphaltiert war.

»Wow!«, meldete sich Double T. erneut zu Wort. »Das nenne ich ein Versteck!«

»Offenbar hat sie ziemlich große Angst«, gab Nash zurück.

»Mag schon sein. Aber hier oben in dieser Einöde ist es doch nicht sicherer als in der Stadt.«

Double T. klammerte sich noch fester an den Haltegriff, als Nash rasant die nächste Kurve nahm. »Für mich im Moment jedenfalls nicht.«

»Wir sind ja gleich da.«

Und dann würden sich dank Belva Nelson hoffentlich ein paar weitere Puzzleteile zusammenfügen, dachte Nash. In der Zwischenzeit sollte Jenkins die Daten über Jenna Hughes' uneheliche Tochter mit allen Frauen abgleichen, die mit *Dead Heat* zu tun gehabt hatten. Und sie sollte die Identität der Adoptiveltern feststellen, Datenschutzvereinbarungen hin oder her.

»Halt!«, rief Double T. und zeigte auf einen zugewachsenen Waldweg. »Ich glaube, da ist es.«

Um ein Haar wäre Nash daran vorbeigefahren, aber sie schaffte es gerade noch abzubiegen. Etwa zwanzig Meter weiter versperrte ein Streifenwagen mit Blaulicht die Zufahrt zum Grundstück. Nash parkte ihren Wagen dahinter, und Double T. und sie stiegen aus. Mit gegen den Regen gesenkten Köpfen stapften sie durch den Schlamm auf den Streifenwagen zu, neben dem ein Deputy Wache stand. Der Regen lief an seiner wetterfesten Jacke hinunter. Er war noch jung, höchstens fünfundzwanzig. Trotz der Dunkelheit sah Nash, dass er blass war und die Lippen zu einem dünnen Strich zusammenpresste. Seine wachsamen blauen Augen leuchteten gespenstisch im Licht seiner Taschenlampe.

Nachdem Nash und Double T. sich vorgestellt hatten, richtete er den Lichtstrahl auf ihre Dienstausweise und ließ sie mit einem knappen Kopfnicken passieren.

»Wo ist Mrs Nelson?«, fragte Nash mit einem Blick auf die leere Rückbank des Streifenwagens.

»Das wissen wir nicht.«

»War sie nicht in der Hütte?«, fragte Nash und merkte, wie sich ihre Zuversicht dem Nullpunkt näherte.

»Nein. Hier war niemand. Am besten sehen Sie es sich selbst an. Meine Partnerin ist drinnen. Wir warten noch auf die Spurensicherung.«

»Aus welchem Grund?«

»Sieht so aus, als hätte da drinnen ein Mord stattgefunden.«

»Aber Mrs Nelson ist nicht da?« Ohne die Antwort abzuwarten, marschierte Nash zu der Hütte, vor der ein Hyundai Santa Fe stand. Das Nummernschild des SUV steckte in einer Halterung, auf der ein Cowboy auf einem bockenden Pferd abgebildet war. Einer der verblassten Aufkleber an der Stoßstange rief dazu auf, den Fernseher abzuschalten. Ein weiterer tat die Begeisterung für Oregon kund.

»Sieht nicht gut aus«, bemerkte Double T. und schlug den Kragen seiner Jacke hoch, als eine kalte Windböe über die kleine Lichtung fegte.

»Dachte ich auch gerade«, sagte Nash, während sie die beiden Stufen zur Veranda hinaufgingen.

»Halt! Keinen Schritt weiter!«, ertönte eine energische Frauenstimme. Nash und Double T. blieben stehen und spähten von außen in die Hütte, die nur von der Taschenlampe des weiblichen Deputy beleuchtet wurde.

»Detective Rhonda Nash, das ist mein Partner, Detective Tyronne Thompson«, stellte Nash sie beide vor, während sie und Double T. ihre Dienstausweise aufklappten.

»Sieht aus, als wäre hier jemand verblutet«, sagte die Polizistin und richtete die Taschenlampe auf die Blutlache hinter der Türschwelle. »Aber ich konnte keine Leiche entdecken. Könnte sich auf dem Gelände befinden, vielleicht irgendwo vergraben. Wir haben Spürhunde angefordert. Von wem das Blut ist, können wir nicht sagen, aber es ist noch nicht eingetrocknet. Muss also gerade erst passiert sein.« Sie zeigte auf die hintere Wand der Hütte. »Da hinten haben wir eine Patronenhülse gefunden. Vermutlich ist von dort aus geschossen worden.«

Nash ließ den Blick durch das Innere der Hütte schweifen und empfand Ärger und Enttäuschung. Belva Nelson war der Schlüssel zu allem gewesen, der entscheidende Wendepunkt in den Ermittlungen. Jetzt war die freudige Erwartung, die sie jedes Mal verspürte, wenn ein Fall diesen Punkt erreichte, mit einem Mal zunichte. Die ehemalige Krankenschwester war verschwunden, höchstwahrscheinlich erschossen worden, und die Spur drohte ins Leere zu führen.

Sie zog ihre eigene Taschenlampe aus der Manteltasche und leuchtete ins Innere der Hütte. Jemand war hier ums Leben gekommen. Definitiv. Auf dem Boden unter einem Beistelltisch lag eine Handtasche. Nash betrat die Hütte, ging um die Blutlache herum und fand in der Tasche einen Ausweis auf den Namen Belva Nelson.

»Was jetzt?«, fragte Double T., als sie ihm den Ausweis zeigte.

Nash verdrängte ihre Enttäuschung und dachte kurz nach. Hier herumzustehen, bis die Kriminaltechniker und Spürhunde eintrafen, würde nichts bringen. Sie warf einen Blick auf die Uhr, gab der Polizistin ihre Karte und bat sie, sie zu benachrichtigen, sobald es etwas Neues gab.

»Weißt du was«, sagte sie zu Double T., als sie auf dem Weg zu ihrem Wagen um die Pfützen herumliefen, in denen sich das Blaulicht des Streifenwagens spiegelte, »wenn wir sowieso in die Stadt zurückfahren, können wir noch bei der Premierenfeier von *Dead Heat* vorbeischauen. Hast du einen Smoking oder einen schwarzen Anzug, der hip aussieht?«

»Meinst du das ernst?«, fragte Double T. verblüfft.

»Allerdings.« Nash glitt auf den Fahrersitz und sah an ihrem eigenen Outfit hinunter. »Todernst.«

An diesem Abend hatte Cassie kein Auge für die Pracht des Danvers, eines der bekanntesten historischen Hotels von Portland. Polierte Holzvertäfelungen, elegante Kronleuchter, herrschaftliche Treppenfluchten, kunstvolle Bleiglasfenster und dicke Teppiche – all das nahm sie kaum wahr, als sie mit Trent das Hotel durch einen verborgenen Nebeneingang betrat, um den Reportern und Fotografen aus dem Weg zu gehen. In Gedanken war sie noch viel zu sehr mit dem beschäftigt, was sie gerade von ihrer Mutter erfahren hatte.

Jennas Geständnis, dass sie, Cassie, eine Halbschwester hatte, hatte sie umgehauen. Und der Gedanke, diese Halbschwester könnte eine Mörderin sein, war verstörend und hatte ihr auf der Fahrt von Jennas und Shanes Ranch nach Portland keine Ruhe gelassen. Konnte das tatsächlich sein? Vielleicht kannte sie diese Frau sogar, ohne zu ahnen, dass sie Blutsverwandte waren! Dass sie dieselbe Mutter hatten. Die Vorstellung jagte ihr einen kalten Schauer über den Rücken.

»Na los«, sagte Trent und nahm ihre Hand, ehe sie die Treppen zu dem riesigen Ballsaal in der zweiten Etage hinaufgingen.

Durch die geöffneten Flügeltüren ließ Cassie den Blick über den ein paar Stufen tiefer liegenden Saal schweifen. Die prächtigen Lüster mit ihren Kristalltränen, die von der mit kunstvollen Schnitzereien verzierten Decke hingen, erstrahlten im Glanz Dutzender Lichter. Die hohen Fenster boten den Gästen einen imposanten Ausblick auf die Stadt. Am Ende des Saals mit dem erlesenen Marmorfußboden führten weitere Flügeltüren auf einen lang gezogenen Balkon oberhalb des Haupteingangs. Immer mehr Gäste sammelten sich in der Mitte des riesigen Raums.

»Ich wünschte, Allie wäre jetzt hier und könnte all das sehen!«

»Irgendwie ist sie doch hier, in gewisser Weise zumindest«, sagte Trent. Im selben Moment bemerkte auch Cassie die nachgebauten Kulissen, die sich an der langen Wand aneinanderreihten und so gestaltet waren wie Teile des Filmsets.

»Was soll das denn?«, entfuhr es ihr voller Schreck, als sie sah, dass zu jeder Kulisse eine Schaufensterpuppe gehörte, gekleidet wie Allie als Shondie Kent. »O nein!«, flüsterte sie.

Vom Eingang des Ballsaals aus hatte sie einen Blick auf die einzelnen Szenarien:

Shondie Kent im geschäftsmäßigen Hosenanzug und mit Brille in ihrem Schreibtischsessel, einen Fuß im hochhackigen Schuh lässig auf der Tischplatte.

Shondie mit großer Sonnenbrille, die ihre tränenüberströmten Wangen verdeckte, während sie durch einen Park spazierte.

Shondie in einem langen Negligé, die sich lasziv auf einem zerwühlten Bett rekelte, während in der Spiegelattrappe über dem Kamin der muskulöse Rücken des männlichen Hauptdarstellers zu sehen war – Brandon McNary.

Das war ja völlig daneben!

Es gab noch weitere Szenen, alle mit Schaufensterpuppen nach dem Vorbild von Allie.

Am schwersten zu ertragen war die Szene, in der Shondie durch die düstere Straße an den dunklen Häuserfronten entlangrannte und einen Blick über die Schulter warf. Die Schaufensterpuppe trug genau die Kleidung, die Lucinda Rinaldi getragen hatte, als sie niedergeschossen wurde.

Am liebsten hätte Cassie auf dem Absatz kehrtgemacht und wäre davongelaufen.

»Was zum Teufel hat sich Arnette bloß dabei gedacht?«,

fragte Trent, während er den Blick von einer Kulisse zur nächsten schweifen ließ.

»Ich kann dir sagen, was er sich dabei gedacht hat«, sagte Cassie. »Wenn Allie nicht leibhaftig zur Verfügung steht, nimmt er eben das Nächstbeste.« Sie starrte auf eine Schaufensterpuppe, die Shondie im Zimmer einer Klinik darstellte. Sie lag in einem altmodischen Krankenbett, mit glasigen Augen und abwesendem Blick. Ungeschminkt und mit zerzaustem Haar, die Hände mit Manschetten am Bett fixiert, fast so, als trüge sie Handschellen. In einer der weißen Trennwände der Kulisse befand sich ein Drahtglasfenster, durch das eine blonde Krankenschwester mit spitzer weißer Haube hereinspähte.

Eine weiße Haube, wie Belva Nelson sie getragen hatte, bei ihrem albtraumhaften Besuch in Cassies Krankenzimmer.

Beim Anblick der Szene standen Cassie die Haare zu Berge.

War all das wirklich nur Zufall?

Plötzlich sah Cassie den Ballsaal mit völlig anderen Augen. War eine der hier anwesenden Frauen, die bei dem Film mitgearbeitet hatten, ihre Halbschwester? Nein, das war ausgeschlossen! Oder? Mit rasendem Herzen ließ Cassie den Blick über die versammelten Gäste schweifen und nahm gleich mehrere Frauen genauer ins Visier. War es möglich, dass Little Bea im Kleinen Schwarzen ihre Halbschwester war? Oder Cherise in ihrem eleganten roten Kleid, Ineesha, sportlich wie immer in einem rückenfreien Outfit, Laura, ganz in Elfenbein, oder aber Sybil Jones in einem schwarzen Smoking? All diese Frauen waren im passenden Alter, und was äußere Ähnlichkeiten betraf, gab es ebenfalls diverse Übereinstimmungen. Bea war zierlicher als Cassie, aber das war Jenna schließlich auch, und sie hatte ein spitzes Kinn, genau wie Jenna. Lauras Augen ... ähnelten die nicht denen von Jenna? Cherise hatte Jennas schlanke Statur und deren herzförmiges Gesicht. Oder sah Cassie nur, was sie in dem Moment sehen wollte? Ähnlichkeiten, die eigentlich gar nicht vorhanden waren?

Sie reckte den Kopf, als sie Lucinda Rinaldi erspähte, in einem blauen, trägerlosen Kleid. Sie saß in einem Rollstuhl. Lucinda hatte auf den ersten Blick große Ähnlichkeit mit Allie. So große Ähnlichkeit, dass sie bei der richtigen Beleuchtung und entsprechender Kameraführung immer wieder als deren Bodydouble eingesetzt wurde.

»Ist alles okay?«, fragte Trent, als Cassie noch immer keine Anstalten machte, den Ballsaal zu betreten.

Sie verdrehte die Augen. »War bei mir jemals alles okay?«

Trent musste lachen. »Gute Frage, Cass. Stürzen wir uns ins Haifischbecken!«

Cassie ließ sich von Trent die beiden Stufen in den Ballsaal hinunterführen und tauchte ein in die Menschenmenge aus Schauspielern, Produzenten, Kameraleuten, Beleuchtern, Soundtechnikern, Drehbuchautoren und anderen Leuten aus der Filmbranche. Auch die Vertreter der Presse waren zahlreich geladen. Schließlich sollte die Veranstaltung dem Film Publicity verschaffen. Überall hingen Filmplakate. In einem angrenzenden Raum konnte man in einer Endlosschleife Ausschnitte aus *Dead Heat* sehen. Champagner und Cocktails flossen reichlich. Im Hintergrund lief die Filmmusik, aber bei dem Stimmengewirr war sie kaum zu hören.

Cassie setzte ein Lächeln auf, grüßte im Vorbeigehen diesen und jenen und versuchte, neugierigen Blicken auszuweichen, doch immer wieder wurde sie angestarrt. Wegen Allie? Weil sie in Begleitung ihres Mannes hier war, von dem sie sich vor Kurzem noch hatte scheiden lassen wollen? Weil sie in der Psychiatrie gewesen war? Wahrscheinlich wegen allem, dachte sie wenig begeistert.

»Siehst du? Ist doch gar nicht so schlimm«, flüsterte Trent ihr ins Ohr, aber ein Blick in sein Gesicht zeigte, dass seine Worte ironisch gemeint waren. Partys waren noch nie sein Ding gewesen. Und dieser übertriebene Zirkus mit all den Paparazzi und dem Getratsche war für Trent vermutlich die reinste Tortur.

An einem Stand mit Canapés blieb Cassie schließlich stehen und ließ den Blick durch die Menge schweifen. Manche der Gäste kannte sie nicht, aber es waren auch viele darunter, mit denen sie in der Vergangenheit schon zusammengearbeitet hatte. Brandon McNary, modisch unrasiert, mit gegeltem Haar und einer grauen Jacke über Jeans und offenem Hemd, hielt Hof. Er hatte ein paar junge Frauen im späten Teenageralter bis allenfalls Anfang zwanzig um sich herum versammelt, die gebannt an seinen Lippen hingen.

Gott bewahre!

Cherise Gotwell stand in der Nähe, nippte an ihrem Champagner und musterte die Frauen abschätzend. Little Bea schwirrte in der Menschenmenge herum, Laura Merrick ging von einem Grüppchen zum nächsten. Lucinda Rinaldi gab sich nicht die Mühe, auch nur den Hauch eines Lächelns aufzusetzen, während sie im Rollstuhl durch den Saal rollte. Noch immer machte das Gerücht die Runde, sie wolle ein Buch schreiben und dabei Namen nennen, während sie gleichzeitig alle verklagte, die mit *Dead Heat* zu tun gehabt hatten.

Cassie konnte es ihr nicht verdenken. Allies Bodydouble

hatte ernsthafte Verletzungen davongetragen, also sollte sie ruhig ein bisschen Geld damit verdienen.
So wie du mit deinen Drehbuchplänen, dachte sie, obwohl sie das Drehbuch über Allies Leben noch nicht einmal begonnen hatte. *Du willst dir die Situation deiner Schwester zunutze machen. Dabei weißt du noch nicht einmal, wie die Story ausgeht.*
Aber jetzt war nicht der richtige Zeitpunkt für Selbstvorwürfe, dachte Cassie. Im selben Moment erspähte sie Sig Masters, der sich mit einem der Autoren unterhielt. Als er Lucinda erblickte, unterbrach er das Gespräch und ging zur Bar.
Cassie empfand Mitleid mit ihm. Lucinda in diesem Rollstuhl zu sehen musste furchtbar für ihn sein. Hut ab, dass er trotzdem gekommen war. Offenbar besaß er mehr Rückgrat, als Cassie ihm zugetraut hatte. Oder er betrachtete es als seine gerechte Strafe.
Trents Hand legte sich fester um ihren Arm.
»Hältst du es hier einigermaßen aus?«
»Nein«, gab sie unumwunden zu und fragte sich, warum sie überhaupt hergekommen war. Nicht zu erscheinen wäre allerdings ein noch eindeutigeres Statement gewesen. Und hier konnten die Leute, die sie bisher gemieden hatten, ihr nicht einfach aus dem Weg gehen. »Lass uns etwas trinken«, schlug sie vor.
»Gute Idee.«
Auf dem Weg zur Bar kamen sie an Ineesha vorüber. In ein Gespräch mit Cherise vertieft, zuckte die Requisiteurin regelrecht zusammen, als sie Cassie erblickte. Mit zusammengekniffenen Augen und aufeinandergepressten Lippen starrte sie Cassie entgegen, beendete sofort das Gespräch und ließ Cherise stehen.
»Hoppla, das war ja sehr unauffällig.« Verblüfft sah Cheri-

se Ineesha hinterher. »Lass dich davon bloß nicht aus der Fassung bringen!«
Cassie schüttelte den Kopf. »Würde mir nie einfallen.«
»Vielleicht hat sie einfach nur schlechte Laune.«
»So wie immer.«
Cherise kicherte und nippte an ihrem Champagner. Ihre Augen funkelten verschmitzt, als sie hinzufügte: »Wahrscheinlich hat sie ihre Million Schritte heute noch nicht gemacht.«
Nun musste auch Cassie lachen.
»Ihr Schrittzähler müsste doch eigentlich schon explodieren«, fügte Cherise hinzu. »Bestimmt rennt sie jetzt sofort in den Gymnastikraum des Hotels.«
»Du kannst ja richtig gemein sein!«, bemerkte Cassie.
»Wenn es sein muss …«, gab Cherise zurück.
Trent beugte sich zu Cassie hinunter und sagte: »Ich hole uns etwas zu trinken. Bin gleich wieder da.« Als sie lächelte, fügte er hinzu: »Lauf nicht weg.«
»Oh, dann seid ihr also wieder zusammen?«, fragte Cherise und sah Trent hinterher, der sich auf dem Weg zur Bar an einer großen Gruppe von Gästen vorbeischob.
»Ich glaube schon.«
»Er steht wirklich auf dich.« Wehmütig fügte Cherise hinzu: »Das muss toll sein!«
»Ist es. Meistens jedenfalls.«
Wenn du dich nicht gerade wie eine eifersüchtige Zicke benimmst und ihm unterstellst, er hätte etwas mit deiner Schwester.
Cherise riss sich von Trents Anblick los und fuhr mit einem ihrer manikürten Finger über den Rand ihres Glases. »Von Allie gibt es wahrscheinlich immer noch nichts Neues?«
»Nein.«
»Schade«, sagte Cherise, doch es klang nicht gerade mit-

fühlend. »Tut mir leid. Weißt du, für Allie zu arbeiten war alles andere als einfach. Aber immer noch besser als für Brandon. Er ist ...«
»Ein Egozentriker?«
Cherise nickte. Sie zog die Augenbrauen zusammen und senkte die Stimme. »Ich glaube, er hat eine Neue. Aber er lässt nichts durchblicken.«
»So lange, bis der Film richtig angelaufen ist, vermutlich«, sagte Cassie. »Wegen seiner Fans. Die wollen doch weiter glauben, er sei noch in Allie verliebt.« Sie wedelte mit der Hand in Richtung der Schaufensterpuppen. »Damit der Film ein Kassenschlager wird.«
»Kann sein.« Cherise trank einen Schluck Champagner. Dann schürzte sie die Lippen, als sei ihr gerade etwas eingefallen. »Weißt du, was ich glaube? Er hat es natürlich nicht offen ausgesprochen, aber ich habe das Gefühl, er ist noch nicht über Allie hinweg.« Das klang ein wenig verbittert, sodass Cassie sich ernsthaft fragte, ob Brandons neue Assistentin für ihren Arbeitgeber schwärmte. So etwas war nicht ungewöhnlich.
In dem Moment kam Laura Merrick vorbei, ein vielsagendes Grinsen auf den Lippen. »Nicht halb so spannend, wie ich gedacht hatte«, raunte sie Cassie und Cherise zu. »Kommt nicht so richtig in Schwung, die Party. Irgendwie hat man das Gefühl, Allie ist dabei, aber auch wieder nicht.« Kopfschüttelnd zeigte sie auf die Kulisse mit Shondie Kent in der psychiatrischen Klinik. »Das ist echt makaber, findet ihr nicht? Arnette hat ein merkwürdiges Kunstverständnis.« Sie sah an Cassie vorbei und fügte hinzu: »Ah, da kommt der große Meister. Wir reden später weiter.« Cherise im Schlepptau, machte sie sich auf den Weg zur Bar, wo die Leute bereits Schlange standen, während zwei Barkeeper Cocktails mixten.

»Cassie! Schön dich zu sehen!« Groß und schlank, in einem schwarzen Anzug mit passendem Hemd, mit rasiertem Schädel, Dreitagebart und Designerbrille, trat Dean Arnette auf sie zu. Er trug ein breites Lächeln zur Schau und war offenbar ganz in seinem Element.
»Hi«, sagte Cassie nur.
Arnette dagegen begrüßte sie mit einer Umarmung und Wangenküsschen, als wären sie die dicksten Freunde. Als wäre er tatsächlich froh, sie zu sehen. Und als hätte er sich nicht am Telefon verleugnen lassen.
Cassie sah, dass Trent sich mit den Drinks näherte. Vorsichtig schob er sich mit den halb vollen Gläsern durch die Menschenmenge, schlängelte sich um Arnette herum und reichte ihr eins der Getränke.
Cassie hielt das Glas hoch und betrachtete die Mischung aus Orange und Gelb. »Was ist das?«
»Tequila Sunrise. Ein bisschen retro. Der offizielle Drink zum Film, glaube ich.«
»Shondie trinkt ihn in der Bar-Szene – also, Allies Rolle«, erläuterte Arnette. Immerhin besaß er so viel Anstand, eine Sekunde lang ein ernstes Gesicht zu machen. »Sie sind wohl Cassies Mann?« Er reichte Trent die Hand. »Dean Arnette. Der Regisseur von *Dead Heat*.« Mit einem Lächeln fügte er hinzu: »Schön, dass wir uns endlich einmal kennenlernen.« Er tat geradezu so, als sei Cassie eine verlorene Tochter und nicht jemand, dem er in letzter Zeit aus dem Weg gegangen war.
»Ich habe ein paarmal versucht, dich zu erreichen«, sagte Cassie.
»Ach ja. Ich weiß. Tut mir leid. Ich habe im Moment eine Menge um die Ohren.« Mit einer ausladenden Geste wies er auf den Saal. »Das hier auf die Beine zu stellen war fast genauso anstrengend wie die verfluchten Dreharbeiten

selbst.« Als hätte er persönlich die Kulissen hin und her geschoben, für das Catering gesorgt und die Werbetrommel gerührt! Dabei verfügte er über ein ganzes Heer von Assistenten und Mitarbeitern, die die eigentliche Arbeit erledigten. Wieder setzte er sein breites Lächeln auf. »Schade, dass deine Mutter nicht kommen konnte, Cassie. Wie geht es ihr überhaupt?«

Sogleich stand Cassie wieder unter Spannung. Was kümmerte es Arnette, wie es ihrer Mutter ging? »Gut«, antwortete sie ausweichend.

»Tja, Allie fehlt uns allen. Ich hatte so gehofft, sie würde vor der Premierenfeier wiederauftauchen. Gott, es ist schrecklich.« Er schüttelte den Kopf. In seiner Glatze spiegelte sich das Licht der Kristalllüster.

»Allerdings.« Cassie nickte zustimmend. »Und ich hatte gehofft, mit dir über sie sprechen zu können.«

»Klar. Jederzeit.« Doch Arnette sah sich bereits nach einer Möglichkeit um, wie er sich davor drücken konnte.

»Am besten noch heute Abend.«

»Heute Abend?«, fragte Arnette verständnislos. »Ernsthaft? Etwa nach der Party?« Er ließ einen Finger in Richtung der Menschenmenge kreisen. »Schätzchen, du siehst doch, was hier los ist. Wie soll das gehen? Am Ende des Abends werden wir beide vollkommen fertig sein, und morgen früh geht mein Flieger. Ich bin die ganze nächste Woche in L.A., und die Dreharbeiten für *Forever Silent* fangen erst nächsten Monat an.«

»Dean«, ertönte eine Stimme aus dem Getümmel. Arnette drehte sich um und winkte jemandem zu, den Cassie nicht sehen konnte.

»Ich könnte morgen vorbeikommen, bevor du zum Flughafen musst«, sagte sie.

»Der Flug geht in aller Herrgottsfrühe. Nein, das passt

nicht. Aber keine Sorge, wir reden ein andermal darüber.«
Damit verschwand er wieder in der Menge.

»Cassie Kramer?«, fragte eine Frauenstimme hinter Cassie. Sie drehte sich um und sah Whitney Stone hinter sich stehen, keinen halben Meter entfernt. In ihrem langen schwarzen Kleid, das unter den Kristallleuchtern schimmerte, konnte die Reporterin es durchaus mit den anderen weiblichen Gästen aufnehmen. Neben ihr stand der bullige Kameramann, mit dem Cassie in L. A. bereits Bekanntschaft gemacht hatte. Whitney schenkte ihr ein aufgesetztes Lächeln. »Ich habe schon ein paarmal versucht, Sie zu erreichen.«

»Ich weiß.«

»Haben Sie einen Moment Zeit?«, fragte Whitney, als wären sie die besten Freundinnen.

»Eigentlich nicht.«

»Ich wollte Sie nur fragen, was Sie von der Dekoration hier halten«, redete Whitney einfach weiter. »Ziemlich makaber, oder? Diese Szenen mit den Schaufensterpuppen, die aussehen wie Ihre Schwester.«

»Wie Shondie Kent«, stellte Cassie richtig.

Whitney legte den Kopf schief, als wollte sie sagen: Das ist doch wohl dasselbe. »In gewisser Weise erinnern mich diese Puppen an die Ereignisse vor zehn Jahren«, fuhr Whitney schonungslos fort.

Cassie brach der Schweiß aus. Was sollte das Ganze?

»Sie waren ebenfalls betroffen. Der Psychopath hatte es auch auf Sie abgesehen.«

»Ich will nicht darüber sprechen«, erklärte Cassie mit Bestimmtheit. »Das habe ich Ihnen in L. A. deutlich genug gesagt.« Sie musste sich zusammenreißen, um in ruhigem Tonfall hinzuzufügen: »Lassen Sie endlich meine Familie in Ruhe. Und jetzt entschuldigen Sie mich.« »Ach ja, Ihre Familie«, sagte Whitney mit einem maliziösen Lächeln. »Die ist plötzlich ein bisschen größer, als Sie dachten, oder?«

O mein Gott! Sie weiß es.

Und wenn Whitney es wusste, würde es sich bald überall herumsprechen.

»Kein Kommentar«, gab Cassie zurück, während sie das schadenfrohe Grinsen des Kameramanns registrierte.

»Noch alle Zehen vollzählig?«, fragte sie ihn, und sogleich erstarb sein Grinsen.

Auch Whitney zog nun ein Gesicht, als hätte sie in eine Zitrone gebissen. Dann richtete sie den Blick auf Trent, der seinen Arm um Cassie legte, und setzte wieder ihre gekünstelte Fassade auf. »Der Ehemann ist auch hier«, stellte sie fest und wandte sich erneut Cassie zu. »Dann ist die Scheidung wohl vom Tisch. Trotz der Gerüchte über ihn und Allie?«

»Ich glaube, wir sind hier fertig«, sagte Trent und zog Cassie in Richtung einer Kulisse mit Shondie in einer schwach beleuchteten Bibliothek. »Du solltest dich gar nicht mit ihr abgeben.«

Cassie versuchte, sich auf ihren Tequila Sunrise zu konzentrieren, und trank einen Schluck. In dem Moment wurde sie von hinten angerempelt und verschüttete einen Teil des Drinks.

»Pardon!«, sagte Lucinda Rinaldi. Ohne eine Spur von Reue sah sie zu Cassie hoch, die ihre Zweifel daran hatte, dass es sich wirklich um ein Versehen handelte. »Ich kann dieses Ding einfach noch nicht richtig lenken.«

»Ich dachte, du könntest schon wieder ein bisschen laufen«, sagte Cassie und dachte an Lucindas hartes Übungsprogramm in der Reha-Klinik.

»Kann ich ja auch. Aber wenn ich unterwegs bin, nehme ich lieber den«, sagte Lucinda und tätschelte mit einer

Hand den Rollstuhl, während irgendein unbekanntes Pärchen sich kichernd daran vorbeischob.

»Schwachköpfe«, sagte Lucinda und sah wieder hinauf zu Cassie. »Ich habe gehört, du willst ein Drehbuch schreiben. Über Allie und ihr Verschwinden während der Dreharbeiten.«

Woher konnte sie das wissen?, fragte sich Cassie.

»Ja, das ist so eine Idee. Aber vor allen Dingen will ich wissen, wo meine Schwester ist.«

»Wollen wir das nicht alle?«, fragte Lucinda mit einem herausfordernden Blick auf Trent. »Ich würde auch gern das eine oder andere Wörtchen mit ihr reden. Vielleicht kann sie mir dann erklären, warum sie genau an dem Tag, an dem auf mich geschossen wurde, nicht am Set erschienen ist. Hast du dir darüber mal Gedanken gemacht?«

Cassie nickte.

»Jede von uns hätte es treffen können. Dich. Allie. Aber ich habe das große Los gezogen.« Lucindas Lippen, die in dezentem Apricot schimmerten, verzogen sich zu einem bitteren Lächeln. »Ich frage mich, wie das überhaupt passieren konnte. Eigentlich hättest du die zweite Frau spielen sollen, Cassie. Du hättest hinter Allie herlaufen sollen. Aber dann wurde die Szene umgeschrieben. Und als sie gedreht wurde, war Allie plötzlich verschwunden, und ich habe ein paar echte Kugeln abbekommen. Was sagt uns das?«

»Das weiß ich nicht. Aber es tut mir wirklich leid für dich.«

»Na klar! Euch allen tut es ja so furchtbar leid!« Lucinda wedelte mit der Hand, als wollte sie eine lästige Mücke vertreiben. Dann richtete sie den Blick wieder auf Cassie, und ihr Gesicht nahm beinahe diabolische Züge an. Plötzlich sah Lucinda genauso aus wie Allie, wenn sie wütend war. Cassie unterdrückte einen Schauder. Nein, bestimmt bildete sie sich das nur ein.

Ihre Finger schlossen sich fester um das Cocktailglas. »Und?«, fragte Lucinda schließlich. »Komme ich in deinem Drehbuch auch vor?«

»Warum fragst du das?«

»Weil ich es dann gerne lesen würde. Am besten schickst du es gleich meinem Anwalt.« Lucindas Augen funkelten, und wieder erschien dieses diabolische Lächeln. »In meinen Augen ist das nämlich eher meine Geschichte. Und deshalb sollte lieber ich sie schreiben. Es hat schon ein Verlag mit mir Kontakt aufgenommen. Ich lasse dich wissen, ob das Buch verfilmt wird.« Abermals tätschelte sie den Rollstuhl. »Und jetzt werde ich anderweitig erwartet.« Damit machte sie eine Hundertachtzig-Grad-Drehung, drückte auf einen Knopf und schwirrte davon.

»Nettes Mädchen«, bemerkte Trent.

»Sie hat allen Grund, sauer zu sein.«

»Das stimmt. Aber sie scheint es auch gehörig auszunutzen.«

Mittlerweile hatte sich der Saal mit immer mehr Gästen gefüllt, und mit zunehmendem Alkoholspiegel stieg auch der Lautstärkepegel. Aus allen Richtungen waren Stimmengewirr und Gelächter zu hören.

Cassie hatte fürs Erste genug von mehr oder weniger erfreulichem Small Talk und beschloss, nach einem Umweg über die Damentoilette auf dem weitläufigen Balkon frische Luft zu schnappen. Unterdessen stand Trent für die nächsten Drinks an der Bar Schlange.

Doch kaum hatte Cassie die Damentoilette verlassen, wurde sie zu ihrer Verwunderung von Brandon McNary abgefangen.

»Vielen Dank!«, sagte er sarkastisch und zerrte sie in eine Nische hinter den herrschaftlichen Säulen.
»Wofür denn?«, fragte Cassie verblüfft und riss sich los.
»Dafür, dass du mir die Cops auf den Hals gehetzt hast! Du hast ihnen von Allies Textnachricht erzählt.«
»Ich habe ihnen mitgeteilt, dass du eine Nachricht bekommen hast. Und dass du glaubst, sie sei von Allie. Mach jetzt bloß nicht mich dafür verantwortlich! Ich musste es ihnen erzählen. Eine Frau namens Brandi Potts wurde ermordet. Ganz in der Nähe der Bar, in der wir uns getroffen haben. Sie war Statistin bei *Dead Heat*. Wo bist du eigentlich anschließend gewesen?«
»Du glaubst doch nicht etwa, ich hätte etwas damit zu tun? Ich kannte die Frau überhaupt nicht. Himmel noch mal! Eine Statistin! Aus welchem Grund sollte ich die umbringen? Publicity von den Cops kann ich nun wirklich nicht gebrauchen.«
»Bist du nicht derjenige, der behauptet hat, es gebe keine schlechte Publicity?«
»Das bezog sich doch nicht auf Mord! Himmel, Cassie, jetzt überleg doch mal! Die Cops denken ohnehin, ich würde hinter Allies Verschwinden stecken – und nun das!« Als Cassie ihn verständnislos ansah, fügte er hinzu: »War dir das etwa nicht klar? Dachtest du, diese Ehre gebührt allein dir? Ich bin schließlich derjenige mit der On-off-Beziehung – für die Polizei ein gefundenes Fressen. Detective Nash hängt mir schon die ganze Zeit an den Fersen.« Er streckte den Kopf kurz hinter der Säule hervor und warf einen Blick auf den vollen Saal. »Wundert mich, dass sie heute Abend nicht auch hier ist. Du kennst sie doch, den Eisberg-Cop, oder?«
»Und ob«, gab Cassie zurück.
»Die Frage war bloß rhetorisch gemeint. Aber demnächst

hältst du, was mich betrifft, bei den Cops gefälligst den Mund.« Seine Augen funkelten zornig. »Ist das klar?«, fügte er mit drohendem Unterton hinzu, dann trat er hinter der Säule hervor, straffte die Schultern und mischte sich wieder unter die Menge.
Kurz darauf stand Brandon McNary zwischen zwei Blondinen in Miniröcken lässig an der Bar, einen frischen Drink in der Hand.
Wie armselig!
Cassie trat hinaus auf den Balkon, wo Trent an die Brüstung gelehnt auf sie wartete. »Lass uns gehen«, bat sie und nippte kurz an ihrem Drink, der mittlerweile verwässert schmeckte.
Der Geruch des Willamette River lag in der Luft, ein kühler Wind wehte Cassie durchs Haar. Sie stellte sich neben Trent und blickte über das Geländer auf die Fußgänger hinunter, die sich, mit Schirmen und Kapuzen ausgestattet, vor dem Regen duckten. Verkehrslärm drang herauf, und Cassie wurde bewusst, wie erschöpft sie war.
Sie hatte bei der Premierenfeier nichts herausgefunden, was sie bei der Suche nach ihrer Schwester weiterbrachte. Bei der Suche nach ihrer *jüngeren* Schwester, rief sie sich ins Gedächtnis. Nun musste sie nur noch einmal durch den Saal gehen, vorbei an diesen albernen Kulissen, dann wäre sie bald wieder zu Hause, wie sie Trents Ranch im Stillen bereits nannte.
Zu Hause. Das klang gut.
Sie wollte gerade wieder hineingehen, als sie aus dem Augenwinkel auf einem der Balkone in den oberen Etagen eine Bewegung bemerkte. Sie hob den Kopf. Dort oben stand eine Frau.
Cassies Herz begann zu rasen.

Sie kniff die Augen zusammen.
Konnte das sein? War sie es wirklich? Mein Gott, die Frau sah aus wie Allie.
Rede dir nichts ein. Das liegt nur am Tequila. Und an den makabren Kulissen im Saal. An den Schaufensterpuppen. Daran, dass alle von Allie reden.
Cassie sah genauer hin, doch die Frau war verschwunden.
»Verrückt«, murmelte Cassie.
»Was ist verrückt?«, fragte Trent. Als Cassie nichts erwiderte, schlug er vor: »Sollen wir aufbrechen?«
»Ja, und erinnere mich beim nächsten Mal daran, dass mir Tequila Sunrise nicht gut bekommt. Gar nicht gut.«
»Ich merke es«, sagte Trent mit einem leicht zynischen Grinsen, und wieder bekam Cassie bei seinem Anblick weiche Knie.
Noch einmal hob sie den Kopf zu dem Balkon – und da stand die Frau wieder. In einem grauen Kleid und einem leichten Regenmantel, der sich im Wind bauschte. Ein Regenmantel, wie Cassie ihn schon ein paarmal an Allie gesehen hatte.
Das war doch nicht möglich!
Die Frau sah zu ihr herunter und verzog die Lippen zu einem Lächeln. Und Cassie glaubte, Allies Lächeln zu erkennen.
Sie starrte nach oben und konnte es nicht glauben. Ihr Verstand sagte ihr, dass es nur Einbildung war. »Lieber Himmel«, flüsterte sie. »Allie.«
Doch wieder verschwand die Frau aus ihrem Blickfeld.
Nein!
»Was sagst du?«, fragte Trent.
»Da oben stand gerade Allie«, sagte Cassie. Plötzlich fühlte sich ihr Mund an wie ausgetrocknet.
»Allie? Da oben?«

»Ja! Ich habe sie gesehen. Auf dem Balkon.« Cassie zeigte auf einen der Balkone in der siebten Etage. »Von hier aus fünf Stockwerke höher.«
Trent legte den Kopf in den Nacken. »Ich sehe niemanden.«
»Da! Der Balkon vor dem Zimmer mit den geöffneten Türen. Mit den wehenden Vorhängen.« Kurz davor, in Hysterie auszubrechen, stürmte Cassie in den Ballsaal. »Wir müssen da rauf, Trent! Ich muss sie finden!«
»Cass ...«, versuchte Trent, sie zurückzuhalten. »Sie ist schon so oft gesehen worden. Was sich jedes Mal als Irrtum herausgestellt hat.«
»Davon werde ich mich selbst überzeugen«, gab Cassie verärgert zurück. Sie wusste, was sie gesehen hatte, auch wenn ihr Verstand versuchte, sie vom Gegenteil zu überzeugen.
»Vielleicht ist dir der Tequila tatsächlich nicht bekommen. Oder es liegt daran, dass den ganzen Abend über Allie gesprochen wurde«, sagte Trent und legte ihr eine Hand auf die Schulter.
»Sie ist hier!« Cassie riss sich los und drängte sich durchs Getümmel.
»Cassie!«, rief jemand, aber sie drehte sich nicht um. Mit rasendem Herzen eilte sie an den Kulissen und den Schaufensterpuppen vorbei, an den makabren Szenen mit Shondie Kent. Gefolgt von Trent, rannte sie die beiden Stufen hinauf und durch die geöffneten Flügeltüren. »Warte, Cassie!«, hörte sie ihn rufen und warf einen Blick über die Schulter. Whitney Stone und ihr Kameramann versperrten Trent den Weg.
Aber Cassie konnte nicht warten.
Sie musste ihre Schwester finden.
Allie! Mein Gott, wo bist du?

Warum versteckst du dich da oben?
Warum bist du nicht einfach zur Party erschienen?
O Gott, bist du es überhaupt wirklich?
Schneller! Schneller, schneller!
Vor den Aufzügen stand eine Menschentraube. Und keiner merkte, dass sie es eilig hatte. Dass sie kurz davor war, in Panik zu geraten. Weil sie unbedingt ihre Schwester finden musste. Verzweifelt suchte sie nach einem Wegweiser zum Treppenhaus. Als sie ihn gefunden hatte, stürmte sie auf die Tür zu und riss sie auf.
Zwei Metallstufen auf einmal nehmend, rannte sie eine Etage nach der anderen hinauf.
Höher! Noch höher! Jetzt die nächste Etage!
Sie erreichte die dritte Etage. Dann die vierte. Die fünfte. Atemlos stützte sie sich aufs Treppengeländer, doch sie blieb nur kurz stehen. Unten wurde eine Tür aufgerissen und fiel wieder zu. Dann hörte Cassie die Schritte schwerer Stiefel auf den Metallstufen.
»Cassie?«, hallte Trents Stimme durchs Treppenhaus.
»Hier oben!«, rief sie und rannte wieder los.
Mittlerweile hatte sie die sechste Etage erreicht. Sie bekam Krämpfe in den Beinen, aber sie lief weiter.
»Cass!«, hallte Trents Stimme zu ihr herauf. »Warte!«
Vollkommen außer Atem und mit schmerzenden Beinen sah sie die 7 auf der feuerfesten Tür. Endlich!
Cassie drückte die Klinke hinunter, stemmte sich mit der Schulter gegen die Tür und stolperte in den Flur der siebten Etage. Der Teppichboden war abgenutzt, die Wände eingerüstet, offenbar wurde hier renoviert. Elektrische Leitungen lagen offen. Hier wohnten bestimmt keine Gäste.
Was hatte Allie, oder wer auch immer die Frau war, hier oben zu suchen?

Cassie schob sich an Leitern, Abdeckplanen und Werkzeug vorbei und ging den Gang entlang, der etwas Unheimliches an sich hatte. Aber der Balkon, auf dem sie Allie gesehen hatte, gehörte zu dieser Etage!
Sie hörte, wie hinter ihr die feuerfeste Tür geöffnet wurde.
»Cass! Warte! Sieh dich doch mal um. Hier kann niemand sein.«
Er klang beschwörend.
Besorgt.
Aber davon konnte sie sich jetzt nicht aufhalten lassen, dachte Cassie, als sie vor der Tür des Zimmers stand, das sie dem betreffenden Balkon zuordnete.
Trent holte sie ein und fasste sie am Arm. Er drehte sie zu sich herum und sah ihr mit sorgenvollem Blick in die Augen. »Cassie. Ist dir denn nicht klar, wie verrückt das ist?«
Cassie zögerte einen Moment lang, dann sagte sie: »Du hast ja recht. Aber egal, wie verrückt es ist, ich gehe jetzt in dieses Zimmer und sehe nach, ob meine Schwester da drinnen ist!«
Sie drehte sich um und griff nach dem Türknauf.
Zu ihrer Überraschung ließ die Tür sich öffnen.
Einfach so.
Ohne Schlüssel.
Schwang auf in das dunkle Zimmer.
»Allie?«, flüsterte Cassie mit erstickter Stimme und tastete nach dem Lichtschalter.
Klick!
Im grellen Licht der Deckenlampe war niemand zu sehen. Das Zimmer war unbewohnt wie die anderen Räume in dieser Etage. Staub lag auf dem abgenutzten Teppichboden. Ein Doppelbett mit abgezogener Matratze und ein alter Röhrenfernseher waren die einzigen Einrichtungsgegenstände.

Doch die Balkontür stand offen. Die Vorhänge wehten hinaus. Und über dem Fußende des Bettes hing ein Regenmantel, als hätte ihn jemand nachlässig dort hingeworfen. Ein Regenmantel wie der, den Cassie schon einmal an Allie gesehen hatte.

Kapitel 34

Allie Kramer stand in einer dunklen Ecke. Ihre Perücke, die ausgebeulte Sweatshirt-Jacke und die Jeans waren vollkommen durchnässt. Und es schüttete weiter wie aus Kübeln. Doch Allie stand reglos da und sah zu dem Balkon hinauf, auf dem sie vor wenigen Augenblicken noch gestanden hatte. Zu dem Balkon des Hotels, in dem die Premierenfeier von *Dead Heat* nun in vollem Gange war. Aber sie hatte ihren »Auftritt« gehabt. Auf dem Weg in die siebte Etage war sie an dem Ballsaal vorbeigegangen und hatte einen kurzen Blick auf die Feier geworfen. Auf die Feier, bei der sie eigentlich im Mittelpunkt hatte stehen sollen.
Diese geschmacklosen Kulissen mit den nachgestellten Szenen hatten ihr gehörig die Laune verdorben. Am schlimmsten war die Szene in der Psychiatrie. Shondie Kent, ans Bett gefesselt. Bei diesem Anblick hatte Allie eine Gänsehaut bekommen. Heutzutage wurden Patienten zwar nicht mehr so behandelt, aber dennoch war es ihr schlimmster Albtraum, eingesperrt zu sein. Wie hatte ihre Schwester das nur freiwillig auf sich nehmen können?
Aber das war eben Cassie.
Immer aus allem ein Drama machen.
So wie du?
So wie deine hysterische Mom?
Doch darüber konnte sie sich jetzt keine Gedanken machen.
Vielmehr fragte sie sich, ob sie nicht einen riesigen Fehler

gemacht hatte. Denn alles war aus dem Ruder gelaufen. Hässlich geworden. Beängstigend.
Sie hatte Angst.
Aber sie war auch entschlossen.
Beim Gedanken an ihre Mutter verspürte sie einen Anflug von Bedauern, weil sie ihr solchen Schmerz zugefügt hatte. Aber diese Anwandlung von Schuldgefühlen legte sich sogleich wieder. So wie immer. Jenna verdiente es nicht, dass sie sich Vorwürfe machte. Schließlich hatte sie alle belogen. Ihre Kinder. Und ihren Mann. Wie konnte man nur so verlogen sein?
Und was war mit Cassie?
Bei dem Gedanken an ihre ältere Schwester kochte Allie innerlich vor Wut. Es gab Zeiten, da hatte sie zu ihr aufgesehen, sie bewundert. Cassie mit ihrer rebellischen Art, Cassie, die sich von niemandem etwas sagen ließ. Aber dann, vor zehn Jahren, hatte sich alles geändert. Was war da aus ihrer Schwester geworden? Ein verängstigter, weinerlicher Schatten ihrer selbst! Und keiner hatte sich mehr um das kleine Mädchen gekümmert. Alles hatte sich nur noch um Cassie gedreht. Dabei hatte sie, Allie, schließlich auch gelitten.
Und dann hatte Jenna, ihre verlogene Mutter, auch noch Shane Carter geheiratet. Er war ihr großer Held! Und sie, Allie, war noch weiter in den Hintergrund getreten. Aber das brauchte sie nicht mehr zu wundern, nachdem sie Jennas altes Tagebuch gefunden hatte. Auf dem Speicher, schon vor ein paar Jahren, als sie bei einer dieser endlosen Renovierungen geholfen hatte.
Da hatte sie dann gelesen, was Jenna als naiver Teenager in ihr Tagebuch geschrieben hatte: dass Allie und Cassie eine Halbschwester hatten. Es hatte jahrelang gedauert, bis Allie sie ausfindig gemacht hatte – vielmehr war es andershe-

rum gewesen: Sie hatte Allie ausfindig gemacht, und Allie hatte sich darüber gefreut. Endlich eine Verbündete, eine Schwester, die nicht mit ihr in Konkurrenz stand, die sie liebte ... Doch wenn sie jetzt an ihre Halbschwester dachte, wurde ihr unbehaglich. Sie hatte etwas an sich, worüber Allie lieber nicht nachdenken wollte. Sie wirkte mitunter ziemlich schräg, mehr noch als Cassie.

Trotzdem hatte Cassie irgendwann Trent kennengelernt. Trent, der damals schon eine Nummer zu groß für sie gewesen war. Auch Allie hatte ihn anfangs toll gefunden. Aber er hatte sie überhaupt nicht beachtet. Auch das war eigentlich nichts Neues gewesen. Alle Jungs hatten sich immer nur in ihre Mutter verknallt. Oder in Cassie, weil sie ihr so ähnlich sah. Für das kleine Mädchen war nur abgefallen, was die beiden ihr übrig ließen.

Noch in der Highschool war das so gewesen. Daraufhin war Allie eine richtige Streberin geworden. Um allen zu zeigen, dass es etwas gab, worin sie besser war als die anderen.

Bis Cassie gesagt hatte, sie solle nach L. A. kommen. Und da war sie dann zu einem Star geworden. Davon konnte Cassie nur träumen! Allie hatte es ihrer Schwester gezeigt, und sie war stolz darauf.

Ein Lächeln huschte über Allies Lippen. Aber sie wusste, auf welch schmalem Grat sie wandelte. Denn jeden Moment konnte alles kippen. Das war immer so gewesen. Und was hatte sie denn schon? Noch nie hatte ihr jemand ewige Liebe geschworen. Nicht einmal Brandon. Er hatte sogar ein Auge auf Cassie geworfen. Und auf ihre Mutter. Das war ihr natürlich nicht entgangen.

Männer!

Mittlerweile hasste sie sie.

Aber sie brauchte sie auch.

Dann, wenn sie sie bewunderten.

Aber taten sie das überhaupt?

Dabei wollte sie doch nur von jemandem richtig geliebt werden. So wie Jenna und Cassie. Die schafften das ganz beiläufig. Aber bei Cassie hatte sie Trent ganz schön mies aussehen lassen. Hatte behauptet, er habe mit ihr anbändeln wollen. Zugegeben, er war ziemlich sexy. Aber ansonsten? Der totale Hinterwäldler.

»Dämliche Schlampen«, murmelte Allie und spürte, wie ihr die Kälte und der Regen in die Glieder zogen. Noch immer stand sie in der dunklen Ecke, geschützt vor dem diffusen, fast gespenstischen Licht der Straßenlaternen. Wie konnte man sich in einer Stadt, in der so viele Leute waren, nur derart einsam fühlen?

Ein Auto mit lauter Musik fuhr vorbei. Aus dem offenen Fenster roch es nach Gras. »Brauchst du ein Taxi?«, rief jemand. »He, Kleine, sollen wir dich ein Stück mitnehmen?«

Wenn die wüssten!

Allie ignorierte sie einfach.

Aber dann wurde das Auto langsamer.

»Willst du mal ziehen?«, fragte einer der Teenager, die in dem verqualmten Wagen saßen.

»Verpisst euch!«

»Hat dir schon mal jemand gesagt, dass du aussiehst wie Allie Kramer?«, rief eine andere Stimme aus dem Inneren des Wagens.

»Sie sieht scharf aus«, sagte der Erste.

»Aber echt jetzt. Sie sieht wirklich aus wie Allie Kramer!«, gab der andere zurück.

Doch da hatte sich Allie schon umgedreht und war verschwunden.

Sie hatte nämlich noch etwas zu erledigen.

Sie zog ihr Smartphone aus der Jackentasche und tippte die wohlbekannte Nummer ein. »Showtime«, flüsterte sie ins Telefon. Dann schlich sie zum Parkhaus, zwei Blocks weiter, wo Brandon McNarys Wagen stand. Geduckt wich sie den Überwachungskameras aus, zog den Ersatzschlüssel aus der Tasche, den er ihr gegeben hatte, und entriegelte den alten SUV. Vom Fahrersitz aus öffnete sie das Handschuhfach und holte die Plastiktüte mit den Utensilien für eine rasche Maskierung heraus. Sie stülpte sich eine größere Nase über ihre eigene, stopfte sich ein wenig Watte unter die Wangen und setzte eine große Brille auf. Dann zupfte sie ihre Perücke zurecht. So würde sie niemand erkennen.
Lächelnd startete sie den Motor und rollte aus dem Parkhaus.

Sie parkte den Wagen ein paar Blocks vom Apartmenthaus entfernt und ging zu Fuß weiter. Mit gesenktem Kopf betrat sie das Gebäude und eilte durchs Treppenhaus nach oben. Ihre Halbschwester war bei der Premierenfeier und würde bestimmt nichts merken. Trotzdem war sie nervös. Immerhin war die Frau wahrscheinlich eine Mörderin.
Als Allie den Flur entlangging, warf sie einen Blick über die Schulter. Wer weiß, vielleicht lauerte sie ihr ja doch irgendwo auf. Hastig lief sie weiter, bis sie die richtige Tür gefunden hatte. Mit zitternden Händen schloss sie die Wohnungstür auf. Mit dem Schlüssel, den sie sich hatte nachmachen lassen. In einem unbeobachteten Moment hatte sie einen Abdruck von dem Originalschlüssel genommen, um sich den Zweitschlüssel anfertigen lassen. Genau wie ihre Halbschwester es mit dem Schlüssel zu Cassies Apartment getan hatte. Welche Ironie!
Angespannt betrat sie die Wohnung, tastete nach dem

Lichtschalter – und blieb im nächsten Moment wie angewurzelt stehen. Sie schlug die Hände vor den Mund. Eine ganze Wand war mit Filmplakaten übersät. Große Fotos von ihr selbst und von Jenna, auf manchen war sogar Cassie im Hintergrund zu sehen. Von allen Filmen, die sie gemacht hatten.

Aber es waren keine normalen Plakate. O nein! Sie waren zerschnitten, zerrissen, zerfetzt. Wieder zusammengeklebt. Bis zur Unkenntlichkeit verunstaltet.

Das war ja krank!
Vollkommen durchgedreht.
Mörderisch.

Allie stockte der Atem.

Sie bekam kaum noch Luft.

»Großer Gott!«, flüsterte sie. Sie ging zum Fenster und fuhr die Rollos hoch.

Auf der Scheibe klebte ein Poster des Hollywood-Schriftzugs, beleuchtet von einer schmalen Neonröhre. Die berühmten weißen Buchstaben erstreckten sich über die ganze Fensterscheibe.

Allie lief ein kalter Schauer über den Rücken. Es kam ihr vor, als hause hier das Böse.

Bleib ganz ruhig! Sieh dich einfach nur um.

Auf einem Tisch in der Ecke befand sich ein Farbdrucker mit Kopierfunktion. Er war mit einem Laptop verbunden, neben dem ein Laminiergerät stand. Daneben lag ein Stapel Fotos. Allie sah sich die Fotos an und hätte beinahe aufgeschrien. Alle zeigten lebensgroße Gesichter und waren so bearbeitet worden, dass sie vollkommen deformiert wirkten. Als würden sie zerfließen. Und all diese Bilder waren Aufnahmen von ihr.

»Ach du Scheiße«, murmelte sie. Es war der reinste Horror. Das Werk einer Irrsinnigen, aus dem blanker Hass sprach. Nur jemand, der total krank im Kopf war, nahm sich die Zeit, so etwas anzufertigen.

Worauf hatte sie sich da nur eingelassen?, dachte sie.

Und warum hatte sie dann auch noch auf Brandon gehört, der es für eine tolle Idee hielt, dass sie erst mal untertauchen sollte? Um die Publicity für den Film ein wenig anzuheizen.

Schon als auf Lucinda Rinaldi geschossen wurde, war ihr alles andere als wohl bei der Sache gewesen. Da hatte sie allmählich verstanden, was sie angerichtet hatte.

Hastig wandte sie sich zur Tür und blieb abermals geschockt stehen. Auf dem Frisiertisch lag eine Maske. Anscheinend hergestellt aus einem dieser verzerrten Fotos. Die Augen waren ausgestochen.

Allie drehte die Maske um. »Was zur Hölle ist das denn?«, entfuhr es ihr. Ein einziges Wort stand dort geschrieben. »Schwester«, las Allie laut vor.

Zum ersten Mal wurde ihr klar, wie gestört ihre Halbschwester tatsächlich war. Wie weit sie gehen würde, um zu bekommen, was sie wollte. Um zu beweisen, dass sie genauso gut war wie die anderen, obwohl Jenna sie einfach abgegeben hatte.

Es war idiotisch gewesen, davon auszugehen, dass sie ganz normal ist, dachte Allie und schnappte entsetzt nach Luft.

Keiner war mehr sicher, solange dieses Monster noch frei herumlief. Cassie nicht. Jenna nicht. Sie selbst auch nicht.

Diese Frau würde nicht aufhören, bevor sie alle vernichtet hatte. Und sie, Allie, hatte sich zur Verbündeten machen lassen. Zeitweilig hatte sie sogar gedacht, sie wäre besser dran, wenn sie Cassie endlich los war. Wenn Cassie tot war.

Doch das war krank. Einfach nur krank.
Offenbar lagen Geisteskrankheiten in der Familie.
Die älteste Schwester war eine mörderische Psychopathin. Die mittlere hatte sich wegen Halluzinationen und Blackouts in der Psychiatrie behandeln lassen. Und sie, die jüngste, der Hollywoodstar, war so eifersüchtig, dass sie sich zur Komplizin für den geplanten Mord an ihrer Schwester hatte machen lassen. Sie hatte zugelassen, dass Schreckliches passierte.
Allie musste an eine spezielle Kulisse bei der Premierenfeier denken: die Schaufensterpuppe im Zimmer einer psychiatrischen Klinik, ans Bett gefesselt wie eine rasende Irre.
Sie warf einen letzten Blick auf die Filmplakate. Auf das Gesicht ihrer Mutter, die ihre Karriere aufgegeben hatte, um ihren Töchtern ein Leben in Sicherheit zu bieten. Ein normales Leben. Aber das war es nie gewesen. Doch Jenna hatte es immerhin versucht. Auch wenn sie ihnen verheimlicht hatte, dass sie noch eine ältere Tochter hatte. Auch wenn sie ihre Aufmerksamkeit nach dem Horrorwinter vor zehn Jahren fast nur noch auf Cassie gerichtet und Allie, das kleine Mädchen, den Bücherwurm, kaum noch wahrgenommen hatte.
Mein Gott, was war nur in sie gefahren?, fragte sich Allie. Sie war so eifersüchtig auf Cassie gewesen. Aber hatte Cassie das wirklich verdient? Hatte sie es verdient, zu sterben?
Vielleicht.
Vielleicht auch nicht.
Allie hatte genug gesehen. Hastig verließ sie das Apartment. Es kümmerte sie nicht mehr, ob irgendjemand sie erkennen würde. Sie musste dem Ganzen ein Ende bereiten. Irgendwie.

Bevor sie diesem Wahnsinn selbst zum Opfer fiel.
Sie wusste, was sie zu tun hatte. Sie hoffte nur, es wäre noch nicht zu spät.

Nash hatte Cassie Kramer ordentlich in die Zange nehmen wollen, aber Cassie hockte wie ein Häufchen Elend in einem der Büroräume des Hotel Danvers. Ihr Mann stand am Fenster, und Nash selbst saß hinter dem riesigen Schreibtisch, der so aufgeräumt war, dass sie sich fragte, ob hier überhaupt jemand arbeitete. Trent Kittle hatte die Neun-eins-eins angerufen, und Nash, die schon vor Double T. im Hotel angekommen war, hatte sofort übernommen. Erst hatte sie sich die abenteuerliche Geschichte angehört, die Cassie Kramer ihr auftischte, dann hatte sie das Zimmer inspiziert, auf dessen Balkon Cassie ihre Schwester gesehen haben wollte.
Mit der Party war es natürlich vorbei, nachdem sich herumgesprochen hatte, Allie Kramer sei gesehen worden. Vermutlich verbreitete sich die Nachricht jetzt in Windeseile im Internet und auf allen anderen Kanälen. Es lief also bestens für Dean Arnette und seine Filmpremiere.
Einmal mehr fragte sich Nash, ob all das nur der Publicity diente. Eigentlich war das eine naheliegende Schlussfolgerung. Die ganze Party war doch reine Publicity, da brauchte man sich nur mal diese geschmacklosen Kulissen anzusehen. Und dann war Allie Kramer auch noch von ihrer eigenen Schwester gesehen worden.
Wie weit würden solche Leute gehen, um einen Film zu vermarkten?
Sicherlich nicht so weit, dass sie unschuldige Leute umbrachten. Aber Nash war von Natur aus skeptisch, und ihre Berufserfahrung hatte sie das Übrige gelehrt.

»Ich habe Allie wirklich gesehen«, beteuerte Cassie Kramer zum dritten oder vierten Mal. »Und der Mantel über dem Bett war ihrer. Den hat sie schon ein paarmal getragen.«

»Ich weiß nicht, ob ich das glauben soll«, erklärte Nash. »Sybil Jones, eine Co-Produzentin, sagte, der Mantel gehöre zur Filmgarderobe.«

»Dann hat Allie ihn eben auch außerhalb des Sets getragen.«

»Hm. Ich weiß nur, dass keine Buchung für das Zimmer vorliegt und für alle anderen Zimmer auf der siebten Etage auch nicht. Kein Wunder, dort wird ja auch renoviert. Aber den Mantel werden wir natürlich untersuchen.« Im Gegensatz zu allem anderen in Zimmer 706 war der Mantel nicht verstaubt gewesen. »Wir müssen abwarten, was die Untersuchung ...«

»Wie soll der Mantel denn sonst dahin gekommen sein?«, fiel Cassie ihr ins Wort. »Und woher hätte ich wissen sollen, in welchem Zimmer er lag, wenn niemand auf dem Balkon war?«

»Den hätte jeder dorthin legen können.«

»Ach so, jetzt verstehe ich. Sie glauben, ich hätte den Mantel selbst ins Zimmer gebracht und wäre dann noch einmal raufgegangen, um einen riesigen Wirbel zu veranstalten.«

»Noch glaube ich gar nichts.«

»Trent war den ganzen Abend bei mir.« Cassie sah zu ihrem Mann hinüber, aber der rührte sich nicht. »Und ich war den ganzen Abend hier unten: im Saal, auf dem Balkon und zwischendurch auf der Toilette.«

Doch auch das beindruckte Nash nicht. Bei einer solchen Menschenmenge wäre es ein Leichtes gewesen, zwischendurch für zehn Minuten zu verschwinden und mit dem Aufzug in die siebte Etage zu fahren.

»Es gibt noch etwas, worüber ich mit Ihnen sprechen muss«, wechselte sie das Thema.

»Na toll«, sagte Cassie, und bevor Nash weitersprechen konnte, fuhr sie fort: »Sie brauchen mir nichts zu erklären, Detective. Ich weiß es schon. Es geht um die uneheliche Tochter meiner Mutter. Aber ich weiß nicht, wie sie heißt. Und ob sie eine Mörderin ist.« Jetzt war Cassie die Erschöpfung deutlich anzumerken. »Mein Gott, ich hoffe, dass dem nicht so ist. Haben Sie schon Informationen, wer sie sein könnte?«

»Darüber wissen wir noch nichts.« Was nicht stimmte. Nash hatte zuvor mit Jenkins gesprochen, und die hatte allem Anschein nach die Adoptiveltern ausfindig gemacht. Ein Ehepaar aus Seattle. Gene und Beverly Beauchamp. Sie hatten zwei Mädchen adoptiert, eins davon kurz nach der Geburt von Jenna Hughes' Tochter. Jenkins war schon dabei, mit dem Ehepaar Kontakt aufzunehmen. Bis zum nächsten Morgen würde Nash alle Informationen bekommen. Dann konnten sie hoffentlich endlich jemanden verhaften oder zumindest zum Verhör bitten. Auf den Namen Beauchamp war Nash im Übrigen schon irgendwo gestoßen. Das musste sie dringend noch einmal überprüfen.

»Was ist mit der Krankenschwester?«, fragte Cassie. »Belva Nelson.«

»Wir fahnden noch nach ihr.« Bislang hatten sie sie immer noch nicht gefunden.

»Kann ich mein Handy zurückbekommen?«

Nash hatte erwartet, dass Cassie danach fragen würde. Sie holte das Smartphone aus der Tasche und gab es ihr.

»Konnten Sie feststellen, wer mir die Nachricht geschickt hat?«

»Noch nicht, aber ...«

»Ich weiß. Daran arbeiten Sie noch.«
Nun meldete sich auch Cassies Mann zu Wort. »Ich glaube, wir sind hier fertig«, sagte er. »Es war eine lange Nacht. Meine Frau hat Ihnen alles erzählt, was sie weiß.«
Aber das reicht nicht, dachte Nash. Doch das behielt sie für sich.

Kapitel 35

An Schlaf war nicht zu denken.

Cassie und Trent hatten sich geliebt, und nun lag Cassie da und starrte an die Decke, während Trent leise vor sich hin schnarchte. Regen peitschte gegen die Fenster, der Wind rüttelte an den Türen, und durch das ganze Haus zog der Geruch des verlöschenden Kaminfeuers.

Cassie wälzte sich von einer Seite auf die andere, während ihr alle möglichen Fragen durch den Kopf gingen. War ihre Halbschwester auch bei der Party gewesen? Hatte wirklich Allie auf dem Balkon gestanden? Und wo steckte Belva Nelson?

Immer wieder versuchte sie, diese Gedanken zu verdrängen und endlich einzuschlafen. Auf einmal hörte sie Hud am Fußende des Bettes leise knurren.

»Pst«, murmelte Trent im Halbschlaf und drehte sich auf die Seite. Er legte Cassie einen Arm um die Taille, und sie schmiegte sich an ihn. Als sie seinen warmen Atem auf ihrer Haut spürte, entspannte sie sich ein wenig und merkte, wie ihr allmählich die Augen zufielen.

Hud knurrte erneut.

Und diesmal sprang er sogar vom Bett hinunter. Cassie hörte seine Pfoten auf dem Holzfußboden und öffnete ihre müden Augen wieder, während Trent leise fluchend aufstand.

»Was ist los?«, fragte Cassie.

»Keine Ahnung.« Wenig später sah Cassie Trents muskulöse Silhouette vor dem Fenster. Angestrengt spähte er in die Dunkelheit hinaus.

Der Hund stand vor der Schlafzimmertür und winselte.

»Normalerweise ist Hud nicht so schreckhaft«, sagte Trent und griff nach seiner Jeans, die über der Stuhllehne hing.

»Gehst du etwa nach draußen?«, fragte Cassie und setzte sich auf.

»Ich will nur nachsehen, ob bei den Pferden alles in Ordnung ist.« Trent drehte sich zu ihr um. »Vielleicht ist es ein Kojote. Shorty hat gesagt, er habe letztens einen gesehen. Ich will sichergehen, dass er sich nicht in der Scheune herumtreibt.« Trent zog die Jeans an, ging zu Cassie hinüber und gab ihr einen Kuss auf die Stirn.

»Muss das sein? Mitten in der Nacht?«

»Ja, das muss sein. Sonst habe ich keine Ruhe.«

Hud knurrte wieder und kratzte mit den Pfoten an der Schlafzimmertür.

Cassie schlug die Decke zurück. »Ich komme mit.«

»Auf keinen Fall. Es dauert doch nicht lange.«

»Aber Trent! Zwei Menschen sind ermordet worden.«

»Da kann ich ja froh sein, dass ich nichts mit *Dead Heat* zu tun habe«, gab Trent scherzhaft zurück und fügte in ernsterem Tonfall hinzu: »Cassie, ich muss nach den Pferden sehen, aber ich komme so schnell wie möglich zurück. Mach dir keine Sorgen und bleib im Bett!« In der Dunkelheit sah Cassie Trents weiße Zähne aufblitzen, als er ein breites Grinsen aufsetzte. »Außerdem habe ich ja Hud und meine alte Winchester.« Er schlüpfte in sein dickes Flanellhemd, steckte das Handy in die Brusttasche und zog sich die Stiefel an. »Behalt dein Telefon in Reichweite.«

»Ich ziehe mir trotzdem lieber etwas an. Nur für alle Fälle.«

»Was denn für Fälle?«

»Keine Ahnung. Zum Beispiel für den Fall, dass du Hilfe brauchst.«
»Sollte ich Hilfe brauchen, wähl lieber den Notruf.«
Trent zögerte für einen Moment, dann ging er zu seinem Nachttisch. Er öffnete die Schublade, holte einen Schlüsselbund heraus und gab ihn Cassie. »Der kleine Schlüssel ist für die beiden Kästen, die ganz oben im Schrank stehen. In einem liegt die Pistole, und in dem anderen ist die Munition.«
»Was? Du lieber Himmel, Trent! Was soll ich denn damit? Ich weiß doch nicht einmal, wie man eine Waffe lädt.«
»Dann solltest du dich allmählich damit vertraut machen«, gab Trent zurück, und wieder sah Cassie das weiße Schimmern seiner Zähne, weil er sich auch bei diesen Worten das Grinsen nicht verkneifen konnte.
Trent pfiff nach dem Hund und öffnete die Tür. Sofort preschte Hud vor und lief die Treppe hinunter.
»Schließ hinter mir ab«, sagte Trent. Kurz darauf waren seine Schritte auf der Treppe und dann unten im Flur zu hören.
»Damit der Kojote nicht reinkommt?«, rief Cassie ihm nach.
»Genau«, schallte seine Stimme zu ihr herauf, bevor die Haustür ins Schloss fiel.
»Na klar«, murmelte Cassie. Manchmal war Trent an Ignoranz einfach nicht zu überbieten!
Sie legte die Schlüssel auf den Nachttisch, wickelte sich in die Bettdecke und ging hinüber zum Fenster. Draußen brannten nur die Außenlampen über der Haustür und an der Scheune. In dem bläulichen Licht sah sie, wie Trent über die Kiesfläche vor der Garage und dann an dem kleinen Schuppen vorbeiging. Er schob das Scheunentor ei-

nen Spaltbreit auf und verschwand sofort im Inneren der Scheune.

Angst stieg in Cassie auf. Dabei war das Gebäude doch kaum zwanzig Meter weit entfernt.

Warum kam ihr die Situation so bedrohlich vor? Vielleicht lag es an allem, was sie schon durchgemacht hatte.

Was, wenn dort etwas weitaus Gefährlicheres lauerte als ein Kojote?

Während der Wind um die Gebäude heulte und der Regen gegen die Fensterscheiben prasselte, wartete sie ungeduldig darauf, dass Trent wieder zum Vorschein kam.

Nervös warf sie einen Blick auf die Leuchtziffern des Weckers. Trent war jetzt schon seit zwei Minuten da drinnen.

Aus zwei Minuten wurden fünf.

Cassie musste sich zwingen, ruhig zu bleiben. Was sollte sie nur machen, wenn in der Dunkelheit jemand lauerte, der sie und die Menschen um sie herum umbringen wollte? Hatte sie nicht diese entsetzliche Maske bekommen? Eine eindeutige Warnung. Nicht auszudenken, wenn der Mann, den sie liebte, sich ihretwegen in Gefahr brachte.

Der Mann, den sie liebte.

Genauso war es.

Sie liebte ihn, und sie wollte ihn nicht verlieren.

Nicht noch einmal.

Acht Minuten. Verflucht, was machte er denn so lange? Eigentlich müssten Hud und er den Kojoten längst verscheucht haben. Wenn es denn ein Kojote war.

Ganz gleich, worum es sich handeln mochte, Cassie brachte es nicht fertig, sich wieder ins Bett zu legen. Wozu auch? Um sich von einer Seite auf die andere zu wälzen oder voller Angst an die Decke zu starren? Außerdem war sie jetzt wieder hellwach.

Ohne Licht zu machen, zog sie sich hastig an. Jeans und Sweatshirt-Jacke.
Dann nahm sie die Schlüssel vom Nachttisch.
Aber was sollte sie mit einer Pistole anfangen?
Im Schrank nutzt dir die Waffe auch nichts.
Cassie schaltete die Nachttischlampe an und ging zum Schrank. Bevor sie ihn öffnete, drehte sie sich noch einmal um und warf einen weiteren Blick auf den Wecker.
Zehn Minuten.
Sie zog die Schranktür auf und stellte sich auf die Zehenspitzen, um an die Kästen heranzukommen. Sie nahm sie heraus, setzte sie auf der Schlafzimmerkommode ab und öffnete sie mit dem kleinen Schlüssel, der in beide Schlösser passte und sich recht leicht drehen ließ. »Es geht ja nicht um Weltraumtechnik«, murmelte sie und schaffte es tatsächlich, die Pistole zu laden. Sie entsicherte die Waffe probehalber. »War doch ein Kinderspiel.«
Mit der Pistole in der Hand ging sie noch einmal zum Fenster. Hätte in der Scheune nicht längst das Licht brennen müssen?
Etwas stimmte nicht, da war sich Cassie ganz sicher. Sie schaltete die Nachttischlampe wieder aus, um besser sehen zu können. Aber alles, was sich draußen bewegte, waren die Äste der Bäume. Kein Vierbeiner, der aus der Scheune flüchtete. Und ein Zweibeiner auch nicht.
»Nun komm schon!«, sagte sie, aber Trent war nirgends zu sehen.
Sollte sie ihn anrufen? Aber wenn ihm tatsächlich jemand auflauerte, würde sie ihn damit verraten. Selbst wenn er sein Handy auf stumm geschaltet hatte, würde das Display in der Dunkelheit leuchten.
Du hast einfach zu viele Horrorfilme gesehen.

Cassie überlegte, was sie machen sollte.
Fünfzehn Minuten.
Sie konnte es keine Sekunde länger aushalten.
Also beschloss sie, Trent eine Nachricht zu schicken.

    Alles okay?

Nervös starrte sie aufs Smartphone und wartete.
Nichts.
Sie schickte eine weitere Nachricht.

    Was ist los?

Wieder nichts.
Wenn du dir so sicher bist, dass er in Gefahr schwebt, musst du die Polizei rufen.
Cassie biss sich auf die Unterlippe und ging zur Treppe. Vielleicht konnte sie vom Küchenfenster aus mehr sehen.
»Aaaajiiiuuuuuu!«
Ein markerschütternder Schrei.
Was war das?
O mein Gott. Trent!
Cassie zuckte zusammen und stolperte die letzten Stufen hinunter. Die Pistole und das Telefon fielen zu Boden, und sie stieß sich die Schulter am unteren Pfosten des Geländers. Ein stechender Schmerz fuhr durch ihre Schulter und ihren Knöchel, aber sie achtete nicht darauf. Hastig bückte sie sich nach der Pistole und dem Handy. Das Display hatte einen Sprung. Hoffentlich funktionierte es noch.
»Verflucht!«, murmelte sie. Sie konnte froh sein, dass die Pistole nicht losgegangen war.
Blamm!

Ein Schuss.

Instinktiv duckte sie sich.

War das Trents Gewehr?

Oder hatte jemand anderes geschossen?

Wer auch immer, eins war klar: Trent steckte in Schwierigkeiten.

Cassie rannte in die Küche und kauerte sich vor die Seitentür. Aus der Scheune hörte sie das Wiehern der Pferde. Mit zitternden Fingern tippte sie den Notruf.

Bitte, lieber Gott, mach, dass Trent nichts passiert ist!

»Neun-eins-eins«, meldete sich eine weibliche Stimme. Gott sei Dank, das Handy funktionierte! »Was für einen Notfall möchten Sie melden?«

»Hilfe! Sie müssen sofort Hilfe schicken!«, schrie Cassie ins Telefon. »Ich habe einen Schuss gehört. Und vorher einen Schrei. Und … und mein Mann ist in der Scheune.« Cassie war kurz davor, in Panik auszubrechen. Aber sie musste sich zusammenreißen. »Mein Mann ist in die Scheune gegangen, weil dort irgendetwas war. Dann habe ich den Schrei gehört. Und dann wurde geschossen. O Gott! Schnell! Schicken Sie jemanden. Mein Mann ist noch da drin!«

»Beruhigen Sie sich, Ma'am«, sagte die Frau in der Notrufzentrale. »Ist jemand verletzt?«

»Weiß ich nicht! Ich habe meinem Mann zwei Textnachrichten geschickt. Aber er antwortet nicht.«

»Ich brauche Ihren Namen und Ihre Adresse.«

»Cassie. Cassie Kramer. Und die Adresse … Benning Road, ungefähr eine Meile hinter der Abzweigung nach Falls Crossing. Die Ranch von Trent Kittle.«

»Ich werde sofort ein paar Streifenwagen anfordern«, sagte die Frau in der Zentrale ruhig. »Bitte bleiben Sie in der Leitung.«

»Das kann ich nicht. Ich muss nachsehen, ob meinem Mann etwas passiert ist.« Horrorbilder liefen vor Cassies innerem Auge ab. Trent in einer Blutlache. Mit höllischen Schmerzen. War es so schwer zu verstehen, dass sie keine Zeit hatte?

»Bitte bleiben Sie in der Leitung, Ma'am«, wiederholte die Frau. »Ein Streifenwagen ist schon unterwegs.«

»Das reicht nicht! Es ist dringend.« Verzweifelt versuchte Cassie, der Frau das klarzumachen. »Rufen Sie Detective Rhonda Nash an, vom Portland PD. Und ihren Partner. Detective Thomas, nein, wie heißt er noch? Thompson. Ja. Detective Thompson. Sagen Sie, Cassie Kramer hat angerufen. Auf Trent Kittles Ranch wird geschossen, und es ist dringend. Die wissen sofort Bescheid.«

Cassie legte auf und tippte eine andere Nummer ein. Die ihres Stiefvaters. Sie hätte sofort Shane anrufen sollen.

»Melde dich!«, flehte sie inständig.

Nach dem dritten Klingeln hörte sie seine verschlafene Stimme.

»Cassie?«

»Wir brauchen Hilfe! Trent ist in der Scheune, und es wurde geschossen. Also, es ist nur ein Schuss gefallen. Aber vorher habe ich einen Schrei gehört, und dann ...«

»Einen Schrei?«

»Ja. Vielleicht von einem Tier. Ich weiß es nicht. Es war schrecklich. Trent ist in der Scheune! Ich habe ihm zwei Nachrichten geschickt, aber er antwortet nicht. O Gott! Ich habe solche Angst. Ich habe die Polizei gerufen. Aber du bist näher dran.«

»Bin schon unterwegs«, sagte Shane Carter. »Fünf Minuten.«

Auch das ist vielleicht zu lange.

»Bleib, wo du bist!«, sagte Shane.

Cassie legte auf und steckte das Handy in die Jackentasche. Sie öffnete die Hintertür in der Küche.
Bleib, wo du bist.
Von wegen!
Vorsichtig schlich Cassie hinaus. Die Pistole nahm sie mit.

Kapitel 36

Trent lag auf dem Boden und fluchte im Stillen. Wie hatte er nur so dämlich sein können! Höllischer Schmerz durchzuckte sein Bein, als er sich halb aufrichtete und in eine der leeren Boxen schleppte. Um ihn herum roch es nach Stroh, nach Staub und nach Pferdemist. Seine Jeans war durchnässt von Blut, und er konnte nur hoffen, dass die Kugel nicht die Arterie getroffen hatte.

Als er die Scheune betreten hatte, war niemand zu sehen gewesen, und Trent hatte sich im Dunkeln zu den Boxen geschlichen, in denen die Pferde schnaubten und unruhig tänzelten.

Hud hatte sich sofort an ihm vorbeigeschoben und war durch den Gang vor den Boxen tiefer in die Scheune gepreschte. Kurz darauf war ein gedämpftes Bellen zu hören, aus dem Trent schloss, dass der Hund am Ende des Boxenganges um die Ecke Richtung Heuboden und Silo gebogen war.

Spätestens da war Trent klar geworden, dass etwas nicht stimmte. Sofort hatte er die Waffe schussbereit gehalten und nach dem Lichtschalter getastet.

»*Aaajiiiuuu!*«

Plötzlich hatte er diesen schrillen Schrei gehört. Ohne Licht zu machen, war Trent hinter Hud hergerannt und hatte versucht, im schwachen Schein der Notbeleuchtung etwas zu erkennen. Aber es war nichts zu sehen gewesen. Das Wiehern der Pferde hatte sämtliche Geräusche übertönt.

Huds Bellen war verstummt.

Trent hatte überlegt, ob er die Taschenlampenfunktion seines Handys einschalten sollte, aber dadurch hätte er sich bemerkbar gemacht. Und wer immer sich hier herumtrieb, war eindeutig nicht in friedlicher Mission unterwegs.

Also hatte er beschlossen, sich in die Sattelkammer gegenüber der letzten Box zu schleichen und Cassie zu schreiben, dass sie die Polizei rufen solle. In dem Moment hatte er aus Richtung des Heubodens eine Bewegung bemerkt. Blitzschnell hatte er eine halbe Drehung gemacht, das Gewehr im Anschlag, aber er war zu langsam gewesen und hatte sich diese verdammte Kugel eingefangen.

Wie hatte er sich einen so groben Schnitzer erlauben können? Und das nach fünf Jahren bei der Army! Anstatt in Gedanken Cassie eine Nachricht zu schreiben, hätte er lieber den Bereich unter dem Heuboden und um das Silo herum kontrollieren sollen. Er hatte sich auf seiner Ranch viel zu sicher gefühlt. Dafür hätte er sich jetzt in den Hintern treten können.

Verdammt!

Nun lehnte er mit dem Rücken an der Boxenwand, die Winchester im Anschlag. Aber er konnte ja wohl schlecht einfach drauflosballern. Wenn die Kugeln an dem metallenen Futtersilo abprallten, würde das zu einem Desaster führen. Und die Pferde waren schon unruhig genug.

Trent hoffte nur, dass der Eindringling kein Nachtsichtgerät hatte. Sonst konnte er nämlich gleich sein Testament machen.

Möglichst lautlos zog er das Handy aus der Hemdtasche und merkte, dass seine Kräfte schwanden.

Mach jetzt bloß nicht schlapp!

Hörte er Schritte? Hatte der Angreifer ihn schon wieder

im Visier? Oder waren es nur die Pferde, die nervös mit den Hufen scharrten? Angestrengt starrte Trent in die Dunkelheit.
Wollte er hier etwa auf die nächsten Schüsse warten?
Verdammt noch mal, Kittle, reiß dich zusammen!
Lass dich nicht austricksen. Denk an Cassie! Du musst sie in Sicherheit bringen. Irgendwie. Also lass dir was einfallen!
Trent kniff die Augen zusammen und versuchte, sich zu konzentrieren. Er hörte etwas klappern. Aber so windig, wie es draußen war, konnte es auch das Scheunentor sein, das er offen gelassen hatte.
Er warf einen Blick aufs Handy, um sicherzugehen, dass er es auf lautlos gestellt hatte. Zwei Textnachrichten von Cassie waren eingegangen.

> Alles okay?

Nein, verflucht noch mal!
Und gleich danach:

> Was ist los?

Das wüsste ich auch gern.
Hastig tippte er eine Antwort ein.

> Fahr weg!
> Ruf die 911!

Und dann noch eine Nachricht.

> Bin okay.

Das war mehr als übertrieben. Aber wenn Cassie erfuhr, dass er verwundet war, würde sie sich womöglich noch selbst in Gefahr bringen. Himmel! Er wurde immer schwächer. Vor seinen Augen drehte sich alles. Er musste seine gesamte verbliebene Kraft aufbieten, um die nächste Nachricht einzutippen. Sie ging an Carter.

> Unter Beschuss.
> Scheune.
> Cassie im Haus.
> Retten!

Trent brach der Schweiß aus und perlte ihm von der Stirn, obwohl ihm eigentlich kalt war bis auf die Knochen.
Er schaltete das Handy aus, damit der Angreifer das Leuchten des Displays nicht sehen konnte.
Wo steckst du? Du dämlicher Kerl!
Er musste den Eindringling ausfindig machen, bevor dieser nach Cassie zu suchen begann. Es ging um sie. So viel war Trent klar. Wer auch immer in die Scheune eingedrungen war, hatte es auf seine Frau abgesehen.
Aber nicht, solange ich da bin!
Trent kannte jeden Winkel des Gebäudes. Dadurch war er theoretisch im Vorteil. Würde er bloß nicht so viel Blut verlieren! Wahrscheinlich war die Arterie doch getroffen.
Mist!
Wenn er sich wenigstens einen Druckverband anlegen oder das Bein abbinden könnte!
In dem Moment fiel ihm auf, dass er keinen Motor hatte starten hören. Keine knirschenden Reifen auf dem Kies vor der Garage. Entweder Cassie hatte seine Nachricht nicht bekommen, oder sie hatte beschlossen, sie zu ignorieren.

Trent biss die Zähne zusammen und wischte sich den Schweiß von der Stirn. Ohne auf die Blutlache unter seinem Bein zu achten, zielte er mit der Winchester ins Finstere.

Und wartete.

Das Telefon klingelte.

Um zwei Uhr morgens.

An der Nummer erkannte Nash sofort, dass es Jenkins war, die ambitionierte Polizeianwärterin. Dank ihres jugendlichen Alters schien sie ohne Schlaf auszukommen. An einem Samstagabend allemal. Korrektur: nicht Abend, sondern Nacht.

»Nash«, meldete sie sich und ärgerte sich über ihre verschlafene Stimme.

»He, tut mir leid, dass ich Sie geweckt habe.« Jenkins hörte sich so frisch an wie nach einem dreifachen Espresso. »Aber ich dachte, Sie wollen bestimmt das Allerneueste hören.«

»Was denn?«, fragte Nash und war augenblicklich hellwach.

»Den Namen der unehelichen Tochter von Jenna Hughes.«

»Sie haben ihn rausbekommen?«

»Habe ich. Wie wir bereits wissen, wurde sie von Gene und Beverly Beauchamp adoptiert. Und sie hat eine Schwester, besser gesagt, sie hatte eine, doch die ist gestorben. Bei einem Autounfall. Die Frau, deren Namen wir herausfinden wollen, also Jennas erste Tochter, saß auch in dem Wagen. Sie hat den Unfall wohl überlebt. Das prüfe ich aber noch mal genauer.«

»Wie lautet denn nun der Name?«, fragte Nash, genervt, weil Jenkins es so spannend machte.

»Also, der Grund, warum wir das nicht schneller herausfinden konnten, ist der, dass sie ein paarmal verheiratet war und den Namen gewechselt hat.« Hörte sich Jenkins' Stimme nicht an, als würde sie grinsen? Die kleine Besserwisserin wollte sie wohl auf die Folter spannen.
»Der Name, Jenkins«, drängte Nash.
»Er gehört zu einer Frau, die wir kennen«, sagte Jenkins, und dann nannte sie endlich einen Namen, den Nash tatsächlich nicht zum ersten Mal hörte.

Szene 6

Genau das ist der Moment kurz vor dem Showdown.
Aber ausgerechnet hier, in dieser alten Scheune? Wo sie sich neben einem Futtersilo unter einem Heuboden verstecken musste? Ausgerechnet in dieser ländlichen Kulisse, zwischen schnaubenden, stampfenden Pferden, wo es so furchtbar nach Heu und Stroh roch, dass sie nur mit Mühe ein Niesen unterdrücken konnte?
Keine Scheinwerfer. Keine Kameras. Kein Set.
Das hatte sie sich eigentlich anders vorgestellt.
Pompöser. Mit viel mehr Glamour. Und Hollywood-Feeling.
Trotzdem hatte sie die Scheune zu ihrem Vorteil nutzen können. Auch wenn sie es fast vermasselt hätte, als dieser hinterhältige Gaul seinen Kopf über die halbhohe Tür der Box gestreckt und sie in die Schulter gebissen hatte. Was war nur in das Vieh gefahren? Eigentlich hätte sie es sofort abknallen sollen, aber sie hatte keinen Lärm machen wollen.
Trotzdem war Trent aufgetaucht. Trent, der Superrancher! Mit seinem Möchtegernwachhund. Wahrscheinlich hatte dieser verfluchte Köter vom Haus aus etwas gehört. Urplötzlich war er auf sie zugeschossen.
Wie aus dem Nichts.
Aber da hatte sie sich schon mit der Mistgabel bewaffnet. Damit hatte sie ihn abgewehrt. Der Köter hatte gejault wie am Spieß. Auch den hätte sie am liebsten auf der Stelle abgeknallt. Aber dann hätte Trent, der Superrancher, es leichter gehabt, sie zu stellen. Also war ihr nichts anderes übrig

geblieben, als dem Mistvieh mit der Mistgabel eins überzubraten.

Sie unterdrückte ein Niesen. Schon das zweite. Unter dem Heuboden konnte sie nicht länger stehen bleiben. Sie schob sich zwischen einem Holzpfosten und dem Silo vorbei.

Wohin hatte sich der Superrancher verzogen?

Abzudrücken und ihn zu Boden gehen zu hören war ein längst überfälliges Vergnügen gewesen.

Was für ein Klischee, dass Cassie hier enden sollte. Auf der Ranch ihres Lovers. Bei ihrem großen Helden.

Aber immerhin war es ziemlich einfach gewesen, sie ausfindig zu machen. Man konnte sich doch denken, wo sie Unterschlupf suchte. Bei ihrem Beschützer natürlich.

Eigentlich hätte es Cassie am Set von *Dead Heat* erwischen sollen. Aber dann war diese dumme Kuh auf die Idee gekommen, das Drehbuch zu ändern. Als hätte sie es geahnt. Und Arnette, dieser Wichtigtuer, hatte die Idee auch noch toll gefunden.

Was für eine Ironie, dass plötzlich Allie von den beiden Frauen, die durch die dunkle Straße gehetzt wurden, die zweite sein sollte.

Wäre natürlich nicht schlecht gewesen, wenn sie die Schüsse abgekriegt hätte.

Aber wie es schien, hatte Allie Lunte gerochen und war untergetaucht.

Zu dumm!

Besonders für Cassie.

Dadurch stand sie nämlich wieder ganz oben auf der Liste.

Und bald war es so weit. Bald wäre die letzte Szene im Kasten.

Und sie würde blutig werden.

Kapitel 37

Ganz ruhig.
Du schaffst das.
Cassie hielt die Pistole in beiden Händen. Eisiger Wind schlug ihr entgegen. Ihr Knöchel schmerzte bei jedem Schritt. Um dem bläulichen Licht der Außenbeleuchtung auszuweichen, hielt sie sich möglichst im Schatten der Garage.
Der Wind rüttelte am Scheunentor, das ein Stück offen stand. Sofort verspürte sie den Impuls, sich daran vorbeizuschieben und nach Trent zu suchen. Aber das durfte sie nicht riskieren. Wer wusste schon, was in der Dunkelheit dahinter lauerte.
Sie entsicherte die Pistole, so wie sie es vorhin ausprobiert hatte, und flehte zu Gott, dass sie sie nicht brauchen würde. Aber sie musste Trent unbedingt finden und sich vergewissern, dass er noch lebte.
Im Schatten der Scheune tastete sie sich an der Wand entlang bis zu der hinteren Tür, durch die die Pferde am Tag auf die Koppel geführt wurden. Der Boden davor war aufgeweicht vom Regen und von den Pferdehufen. Sie musste aufpassen, dass man ihre Schritte im Matsch nicht hörte.
Mit einer Hand hob sie den Riegel und öffnete die Tür einen Spaltbreit. Mit der anderen umklammerte sie die Waffe und schlich in die Scheune.
Im Inneren war es fast vollkommen dunkel. Das Notlicht über der hinteren Tür war so schwach, dass man kaum etwas sah, und durch die schmalen Schlitze unterhalb des Daches fiel in dieser bewölkten Nacht kein Licht.

Cassie wartete, bis sich ihre Augen an die Dunkelheit gewöhnt hatten.

In dem Moment vibrierte ihr Handy. Mit einer Hand zog sie es aus der Jackentasche und schirmte es mit der Pistole ab, damit das Leuchten des Displays sie nicht verriet.

Eine Nachricht von Trent. Gott sei Dank! Er lebte.

Das war der gute Teil der Nachricht. Und dann der schlechte: Sie sollte wegfahren und die Neun-eins-eins rufen. Letzteres hatte sie längst getan. Die zweite Anweisung musste sie ignorieren. Zumal sie ihm den Zusatz Bin okay nicht abkaufte.

Vorsichtig schob sie sich bis zum ersten Holzpfosten des Heubodens und versuchte sich zu orientieren. Die Boxen der Pferde reihten sich aneinander bis zum vorderen Ende der Scheune, wo sich das Tor befand, durch das Trent hereingekommen war. Doch so weit konnte sie nicht sehen. Dafür war es schlichtweg zu dunkel.

Außerdem musste sie darauf achten, dass sie selbst nicht gesehen wurde. Sie musste im Schatten des Heubodens bleiben.

Cassie tastete sich vor bis zum nächsten Pfosten. Sie konnte nur hoffen, dass das Schnauben der Pferde das leise Geräusch ihrer Schritte übertönte.

Sie fragte sich, wo Hud war und warum sie keinen Laut von ihm hörte. War er bei Trent?

Plötzlich erstarrte sie. Stand ihr da jemand gegenüber?

Nein, das durfte nicht sein!

Ihr Herz raste, aber sie musste noch ein paar Schritte machen, bevor sie erkennen konnte, ob dort tatsächlich jemand war. Ganz langsam. Sie spürte erneut einen stechenden Schmerz in ihrem Knöchel, aber sie ging weiter.

Setzte vorsichtig einen Fuß vor den anderen.

Cassie zuckte zusammen, als sich in der Dunkelheit ein Gesicht abzeichnete.

»Wer bist du?«, flüsterte sie unwillkürlich.

Langes Haar. Große Augen. Hohe Wangenknochen.

Aber total verzerrt!

Cassie hätte beinahe aufgeschrien.

In dem Moment sah sie die Pistole, die auf sie gerichtet war.

Cassie zögerte nicht. Sie krümmte den Finger um den Abzug und feuerte.

Ohrenbetäubend hallte der Schuss durch die Scheune. Die Pferde wieherten und stampften.

Cassie blieb fast das Herz stehen.

Wie in Zeitlupe sank die Frau mit der Pistole zur Seite. Aber sie fiel nicht.

In dem Moment wurde Cassie klar, worauf sie geschossen hatte: Es war die Metalltür des Silos. Ihr eigenes verzerrtes Spiegelbild.

Aber warum stand die Tür des Futtersilos offen? Trent vergewisserte sich doch abends immer, dass sie geschlossen war, damit keine wilden Tiere angelockt wurden.

Plötzlich kam ihr ein ganz anderer Gedanke.

O mein Gott!

Wer auch immer sich in der Scheune herumtrieb, wusste jetzt, dass sie da war. Und vor allen Dingen, wo genau sie stand!

Tapp, tapp, tapp!

Trotz der unruhigen Pferde hörte Cassie die Schritte.

Sie starrte auf die Metalltür des Silos. Als sie darauf geschossen hatte, war sie ein Stück weit zugeschwungen.

Aber wieder spiegelte sich darin eine Frau.

Und eine Pistole.

Szene 7

Langsam näherte sie sich in der Dunkelheit ihrer Beute. Sie hatte es nicht eilig, denn jetzt konnte sie ihr nicht mehr entkommen.
Der Wind heulte um die alte Scheune. Die Äste der Bäume schlugen gegen die Holzwände. Sie verspürte einen Anflug gespannter Erwartung. Wie beim Showdown eines Films mit Jenna Hughes. Oder mit Allie Kramer.
Doch was jetzt kommen sollte, war der Showdown, den sie selbst inszeniert hatte.
Endlich.
Und den wollte sie sich nicht nehmen lassen.
Nicht, nachdem sie so lange darauf hingearbeitet hatte.
Nachdem sie so lange hinter den Kramer-Schwestern zurückstehen hatte müssen. Als sei sie weniger wert als die beiden.
Eigentlich schade, dass sie Cassie nicht noch ein wenig hetzen konnte. So wie die beiden Frauen in *Dead Heat*.
Aber dafür war diese Scheune einfach nicht das richtige Setting.
Als Lucinda Rinaldi die Schüsse abbekommen hatte, die eigentlich für Cassie oder Allie gedacht waren, war sie zunächst nicht begeistert gewesen.
Aber dann wurde ihr klar, was sie damit immerhin bewiesen hatte: dass ihr keiner etwas anhaben konnte. In dem Moment hatte sie das Jagdfieber gepackt, und sie wusste, dass sie jede Beute stellen konnte. Jede, die sie wollte.
Zuerst war die Wahl auf Holly Dennison gefallen. Die

Set-Designerin. Himmel, sie hatte ganz vergessen, was für einen Spaß es machte, so viel Macht zu besitzen!

Jetzt spürte sie sie wieder. Diese Macht. Wie einen Rausch. Pures Adrenalin.

Bei Brandi Potts hatte sie es weniger spektakulär gefunden. Kein Wunder. Die war ja auch nur eine Statistin gewesen. Und sie hatte sie vorher nur einmal gesehen. Vielleicht auch öfter, aber das würde bedeuten, dass sie ihr nicht einmal aufgefallen war. Wenigstens war es einfach gewesen, sie zu stellen. Wie konnte man auch so dämlich sein, mitten in der Nacht allein durch die Stadt zu joggen! Leichte Beute, die sie mit einer der Masken hatte ausstaffieren können, die sie extra für ihre Inszenierung entworfen hatte.

Damit hatte sie auch Cassie ganz schön in Panik versetzt. Aber die hatte ja sowieso psychische Probleme. Halluzinationen und Blackouts.

Wie praktisch.

Und wie gut, dass Allie ihr erzählt hatte, wie sehr sie Cassie hasste. Das hatte genau in ihren Plan gepasst. Auch wenn sie erst gar nicht verstehen konnte, warum Allie einen solchen Hass auf ihre Schwester hatte. Allie war viel erfolgreicher als Cassie. *Sie* war doch der große Star! Aber tief im Innern war sie wohl nichts weiter als ein Häufchen Elend. Total unsicher.

In Bezug auf Männer zum Beispiel.

Das muss man sich mal vorstellen!

Aber diesbezüglich war Cassie eben immer die Erfolgreichere gewesen.

Jetzt hörte sie Cassie atmen. Nur ein paar Meter vor sich.

»Hallo, kleine Schwester!«

So hatte sie sie in Gedanken immer genannt. »Kleine Schwester.« Sie selbst war ja die älteste von Jennas Töchtern. Die große Schwester. Und Allie war das Schwesterchen.

Wenn sie das Schwesterchen in die Finger kriegte, dann konnte es was erleben!

Weil es sie hintergangen hatte.

Das Ganze kam ihr fast vor wie ein Spiel. Schließlich hatten sie diesbezüglich einiges nachzuholen, denn als Kinder hatten sie nicht zusammen spielen können. Sie war bei den spießigen Beauchamps aufgewachsen und hatte eine andere Schwester gehabt. Eine, die man extra für sie ausgesucht hatte. Sie war nur ein paar Wochen jünger als sie selbst gewesen. Und sie war schon lange tot.

Aber das wären die anderen beiden bald auch.

Mit Tränen in den Augen dachte sie an ihre Schwester zurück. Die Schwester, mit der sie aufgewachsen war. Sie war so hübsch gewesen! So selbstbewusst. So fröhlich. Sie hatte immer gestrahlt. Da hatten sich Beverly und Gene das perfekte Kind ausgesucht. Zu perfekt …

Auch zu ihr waren sie immer gut gewesen. Die Beauchamps waren wirklich anständige Menschen gewesen. Aber sie waren so langweilig … So furchtbar normal. Nicht das Richtige für sie. Sie hatte immer schon gespürt, dass sie zu einem glamouröseren Leben geboren war. Reich und berühmt hätte sie sein sollen, anstatt auf die Handelsschule und dann auf eine Kosmetikschule zu gehen. Dort hatte sie Sonja Watkins kennengelernt, deren Tante Belva ihr eines Nachmittags voller Stolz erzählte, dass sie vor Jahren bei der Arbeit Jenna Hughes auf der Entbindungsstation im Mercy Hospital kennengelernt hatte. Jenna hatte dort eine Tochter geboren und zur Adoption freigegeben. Belvas Worte waren wie eine Offenbarung für sie gewesen. Jenna Hughes, die berühmte Schauspielerin, der sie so sehr ähnelte. Das hatte man ihr mehr als einmal gesagt.

Jenna hatte eine Tochter. Eine Tochter, die im selben Alter war wie sie.

Geboren im Mercy Hospital, genau wie sie, das hatten die Beauchamps ihr einmal auf ihr Drängen hin verraten.

Sie war die Tochter von Jenna Hughes, Irrtum ausgeschlossen. Sie hätte in Kalifornien aufwachsen müssen.

Sie war zu einem Leben als Star geboren worden.

Und das hatte man ihr genommen.

Es wurde Zeit, abzurechnen.

In ein paar Sekunden wäre es so weit.

Nur noch ein paar Schritte. Dann würde sie ihrer kleinen Schwester gegenüberstehen.

Und sie ins Jenseits befördern.

Kapitel 38

Trent hallte der Schuss noch in den Ohren. Mit aller Kraft versuchte er, sich aufzurichten. Sein Bein schmerzte höllisch. Ihm wurde schwarz vor Augen. Aber er musste bei Bewusstsein bleiben! Er durfte sich jetzt nicht hängen lassen.
Nicht, solange Cassie in Gefahr war.
Wann zum Teufel kamen endlich die Cops?
Plötzlich hörte er eine Frauenstimme in der Nähe des Silos. »Kleine Schwester!«, rief sie.
Wer zum Teufel war diese Irre?
Dann dämmerte es ihm. Es konnte nur Cassies Halbschwester sein.
Er lud die Winchester durch. Jetzt war er bereit.
In dem Moment hörte er die Sirenen der Streifenwagen. Kurz darauf schien grelles Blaulicht durch das geöffnete Scheunentor. Trent biss die Zähne zusammen und humpelte darauf zu.

»Kleine Schwester!«, hatte sie gerufen. Cassie schlug das Herz bis zum Hals, das Blut rauschte in ihren Ohren. Dann war ihre Halbschwester also tatsächlich die Frau, die Jagd auf sie machte.
Sie kannte diese Stimme. Das wusste sie genau. Aber ihr fiel nicht ein, zu wem sie gehörte.
Mit schweißnassen Händen umklammerte sie die Pistole. Ihre Zähne schlugen aufeinander, vor Kälte und vor Panik.
»Na, was ist, Cassie, sollten wir uns nicht näher kennenlernen?«, fragte die Stimme hinter ihr. Und wieder nahm

Cassie eine Bewegung wahr, die sich in der Tür des Silos spiegelte.
Nein. Ganz bestimmt nicht!
In der Ferne hörte sie Sirenengeheul. Es kam rasch näher. Cassie warf einen Blick über die Schulter.
O Gott! Nein!
Ihr eigenes Gesicht starrte ihr entgegen. Verzerrt und mit leeren Augenhöhlen.
Sie feuerte einen Schuss ab, doch der traf ins Leere. Sofort schoss die Frau zurück, und Cassie spürte einen brennenden Schmerz an der Schulter.
Da wusste sie, dass ihr nur eine Chance blieb.
Sie riss die Metalltür des Silos ganz auf und sprang.
Bamm!
Der Aufprall war nicht so hart, wie sie erwartet hatte. Der Hafer, oder auf welchem Getreide auch immer sie gelandet war, gab nach. Sie sank sogar ein Stück darin ein. Gottlob war das Silo nicht sehr tief in den Boden eingelassen, nur so tief wie die Weide hinter der Scheune, damit man auch dort die Futtertröge füllen konnte. Und zum Glück war es noch halb voll. Allerdings saß sie nun in der Falle. Die Frau, die schon zwei Menschen auf dem Gewissen hatte, war eine kaltblütige Mörderin. Sie brauchte nur ins Silo zu feuern und darauf zu setzen, dass eine Kugel, die von den Metallwänden abprallte, Cassie treffen würde.
Sie musste raus hier, und zwar so schnell wie möglich.
Sie ruderte mit den Armen und bekam eine der Metallsprossen der Leiter zu fassen. Im selben Moment fiel ein heller Lichtschein auf Cassie. Sie blickte nach oben. Im Strahl einer Handytaschenlampe erschien schemenhaft das verzerrte Gesicht über dem Rand des Silos.
»Sprich dein letztes Gebet, kleine Schwester!«, sagte die Frau und zielte. Doch plötzlich schrie sie leise auf und öff-

nete die Finger. Die Pistole fiel neben Cassie auf das Getreide.

»Verflucht! Wo kommst du denn her?«, hörte Cassie die Mörderin kreischen. Das verzerrte Gesicht verschwand. Jemand musste sie überwältigt haben. Waren das schon die Streifenpolizisten? Oder war Trent Cassies Retter?

Trotz des stechenden Schmerzes in der Schulter zog sich Cassie näher an die Leiter heran. Das Getreide unter ihr geriet in Bewegung, und sie stieß gegen etwas Festes. Etwas, das nicht dorthin gehörte. Ihre Hand umklammerte die Sprosse. Cassie ging in die Hocke und griff in den Hafer.

Ihre Finger trafen auf etwas, was sich anfühlte wie menschliche Haut.

Großer Gott!

Cassie unterdrückte einen Schrei und schaufelte mit der freien Hand das Getreide zur Seite. Was war das?

Der Form nach zu urteilen, ein Bein. Und etwas Glattes. Nylon?

Nylonstrümpfe! Die altmodisch gekleidete Krankenschwester?

Die ihr im Mercy Hospital mitgeteilt hatte, ihre Schwester würde noch leben. Und die jetzt tot war.

Cassie drehte sich der Magen um.

Sie zog die Hand zurück, umklammerte die Metallsprosse und ruderte mit den Beinen, bis sie auf eine tiefere Sprosse unter dem Getreide stieß.

Ungeachtet des pochenden Schmerzes in ihrem Knöchel kletterte Cassie nach oben, so schnell sie konnte.

Trent lehnte sich erschöpft gegen einen Pfosten.

Vor dem offenen Tor zeichnete sich Shane Carters Silhouette im blinkenden Licht der Streifenwagen ab. Mit gezogener Waffe betrat er die Scheune.

»Nicht schießen!«, rief Trent. »Ich bin es, Kittle.«
Ohne die Pistole sinken zu lassen, warf Carter einen kurzen Blick in seine Richtung und ging weiter in die Scheune hinein. »Sie sind hinten beim Silo. Jemand will Cassie töten und hat auch schon auf mich geschossen.« Stöhnend stieß er sich von dem Pfosten ab und schleppte sich hinter Carter her.

»Mörderin!«, hörte Cassie eine Stimme, gerade als sie sich über den Rand des Silos schwingen wollte. Vorsichtig kletterte sie eine Sprosse zurück. Diese Stimme kannte sie ganz genau.
Allie! Allie war hier?
»Tu doch nicht so, Schwesterchen! Du hast den Plan doch selbst mit ausgeheckt«, sagte die andere Frau.
»Aber ich wollte nicht, dass jemand stirbt!«
»Ach, hör doch auf! Warum bist du denn dann verschwunden?«
Gute Frage, dachte Cassie.
»Und jetzt hast du mir die Cops auf den Hals gehetzt.«
Plötzlich hallte ein Schuss durch die Scheune.
Hastig kletterte Cassie über den Rand des Silos.
Schemenhaft konnte sie erkennen, dass jemand auf dem Boden lag.
O Gott!
War das Allie? Aber nein! Allie beugte sich über die Frau am Boden.
Also musste Allie geschossen haben, nachdem sie der anderen die Waffe aus der Hand geschlagen hatte.
Allie zog der Frau die Maske vom Gesicht.
Und da wusste Cassie, woher sie die Stimme der Frau kannte. Es war Laura Merrick, die dort auf dem Boden lag.
Schwere Schritte näherten sich.

»Waffe fallen lassen!«, donnerte Shane Carters Stimme durch die Scheune. Etwas leiser fügte er hinzu: »Um Himmels willen, was ist hier passiert?«

»Allie, ich bin es«, sagte Cassie. »Bitte lass die Waffe fallen.«

Allie drehte sich zu ihr um. Im selben Augenblick riss Carter ihr die Pistole aus der Hand.

»Was hast du dir nur gedacht?«, schrie Cassie. »Wir hatten solche Angst, du wärst tot!«

»Das bin ich doch auch«, gab Allie tonlos zurück.

»Red nicht so einen Mist!«, fuhr Cassie sie an.

»Lass es gut sein, Cass«, versuchte Carter, sie zu beruhigen.

Aber Cassie war noch längst nicht fertig. »Wo hast du gesteckt? Wir haben dich überall gesucht! Es hat Tote gegeben, und das hat dich einen Scheißdreck interessiert!« Etwas ruhiger fügte sie hinzu: »Allie, wolltest du wirklich, dass ich sterbe?«

»Kleine Schwester«, sagte Laura Merrick mit matter Stimme.

Carter trat auf Cassie zu und zog sie zurück. »Es ist vorbei«, flüsterte er leise.

Laura röchelte und spuckte Blut. Dann wurde ihr Blick starr.

Carter versuchte, sie wiederzubeleben, aber es war zu spät. Als Cassie sich umdrehte, sah sie Trent an der Wand der Scheune lehnen.

»Trent!«, rief sie. »Wir brauchen einen Krankenwagen!«

Trent setzte ein schwaches Grinsen auf. »Besser gleich zwei«, sagte er mit matter Stimme.

»Legt ihr Handschellen an!«, sagte Carter und wies mit dem Kopf auf Allie. Die beiden Streifenpolizisten im Hintergrund hatten offenbar auf seine Anweisung gewartet, obwohl er schon seit ein paar Jahren nicht mehr im Dienst war.

In dem Moment kam Hud angehumpelt und leckte winselnd die Hand seines Herrchens.

»Dich kriegen wir auch wieder hin, mein Junge«, versprach Trent dem Schäferhund mit tröstender Stimme.

»Und du bist okay?«, fragte Cassie.

»Jetzt ja«, antwortete Trent und küsste sie auf die Stirn.

Kapitel 39

Ein letztes Mal sah sich Detective Nash in dem Apartment um, das Laura Merrick für ihre kurzen Aufenthalte in Portland gemietet hatte. Merrick hatte alles so gestaltet, als würde sich das Apartment in L. A. befinden. Sie hatte das Fenster sogar mit einem Poster des Hollywood-Schriftzugs beklebt.
Überall hingen Kostüme und Perücken, die Jenna Hughes oder Allie Kramer in ihren Filmen getragen hatten. Offenbar hatte Merrick sie über Jahre hinweg gesammelt. Eine Wand war von oben bis unten beklebt mit Filmplakaten, zerrissen oder zerschnitten und wieder zusammengeklebt. Ein Schminktisch mit beleuchtetem Spiegel dominierte den Raum. Neben dem Fenster standen ein Multifunktionsdrucker und ein Laminiergerät. Nash hatte eine Schachtel mit Gummibändern gefunden, offensichtlich für die Masken, die überall auf dem Boden verstreut lagen.
So weit, so gut. Dann war das also geklärt.
Allerdings gab es noch ein paar lose Enden. Laura Merricks Adoptivschwester war als Teenager bei einem tragischen Autounfall ums Leben gekommen. Auch die Beauchamps waren verstorben. Beide hatten einen Brand in ihrem eigenen Haus nicht überlebt. Zufall? Oder hatte jemand nachgeholfen? Doch diese Fragen würden sich so bald nicht klären lassen, denn Laura Merrick war tot.
Die Leiche in dem halb vollen Silo auf Trent Kittles Ranch hatte man als Belva Nelson identifizieren können. Kittle selbst war von Merrick angeschossen worden, aber er hat-

te überlebt. Es war ein glatter Durchschuss, und die Kugel hatte zum Glück weder den Oberschenkelknochen noch die Arterie getroffen.

Jenna Hughes machte sich Gerüchten zufolge schwere Vorwürfe. Cassie wiederum, die als Jugendliche ziemlich rebellisch gewesen war und ihrer Mutter das Leben nicht gerade leicht gemacht hatte, erholte sich offenbar recht schnell. Was gut war.

Nash nahm einen Make-up-Pinsel in die Hand und schaute in den Spiegel. Wie es aussah, war Laura Merrick besessen gewesen von Jenna Hughes und ihren Töchtern. Sie hatte selbst versucht, in Filmen aufzutreten, und als daraus nichts wurde, hatte sie umgesattelt auf Maskenbildnerin und Hairstylistin. Sie hatte Hollywoodstars schöner und glamouröser aussehen lassen, als sie es tatsächlich waren. Und sie war sehr erfolgreich gewesen. Aber offenbar hatte es ihr immer an Anerkennung gefehlt.

Die Verbindung zu Sonja Watkins war über die Kosmetikschule zustande gekommen, die auch Merrick besucht hatte. Zu jener Zeit hatte sie Watkins' Tante, Belva Nelson, kennengelernt und von Jenna Hughes' zur Adoption freigegebenen Tochter erfahren. Nach dem Abschluss hatten Watkins und Merrick den Kontakt aufrechterhalten. Nun fragte sich Nash, ob Laura Merrick nur wegen Belva Nelson mit Sonja Watkins in Verbindung geblieben war. Sie hatte die ehemalige Krankenschwester bezahlt, damit sie Cassie einen Schrecken einjagte, aber der Plan war nicht aufgegangen. Anstatt Cassies psychische Probleme zu verschlimmern, hatte Belvas Auftritt in der Klinik dazu geführt, dass Cassie alles daran setzte, ihre Probleme zu überwinden und sich auf die Suche nach ihrer Schwester Allie zu machen. Ob Belva Nelson den Ohrring absichtlich hinterlassen hatte, um Cassie einen Beweis zu liefern,

dass sie keine Halluzination gehabt hatte, ließ sich nun nicht mehr klären. Aber vorstellbar war es.
Sonja Watkins hatte Nash erzählt, dass ihre Tante furchtbare Schuldgefühle hatte, weil sie sich zu Merricks Komplizin hatte machen lassen und weil sie vor Jahren Geld angenommen hatte, damit kein Wort über die Adoption an die Öffentlichkeit drang. Auch das war vorstellbar, ließ sich aber im Nachhinein ebenfalls nicht hundertprozentig klären.
Was Allie Kramer betraf, so war sie laut Laura Merricks letzten Worten an der Planung des Mordanschlags am Set von *Dead Heat* beteiligt gewesen. Kramer selbst behauptete, sie habe von keinem der Morde etwas gewusst. Und sie habe auf Laura Merrick geschossen, um dem Ganzen ein Ende zu bereiten. Das war ihr gelungen, denn sie hatte Merrick getötet. Doch wenn Allie Kramer nicht zumindest an der Planung des versuchten Mordes am letzten Drehtag von *Dead Heat* beteiligt gewesen war, woher wollte sie dann gewusst haben, dass Laura Merrick als Täterin für die Morde infrage kam? Die Unschuldsengelnummer kaufte Nash ihr nicht ab, dazu war Allie viel zu durchtrieben.
Nash legte den Make-up-Pinsel wieder auf den Schminktisch.
Allies Kramers Verschwinden war tatsächlich ein Publicity-Stunt gewesen. Das hatte Allie zugegeben. Irgendwie hatte sie es mit Brandon McNarys Hilfe geschafft, sich so zu maskieren, dass niemand sie erkannte, wenn sie sich in der Öffentlichkeit aufhielt. Die angeblichen Allie-Kramer-Sichtungen waren in den meisten Fällen von den beiden inszeniert gewesen, um noch mehr Medienaufmerksamkeit zu erlangen, ebenso wie die Textnachrichten.
Dass Laura Merrick die Morde an Holly Dennison und

Brandi Potts begangen hatte, stand außer Frage. Buchungen bei den entsprechenden Fluggesellschaften hatten bestätigt, dass sie sich zu den Tatzeiten in L. A. beziehungsweise in Portland aufgehalten hatte. Das Einzige, was man ihr nicht anlasten konnte, war das Verschwinden von Allie Kramer.

Was die Schüsse am Set von *Dead Heat* betraf, war noch nicht klar, wie Merrick es geschafft hatte, die Attrappe gegen eine echte Waffe auszutauschen. Die Arbeitstheorie lautete, dass sie den Schlüssel für den Requisitenschrank aus der Handtasche von Ineesha Sallinger an sich genommen hatte, als diese in Merricks Salon gewesen war, um sich die Haare färben zu lassen. Vermutlich hatte Laura Merrick einen Nachschlüssel anfertigen lassen und den Originalschlüssel anschließend wieder in Sallingers Handtasche gesteckt. Zeit und Gelegenheit dazu hatte sie gehabt, denn laut Aussage der Co-Produzentin hatte sie, während die Färbung einwirkte, für etwa zwanzig Minuten den Salon verlassen und war mit einer Lunchbox zurückgekommen. Die beiden Schlüsseldienste in der Nähe des Salons und das Café, wo Laura Käse und Croissants geholt hatte, wurden derzeit vom LAPD überprüft.

So fügte sich also alles zusammen.

Gerüchten zufolge wollte Allie Kramer Whitney Stone ein Exklusivinterview geben, angeblich gegen eine spektakuläre Summe. Weiteren Gerüchten zufolge wollte sie auf unzurechnungsfähig plädieren.

Typisch!

Aber wie Allie Kramer selbst gesagt hatte, war es ihr um Publicity für *Dead Heat* gegangen.

Und die hatte sie nun.

Selbst wenn sie dafür in den Knast wanderte.

Nash hätte nichts dagegen, wenn die kleine Hollywood-

Prinzessin auf ewig in einem Gefängnisoverall herumlaufen müsste.
Nash zog die Tür des Apartments hinter sich zu und ging zu ihrem Wagen. Die Sonne kam hinter den Wolken hervor und schien auf den nassen Asphalt. Eigentlich ganz hübsch, diese Gegend, dachte sie. Für einen Moment zog sie in Betracht, sich hier eine Wohnung zu suchen. Der Verkauf von Edwinas Haus war so gut wie über die Bühne. Aber nein, wahrscheinlich würde sie hier immer an den Fall Allie Kramer denken. Und das war so ziemlich das Letzte, was sie wollte.

Cassie fuhr auf das Haus zu, das ihr als Teenager so verhasst gewesen war, und fragte sich, ob sie sich jemals damit anfreunden würde. Für ihre Mutter war das renovierte Gebäude zu einem Refugium geworden, doch bei Cassie weckte es nach den schrecklichen Ereignissen vor zehn Jahren nun erst recht keine guten Erinnerungen.
Sie parkte ihren Honda vor der Veranda und stieg aus. Die Maisonne schien zwar nur schwach, aber das Gras wurde schon grün, und die ersten Krokusse sprossen.
Noch bevor Cassie die letzte Stufe zur Veranda betrat, öffnete ihre Mutter die Tür. Sie war zehn Pfund leichter als noch vor wenigen Monaten und hatte ein paar mehr graue Strähnen in ihrem einst glänzenden schwarzen Haar.
»Ist sie da?«, fragte Cassie, und Jenna nickte.
Allie war auf Kaution freigekommen. Aber natürlich musste sie sich vor Gericht wegen Totschlags an Laura Merrick und Mittäterschaft im Fall der Morde an Holly Dennison, Brandi Potts und Belva Nelson verantworten. Abgesehen von Laura Merrick, hatte sie keine der Frauen selbst erschossen. Darüber waren sich Anklagevertretung

und Verteidigung einig. Doch es ging darum, wie viel sie tatsächlich gewusst hatte.

Wenn es nach Detective Nash ging, kamen noch ein paar Anklagepunkte dazu. Aber das Heer von Anwälten, das Allie angeheuert hatte und mit dem Geld aus ihren Filmen bezahlte, wehrte sich dagegen mit Zähnen und Klauen. Natürlich hatte auch Lucinda Rinaldi Klage eingereicht. Und wer konnte es ihr verdenken?, dachte Cassie, während sie den Reißverschluss ihrer Sweatshirt-Jacke aufzog und in die Küche ging. Ob Lucinda jemals wieder richtig auf die Beine kam, war immer noch fraglich. Sie hatte Cassie noch einmal klargemacht, dass ihrer Ansicht nach sie diejenige war, der das Recht zur Verwertung der Story um Allie Kramer zustand.

Tja, wenn sie meinte ...

Allie saß mit einer Tasse Tee am Küchentisch und wirkte im milden Sonnenlicht geradezu elfenhaft.

Aber Cassie wusste es besser.

Ihr konnte sie nichts vormachen.

»Hi«, sagte Allie. Sie hob den Kopf, aber sie lächelte nicht. Ohne Make-up sah sie noch jünger aus als in ihrem ersten Film.

»Hi.«

Allie richtete den Blick auf die Tür. »Wo ist Trent?«

»Nicht hier.« Cassie setzte sich auf den Stuhl Allie gegenüber, während sich Jenna stumm am Küchentresen zu schaffen machte.

»Ich habe gehört, du willst auf unzurechnungsfähig plädieren.«

Mit angespanntem Gesicht wich Allie Cassies Blick aus. »Vielleicht. Das ist noch nicht entschieden.«

»Du weißt, dass du mir eine Erklärung schuldig bist.« Cassie rieb sich die Schulter. Die Wunde war gut verheilt,

aber manchmal spürte sie noch ein leichtes Stechen. Sie hatte Glück gehabt. Und Trent erst recht. Abgesehen davon, dass er eine Menge Blut verloren hatte, war er nicht schwer verletzt worden. Die Kugel war aus der Rückseite seines Oberschenkels wieder ausgetreten und in der Holzwand der Scheune stecken geblieben.
»Auch mir schuldest du eine Erklärung«, meldete sich Jenna zu Wort. »Ich habe dich nicht danach gefragt, aber ich weiß, dass du mein altes Tagebuch gelesen hast. Bist du dadurch auf Laura gekommen?«
Allie nickte und griff nach ihrer Tasse. »Damit fing es an.«
»Du hast Laura ausfindig gemacht und Kontakt zu ihr aufgenommen?«, fragte Cassie.
»Nein, es war umgekehrt. Laura hat mich kontaktiert. Sie hatte es selbst herausgefunden. Über irgendeine Krankenschwester aus dem Krankenhaus, in dem du sie entbunden hast.«
»Sie ist also auf dich zugekommen?«
Allie verdrehte die Augen. »Ja. Und ich wusste, dass es stimmte, was sie erzählte. Aus deinem Tagebuch.«
»Und dann hast du beschlossen, mich umzubringen?«
»Nein. So war das nicht. Ich habe mir nur manchmal vorgestellt, wie es wäre, wenn es dich nicht mehr gibt. Mehr nicht. Aber Laura wollte ernst machen. Als mir das klar wurde, bin ich untergetaucht. Brandon hielt das für eine gute Idee. Weil es großen Wirbel machen und jede Menge Publicity bringen würde. Hat es ja auch.«
Jenna räusperte sich. »Da du mein Tagebuch gelesen hast, müsstest du doch wissen, wie schwer es mir gefallen ist, sie abzugeben ...« Ihre Stimme versagte. Tränen stiegen ihr in die Augen. Sie blinzelte und fuhr beinahe flüsternd fort: »Aber so war das eben.«
Cassie überlegte, wie sie formulieren sollte, was sie zu sa-

gen hatte. »Vielleicht nicht ganz«, begann sie. »Ich werde nämlich dieses Drehbuch schreiben, ob es Lucinda Rinaldi passt oder nicht. Deshalb habe ich ziemlich viel recherchiert. Als Trent in der Reha war, hatte ich eine Menge Zeit. Obwohl Lauras Adoptiveltern tot sind, gibt es noch einiges an Informationen, auch über die Schwester. Sie war fast im selben Alter wie Laura, nur ein paar Wochen jünger.«

Jenna starrte Cassie so durchdringend an, dass diese für einen Moment zögerte.

»Was soll das bedeuten?«, wollte sie wissen.

»Nun, ich habe einen DNA-Abgleich machen lassen. Mit einem Haar von Laura.«

Augenblicklich schien es in der Küche um zehn Grad kälter zu werden.

»Und?«, fragte Jenna.

»Sie ist nicht deine Tochter. Ihre DNA passte nicht zu meiner.«

»Aber ... Was ... Ich meine ...« Jenna musste sich auf den Küchentresen stützen. »Was willst du damit sagen?«

»Dass Laura Rae Beauchamp Wells Merrick nicht deine leibliche Tochter war, sondern vermutlich ihre Schwester Elana.« Cassie griff in ihre Jackentasche und zog das Foto eines Mädchens im Teenageralter hervor. Cassie legte das Bild auf den Küchentisch, und Jenna kam näher, um es sich anzusehen.

»O nein!«

»Ich würde eher sagen: O doch.«

»Was?«, flüsterte Allie. »Nein! Nein!« Vehement schüttelte sie den Kopf. »Dann hätte ich mich doch niemals mit Laura angefreundet. Nein! Das kann nicht sein.«

Cassie bedachte ihre jüngere Schwester mit einem vernichtenden Blick. »Glaubst du wirklich, ich hätte dieses

Foto mitgebracht, wenn ich mir nicht sicher wäre? Es gibt noch mehr Aufnahmen aus alten Zeitungen, wegen des Unfalls damals, und ich habe sie schon an Detective Nash geschickt.«

»Nein!« Allie sprang auf und verschüttete ihren Tee, dann sackte sie auf ihren Stuhl zurück und brach in Tränen aus. Jenna hielt das Foto noch immer in ihren zitternden Händen. »Es ist gut möglich«, flüsterte sie.

»Es ist nicht nur gut möglich, sondern sehr wahrscheinlich. Laura war vollkommen irre. Ich glaube, sie hat ihre Schwester getötet. Sie selbst hat den Unfall ›wie durch ein Wunder‹ überlebt. Elana nicht. Und ihre Eltern sind bei einem Brand ums Leben gekommen, in ihrem eigenen Haus. Merkwürdig, nicht wahr?«

Jenna ließ das Foto sinken. Sie wirkte zutiefst erschüttert. In dem Moment fragte sich Cassie, was schlimmer war: das Wissen, dass das eigene Kind einem Mord zum Opfer gefallen war oder dass es einen Mord begangen hatte. Aber war das überhaupt noch entscheidend? Sowohl Laura als auch Elana waren tot. Doch an der Schuld, ihre erstgeborene Tochter zur Adoption freigegeben zu haben, würde Jenna sicher ihr Leben lang tragen.

»Dann warst du ja wohl wieder einmal besser als ich«, stieß Allie mit wütendem Blick hervor. »Ich weiß gar nicht, warum du überhaupt gekommen bist.«

Cassie stieß einen Seufzer aus. »Weil wir eine Familie sind, ob du es willst oder nicht, ›Schwesterchen‹. Daran lässt sich nun mal nichts ändern.«

Nach diesen Worten stand sie auf, gab ihrer Mutter einen Kuss auf die Stirn und versprach, sie bald wieder zu besuchen. Als sie ging, spürte sie den hasserfüllten Blick ihrer jüngeren Schwester im Rücken.

Draußen vor dem Haus atmete sie tief durch, dann setzte

sie sich in ihren Wagen und fuhr nach Hause. Zu Trent und Hud, die sich noch von ihren Verletzungen erholten.

Als sie an den saftigen Wiesen vorbeikam und die Pferde mit ihren Fohlen sah, wurde ihr bewusst, wie sehr sie sich hier zu Hause fühlte. So paradox es schien, aber mit einem hatte Allie recht gehabt: Sie, Cassie, gehörte nicht nach Hollywood.

Sie gehörte hierher. Zu Trent. Hier hatte sie ihr Glück gefunden. In Oregon. Wer hätte das gedacht? Sie selbst wohl am allerwenigsten.

Und als Hud sie freudig begrüßte und sie ihm den Kopf tätschelte, verstand sie plötzlich, warum Jenna vor Jahren Ruhm und Glamour hinter sich gelassen hatte und mit ihren Töchtern nach Falls Crossing gezogen war.

Cassie ging in die Küche, und noch ein wenig humpelnd stürmte Hud an ihr vorbei in den Flur. »Na, mein Junge«, hörte sie Trent aus dem Wohnzimmer so laut sagen, dass sie es mitbekam. »Bringst du mir meine Frau nach Hause?«

Hud ließ ein lautes Bellen hören.

»Ach, tatsächlich? Könntest du ihr vielleicht ausrichten, sie soll mir ein Bier mitbringen?«

Cassie betrat das Wohnzimmer und sah Trent auf dem Sofa liegen, vor dem Fernseher, ein Kissen unter dem verheilenden Bein.

»Von wegen!«, sagte sie grinsend und strich mit dem Finger über seinen Oberkörper. »Das holst du dir schön selbst.«

Epilog

Sie gehörte nicht hierher, dachte Allie Kramer, als sie durch das Fenster auf den gepflegten Rasen des Mercy Hospital starrte.
Da konnten die Ärzte, die Gutachter und der Richter sagen, was sie wollten. Sie gehörte *nicht* in die Psychiatrie. Und schon mal gar nicht in die Klinik, in der Cassie gewesen war.
Was für eine Frechheit!
Das hatte sie denen auch gesagt.
Aber niemand hatte ihr richtig zugehört.
Die Ärzte beharrten darauf, dass sie Hilfe brauchte.
Ihre Mutter war erleichtert, dass sie »sicher« untergebracht war.
Ihre verhasste Schwester schien das Ganze eher sarkastisch zu betrachten.
Ihre Anwälte hatten ihr geraten, Ruhe zu bewahren. Die Psychiatrie wäre immer noch angenehmer, als ins Gefängnis gehen zu müssen. Und irgendwie würden sie sie hier schon rausholen.
Aber sie wurde wahnsinnig hier drinnen. Sie wollte nur noch fort. Für die anderen Patienten war es sicher besser, hierzubleiben. Besonders für Rinko, diesen Spinner. Cassie hatte sich anscheinend mit ihm angefreundet. Aber der hatte sie doch nicht alle.
Allie ging in den Aufenthaltsbereich, wo ein paar Patienten Dame spielten, strickten oder Bücher lasen. Rinko war auch da und blätterte in einem Magazin über Autos.
Toll!

Sie ließ sich aufs Sofa fallen und hätte am liebsten losgeschrien, weil das alles so unfair war. Sie war ein Star. Sie war Allie Kramer, verdammt noch mal! Aber sie fing nicht an zu schreien, sondern richtete den Blick auf den Fernseher in der Ecke. Eins dieser uralten monströsen Geräte. Es lief Werbung für irgendein Mittel gegen Sodbrennen. Anschließend erschien Whitney Stone mit ihrem eindringlichen Blick.

Das war ja nicht auszuhalten! Allie schaltete den Fernseher aus und ging zur Sonnenterrasse, von wo aus sie abermals auf den Rasen starrte. Rinko war plötzlich auch da, ein Stück zu nah bei ihr, fand sie. War er ihr etwa gefolgt? Lieber Himmel, dieser Junge war echt seltsam.

»He«, sagte eine weibliche Stimme. Eine ungefähr zwanzigjährige, hübsche Frau stand in der offenen Tür zur Terrasse. »Sie sind doch Allie Kramer, oder?«, fragte sie lächelnd.

»Ja«, antwortete Allie, erleichtert, dass sie endlich mal jemand erkannte. Aus dem Augenwinkel sah sie, wie Rinko sich stetig auf das Geländer der Terrasse zubewegte. Aber sie achtete nicht weiter auf ihn. »Und wer sind Sie?«, fragte sie die junge Frau.

»Ich bin neu hier. Bin hierher verlegt worden«, erklärte sie. »Ich heiße Shay Stillman.«

Rinko blieb am Geländer stehen und warf einen Blick über die Schulter. Er schüttelte kaum merklich den Kopf und sah Allie so durchdringend an, dass sie eine Gänsehaut bekam. Was sollte *das* denn nun wieder bedeuten?

»Na dann«, sagte Shay, und Allie richtete ihre Aufmerksamkeit wieder auf sie. »Wäre schön, wenn wir Freundinnen werden könnten.«

»Klar«, sagte Allie und sah zu der Stelle hinüber, an der Rinko gestanden hatte.

Aber der Junge war verschwunden.

Lisa Jacksons Romane bei Knaur

MONTANA-»TO DIE«-REIHE

*Detective Regan Pescoli und
Detective Selena Alvarez*

1. Der Skorpion (Left to Die)
Winter in Montana. Ein Psychopath fesselt seine weiblichen Opfer an einen Baum, um sie bei eisiger Kälte erfrieren zu lassen. Seine Nachricht an die Polizei: die Initialen der Toten und ein Stern. Es fehlen noch Buchstaben, um die Botschaft zu entschlüsseln. Dann verschwindet Detective Regan Pescoli …

2. Der Zorn des Skorpions (Chosen to Die)
Der »Unglücksstern-Mörder« hält die Polizei in Atem. Ein psychopathischer Killer, der seine Opfer bei eisiger Kälte an einen Baum fesselt und erfrieren lässt. Seine kryptische Nachricht an die Polizei: »Meidet des Skorpions Zorn.« Doch wer ist der Skorpion? Ausgerechnet Detective Regan Pescoli scheint in seine Fänge geraten zu sein. Es herrschen arktische Temperaturen. Eine fieberhafte Spurensuche in der Wildnis nimmt ihren Lauf …

3. Zwillingsbrut (Born to Die)
Dasselbe hübsche Gesicht, dieselben blaugrünen Augen, dasselbe rote Haar. Ärztin Kacey Lambert ist schockiert. Die Frau, die gerade mit einem schweren Schädeltrauma und komplizierten Knochenbrüchen in die Klinik eingeliefert worden ist, ist ihr wie aus dem Gesicht geschnitten. Sie stirbt. Wenige Tage später gibt es zwei weitere Tote, die Kacey verblüffend ähneln. Was geht hier vor sich?
Ein Fall für Detective Regan Pescoli und Selena Alvarez. Doch auch die Ärztin stellt auf eigene Faust Nachforschungen an. Gibt es eine Verbindung zwischen ihr und ihren Doppelgängerinnen? Bald wird klar, dass sie selbst in großer Gefahr schwebt und es nur mehr eine Frage der Zeit ist, bis Kacey Opfer eines Wahnsinnigen wird ...

4. Vipernbrut (Afraid to Die)
Weihnachtszeit in der amerikanischen Kleinstadt Grizzly Falls. Ein perverser Killer zelebriert den Advent auf abstoßende Art und Weise. Er verwandelt seine Mordopfer in Eisskulpturen. Mit grauenhafter Perfektion integriert er seine »Kunstwerke« dann in weihnachtliche Dekorationen. Der »Eismumien-Mörder« macht Schlagzeilen. Als erneut eine gefrorene Frauenleiche auftaucht, macht die Polizei eine schauerliche Entdeckung: Die Tote trägt ein Schmuckstück von Detective Selena Alvarez.

5. Schneewolf (Ready to Die)
Sheriff Dan Grayson wird vor seinem Haus in den Bergen von Montana aus einem Hinterhalt niedergeschossen. Während er in Lebensgefahr schwebt, ermitteln die Detectives Regan Pescoli und Selena Alvarez unter Hochdruck, doch der Kreis der Verdächtigen ist groß – Spuren dagegen

gibt es keine. Da taucht die Leiche einer Richterin auf, mit einer einzigen, treffsicher platzierten Kugel im Kopf. Besteht ein Zusammenhang? Als die Detectives die Warnung »Wer ist der Nächste?« erreicht, müssen sie erkennen, dass hier ein Killer kaltblütig seine Abschussliste abarbeitet. Und auf der steht auch Regan Pescoli ...

6. Raubtiere (Deserves to Die)

Eine Frau auf der Flucht: Von einem Psychopathen gejagt, taucht sie in Grizzly Falls, Montana, unter.
Wenig später werden dort zwei verstümmelte Frauenleichen gefunden. Beiden wurde der Ringfinger samt Verlobungsring abgetrennt. Jessica, wie sich die flüchtige Frau inzwischen nennt, fürchtet, dass es sich um tödliche Botschaften für sie handelt, doch kann sie sich wegen ihrer eigenen dunklen Vergangenheit nicht an die Polizei wenden. Während den Detectives Selena Alvarez und Regan Pescoli noch jede heiße Spur fehlt, kommt der Mörder Jessica immer näher.

7. Dunkle Bestie (Expecting to Die)

Bei einer heimlichen Party im nächtlichen Wald wird Detective Pescolis Tochter Bianca von einer dunklen Bestie angefallen. Hals über Kopf ergreift sie die Flucht – und stolpert über die Leiche ihrer seit Tagen vermissten Mitschülerin Destiny. Als ein Kriminaltechniker einen riesigen Fußabdruck neben der Toten entdeckt, gibt es in Grizzly Falls, Montana, kein Halten mehr. Eine Jagd auf die Bestie bricht aus, die sogar ein Reality-TV-Team in die Stadt lockt. Sehr zum Unmut der Detectives Regan Pescoli und Selena Alvarez, deren Arbeit durch den Rummel erschwert wird. Dann verschwindet ein weiteres Mädchen...

8. Opfertier (Willing to Die)

Zunächst sieht alles nach Raubmord aus, als Brindel Latham, die Schwester von Detective Regan Pescoli, mit einer Schusswunde im Kopf in ihrem Haus in San Francisco gefunden wird. Doch Brindels siebzehnjährige Tochter Ivy wird vermisst – und taucht wenig später mit einer haarsträubenden Geschichte bei Pescoli in Grizzly Falls in Montana auf. Obwohl Pescoli sich offiziell noch in Elternzeit befindet, nimmt sie mit ihrer Partnerin Selena Alvarez die Ermittlungen auf. Denn mittlerweile gibt es auch in Grizzly Falls zwei Tote. Spätestens als Pescolis sechs Monate alter Sohn spurlos verschwindet, ist klar: Jemand, der buchstäblich über Leichen geht, will sie und ihre Familie leiden sehen …

NEW-ORLEANS-REIHE

*Detective Rick Bentz und
Detective Reuben Montoya*

1. Pain – Bitter sollst du büßen (Hot Blooded)

Leise spricht die Stimme auf dem Anrufbeantworter ihre Nachricht – doch umso bedrohlicher ist ihre Botschaft. Radio-Psychologin Samantha Leeds hat einen gefährlichen Verehrer. Schon bald wird klar, dass eine Verbindung besteht zwischen den Drohungen, die die Psychologin erhält, und der unheimlichen Mordserie, die New Orleans erschüttert. Kann Samantha dem finsteren Racheengel entkommen, der ihre dunkelsten Geheimnisse zu kennen scheint? Schutz bietet ihr ein ebenso attraktiver wie mysteriöser Nachbar. Doch darf sie ihm trauen?

2. Danger (Cold Blooded)

Ein grausamer Serienkiller versetzt ganz New Orleans in Angst und Schrecken. Er verbrennt, enthauptet oder vergräbt seine Opfer bei lebendigem Leibe. Detective Rick Bentz ermittelt unter Hochdruck. Als die nächste barbarisch entstellte Leiche gefunden wird, ein Heiligenmedaillon in der Hand, kommt dem Detective ein schrecklicher Verdacht: Könnte der katholische Heiligenkalender dem Mörder als Vorbild für diese Ritualverbrechen dienen? Die schöne Olivia, zu der sich der Detective unwiderstehlich hingezogen fühlt, will die Morde in ihren Träumen vorausgesehen haben. Nur wenig später ist sie spurlos verschwunden ...

3. Shiver (Shiver)

Der Todesschrei ihrer Mutter Faith klingt Abby noch immer in den Ohren, auch wenn es schon zwanzig Jahre her ist, seit diese aus dem Fenster ihres Zimmers in den Tod sprang. Ihre düsteren Erinnerungen erhalten neue Nahrung, als eine unheimliche Mordserie New Orleans erschüttert. Denn alle Morde stehen in einer seltsamen Verbindung zu jener Nervenheilanstalt, in der Abbys Mutter ihrem Leben ein Ende setzte. Dort, versteckt in den Kellergewölben, hat der Killer sich sein Reich geschaffen. Er will die Sünden der Vergangenheit rächen – und Abby wird zur Zielscheibe seines Wahns ...

4. Cry (Absolute Fear)

Heimlich zweifelt Eve Renner an der Unschuld ihres Adoptivvaters. Der berühmte Arzt steht im Verdacht, seine ärztliche Pflicht verletzt und somit den Tod einer Patientin verschuldet zu haben. Als sich Eves alter Freund Roy mit ihr mitten in der Nacht in einer abgelegenen Fischerhütte treffen will, um angeblich Beweise zu liefern, sagt sie sofort zu. Dort angekommen, findet sie seine grausam entstellte Leiche. Auf Roys Stirn hat der Mörder eine Zahl tätowiert und die Wände mit Blut beschmiert. Völlig schockiert ruft Eve um Hilfe und bemerkt im nächsten Moment ihren Liebhaber, den Staranwalt Cole Dennis, der eine Waffe auf sie richtet und abfeuert ...

5. Angels (Lost Souls)
Er fühlte sich leer. Hungrig. Voller Verlangen nach dem Kick des Tötens. Es gab keine Umkehr. Er wusste, welche er wollte. Sie hatte es verdient zu sterben. Als Kristi an ihr College in New Orleans zurückkehrt, ist ihr Vater, Detective Rick Bentz, beunruhigt. Vier Studentinnen sind dort spurlos verschwunden. Kristi, die unbedingt Kriminalschriftstellerin werden will, entdeckt eine Sekte, die sich einem mysteriösen Vampir-Kult verschrieben hat. Sie ermittelt auf eigene Faust. Doch bevor sie sich einen Eindruck von dieser dubiosen Gruppe verschaffen kann, ist sie auch schon in den tödlichen Fängen des Killers ...

6. Mercy (Malice)
Keiner wird dich retten. Keiner wird deine Schreie hören. Jetzt ist der richtige Zeitpunkt. Jetzt wirst du endlich begreifen, was echte Seelenqual ist ... Rick Bentz, Detective vom New Orleans Police Department, zweifelt an seinem Verstand: Gerade hat er seine Ex-Frau Jennifer gesehen – doch die ist seit zwölf Jahren tot! Bald wird klar, dass dies alles zum Plan eines Psychopathen gehört, der Bentz durch einen raffiniert ausgeklügelten Rachefeldzug zu einer Reise in die Vergangenheit zwingen will. Als Bentz' schwangere Frau Olivia spurlos verschwindet, beginnt eine ner-

venzerreißende Suche, die Bentz um das Liebste in seinem Leben fürchten lässt ...

7. Desire (Devious)
Der Anblick des Tatorts ist verstörend – selbst für erfahrene Detectives wie Rick Bentz und Reuben Montoya. In der Kirche St. Marguerite ist eine Nonne, bekleidet mit einem vergilbten Brautkleid, erdrosselt worden. Die Tatwaffe: ein Rosenkranz. Die Obduktion ergibt, dass Schwester Camille schwanger war. Schon wenige Tage später stirbt eine weitere Nonne. Auch sie hütete ein Geheimnis. Eine Mordserie, die Detective Bentz an den Rosenkranzmörder erinnert, den er vor zehn Jahren erschossen hatte ...

8. Guilty (Never Die Alone)
In New Orleans verschwindet ein Zwillingspärchen kurz vor seinem 21. Geburtstag. Der Fall weckt Erinnerungen an einen Serienmörder, den man den »Einundzwanziger-Killer« nannte, weil er seine Opfer in einer grausigen Zeremonie an deren 21. Geburtstag tötete. Aber dieser Psychopath ist seit Jahren hinter Gittern. Oder doch nicht? Detective Rick Bentz setzt alles daran, das Leben der Zwillinge zu retten. Doch die Zeit rennt ihm davon ...

SAN-FRANCISCO-THRILLER

Familie Cahill

Dark Silence (If She Only Knew)
Brutaler Mordanschlag auf einem Highway in San Francisco: Schwer verletzt überlebt Marla Cahill, doch sie kann

sich an nichts mehr erinnern. Nicht an ihr Baby, nicht an ihre Beifahrerin, die den Unfall nicht überlebt hat. Und nicht an ihren Ehemann, der sie im Krankenhaus vehement von der Außenwelt abschottet – nur zu ihrem Besten, wie er behauptet. Doch ist Marla wirklich Marla? Und wem kann die Frau ohne Gedächtnis noch vertrauen, wenn ein wahnsinniger Serienkiller ihr nach dem Leben trachtet?

Als Marlas Erinnerungen langsam und in Bruchstücken zurückkehren, ist es beinahe schon zu spät …

Deadline (Almost Dead)
In Kalifornien ist eine Serienkillerin am Werk. Die kaltblütige Mörderin ist eine Verwandlungskünstlerin und nennt sich selbst nur Elyse. Ihr erstes Opfer, eine äußerst wohlhabende ältere Dame, stürzt sie über ein Treppengeländer in den Tod. Ihr zweites Opfer, einen jungen Mann, der in einem Pflegeheim sein Dasein fristet, ermordet sie, indem sie eine tödliche Lebensmittelallergie auslöst. Ihr drittes Opfer, eine junge Frau, erschießt sie kaltblütig. Wer sind diese Menschen? Was haben sie getan? Und was verbindet sie?

Liar – Tödlicher Verrat (You Betrayed Me)
Als James Cahill, Millionenerbe und notorischer Bad Boy, schwer verletzt im Krankenhaus in Riggs Crossing, Washington, zu sich kommt, kann er sich an nichts erinnern. Die Polizei vermutet eine körperliche Auseinandersetzung mit seiner Freundin Megan. Von ihr fehlt seither jede Spur. Was ist in jener Nacht geschehen?

Die beiden Detectives Brett Rivers und Wynonna Mendoza glauben nicht an Cahills Amnesie und beginnen zu ermitteln. Sie stoßen auf ein tödliches Netz aus Lügen, Gier und tiefem Hass – und auf eine abgelegene Hütte in den Bergen, die ein grausames Geheimnis birgt ...

WEST-COAST-THRILLER

Sanft will ich dich töten (Deep Freeze)
Er wählt seine Opfer mit Bedacht und tötet sie langsam. Doch eigentlich übt er nur – denn das wahre Ziel seiner Obsession ist die berühmte Schauspielerin Jenna Hughes. Bis zu dem Tag, an dem er sie in seiner Gewalt hat, will er seine Kunst perfektioniert haben.
Als Jenna sich vor dem Trubel Hollywoods in einen abgelegenen Ort in den Bergen Oregons zurückzieht, sieht der Killer seine Stunde gekommen. Unablässig beobachtet er sein Opfer, verfolgt jede ihrer Bewegungen – und muss mit wachsendem Zorn erkennen, dass sie eine neue Liebe und damit einen Beschützer gefunden hat ...

Deathkiss (Fatal Burn)
Als Shannon Flannery erklärt, sie habe das Gefühl, verfolgt zu werden, nimmt die Polizei sie nicht ernst. Nur von Special Agent Travis Settler erhält sie Unterstützung. Doch dieser ist ihr alles andere als wohlgesinnt, da er in ihrer dunklen Vergangenheit den Grund für die Entführung seiner Adoptivtochter Dani vermutet – deren leibliche Mutter Shannon ist. Erst nach und nach erkennt Travis, dass auch Shannon Opfer ist – und in akuter Lebensgefahr schwebt ...

Showdown – Ich bin dein Tod (After She's Gone)
Am Set des Hollywood-Blockbusters *Dead Heat* wird die finale Szene gedreht: Die Jagd auf die flüchtende Heldin

endet laut Drehbuch mit einem tödlichen Schuss. Der Schuss fällt, die Heldin stürzt zu Boden – doch sie steht nicht mehr auf. Das Double, das in letzter Sekunde einspringen musste, scheint tot, und die berühmte Hollywood-Schauspielerin Allie Kramer spurlos verschwunden. Weil ihr das von ihrer älteren Schwester Cassie umgeschriebene Ende nicht gefiel, oder weil sie ahnte, dass sie in eine Falle tappen würde? Cassie, die seit dem Übergriff eines Fans psychisch angeschlagen ist, setzt alles daran, Allie zu finden. Doch als bizarre Morde an weiteren Set-Mitarbeitern verübt werden, gerät sie selbst unter Tatverdacht ...

STAND ALONE

Ewig sollst du schlafen (The Morning After)
Um sie herum herrscht tiefe Dunkelheit. Ein süßlicher, unangenehmer Geruch nimmt ihr fast den Atem, als die junge Frau aus tiefer Bewusstlosigkeit erwacht. Gedämpft hört sie das Prasseln von Erde und ein grausames Lachen – und erkennt in plötzlicher Panik, dass sie lebendig begraben wird. Sie wird nicht das letzte Opfer des sadistischen Killers bleiben.
Dessen verstörende Taten sind für die Journalistin Nikki Gillette zunächst nichts weiter als neuer Stoff für die Titelseiten. Sie ahnt noch nicht, dass der Mörder einen kranken Plan verfolgt, in dem sie selbst eine Schlüsselrolle spielt ...

S – Spur der Angst (Without Mercy)
An der auf Härtefälle spezialisierten Internatsschule Blue Rock Academy gehen grauenvolle Dinge vor sich. Eine Schülerin ist spurlos verschwunden. Und wenig später wird ein Liebespaar mit äußerster Brutalität ermordet. De-

tective Cooper Trent ermittelt undercover – nicht ahnend, dass er an der Internatsschule seine ehemalige große Liebe Jules wiedertreffen wird, die dort als Lehrerin unterrichtet. Schlagartig sind ihre Gefühle füreinander wieder erwacht, aber auch Misstrauen und Angst vor erneuter Verletzung. Als Jules' aufsässige siebzehnjährige Schwester Shay plötzlich vermisst wird und das Gerücht über einen ominösen Geheimbund den Schulbetrieb in Aufruhr versetzt, müssen die beiden als Team agieren. Dann schneidet ein Blizzard die Schule von der Außenwelt ab. Scharfer Wind und Neuschnee verwandeln die abweisende Bergwelt in ein unüberwindbares Hindernis. Auf sich allein gestellt, machen sich der Detective und Jules auf die Jagd nach einem eiskalten Killer. Eine Jagd, die Jules' Leben in seinen Grundfesten erschüttern wird …

T – Tödliche Spur (You Don't Want to Know)
Die Geister der Vergangenheit lassen Ava Garrison nicht los. Angeblich ist ihr zweijähriger Sohn Noah vom Bootsanleger gefallen und im Meer ertrunken. Doch auch zwei Jahre nach dem vermeintlichen Unfall und Avas Aufenthalt in der Psychiatrie meint sie, ihren Sohn immer noch sehen und hören zu können. Als sie in das prächtige Herrenhaus auf Church Island zurückkehrt, haben ihre Familie und sämtliche Hausbewohner sie längst als »lästige Irre« abgestempelt. Ihre »Erscheinungen« werden als Kapriolen ihres Geistes abgetan. Nur Austin Dern, ein Farmarbeiter, nimmt sie ernst und hilft ihr, die Vergangenheit zu rekonstruieren. Denn Ava ist fest entschlossen herauszufinden, was an jenem Weihnachtsabend wirklich geschah, als Noah verschwand. Ein Entschluss, der dramatische und hochgefährliche Folgen für sie hat.

Z – Zeichen der Rache (Close to Home)
Sarahs Rückkehr in das geschichtsträchtige Anwesen ihrer Familie bringt nicht den Neuanfang, den sie sich erhofft hatte. Ihre Tochter Gracie ist überzeugt davon, dass es in der alten Villa spukt – und auch Sarah meint, den Geist eines ihrer Vorfahren zu sehen. Als mehrere Teenager aus der Umgebung spurlos verschwinden, findet sich Sarah in einem Albtraum aus verdrängten Erinnerungen wieder, in dem Vergangenheit und Gegenwart auf beängstigende Weise verschmelzen. Dann wird ihre ältere Tochter Jade entführt! Während die Polizeiermittlungen auf Hochtouren laufen, weiß Sarah, dass nur sie allein ihr Kind retten kann ...

You will pay – Tödliche Botschaft (You Will Pay)
Auf dem Gelände eines ehemaligen Jugendcamps in Oregon werden menschliche Überreste entdeckt. Detective Lucas Dalton, der vor zwanzig Jahren als Betreuer in dem unglückseligen Ferienlager arbeitete, schwant Böses: Handelt es sich um die Knochen der zwei Mädchen, die während jenes Sommers spurlos verschwanden? Lucas rollt den nie geklärten Fall neu auf, doch zunächst will keiner der damals Beteiligten aussagen.
Bis einer nach dem anderen die Drohung »Strafe muss sein« erhält – und der erste Mord passiert ...

Paranoid (Paranoid)
Es sollte nur Spaß sein: ein harmloses Ballerspiel mit Platzpatronen. Doch als die siebzehnjährige Rachel auf ihren Halbbruder Luke schießt, wird dieser von einer tödlichen Kugel getroffen. Zwar berichten zwei Mädchen später von einem Schuss, der nicht aus Rachels Pistole gekommen sei, doch der Fall kann nie ganz aufgeklärt werden.

Zwanzig Jahre später fühlt sich Rachel noch immer schuldig, und letztlich ist an diesem Trauma auch die Ehe mit ihrer großen Liebe, Detective Cade Ryder, zerbrochen. Doch dann werden Rachels damalige Entlastungszeuginnen kurz nacheinander brutal ermordet, sie selbst erhält ominöse Drohbotschaften. Als auch noch Rachels Tochter entführt wird, ist klar: Jemand hat beschlossen, für Lukes Tod blutige Rache zu nehmen. Doch weshalb erst jetzt – und was ist damals wirklich geschehen?

KURZ-THRILLER

Revenge – Du bist niemals sicher
Als Kinder erleben Lucy und ihre Geschwister, wie ihre Mutter beinahe ermordet wird. Lucys Aussage bringt den damaligen Geliebten der Mutter, Ray, hinter Gitter – doch er beschuldigt Lucy, die wahre Mörderin zu sein.
Jahre später kommt Ray frei. Lucy weiß, dass er hinter ihr her ist, und sucht Zuflucht in einer Blockhütte in den verschneiten Bergen Oregons. Aber sie ahnt, dass sie nicht länger davonlaufen kann. Nicht vor ihm – und nicht vor den grausamen Ereignissen jener Nacht, an die sie sich erst jetzt nach und nach erinnern kann ...

*Gemeinschaftswerke mit Nancy Bush
und Rosalind Noonan*

Greed – Tödliche Gier (Sinister)
Vor zwanzig Jahren vernichtete ein Feuer das Anwesen der Dillinger-Familie, kostete Judd Dillinger das Leben und ließ seine Freundin verkrüppelt zurück. Man beschuldigte einen Serienbrandstifter, der zu jener Zeit sein Unwesen trieb. Doch heute geschehen erneut verdächtige Dinge in Prairie Creek.
Ira Dillinger, Patriarch der Familie, hat seine Kinder zu seiner bevorstehenden Hochzeit nach Hause beordert. Die meisten Familienmitglieder sind keine großen Fans der Braut, die es in ihren Augen nur auf das Familienvermögen abgesehen hat. Doch sie scheinen nicht die Einzigen zu sein, denen diese Ehe ein Dorn im Auge ist. Erst wird die rituell gehäutete Leiche eines Kojoten auf der Dillinger-Ranch gefunden, dann brennt die Kirche ab, in der die Hochzeit stattfinden soll. Aus der Asche geborgen wird ein bizarr entstellter Leichnam ...

Diabolic – Fatales Vergehen (Ominous)
Ein kleines nächtliches Abenteuer wird für die Teenager Shiloh, Kat und Ruth aus Prairie Creek in Wyoming zum Albtraum: Die wilde Shiloh, deren Stiefvater sie misshandelt, Kat, deren Mutter im Sterben liegt, und die scheue Pfarrerstochter Ruth wollen einfach nur mal etwas anderes erleben, als sie sich nachts aus dem Haus schleichen, um nackt baden zu gehen. Einen zusätzlichen Kick erhält ihr Vorhaben durch die Tatsache, dass in Prairie Creek vor Kurzem drei Mädchen verschwunden sind.
Doch was die drei Freundinnen am Ufer des abgelegenen

Sees erwartet, ist ein Albtraum, über den sie auf Ruths Bitte hin jahrelang Stillschweigen bewahren.
Fünfzehn Jahre später wird in Prairie Creek erneut ein Mädchen als vermisst gemeldet. Ruth, die mittlerweile eine psychologische Praxis eröffnet hat, ringt sich endlich dazu durch, die Ereignisse von damals offenzulegen. Am nächsten Tag finden Shiloh, Kat und Ruth ein Foto in der Post, das sie in jener furchtbaren Nacht vor fünfzehn Jahren beim Baden zeigt. Wer auch immer damals dort am See war, ist zurück – und sinnt auf Rache …